Simone Dorra

Fluch Mond

Roman

Silberburg-Verlag

Simone Dorra erblickte 1963 in Wuppertal das Licht der Welt und ist seit 1983 in Baden-Württemberg zu Hause. Die gelernte Buchhändlerin arbeitete zunächst in einem Stuttgarter Verlag und gestaltete dann als Sprecherin und Journalistin Radioprogramme für den Privatrundfunk. Mit ihrem Mann und ihren drei Kindern lebt sie in Welzheim, wo sie heute als Lokaljournalistin für die örtliche Tageszeitung arbeitet.

1. Auflage 2014

Umschlaggestaltung: Björn Locke, Nürtingen,
unter Verwendung einer Grafik von © Kai S. Dorra
und Fotografien von © april_89 – Fotolia,
© andreiuc88 – 123RF und © aleksander1– 123RF.
Druck: Gulde-Druck, Tübingen.
Printed in Germany.

ISBN 978-3-8425-1345-7

Prolog – Der Wächter

18. April

Der kurze Regenschauer ist vorüber, die Wolken am nächtlichen Himmel ziehen über die schroffen Hügel davon und Tropfen fallen aus den gespreizten Zweigen der Tannen.

Er hockt im dichten Unterholz, die Muskeln angespannt, die Nase bestürmt von zahllosen, einander überlagernden Düften. Nasses, halb verfaultes Laub vom Vorjahr, der scharfe, flüchtige Hauch eines Fuchsrüden in der Ranz, der warme, kupfrige Dunst vom Blut einer frisch geschlagenen Maus, gefolgt vom beinahe lautlosen Flügelschlag einer Eule. Sein Gehör ist beinahe so gut wie sein Geruchssinn, und das Leben in dem Waldstück rings um ihn her umspült ihn mit einer Flut vielfacher Klänge.

Er könnte jedes Tier beim Namen nennen, das sich im Umkreis von einem Kilometer regt, aber unter ihnen befindet sich keines von seiner Art. Er ist seit Jahren allein und er hat gelernt, es hinzunehmen, aber jetzt, im Frühling, brennt diese Erkenntnis wie ein glühender Schmerz unter seiner Haut und sorgt dafür, dass sich das dichte graue Fell auf seinem Rücken sträubt. Er muss gegen den Drang ankämpfen, den Kopf zu heben und die runde Münze des Mondes am Nachthimmel sehnsüchtig anzuheulen.

Vor ihm bricht das Waldstück jäh ab; Bäume, Farn und abgestorbene Zweige gehen nahtlos in eine weiche Rasenfläche über, die sich hinzieht bis zur Grundmauer des Hauses. Das Holz der Wände wurde schon vor Jahrhunderten geschlagen; sein Duft mischt sich mit dem Geruch frischer Eichenbretter; man hat sie benutzt, um irgendwann vor nicht allzu langer Zeit die vom Alter durchgefaulten Bohlen zu ersetzen. Irgendwo in dem Gebäude wird ein Kachelofen beheizt; eine feine Rauchsäule steigt aus dem Schornstein, und im ersten Stock leuchtet hinter einem Fenster gedämpftes Licht.

Er sieht sie nicht, aber er wittert sie durch die Hülle des Hauses hindurch, das sie umgibt. Ihr Duft ist ihm so vertraut wie sein eigener ... warme Haut, ein sanfter Hauch nach Orangenblüten, der von dem Shampoo stammt, das sie benutzt. Sie trägt kein Parfum. Abgesehen von dem einen ätherischen Aroma riecht sie nur nach sich selbst.

Er will zu ihr. Er möchte aufstehen, über den Rasen laufen, an der Tür kratzen. Er weiß, dass er es nicht kann. Der Mond hält ihn in seinem unbarmherzigen Griff, und er ist schon zu lange geblieben.

Oben öffnet sich die Tür und sie tritt hinaus auf den geschnitzten Balkon, der sich über die gesamte Front des Hauses zieht. Ihr Haar ist offen und für einen Moment verstärkt sich der Orangenblütenduft. Hunger durchrieselt ihn wie eine Spur aus Feuer. Sein Kopf sinkt auf die Vorderpfoten, und er hört sich selbst leise winseln.

»Hallo? ... Ist da jemand?«

Weiß sie, dass er hier ist? Er ist schon oft hier gewesen, noch ehe er sie kannte, aber nun ist die Anziehungskraft dieses Ortes stärker als je zuvor. Ahnt sie, dass dies schon die zweite Vollmondnacht ist, in der er sich dicht bei ihrem Haus verbirgt, um auf den Klang ihrer Stimme zu warten, auf einen Hauch von ihrem unverwechselbaren Duft?

Er träumt von ihr, seit sie ihm das erste Mal nach Hause gefolgt ist, aber er hat es fertiggebracht, sich von ihr fernzuhalten, so gut es geht. Doch wenn die eisige runde Scheibe am Himmel ihn beherrscht, dann sind die *anderen* Instinkte stärker, dann zieht sie ihn an wie ein Magnet. Dann sucht er unweigerlich ihre Nähe, obwohl er weiß, wie gefährlich das ist.

Endlich geht sie wieder hinein, schließt die Tür hinter sich und zieht den Vorhang zu. Erst jetzt wagt er es, sich zu erheben. Er wendet sich ab und verschwindet in der Dunkelheit, und während er lautlos durch das Unterholz streicht, verfällt der Wald überall dort, wo er vorüberkommt, für ein paar Sekunden in atemloses Schweigen.

Im Haus liegt ein Hund auf dem Teppich vor dem Ofen; seine Pfoten zucken, während er im Traum über vollmondhelle Hügel hetzt, vor dem übermächtigen Wesen davon, dessen Gegenwart er bis auf die Knochen spürt. Er jault leise im Schlaf und beruhigt sich langsam, während der Wächter sich immer weiter von ihm entfernt.

Eichenmond – Das Begräbnis

Vier Monate zuvor

In diesem Winter fror der Maschsee in Hannover zum ersten Mal seit Jahren wieder zu, und Miriam hatte trotz ihrer Wollhandschuhe eiskalte Finger, als sie am Freitag vor dem dritten Advent ihre Wohnung aufschloss.

Der Brief lag auf dem kleinen Webteppich hinter der Tür, zusammen mit ein paar Rechnungen und einem bunten Prospekt. An genau derselben Stelle hatte Miriam vor vier Tagen den anderen Brief gefunden, einen Umschlag aus teurem Papier, schwarz umrandet, vom selben Absender. Durch ihn hatte sie erfahren, dass ihre Großmutter gestorben war. Der Koffer war bereits gepackt, die Zugfahrkarte steckte in ihrer Lieblingshandtasche; morgen früh würde sie nach Süddeutschland fahren, um dabei zu sein, wenn Anna Trautwein im Schwarzwald beerdigt wurde. Sie war die einzige Verwandte, die die alte Dame noch gehabt hatte; ihr Vater – Anna Trautweins einziger Sohn – war vor zehn Jahren bei einem Autounfall ums Leben gekommen, gemeinsam mit Miriams Mutter.

Miriam streifte die Stiefel ab, hängte ihren Mantel auf und legte die Handschuhe zum Trocknen auf die Heizung. Das Wohnzimmer war warm, aber es wirkte trotzdem abweisend und merkwürdig unpersönlich. Miriam entschied, dass es an der Einrichtung lag – weiße Regale und ein ultramodernes Sideboard vor einer schwarz gestrichenen Wand, ein Ledersofa und ein teurer Rauchglastisch auf einem anthrazitgrauen Teppichboden. Nichts davon hatte sie ausgesucht. Alles entsprach dem Geschmack von Karsten. Er war vor sechs Wochen ausgezogen, nach zwei

Jahren gemeinsamen Lebens, inklusive Zukunftsplänen und regelmäßigen Abendessen mit seinen Eltern. Die teure Stereoanlage und den Flachbildfernseher hatte er mitgenommen. Die Möbel standen immer noch da, ein Denkmal für seine überspannte Geltungssucht und ihr mangelndes Durchsetzungsvermögen.

Miriam legte den kleinen Poststapel auf den Rauchglastisch und setzte sich auf das Sofa. Irgendwann würde sie es austauschen müssen ... am besten auch gleich den ganzen Rest. Sie sehnte sich nach warmen Farben, nach dem satten Schimmer von poliertem Holz, nach der natürlichen Maserung von Bodendielen, Schränken und Deckenbalken.

Das Haus ihrer Großmutter hatte so ausgesehen ... sicherlich sah es immer noch so aus. Anna Trautwein hatte in den letzten Jahren nur die Modernisierungen vorgenommen, die ihr die Arbeit leichter machten; sie hatte sich eine Spülmaschine und einen modernen Kühlschrank gekauft und den alten Holzofen mit den Eisenringen durch einen neuen Herd ersetzt. Was sonst in den fünf Zimmern stand, war teilweise mehr als vier Generationen alt, und sie hing an jedem einzelnen Stück. Für Miriam, die als Kind fast jedes Jahr ihre Sommerferien auf dem Trautweinhof verbracht hatte, bedeutete die Tatsache, dass sich dort kaum jemals etwas änderte, eine beruhigende Konstante in einem ansonsten sehr unruhigen Leben.

Sie wog den Brief eine Weile in der Hand, dann schlitzte sie den Umschlag mit dem Daumennagel auf und faltete den Bogen auseinander. »Notariat Eberle & Schmidt«, sagte der Briefkopf, darunter standen wenige sauber getippte Zeilen.

Sehr geehrte Frau Trautwein,

ich möchte Ihnen nochmals mein herzliches Beileid zum Tode Ihrer Großmutter ausdrücken. Hiermit bitte ich Sie, mich nach der Beerdigung am Samstag, den 18.12., um 16 Uhr in meiner Kanzlei aufzusuchen. Frau Trautwein hat ein Testament hinterlassen, das ich bei dieser Gelegenheit eröffnen und dessen

Inhalt ich Ihnen zur Kenntnis bringen möchte. Meine Mitarbeiterin wird Sie vor der Beerdigung um 13 Uhr am Bahnhof in Hausach abholen.

Hochachtungsvoll,
Armin Eberle

Miriam ließ den Briefbogen sinken und runzelte die Stirn. Ein Testament? Merkwürdig, dass Oma Anna an so etwas gedacht haben sollte. Natürlich bezahlte sie immer pünktlich ihre Rechnungen, hatte für die regelmäßigen Kosten Daueraufträge eingerichtet und behielt ihre Ausgaben sorgsam im Auge. Aber ein Testament zu machen hatte etwas Endgültiges. Es bedeutete, dass man sich mit seiner eigenen Sterblichkeit auseinandersetzte, und Oma Anna hatte trotz ihrer dreiundachtzig Jahre fest damit gerechnet, noch lange zu leben.

Miriam hatte genau dasselbe gedacht. Sie war mittlerweile fast dreißig, aber das kleine Mädchen, das tief in ihrem Herzen noch immer die Erinnerung an die glückliche Zeit bei ihrer Großmutter hütete wie einen Schatz, war davon überzeugt gewesen, dass Anna Trautwein einfach nicht sterben *konnte.*

Matthias Trautwein, Anna Trautweins einziger Sohn, wurde 1945 geboren. Die Wehrmacht hatte Annas Mann Ende 1943 vom Hof weg eingezogen, und es war ihm nicht gelungen, nachzuweisen, dass seine kleine Landwirtschaft kriegswichtig genug war, um ihn zu verschonen. Bevor er für den »Führer« zur Waffe greifen musste, war Alfons Trautwein kaum je über Hornberg hinausgekommen. Jetzt schwemmte der nur höchst widerwillig geleistete Dienst für das »Dritte Reich« ihn bis nach Italien. Anna erhielt ein paar Feldpostbriefe, in denen er sich besorgt danach erkundigte, wie die Dinge daheim standen. Für die fremde Landschaft, in die es ihn verschlagen hatte, konnte er sich nicht erwärmen, aber er brachte seiner Frau bei seinem ersten – und einzigen – Heimaturlaub im Frühsommer 1944 Rotwein und Zitronen vom Gardasee mit. Nur wenige Wochen später fiel er, ganz in der Nähe von Rom.

Anna war erst ein rundes Jahr verheiratet gewesen und noch nicht ganz neunzehn, als der Krieg sie zur Witwe machte und sie gleichzeitig herausfand, dass sie schwanger war. Sie gestattete sich nicht mehr als eine Woche verzweifelter Trauer, dann rief sie ihren Vater zu Hilfe. Kurz nachdem Anna geheiratet hatte, war ihre Mutter unter ein Pferdefuhrwerk geraten; seitdem lebte er allein auf dem elterlichen Hof. Kurz entschlossen verpachtete er diesen Hof an seinen Knecht, der ihm schon seit dreißig Jahren zur Seite stand und niemals imstande gewesen wäre, sich etwas Eigenes zu leisten. Dann zog er zu Anna und machte sich an ihrer Seite daran, die kleinen Felder zu bewirtschaften und auf den steilen Wiesen Heu zu machen. Als Annas Sohn im März 1945 zur Welt kam, gab es plötzlich einen Enkel, den er lieben und mit aufziehen durfte.

Matthias Trautwein wuchs zu einem aufgeweckten Jungen heran, mit einem dichten, rotblonden Haarschopf und grauen, neugierigen Augen in einem sommersprossigen Gesicht. Anna war überzeugt davon, dass er eines Tages ein hübsches Mädchen heiraten würde, das etwas Land mit in die Ehe brachte, um dann mit ihr gemeinsam den Hof zu übernehmen. Allerdings hatte sie seinen Lerneifer und seine Wissbegier unterschätzt, und dass weder er noch seine Lehrer bereit waren, sich für ihn mit einer Ausbildung an der Volksschule zufriedenzugeben.

Er setzte durch, dass er das Technische Gymnasium in Wolfach besuchen durfte, auch wenn Anna kaum begriff, wozu ein Hoferbe das nötig haben sollte. Sie ahnte nicht, dass ihr Sohn keineswegs die Absicht hatte, den Rest seines Lebens auf dem Trautweinhof zu verbringen. Seine Noten in Physik und Mathematik waren hervorragend, und obwohl er zuhause genauso kräftig mit anpackte, wie es von ihm erwartet wurde, verbrachte er die knappe Freizeit, die ihm blieb, damit, in einem versteckten Winkel der elterlichen Scheune aufwändige Geräte aus Holzresten, Schrauben und Kabeln zu konstruieren, die fast immer funktionierten. Als sein Klassenlehrer ihm ein Studium der Ingenieurswissenschaften empfahl, war der Streit mit seiner Mutter nicht mehr zu vermeiden.

Es wurde eine erbitterte Auseinandersetzung. Anna sah ihre schlimmsten Befürchtungen bestätigt und machte ihm heftige Vorwürfe. Matthias fühlte sich unter Druck gesetzt und eingeengt. Obwohl er seine Mutter und seinen Großvater innig liebte, wünschte er sich nichts mehr, als den heimatlichen Hof so weit wie möglich hinter sich zu lassen. Mit der Hilfe seines Klassenlehrers suchte er sich einen Studienplatz in Hannover und eine Unterkunft bei einem pensionierten Professor und kehrte seiner Heimat drei Monate nach seinem zwanzigsten Geburtstag den Rücken. Anna hätte das verhindern können – immerhin war er noch nicht volljährig –, aber sie war trotz ihrer Wut und Verzweiflung zu klug, ihn zum Bleiben zu zwingen.

Matthias schloss sein Studium mit Auszeichnung ab und fand eine Stelle in einem großen Konzern, der überall auf der Welt Elektrizitätswerke baute. Der Kontakt zu seiner Mutter brach nie vollständig ab, doch er beschränkte sich lange Zeit auf wenige Anrufe im Jahr, regelmäßige Pakete zum Geburtstag und bunte Weihnachtskarten. Matthias ließ sich mit der Familiengründung Zeit; erst mit Mitte dreißig heiratete er eine Kollegin aus seiner Firma. Zwölf Monate später kam Miriam zur Welt.

»Hallo …?«

Eine warme Hand berührte sie an der Schulter und rüttelte sie sachte.

»Hallo, Sie …? Sie hatten doch bis Hausach gelöst, und in fünf Minuten sind wir da.«

Eine tiefe, rumpelnde Stimme, den alemannischen Dialekt zu sorgfältigem Hochdeutsch gebändigt.

Miriam blinzelte in ein freundliches, rundes Gesicht mit einem eisengrauen Schnäuzer. Sie versuchte den Schleier aus Müdigkeit abzuschütteln, und ihr Blick irrte ab. Die schroffen Hügel vor dem Fenster sahen aus wie ein etwas kitschig geratenes Motiv für eine Weihnachtskarte, die gefächerten Zweige der Nadelbäume glitzernd überzuckert, die Talsenken und kleinen Einschnitte dazwischen von einer dichten weißen Decke verhüllt. Sie versuchte, vertraute Landmarken zu erkennen, aber der Schnee machte ihr einen Strich durch die Rechnung. Und es war noch nicht Finkenweiler, wo sie sich auch nach sieben Jahren Abwesenheit blind zurechtgefunden hätte.

»Danke schön«, sagte sie. »Vielen Dank. Ich wäre sonst vielleicht nach Freiburg weitergefahren.«

»Schon recht.«

Der Schaffner lächelte, dann ging er hinaus. Er machte die Schiebetür wieder zu, und Miriam stemmte sich aus ihrer legeren Haltung hoch, um den Koffer aus dem Gepäcknetz zu holen. Sie hatte warme Winterkleidung zum Wechseln mitgenommen, einen schwarzen Hosenanzug für die Beerdigung, gefütterte Stiefel und ihre Lieblingsmütze. Ihr Vater hatte sie ihr nach einer Dienstreise aus Russland mitgebracht; sie war geformt wie eine Tatarenkappe und üppig mit dunklem Pelz besetzt. *Genau das Passende für die Wolfsjagd mit Stil,* dachte Miriam ironisch, *und das, obwohl es seit Hunderten von Jahren im Schwarzwald gar keine Wölfe mehr gibt.*

Sie schlüpfte in ihre Daunenjacke, zog den Koffer hinter sich her und trat auf den Gang. Der Zug wurde langsamer, dann gab es einen kräftigen Ruck und die Waggons standen still. Miriam öffnete die Tür und stieg hinunter auf den Bahnsteig. Als sie sich umdrehte, stellte sie fest, dass der Schaffner von gerade eben sie neugierig beobachtete.

»Werden Sie abgeholt?«, fragte er.

Offenbar wirkte sie verloren genug, um seinen Beschützerinstinkt zu wecken. Sie blickte den Bahnsteig hinauf und hinunter. Niemand zu sehen.

»Ja ... sie ist nur anscheinend noch nicht da«, erklärte sie. »Aber keine Sorge, sie kommt bestimmt gleich.«

Er nickte, offensichtlich beruhigt. »Na dann alles Gute!«

Die Tür knallte zu, ein schriller Pfiff ertönte und der Zug setzte sich wieder in Bewegung. Das freundliche Gesicht hinter der Glasscheibe verschwand und ließ Miriam mit ihrem Koffer und einem unbehaglichen Gefühl der Verlorenheit zurück. Es war kalt, viel kälter als in Hannover. Der Wind trug eine eisige Schärfe mit sich, die mühelos durch die Nähte der Jacke stach.

Sie schob beide Hände in die Jackentaschen und seufzte. Drei Jahre lag ihr letzter Besuch im winterlichen Schwarzwald nun zurück, und sie war wohl nichts mehr gewöhnt. Vielleicht wartete sie besser im Bahnhofsgebäude, bevor ihre Zehen sich trotz der gefütterten Schuhe in Eiszapfen verwandelten.

Drinnen stand noch immer die hölzerne Wartebank auf dem schwarz gekachelten Sockel mit den Lüftungsschlitzen, und das unruhige Muster aus vereinzelten Kacheln in Gelb, Rot und Blau sah immer noch so aus, als hätte ein Kleinkind Bauklötzchen geworfen. An der Wand stand ein neuer Automat, aus dem man Snacks ziehen konnte; er wirkte in seiner nüchternen, leicht angestaubten Umgebung wie ein chromglänzender Eindringling.

»Miriam? Bist du ... sind Sie Miriam Trautwein?«

Miriam drehte sich rasch um und sah aus heiterem Himmel eine junge Frau direkt vor sich stehen; *Anfang zwanzig,* schätzte sie, *und sehr darum bemüht, gut auszusehen.*

Hautenge Jeans – zum Glück an langen, schlanken Beinen –, riesige, flauschige Moonboots, eine lange, braune Jacke mit weißem Teddyfutter und eine fröhlich bunt geringelte Wollmütze, darunter ein von der Kälte gerötetes Gesicht mit wachen, kleegrünen Augen und Stupsnase.

»Weißt du noch, wer ich bin?«

Miriam kniff die Augen zusammen und betrachtete ihr Gegenüber etwas gründlicher. Sie kannte die junge Frau irgendwoher, konnte sie aber nicht wirklich einordnen. Dann entdeckte sie am Kinn eine kleine, sichelförmige Narbe, direkt unter der vollen Unterlippe, und plötzlich wusste sie Bescheid.

»Du bist Susanne, nicht? Susanne Hessler!«, sagte sie. »Als wir uns das letzte Mal gesehen haben, hast du mit deinem Rad eine Vollbremsung gemacht, bist über den Lenker geflogen und mitten auf der Straße gelandet.«

Sie wurde mit einem strahlenden Lächeln belohnt.

»Meine Güte, du hast aber ein gutes Gedächtnis!«, sagte Susanne; ihre Stimme war hell und ein wenig atemlos. »Die Ferien waren vorbei, du musstest nach Hannover zurück und ich wollte dir unbedingt anständig auf Wiedersehen sagen. Ich dachte, ich erwische dich noch rechtzeitig am Bahnhof in Wolfach.«

»Und ich stieg aus dem Auto deines Vaters«, fuhr Miriam fort, »drehte mich um und sah dich wie eine Rakete die Straße hinunterschießen. Oma Anna hatte fast einen Herzanfall, als sie den Sturz mitbekam.«

Das Lächeln auf Susannes Gesicht verblasste.

»Tut mir leid, dass wir uns ausgerechnet zu so einer Gelegenheit wiedersehen«, sagte sie. »Und wir sollten schnell los. Die Beerdigung ist in einer Stunde, und ich muss mich noch umziehen.« Ihr Blick streifte Miriams graue Cordhose, die Daunenjacke und die Tatarenkappe mit ihrem breiten Pelzrand. »Du kannst eigentlich so bleiben, wie du bist«, fügte sie hinzu; ihre Stimme klang bewundernd und ein ganz klein wenig neidisch.

Miriam folgte ihr hinaus auf den Vorplatz und über die Straße, wo ein einsamer, quietschroter Fiat Panda auf sie wartete. Sie dachte an den teuren Hosenanzug in ihrem Koffer und beschloss spontan, ihn dort zu lassen, wo er war.

Susanne schloss den Wagen auf, und Miriam ließ sich auf den Beifahrersitz gleiten. Nach dem Dezemberfrost draußen war es im Auto wohltuend warm; Susanne rutschte hinter das Steuer und zog sich energisch die Mütze vom Kopf. Ihr Haar war schulterlang und aschblond, zeigte aber hier und da unregelmäßige, hell gefärbte Strähnen. *Entweder ein ungeschickter Selbstversuch oder ein unterdurchschnittlicher Dorffriseur,* dachte Miriam, dann versetzte sie sich innerlich einen Tritt. Das war nun wirklich arrogant, und außerdem machte Susannes hübsches, lebendiges Gesicht jeden Wasserstoffunfall mehr als wett.

Sie fuhren aus Hausach hinaus, die gewundene Straße das Kinzigtal hinauf und durch das Tor in der Schlossmauer nach Wolfach hinein. Miriam erhaschte einen kurzen Blick auf bunte Häuser und verwaiste Cafés, dann auf den Fluss, der grau und still zwischen schneebedeckten Ufern dahinströmte. Die Talwände weiteten sich, während sie die kleine Stadt hinter sich ließen, und jetzt wurde Miriam die Landschaft immer vertrauter. Sie erkannte bewaldete Felsvorsprünge wieder, Wege, die von der Straße ab in die steil aufsteigenden Abhänge und schließlich unter den Schatten der Nadelbäume führten. Viele davon war sie schon entlanggewandert, zuerst gemeinsam mit Oma Anna und später zunehmend allein, als das Alter bei ihrer Großmutter seinen Tribut forderte.

Wenige Kilometer hinter Oberwolfach kam die letzte, sanfte Kurve, auf die sie Jahr für Jahr jeden Sommer sehnsüchtig gewartet hatte, und dann sah sie endlich Finkenweiler vor sich liegen: das Sägewerk der Armbrusters, das aufwändig renovierte Hotel, die wenigen, unregelmäßig am Straßenrand verstreuten Wohnhäuser, den kleinen Supermarkt und die

Magdalenenkirche, die eher eine barocke Kapelle war. Der Parkplatz davor würde in einer Stunde voller Autos stehen; Finkenweiler besaß einen winzigen Friedhof, der vor zehn Jahren eigentlich schon geschlossen worden war, aber für Miriams Großmutter hatte man noch Platz gefunden. Undenkbar, dass Anna Trautwein irgendwo anders beerdigt werden sollte als dort, wo sie von klein auf jeden Baum und jeden Pflasterstein kannte.

Sie fuhren an der Kapelle vorbei und bogen scharf links ab, auf einer Brücke über den Fluss und den Berg hinauf. Nach drei Kilometern war die Straße nicht länger asphaltiert, und grober Kies knirschte unter den Reifen des Fiat. Dann waren sie zwischen den Bäumen, der Kies wich unebener Erde, und nur die Tatsache, dass der Boden hier bereits gefroren war, bewahrte den kleinen Wagen davor, stecken zu bleiben. Dann machte der Weg eine Biegung nach links, wo bis vor neunundzwanzig Jahren das Hauptgebäude gestanden hatte, und endlich hielten sie vor dem, was vom Trautweinhof noch übrig war.

Auf einer winterkahlen Wiese thronte die Kleinausgabe eines Kinzigtäler Hauses, vor knapp dreihundert Jahren für den Lebensabend der Altbauern errichtet. Im gemauerten Erdgeschoss gab es keine Stallungen, sondern nur die Küche und eine kleine Wohnstube. Im aus Holz gezimmerten ersten Stock befanden sich ein Schlafzimmer und zwei zusätzliche schmale Kammern; in einer davon hatte Oma Anna die Wäscheschränke mit ihrer Aussteuer aufbewahrt. Nirgendwo brannte Licht, und die Blumenkästen auf dem Balkon, die im Sommer immer von Fuchsien und Geranien überquollen, waren leer.

Susanne stellte den Motor ab und blickte zu Miriam hinüber.

»Dr. Eberle hat mir den Schlüssel gegeben«, sagte sie. »Ich dachte, du möchtest vielleicht lieber hier schlafen als im Hotel – aber erzähl meinem Vater bloß nicht, dass ich das gesagt hab.«

Miriam musste lächeln. Bernd Hessler gehörte das etwas protzig geratene Hotel »Tannenhof« in Finkenweiler. Er träumte davon, es besonders für zahlungskräftige Touristen zur Hauptattraktion in der Gegend zu machen, aber die Konkurrenz in den Tälern ringsherum machte ihm das Leben schwer.

Miriam öffnete die Tür und schwang die Beine aus dem Wagen. Hier im Wald hatte die Luft einen noch weit schärferen Biss als unten im Tal; es roch nach Schnee und nassem Nadelholz. Und nach Rauch. Miriams Blick ging nach oben, und sie sah den dünnen, blauen Faden, der aus dem Schornstein aufstieg und kräuselnd verwehte.

Etwas Kleines, Hartes wurde ihr in die Hand gedrückt: der Schlüssel.

»Ich hab heute Morgen den Kachelofen eingeheizt«, hörte sie Susannes Stimme hinter sich. »Weißt du, ich dachte, dass man sich erst in einem warmen Haus so vorkommt, als sei man daheim.«

Miriam spürte, dass ihre Augen brannten. »Danke, Susanne«, sagte sie leise. »Ich danke dir.«

Sie stand auf und stapfte in Richtung Tür. Die alte, ausgetretene Steinschwelle war unter dem Schnee fast nicht zu sehen. Sie steckte den Schlüssel ins Schloss, holte tief Atem, drehte ihn herum und betrat zum ersten Mal seit zwei Jahren wieder das Haus ihrer Großmutter.

Die Margarethenkapelle war nicht besonders groß, und an diesem Tag waren sämtliche Bankreihen besetzt. Miriam hatte einen Platz ganz vorn, dem Sarg ihrer Großmutter direkt gegenüber; ein Gesteck aus leuchtend roten Christsternen stand darauf, vor einem silbergerahmten

Foto von Anna Trautwein. Miriam betrachtete das vertraute Gesicht, das von silberweißen, zum Kranz geflochtenen Haaren gekrönt wurde. Sie konnte sich kaum vorstellen, dass die Frau auf dem Bild, die so zuversichtlich und lebendig aussah, binnen einer Stunde unter der Erde liegen würde.

Noch immer kamen vereinzelt Leute herein. Miriam erkannte Frau Armbruster: klein, vogelzart und mit straffer, grauer »Halleluja-Zwiebel«. Als Miriam noch ein Kind gewesen war, hatte sie ihr in dem kleinen Supermarkt Bonbons und Schokolade verkauft, immer in dunkelblauem Rock, perfekt gebügelter, weißer Bluse und geblümtem Kittel. Schräg hinter ihr saßen Susanne und ihr Vater.

Bernd Hessler hatte seine untersetzte Figur in einen teuren Lodenmantel verpackt; er wirkte ganz wie ein Lokalpolitiker, der einen wichtigen Kondolenztermin wahrnahm, und so sah er sich wahrscheinlich auch selbst. Miriam fragte sich ein wenig nervös, ob er wohl vorhatte, eine Rede zu halten. *Hoffentlich nicht.* Dann merkte sie, dass Susanne ihr zulächelte, und lächelte unwillkürlich zurück.

Die Orgel begann einen Choral, und die Gemeinde öffnete rasch das Gesangbuch. Förster Heinrich Waidele spielte »Befiehl du deine Wege«, die Augen in kurzsichtiger Konzentration auf die Noten gerichtet. Miriam war ihm häufig auf dem Trautweinhof begegnet, weil ihre Großmutter mehrere Waldstücke besaß und immer wieder einmal mit ihm besprechen musste, wie viel Holz zu schlagen war und wer die Stämme an das Sägewerk lieferte.

Den jungen Pfarrer kannte sie nicht. Oma Anna hatte ihr nur einmal geschrieben, dass er regelmäßig von St. Cyriak in Schapbach herüberkam, um in Finkenweiler die Messe abzuhalten. »Ein junger Kerle und noch ein bissle grün hinter den Ohren«, hatte es in dem Brief geheißen, »aber der wird schon noch.« Einmal in der Woche hatten sie und Miriam telefoniert; aber Anna hatte eigentlich immer lieber mit Menschen gesprochen, die sie dabei auch sehen konnte. Zwei Ordner in Miriams Bücherregal waren mit ihren Briefen gefüllt. Den ersten hatte sie nach Miriams allererstem Besuch auf dem Trautweinhof geschrieben.

Wieder musste Miriam unwillkürlich lächeln. Ihre Großmutter mochte in den letzten Jahren gebrechlich geworden sein, aber sie hatte bis zuletzt alles um sich her mit wacher Aufmerksamkeit verfolgt und sich ihre Meinung gebildet.

Dann war es so weit, Anna Trautwein hinaus auf den Friedhof zu geleiten. Miriam trat hinter dem Sarg ins Freie und kniff geblendet die Augen zusammen. Während des Aussegnungsgottesdienstes hatten sich die letzten Wolken verzogen. Die Sonne strahlte von einem fast kobaltblauen Himmel und ließ den Schnee, der den Gedenksteinen auf dem Kirchhof weiße Mützen aufsetzte, in ihrem Licht glitzern und funkeln. Der einzige dunkle Fleck war das sauber ausgehobene Viereck, das Anna Trautweins letzte Ruhestätte werden sollte – direkt neben den Gräbern von Miriams Eltern. Als Matthias und Elisabeth bei einem Autounfall ums Leben gekommen waren, hatte Anna darum gebeten, dass ihr Sohn wenigstens jetzt nach Hause zurückkehrte. Miriam war sofort damit einverstanden gewesen.

Jetzt stand sie an dem offenen Grab, hinter sich all die Menschen, die Anna gekannt und geliebt hatten. Ihre Gegenwart war wie eine zusätzliche Wärmequelle, und sie half ihr, die plötzliche Erkenntnis zu ertragen, dass sie das letzte lebende Mitglied ihrer Familie war. Sie ließ das kleine Sträußchen aus Tannenzweigen auf den Sargdeckel fallen und trat zurück, während die Dorfbewohner es ihr gleichtaten. Sie hatte sich davor gefürchtet, dass sie danach zu ihr kommen würden, um ihr die Hand zu schütteln und Beileidsbekundungen zu murmeln, aber wieder ließ die Vertrautheit mit den Menschen von Finkenweiler sie nicht im Stich. Das Mitgefühl, das ihr entgegengebracht wurde, war so tief und echt wie der Verlust, dessen Schärfe sie alle gemeinsam spürten, und jedes tröstende Wort tat ihr wohl.

Susanne flüsterte ihr noch zu, dass es im Finkenweiler »Tannenhof« ein gemeinsames Essen geben würde und dass man sich freuen würde, sie dort zu sehen, aber Miriam wusste, dass es ihr überlassen blieb, ob sie kam oder nicht. Bis zu ihrem Termin mit Notar Eberle in Wolfach blieb fast noch eine Stunde Zeit; Susanne würde sie hinfahren, wenn sie so weit war.

Miriam wandte sich dem rötlichen, halb von Schnee verhüllten Grabstein zu, der in Metall-Buchstaben die Namen ihrer Eltern und ihre Lebensdaten trug: Matthias Trautwein war 1945 geboren worden, Elisabeth 1947. Gestorben waren sie beide am 15. Mai 2004, als der brandneue Mercedes von Miriams Vater auf dem Heimweg vom Flughafen auf eine Kreuzung in Hannover rollte. Ein Schwerlaster aus Dänemark kam von der Seite. Der Fahrer war für Sekunden eingenickt, überfuhr eine rote Ampel und vierzig Tonnen Stahl krachten mit verhängnisvoller Wucht in die Fahrertür des Mercedes. Matthias war sofort tot, Elisabeth starb zwei Tage später im Krankenhaus, ohne das Bewusstsein noch einmal zurückerlangt zu haben.

»Tut mir leid, ich hab gar keine Blumen für euch«, murmelte Miriam. »Dass ich zwei Jahre nicht mehr hier war, tut mir auch leid ... Karsten wollte nie zu Besuch in den Schwarzwald, er konnte Oma Anna nicht ausstehen. Ihr habt mir gefehlt ... ihr alle drei.«

Jetzt kam der Schmerz, auf den sie gewartet hatte, und sie war froh, damit allein zu sein. Kein wildes Schluchzen, kein verständnisloses Aufbegehren gegen die Leere, die sich plötzlich vor ihren Füßen auftat und mit der das offene Grab nur teilweise etwas zu tun hatte. Alles, was sie spürte, war eine knochentiefe Trauer, und der Friedhof verschwamm zu einem wässrigen Nebel, als ihr zum ersten Mal an diesem Tag die Tränen kamen.

Es dauerte ein paar Minuten, bis sie sich wieder gefasst hatte. Als sie aufschaute, stellte sie fest, dass sie doch nicht allein war – jedenfalls nicht ganz. Etwa zehn Meter weiter stand ein Mann auf dem Weg und schaute sie an.

Er war hoch gewachsen und trug die Kapuze seiner grauen Wolljacke zurückgeschlagen; das kurz geschnittene Haar schimmerte im Sonnenlicht bräunlich schwarz wie nasse Eichenrinde. Sie sah eine gerade Nase und einen schmalen, herben Mund mit einem kräftigen Bartschatten. Sein Gesicht hatte wenig Farbe, und die Augen, die ihren Blick unverwandt erwiderten, waren von einem hellen, durchscheinenden Graugrün.

Miriam runzelte die Stirn. Kannte sie ihn? Irgendwie glaubte sie, ihn schon einmal gesehen zu haben, aber sie war sich nicht sicher. Und als sie sich gerade entschieden hatte, ihn anzusprechen und es herauszufinden, drehte er sich auf dem Absatz um und ging mit langen Schritten davon. Nur Sekunden später schlug das Gittertor des Friedhofes hinter ihm zu. Er bog in die Straße ab, die Richtung Schapbach führte, und verschwand außer Sicht.

Um halb vier an diesem Nachmittag saß Miriam im Notariat von Dr. Eberle. Susanne arbeitete dort als Sekretärin; sie zeigte Miriam ihren Schreibtisch, der in einem freundlich hellen, ein wenig altmodisch eingerichteten Vorzimmer stand. Dann führte sie sie in das eigentliche Büro, brachte ihr einen Kaffee und ließ sie allein.

Dr. Eberle kam gleich darauf, eine Ledermappe unter dem Arm. Vermutlich hatte er am Wochenende sonst Besseres zu tun, als sich in seiner Kanzlei aufzuhalten, aber er trug ihr zu Ehren extra einen dunklen Anzug mit weißem Hemd und Krawatte und auf Hochglanz polierte Schuhe. Während er zu seinem Schreibtisch hinüberging und feierlich dahinter Platz nahm, ertappte Miriam sich bei dem Gedanken, ob er diese Schuhe wohl erst hier im Haus angezogen hatte, um sie vor Schneerändern zu schützen und seinen professionellen Auftritt vor ihr nicht in robusten Winterstiefeln absolvieren zu müssen.

»Schön, dass die Sonne geschienen hat, Frau Trautwein«, sagte er freundlich. »Es gibt nichts Ärgeres, als wenn man bei einer Beerdigung nass wird. Darf ich Ihnen noch einmal mein Beileid ausdrücken?«

»Das haben Sie schon sehr schön in Ihrem Brief getan«, erwiderte Miriam und lächelte. »Ich war sehr überrascht zu erfahren, dass meine Großmutter ein Testament gemacht hat. So viel zu hinterlassen hatte sie ja nicht, oder?«

»Wie man's nimmt«, versetzte der Notar trocken und legte die Fingerspitzen aneinander. »Es gibt zwei ordentliche Stücke Wald, eines bei Oberwolfach, das andere bei Schapbach, und vor allem über das Letztere wird noch zu reden sein. Ihre Großmutter hat es mit einem Vorkaufsrecht an den Wolf- und Bärenpark verpachtet, der dort vor wenigen Jahren eröffnet hat, und sie trug sich mit der Absicht, es in naher Zukunft an die Leitung zu verkaufen. Das ist bisher nur deshalb noch nicht geschehen, weil man sich über den Preis nicht ganz einig war.« Seine Mundwinkel kräuselten sich. »Anna Trautwein gefiel die Idee mit dem Park, aber sie war eine harte Verhandlungspartnerin.«

»Das glaube ich sofort.« Miriam beugte sich vor und nahm noch einen Schluck Kaffee. »Vielleicht steht ja in dem Testament, was sie sich vorgestellt hat.«

»Richtig«, sagte Dr. Eberle, »und ich denke, sie war vor allem deshalb so eisern, weil sie wollte, dass Ihnen nach ihrem Tod genügend Geld übrig bleibt.«

Miriam holte tief Luft. »Ich habe nie angenommen, dass meine Großmutter vermögend ist«, sagte sie langsam, »und außerdem verdiene ich genug, um leben zu können. Ich hätte sie lieber noch ein paar Jahre behalten, anstatt irgendetwas von ihr zu erben.«

»Das ehrt Sie«, meinte der Notar, »aber die Lage ist nun einmal so, wie sie ist. Und die beiden Grundstücke sind nicht das, was Ihrer Großmutter beim Abfassen des Testaments am meisten am Herzen lag. Möchten Sie, dass ich Ihnen das gesamte Testament vorlese, oder soll ich mich auf die wichtigsten Punkte beschränken?«

»Die wichtigsten Punkte, bitte.«

Miriam lehnte sich zurück; ihre Handflächen kribbelten vor Nervosität. Die ganze Situation kam ihr zunehmend unwirklich vor.

»Also gut.«

Dr. Eberle klappte die Mappe auf, zog eine Lesebrille aus der Brusttasche, platzierte sie säuberlich auf seiner Nase und blätterte kurz in der Mappe.

»Ah, hier ist es: ›Meine Enkelin Miriam kann freilich mit meinem Eigentum machen, was sie für richtig hält. Ich habe allerdings immer gemeint, dass sie sich auf dem Trautweinhof daheim fühlt, und ich wäre sehr traurig, wenn das Land, auf dem meine Familie seit fast 300 Jahren gelebt hat, so eine teure Ferienwohnanlage wird. Ich weiß ganz genau, dass Bernd Hessler hinter meinem Austragshäusle her ist wie der Teufel hinter der armen Seele, aber als Bleibe für reiche Touristen aus der Stadt taugt es nicht.‹«

Dr. Eberle schaute sie an, dann langte er noch einmal in die Brusttasche und reichte Miriam kommentarlos ein zusammengefaltetes Taschentuch. Es war das zweite Mal, dass sie an diesem Tag weinte; selbst in dem sorgsam formulierten Text des Testaments war die Stimme von Anna Trautwein immer noch deutlich hörbar.

»›Ich weiß wohl‹«, zitierte der Notar weiter, »›dass Miriam eigentlich in Norddeutschland wohnt, aber ich möchte trotzdem, dass sie behält, was vom Hof noch übrig ist. Vielleicht kann sie sich ja vorstellen, ganz dort zu leben.‹«

Der Raum war sehr still. Miriam stellte die Tasse auf dem kleinen Beistelltischchen neben ihrem Sessel ab und zuckte zusammen, als das Porzellan klirrte.

»Was ... was meint sie denn damit?«

Wieder schaute der Notar sie an; die Augen hinter der Lesebrille waren mitfühlend und nicht ohne Humor.

»Das ist doch ganz einfach«, antwortete er. »Anna möchte, dass die letzte Trautwein zurück nach Hause kommt.«

Wolfsmond – Die Heimkehr

1. Januar, Schleswig-Holstein

Miriam saß am Fenster des Bauernhauses, ein warmes Wolltuch über den Schultern, und blickte hinaus über die weiße Fläche, die sich bis zum Horizont erstreckte. Das Land war flach wie ein Teller, verhüllt von einem dicken Mantel aus Schnee, und unendlich still unter einem niedrigen Himmel von gleichmäßigem Grau. Der Gegensatz zu Anna Trautweins Haus in Finkenweiler konnte kaum größer sein, und doch begriff sie in diesem Augenblick unerwarteter Ruhe, dass sie sich geirrt hatte. Nicht nur dort, sondern auch hier war sie zu Hause.

Der alte Hof war halb verfallen gewesen, als ihre Freundin Britta ihn gekauft hatte, gemeinsam mit ihrem Mann Jesper. Er stammte aus Dänemark und sprach selbst nach zehn Jahren in Deutschland noch mit dem weichen, singenden Akzent, der Britta dazu gebracht hatte, sich auf der Stelle in ihn zu verlieben. Britta hatte auf der Kunsthochschule in Hannover dieselben Kurse belegt wie Miriam; während Miriam phantastische Geschöpfe zeichnete, malte sie unwirkliche Landschaften, in denen sich immer neue Wege in immer neue Welten hinein verzweigten, so vielschichtig und verblüffend wie ein Kaleidoskop. Miriam war daran gewöhnt, auf Vernissagen Menschen zu begegnen, die minutenlang vor Brittas Bildern standen, den Mund halb offen vor Staunen. Irgendwann gelang es ihnen, sich loszureißen, und sie liefen rot an vor Verlegenheit, wenn sie feststellten, dass jemand sie bei ihrem geistigen Ausflug in ein anderes Universum beobachtet hatte.

Die Gemälde, die Britta auf einer Ausstellung im Frühjahr 2004 zeigte, wurden fast alle verkauft, und eines davon ging an Jesper Pedersen, der eher durch Zufall in die Räume der Galerie geraten war. Er war ein Bildhauer aus Kopenhagen. Ein privater Kunstsammler in Hannover hatte eine seiner Skulpturen erworben, er hatte den Transport nach Deutschland überwacht, und bei einem Abendspaziergang blieb sein Blick an einem Gemälde von Britta im Schaufenster der Galerie hängen. Jesper, der die hünenhafte Statur eines Wikingers und die Sturheit eines Panzers besaß, beschloss auf der Stelle, dass er das Bild besitzen und die Künstlerin, die es gemalt hatte, kennen lernen wollte. Er marschierte in die Galerie, fragte sich durch, bis er in der Menschenmenge Britta gefunden hatte, und sprach sie an. Keine fünf Minuten später gehörte das Bild ihm, und keine fünf Monate später waren er und Britta verheiratet.

Miriam bekam den Anfang dieser turbulenten Liebesgeschichte nicht persönlich mit. Normalerweise hätte nichts sie davon abgehalten, den ersten Triumph ihrer besten Freundin mitzuerleben, aber eine Woche zuvor waren ihre Eltern bei dem verhängnisvollen Unfall auf der Kreuzung in Hannover ums Leben gekommen, und an dem Tag, als die Ausstellung eröffnet wurde, fand die Beerdigung auf dem Friedhof in Finkenweiler statt. Erst Wochen später, als sie nach Hause zurückgekehrt war und allmählich aus dem dichten Nebel der frischen Trauer auftauchte, lernte sie Jesper kennen. Nach einem Nachmittag zusammen mit Britta und ihrem blonden Riesen war sie davon überzeugt, dass ihre Freundin nicht verrückt und Jesper nicht gefährlich war, und als die beiden sich im Neuen Rathaus in Hannover trauen ließen, stand sie als Brittas Trauzeugin daneben.

Es war wahrscheinlich Jesper und Britta zu verdanken, dass Miriam nach dem Tod ihrer Eltern nicht in Depressionen versank. Die beiden fanden den Hof in Schleswig und ließen sich von der Herkulesarbeit, die ihnen bevorstand, nicht abschrecken. Sie machten sich daran, das verlotterte Hauptgebäude und die baufällige Scheune zu renovieren. Miriam wurde enthusiastisch ermutigt, sich an dem Abenteuer zu beteiligen; wenn sie protestierte, dass sie bei einem jungen Ehepaar doch das fünfte Rad am Wagen sei, lachten die beiden sie bloß aus. Also packte sie in regelmäßigen Abständen Zeichenbrett, Stifte und Computer zusammen, fuhr zwei Stunden in Richtung Schleswig und wurde in einem kleinen Zimmer auf der Baustelle einquartiert.

Sie lernte, wie man Fachwerkwände mit Lehm verputzt, schliff Türen ab und verlegte Seite an Seite mit Jesper Dielenböden, bis ihr der Rücken wehtat und sie abends todmüde ins Bett fiel. Zeit zum Grübeln hatte sie keine, und sie war den beiden unendlich dankbar dafür. Als Britta im Frühjahr darauf schwanger wurde und feststellte, dass sie eine Tochter erwartete, reiste Miriam gleich für mehrere Wochen an und übernahm die Gestaltung des Kinderzimmers.

Sie verwandelte die Wände in einen täuschend echt gemalten Märchenwald voller Zaubertiere, eine Prinzessin schlummerte auf einem Moospolster, und das grazile Einhorn, das sie an der Stirnwand auf einer blumenbewachsenen Lichtung grasen ließ, sah aus, als sei es lebendig. Britta und Jesper erklärten das fertige Zimmer zum achten Weltwunder, und als Anne kurz nach Weihnachten zur Welt kam, baten sie Miriam, ihre Taufpatin zu sein.

In den Jahren danach vervollständigten zwei lebhafte Jungen die Familie auf dem liebevoll hergerichteten Hof. Britta malte in ihrem lichtdurchfluteten Atelier ein wundersam verzwicktes Gemälde nach dem anderen, Jesper stand in der umgebauten Scheune und schuf seine modernen Skulpturen mit den weichen Rundungen und harmonischen Linien, die sich ebenso gut verkauften wie die Bilder seiner Frau. Gemeinsam brachten sie es irgendwie fertig, gleichzeitig ihre Kinder aufzuziehen, ohne sie zu vernachlässigen, und Miriam gehörte so selbstverständlich dazu, dass sie sich auch dann nicht einsam fühlte, wenn sie – was immer noch den größten Teil des Jahres der Fall war – in Hannover in ihrer eigenen Wohnung lebte.

Erst Karsten sorgte dafür, dass die Beziehung zu ihren Freunden einen spürbaren Riss bekam. Britta und Jesper mochten ihn nicht, und die instinktive Abneigung beruhte auf Gegenseitigkeit. Karsten hasste Kinder, und der Nachwuchs der Pedersens war ihm zu quirlig und viel zu laut. Britta hatte eine scharfe Zunge, und nachdem er sich bei diversen Besuchen ein paarmal danebenbenommen hatte, kam es schließlich zu einem handfesten Krach. Danach wurde Miriam nur noch solo eingeladen. Aus Loyalität zu dem Mann, mit dem sie fest entschlossen war, ihr Leben zu verbringen, blieb sie zwei lange Jahre hindurch meist zu Hause ... und war todunglücklich darüber. Als die Beziehung auseinanderging, machten Jesper und Britta keinen Hehl aus ihrer Erleichterung.

»Miriam?«

Sie wandte den Kopf und sah Britta in der Tür stehen. Sie trug ein Tablett, auf dem neben einem Teller voll Kekse eine Glastasse dampfte.

»Ich hab dir Glögg gebracht. Uff, ist das kalt hier drin! Da steckt wieder nicht genug Holz im Kaminofen.«

Sie hatte recht. Miriam zog das dicke Wolltuch enger um ihre Schultern zusammen, legte dankbar die Hände um das warme Glas und nippte vorsichtig an dem alkoholischen Gebräu, dessen Zubereitung Jesper nie jemand anderem überließ. Sie schmeckte Rotwein, Nelken und Zimt und spürte, dass ihr der starke Punsch schon beim ersten Schluck zu Kopf stieg. Sie nippte noch einmal und sah zu, wie ihre Freundin energisch Holzscheite in die heruntergebrannte Glut stieß. Funken stoben auf und beleuchteten herzförmige Züge mit großen Augen, die im Licht der aufschießenden Flammen wie Bernstein schimmerten. Britta Pedersen war klein und zierlich, der vollkommene Gegensatz zu ihrem hochgewachsenen, breitschultrigen Mann. Sie hatte sich einen dicken Schal um den Hals gewickelt, trug aber gleichzeitig ihren farbfleckigen Malerkittel. Der begleitete sie schon seit ihrer Zeit in der Kunsthochschule und war so weit und lang, dass er ihr bis zu den Knöcheln reichte. Ihr Haar war lockig, rabenschwarz und weich wie das eines kleinen Kindes. Es war eines der vielen Details, die sie nicht nur hübsch machten, sondern schön; nicht umsonst hatte Miriam der Prinzessin, die sie vor fast acht Jahren an die Wand des ersten Babyzimmers gepinselt hatte, Brittas Gesicht gegeben.

Miriam nahm noch einen Schluck Glögg und verzog das Gesicht. »Wie viel Wodka hat Jesper diesmal in den Topf gegossen? Ich schwöre, das macht er mit Absicht – er weiß genau, wie wenig ich vertrage.«

Britta grinste und schloss die Glastür des Kaminofens.

»Er würde dich nie besoffen machen ... Jesper kann sich bloß einfach nicht vorstellen, wie es ist, besoffen zu sein.«

Was daran liegen mochte, dass er fast nie trank. Wenn er in seiner Werkstatt stand, rührte er keinen Alkohol an, und in Gegenwart seiner Familie gönnte er sich höchstens einmal ein Bier. Wenn allerdings der Winter kam und mit ihm das Weihnachtsfest, dann mutierte der Bildhauer zum Alchemisten, der Wein und Wodka mischte, geheimnisvolle Gewürze hinzufügte und sein fertiges Gebräu selbst am meisten genoss. Wirklich betrunken hatte Miriam ihn allerdings tatsächlich noch nie erlebt.

»Wenn ich im Schwarzwald bin, schicke ich ihm eine Flasche Kirschwasser«, sagte sie.

Britta zuckte zusammen und ihr Mund wurde schmal.

Miriam seufzte innerlich. Seit vier Tagen war sie jetzt auf dem Hof; sie hatte den beiden von der Erbschaft erzählt, und sie hatten sehr unterschiedlich reagiert. Britta hatte die erstaunliche Geschichte schweigend zur Kenntnis genommen, das Thema gewechselt und weigerte sich seither, das Haus in Finkenweiler auch nur zur erwähnen. Jesper war mit Miriam in die Scheune gegangen, hatte ihr sein neuestes Werk gezeigt, bei dem eine üppig verästelte Baumkrone aus einem Marmorblock herauszuwachsen schien, und erst dann einen Kommentar abgegeben.

»Du hast ein Recht auf eigene Wurzeln«, hatte er gesagt, »aber sei Britta nicht böse, dass sie damit nicht klarkommt. Sie hat Angst, dich zu verlieren.«

Miriam stellte das Glas ab, stand auf und ging zu Britta hinüber. Sie zog das Wolltuch von den Schultern, hielt die Enden fest und umarmte ihre Freundin, so dass das Tuch sie beide einhüllte wie eine wärmende Decke. Sie spürte, wie Britta sich entspannte, und küsste sie auf die Wange.

»Du riechst nach Holzfeuer und Terpentin«, sagte sie lächelnd.

»Ich werde dich so vermissen«, murmelte Britta. »Musst du dich denn wirklich in dem Hexenhäuschen deiner Oma vergraben?«

»Ich muss nicht, ich *möchte*«, sagte Miriam. »Ich habe Oma Annas Haus immer geliebt ... eures auch natürlich«, fügte sie hastig hinzu, als sie Brittas Gesichtsausdruck sah. »Ihr werdet immer meine Familie sein. Aber selbst von Hannover aus wohnt ihr nicht gerade nebenan; wenn ich euch besuchen will, sind es in Zukunft einfach ein paar Kilometer mehr.«

»Mehr als sechshundert insgesamt!«, sagte Britta finster. »Ich hab auf Jespers Computer nachgeschaut.«

Miriam musste lachen.

»Dann druck dir beim nächsten Mal gleich einen Routenplan aus«, entgegnete sie und legte die Wange auf den lockigen Scheitel unter ihrem Kinn. »Wir schlagen für die Kinder ein Zelt im Garten auf und ich zeige euch all die Schleichwege, die die Touristen noch nicht plattgetrampelt haben. Außerdem kenne ich die Leute in Finkenweiler, seit ich ein kleines Kind bin, also werde ich wohl kaum vereinsamen. Und wenn ich mich langweile, dann kann ich an der Volkshochschule in Freudenstadt Zeichenkurse geben; man fährt gerade mal eine halbe Stunde dorthin.«

Britta betrachtete sie mit zusammengekniffenen Augen.

»Du hast ja schon Pläne geschmiedet.«

»Ja, natürlich«, entgegnete Miriam gelassen. »Das muss ich doch. Mein Verleger will im Herbst eine ganze Bilderserie für ein Fantasybuch haben, und ich bin sicher, auf dem Trautweinhof kann ich besser arbeiten als in meiner alten Wohnung in Hannover. Ich bin froh, wenn ich Karstens gesammelten Krempel nicht mehr sehen muss.«

Brittas Lippen zuckten und kräuselten sich aufwärts. »Vor allem das Ledersofa.«

»Und das grässliche schwarze Sideboard«, fügte Miriam hinzu. »Das werde ich wohl am allerwenigsten vermissen.«

Britta wurde wieder ernst. »Aber wir ... *wir* werden dir doch hoffentlich fehlen?«

»Und wie.«

Miriam drückte ihre Freundin noch einmal fest an sich. Wieder der Duft von Holzrauch und Terpentin ... und eine Zuneigung, die unwandelbar und umso wertvoller war, weil sie freiwillig geschenkt wurde, mit offenen Händen.

»Mehr, als ich sagen kann.«

Trotzdem ist es richtig zu gehen, dachte sie, als Britta verschwunden war, um das Abendessen zu kochen ... Miriams letzte Mahlzeit auf dem Hof in Schleswig, bevor sie am nächsten Morgen nach Hannover zurückfuhr. Und von dort aus würde Ende Januar der Lastwagen des Umzugsunternehmen alles mit sich davontragen, was sie in den Schwarzwald mitnehmen wollte. Packen, putzen, ein paar Ämtergänge ... mehr war nicht nötig, um die Verbindungen zu kappen, die sie in dreißig Jahren geknüpft hatte.

Meine echten Wurzeln sind woanders. Sie erinnerte sich daran, was Jesper gesagt hatte, und sah vor ihrem inneren Auge das kleine Haus, das auf seiner schneebedeckten Lichtung darauf wartete, neu mit Leben gefüllt zu werden. *Es ist Zeit, dass ich sie wiederfinde.*

Sturmmond – Begegnungen

Ende Januar

Der Monat neigte sich dem Ende entgegen. Miriam verstaute in Kisten, was ihr lieb und teuer war, und fand einen Händler für Gebrauchtmöbel, der ihr das, was von Karstens protziger Einrichtung übrig war, für einen akzeptablen Preis abnahm. Der Tag, an dem sie Hannover verlassen wollte, dämmerte kalt herauf und schleuderte eine Mischung aus Regen und harten, kleinen Schneeflocken gegen die kahlen Fenster. Miriam fegte die ausgeräumten Zimmer, in denen jeder Schritt von den Wänden widerhallte, und gönnte sich einen Becher löslichen Kaffee, während sie auf den Spediteur wartete.

Eine halbe Stunde später polterten drei kräftige Männer die Treppe in den ersten Stock des Hauses hinauf und luden sich ihre Besitztümer auf die Schultern. Es war noch nicht einmal Mittag, als sie die Türen des Lastwagens zuschlugen und abfuhren. Miriam hatte mit dem Umzugsunternehmen vereinbart, auch das neue Bett mitzunehmen, das sie ausgesucht und gekauft hatte, nachdem sie von ihrem Besuch bei Britta und Jesper zurückgekommen war. Da es erst morgen direkt an die Spedition geliefert wurde, hatte sie einen Tag Vorsprung.

Miriams VW Polo war zu betagt, um den Umzug mitzumachen, außerdem brauchte sie wahrscheinlich ein etwas robusteres Fahrzeug, um bei schlechtem Wetter mit dem Waldweg fertigzuwerden, der hinauf zum Trautweinhof führte. Susanne hatte versprochen, ihr für die erste Zeit ihren Fiat zu leihen, und sobald alle Möbel standen, würde sie sich irgendwo einen gebrauchten Geländewagen suchen.

Gegen ein Uhr kam der Vermieter, sie übergab ihm den Schlüssel und fuhr mit einem Taxi zum Bahnhof. Um zwei Uhr verstaute sie die Reisetasche im Gepäcknetz, setzte sich auf ihren Platz am Fenster, lehnte den Kopf an das harte Polster, nickte ein und schreckte wieder hoch, als der Schaffner ihre Fahrkarte sehen wollte. Danach versuchte sie, in dem Roman zu lesen, den sie sich in der Bahnhofsbuchhandlung gekauft hatte; dummerweise hatte sie in der Nacht zuvor vor lauter Nervosität kein Auge zugetan, und deshalb fielen ihr nach kaum mehr als dreißig Seiten die Augen zu. Sie schlief fast zwei Stunden tief und fest, während der Zug nach Süden rollte.

In Stuttgart und in Rottweil musste sie umsteigen, und während sie ihrem Ziel immer näher kam, wurde es langsam dunkel. Dann war sie endlich in Hausach. Sie stand auf dem Bahnsteig, frierend, müde und steifgliedrig vom langen Sitzen und war unendlich dankbar und erleichtert, als sie Susanne entdeckte, die auf sie zurannte. Sie trug dieselbe braune Jacke und die fröhliche Pudelmütze wie vor einem Monat. Miriam ließ sich von dem jungen Mädchen in eine begeisterte Umarmung ziehen, und fand die ganze Situation für ein paar Sekunden vollkommen unwirklich. Nur etwas mehr als vier Wochen, und in dieser kurzen Zeit hatte sich ihr gesamtes Leben auf den Kopf gestellt.

»Ich finde das so unheimlich *cool,* dass du jetzt für immer hier wohnst!«, sagte Susanne. »Obwohl ... richtig begreifen tu ich's nicht. Dass du alles stehen und liegen lässt, bloß weil dir deine Oma den alten Hof vererbt, und dich im Wald verkriechst ... Hier passiert doch nie was!«

»Eine gute Freundin hat mir so ziemlich dasselbe erzählt«, erwiderte Miriam amüsiert, während sie Susanne wie beim ersten Mal in Richtung Parkplatz folgte.

Und wieder wartete der knallrote Fiat einsam auf sie.

»Was für eine Freundin?«, wollte Susanne wissen, während sie den Wagen aufschloss. »Lebt die auch in Hannover?«

»Nein, in Schleswig«, erwiderte Miriam und ließ sich auf den Beifahrersitz fallen. »Auf einem renovierten Bauernhof. Sie malt Bilder, und ihr Mann ist Bildhauer.«

Miriam registrierte den nahezu ehrfürchtigen Blick, den Susanne ihr von der Seite zuwarf.

Kein Wunder, dass sie mich nicht versteht ... verglichen mit dem Wolftal ist Hannover eine ganz andere, faszinierende Welt, und jetzt kenne ich auch noch lauter Künstler. Irgendwann wird sich Bernd Hessler beschweren, dass ich seiner Tochter Flausen in den Kopf setze.

»Papa hat sich gewundert, dass du das Erbe annimmst«, fuhr Susanne fort, als hätte sie unbewusst Miriams letzten Gedanken aufgeschnappt. »Er dachte ... ich meine, er hat wohl geglaubt ...« Sie verstummte und wurde rot.

»Dass *er* das Haus endlich kaufen kann?«

Miriam fiel plötzlich ein, was in dem Testament gestanden hatte: »Ich weiß ganz genau, dass Bernd Hessler hinter meinem Austragshäusle her ist wie der Teufel hinter der armen Seele.« Sie fragte sich, ob Susanne den Text von Anna Trautweins Vermächtnis wohl kannte, entschied aber instinktiv, sie nicht danach zu fragen.

»Ich vermute, dass es meiner Oma einfach am liebsten war, wenn jemand aus der Familie das übernimmt, was vom Hof noch übrig ist. Viel ist es ja nicht mehr. Dein Vater wird bestimmt ein anderes Grundstück finden, auf dem er seine Ferienwohnungen bauen kann, ohne vorher ein dreihundert Jahre altes Haus abzureißen.« Sie sah, wie Susanne sich auf die Lippen biss. »Tut mir leid. Ich wollte dich nicht kränken.«

»Hast du nicht.« Susanne schaute sie an, und auf einmal grinste sie über das ganze Gesicht. »Du hättest hören sollen, wie Papa geflucht hat, als Dr. Eberle ihm nach der Neujahrsmesse erzählt hat, dass du herziehst. Dr Pfarrer isch ganz blass worre.«

Erst jetzt registrierte Miriam, dass Susanne sich – genau wie beim letzten Mal – bis zu diesem Augenblick um ein möglichst gepflegtes Hochdeutsch bemüht hatte. Die meisten Menschen hier in der Gegend taten das, wenn sie es mit denen »von woanders« zu tun bekamen; sie wollten verstanden werden und mochten es nicht, wenn man sich über ihren breiten, kernigen Dialekt lustig machte. Und all die Jahre, in denen Miriam ihre Ferien bei ihrer Großmutter verbrachte, hatten die Leute von Finkenweiler darüber gestaunt, dass die fremde, kleine Enkeltochter von Anna Trautwein ihre heimatliche Mundart weder komisch fand noch versuchte, sie zu imitieren – was unverzeihlich gewesen wäre. Und erstaunlicherweise hatte sie nach einer kurzen Phase der Eingewöhnung auch keinerlei Probleme mehr, sie zu verstehen. Dass Susanne sich so schnell entspannte und wieder mit ihr sprach, wie ihr der Schnabel gewachsen war, kam ihr vor wie ein gutes Omen.

Miriam fielen die Worte von Dr. Eberle wieder ein: »Anna möchte, dass die letzte Trautwein zurück nach Hause kommt.«

Sie legte den Kopf an die Lehne und schloss lächelnd die Augen.

Das Haus war warm und hell erleuchtet, als sie die Tür aufschloss. Susanne hatte sie nur abgesetzt und fuhr sofort wieder; sie würde morgen kommen, um ihr beim Auspacken zu helfen und die Regale einzuräumen, aber in diesem Moment war Miriam froh, wieder allein zu sein. In der Stube brannte die alte Glaslampe über dem polierten Couchtisch, und irgendeine freundliche Seele – wahrscheinlich Frau Armbruster – hatte ihr ein spätes Vesper mit Holzofenbrot, Butter und Schwarzwälder Schinken hingestellt. Es sah sehr appetitlich aus, aber Miriam war noch zu aufgedreht von der langen Reise, um sich hinzusetzen und zu essen. Stattdessen schlenderte sie durch den stillen Raum, zog im Vorbeigehen die Vorhänge vor die alten Sprossenfenster und betrachtete die vielen Kleinigkeiten, die ihr seit Jahren vertraut waren.

Ein Landschaftsgemälde, das die Hornberger Wasserfälle zeigte. Als Kind hatte sie es sehr geliebt und den ersten Ausflug zu den »echten« Fällen herzklopfend herbeigesehnt. Ein altes, schönes Barockkreuz aus Bronze – zum Glück hatte Oma Anna nie etwas für kitschige Marienstatuen oder Jesusbildnisse übrig gehabt. Ein großformatiges, silbergerahmtes Foto, das sie und Miriam nebeneinander auf dem Balkon des Trautweinhofes zeigte; sie standen Arm in Arm und lachten in die Kamera. Direkt daneben hing das Portrait, das vor der Beerdigung auf Oma Annas Sarg gestanden hatte.

Neben der Tür, die hinaus in die kleine Diele führte, hatte sich früher noch ein großes Buffet aus dunklem Eichenholz befunden, in dem besonders feines Glas und Porzellan aufbewahrt wurden. Vor drei Jahren hatte Anna Trautwein ihre Küche renoviert, zwei hässliche, altersschwache Schrank-Ungetüme aussortiert und das Buffet stattdessen dort aufgestellt. Deswegen war die Seitenwand der Wohnstube jetzt ganz leer; mehr als genug Platz für Miriams Bücherwand, wenn sie morgen eintraf.

In den Gästekammern und der Küche hatte sich sonst nichts verändert, aber das Schlafzimmer war leer. Am Tag nach Anna Trautweins Beerdigung hatte Miriam all ihren Mut zusammengenommen, den Kleiderschrank ihrer Großmutter ausgeräumt und den Inhalt in großen Plastiksäcken verstaut. Mehr hatte sie nicht fertiggebracht; es blieb den beiden Söhnen von Frau Armbruster überlassen, das Bett und den Nachttisch abzubauen und die abgetretenen Läufer wegzuwerfen. Der Ältere, Gerhard, hatte schon vor Jahren den Laden seiner Mutter übernommen, sein jüngerer Bruder Gottfried arbeitete im Sägewerk. Als Miriam sich endgültig entschlossen hatte, Annas Erbe anzunehmen, hatte sie Gerhard angerufen und ihn um Hilfe gebeten.

Eine Woche lang kamen die beiden Armbrusters nach Feierabend auf den Hof, schliffen die alten Schlafzimmerdielen ab und behandelten sie mit Leinöl. Die Wände und Fensterrahmen hatten ebenfalls eine Auffrischung nötig, aber das eilte nicht. Wenn ihre Möbel da waren, würde Miriam Farbe aussuchen gehen, und bis alles fertig war, konnte sie in der Gästekammer schlafen.

Sie stellte fest, dass sie Durst hatte. In der Küche holte sie ein Glas aus dem Buffet, öffnete die Kühlschranktür und entdeckte gleich zwei Sorten selbst gemachter Marmelade. Außerdem hatte jemand Käse, Honig und Milch eingekauft, und in der Tür standen Mineralwasser, Apfelsaft und eine Flasche Weißwein. Sie musste lächeln und merkte gleichzeitig, dass ihr Tränen in die Augen stiegen. Britta hätte sich keine Sorgen zu machen brauchen; sie würde zwar allein in diesem Haus leben, aber sie hatte Freunde, und sie war willkommen.

Mit dem Glas, der Weinflasche und einem Korkenzieher kehrte sie in die Stube zurück. Das dreisitzige Sofa, das die uralte Sitzbank unter dem Fenster abgelöst hatte, war erst im letzten Sommer neu aufgepolstert worden und hatte einen frischen Bezug aus braunem Leinen mit weißem Streublumenmuster bekommen – ebenso wie der Ohrensessel, der immer Oma Annas Lieblingsplatz gewesen war. Gegenüber, unter den Bildern und dem Kreuz, standen eine kleine Stereoanlage und ein Flachbildfernseher. Beides waren Geschenke von Miriam, zu Oma Annas letztem Geburtstag und zu Weihnachten. Ihre Großmutter hatte sich gefreut, vor allem über den Fernseher, denn ihr uraltes Röhrengerät zeigte zuletzt nur noch verrauschte Bilder, aber Miriam wusste, wie enttäuscht sie war, dass ihre einzige Enkeltochter in Hannover blieb, anstatt sie zu besuchen. Wieder einmal wünschte sie sich, sie könnte die zwei Jahre mit Karsten ersatzlos aus ihrem Leben streichen und die Zeit zurückdrehen. Zu viele verpasste Gelegenheiten. Zu viele Begegnungen und Gespräche mit der geliebten, alten Frau, die sie versäumt hatte.

Miriam goss sich ein Glas Wein ein und machte sich ein Brot. Dann schaltete sie das Radio in der Stereoanlage ein und fand einen Klassiksender, der die »Unvollendete« von Schubert spielte. Sie lauschte, aß und trank und entdeckte plötzlich einen kleinen Karton, der halb unter den Ohrensessel geschoben worden war. Jemand hatte mit Filzstift »Nachttisch Schlafzimmer« daraufgekritzelt. Sie bückte sich, zog ihn heraus und klappte ihn auf.

Da war Anna Trautweins Familienbibel, in Leder gebunden. Miriam legte sie beiseite und fand ein bunt illustriertes Buch mit Balladen. Sie schlug es aufs Geratewohl auf und ihr Blick blieb an dem Namen Otto Ernst hängen.

Die Erinnerung traf sie wie ein Schlag: Sie war zehn Jahre alt gewesen, konnte in einer stürmischen Nacht nicht schlafen und bettelte so lange, bis Oma Anna nachgab und anfing, ihr aus dem Balladenbuch vorzulesen. Sie fand »Nis Randers« und Miriam lag herzklopfend in ihrem Bett, die Decke bis ans Kinn hochgezogen, während die Mär von dem friesischen Seemann, der seinen verschollenen Bruder aus einem Schiffswrack rettet, über sie hinwegbrandete wie eine salzige Meereswoge.

Miriam legte das Buch beiseite; der Karton war jetzt fast leer, bis auf ein kleines Kästchen, das aussah, als sei es aus Rosenholz. Ein feines Blätterdekor war in den Deckel geschnitzt. Sie klappte es auf und sah, dass es mit verblasster, roter Seide ausgeschlagen war. Da lagen Anna Trautweins Ohrhänger, an denen zwei facettierte Goldkugeln baumelten, und die zarte Goldkette mit dem keltischen Kreuz, die Matthias Trautwein seiner Mutter vor dreiundzwanzig Jahren von einer Urlaubsreise in Irland mitgebracht hatte. Damals redeten sie endlich wieder miteinander, und Miriam kam zum ersten Mal auf den Trautweinhof. Ohrhänger und Kette hatte Anna fast täglich getragen, auch auf den Fotos an der Wand.

Es gab eine runde Brosche mit einem großen, böhmischen Granatstein, von einem Kranz rosiger Barockperlen eingefasst, einen passenden Herzanhänger an einem schwarzen Spitzenband und einen schmalen Goldring mit fünf Granatsteinen, die angeordnet waren wie eine Blüte. Ganz unten in dem Kästchen fand sie einen kleinen Samtbeutel, in dem es leise klapperte, als sie ihn hochhob. Sie zog vorsichtig den Bändel auf, und eine runde Silberscheibe an einer langen Kette rutschte schwer und kühl in ihre Handfläche.

Miriam musterte das Schmuckstück überrascht; alles, was in dem kleinen Holzkästchen lag, war ihr vertraut, aber das hier hatte sie noch nie gesehen. Die Kette bestand aus flach gehämmerten Gliedern, die mit kleinen Ringen verbunden waren. Sie sah handgeschmiedet aus und sehr alt. Die Silberscheibe hatte einen Durchmesser von knapp fünf Zentimetern. Auf der Vorderseite befand sich eine geriefte Gravur, geformt wie ein Blitz, sonst war sie glatt und glänzend. Als sie die Scheibe herumdrehte, fand sie Buchstaben und Zahlen in verschnörkelter Schrift: »A. D. 1705 Deus Aia Nos« – »Gott, hilf uns«.

Miriam wunderte sich, dass das Silber nicht angelaufen war. Ihre Großmutter musste Kette und Scheibe regelmäßig poliert haben, und das, obwohl dieser merkwürdige alte Schmuck offenbar ständig in dem Samtbeutel verborgen blieb. Wieso hatte sie ihn nie getragen? Was hatte die Jahreszahl zu bedeuten und wieso stand der Spruch darauf? Sie hätte nur zu gern gewusst, wo er herkam, aber fragen konnte sie Anna ja nun nicht mehr.

Sie legte sich die Kette um den Hals, stand auf und trat ans Fenster. In der Scheibe konnte sie ihr Spiegelbild sehen – ein blasses Gesicht über einem dunklen Wollpullover, und die merkwürdige Scheibe, die ihr entgegenleuchtete wie ein rundes, silbernes Auge. Zum ersten Mal, seit sie das Haus betreten hatte, spürte sie, wie erschöpft sie war.

Sie räumte Essen und Geschirr in die Küche, schaltete die Stereoanlage aus und löschte das Licht in der Stube. Als sie hinaufging, knarrten die alten Holzstufen unter ihren Füßen, das Geräusch so vertraut wie jedes Ächzen der Balken und jedes Knacken in den Dielen. Das Haus lebte und arbeitete rings um sie her, aber nur leise und gedämpft, als versuche es, sie nicht zu stören.

In der Gästekammer hatte jemand Staub gewischt und das Bett frisch bezogen. Miriam legte die silberne Kette und den Anhänger auf das Nachtkästchen und zog sich um. Dann rollte sie sich unter dem dicken Federbett zusammen und wartete darauf, dass der Schlaf kam.

Von Zeit zu Zeit geisterte die merkwürdige Scheibe hinter ihren geschlossenen Augenlidern vorbei. Der Blitz, den sie darauf gesehen hatte, entwickelte ein Eigenleben; als sie endlich schlief, wirbelte und zuckte er stumm durch ihre Träume wie bei einem sommerlichen Hitzegewitter.

Das Haus umschloss sie wie eine warme, knorrige Hand; es begleitete sie wie beim allerersten Mal vor dreiundzwanzig Jahren mit dem hölzernen Flüstern seiner Wände, mit dem Wind im Abzug des Kachelofens – dessen Wärme sie Anfang Februar noch immer bitter nötig hatte – und mit dem Geruch längst verloschener Herdfeuer in der kleinen Küche. Während die Wochen verstrichen, woben sie ein neues und erstaunlich besänftigendes Muster, und die verlässliche Regelmäßigkeit ihrer Arbeit schenkte ihrem Leben einen vertrauten Rhythmus.

Die neuen Entwürfe schickte sie regelmäßig vom Schreibtisch aus als Bilddateien an ihren Verleger. Nach der letzten Unterschrift auf die Papiere, mit denen sie ihr Erbe annahm, hatte ihr Dr. Eberle erzählt, dass Oma Anna keine drei Monate vor ihrem Tod den Trautweinhof an das Internet hatte anschließen lassen, obwohl es im ganzen Haus keinen Computer gab und sie zeitlebens nie gelernt hatte, damit umzugehen. Ob es nun eine sichere Vorahnung gewesen war oder die dickköpfige Hoffnung der alten Frau, dass sich die Dinge in ihrem Sinne fügen könnten – Miriam würde es niemals sicher wissen, aber sie segnete ihre Großmutter dafür.

Sie hatte ihren Zeichentisch an das Ostfenster in der Stube gestellt. Nach Sonnenaufgang fiel hier zuerst das helle Licht des Morgens herein und sie beugte sich mit einer Tasse Kaffee über ein weißes Blatt Papier, auf dem die Phantasiegeschöpfe für das Buch langsam Gestalt annahmen. Wenn sie nicht mehr stillsitzen konnte, wechselte sie an das Stehpult neben dem Tisch und skizzierte weiter, oder sie ließ ihre Arbeit liegen und machte einen kurzen, belebenden Spaziergang durch den Wald.

In ihrem neuen Bett schlief sie besser als seit Jahren, und sie liebte es mit einer Art schuldbewusster Befriedigung. Es hatte ein breites, verschnörkeltes Gestell aus Messing, mit bemalten Porzellanknäufen, die das Kopfende schmückten. Die Matratze war dick, dazu gab es ein üppiges Kissen und Federbett. Der Bettbezug war der teuerste, den sie sich jemals selbst geleistet hatte ... aus Leinen genäht, mit Häkelspitze besetzt und makellos weiß. Alles zusammen schien geradewegs einem Rosamunde-Pilcher-Roman entsprungen zu sein, aber während es in der Wohnung in Hannover lächerlich ausgesehen hätte, fügte es sich nahtlos in die Atmosphäre des Hauses ein, das nun ihr gehörte.

In Hannover hatte die Hausverwaltung Miriam nach einer gründlichen Renovierung ihrer kleinen Wohnung im letzten Frühling ein Kaufangebot gemacht. Es war Karsten gewesen, der sie entmutigt hatte, als sie darüber nachdachte, einen Teil des Geldes abzuzweigen, das sie von ihrem Vater geerbt hatte, um das Angebot anzunehmen.

»Wofür brauchst du bloß dieses billige, kleine Loch?«, hatte er zu ihr gesagt. »Wart noch ein paar Jahre und wir haben eine Wohnung, die man tatsächlich vorzeigen kann.«

Dann lachte er das trockene, ein wenig arrogante Lachen, das sie fast zwei Jahre lang amüsiert hatte, bis sie begriff, was sich unter der Oberfläche verbarg: ein Zynismus, der an Grausamkeit grenzte, und der allzu oft die Grenze zu offener Gemeinheit überschritt.

Eine Erkenntnis führte zur anderen, und nach ein paar zunehmend unangenehmen Monaten wurde ihre Trennung zur einzig logischen Konsequenz. In gewisser Weise war sie dankbar; das Geld, das sie nicht an die Wohnung verschwendet hatte, war immer noch da, als sie jetzt die Erbschaftssteuer zahlen musste und behutsam anfing, das in Ordnung zu bringen, was an dem letzten verbliebenen Gebäude des Trautweinhofes zu machen war.

Karsten war Vergangenheit, der Teil ihres alten Lebens, den hinter sich gelassen zu haben sie am wenigsten bedauerte. Sie musste sich im Moment nur um sich selbst sorgen. Ihre Zeichenkunst war inzwischen wesentlich einträglicher als noch vor wenigen Jahren, aber Miriam wünschte sich noch ein weiteres Standbein – nicht nur, weil das ihrem Konto ausgesprochen guttun würde, sondern weil sie wusste, dass sie sich in ihrem neuen Zuhause nicht zu sehr isolieren durfte. Also wandte sie sich an die Volkshochschule in Freudenstadt und machte dort das Angebot, Zeichenkurse zu geben.

Es stellte sich heraus, dass die Dame, die für den Jahresplan zuständig war, das Buch »Hic sunt Dracones« besaß, einen Bildband über Drachen aus Miriams Verlag, zu dem sie vor ein paar Jahren mehrere Bilder beigetragen hatte. Das war ein ausgesprochener Glücksfall, der dafür sorgte, dass ihr Angebot begeistert akzeptiert wurde. »Drachen, Elfen, Ungeheuer – phantastisch zeichnen für Anfänger« tauften die beiden über einem Glas Rotwein den Kurs, der im April beginnen sollte. Innerhalb von zwei Wochen hatte die Volkshochschule nicht nur die mindestens erforderlichen zehn Anmeldungen beisammen, sondern mehr als dreißig, und aus einem Kurs wurden zwei. Wenn Miriam nicht gerade zeichnete, suchte sie Bücher mit Lehrmaterial zusammen, schrieb Listen, wälzte Kataloge und bestellte Stifte und Papier für ihre zukünftigen Schüler.

An einem stürmischen, kalten Tag Mitte Februar kochte Miriam sich gerade ein kleines Abendessen, als das Telefon klingelte. Der Anrufer stellte sich als Dr. Andreas Frankenthal vor; er leitete den neu entstandenen Wolf- und Bärenpark in Schapbach, an den Oma Anna zwei Hektar Wald mit Vorkaufsrecht verpachtet hatte. Bisher waren sie nicht genutzt worden, aber jetzt stand eine Erweiterung bevor.

»Wir hatten bereits mit Ihrer Großmutter über den Verkauf verhandelt, aber sie konnte sich noch nicht so recht entschließen, unser Preisangebot anzunehmen«, sagte Frankenthal; er klang freundlich und energisch. »Aber da wir das Land dringend brauchen, wäre es gut, wenn Sie Nägel mit Köpfen machen würden. Wir müssen den Boden roden und ein Gehege anlegen, wenn möglich noch in diesem Frühjahr.«

Miriam kannte die Preise für geschlagenes Holz. Die Parkleitung würde sich selbst um das Fällen der Bäume und den Verkauf kümmern, als Gegenleistung dafür, dass sie ihnen das Land endgültig überließ. Und zwei Hektar Wald machten zwar nicht reich, aber es kam doch eine ganz ordentliche Summe heraus.

»Was halten Sie davon, wenn Sie morgen Nachmittag vorbeikommen?«, meinte Miriam. »Wir trinken einen Kaffee zusammen, und ich bin sicher, wir werden uns einig.«

Eine kurze Pause, dann war die energische Stimme wieder zu hören. »Ja, aber besser nicht zu früh, wir müssen einen

Sicherheitszaun reparieren. Letzte Nacht ist ein Baum hineingekracht, und der zusammengebrochene Teil muss so schnell wie möglich ersetzt werden, damit Jurka wieder in ihr Gehege kann.«

»Wer ist Jurka?«

»Die erste Bärin, die wir in unserem Park aufgenommen haben. Haben Sie das Theater um den Bären Bruno mitgekriegt, der 2006 in Bayern erschossen wurde?«

»Ja, natürlich. Wieso?«

»Das war einer ihrer Jungen. Ich komme, sobald der Zaun wieder steht, okay?«

»Wann immer es Ihnen passt«, sagte Miriam. »Der Kaffee hält sich bestimmt ein Weilchen; ich hab eine Thermoskanne.«

Schließlich wurde es drei, bis ihr Gast am nächsten Nachmittag eintraf. Miriam hatte sich nach dem Frühstück ausführlich durch die Website des Parks geklickt und dann an dem Entwurf einer Medusengestalt gearbeitet, der ihr seit Tagen im Kopf herumspukte. Eigentlich wollte sie den Tisch im Wohnzimmer decken, aber dort lagen überall ihre Skizzen herum, und sie wollte nach dem Besuch weiterzeichnen. Also entschied sie sich für den Tisch neben dem Herd, holte Oma Annas heiß geliebte Kristallschale aus dem Schrank und füllte sie mit den Mandelplätzchen, die erst gestern in einem Carepaket von Britta angekommen waren. Der Raum war warm und gemütlich; sie hoffte, es würde Frankenthal nichts ausmachen, dass sie in der Küche mit ihm verhandelte.

Sie hörte Motorengeräusch, das sich auf dem Waldweg näherte, trat in die Diele und öffnete die Tür. Ein staubiger Geländewagen rollte auf die Lichtung und kam ein Stück vor Susannes rotem Fiat zum Stehen. Wieder wurde ihr bewusst, dass sie sich um einen fahrbaren Untersatz kümmern musste, der für die steilen Straßen und strengen Winter in dieser Landschaft taugte. Falls sie ihm das Waldstück heute verkaufte, reichte das Geld vielleicht.

Miriam hatte sich nach dem Klang der Stimme am Telefon ein gewisses Bild davon gemacht, wie Andreas Frankenthal aussah, aber als er aus dem Wagen stieg und über die Wiese auf sie zukam, stellte sie fest, dass es nicht passte. Er war größer, als sie gedacht hatte, und um einiges breitschultriger. Sein Gesicht hatte trotz der sonnenlosen Wintermonate eine gesunde Farbe, und die wettergegerbte Haut sprach von reichlich frischer Luft. *Natürlich,* dachte sie, *ein Wildbiologe sitzt wohl kaum ständig im Labor und jongliert mit Reagenzgläsern.* Er hatte haselnussbraune Augen, mit sonnengebleichten Wimpern und Brauen, und sein dunkelblondes, von hellen Strähnen durchzogenes Haar war lang genug, dass es ihm offen vermutlich bis weit über die Schultern fiel. Er hatte es zu einem Zopf geflochten, der mit einem Lederband zusammengehalten wurde. Unter einer langen Daunenjacke voller Lehmspritzer und Ölflecken trug er Wildlederhosen, ein kariertes Flanellhemd und klobige Boots, und er hatte einen Rucksack aus verblichenem Segeltuch bei sich.

Sein Händedruck war kurz und fest, ganz wie sie es erwartet hatte. Sie gingen hinein, er hängte seine Jacke an einen der drei Garderobenhaken, und sie führte ihn in die Küche. Er sah sich neugierig um, und sie hatte genügend Muße, ihn weiter in Augenschein zu nehmen. Die Hemdsärmel waren aufgekrempelt und gaben sommersprossige Haut frei, die von hellem Haarflaum überzogen war. An der rechten Hand trug er einen breiten Ring mit einem durchbrochenen Muster aus keltischen Knoten; er hatte sich offensichtlich die Nägel sauber geschrubbt, ehe er hierhergekommen war, aber hier und da waren noch schwache Spuren von Erde zu entdecken.

»Frau Trautwein?«

Er sah sie an; erst jetzt begriff sie plötzlich, dass er eine Frage gestellt hatte.

»W... wie bitte?«

Seine Lippen zuckten belustigt; anscheinend kannte er seine Wirkung ganz genau.

Schlimm genug, dabei ertappt zu werden, dass sie ihn angaffte wie ein Schulmädchen ... jetzt wurde sie auch noch rot.

»Wie alt ist dieses Gebäude?«, wiederholte er.

»Knapp dreihundert Jahre«, antwortete sie, froh, wieder auf sicherem Boden zu sein. »Es war ursprünglich das Leibgedingehaus des Trautweinhofes und wurde etwas größer gebaut, als man es normalerweise damals machte. Aber der Altbauer hatte fast ein Dutzend Kinder, und zwei unverheiratete Töchter zogen mit ihm und seiner Frau ein, weil er viel Pflege brauchte. Deshalb gibt es oben noch zwei kleine Kammern. Zum Glück ist da inzwischen auch ein modernes Bad. Meine Großmutter hing zwar an ihren alten Sachen, aber sie hatte es beim Waschen gern bequem ... beim Kochen übrigens auch.«

Andreas Frankenthal schaute sich in der Küche um. Sein Blick streifte den großen Kühlschrank und den Elektroherd, den Oma Anna vor zwei Jahren hatte einbauen lassen.

»Ich seh's.«

»Möchten Sie Kaffee?«

»Gern.«

Frankenthal hielt Miriam den Becher hin, und sie goss ihn voll. Er bediente sich mit Milch und Zucker, dann beugte er sich vor und musterte sie mit großem Interesse.

»Der Notar – Dr. Eberle – hat mir gesagt, Sie stammen aus Hannover. Wie sind Sie darauf gekommen, ausgerechnet hierherzuziehen?«

Ganz schön neugierig, dachte Miriam. *Und er ist daran gewöhnt, dass er immer herausfindet, was er wissen will.*

»Ich habe das Haus geerbt«, sagte sie sachlich. »Und das Stück Land, das sie für ihren Park brauchen. Sie wollen doch etwas von mir, also würde gern ich ein paar Fragen stellen.«

Er lehnte sich zurück, nippte an der Tasse und grinste. »Schießen Sie los.«

»Erzählen Sie mir von Jurka.«

Sein Gesicht wurde ernst. »Das ist eine hässliche Geschichte. Sie wurde von Slowenien nach Italien umgesiedelt, ins Trentino. Dort hätte sie ohne menschlichen Kontakt in einer natürlichen Umgebung leben sollen, aber dann hat ein hirnloser Hotelier sie angefüttert und ihr damit beigebracht, dass Menschen erstens nicht gefährlich und zweitens Garanten für leckeres Futter sind. Folgerichtig hat sie das auch an ihre Jungen weitergegeben ... weswegen Bruno in Bayern auch nichts dabei fand, sich in der Nähe von besiedeltem Gebiet aufzuhalten und Schafe zu reißen.«

»Was schließlich sein Untergang gewesen ist«, meinte Miriam.

»Ganz genau. Bei uns ist Jurka wenigstens sicher und kann so leben, wie sie sollte, und unsere anderen Bären auch – mit gewissen Einschränkungen natürlich. Inzwischen haben wir neben unseren neun Bären auch ein kleines Rudel von drei Wölfen. Und für all das brauchen wir Platz.«

»Womit wir bei meinem Stück Land wären«, sagte Miriam und lächelte.

»Jawohl.« Er nahm sich ein Plätzchen und biss hinein. »Lecker!«, sagte er mit vollem Mund, dann schluckte er hinunter. »Entschuldigen Sie meine Manieren – haben Sie die gebacken?«

»Nein, eine Freundin von mir. Sie hat mir ein ganzes Paket voll davon geschickt.«

»Meine Güte.« Er nahm sich noch eins aus der Schale. »Die würde ich liebend gern mal näher kennen lernen.«

»Ihr Mann wäre davon aber gar nicht begeistert«, erwiderte Miriam trocken. »Er sieht aus wie ein Wikinger und ist mindestens ebenso kräftig. Können wir jetzt auf den Verkauf zurückkommen?«

»Natürlich.«

Frankenthal grinste wie ein spitzbübischer Teenager. Er hatte einen entwaffnenden Charme, und Miriam stellte fest, dass sie ihn mochte.

»Wir haben kein großes Budget«, sagte er. »Wir müssen diesen Park mit einem Bruchteil von dem Geld zum Laufen bringen, das man eigentlich dafür braucht. Aber wenn Sie mit einem Euro pro Quadratmeter für das Holz einverstanden wären … ungenutzt bringen die Bäume weder uns noch Ihnen irgendwas.«

Miriam wusste, dass er recht hatte, und der Preis stimmte auch. Zwanzigtausend Euro war eine Menge Geld; sie konnte einen ordentlichen Teil davon auf die hohe Kante legen.

»Einverstanden«, sagte sie. »Sie haben nicht zufällig den Kaufvertrag mitgebracht? Dann unterschreibe ich ihn sofort.«

Er blinzelte verblüfft; sie stellte fest, dass sie ihn aus der Fassung gebracht hatte, und das Schulmädchen in ihrem Kopf freute sich diebisch darüber.

»Also … um die Wahrheit zu sagen, doch, ich habe ihn vorsichtshalber mal eingesteckt, aber auf Ihr Tempo war ich nicht gefasst.« Wieder grinste er. »Einen Stift habe ich allerdings keinen.«

»Aber ich.«

Miriam holte einen Kugelschreiber aus der Hosentasche und hielt ihn hoch.

Der Vertrag, den er aus seinem Rucksack zog, bestand aus zwei dicht beschriebenen Blättern, die von einer Büroklammer zusammengehalten wurden. Sie las ihn durch, Absatz für Absatz, und fand nirgendwo eine rechtliche Stolperfalle. Also legte sie das Papier neben die Kristallschale und schrieb Namen und Datum auf die dafür vorgesehene Linie. Als sie den Kopf hob, merkte sie, dass er sie ansah.

»Entscheiden Sie sich immer so schnell?«, fragte er.

»Es war nicht *meine* Entscheidung«, sagte Miriam und goss sich endlich selbst eine Tasse Kaffee ein. »Meine Großmutter hat das Land an den Park verpachtet, und sie wollte es auch verkaufen.« Sie lächelte. »Außerdem habe ich heute Morgen über zwei Stunden auf Ihrer Website verbracht; ich denke, Oma Anna hatte genau den richtigen Riecher.«

»Sie waren früher zu Besuch hier, nicht?«

»Ja.«

»Warum sind Sie hierhergezogen?«, wollte er zum zweiten Mal wissen.

Miriam entschied, dass es nichts schaden konnte, seine Neugier zu befriedigen.

»Ich habe als Kind fast jedes Jahr die Ferien hier verbracht. Meine Eltern waren viel unterwegs, und unsere Wohnung in Hannover war nie mehr für sie als eine Art Zwischenstation.«

»Da hat man es wahrscheinlich nicht leicht, sich irgendwo daheim zu fühlen«, meinte Frankenthal, und sie warf ihm einen überraschten Blick zu.

Er zog eine verlegene Grimasse. »*Meine* Eltern haben sich für die Umwelt engagiert«, erklärte er, »gegen Rassismus, Völkermord und die Stationierung amerikanischer Raketen in Deutschland. Wenn sie über die Friedensmärsche und Lichterketten in den Neunzehnachtzigern reden, dann haben sie heute noch ein verklärtes Leuchten in den Augen. Ich lief nebenher mit und wurde bei meiner Tante geparkt, wenn die beiden wieder mal auszogen, die Welt zu retten. Sie haben es bestimmt nicht böse gemeint, und ich bin sicher, sie hatten mich sehr gern, aber manchmal war ich ein bisschen einsam.«

»Deshalb war ich so gern hier«, erwiderte Miriam. »Das hier war mein wirkliches Zuhause, und meine Großmutter hatte immer Zeit.« Sie schaute auf ihre Armbanduhr. »Übrigens – ist Ihr Zaunstück jetzt repariert?«

»Ja.« Frankenthal stellte seine Tasse hin und stand auf. »Gut, dass Sie mich fragen; ich muss zurück. Eine von unseren beiden Ehrenamtlichen hat demnächst Dienstschluss, und sie wartet darauf, dass ich sie ablöse.«

Sie brachte ihn zur Tür, sah zu, wie er in seine Jacke schlüpfte, und begleitete ihn hinaus ins Freie. Er ging auf seinen Geländewagen zu, schaute zu dem roten Fiat hinüber und stieß einen überraschten Pfiff aus.

»Dachte ich's mir doch, dass mir der Wagen bekannt vorkommt – der gehört Susanne Hessler!«, sagte er. Dann drehte er sich zu ihr um. »Sie hat mir erzählt, sie hätte es einer Freundin geliehen. Das sind ja dann wohl Sie.«

»Sie kennen Susanne?«

»Ja, sicher. Sie arbeitet seit vier Wochen im Park mit … vor allem am Wochenende, aber heute Nachmittag hat sie frei und ist für mich an der Information eingesprungen. Kommen Sie doch mal vorbei, dann bekommen Sie die große Rundfahrt und können sich alles anschauen.«

»Mach ich gern.«

Miriam betrachtete den Geländewagen, mit dem er gekommen war. Unter dem reichlich vorhandenen Schmutz war er dunkelgrün, trug einen großen Mercedes-Stern auf dem Kühlergrill und sah trotz einer frischen Beule auf dem rechten Kotflügel ziemlich unverwüstlich aus.

So etwas brauchte sie auch.

»Das wäre doch was für Sie«, meinte Frankenthal, als sei er ihren Gedanken gefolgt. »Eine G-Klasse mit Turbodiesel und Allradantrieb. Damit kommen Sie sogar dann noch hier rauf, wenn der Rest der Leute im Wolftal zum Laufen Schneeschuhe braucht. Und er ist praktisch nicht kaputt zu kriegen.« Er kratzte sich nachdenklich am Kinn. »Hören Sie mal – Gottfried Armbruster von der Sägemühle unten in Finkenweiler hat so einen, etwa zehn Jahre alt und sehr gut in Schuss. Vorgestern hat er mir erzählt, dass er ihn verkaufen will.«

»Ich kann ihn ja mal fragen«, meinte Miriam, die sich rasch für die Idee erwärmte. »Wir kennen uns, seit ich ein Kind bin … vielleicht macht er mir einen Freundschaftspreis.«

»Ich drück Ihnen die Daumen!«

Andreas Frankenthal grinste sie an, stieg ein und schloss die Tür. Dann ließ er den Wagen an, setzte mit einem gewaltigen Aufspritzen von braunem Schneematsch zurück und wendete.

Miriam sah ihm nach, wie er den Weg hinunterfuhr und zwischen den Bäumen verschwand, und plötzlich dachte sie an Susanne. Andreas Frankenthal war ein überaus appetitliches Exemplar Mann, sogar in ihren eigenen Augen. Dem romantischen jungen Mädchen, das sich so leicht von allem beeindrucken ließ, was aus der »weiten Welt« jenseits ihres kleinen Tals kam, musste er vorkommen wie ein wahr gewordener Jungfrauentraum auf zwei Beinen.

Sie lächelte in sich hinein und ging zurück ins Haus, um Gottfried Armbruster anzurufen. Während sie die Nummer des Sägewerks wählte, fing es draußen an zu schneien, und ein dünner, weißer Schleier legte sich über die frischen Reifenspuren.

Sturmmond: Das Haus im Wald

Mitte Februar

Der Februar ging langsam vorüber. Miriam fuhr in ihrem neuen Auto – sechstausend Euro bar auf die Hand, Gottfried Armbruster hatte es ihr tatsächlich zu einem Freundschaftspreis überlassen – nach Finkenweiler hinunter. Sie sah die verblassende Scheibe des Mondes am Himmel stehen. Letzte Nacht war er ganz voll gewesen; sie hatte sehr spät noch gezeichnet, während er wie eine strahlende Münze über dem Horizont hing. »Sturmmond« hatte Oma Anna den Februar immer genannt; sie kannte volkstümliche Namen für jeden Monat des Jahres. Miriam versuchte, sich an alle zwölf zu erinnern. Sie wusste noch, dass der April »Frühlingsmond« genannt wurde und der Juli »Kräutermond«, aber alles andere hatte sie vergessen. Sie nahm sich vor, im Internet zu suchen, wenn sie nachher wieder nach Hause kam.

Der Laden der Armbrusters war fast leer; sie hatte genau die richtige Zeit zwischen dem Ansturm nach dem Frühstück und dem vor dem Mittagessen erwischt. Die jungen Familien fuhren immer häufiger zum Großeinkauf nach Wolfach oder nach Hausach, aber die Alten deckten ihren Bedarf zum größten Teil noch hier. Miriam packte Aufschnitt, Käse und Brot in ihren kleinen Einkaufskorb, dazu ein Pfund Kaffee und genügend Zutaten für eine leichte Mahlzeit am Sonntag. Heute Abend war sie bei den Hesslers eingeladen, und es empfahl sich, nach dem Frühstück nichts mehr zu essen, denn Sabines Vater zeigte nicht nur bei seinem Hotel und seinen Ferienwohnungen gern, was er zu bieten hatte. Sie legte noch ein Netz mit Äpfeln und einen Beutel Kartoffeln dazu, dann ging sie zur Kasse.

Gerhard Armbruster nahm das Geld entgegen und lächelte sie an. »Geht's dir gut?«, wollte er wissen. »Und Gottfrieds Karre hatte noch keinen Achsenbruch?«

»Alles in Ordnung«, erwiderte sie lächelnd und sah zu, wie er ihre Lebensmittel in eine Papiertüte lud. »Stecken bleiben werde ich jetzt nicht mehr, das ist mal sicher. Trotzdem bin ich froh, wenn es endlich richtig Frühling wird.«

»Sind wir alle«, sagte er und reichte ihr die Einkäufe über den Tresen. »Selbst wenn das heißt, dass demnächst die Touristen wieder hier einfallen.«

Die Tüte war schwer und ziemlich unhandlich; Miriam musste sie mit beiden Armen festhalten und ärgerte sich, dass sie ihren großen Weidenkorb nicht mitgenommen hatte.

»Das lässt du Bernd Hessler aber besser nicht hören«, gab sie zurück. »Der freut sich doch über jeden Reisebus, der in Finkenweiler Station macht.«

»Klar doch.« Gerhard Armbruster grinste schief. »Wenn sein Hotel voll wird, hat er nämlich am meisten davon. – Soll ich dir die Tüte vielleicht zum Wagen tragen?«

»Lass mal.« Miriam wandte sich in Richtung Eingang. »Das kurze Stück schaff ich schon.«

Draußen hatte ein leichter Nieselregen eingesetzt. Die Wolken waren dicht und schiefergrau und hingen so tief über dem Tal, dass sie fast die Baumspitzen der Wälder berührten, die sich wie dunkelgrüne Schleier seitlich über den Steilhängen ausbreiteten. Miriam trat ins Freie und hörte das melodische Klingeln der Glocke, als die Ladentür langsam hinter ihr zufiel. Sie machte einen Schritt auf den Weg ... und im nächsten Moment verlor sie das Gleichgewicht und kippte nach vorne.

Sie hatte das Gitter vergessen. Schon wieder.

Es war schon vor dreißig Jahren unmittelbar vor dem Ladeneingang in den Gehsteig eingelassen worden. Die Leute von Finkenweiler hatten sich darüber beschwert, dass sie ständig bis über die Knöchel in den Pfützen versanken, die sich bei Regenwetter in dem unebenen Pflaster bildeten. Unter dem Gitter wurde das Wasser durch ein Rohr mit der Kanalisation verbunden und in die Wolfach abgeleitet, doch es gab immer noch ein Risiko. Zwar holte man sich schon lange keine nassen Füße mehr, aber wenn man nicht achtgab, blieb man in den grobmaschigen Metallstreben hängen.

Und genau das war ihr gerade passiert.

Miriam ruderte mit den Armen und fand sich unversehens auf Händen und Knien wieder. Die Tüte flog in hohem Bogen durch die Luft, prallte auf den Asphalt und platzte auf. Brot, Käse und Plastikpäckchen mit Aufschnitt schlidderten über den nassen Boden, das Obstnetz riss und die Äpfel rollten in alle Richtungen davon.

»Verflixt und zugenäht!«

Sie versuchte, sich aufzurappeln, musste aber feststellen, dass der kleine Absatz ihres rechten Schuhs immer noch in dem Gitter feststeckte. Ein Blick nach hinten zeigte ihr, dass im Laden niemand etwas von ihrem albernen Unfall mitbekommen hatte; Gerhard Armbruster wandte ihr den Rücken zu und holte gerade für eine alte Dame eine Konservendose aus dem Regal hinter der Kasse.

»Warten Sie.«

Sie drehte sich wieder um und schaute geradewegs auf zwei Füße in robusten Arbeitsstiefeln. Ihr Blick wanderte an verwaschenen Jeans entlang nach oben und fand den Saum einer langen, schwarzen Winterjacke. Bevor sie sich das Gesicht ansehen konnte, aus dem die dunkle, ein wenig ungeduldige Stimme kam, hatte der Mann ihr bereits den Rücken zugedreht. Er sammelte die Lebensmittel wieder ein und begab sich auf eine schnelle, sehr effiziente Jagd nach den Äpfeln. Binnen kürzester Zeit kam er zu ihr zurück, mit seiner Beute beladen, und er zog sogar einen zusammengefalteten Plastikbeutel aus der Tasche.

»Nehmen Sie das hier, die Papiertüte ist hin. Können Sie allein aufstehen?«

»Geht leider nicht.« Miriam biss die Zähne zusammen. »Mein Schuh hängt in dem Gitter.«

»Aha.«

Noch immer machte er keinerlei Anstalten, ihr auf die Beine zu helfen. Stattdessen lud er ihre Einkäufe in den Plastikbeutel und lehnte ihn an die Hauswand neben der Ladentür. Endlich hockte er sich vor sie hin. Sie spürte, wie sich seine Hände überraschend warm um ihren Knöchel schlossen. Es gab einen kleinen Ruck, ihr Fuß war frei und im nächsten Moment stand sie wieder auf den Beinen. Sie war mittelgroß und brachte etwas mehr als sechzig Kilo auf die Waage, aber er hatte sie mit einer Mühelosigkeit in den Stand gehievt, als sei sie vollkommen gewichtslos.

»Dankeschön.«

»Schon gut. Passen Sie das nächste Mal besser auf, wo Sie hintreten.«

Jetzt konnte sie zum ersten Mal sein Gesicht deutlich sehen. Dichte Brauen über Augen von einem klaren, fast durchsichtigen Graugrün, dazu eine gerade Nase. Der Mund war schmal, die Lippen aufeinandergepresst, und sein Kinn zeugte von reichlich vorhandenem Starrsinn. Das Haar war kurz und glatt, und selbst an diesem düsteren Morgen schimmerte es in einem tiefen, fast schwarzen Braun.

Ich kenne ihn!

Sie erinnerte sich an ihn – an dieses Haar, an die Augen und den Mund, und mit der Erinnerung kam ein Gefühl überwältigender Trauer.

»Sind wir uns nicht schon einmal begegnet?«, fragte sie. »Ich glaube, ich habe Sie gesehen, und Sie mich auch ... letzten Dezember, hier auf dem Friedhof. Wissen Sie noch?«

Für einen Sekundenbruchteil flackerte etwas in den hellen Augen auf, aber es war so schnell wieder verschwunden, dass sie glaubte, sie habe es sich nur eingebildet. Er betrachtete sie gleichgültig.

»Nein«, sagte er. »Sie müssen sich irren. Und ich habe es eilig. Leben Sie wohl.«

Er wandte ihr brüsk den Rücken zu und ging mit raschen Schritten davon.

Miriam starrte sprachlos hinter ihm her. Sie irrte sich ganz bestimmt nicht. Sie erinnerte sich sogar an die Art, wie er lief ... aus irgendeinem Grund hatte sich seine Körperhaltung, seine ganze Art, sich zu bewegen, tief in ihr Gedächtnis eingegraben.

Der Mann war fast außer Sichtweite, als ihr auffiel, dass etwas vor ihr auf dem Boden lag, direkt hinter dem Abflussgitter, in dem sie hängen geblieben war. Sie kauerte sich hin und hob es auf. Es war eine Brieftasche aus braunem Leder, abgewetzt und nass vom Regen. Miriam durchsuchte sie rasch: ein Fünf-Euro-Schein und ein paar Münzen, eine Scheckkarte der Sparkasse Wolfach und in einem gesonderten Steckfach ein Personalausweis.

Auf dem Foto starrte er genauso gleichgültig in die Kamera, wie er noch vor kaum zwei Minuten Miriam angestarrt hatte. »Randolf Markward«, las sie, »geboren am 22. Januar 1970, Adresse Bad Rippoldsau-Schapbach, Seebachstraße, Markwardhof.«

»Halt!« Sie sprang auf, die Brieftasche in der Hand. »Halt! Warten Sie!«

Es half nichts, er war schon zu weit weg. Selbst wenn sie noch so laut schrie, er konnte sie unmöglich hören. Randolf Markward – *merkwürdiger Name*, dachte sie, *wahrscheinlich nennen seine Freunde ihn Ralf* – stieg in einen weinroten Lieferwagen, der unweit der Margarethenkapelle parkte, und Miriam sah die bläuliche Rauchwolke, die aus dem Auspuff kam, als er den Motor startete. Dann rollte der Wagen in Richtung Schapbach davon.

Sie blickte auf die Brieftasche hinunter. Seebachstraße, Markwardhof. Den Hof kannte sie nicht, die Seebachstraße schon. Sie führte durch ein enges Seitental zum Glaswaldsee, und in dem hatte sie während vieler Feriensommer gebadet. Als ihre Großmutter noch um einiges rüstiger gewesen war, hatten sie mehrere Wanderungen in der Umgebung des Sees unternommen und am Burgbachwasserfall gepicknickt.

Miriam steckte die Brieftasche ein und hob die Plastiktüte mit ihren Einkäufen auf, die immer noch an der Hauswand neben der Ladentür lehnte. Sie würde die Lebensmittel nach Hause bringen, eine Kleinigkeit essen und nach einer Wanderkarte suchen, auf der der unbekannte Hof mit seinem ruppigen Besitzer hoffentlich zu finden war.

Sie dachte an das abweisende Gesicht und die dunkle, ungeduldige Stimme. Vielleicht bemühte er sich um etwas mehr Höflichkeit, wenn sie ihm nachher die Brieftasche zurückbrachte. Möglicherweise bedankte er sich ja sogar.

Es dauerte fast eine Stunde, bis Miriam zu Hause eine kurze E-Mail ihres Verlegers und eine sehr lange von Britta beantwortet hatte. Zwischendurch trank sie einen Kaffee und aß eine Kleinigkeit, dann suchte sie in der obersten Schublade des Küchenbuffets und fand eine Wanderkarte von Schapbach und Umgebung. Sie legte sie auf den Tisch und fuhr mit dem Finger die Seebachstraße entlang. Es war ein paar Jahre her, dass sie dort gewesen war, und sie kannte nur einen oder zwei der Höfe, die am Weg zum See lagen. Ohne eine Hausnummer würde sie eben einen nach dem anderen abklappern müssen, bis sie den richtigen gefunden hatte.

Als sie sich auf den Weg machte, hatte es endlich aufgehört zu regnen, und die Sonne zeichnete die steilen Wiesen mit flüchtigen Mustern aus schimmerndem Gold. Miriam fuhr über den Fluss, durch Finkenweiler und an der Kirche vorbei, dann entdeckte sie den Wegweiser zum See und bog in das Seebachtal ab. Rechts und links von ihr ragten schroffe Felswände auf, schoben sich zusammen und wichen hier und da wieder auseinander, um genügend Platz für ein Haus zu lassen. Jedes Mal hielt sie an und ging zur Tür, um das Namensschild zu überprüfen; auch nach dem dritten Versuch wurde sie noch nicht fündig, und nirgendwo war jemand daheim, um ihr Auskunft zu geben.

Sie fuhr bis zu der Stelle, wo die einsame Straße auf einem Wanderparkplatz endete und hinter einer Schranke in den Waldweg überging, der zum Glaswaldsee führte, dann drehte sie um. Merkwürdig – es kam ihr fast so vor, als ob der geheimnisvolle Besitzer des Personalausweises nicht gefunden werden *wollte.*

Auf dem Rückweg kam ihr der Zufall zu Hilfe. An einem der Häuser, wo sie zuvor vergebens ihr Glück versucht hatte, stand jetzt ein alter Kombi, und eine Frau in dicker Winterjacke und Gummistiefeln schleppte Getränke zum Eingang. Miriam trat abrupt auf die Bremse; der Wagen schlingerte kurz, fand dann aber wieder Halt und blieb mit einem Ruck stehen. Die Frau beobachtete mit hochgezogenen Augenbrauen ihr riskantes Manöver und wartete, eine Kiste »Tannenzäpfle« zu ihren Füßen.

»Entschuldigen Sie bitte«, sagte Miriam, als sie endlich ausgestiegen war. »Ich bin auf der Suche nach dem Markwardhof. Wissen Sie, wo der ist?«

»Der Markwardhof?« Die Frau runzelte die Stirn, dann schien ihr plötzlich ein Licht aufzugehen. »Ach so – Sie meinen bestimmt den Schreiner. Da müssen Sie wieder ein bissle anders herum Richtung See, und er liegt auch nicht direkt an der Straße. Ein paar hundert Meter, dann sehen Sie links eine Tafel, und der müssen Sie hinterher. Immer dem Forstweg nach durch den Wald, und in zehn Minuten sind Sie da.«

Miriam bedankte sich, rutschte wieder hinter das Steuer und wendete den Wagen ohne weitere Missgeschicke; trotzdem hatte sie die ganze Zeit das Gefühl, dass die Frau ihr nachstarrte und sie für eine blutige Fahranfängerin hielt. Sie fuhr langsam die schmale Straße zurück und hielt Ausschau nach besagter Tafel; obwohl sie sehr genau achtgab, hätte sie sie beinahe verpasst.

Es war ein hölzernes Schild, das mit zwei langen Nägeln am Stamm einer dicken, alten Tanne befestigt war; die tiefsten Zweige verschleierten die geschnitzte Aufschrift »Kunstschreinerei Markward 5 km« fast vollständig. Ihr geheimnisvoller Helfer konnte nicht besonders scharf auf Kundschaft sein. Miriam betrachtete zweifelnd den holprig asphaltierten Weg, der sich in abenteuerlich steilen Kurven in den Wald hinaufwand; immerhin konnte sie sich, wenn es schwierig werden sollte, immer noch auf den Vierradantrieb verlassen. Sie schlug das Lenkrad ein und gab behutsam Gas. Der Wagen gehorchte und rumpelte langsam bergauf. Irgendwann wurde der Asphalt von grobem Schotter abgelöst, der Wald fing an, sich zu lichten, und endlich rollte sie auf eine ebene Fläche hinaus, hielt an und stand plötzlich unter freiem Himmel.

Vor ihr erhob sich ein Kinzigtäler Bauernhaus. Es sah fast so aus wie das Hauptgebäude des Trautweinhofes, das Miriam nur von Fotos aus den Alben ihrer Großmutter kannte; vor neunundzwanzig Jahren war es eines Nachts bis auf die Grundmauern niedergebrannt. Das tiefgezogene Krüppelwalmdach hier war allerdings nicht mit Ziegeln gedeckt, sondern noch mit Ried, silbrig von Regen und Alter. Wahrscheinlich hatte der Markwardhof mindestens hundert Jahre mehr auf dem Buckel als ihr eigenes Heim. Das Erdgeschoss war aus weiß gekälktem Stein gemauert, das obere Stockwerk aus dunklem Holz. Es gab die typischen Sprossenfenster und den breiten Balkon mit dem geschnitzten Geländer, der sich über die gesamte Vorderfront zog und wahrscheinlich später hinzugefügt worden war. Denn dicht darunter entdeckte sie die Einbuchtung, wo frühere Generationen Bienenkörbe aufgestellt hatten, um den Haushalt mit eigenem Honig zu versorgen. Blumenkästen sah sie keine. Alles wirkte gepflegt, aber sehr kahl. *Keine Blumen auf dem Balkon, kein Beet vor dem Haus … hier lebt ganz bestimmt keine Frau,* dachte Miriam.

Der Vorplatz war sauber und vollkommen leer; den roten Lieferwagen, mit dem Markward vorhin davongefahren war, konnte sie nirgendwo sehen. Ein kleines Stück abseits vom Haupthaus stand ein weiteres Gebäude, ganz aus Holz, mit einem hellen Blechdach und großen Fensterflächen. Verglichen mit dem Hof wirkte es brandneu, und über der Tür an der Stirnseite hing ein Schild mit der Aufschrift »Kunstschreinerei«.

Miriam stieg aus dem Auto und lief die paar Schritte bis zum Eingang.

»Hallo …? Jemand zu Hause?«

Keine Antwort. Sie drückte versuchsweise die Klinke hinunter … und zu ihrer Überraschung schwang die Tür auf. Sie zögerte kurz, dann ging sie hinein und stand in einer Werkstatt.

Der Raum war groß und durch die vielen Fenster angenehm hell. Er roch nach Leinöl und sehr intensiv nach frischen Sägespänen. An der hinteren Wand waren zahlreiche Werkzeuge säuberlich an Hakenreihen über einem großen Arbeitstisch aufgehängt. Miriam sah eine Drehbank, in die ein halbfertiges Stuhlbein eingespannt war, daneben etwas, das sehr einem alten Handhobel ähnelte, den sie einmal in einem Museum gesehen hatte. Links in der Ecke stand eine grün gestrichene Kommode. Die Türen waren mit geschnitzten Rauten geschmückt, und die hatte ein bäuerlicher Künstler irgendwann vor langer Zeit mit Sträußen aus Glockenblumen ausgemalt. Die Farben waren verblasst, die Kommode ziemlich ramponiert. Als Miriam neugierig näher trat, sah sie oben auf dem Deckel eine exakte Kopie des Blumenmusters liegen, mit feinem Kohlestift auf Transparentpapier gezeichnet. Daneben waren mehrere Töpfchen mit Ölfarbe aufgereiht, ein Becher mit Pinseln und eine Palette.

Auf dem Arbeitstisch lag ein Werkzeug, das ihr Rätsel aufgab. Es hatte einen ovalen Kunststoffgriff mit einem wulstig gewölbten Heft und einer langen, halbkreisförmigen Klinge. Sie nahm es vorsichtig in die Hand und fuhr behutsam mit der Fingerspitze an der Schneide entlang. Sie war rasiermesserscharf.

»Legen Sie sofort meinen Hohlbeitel hin!«

Miriam drehte sich um. In der Tür stand Randolf Markward. Er hielt eine Thermoskanne und einen Keramikbecher in der Hand und sah ausgesprochen verärgert aus.

Sie ließ das *corpus delicti* hastig auf den Arbeitstisch fallen. »Ihren *was?*«

»Meinen Hohlbeitel, Weib! Was haben Sie hier drin zu suchen?«

Sie schluckte die heftige Antwort hinunter, die ihr auf der Zunge lag. Er mochte ein Grobian mit unmöglichen Manieren sein, aber er hatte durchaus recht; sie konnte nicht einfach so in seine Werkstatt marschieren und alles anfassen. Vielleicht goss sie besser etwas Öl auf die Wogen.

»Genau genommen habe ich Sie gesucht«, antwortete sie so gelassen wie möglich.

»Wozu das denn?« Er ging an ihr vorbei und stellte Kanne und Becher auf den Tisch. »Wir kennen uns doch überhaupt nicht.«

Zum Teufel mit dem Öl, dachte Miriam, die trotz aller Vernunft anfing, sich seinerseits über ihn zu ärgern.

»Vielleicht wollte ich mich ja bedanken.«

»Und deswegen kommen Sie extra hier herauf? Ein Anruf hätte genügt; ich stehe im Telefonbuch.«

»Na, Gott sei Dank!«, entgegnete sie bissig. »Wenn Ihre Kunden nämlich auf das Hinweisschild unten an der Straße angewiesen wären, dann hätten Sie verdammt wenig zu tun.«

Seine Augenbrauen schossen nach oben. »Sind Sie immer so höflich?«

»Ständig – genau wie Sie.« Miriam zog das Portemonnaie mit dem Ausweis aus der Jackentasche. »Als Sie mich aus dem Abflussgitter befreit und meine Einkäufe aufgelesen haben, ist Ihnen das hier abhanden gekommen. Ich dachte, Sie hätten es gern zurück, deshalb bin ich hier.«

»Oh.« Er räusperte sich; sein ganzer Körper war steif vor Verlegenheit. »In diesem Fall ... ich nehme an, ich sollte mich wohl besser entschuldigen.«

»Ihr Taktgefühl ist überwältigend.«

»Und ich sollte mich bei Ihnen bedanken.«

»Ich bin tief gerührt. Trotzdem ... wenn Sie genauso mit Ihren Kunden umspringen wie gerade eben mit mir, dann müssen Sie dringend etwas für Ihre Umgangsformen tun.«

»Normalerweise rufen meine Kunden an, bevor sie hier aufkreuzen«, sagte Markward; seine Mundwinkel zuckten.

Nicht wirklich ein Lächeln, aber ziemlich nahe dran, dachte Miriam.

»Sie stöbern auch nicht an meinem Arbeitsplatz herum und vergreifen sich an meinem Werkzeug.«

Ihre Augen trafen sich.

»Es tut mir leid, wirklich«, sagte Miriam. »Ich hab nicht nachgedacht, die Tür war nicht abgeschlossen, und dann war ich plötzlich drinnen.«

»Schon gut.« Er nahm das Werkzeug vom Arbeitstisch und hängte es an seinen Platz. »Solange Sie es nicht wieder tun.«

»Geben Sie mir doch einfach eine Visitenkarte«, schlug Miriam vor. »Ich bin in ein sehr altes Haus gezogen, mit alten Möbeln, und es kann gut sein, dass ich irgendwann mal einen Kunsttischler brauche.«

Randolf Markward schraubte die Thermoskanne auf und goss den mitgebrachten Becher voll. Der Dampf roch aromatisch nach Pfefferminze. Miriam erinnerte sich an das Datum in seinem Personalausweis. Danach war er vierundvierzig, aber trotzdem wirkte er auf sie irgendwie ... alterslos. Sein Haar war dicht und ohne die geringste Spur von Grau, sein Körper kraftvoll und beweglich. Sie wusste nicht, wieso, aber er verbreitete um sich eine Atmosphäre der Stille, die sie trotz seiner Schroffheit merkwürdig beruhigend fand. Dieser Mann kam ihr vor wie jemand, der seine Stärken, seine Schwächen und Ängste schon seit langer Zeit sehr nüchtern einschätzte und gelernt hatte, sie zu beherrschen – selbst wenn ihn diese Beherrschung große Kraft kostete.

»Ein sehr altes Haus?«, fragte er. »Welches?«

»Das Leibgedingehaus des Trautweinhofs, auf der anderen Seite von Finkenweiler«, sagte Miriam.

»Kenn ich.« Er trank einen Schluck Tee. »Haben Sie es gekauft?«

»Nein, geerbt.«

Auf seine Reaktion war sie nicht gefasst. Markward hob den Kopf und musterte sie sehr aufmerksam von oben bis unten. Ganz plötzlich entspannte er sich und zum ersten Mal sah sie ihn wirklich lächeln. Die Wirkung war gewaltig. Sein Gesicht leuchtete auf, die harten Linien um die Augen und von der Nase hinunter zum Mundwinkel verschwanden und er wirkte mit einem Mal verblüffend jung.

»Aber natürlich! Sie sind Annas Enkelin – Miriam.«

»Stimmt.« Sie betrachtete ihn verblüfft. »Wie gut haben Sie meine Großmutter gekannt?«

Er stellte den Becher hin. »Ziemlich gut. Sie war ... sie war ein freundlicher Mensch.«

»Ich weiß.« Miriam runzelte die Stirn. »Ich bin viele Jahre in den Ferien hierhergekommen, und mit den Leuten von Finkenweiler bin ich mehr oder weniger groß geworden. Aber Sie ... Ihnen bin ich nie begegnet, glaube ich.«

»Schon möglich.« Sein Gesicht verschloss sich jäh wieder, als hätte sie unwissentlich einen wunden Punkt berührt.

»Wir Markwards haben uns schon immer ein bisschen abseits vom Trubel gehalten.«

»Sie leben ja auch ziemlich abseits, nicht?«

»Ich kenne es nicht anders.« Er zuckte die Achseln. »Meine Familie besitzt diesen Hof schon sehr lange, und einer der Söhne hat ihn immer übernommen und weitergeführt.«

»Wie alt ist das Haus da drüben?«, fragte Miriam. »Mir ist das Rieddach aufgefallen – die sieht man normalerweise bloß noch im Museum.«

»Etwas mehr als dreihundert Jahre«, antwortete Markward. »Aber es wurde auf den Grundmauern eines Hauses gebaut, das vorher schon über zweihundert Jahre dort stand. Das Originalgebäude ist irgendwann um 1700 herum abgebrannt.«

»Auf andere Weise sind die alten Höfe hier ja auch kaum kaputtzukriegen«, meinte Miriam trocken. »Das Haupthaus vom Trautweinhof ist fast genauso alt geworden, bevor es in Flammen aufging ... genau wie Ihres. Das war vor neunundzwanzig Jahren, noch bevor ich das erste Mal zu Besuch kam.«

»Ich weiß.«

Es klang schroff, und wenn Markwards Gesicht zuvor schon verschlossen gewesen war, dann sah es jetzt aus wie ein von Drachen bewachtes Buch mit sieben Siegeln. Das hatte sie davon, dass sie sich ständig mit phantastischen Geschöpfen beschäftigte – es ließ ihre Metaphern ins Kraut schießen.

»Müssen Sie nicht allmählich wieder los?« Er bemühte sich hörbar um Höflichkeit, aber seine Stimme war immer noch hart. »Sie haben doch sicher heute noch zu tun – genau wie ich.«

»Richtig.« Miriam ging in Richtung Tür. »Ich muss die Medusa fertig zeichnen.«

»Wen?«

»Die Medusa. Sie war eine Schönheit aus der griechischen Sage, die eine Göttin wütend machte. Deshalb wurde sie in ein Scheusal verwandelt, mit Schlangenhaaren,

Reißzähnen und Schuppenpanzer. Sie sah so furchtbar aus, dass alle, die ihr begegneten, bei ihrem Anblick sofort zu Stein erstarrten.«

Markward blinzelte. »Klingt übel. Und wieso müssen Sie die zeichnen?«

»Weil mein Verleger im Herbst ein Buch mit berühmten griechischen Sagengestalten herausbringt, und von mir erwartet er – neben manch anderem – eine Medusa.«

»Haben Sie das Zeichnen irgendwo studiert?«

Er schien seine Absicht, sie so rasch wie möglich loszuwerden, vorübergehend vergessen zu haben.

»Ja, in Hannover«, sagte sie. Stellte er etwa ihre Befähigung in Frage? »Es ist ein künstlerischer Spezialberuf, genau wie Ihrer.«

»Verstehe.«

Er betrachtete sie, einen kleinen, herausfordernden Funken in den Augen.

»Dann sollten Sie aber nicht ständig Kaffee in sich hineingießen, sonst zittern Ihnen irgendwann die Finger. Und zum Zeichnen brauchen Sie bestimmt ruhige Hände.« Er deutete auf die Thermoskanne. »Brauche ich auch. Deshalb trinke ich beim Arbeiten fast immer Tee.«

Miriam lachte. »Meine Hände zittern eigentlich nie. Trotzdem ein guter Rat – ich werd's mir merken.« Sie zögerte. »Darf ich eine Visitenkarte von Ihnen mitnehmen? Es könnte durchaus passieren, dass ich Sie irgendwann mal anrufe.«

»Meinetwegen.«

Markward öffnete eine kleine Schublade unter dem Arbeitstisch und reichte ihr eine weiße Karte. Miriam steckte sie ein, wandte sich einmal mehr Richtung Tür und stellte angenehm berührt fest, dass er sie begleitete.

Sie traten hinaus ins Freie. Die Wolken hatten sich verzogen; Sonnenschein tauchte den Hof und die umliegenden, dichten Wälder in helles Licht. Der Schnee fing an zu schmelzen und gab nasse, braune Erde frei. Bis zum Frühling war es hier oben noch eine ganze Weile hin ... aber Miriam würde sehr froh sein, wenn er endlich kam.

»Leben Sie wohl«, sagte Markward, als sie neben dem Geländewagen standen. »Und falls Sie wirklich einmal wieder den Weg hier herauf finden, dann rufen Sie vorher an.«

»Versprochen.« Miriam stieg ins Auto, ließ per Knopfdruck die Scheibe hinunter surren und blickte zu ihm auf. »Aber dann müssen Sie mir auch erklären, was man mit einem Hohlbeitel macht. Das weiß ich nämlich immer noch nicht.«

»Wenn Sie tatsächlich hier auftauchen, dann zeige ich es Ihnen.«

Einmal mehr sah sie das Lächeln, das sein Gesicht so verblüffend verjüngte.

»Kommen Sie gut nach Hause.«

»Ich geb mir Mühe.«

Sie fuhr langsam den Berg hinunter; beim Blick in den Rückspiegel sah sie, dass er noch immer reglos an derselben Stelle stand und ihr nachschaute. Dann rückten die Bäume hinter ihr zusammen, und er war verschwunden.

Etwas mehr als eine halbe Stunde später war sie wieder zu Hause. Der Kachelofen wärmte die Stube, und das Geschirr von dem kleinen Imbiss, den sie zu sich genommen hatte, bevor sie zum Markwardhof fuhr, stand immer noch auf dem Tisch, gleich neben den Blättern mit den Entwürfen für die Medusa. Fast zwei Wochen rang sie jetzt schon um das überzeugende Abbild einer Bestie, die einst eine schöne Frau gewesen war, und noch war kein zufriedenstellendes Ende in Sicht. Vielleicht sollte sie die Zeichnungen beiseitelegen und sich erst einmal an etwas anderem versuchen. Ihr Blick fiel auf den halbleeren Becher mit kaltem Kaffee, und sie lächelte, als sie sich an die Bemerkung von Markward erinnerte. Und dann runzelte sie plötzlich die Stirn. Irgendetwas an dem, was er gesagt hatte, war merkwürdig ... aber was?

»Dann sollten Sie aber nicht ständig Kaffee in sich hineingießen, sonst zittern Ihnen irgendwann die Finger. Und zum Zeichnen brauchen Sie bestimmt ruhige Hände.«

Zwischen dem dritten Becher Kaffee an diesem Tag, den sie zu dem Käsesandwich und dem Feldsalat getrunken hatte, und der Begegnung mit dem Kunstschreiner auf seinem abgelegenen Hof lag fast eine Stunde. Sie hatte an den Verleger geschrieben und anschließend fast dreißig Minuten damit verbracht, per E-Mail sämtliche besorgte Fragen von Britta zu beantworten, bevor sie sich auf den Weg machte. Und vor allem hatte sie sich, ehe sie das Haus verließ, gründlich die Zähne geputzt, weil die Mischung aus Koffein und Camembert in ihrem Mund merkwürdig bitter schmeckte. Wieso um alles in der Welt konnte Randolf Markward also wissen, dass sie Kaffee getrunken hatte?

Und wenn das hier fertig gebaut ist, dann wird es aussehen wie ein Käfig. Bloß dass die Besucher drinnen sind und die Tiere draußen.«

Das Gefährt, in dem Miriam den letzten Kilometer zurückgelegt hatte, besaß gewisse Ähnlichkeit mit einem Golfkarren. Der Weg vor ihr führte in sanftem Bogen zwischen zwei großen Freigehegen hindurch, war auf beiden Seiten mit grünem Gitter eingefasst und von nackten Metallbögen überwölbt. Neben ihr auf dem unebenen Kunstlederpolster saß Andreas Frankenthal, einen dicken, handgestrickten Pullover über dem Hemd.

»Wenigstens haben wir dann mehr Platz als die armen Viecher, die man zum Galle-Abzapfen eingesperrt hat«, sagte sie.

Frankenthal hatte die große Rundfahrt durch den Park mit einer Führung im Bärenmobil angefangen, einem ausrangierten, umgebauten Bus, der direkt vor dem Gelände aufgestellt worden war. Der dort gezeigte Käfig für die hilflosen Tiere war nicht größer als eine Telefonzelle, und die drastischen Details darüber, wie man aus russischen Bären Galle für irgendein esoterisches Heilmittelchen gewann, lagen ihr noch immer schwer im Magen.

Der Karren rollte langsam weiter, und als er ein paar Minuten später wieder stehen blieb, sah sie die Bärin Jurka, die rastlos am Zaun auf und ab lief.

Sie wandte sich Frankenthal zu, der das Tier mit leicht gerunzelter Stirn beobachtete. »Sind Sie sicher, dass es ihr hier gut geht?«

»Es braucht eine Weile, wie so ziemlich alles«, sagte Frankenthal gelassen. »Im Moment ist nicht so viel los, aber sie tut sich mit Menschen schwer – schlechte Erfahrungen, würde ich sagen.«

Miriam schaute in das ausdruckslose Raubtiergesicht mit der hellen Fellzeichnung, und wieder dachte sie an den Käfig. Wenigstens das war ihr erspart geblieben.

»… noch viel zu tun«, sagte Andreas Frankenthal.

Er lenkte den Karren geschickt um eine scharfe Kurve auf dem lehmigen Weg, und sie wandte ihm schuldbewusst wieder ihre volle Aufmerksamkeit zu.

»Wir wollen das Areal noch stark erweitern, aber das wird eine Menge Arbeit kosten. Und eine Menge Geld, das wir teilweise noch gar nicht haben.«

»Dafür haben Sie fast sämtliche Rentner des Wolftals mobilisiert, die mit Hammer, Zange und Lötkolben umgehen können«, versetzte Miriam. »Wenn ich mir vorstelle, wie ein achtundsiebzig Jahre alter Herr auf einem Sicherheitszaun hängt und Isolatoren zusammenschraubt, dann wird mir schwindelig.«

»Mir nicht«, sagte Frankenthal und lachte. »Damit, ihren Frauen die Gartenbeete umzugraben, sind diese ›alten Herren‹ doch gar nicht ausgelastet. Dass sie hier mitmachen dürfen, macht sie zum einen sehr zufrieden und zum anderen zu großartigen Unterstützern des Parks.«

Miriam sah ihn an; er wirkte, als sei er vollkommen in seinem Element. Keine Frage, dass ihm die Tiere am Herzen lagen, aber er war zweifellos auch ein Macher, der es liebte, die Dinge ins Rollen zu bringen.

Sein Schwung musste sehr mitreißend sein; während des Abendessens bei Bernd Hessler, zu dem sie vor einer Woche eingeladen war, hatte Susanne ununterbrochen von ihm erzählt, mit leuchtenden Augen und so aufgeregt wie ein Schulmädchen. Sie opferte ihren wöchentlichen freien Nachmittag und saß am Infostand des Parks, und auch die Wochenenden gingen inzwischen fast vollständig für die Bären drauf. Miriam war sehr wohl aufgefallen, dass Bernd Hessler die neueste Entwicklung gegen den Strich ging. Er hätte es lieber gesehen, wenn seine Tochter im Hotel mithalf, anstatt ihre kostenlose Arbeitskraft dort einzusetzen, wo sie ihm nichts nutzte.

»Die Mitarbeiter und die Ehrenamtlichen treffen sich gleich im Büro«, sagte Frankenthal. »Es gibt aufgewärmtes Gulasch aus einem Riesentopf und ein schönes kaltes Bier. Möchten Sie mithalten?«

»Warum nicht? Das klingt nach Spaß«, antwortete Miriam. »Und es bedeutet, dass ich heute nicht mehr kochen muss.«

Sie streckte ihm die Hand hin. »Übrigens – ich bin Miriam.«

»Und ich bin Andreas.« Er drückte ihre Finger, dann beugte er sich vor und küsste sie zu ihrer Überraschung ganz leicht auf die Wange. »Ich freue mich.«

»Ich freu mich auch.«

Andreas wendete den Karren, und binnen weniger Minuten hatten sie den Eingang des Parks erreicht. Sie folgte ihm in das langgestreckte, dunkelbraune Gebäude, in dem sich die Parkverwaltung befand; es ging wenige Stufen hinauf in einen kleinen Raum mit einer alten Küchenzeile, einer Eckbank und einem großen Tisch. Der Tisch war mit einfachem weißen Porzellan gedeckt, und irgendjemand – wahrscheinlich Susanne – hatte eine Vase mit einem Blumenstrauß in die Mitte gestellt. Es roch appetitanregend nach heißem Fleisch, Sauce und geschmorten Zwiebeln, und Miriam stellte fest, dass sie Hunger hatte.

»Hallo Leute!«, rief Andreas. »Zeit zum Essen fassen, und ich habe Besuch mitgebracht!«

Die Tür zu einem angrenzenden Zimmer öffnete sich, und eine Frau mittleren Alters kam herein. Sie war ein bisschen mollig, trug eine geblümte Schürze über einem Wollkleid und lächelte ihnen zu. Es war Stefanie, die Tochter von Förster Waidele; Miriam kannte Steffi, seit die ihr, als sie acht Jahre alt war, in Oma Annas Wohnzimmer geduldig das Häkeln beigebracht hatte. Als Nächstes kamen zwei junge Männer in Overalls; einer davon war Stefanies Sohn Philipp, ein Schlaks von knapp siebzehn Jahren, den anderen hatte sie noch nie gesehen. Es musste der neue Tierpfleger sein, der letzten Monat eingestellt worden war; Miriam hatte darüber auf der Webseite des Parks gelesen, und sie wusste nur noch, dass er mit Vornamen Harald hieß.

Als Letztes erschien Susanne. Sie hatte sich mit Jeans, Karobluse, Pullover und robusten Boots ausstaffiert, und es war kaum zu übersehen, dass Andreas fast das Gleiche trug. *Sie versucht sich im Partnerlook,* dachte Miriam. Also hatte sie schon bei ihrer ersten Begegnung mit Andreas den richtigen Riecher gehabt: Susanne war mit ziemlicher Sicherheit bis über beide Ohren in ihn verknallt.

Sie verteilten sich auf Eckbank und Stühlen rings um den Tisch, und es war Susanne, die das Gulasch auftrug und wie eine geschäftige Hausfrau in die Teller schöpfte. Es gab Pils aus einer Brauerei in der Nähe und Weizenbier; Miriam entschied sich für das Letztere und sah Andreas zu, der das hohe Glas nahm und es mit großer Geste für sie eingoss.

»Ich darf Euch Miriam Trautwein vorstellen«, sagte er. »Sie hat gerade die große Tour durch den Park hinter sich, und es hat sie nicht abgeschreckt. Also werden wir sie vielleicht öfter sehen.«

»Es wäre mir ein Vergnügen«, sagte Miriam.

Ihr entging nicht, dass Andreas sich neben sie gesetzt hatte, ihren Teller nachfüllte, nachdem sie ihn das erste Mal geleert hatte, und sich nur durch ein sehr entschiedenes Veto von ihr abhalten ließ, ihr neu einzuschenken, nachdem sie das Bier ausgetrunken hatte. Ihr entging ebenso wenig, dass Susanne, die bei ihrer letzten Begegnung fast ständig in glühenden Tönen von Andreas geschwärmt hatte, jetzt kaum ein Wort sprach. Die eifersüchtigen Blicke, die sie Miriam verstohlen zuwarf, sprachen allerdings Bände. Das konnte ja heiter werden.

Als sie den Wagen vor dem Trautweinhof parkte, war es schon lange dunkel. Sie fühlte sich wohltuend satt, ein bisschen müde und erwärmt von zwei Stunden angenehmer Gesellschaft. Jetzt wartete das stille Haus auf sie, der Zeichentisch und ihre Entwürfe, und in diesem Moment war sie mehr als zufrieden damit.

Sie schloss die Tür auf, ging hinein und beschloss spontan, ein langes, heißes Bad zu nehmen. Sie konnte lesen, sich einen Film auf dem DVD-Player gönnen und morgen gemütlich frühstücken, bevor sie einen neuen Versuch mit der vermaledeiten Medusa unternahm, die sich ihr immer noch widersetzte. Vielleicht musste sie auch noch einkaufen fahren; sie hatte sich angewöhnt, immer genügend Vorräte für eine Woche im Haus zu haben, damit sie ihre Arbeit nicht ständig unterbrechen musste.

In der Küche stellte sie fest, dass der Käse beinahe ausgegangen war, ebenso wie der Schwarzwälder Schinken und ihre Lieblingsmarmelade. Die Kaffeedose war fast leer, und die Bemerkung des Kunstschreiners auf seinem einsamen Hof fiel ihr ein, die sie nach einiger Grübelei so gut wie verdrängt hatte. Sie fand es immer noch merkwürdig, dass er den Kaffee in ihrem Atem gerochen hatte, obwohl das de facto eigentlich unmöglich war … aber vielleicht lag es ja wirklich an dem starken Aroma, und wahrscheinlich trank sie wirklich zu viel davon. Vielleicht sollte sie es Markward nachtun und auf Tee umsteigen.

Auf dem Weg ins Bad kam sie an der alten Truhe vorbei, die neben der Schlafzimmertür stand, blieb stehen und blickte nachdenklich darauf hinunter. Oma Anna hatte sie als Kind von ihrer eigenen Großmutter geerbt und bis zu ihrer frühen Heirat ihre Aussteuer darin gesammelt. Es war eigentlich ein schönes Stück; sehr alt, aber leider nicht gut erhalten. Bei dem großen Brand vor fünfundzwanzig Jahren war die Truhe zwar gerettet worden, hatte dabei aber einiges an Ruß und Löschwasser abbekommen. Durch die geschnitzten Rosenranken auf dem Deckel zog sich ein langer Riss, die Farben auf den Seiten waren stellenweise ineinandergelaufen und die gemalten Rosensträußchen kaum noch zu erkennen. Wieder dachte sie an Markward. Sie erinnerte sich an die bemalte Truhe, die sie in seiner Werkstatt gesehen hatte, an die Töpfchen mit Ölfarbe und das sorgfältig vorgezeichnete Muster.

Vielleicht sollte sie ihn anrufen.

Eine Stunde später, die Haut weich und dampfend vom heißen Wasser und von Kopf bis Fuß in einen dicken Bademantel gewickelt, durchsuchte sie die Tasche der Jacke, die sie bei ihrer Fahrt zum Markwardhof getragen hatte. Die Karte war nicht da, aber nach einem kurzen Moment der Verwirrung entdeckte sie sie an ihrer Pinnwand, wo sie neben einem Flyer des Bärenparks steckte.

Sie setzte sich an den Küchentisch, nahm das Telefon und wählte.

Es klingelte dreimal, viermal, fünfmal ...

Dann: »Markward.«

»Hallo«, sagte sie. »Hier ist Miriam Trautwein. Sie wissen noch, wer ich bin, oder?«

»Ja, sicher«, entgegnete er trocken. »Leute, die in meine Werkstatt einbrechen, vergesse ich nicht so schnell.«

»Ich bin *nicht* eingebrochen«, korrigierte sie lächelnd. »Ich hab mich bloß umgesehen. Und dabei habe ich eine Truhe entdeckt, an der Sie wohl gerade gearbeitet haben – ein bisschen schäbig, grün gestrichen und mit Glockenblumen bemalt. Ist das eine Auftragsarbeit?«

»Ja«, erwiderte Markward, »für Bernd Hessler. Er hat sie in irgendeinem vollgestopften Antiquitätenladen aufgetrieben und will eine seiner überteuerten Ferienwohnungen damit aufhübschen. Immerhin zahlt er gut, und es ist eine interessante Aufgabe, also werde ich den Teufel tun und mich beschweren. – Weswegen rufen Sie an?«

»Ich habe vielleicht etwas für Sie zu tun. Hier steht auch eine Truhe; sie hat einmal meiner Großmutter gehört, und sie hat ziemlich gelitten, als damals das Haupthaus abgebrannt ist. Sie könnte einen Spezialisten brauchen, der ihr neuen Schliff verleiht.«

Am anderen Ende war es lange still.

Dann sprach er wieder, leise und zögernd. »Ist ein geschnitztes Rosenmuster auf dem Deckel und gemalte Rosensträußchen auf den Seitenwänden?«

»Genau. Woher ...«

»Ich kenne die Truhe. Während des Feuers habe ich sie ins Freie geschleppt.«

»Sie ... Sie waren *dabei*, als das Haus abgebrannt ist?«

Miriam hörte ihn am anderen Ende der Leitung tief einatmen.

»Damals war halb Finkenweiler mit Löschdecken und Schläuchen zur Stelle. Ich habe bloß versucht zu helfen, genau wie alle anderen.«

»Na schön.« Miriam rieb sich die Stirn; plötzlich hatte sie Kopfschmerzen. »Dann können Sie jetzt ja möglicherweise mir helfen. Würden Sie herkommen und schauen, was sich machen lässt?«

Wieder eine lange Pause.

»Ich komme. Gleich morgen früh um halb acht, wenn es Ihnen recht ist.«

»Das passt mir sehr gut. Dann bis morgen früh.«

Miriam legte den Hörer auf und blickte nachdenklich auf die Visitenkarte, die sie immer noch in der Hand hielt.

Dieser Randolf Markward war ein Mann voller Überraschungen.

Sturmmond – Medusa

Ende Februar

Am nächsten Morgen war sie zeitig aus dem Bett und stand kurz vor Sonnenaufgang mit einem Becher Kaffee auf dem Balkon. Der Frühnebel füllte das Wolftal aus wie Wasser, das sich in unruhigen, milchigen Wellen an den Steilhängen brach. Es war schneidend kalt. Während sie ihre Hände an dem Porzellan wärmte, versuchte sie sich diese Landschaft im Sommer vorzustellen, aber es fiel ihr schwer. Der letzte Urlaub bei ihrer Großmutter lag mehr als zwei Jahre zurück. Damals war sie im Herbst hier gewesen, ein kurzer Abstecher nach der Frankfurter Buchmesse. Und die insgesamt fünfzehn Schwarzwald-Sommer ihrer Kindheit und Jugend bildeten ein schimmerndes Idyll, in dem die Bilder und Erinnerungen ineinanderflossen wie auf den phantastischen Gemälden von Britta ... ein unwirkliches Paradies, in dem es keine Einsamkeit gab, keine Langeweile und keine ungestillten Sehnsüchte.

Jetzt war sie knapp dreißig. Sie bereute den radikalen Neuanfang, zu dem sie sich entschlossen hatte, keineswegs, aber es gab Augenblicke, in denen ihr eigener Wagemut ihr Angst machte, und in denen sie sich eigenartig schwerelos fühlte ... als hätte sie ihre Wurzeln zwar gefunden, aber noch keinen festen Boden, auf dem sie sicher stehen konnte.

Dies war einer dieser Augenblicke. Und dass sie außer dem dunklen Waldsaum auf dieser Seite des Tales und einem kleinen Stück Wiese auf der anderen kaum etwas erkennen konnte, verstärkte die Wirkung noch. In diesem traumartigen Moment, in dem die Nacht gerade erst zu Ende gegangen war und der Tag noch nicht richtig angebrochen, hätte sie beinahe glauben mögen, dass sie über das geschnitzte Geländer steigen und auf der dicken Nebelschicht dahinwandern konnte, während die Welt unter ihr in Wahrheit gar nicht existierte …

Das Geräusch eines Motors riss sie aus ihrem merkwürdigen Trancezustand. Sie stellte fest, dass der Kaffee nicht mehr dampfte und dass ihr die Zähne klapperten. Mit einem Knall stellte sie den Becher auf das Balkongeländer, schaute nach unten und sah den weinroten Lieferwagen, der unter den Bäumen hervorrollte und ein paar Meter vor dem Haus zum Stehen kam.

Markward.

Miriam sah, wie er ausstieg, und verspürte sekundenlang eine so heftige, irrationale Erleichterung, dass ihr schwindelig wurde. Am liebsten hätte sie laut seinen Namen gerufen. Das war ja wohl vollkommen lächerlich! Sie riss sich zusammen, ging rasch hinein und schloss die Balkontür. Dann rannte sie durch den Flur, nahm zwei Stufen der steilen Holzstiege auf einmal und öffnete die Haustür.

Er stand direkt davor auf dem Weg, die Hand halb nach dem Klingelknopf ausgestreckt. Bei ihrem Anblick wanderten die beweglichen Augenbrauen steil nach oben, und er lächelte leicht und ein wenig ironisch.

»Sieht fast so aus, als konnten Sie es kaum erwarten, dass ich komme«, sagte er.

Miriam wurde schlagartig bewusst, dass sie ihr Haar zu einem unordentlichen Knoten am Hinterkopf zusammengenommen hatte, aus dem sich überall feine Strähnen lösten. Obendrein trug sie eine uralte Jogginghose, einen ausgeleierten Fleecepullover und keine Schuhe, dafür aber dicke Wollsocken, die Oma Anna ihr irgendwann einmal gestrickt hatte. *Nicht gerade das passende Outfit für einen Gast,* dachte sie und merkte, wie ihr vor Verlegenheit die Röte ins Gesicht stieg.

»Normalerweise erleben meine Besucher mich nicht in Räuberzivil«, entgegnete sie, als sie endlich ihre Stimme wiedergefunden hatte. »Aber Sie sind zu früh dran, und ich habe Sie vom Balkon aus herfahren sehen. Ich dachte, bei dieser Kälte möchten Sie lieber so schnell wie möglich hereinkommen.«

»Wie fürsorglich von Ihnen.«

Er folgte ihr in die Diele, schloss die Tür, zog die lange, schwarze Winterjacke aus, die Miriam schon kannte, und hängte sie an die Garderobe. Dann drehte er sich zu ihr um.

»Kann ich mir die Truhe ansehen?«

»Natürlich.«

Sie ging ihm voraus die steile Holztreppe hinauf, die sie gerade eben erst hinuntergerannt war, froh, dass das Haus um einiges präsentabler war als sie selbst. Erst vor wenigen Tagen hatte sie den oberen Flur, dessen gekälkte Wände vom Alter nachgedunkelt waren, in einem sonnigen Gelb gestrichen. Jetzt stand neben dem Eingang zum Badezimmer ein Regal mit ihren Lieblingsbüchern, zwischen den Türen zu den kleinen Gästekammern hing ein Bild von Britta, und in der kleinen Nische neben den Schlafzimmertür befand sich die malträtierte Aussteuertruhe.

Während sie neben der Truhe auf ihn wartete, merkte sie, dass Markward sich Zeit ließ und sich interessiert umschaute. Dann stand er bei ihr und blickte auf den beschädigten Deckel hinunter, einen merkwürdigen Ausdruck in den Augen. Er legte den Finger auf die gespaltene Rosenranke und fuhr sachte an dem langen Riss entlang. Er bückte sich, prüfte die ausgewaschenen Farben an den Seiten und konzentrierte sich dann wieder auf den Deckel. Er strich mit beiden Handflächen langsam über das verzogene, durch den alten Wasserschaden gerissene Holz, den Kopf gesenkt und die Augen halb geschlossen, als lausche er auf etwas. Zuletzt zog er einen kleinen Block Papier und einen Stift aus der Hosentasche und machte sich Notizen. Die ganze Zeit über sprach er kein einziges Wort.

Schließlich konnte Miriam sich nicht mehr zurückhalten. »Und? Ist da noch was zu machen?«

Er steckte den Block weg. »Schon, aber es wird ziemlich aufwändig. Der Deckel muss ausgetauscht werden. Dieser Riss ist nicht zu heilen, und ihn mit Holzkitt zu füllen, ist auch keine besonders gute Idee. Ich müsste also schauen, wie ich an abgelagertes Lindenholz komme, und das findet man hier in der Gegend gar nicht so leicht. Die Seiten müsste man abschleifen, frisch grundieren und die Malereien erneuern. Das kann ich natürlich, aber es dauert seine Zeit.«

»Und billig wird es sicher auch nicht.«

Miriam hatte keinerlei Vorstellung, was so eine Restauration kosten mochte, aber ihr schwante Übles. Von dem Geld, das der Bärenpark für die zwei Hektar Wald überwiesen hatte, war zwar noch mehr als die Hälfte übrig, aber sie hatte eigentlich so viel wie möglich davon als Sicherheit auf die hohe Kante legen wollen.

»Stimmt, aber in diesem Fall spielt das keine Rolle. Ich mache es umsonst.«

Sie starrte ihn an. »*Was?* – Entschuldigen Sie, aber das kann ich nicht annehmen.«

Er erwiderte ihren Blick unbewegt und gelassen. »Seien Sie nicht albern, natürlich können Sie das. Ich will für diese Reparatur kein Geld, unter gar keinen Umständen.«

»Warum?« Miriam schüttelte den Kopf. »Ich begreife das nicht.«

»Das verlangt auch kein Mensch von Ihnen.« Es klang ungeduldig. »Am besten, Sie helfen mir jetzt, das gute Stück in meinen Lieferwagen zu schaffen, und dann müssen Sie sich weiter keine Gedanken mehr machen. Ich verspreche Ihnen, wenn ich Ihnen die Truhe zurückbringe, sieht sie aus wie neu.«

Miriam verschränkte die Arme vor der Brust. Allmählich fand sie sein Benehmen nicht mehr exzentrisch, sondern ziemlich eigenartig. Aber stur sein konnte sie mindestens ebenso gut wie er.

»Wenn Sie mir nicht erklären, wo diese Großzügigkeit herkommt, bleibt die Truhe hier«, erklärte sie fest. »Ich mache Ihnen einen Vorschlag. Ich gehe mich umziehen und dann frühstücken wir zusammen.«

»Ich habe schon gefrühstückt.«

»Na schön, dann schauen Sie eben mir zu, wie *ich* frühstücke. Ich hatte bisher bloß einen Becher Kaffee, und allmählich kriege ich Hunger. Ganz ehrlich – es muss doch einen guten Grund dafür geben, dass ich nichts bezahlen soll.«

»Den gibt es, glauben Sie mir. Aber ich würde ihn lieber für mich behalten.«

»Keine Chance. Ich gehe mich jetzt umziehen, und Sie dürfen unten in der Stube warten. Ich brauche nicht lange.«

Sie ließ ihn stehen, verschwand im Schlafzimmer und schloss die Tür hinter sich. Eine ganze Weile war es draußen still, während sie die Jogginghose und das Sweatshirt auszog und auf den Boden fallen ließ. Als sie in Slip, BH und Strümpfen auf dem Teppich stand, fiel ihr siedendheiß ein, dass sie vergessen hatte abzuschließen. Aber im Flur rührte sich immer noch nichts.

Sie öffnete gerade den Schrank, als sie seine Stimme hörte.

»Laden Sie eigentlich ständig wildfremde Männer zum Frühstück ein?«

»Nein«, sagte sie und lächelte, während sie in eine Jeans schlüpfte und den Reißverschluss zuzog. »Normalerweise mache ich das nie.«

»Dann muss ich mich jetzt wohl geschmeichelt fühlen.«

Miriam zog sich schnell einen roten Rollkragenpullover über den Kopf. Ein Blick in den Spiegel zeigte, dass sich ihre Frisur inzwischen ganz aufgelöst hatte. Sie zupfte die Lederspange aus dem ramponierten Zopf, nahm die Bürste, die auf der Kommode lag, und fuhr sich damit ein paarmal kräftig durch die zerzausten Locken. Wenigstens ein bisschen besser. Zu dumm, dass sie die widerspenstige Naturkrause ihres Vaters geerbt hatte ... aber da konnte man wohl nichts machen.

Als sie das Schlafzimmer wieder verließ, war der Flur leer, aber sie hörte leise Geräusche aus dem Erdgeschoss. Sie lief die Treppe hinunter in die Küche und entdeckte zu ihrer Verblüffung, dass er den Tisch für sie gedeckt hatte. Er hatte sich offenbar ohne Mühe zurechtgefunden und an alles gedacht, sogar an ein Holzbrettchen mit Käse und Aufschnitt und ein Töpfchen Marmelade. Aber er war nirgendwo zu sehen.

»Herr Markward?«

»Hier drüben.«

Er stand an ihrem Zeichentisch in der Stube, einen Stapel ihrer Entwürfe in der Hand. Für einen Moment flammte plötzlicher Zorn in ihr auf, aber er zeigte nicht die Spur eines schlechten Gewissens. Stattdessen hielt er eines der Blätter hoch und sie sah den flüchtig skizzierten Kopf mit den wirren Schlangenhaaren und den mit Schuppen bedeckten Raubtierleib.

»Oh Gott – nicht doch.« Sie seufzte. »Diese verflixte Medusa.«

»Unsinn. Das ist gut.«

Er sah aus, als sei er wirklich beeindruckt, und obwohl sie sich immer noch über ihn ärgerte, fühlte sie sich gleichzeitig auch wider Willen geschmeichelt.

»Ist das die, von der Sie mir gestern erzählt haben – die Frau, die von einer wütenden Göttin mit einem Fluch belegt und in ein Monster verwandelt wurde?«

»Richtig.« Miriam nahm ihm den Entwurf aus der Hand und legte ihn wieder auf den Zeichentisch. »Und wenn Sie eine Idee haben, die mir weiterhilft, dann bin ich Ihnen dankbar – allerdings möchte ich jetzt erst einmal frühstücken. Ich will außerdem immer noch wissen, warum Sie darauf bestehen, die Truhe umsonst zu restaurieren.«

»Und ich dachte, ich hätte Sie erfolgreich davon abgelenkt.«

Er zog eine Grimasse und folgte ihr in die Küche. Als sie sich an den Tisch setzte, ließ er sich ihr gegenüber auf der Eckbank am Fenster nieder.

Sie goss sich einen Kaffee ein, nahm eine Scheibe Vollkornbrot aus dem Korb und bestrich sie mit Butter.

»Erst werfen Sie mich fast aus Ihrer Werkstatt. Dann rufe ich Sie an, Sie lassen sich meine Truhe genau beschreiben, tauchen keine zwölf Stunden später bei mir auf und machen mir ein Angebot, das ich unmöglich ablehnen kann. Los, raus damit. Wo kommt diese plötzliche Selbstlosigkeit her?«

»Also meinetwegen.« Er legte die Hände flach auf den Tisch. »Es hat mit mir zu tun ... oder besser mit dem, was ich vor neunundzwanzig Jahren war.«

»Ein grüner Junge wahrscheinlich.« Miriam lächelte.

»Noch nicht ganz sechzehn jedenfalls, als ich Ihre Großmutter das erste Mal traf.« Seine Mundwinkel zuckten. »Ich war schüchtern, hatte kaum Freunde, und in der Schule mogelte ich mich gerade eben so durch. Damals hatte mein Vater noch einen kleinen Meiler, mehr oder weniger als Hobby, und Ihre Großmutter bestellte bei ihm Kohle für ihren Kachelofen – den im Haupthaus. Das stand ja zu der Zeit ja noch.«

»Ich weiß.«

»Mein Vater brachte ihr die Kohle und nahm mich mit ... so lernte ich Anna kennen. Er musste gleich wieder weg, aber sie lud mich zum Frühstück ein. Genau wie Sie.«

»Und dann essen Sie noch nicht einmal etwas.«

»Bei Anna schon. In dem Alter hatte ich eigentlich ständig Hunger. Nicht nur auf das Frühstück, sondern auch auf ...« Er zögerte. »... Nestwärme vielleicht. Auf ihre Freundlichkeit und ihre Neugier. Sie wollte wissen, wofür ich mich interessierte, was ich mir für meine Zukunft wünschte. Solange ich an ihrem Tisch saß, kam ich mir wichtig vor.«

Miriam nickte. Das war immer Anna Trautweins größte Gabe gewesen.

»Meine Mutter war zwei Jahre davor gestorben. Mein Vater hatte genug damit zu tun, alles zusammenzuhalten; ihm fehlte schlichtweg die Zeit, eine Pause zu machen und mir zuzuhören. Aber Anna ... Anna hatte Zeit, und die nahm sie sich. Ich habe ihr erzählt, dass ich gern mit Holz arbeite. Sie wusste, dass meine Mitschüler mich für arrogant hielten, weil ich anders war als sie. Weil ich mich sogar anders *anhörte.*«

Das war auch Miriam bereits aufgefallen. Wenn er redete, dann schliff das weiche Alemannisch ganz leicht die Wortendungen ab, aber es bestimmte nicht wirklich seine Sprache. Seltsamerweise klang er wie jemand, der lange im Norden Deutschlands gelebt hatte, bevor es ihn in dieses Tal verschlagen und er sich angepasst hatte.

»Meine Mutter kam aus Hamburg«, sagte er. »Ihre Eltern machten hier Urlaub, das muss um 1960 herum gewesen sein. Mein Vater lernte sie damals kennen, und sie schrieben sich Briefe, fünf Jahre lang. Sehen durften sie sich nicht, denn ihre Eltern waren entsetzt darüber, dass sich ihre behütete Tochter ausgerechnet in einen ungehobelten Schwarzwaldbauern verliebt hatte. Dann war sie endlich volljährig, packte ihre Sachen zusammen und nahm den nächsten Zug ins Wolftal. Ich glaube, sie waren sehr glücklich miteinander ... wenigstens die ersten Jahre.«

»Danach nicht mehr?« Miriam hätte sich am liebsten auf die Zunge gebissen. »Entschuldigung. Das geht mich nun wirklich nichts an.«

Markward schüttelte den Kopf. »Schon gut. Wissen Sie, Anna nahm sich nicht nur Zeit, sie konnte auch wirklich zuhören.« Er sah sie an. »Sie sind Ihrer Großmutter sehr ähnlich.«

»Vielen Dank. Und was hat es jetzt mit der Truhe auf sich?«

»Als das Haupthaus abbrannte, war ich zusammen mit halb Finkenweiler hier ... das habe ich Ihnen ja schon erzählt. Der Speicher, der Nussboden und das Dach standen zuerst in Flammen, deshalb konnten Annas Papiere und einiges an Kleidung noch aus dem Erdgeschoss gerettet werden. Sie hatte mir die Truhe erst zwei, drei Tage vor dem Unglück gezeigt und von ihrem Mann erzählt, und wie wenig Zeit sie damals hatten, ehe er als Soldat eingezogen wurde und fiel.«

Er sprach nicht weiter und schaute an ihr vorbei. Miriam fragte sich, ob er den Brand wohl vor seinem geistigen Auge noch einmal vor sich sah, und wartete geduldig, dass er wieder zu ihr in die Gegenwart zurückkehrte. Das Haus um sie her war ganz still, als warte und lausche es gemeinsam mit ihr.

»Ich fand es einfach nicht gerecht und beschloss, den Helden zu spielen. Ich mogelte mich zwischen zwei Leuten von der Freiwilligen Feuerwehr hindurch und rannte hinein. Da schwelte die Decke schon. Ich weiß bis heute nicht, wie ich das Ding nach draußen gekriegt habe – jedenfalls stand ich irgendwann im Freien, wurde mitsamt der Truhe pitschnass vom Löschwasser und hustete mir die Lunge aus dem Leib.« Er grinste schief. »Einer der Feuerwehrleute machte mich zur Schnecke, aber dann kriegte ich irgendwann keine Luft mehr und kippte um. Er drückte mir eine Sauerstoffmaske aufs Gesicht und rief einen Krankenwagen.«

»Rauchvergiftung?«, fragte sie mitfühlend.

»Ein bisschen, aber es war halb so wild. Der Krach, den ich hinterher mit meinem Vater bekam, als der von meiner Wahnsinnstat erfuhr, war viel schlimmer, das können Sie mir glauben.«

Miriam trank einen Schluck Kaffee und schob den angebissenen Rest ihrer Vollkornbrotscheibe auf dem Teller herum.

»Schauen wir mal, ob ich das richtig verstehe. Meine Großmutter zeigt Ihnen ihre Aussteuertruhe, dann gerät das Haus in Brand und Sie setzen sich in den Kopf, dass genau diese Truhe gerettet werden muss. Sie riskieren Kopf und Kragen für das alte Möbel, werden fast gebraten und beschließen obendrein, dass Sie – sobald Sie gelernt haben, wie das geht – die Truhe restaurieren, ohne einen Cent dafür zu verlangen?«

»Ich gebe zu, in Ihrer Zusammenfassung hört sich das Ganze ziemlich verrückt an.«

Sie beugte sich vor. »Wissen Sie, die Sache würde ein bisschen mehr Sinn machen, wenn Sie bei diesem Feuer die Hände im Spiel gehabt hätten. Dann würde ich nämlich an einen heftigen Fall von schlechtem Gewissen glauben.«

»Ich versichere Ihnen, ich hatte nichts damit zu tun.« Er sprach mit grimmiger Endgültigkeit. »Abgesehen davon hat die Feuerwehr hinterher festgestellt, dass höchstwahrscheinlich ein defekter Heizlüfter im Obergeschoss dafür verantwortlich war.«

»Oma Anna hat mir später genau dasselbe gesagt.«

»Wie schön. Dann bin ich ja aus dem Schneider.« Er stand auf. »Würden Sie mir jetzt bitte helfen, die Truhe in meinen Lieferwagen zu schaffen?«

»Natürlich. – Hören Sie, es tut mir leid. Ich wollte Sie weder verdächtigen noch kränken.«

»Schon in Ordnung. Sie haben keine Ahnung, wie viele Gerüchte damals nach dem Feuer durch das Wolftal geschwirrt sind. Ihre Idee mag ziemlich kreativ sein, aber besonders originell ist sie nicht, und leider auch nicht neu.« Er ging an ihr vorbei zur Tür, blieb dort stehen und blickte über die Schulter zurück. »Manchen Leuten ging damals nicht in den Kopf, was Anna Trautwein von einem Außenseiter wollte, wie ich einer war. Manche haben geglaubt, ich hätte mir erst ihr Vertrauen erschlichen, dann unsere Freundschaft ausgenutzt und sie bestohlen. Danach hätte ich angeblich versucht, meine Spuren zu verwischen und kurzerhand das Haus abgefackelt ... und jetzt kommt Ihr Einfall mit meinem schlechten Gewissen.«

»Oh Gott.« Miriam schüttelte den Kopf. »Das klingt ziemlich scheußlich.«

»War es auch – aber irgendwann wurde zum Glück die nächste Sau durchs Dorf getrieben.«

Irgendwann konnte eine schmerzhaft lange Zeit sein. Miriam dachte darüber nach, während sie mit ihm durch den Flur ging, mit ihm gemeinsam die Truhe hochwuchtete – die wirklich sehr schwer und unhandlich war – und sie gemeinsam die schmale Treppe hinunterschafften. Als sie endlich den Lieferwagen erreicht hatten und das alte Möbelstück sich sicher im Laderaum befand, klebte ihr der Pullover am Rücken und ihre Arme zitterten vor Anstrengung.

»Und die haben Sie damals wirklich *allein* aus dem Haus geschleppt?«, fragte sie außer Atem. »Wer sind Sie – Superman?«

»Um Himmels willen, nein!« Er atmete ebenfalls schwer, brachte es aber trotzdem fertig zu lachen. »Der Weg war viel kürzer, und es gab keine Stufen dazwischen.«

Sie betrachtete ihn zweifelnd. »Wenn Sie das sagen ...«

Markward schloss die Klappe des Lieferwagens und trat neben die Fahrertür. »Diese Medusa ... haben Sie nicht gesagt, sie sei mal eine schöne Frau gewesen, bevor sie einer Göttin in die Quere kam?«

Seltsam, dass ihn diese Fabelgestalt so sehr beschäftigt, dachte Miriam.

»Stimmt«, sagte sie. »Sie vergnügte sich mit ihrem Liebhaber ausgerechnet im Tempel von Athene – und von der heißt es, dass sie ewig jungfräulich war. Deswegen muss die Tatsache, dass welche ausgerechnet in ihrem Heiligtum das Unaussprechliche taten, sie fuchsteufelwild gemacht haben.«

»Und deshalb wurde die Frau mit Schlangenhaaren und Schuppenpanzer gestraft?«

»Sie haben die Flügel, die Reißzähne und die heraushängende Zunge vergessen«, meinte Miriam. »Athene war sehr, sehr gründlich.«

Markward öffnete die Tür seines Wagens und stieg ein.

»Sie tut mir leid«, sagte er. »Die Medusa, meine ich. Es muss furchtbar sein, wenn man sich plötzlich als Monster wiederfindet.«

Miriam betrachtete ihn nachdenklich. »Sie haben recht – so habe ich das noch nie gesehen.«

»Dann wünsche ich Ihnen viel Glück beim Zeichnen.«

Er drehte den Zündschlüssel, und der Motor sprang an. Miriam winkte ihm kurz zu und wartete, während der Lieferwagen langsam den Weg hinunterrollte.

Als er zwischen den Bäumen verschwunden war, ging sie wieder hinein und geradewegs in die Stube, zu ihrem Zeichentisch. Das Gesicht der Bestie starrte böse und herausfordernd zu ihr hoch. Miriam schnaubte, nahm den ganzen Blätterstapel und riss ihn der Länge nach durch.

»Also schön, du hast gewonnen«, sagte sie.

Dann nahm sie einen frischen Bogen Papier und fing von vorne an.

In dieser Nacht träumte Randolf Markward von dem Brand.

Er ist wieder fünfzehn Jahre alt und radelt in wahnwitzigem Tempo den Weg zum Trautweinhof hinauf. Das Fahrrad ist neu, mit fünf Gängen. Sein Vater hat es ihm zu seinem letzten Geburtstag geschenkt, er ist sehr stolz darauf ... und jetzt leistet es ihm einen dringend notwendigen Dienst. *Irgendetwas Gutes muss die Sache ja haben ...* Der Gedanke durchdringt wie ein eisiger Stich die Mischung aus Angst und Wut, die ihm die Sinne verwirrt, und er sorgt dafür, dass sein Kopf gerade rechtzeitig wieder klar wird. Knapp vor der Lichtung steigt er ab und versteckt das Rad hinter einem Baum.

Brandgeruch hängt in der Luft, schwer und beißend wie Teer. Überall rennen Männer in Feuerwehruniform herum. Wasser strömt aus dicken Schläuchen und prasselt auf die schwelenden Dachziegel. Glas klirrt, als eines der Fenster im ersten Stock splittert, und dichte Rauchwolken dringen ins Freie. Er hält sich im Hintergrund, versucht, mit geschärften Sinnen alles aufzunehmen, ohne dass man ihn bemerkt.

Seitlich ist ein Polizeiauto geparkt, daneben steht eine kleine Holzbank: Offenbar hat sie jemand dort hingetragen, und er kann Anna sehen, die darauf sitzt. Sie beobachtet reglos und sehr aufrecht, wie ihr Zuhause den Flammen zum Opfer fällt, während die alte Frau Armbruster neben ihr die Hände ringt. Eine Ledertasche lehnt an der Bank, daneben türmt sich Kleidung in einem Wäschekorb. Ein Blusenärmel flattert in einem plötzlichen Windstoß; der nächste faucht über das Dach und lässt die Flammen mit neuer Gewalt aus dem brennenden Giebel schießen.

Er sieht sich hastig um. Keine Möbel. Offenbar hat man Anna rechtzeitig aus dem Haus gerettet, ein paar Anziehsachen obendrein und vielleicht auch Papiere. Aber nirgendwo entdeckt er Möbel. Und das heißt, dass die Truhe mit verbrennen wird, die Truhe mit ihrem Hochzeitskleid und dem liebevoll in Seidenpapier eingeschlagenen, vertrockneten Brautkranz, die sie ihm erst vor zwei Tagen gezeigt hat.

Er weiß, dass es schon verrückt genug war, überhaupt hier aufzutauchen. Aber der Zorn hat ihm keine Wahl gelassen, und dieser Zorn wird mit jeder Minute, in der sich das Zerstörungswerk des Feuers fortsetzt, nur noch größer. Das hier darf nicht sein. Es hätte nie passieren dürfen.

Er kann nicht zulassen, dass sie alles verliert, was ihr lieb und teuer ist.

In diesem Moment denkt er nicht. Er kämpft gegen den eigenen Instinkt und zwingt die urtümliche Angst nieder, die ihm zuruft, sich fernzuhalten, die Flucht zu ergreifen. Er schlendert langsam über die Lichtung, so entspannt wie möglich, als habe er mit diesem Drama hier überhaupt nichts zu tun. Der Löschwagen gleitet an ihm vorüber, noch mehr Männer, ein Polizist, dessen Uniformjacke übersät ist mit Brandlöchern. Aus dem Augenwinkel sieht er Bernd Hessler, der mit großen Gesten auf Stefan Wäldele einredet, den Chef der Freiwilligen Feuerwehr. Was für ein Idiot.

Er steht jetzt dicht vor dem Haus, und noch immer hat ihn niemand bemerkt. Hitze strahlt vom Obergeschoss aus, intensiv wie aus einem Hochofen, aber die Steinwände im Erdgeschoss sind noch einigermaßen kühl. Vor ihm rollen zwei Feuerwehrleute einen dritten Schlauch aus; sie kümmern sich nicht darum, was direkt hinter ihnen geschieht. Das ist seine Chance.

Er sprintet los. Seine Muskeln katapultieren ihn mit explosiver Kraft vorwärts, und er ist unendlich dankbar, dass er inzwischen gelernt hat, wenigstens *das* zu kontrollieren. In der Zeit nach den allerersten Dreinächten ist er ständig gestürzt, aber das passiert ihm schon lange nicht mehr. Er hört Schreie hinter sich, aber in der nächsten Sekunde ist er drinnen.

Zum Glück findet er sich mittlerweile im Haus gut zurecht. Das Zimmer, das er sucht, ist hinter der zweiten Tür auf der linken Seite; die Trautweins früherer Jahrhunderte haben dort Vieh gehalten, aber jetzt stehen Bücherregale darin, ein altes Sofa ... und die Truhe.

Er hetzt durch den Flur, ist mit zwei, drei Schritten über die Schwelle und schaut sich um. Rauch hüllt ihn in einen bläulichen Schleier und kratzt in seiner Kehle. Er hat nicht dran gedacht, sich ein nasses Tuch um den Mund zu binden – das hier hat mit Denken sowieso nichts zu tun – und er weiß, er hat nicht viel Zeit. Er schiebt die Hände unter das kurze Ende der Truhe und hebt sie an. Schieben kann er sie ohne

Mühe, aber sie ist sperrig und geht erst nach drei Versuchen durch die Tür.

Mittlerweile ist der Rauch so dicht, dass er kaum noch etwas sehen kann, und er bekommt immer schlechter Luft. Das Haus ächzt und stöhnt rings um ihn her wie ein lebendiges Wesen, und er kann hören, wie sich die Glut immer weiter durch die uralten Balken frisst.

Normalerweise würde er sich die Truhe jetzt auf die Schulter wuchten und hinausrennen, aber er kann kaum noch atmen. Ein Blick nach oben zeigt ihm, dass sich überall Risse in der Decke bilden und sich ausbreiten wie ein feuriges Spinnennetz. Er bückt sich, keuchend und mit tränenden Augen, und stößt die Truhe Meter für Meter vor sich her. Panik und Qualm machen ihn blind, aber dann rutscht der Truhenboden über die uralte, ausgetretene Steinschwelle und er taumelt hinterdrein und fällt auf die Knie. Plötzlich trifft ihn ein Schwall kalten Wassers. Er kippt vornüber, würgt und hustet.

»Was machsch du denn, Bua – bisch du vollends narret!?!« Eine Hand packt ihn an der Schulter und schüttelt ihn wie einen nassen Welpen. »Willsch du di umbringe?«

Er würde ja antworten, wenn er könnte, aber alles, was aus seinem Mund kommt, ist ein qualvolles Krächzen. Er wird von einem neuen Hustenanfall gepackt. Und dann sieht er plötzlich Anna, die den Feuerwehrmann ohne viel Federlesens beiseiteschiebt und sich neben ihn auf die durchweichte Erde kniet.

»Ralf, um Gottes willen ...«

Ihre Hand berührt ihn und streichelt sein Gesicht. In diesem Moment ist es ihm gleich, dass er fast sechzehn ist und schon lange kein Kind mehr. Wenn er sich bewegen könnte, würde er den Kopf in ihren Schoß legen und weinen.

»Tut mir leid, Anna ...«, murmelt er heiser. Er weiß nicht, ob sie ihn überhaupt hören kann. »Es tut mir so furchtbar leid ...«

Jetzt bleibt ihm endgültig die Luft weg, und er hört einen entsetzten Ausruf von dem Feuerwehrmann. Etwas Kühles wird auf sein Gesicht gedrückt, Sauerstoff strömt ihm in die Lungen, und dann wird alles schwarz.

Randolf Markward öffnete die Augen, starrte in die Dunkelheit seines Schlafzimmers und wartete darauf, dass sein hämmernder Herzschlag sich beruhigte. Er dachte an Anna … die Frau, die ihm Vertrauen und Zuneigung entgegengebracht hatte, als er am verwundbarsten gewesen war. In den letzten Jahren hatte er sich bewusst von ihr ferngehalten, aber das bedeutete nicht, dass er sie nicht vermisste.

Und er dachte an Miriam.

Ihm gefiel die Behutsamkeit, mit der sie den Mängeln des alten Hauses zu Leibe rückte – die freundlich gelben Wände im Obergeschoss, das phantastische Bild an der Wand, das er liebend gern länger betrachtet hätte, und allem voran die Zeichnungen auf dem Tisch in der Stube. Diese weibliche Bestie mit den rasiermesserscharfen Fängen und dem Raubtierleib, der mit Schuppen überzogen war anstatt mit Fell … Der Entwurf war nicht fertig, viele Details nur angedeutet, aber die Wildheit und der Hass in dem verzerrten Gesicht auf dem Papier hatten ihn getroffen wie ein Schlag in die Magengrube.

Miriam.

Sie sah Anna nicht sehr ähnlich. Ihre Stirn war höher, und das Haar hatte sie vermutlich von ihrem Vater geerbt; es war rotblond, ein wenig über schulterlang und kräftig gelockt. Ihre Augen … groß und aufmerksam, ein intensives Grau, von überraschend dunklen Wimpern umrahmt. Und wenn er bedachte, in welcher Aufmachung sie ihn empfangen hatte, dann war er davon überzeugt, dass sie normalerweise kein Make-up benutzte. Genauso wenig übrigens wie Parfum. Sie roch vor allem nach sich selbst ... ein reiner, natürlicher Duft, der ihn an frischen Farn erinnerte, gemischt mit einem sanften Orangenaroma.

Doch trotz der fast übermächtigen Versuchung durfte er sich nicht erlauben, ihre Gegenwart zu genießen. Er durfte nicht zulassen, dass sie ihm gefiel, dass sie sich mit ihrer Ironie, ihrem klugen Witz und ihrer ruhigen Offenheit durch seine undurchdringlichen Schutzwälle stahl.

Es erschreckte ihn, wie ausgehungert er war nach menschlicher Nähe, wie heftig Körper und Seele nach dem gierten, was er sich seit Jahren notgedrungen mit eiserner Härte verweigerte ... weil es keine Alternative gab. Weil es die einzige Möglichkeit war.

Die einzige Möglichkeit, es nach mehr als siebenhundert Jahren zu beenden.

Sämond – Das Mädchen im Wald

Anfang März

»Weißt du was? Du brauchst einen Hund.«
Miriam stellte die Kanne hin und musterte Susanne verblüfft quer über den Tisch.
Sie saßen in der Stube des Trautweinhofs. Susanne hatte Kuchen vom Bäcker mitgebracht, was Miriam, die zwar gerne kochte, aber nicht buk, sehr viel Arbeit erspart hatte. Außerdem meinte Susanne, sie hätte mit den Zeichnungen für ihr Buch doch sowieso schon genug zu tun; Miriam hatte ihr das halbe Dutzend Bilder, die schon fertig waren, gezeigt. Susannes Faszination war groß genug, um die Kluft zu überwinden, die sich zwischen den beiden aufgetan hatte ... eine Kluft, die Miriam ziemlich bekümmerte, schon deshalb, weil sie daran vollkommen unschuldig war.

Dass Susanne Andreas Frankenthal nach wie vor ebenso dickköpfig wie erfolglos anhimmelte, konnte kaum Miriams Fehler sein, und sie hätte Susanne gern getröstet. Andreas behandelte sie wahlweise wie einen Kumpel oder wie eine etwas lästige kleine Schwester, und Miriam konnte sich nur zu gut vorstellen, wie frustrierend das war. Tauchte allerdings sie selbst einmal im Bärenpark auf – was sie in letzter Zeit lieber nicht so häufig tat –, dann flirtete Andreas ganz unverhohlen mit ihr, und er tat das mit großem Charme.

Susanne war vielleicht ein wenig naiv, aber beileibe nicht dumm, und sie bekam jeden großen Bahnhof mit, den Andreas um Miriams willen veranstaltete. Das führte natürlich dazu, dass sie ihre Freundin bis zu einem gewissen Grad als Ursache ihres Kummers betrachtete. Miriam erntete böse Seitenblicke und schnippische Kommentare. Hatte Susanne in den ersten Wochen fast jeden zweiten Tag »nur mal rasch« auf dem Trautweinhof vorbeigeschaut, so ließ sie sich jetzt kaum noch blicken.

Mittlerweile war Miriam etwas ratlos. Sollte sie Susanne direkt ansprechen und ihr erklären, dass sie eigentlich gar keine Lust auf ihren Wildtier-Romeo hatte? – Was nicht hieß, dass er ihr nicht durchaus gefiel ... Aber das musste sie ihrer eifersüchtigen Freundin ja nicht auf die Nase binden.

Sie hatte sich für eine andere Strategie entschieden und Susanne gestern die Bilder anschauen lassen; die griechischen Fabelhelden verfehlten ihre Wirkung nicht. Eine Künstlerin zu kennen, deren Werke tatsächlich in Hochglanzbänden gedruckt wurden, war etwas so Besonderes, dass Susanne ihren Groll lange genug vergaß, um an ihrem freien Nachmittag Miriams Einladung zum Kaffeetrinken anzunehmen. Und jetzt saß sie in ihrem Wohnzimmer, draußen schien eine blasse Vorfrühlingssonne, und sie hatte soeben im Brustton der Überzeugung festgestellt, dass Miriam einen Hund brauchte.

»Wieso einen Hund?«, wollte Miriam wissen.

»Na, weil du hier oben ganz alleine lebst!«, sagte Susanne und warf mit einer forschen Bewegung ihre straff geflochtenen Zöpfe nach hinten.

Passend zu dieser Frisur trug sie heute eine geblümte Rüschenbluse samt Lederweste, gebleichtem Jeansrock und Wildlederstiefeln. Miriam fand, dass sie zum Anbeißen aussah und bedauerte von ganzem Herzen, dass Andreas Frankenthal so gar kein Auge für Susannes Vorzüge hatte.

»Auf den meisten einsamen Höfen hier in der Gegend gibt es Wachhunde, und dein Hof ist so ziemlich der einsamste von allen«, fuhr Susanne fort. »Im Wolftal wird zwar selten eingebrochen, aber wenn doch mal was passiert ...«

»Lieb von dir, an meine Sicherheit zu denken.« Miriam lächelte. »Und die Idee ist gar nicht so schlecht. Als Kind hätte ich immer gern einen Hund gehabt, aber meine Eltern waren zu oft von zuhause weg, und dann musste ich irgendwann ins Internat. Da war an ein Haustier natürlich nicht zu denken.«

»In Freudenstadt gibt es ein Tierheim. Wir könnten demnächst mal zusammen hinfahren, nur ganz unverbindlich«, schlug Susanne vor.

Miriam sah sie an. »Warum nicht jetzt gleich?«

»Jetzt? Jetzt sofort?« Susannes Augen strahlten vor Aufregung.

Miriam grinste. »Ganz genau, jetzt sofort. Trink aus, dann spendiere ich dir einen Trip in meinem Geländewagen. Ich glaube, du hast noch nicht einmal dringesessen.«

Die Fahrt dauerte kaum eine halbe Stunde, der Gang durch das Tierheim nicht viel länger. Schon im zweiten Zwinger entdeckte Miriam den Hund, nach dem sie suchte – ein zutraulicher, junger Labrador namens Jacob, mit seelenvollen Augen und einem seidigen Fell in der Farbe von hellem Milchkaffee. Die Familie, der er ursprünglich gehört hatte, hatte ihn sehr zu ihrem Kummer abgeben müssen, weil nach dem Umzug in eine neue Wohnung der Vermieter keine Haustiere dulden wollte. Miriam und Susanne durften ihn an die Leine nehmen und einen langen Spaziergang mit ihm machen. Sie kamen prächtig miteinander aus; Jacob verzichtete höflich darauf, andere Hunde, Kinder oder Radfahrer anzukläffen, ging musterhaft bei Fuß und schmeichelte sich mühelos in ihr Herz.

Bis sie alle Papiere ausgefüllt hatte, war es spätnachmittags, und Susanne schleppte sie postwendend in eine große Tierhandlung, wo Miriam eine ganze Menge Geld in Näpfe, Futter und allerlei Spielzeug investierte. Susanne genoss die ganze Sache fast am meisten; sie platzte vor Stolz darüber, dass sie es gewesen war, die die Idee gehabt und Miriam zu ihrem neuen Hausgenossen verholfen hatte. Der Name »Andreas« wurde den ganzen Nachmittag nicht erwähnt. Er fiel erst wieder, als Susanne sich beim Abschied auf dem Hof nach Miriams Plänen für die nächsten Tage erkundigte.

»Am Sonntag wollen wir Mitarbeiter im Bärenpark zusammen essen«, erklärte sie Miriam. »Andreas hat den zuständigen Beamten in Stuttgart einen ordentlichen Zuschuss aus dem Kreuz geleiert, und er meint, das sollten wir feiern.« Sie pustete sich die Ponyfransen aus der Stirn. »Er hat gesagt … er meint, die Mitarbeiter kochen reihum, und streng genommen bist du ja keine. Aber Andreas lässt fragen … magst du am Sonntag vielleicht kochen?«

»Liebend gerne«, erwiderte Miriam, »gesetzt den Fall, ich darf mitessen.«

»Sicher!«, sagte Susanne und wurde rot. Plötzlich ergriff sie Miriams Hand. »Ich freu mich auch, wenn du kommst. Ehrlich.«

»Dann mach ich Rouladen«, sagte Miriam, »nach einem Rezept von Oma Anna. Ich muss morgen sowieso noch mal nach Freudenstadt, in den Baumarkt. Ich brauche Farbe für mein Schlafzimmer, und wenn ich die habe, kann ich auf dem Rückweg gleich das Fleisch kaufen.«

Sie legte Susanne eine Hand auf die Schulter und küsste sie ganz leicht auf die Wange. »Ich hab dich sehr gern«, sagte sie, »und ich danke dir für Jacob.«

Dann sah sie dem jungen Mädchen fest in die Augen. »Mehr als den Hund brauche ich im Moment auch nicht.«

Susanne blinzelte. »Ganz bestimmt?«

»Ganz bestimmt – und selbst wenn ich meine Meinung irgendwann mal ändere, dann steht Andreas ganz unten auf meiner Liste.« Sie strich mit den Fingerspitzen sachte über einen von Susannes Zöpfen. »Wenn er nicht sieht, wie zauberhaft du bist, dann ist er ein Trottel.«

»Er ist *kein* Trottel!«, platzte Susanne heraus, und dann brach sie zu ihrer eigenen Verwunderung in Tränen aus.

Miriam – die sich nicht im mindesten wunderte – nahm sie in die Arme und wartete, bis das kleine Unwetter vorüberging. Dann zog sie ein Taschentuch aus ihrem Mantel und hielt es ihr schweigend hin. Susanne nahm es und putzte sich die Nase.

»Okay, den Trottel nehme ich zurück«, meinte Miriam. »Aber er ist wahrscheinlich ein bisschen blind … das soll bei Männern schon mal vorkommen.«

»Und was mach ich jetzt?«, fragte Susanne.

»So wenig wie möglich«, versetzte Miriam. »Kerle, denen man hinterherläuft, nehmen nur umso schneller Reißaus.« *So wie Karsten, der die ganze Mühe noch nicht einmal wert gewesen ist,* ergänzte Miriam im Stillen. »Sei einfach du selbst und verlier die Hoffnung nicht, dass er irgendwann genauer hinschaut. Und jetzt fahr nach Hause – wir sehen uns am Sonntag, okay?«

Sie begleitete Susanne zum Auto und winkte ihr nach, während sie den Berg hinunterfuhr. Dann ging sie wieder ins Haus und ertappte Jacob dabei, wie er einen ihrer alten Hüttenschuhe begeistert mit den Zähnen auseinandernahm. Sie nahm ihm den Schuh weg, entschädigte ihn mit einem Gummiknochen und gönnte sich ein Glas Weißwein aus dem Kühlschrank.

Draußen wurde es langsam dunkel, und während sie den Wein trank, dachte sie, dass wahrscheinlich niemand als Briefkastentante weniger geeignet war als sie. Fas dreißig Jahre alt war sie jetzt und hatte keine echte Beziehung vorzuweisen außer den zwei Jahren mit einem Mann, dessen Arroganz und Dummheit sie viel zu lange ignoriert hatte.

Da waren die Phantasiegestalten, die an ihrem Zeichentisch entstanden, schon besser ... mit denen konnte sie wenigstens umgehen.

Jacob erwies sich als idealer Einkaufsbegleiter. Er machte gehorsam »Platz«, während sie im Baumarkt in Freudenstadt den richtigen Farbton für ihr Schlafzimmer aussuchte und zusammenmischen ließ, ignorierte anschließend standhaft die Katze, die über den Parkplatz lief, und sprang hinten in den Geländewagen, als sie die Klappe für ihn öffnete.

Obendrein blieb er schicksalsergeben darin sitzen, als sie in die Metzgerei ging, um die bestellten Rouladen abzuholen. Zuhause wurde er mit einem reichlichen Abendessen und einem langen Spaziergang durch den Wald belohnt. Als Miriam bei der Heimkehr die Tür aufschloss, rannte er eifrig hinter ihr her nach drinnen. Er leerte seinen Wassernapf bis auf den letzten Tropfen, rollte sich auf seiner Decke neben dem Kachelofen zusammen und schlief postwendend ein.

Miriam beschloss, dass das Abkleben und Streichen bis morgen warten konnte. Draußen wurde es schon dunkel, und es war ein langer Tag gewesen. Sie lächelte auf ihren neuen Gefährten hinunter und streichelte liebevoll die seidenweichen Ohren. Eindeutig eine Bereicherung.

An diesem Abend nickte sie an ihrem Zeichentisch beinahe ein. Also ging sie zur Abwechslung einmal früh ins Bett. Und sie träumte.

Sie steht auf einem Wanderweg mitten in einem regennassen Nadelwald. In dem Traum schaut sie an sich herunter und sieht ein aufgeschlagenes Knie unter dem Saum eines karierten Faltenrocks. Ihre Füße stecken in weißen Söckchen und roten Ledersandalen. *Ein Mädchen,* denkt sie staunend, *ich bin ja ein kleines Mädchen!* Und dann zerflattert der Rest ihres erwachsenen Selbst wie Rauch und sie fühlt nur noch, was das Kind fühlt – Schmerzen in dem Knie, aus dem Blut sickert, Angst und eine schreckliche Verlorenheit.

Wieso ist sie hier, und warum ist sie ganz allein?

Jetzt weiß sie es wieder: Oma Anna hat sie zum Besuch bei einer Freundin in Wolfach mitgenommen. Es gibt Kaffee und Kuchen, und Miriam darf Limonade trinken. Aber nach einer halben Stunde mag sie nicht mehr stillsitzen, und Oma Anna entscheidet weise, dass es Zeit ist, sie hinaus in den Garten zu schicken, wo es einen Sandkasten und eine Schaukel gibt. Es ist sonnig und warm, und Miriam schaukelt eine ganze Weile, bevor ihr auch das langweilig wird. Der Sandkasten interessiert sie nicht weiter, also schlendert sie über die kurz gemähte Wiese hinunter zum Gartentor und hinaus auf die Straße. Sie weiß wohl, dass sie das eigentlich nicht darf, und schaut sich schuldbewusst um. Aber die Gardine im Fenster bewegt sich nicht; Oma Anna hat nichts bemerkt.

Das plötzliche Gefühl der Freiheit ist ebenso unerwartet wie berauschend. Sie hüpft den Bürgersteig entlang, die Arme ausgebreitet, als wollte sie fliegen. Am Ende der Straße biegt eine andere nach links ab und endet auf einem Parkplatz. Hinter einer Schranke führt ein unbefestigter Weg steil den Berg hinauf. Da ist ein hölzernes Hinweisschild, und weil Miriam jetzt seit einem Jahr in die Schule geht, kann sie lesen, was die Buchstaben darauf bedeuten: »Schlössle.«

Sie ist das allererste Mal im Schwarzwald zu Besuch, und von diesem Schloss hat ihr niemand etwas erzählt. Hier in Wolfach steht zwar auch eins, aber von dem ist Miriam sehr enttäuscht. Oma Anna hat ihr gesagt, dort gäbe es keine Prinzen und Prinzessinnen, bloß Büros. Vielleicht ist das Schloss auf dem Schild ja endlich so, wie Miriam sich Schlösser vorstellt – mit einem großen Park, Himmelbetten und irgendwo ganz bestimmt auch mit einer guten Fee. Vergessen ist die Tatsache, dass sie sich nie und nimmer so weit vom Haus hätte entfernen dürfen und dass Oma Anna inzwischen wahrscheinlich schon nach ihr sucht. Sie rennt den unebenen Weg entlang, immer tiefer in den Wald hinein.

Es dauert eine ganze Weile, bis das »Schlössle« in Sicht kommt, und diesmal ist Miriams Enttäuschung sogar noch größer. Das Schloss mit den Büros ist wenigstens noch heil und ganz. Das hier aber besteht nur aus ein paar niedrigen Mauerresten auf einem Hügel. Keine Himmelbetten, kein

Park und weit und breit keine gute Fee, und obendrein kann sie sich die Ruine nicht einmal aus der Nähe ansehen. Denn zwischen ihr und dem Hügel, auf dem sie sich erhebt, gähnt ein schroffes Tal, bewachsen mit dichtem Gebüsch. Es ist viel zu tief und auch zu breit, und es führt kein Weg hindurch. Jemand hat eine Metalltafel am Wegesrand aufgestellt, und die ersten Worte, die Miriam darauf entziffert, sind »Burg Wolva«. Da steht noch mehr, aber jetzt verliert sie endgültig das Interesse an der ganzen Sache. Sie will weg von hier, sie will zu Oma Anna, am besten sofort.

Plötzlich verschwindet das Sonnenlicht. Miriam schaut nach oben; der Himmel, der eben noch strahlend blau gewesen ist, verbirgt sich jetzt hinter einer Masse dunkler Wolken, die rasch vom Horizont herantreiben. Ein Windstoß fährt ihr in die Haare und zupft mit groben Fingern Strähnen aus dem Zopf, den Oma Anna heute Morgen so sorgsam geflochten hat. Ein Tropfen platscht ihr auf die Nase, und dann gleich noch einer.

Sie dreht sich um und macht sich hastig auf den Rückweg. Der Regen wird stärker, und es dauert nicht lange, bis ihr die Bluse, der Rock und die Söckchen unangenehm feucht an der Haut kleben. Die Sandalen sind fast neu und eher für Spaziergänge auf städtischem Asphalt geschaffen; die glatten Sohlen geraten auf den Baumwurzeln und Kieseln, von denen der Wanderweg übersät ist, immer wieder ins Rutschen. Schließlich kommt es, wie es kommen muss. Miriam verliert das Gleichgewicht, kippt mit einem erschreckten Keuchen nach vorne und landet, noch ehe sie sich mit den Händen abfangen kann, schmerzhaft auf dem rechten Knie.

Sie rappelt sich auf. Ihre Handflächen sind aufgeschürft, das Knie blutet heftig, und jetzt verlässt sie der Mut. Es spielt keine Rolle, dass sie sich eigentlich gar nicht verlaufen kann, solange sie dem Weg, den sie gekommen ist, wieder zurück folgt. Der Wald, der eben noch so licht war und sie willkommen geheißen hat, kommt ihr nun bedrohlich vor, und mit einem Mal ist sie fest davon überzeugt, dass sie das Haus von Oma Annas Freundin niemals finden wird, egal wie weit und wie lange sie läuft. Sie hat sich bestimmt hoffnungslos verirrt, genau wie die heimatlosen Prinzessinnen aus den Märchen, die Oma Anna ihr immer vorliest.

»He, du da!«

Sie dreht sich hastig um, verliert zum zweiten Mal das Gleichgewicht und findet sich erneut auf dem Waldboden wieder. Diesmal ist sie zu allem Unglück mitten in einer kleinen Pfütze gelandet. Wasser sickert durch die Rockfalten, aber noch viel schlimmer ist die Panik, die plötzlich wie eine kalte Woge über sie hinwegflutet. Sie starrt durch die Regentropfen auf ihren Wimpern zu der verschwommenen Gestalt hinauf, die buchstäblich aus dem Nichts aufgetaucht ist und jetzt vor ihr steht.

»Hat's dir die Sprache verschlagen?«

Die Gestalt hat eigentlich eine ganz freundliche Stimme, und Miriam würde liebend gern etwas sagen. Aber sie bringt kein einziges Wort heraus und hört sich zu ihrem Entsetzen stattdessen jämmerlich aufschluchzen.

»O je.«

Die Gestalt kauert sich vor sie hin, zieht etwas aus der Hosentasche, das sich als großes Stofftaschentuch herausstellt, und wischt ihr damit überraschend sanft das nasse Gesicht ab.

»Dich hat's ja böse erwischt. Lass mal sehen ...«

Warme Finger umfassen ihre bloße Wade und drehen das verletzte Knie behutsam hin und her. Das Taschentuch kommt ein zweites Mal zum Einsatz: Es wird als provisorischer Verband zusammengefaltet, über die hässliche Wunde gelegt und festgebunden. Erst jetzt kann Miriam ihren Retter deutlich erkennen.

Es ist ein Junge; sein Alter kann sie nicht wirklich schätzen, aber er sieht aus, als sei er beinahe erwachsen. Sein dunkles Haar ist zerzaust und genauso nass wie ihres. Es hängt ihm in dicken Strähnen über die Ohren und in die Augen. Er trägt Jeans, robuste Wanderstiefel und ein hellblaues T-Shirt, das der Regen mit einem Muster aus unregelmäßigen Streifen überzogen hat.

»Wie heißt du denn?«

»Miriam«, flüstert sie.

Ihre Panik ist wie weggeblasen. Sie hat ihn noch nie gesehen und begreift nicht, wo er so plötzlich herkommt, aber das ist auch ganz egal. Er hat sich ihrer angenommen, sie getröstet und ihr Knie versorgt. Jetzt kann ihr nichts mehr passieren.

»Aha. Und wo wolltest du hin?«

»Zu meiner Oma.«

Er hilft ihr auf die Beine. »Omas gibt's hier aber viele. Hat deine auch einen Namen?«

»Anna«, sagt sie, eifrig bemüht, ihm behilflich zu sein. »Anna Trautwein.«

»Ich glaube, ich weiß Bescheid.« Er lacht leise. »Ihr wohnt aber nicht hier in Wolfach, oder? Die Anna Trautwein, die ich kenne, hat einen Hof in Finkenweiler.«

»Das ist meine!«, ruft Miriam triumphierend. »Aber wir sind zu Besuch hier, in einem gelben Haus.« Sie denkt scharf nach. »Da ist auch ein Garten mit einer Schaukel und einem Sandkasten. Und ein komischer Gartenzwerg mit einer roten Mütze und einer Schubkarre.« Plötzlich schlägt ihr das Gewissen. »Ich bin weggelaufen.«

»Dachte ich mir.« Der Junge lacht wieder. »Ich sag dir jetzt mal was – ich weiß, welches Haus du meinst, und da bring ich dich jetzt hin. Dann muss sich deine Oma keine Sorgen mehr machen. Meinst du, dass du laufen kannst?«

»Weiß nicht.«

Das Knie, das sie vorübergehend ganz vergessen hat, macht sich plötzlich wieder bemerkbar; es pocht darin, und das Taschentuch klebt an der Wunde fest und ziept, als sie versuchsweise das Bein ausstreckt.

»Ich glaub, ich hab eine bessere Idee.«

Zu ihrer Verblüffung wird sie ohne viel Federlesens hochgehoben. Instinktiv legt sie ihm die Arme um den Hals und hält sich fest. Ihr Retter setzt sich in Bewegung und geht den Wanderweg hinunter. Tatsächlich scheint ihm ihr Gewicht überhaupt nichts auszumachen; er atmet ruhig und gleichmäßig. Miriam entspannt sich langsam und lässt ihr Kinn vorsichtig auf seine Schulter sinken.

Er summt leise etwas vor sich hin. Obwohl sie nicht wirklich hören kann, was es ist, lässt die stimmlose Melodie seinen Hals an ihrer Wange vibrieren. Zusammen mit dem Rhythmus seiner Schritte wirkt sie wie ein Wiegenlied, und plötzlich gähnt Miriam herzhaft.

»Ich bin schrecklich müde«, murmelt sie.

»Dann schlaf doch. Ich weck dich auf, wenn wir da sind.«

Ihr fällt plötzlich etwas ein. »Was wolltest du denn da im Wald? Bist du auch weggelaufen?«

»Nein, ich nicht.« Sein Ton ist plötzlich ein wenig schroff, und seine Arme schließen sich für einen kurzen Moment fester um sie. »Jemand anderes. Ich konnte ihn bloß nicht finden.«

»Aber dann hast du auf einmal mich gefunden«, sagt sie zufrieden.

»Stimmt.« Das Lächeln ist in seine Stimme zurückgekehrt. »Zum Glück, was?«

Sie gähnt wieder und spürt, wie ihr die Augen zufallen. »Zum Glück ...«

Miriam setzte sich im Dunkeln in ihrem Bett auf, von einem Moment zum anderen hellwach. Das Zifferblatt des Digitalweckers schimmerte schwach; halb sieben. Draußen herrschte dasselbe Wetter wie in ihrem merkwürdigen Traum. Sie konnte das leise Rauschen des Märzregens hören, begleitet vom unregelmäßigen Stakkato der Tropfen auf den Dachziegeln.

Wie konnte es sein, dass sie so ein Erlebnis ganz vergessen hatte? Gut, die Sache lag fast vierundzwanzig Jahre zurück, und sie war noch ein Kind gewesen, zum ersten Mal zu Besuch bei ihrer Großmutter und ziemlich überwältigt von all den neuen Eindrücken. Und trotzdem – die Bilder aus diesem Traum standen in leuchtenden Farben vor ihrem inneren Auge, so lebhaft wie die Szene aus einem Film.

Weiterschlafen war zwecklos. Miriam schwang die Beine aus dem Bett und stand auf. Als sie zum Fenster ging und die Vorhänge beiseite zog, dämmerte der Morgen grau herauf, und das Wolftal verbarg sich wieder einmal unter einem dichten Nebelschleier. Im Bademantel stieg sie die Treppe hinunter und wurde von Jacob begrüßt, der ihr schwanzwedelnd aus der Stube entgegengelaufen kam. Sie musste ihn in seiner Begeisterung ein paarmal vorsichtig umkurven, bevor sie ihn in der Küche füttern und die Kaffeemaschine in Gang setzen konnte.

Während sie an einem Marmeladentoast knabberte, versuchte sie, sich das Aussehen des Jungen von damals noch einmal ins Gedächtnis zu rufen. Was er getragen hatte, wusste sie seltsamerweise noch ganz genau – Jeans, blaues T-Shirt, Wanderstiefel. Aber wie hatte sein Gesicht ausgesehen? Sie wusste es nicht mehr. Sie erinnerte sich jetzt wieder erstaunlich deutlich an den Klang seiner Stimme, an die Sanftheit seiner Hände, sogar an die plötzliche Bewegung und den kurzen Schrecken, als er sie hochhob und sie den Boden unter den Füßen verlor. Die Haare dunkel und nass, ein kräftiges Kinn … alles andere war weg.

Bis sie mit dem Essen fertig war, hatte der Vorfrühlingstag draußen plötzlich eine launische Kehrtwende gemacht, und die Sonne malte helle Kringel auf die Bodendielen. Miriam seufzte erleichtert; bei diesem Licht würde es eindeutig mehr Spaß machen, das Schlafzimmer zu streichen.

Es war halb elf, bis alle Möbel zur Seite geschoben, dem Staub zu Leibe gerückt und alles abgeklebt war. Das Streichen selbst dauerte mehrere Stunden, weil sie mit dem Aprikosenton der Wände nach nur einer Schicht Farbe nicht zufrieden war, und weil die Decke – ein cremiges Beige – sich als echte Knochenarbeit herausstellte. Als sie die Pinsel und Eimer auswusch, war es fast fünf. Sie fühlte sich erschöpft, klebrig und verschwitzt und hatte einen Bärenhunger.

Bevor sie allerdings für sich selbst sorgen konnte, musste sie mit Jacob, der ihre merkwürdigen Aktivitäten mit einem gewissen Misstrauen von der Türschwelle aus verfolgt hatte, die zweite Gassirunde des Tages drehen. Danach duschte sie und schlüpfte in den dunkelblauen Hausanzug aus Samt, der fällig gewesen war, nachdem sie beschlossen hatte, die uralte Jogginghose und das ausgeleierte Fleeceshirt endlich auszumustern. Mit dem angenehmen Gefühl, etwas geleistet zu haben, machte sie sich auf den Weg in die Küche ... und trat kurz vor der Treppe mit bloßen Füßen in eine Pfütze.

»Jacob!«

Aber der Hund konnte nichts dafür; Miriam schaute nach oben und sah eine feuchte Stelle an der Decke, aus der es Unheil verkündend tropfte. Sie seufzte. Dafür konnte es nur eine Erklärung geben: Das Dach war irgendwo nicht ganz dicht, der Regen der letzten Nacht war durch diese Stelle eingedrungen und hatte es im Laufe des Tages bis in den ersten Stock ihres Hauses geschafft. Das hieß, dass sie sich jetzt umziehen und auf den Dachboden steigen musste, um den Schaden zu finden und abzudichten, und zwar schnell, ehe der nächste Regen kam. Es war zum Auswachsen.

In diesem Moment klingelte das Telefon. Miriam biss frustriert die Zähne zusammen und rannte hinunter in die Stube, wobei sie nasse Fußspuren auf der Treppe hinterließ. Sie langte nach dem Hörer.

»Trautwein.«

Ein Räuspern, gefolgt von einer kurzen, verblüfften Pause. Dann: »Markward hier. Störe ich Sie gerade?«

»Nein.« Sie atmete tief ein. »Es gibt bloß einen Notfall.«

»Ach so. Sie haben mich angeschnauzt wie ein wütender Feldwebel.«

»Tut mir leid. Ich habe den ganzen Tag gemalt, und jetzt kommt bei mir im oberen Flur Wasser von der Decke.«

»Ein neues Bild?«

»Wie bitte?«

»Ob Sie ein neues Bild malen, wollte ich wissen.«

Kam es ihr bloß so vor, oder machte er sich tatsächlich über sie lustig?

»Nein, ich hab mein Schlafzimmer gestrichen.« Plötzlich musste sie lachen, und ihr Ärger fing an, sich aufzulösen. »Sie kennen nicht zufällig einen guten Samariter, der mal eben zu meiner Rettung herbeieilen würde?«

»Eigentlich rufe ich an, um Ihnen zu sagen, dass die Truhe fertig ist. Wenn Sie wollen, kann ich sie Ihnen bringen und mir bei der Gelegenheit Ihr Dach ansehen.«

»Dachdecker sind Sie also auch noch?«

Sogar in ihren eigenen Ohren hatte es einen spöttischen Klang; die Erleichterung über die unverhoffte Hilfe machte sie leichtsinnig.

»Nein«, kam es trocken zurück, »bin ich nicht. Aber zum Glück garantiere ich einen umfassenden Kundendienst.«

»Ich weiß, dass ich Glück habe«, sagte sie mit ehrlicher Wärme. »Vielen, vielen Dank.«

»Ich bin in einer halben Stunde bei Ihnen.«

Miriam legte den Hörer auf, ging in die Küche und goss sich ein großes Glas Mineralwasser ein. Sie trank es durstig aus, fahndete im Kühlschrank nach der Butter und schnitt sich zwei Scheiben von dem Holzofenbrot ab, das sie gestern auf dem Heimweg beim Bäcker unten in Finkenweiler gekauft hatte. Sie strich die Butter darauf, nahm den ersten, kräftigen Bissen und setzte sich an den Tisch.

Erst jetzt stellte sie fest, dass ihre Schultern steif waren; ihr gesamter Rücken schmerzte. Sie rieb sich vorsichtig den Nacken, aß das Brot und holte sich einen Apfel. Während sie ihn schälte, kamen erneut einzelne Bilder aus dem Traum zu ihr zurück, und überraschenderweise auch Klänge – schwach zuerst und undeutlich wie ein schlecht eingestellter Sender, dann klar und intensiv: »Aber dann hast du auf einmal mich gefunden.« Die Stimme eines kleinen Mädchens, das endlich in Sicherheit war. »Zum Glück, was?« Die Stimme eines hilfsbereiten Jungen, dessen Namen sie nicht kannte und der ihr aus heiterem Himmel zu Hilfe kam.

Miriam runzelte die Stirn und legte die Apfelstücke auf den Teller. Zum Glück. Zum Glück ...

Der Mann, der sie im Dezember wortlos beobachtet hatte, als sie auf dem Friedhof zum ersten Mal um ihre verlorene Familie trauerte ... der darauf bestanden hatte, die Aussteuertruhe ihrer Großmutter ohne jede Gegenleistung zu restaurieren. Der Mann, der ihre Einkäufe eingesammelt und ihren Fuß aus dem Abflussgitter befreit hatte: »Aber zum Glück garantiere ich einen umfassenden Kundendienst.« Sie schloss die Augen. Konnte das wirklich sein? Die Stimme war natürlich dunkler geworden. Das Haar war damals länger gewesen und hatte einen Teil des Gesichts verdeckt, das sie ohnehin nur sehr undeutlich wahrgenommen hatte. Im Gegensatz zu damals trug er es heute kurz und präzise geschnitten. Es konnte sein. Es *war* möglich.

Warme Hände um ihren Knöchel ...

Miriam stand auf und trat ans Fenster. Sie schaute hinaus zum Waldrand, wo in wenigen Minuten der Lieferwagen von Randolf Markward auftauchen musste.

Warme Hände, behutsam um ihre Wade gelegt, als der Junge von damals ihr verletztes Knie untersuchte und verband.

Vierundzwanzig Jahre lagen dazwischen, aber ... nein, trotzdem. Es war verrückt, doch sie wusste mit absoluter Sicherheit, dass sie sich nicht irrte.

Es waren dieselben Hände. Genau dieselben.

Sämond –
Den Glaubenden gib Stärke

Abends am selben Tag

Um halb sechs war der Lieferwagen da. Miriam stand immer noch am Fenster; sie sah zu, wie Markward ausstieg, einen Werkzeugkasten aus dem Kofferraum holte und auf das Haus zuging. Sie stellte fest, dass sie jede seiner Bewegungen genau unter die Lupe nahm, und zerbrach sich den Kopf, ob sie ihn fragen sollte oder nicht. »Sagen Sie mal, haben Sie mich vor vierundzwanzig Jahren als kleines Mädchen im Wald aufgelesen und zu meiner Großmutter gebracht?« Bloß nicht – das klang sogar in ihren eigenen Ohren wie ein verdrehter Rotkäppchen-Komplex.

Es klingelte und sie hastete hinaus in den Flur. Erst jetzt fiel ihr auf, dass sie noch immer den Hausanzug trug und barfuß war. Falls er ihre Hilfe bei der Dachreparatur brauchte, war ihr Outfit dafür denkbar ungeeignet. Sie seufzte in sich hinein. Er würde sie für ein schwaches, hilfsbedürftiges Weibchen halten.

Als sie die Tür öffnete, stellte sie fest, dass ihr jetzt auch noch das Herz bis zum Hals schlug.

Verdammter Mist.

Markward stand auf der Schwelle, den Werkzeugkasten in der Hand, und betrachtete sie mit einem winzigen Lächeln in den Augen von Kopf bis Fuß.

»Wollten Sie schon ins Bett gehen?«

»Ihnen auch einen guten Abend«, sagte Miriam würdevoll, »und nein, das ist ein Hausanzug, kein Pyjama. Ich dachte, ich hätte mir nach fünf Stunden Anstreichen etwas Bequemeres verdient.« Sie trat zurück, um ihn hereinzulassen. »Außerdem müssen Sie zugeben, dass er besser aussieht als das, was ich beim letzten Mal anhatte.«

»Punkt für Sie.«

Er ging an ihr vorbei in den Flur. Im selben Moment hörte Miriam aus dem Wohnzimmer ein kurzes, aufgeregtes Bellen und das Tappen von Pfoten auf den Holzdielen.

»Ich muss Ihnen jemanden vorstellen«, sagte sie. »Meinen neuen Hausgenossen – das ist Jacob.«

Der junge Labrador kam in Sicht, lief schwanzwedelnd auf den unbekannten Mann zu ... und dann blieb er jäh stehen. Miriam beobachtete verblüfft, wie der Hund sich duckte. Er zog den Kopf zwischen die Schultern und gab ein ängstliches Winseln von sich.

»Jacob? Was zum ...«

Markward stand völlig regungslos da. Sie konnte nur seinen Rücken sehen und hatte den irritierenden Eindruck, als würden sich sämtliche Muskeln darin sekundenlang zusammenziehen wie Sprungfedern. Dann schüttelte er ganz leicht den Kopf.

»Schon gut, Kleiner«, sagte er ruhig. »Ich tu dir doch nichts.« Er drehte sich zu ihr um. »Als Wachhund ist er nur bedingt geeignet, würde ich sagen.«

»Merkwürdig – eigentlich dachte ich, er verträgt sich mit jedem.«

»Außer mit mir.«

Markward stellte den Werkzeugkoffer hin und schlüpfte aus der Jacke. Als er die Hand ausstreckte, um die Jacke an den Garderobenhaken zu hängen, wich Jacob nach hinten aus und drückte sich fast flach gegen den Boden. Urplötzlich ließ er sich auf die Seite fallen, legte hechelnd den Kopf zurück und entblößte seine Kehle.

»Um Himmels willen.« Miriam entschied, dass es Zeit war, etwas zu unternehmen. »Am besten gehen Sie nach oben – den nassen Fleck können Sie nicht übersehen, er ist fast direkt über dem Treppenabsatz. Soll ich Ihnen zeigen, wie man auf den Dachboden kommt?«

»Nicht nötig.« Er hob den Werkzeugkasten wieder auf und machte sich auf den Weg. »Als dieses Haus nach dem Brand renoviert wurde, habe ich mitgeholfen.«

Gleich darauf war er verschwunden, und sie hörte über sich das Knarren seiner Schritte. Miriam beugte sich über den verschüchterten Hund und packte ihn am Halsband.

»Und du kommst jetzt mit, du dämlicher Kerl«, sagte sie streng. »Wie kann man sich nur so benehmen! Bis auf weiteres hast du Stubenarrest.«

Jacob ließ sich lammfromm ins Wohnzimmer führen, strebte eilig auf seine Decke zu und legte sich hin. Dann legte er den Kopf auf die Vorderpfoten, blickte zu ihr auf und jaulte leise, als wolle er sich entschuldigen.

»Dummkopf!«

Sie drehte sich um, ging hinaus und schloss die Tür hinter sich. Oben war es eine Weile still, dann hörte sie Markward gedämpft ihren Namen rufen. Einen Moment später stand sie neben der steilen Holzstiege, die aus dem Flur im ersten Stock unter das Dach führte.

»Was ist denn? Ist der Schaden zu sehen?«

»Ist er, ja«, kam seine Stimme von oben. »Sie haben Glück, es könnte viel schlimmer sein. Das Tragwerk ist intakt, und man müsste nur eine halbe Ziegelreihe ersetzen; wahrscheinlich hat der Frost diesen Winter sie brechen lassen.«

Miriam runzelte die Stirn. »Wo bekomme ich denn jetzt so schnell Ersatzziegel her?«

»Sie haben welche, unten im Keller«, sagte Markward. »Bei der Renovierung sind genügend übrig geblieben für eine kleine Reparatur. Liegt die lange Leiter immer noch hinter dem Haus?«

Er kannte sich hier besser aus als sie.

»Keine Ahnung«, erwiderte Miriam. »Aber ich schaue nach, wenn Sie wollen.«

»Schon gut.« Er kam die Stiege hinunter. »Da oben ist ein ordentlicher Fleck auf dem Boden, aber der trocknet auch wieder. Schlimmstenfalls müssen Sie mit einem Heizlüfter nachhelfen, aber nur dann, wenn es die nächsten Wochen dauernd regnet. Und das glaube ich nicht. Ich hole mir jetzt die Ziegel und tausche sie aus. Dann haben Sie, wenn es nachher dunkel wird, wieder ein dichtes Dach.«

»Brauchen Sie meine Hilfe?«

»Nein.«

Er verschwand schon wieder, diesmal ins Erdgeschoss. Allmählich kam sie sich vor wie in einem Hollywood-Klassiker, der irgendwo im Wilden Westen spielte, und mit einer Heldin, die in gerüschten Unterröcken und mit festgezurrtem Mieder darauf wartete, dass der wortkarge Held ihr das marode Blockhaus instand setzte. Worauf er üblicherweise aus luftiger Höhe mitfühlend auf sie hinabschaute und mit sonorer Stimme wohlwollend sprach: »Tapfere, kleine Frau.«

Miriam musste plötzlich lachen und folgte ihm die Treppe hinunter.

Es dauerte etwas mehr als eine Stunde, bis Markward die gesprungenen Ziegel entfernt und ausgetauscht hatte. Miriam überprüfte den Zustand der Farbe an der Schlafzimmerwand: Sie war fast trocken. Morgen würde sie wieder hier schlafen können.

Da ihr Helfer sich jede Unterstützung kurz und bündig verbeten hatte, ging sie zu Jacob in die Stube, setzte sich an den Zeichentisch und holte den Entwurf für das »Urteil des Paris« heraus, mit dem sie vor zwei Tagen angefangen hatte. Die Medusa ließ sie liegen; das Bild war so gut wie fertig und musste nur noch koloriert werden, aber dafür brauchte sie das helle Licht der Morgensonne.

Sie zeichnete den Apfel, den die Aphrodite auf dem Bild dem Prinzen von Troja reichen sollte, und skizzierte sorgfältig den Faltenwurf des Gewandes der Liebesgöttin. Die ganze Zeit hörte sie Markward über sich arbeiten. Seine Schritte auf dem Dach, das Klappern der Ziegel und die regelmäßigen Hammerschläge wirkten wie ein leiser, willkommener Begleitrhythmus für das Kratzen ihrer Stifte auf dem Papier. Irgendwann war sie so in ihre Arbeit vertieft, dass sie ihren Samariter fast vergaß, und als es gegen sieben leise an der Wohnzimmertür klopfte, zuckte sie überrascht zusammen und ließ den Stift fallen.

»Ich bin fertig«, kam Markwards Stimme von draußen. »Am besten fahre ich meinen Wagen jetzt bis direkt vor den Eingang, dann können wir die Truhe hereinholen.«

»Gute Idee. – Jacob, sitz!«

Sie warf dem Hund einen scharfen Blick zu, stand auf und ging hinaus.

Die Haustür stand offen; kalte Luft drang von draußen herein. Die Scheinwerfer des Lieferwagens leuchteten in der Abenddämmerung auf, dann rollte er langsam auf das Haus zu. Miriam schlüpfte in ein Paar abgetragener Gartenclogs, die hinter der Garderobe standen, trat ins Freie und wartete, bis Markward den Motor abgeschaltet hatte und ausstieg. Er kam nach hinten und öffnete die Ladeklappe. Dann löste er die Haltegurte, die die Truhe daran gehindert hatten, auf der Fahrt zu verrutschen, und zog die Decke herunter, mit der sie verhüllt gewesen war.

»Ausgepackt trägt sie sich leichter«, sagte er. »Ich schiebe sie jetzt bis zum Rand. Können Sie sie herunterheben, wenn ich sie am anderen Ende halte?«

»Ich tu mein Bestes«, antwortete Miriam, die sich nur zu gut daran erinnerte, wie anstrengend das Ganze beim letzten Mal gewesen war.

»Dann kommen Sie hier herauf.«

Markward drehte die Truhe so, dass sie den Boden an der Schmalseite packen konnte, und sprang vom Wagen. Miriam stieg auf die Ladefläche und schob das schwere Möbelstück vorsichtig über den Rand, bis Markwards Hände zufassten und es so lange hielten, bis es wieder sicher auf dem Boden stand. Sie bewegten sich langsam über die Türschwelle und hinein ins Haus. Dort setzten sie die Truhe behutsam ab, und Miriam rieb sich die schmerzenden Arme.

»Das kriegen wir besser hin«, meinte Markward. »Die Treppe hoch gehe ich hinten; Sie werden den Unterschied merken, glauben Sie mir.«

Und sie merkte ihn tatsächlich. Rückwärts die Stufen zu bewältigen war gar nicht so leicht, aber die Truhe nur stützen zu müssen, während er hinter ihr den Großteil der Last trug und langsam Stufe für Stufe hinaufstieg, machte die ganze Sache bedeutend leichter. Nach wenigen Minuten stand Oma Annas Aussteuertruhe wieder dort, wo sie hingehörte, und im hellen Licht der Lampe, die direkt darüberhing, hatte Miriam endlich die Gelegenheit, Markwards Arbeit in Augenschein zu nehmen.

Der Riss war verschwunden und die Rosenranke glich dem Original aufs Haar; sie war wunderschön geschnitzt und vollkommen makellos. Zwei glänzende Metall-Scharniere und ein neuer, fein ziselierter Riegel hielten den ausgetauschten Deckel fest, und die rauen, aufgequollenen Stellen am Rand waren abgeschliffen und poliert worden, so dass er wieder sauber auflag.

Miriam kniete sich neben die Truhe und inspizierte die beiden Seiten. Zwei weißgrundige Ovale mit schwarzem Rand bildeten den Hintergrund für ein naiv gemaltes Rosensträußchen, das von einer blauen Schleife zusammengehalten wurde. Matter Lack schützte die leuchtenden Farben, und als sie mit den Fingerspitzen darüberstrich, war auch hier das Holz seidenglatt. Wie viel Zeit und Mühe er investiert hatte, um aus dem ramponierten Erbstück wieder dieses bäuerliche Kleinod zu machen, wagte sie sich kaum vorzustellen. Er konnte die letzten knapp drei Wochen eigentlich kaum etwas anderes getan haben.

Sie blickte zu ihm auf. Er stand ruhig da, ohne jedes Zeichen von Ungeduld; aber als ihre Augen sich trafen, musste ihm ihr Blick alles gesagt haben, was er wissen musste, und plötzlich lächelte er. Es war frappierend, wie sehr sich sein Gesicht veränderte, wenn es sich entspannte, wenn die harten Linien sich für ein paar Momente auflösten und schwanden. Miriam sah ihn unverwandt an ... und mit einem Mal verschmolzen die Züge des Mannes mit denen des Jungen, der sie vor vierundzwanzig Jahren durch den Regen getragen hatte und wurden eins.

»Danke«, sagte sie. »Danke für alles – und zuallererst für die Truhe natürlich. Das hier ist ein kleines Wunder.«

»Kein Wunder«, erwiderte er, »nur Arbeit, und zum Glück eine, von der ich etwas verstehe. Und Sie müssen mir nicht danken – das war ich Anna schuldig.«

»Eines Tages werden Sie mir erklären, worin diese Schuld eigentlich bestanden hat.« Immer noch konnte Miriam den Blick nicht von seinem Gesicht abwenden. »Ich muss Ihnen auf alle Fälle danken, und nicht nur für die Truhe. Danke, dass ich heute Nacht schlafen kann, ohne dass es durch das Dach tropft.«

»Keine Ursache.«

Er sah, dass Miriam Anstalten machte aufzustehen, und streckte ihr die Hand hin. Sie ergriff sie und wurde mit kräftigem Schwung hochgezogen. Ein wenig zu kräftig allerdings, denn im nächsten Moment verlor sie das Gleichgewicht, prallte gegen ihn ... und Markward hielt sie instinktiv fest.

Miriam merkte, wie er überrascht nach Luft schnappte. Sein Körper spannte sich an, aber er ließ sie nicht los. Sie war ihm so nahe, dass sie seinen Atem auf ihrem Gesicht spürte.

»Da ist noch etwas, für das ich Ihnen danken möchte.« Sie sprach weiter, ohne nachzudenken, leise und rasch, ehe sie den Mut verlor. »Als kleines Mädchen habe ich mich hier in der Gegend einmal im Wald verlaufen. Na ja, nicht wirklich ... aber ich hatte Angst und fühlte mich schrecklich verloren.

Und dann tauchte plötzlich aus heiterem Himmel ein fremder Junge auf. Er verarztete mein aufgeschlagenes Knie, und als er merkte, dass ich nicht mehr laufen konnte, trug er mich nach Hause. Ich weiß, das waren Sie.«

Er antwortete nicht und rührte sich auch nicht. Wäre da nicht die Tatsache gewesen, dass seine Brust sich hob und senkte, er hätte genauso gut eine Statue sein können, und die hellen Augen schienen geradewegs durch sie hindurchzusehen.

Wie konnte ich nur so dumm sein, dachte Miriam mit einem Anflug von Verzweiflung. *Ich wusste doch, ich hätte den Mund halten sollen.*

Er hob die Hand, langsam wie ein Schlafwandler, und berührte ihr Gesicht.

Miriam spürte die Schwielen seiner Handfläche an ihrer Wange. Sie atmete tief ein und nahm den Geruch seines Körpers in sich auf ... das kräftige Aroma von frischem Holz, von Sägespänen und Leinöl, ganz wie in seiner Werkstatt. Aber unter dieser Oberfläche lag noch viel mehr: ein Duft, der ganz aus ihm selbst kam. *Wie die trockene Erde nach dem allerersten Regen,* dachte sie staunend. Sie hatte das Gefühl, als sei sie mit seinem Herzschlag verbunden. Intensive Wärme strömte auf sie über, und eine Stärke, die so tief gründete wie die Wurzeln eines alten Baumes. Sie wagte nicht, auch nur die kleinste Bewegung zu machen, aus Angst, diesen Moment zu beenden, diesen seltsamen Zauber zu brechen. Die Welt war auf den Radius eines Kreises zusammengeschrumpft, gerade groß genug, um sie beide einzuschließen.

Und dann nahm Randolf Markward die Hand weg und trat einen Schritt zurück. Er war sehr bleich und hielt den Kopf gesenkt. Miriam öffnete den Mund, um etwas zu sagen, aber sie brachte kein Wort heraus.

»Ich muss gehen«, sagte er. Seine Stimme klang flach und brüchig. »Es ... es tut mir leid.«

Bevor sie reagieren konnte oder die Sprache wiederfand, hatte er sich schon auf dem Absatz umgedreht und war außer

Sicht. Schnelle Schritte polterten die Treppe hinunter, dann schlug die Haustür zu.

Miriam stand da und starrte zu Boden. Ihr war schwindelig, und sie konnte keine klaren Gedanken fassen. Endlich war sie wieder imstande, sich zu rühren; unversehens wurden ihr die Knie weich, und sie lehnte sich Halt suchend an die Wand.

Ach du lieber Himmel. Sie fuhr sich mit der Hand über die Wange, wo gerade eben noch seine Hand gelegen hatte. *Das darf doch nicht wahr sein.*

Als Miriam am nächsten Morgen aufwachte, war es schon mehrere Stunden hell. Sie tastete nach dem Digitalwecker und blinzelte in die Sonne, die ihr durch das kleine Fenster der Gästekammer mitten ins Gesicht schien. Die Vorhänge nicht geschlossen, fast halb zehn … und sie trug immer noch den Hausanzug. Draußen kratzte es an der Tür, und ein unglückliches Winseln war zu vernehmen.

Jacob.

Miriam machte, dass sie aus dem Zimmer und hinunter in die Küche kam. Der Hund hatte allerdings erst einmal keinerlei Interesse an dem Futter, das sie ihm hinstellte, sondern rannte schnurstracks zum Eingang. Sie ließ ihn in den überraschend milden Vorfrühlingstag hinaus und sah zu, wie er auf den Saum der Bäume zuschoss. In der Woche, seit er bei ihr war, hatte sie festgestellt, dass er ohne ihre Begleitung niemals allein in den Wald lief. Er verschwand nur kurz hinter einer dicken Tanne, kehrte danach auf die Lichtung zurück und fand sich wenige Minuten später auf der Türschwelle ein, wo er mit einem kurzen Bellen seinen Wunsch kundtat, wieder eingelassen zu werden.

Während Jacob sich über den Napf hermachte, kochte sie sich einen Kaffee. Wie zum Donnerwetter war sie gestern Abend eigentlich ins Bett gekommen? Sie konnte sich gerade noch daran erinnern, wie sie an der Wand gelehnt hatte, nachdem Randolf Markward gegangen war, atemlos vor Überraschung und erfasst von einem gehörigen Schrecken. Überrascht, weil sie nie im Leben mit so einer Entwicklung gerechnet hatte. Erschreckt, weil ... weil dieser Mann ihr mit einer einzigen Geste komplett den Boden unter den Füßen weggezogen hatte.

Der erste Schluck Kaffee schmeckte grauenhaft bitter; Miriam schüttelte den Kopf und holte die Zuckerschale aus dem Schrank. Eine einzige Geste ... er hatte ihr nur für einen kurzen Moment die Hand auf die Wange gelegt, verflixt nochmal! Das konnte doch kein Grund sein, derart aus dem Gleichgewicht zu geraten!

Sie bestrich eine Scheibe Toast mit Marmelade und registrierte kaum, was sie aß. Sie ließ die halb leere Tasse und den Teller stehen, ging wieder nach oben und unter die Dusche. Sie suchte sich Jeans heraus, warme Socken und ihr weites Zeichenhemd, das die verwischten Spuren unzähliger Bilder und Skizzen auf seinem Baumwollstoff trug. Sie kämmte ihr frisch gewaschenes Haar energisch durch und flocht es zu einem Zopf – wenn es feucht war, ließ es sich wenigstens bändigen – und ging in die Stube. Die Sonne schien; das richtige Licht, um der Medusa farblich den letzten Schliff zu geben.

»Es muss furchtbar sein, wenn man sich plötzlich als Monster wiederfindet.« Das hatte Markward gesagt, an dem Tag, als er die Truhe abgeholt hatte.

Sie bückte sich und holte die Acrylfarben aus dem Schrank unter dem Zeichentisch. Scharlachrot für das Blut, das von Perseus' Schwert tropfte, grau, weiß und silber für die breite Klinge. Ocker und warmes Gelb für den Spiegel, in dem er dem tödlichen Blick der Gorgone begegnen konnte, ohne sterben zu müssen. Ein kleines Döschen goldener Metalllack, um dem Rahmen Glanzlichter aufsetzen zu können. Rehbraun und Umbra für Perseus' Sandalen.

Die Farben standen ordentlich nebeneinander aufgereiht, dazu ein Glas mit Wasser zum Auswaschen, ihre alte, fleckige Lieblingspalette und ein Stapel Tücher zum Abtrocknen der Pinsel. Miriam schaute auf das fast fertige Bild hinunter, ohne es wirklich zu sehen. Dann schob sie es sehr langsam beiseite, öffnete die Mappe und legte den Bogen wieder hinein.

Sie nahm ein frisches Blatt aus der Schublade, griff nach einem Kohlestift und fing an zu zeichnen.

Unter einer hohen Stirn dunkle Brauen, gerade und dicht, über der Nasenwurzel eine Vertiefung wie ein Daumenabdruck, die sich bei Konzentration oder Ärger in eine steile, scharf eingekerbte Falte verwandelte ... klare, durchdringende Augen, ein gerader Nasenrücken mit geschwungenen Flügeln, ein leichter Bartschatten über dem Mund, der gleichzeitig herb war und sanft. Ein eckiges Kinn, der kleine Spalt darin nur schattenhaft angedeutet. Ein breiter, kräftiger Kiefer, der von einem starken Willen sprach – vielleicht sogar von Starrsinn – flächige Wangen, eng anliegende Ohren. Kurzes Haar, glatt und fast schwarz.

Miriam legte den Stift behutsam hin, stützte sich auf den Tisch und starrte grimmig in die Augen auf dem Papier. Sie hätte das Blatt gern zerrissen, aber ihr Künstlerstolz trug den Sieg über ihren Ärger davon. Das Portrait war ihr wirklich gut gelungen – viel zu gut, wenn man bedachte, wie wenig sie den Mann kannte, dem dieses Gesicht gehörte.

Sie zog die Schublade auf, nahm die Zeichnung und legte sie hinein. Dann trat sie vom Tisch zurück und betrachtete frustriert ihren Arbeitsplatz. Sie hatte den niederschmetternden Verdacht, dass dies ihre letzte kreative Leistung für heute gewesen war.

Eine kühle, feuchte Nase schob sich in ihre Hand. Miriam blickte nach unten und sah Jacob, der seinen Napf geleert hatte und jetzt neben ihr stand. Als sie ihm den Kopf tätschelte, wedelte er hoffnungsvoll mit dem Schwanz.

»Komm, mein Junge«, sagte sie. »Ich glaube, wir brauchen beide ein bisschen frische Luft.«

Miriam hatte einen kleinen Spaziergang vorgehabt, aber es wurde eine ausgewachsene Wanderung daraus. Sie folgte der Straße bis fast hinunter nach Finkenweiler, dann bog sie auf einen Waldweg ab, der einen weiten Bogen beschrieb und schließlich zur Brücke über den Fluss führte. Vor sich sah sie die Häuser des Dorfes und den Turm der Margarethenkapelle, umgeben vom blassen Blau des Himmels. Sie führte Jacob an der Leine über das rasch dahinströmende Wasser und steuerte geradewegs auf die Kirche zu. Als sie näher kam, sah sie einen Mann, der gerade mit einem Schlüsselbund in der Hand und einem Stapel Bücher unter dem Arm zum Seiteneingang lief. Er hörte ihre Schritte und drehte sich zu ihr um.

»Hallo!« Er musterte sie interessiert. »Sie sind Miriam Trautwein, nicht?«

»Stimmt.« Sie nahm den Hund am Halsband. »Und wer sind Sie?«

»Oh – verzeihen Sie bitte.« Er lachte, kam zu ihr herüber, reichte ihr die Hand und hielt sie dann Jacob hin, der sie ausgiebig beschnüffelte. »Ich bin Martin Stein – Pfarrer im Außendienst, könnte man wohl sagen. Ich komme regelmäßig aus Schapbach her, um hier die Messe zu lesen.«

Erst jetzt sah sie den kleinen weißen Priesterkragen. Der Pfarrer trug schwarze Stoffhosen und ein graues Hemd. Auf der Brusttasche steckte ein kleines Metallkreuz. Er war etwa Mitte dreißig und hatte die Figur eines Menschen, der oft und gern Sport trieb; sein Gesicht war offen und freundlich, mit erstaunlich blauen Augen, einer schiefen Nase, die aussah, als sei sie schon einmal gebrochen worden, und einem breiten, großzügigen Mund. Sein Haar war kastanienbraun und schimmerte im Sonnenlicht rötlich. Während er Jacob die Ohren kraulte, kam der Bücherstapel gefährlich ins Rutschen.

»Soll ich Ihnen das mal abnehmen?«, fragte Miriam.

»Wenn Sie so nett sein wollen ...« Er drückte ihr den Stapel in die Hand. »Gesangbücher – wir haben sie für den Frauenkreis gebraucht.«

»*Sie* leiten den Frauenkreis?« Miriam stellte fest, dass sie lächelte.

»Nein, das macht Ursula Armbruster. Ich tauche bloß einmal im Monat auf und gebe meinen amtlichen Senf dazu. Will sagen, ich halte eine Andacht und begleite ein paar Lieder auf dem Klavier. Das hat den Vorteil, dass ich hinterher alles weiß, was in Finkenweiler so vorgeht – na, jedenfalls *fast* alles.«

»Aber die Orgel spielen Sie nicht. Ich meine ... als meine Großmutter beerdigt wurde, da hat Förster Waidele auf der Orgelbank gesessen.«

»Na ja, meine Aufgabe an diesem Tag war eine andere.« Wieder betrachtete er sie aufmerksam. »Kommen Sie mit hinein? Dann werden Sie die Bücher auch wieder los.«

Sie schlang Jacobs Leine mit einer Hand locker um einen kleinen Haken neben der Tür und folgte ihm ins Innere der Kirche. Die Luft war kühl und duftete schwach nach Kerzenwachs und Weihrauch. Sonnenstrahlen fielen durch die bunten Glasfenster und ließen die silbernen Leuchter auf dem Altar regenbogenfarbig funkeln. Miriam legte die Bücher in das Fach, das Stein ihr zeigte, und blieb ein wenig unschlüssig im Mittelgang stehen.

»Möchten Sie noch bleiben?«, fragte er. »Ich muss in die Sakristei; lassen Sie sich ruhig einen Moment Zeit.«

Er verschwand durch eine kleine Seitentür, und Miriam war allein. Sie ging langsam auf den Altar zu und setzte sich dann auf die vorderste Kirchenbank; das alte Holz knarrte laut und sie zuckte zusammen.

Dort, direkt vor ihr, hatte Anna Trautweins Sarg gestanden, mit dem silbergerahmten Bild und den Christsternen, vor noch nicht einmal drei Monaten. Kaum zu glauben, dass sich ihr Leben in einer so kurzen Zeitspanne so vollständig verändert hatte.

Neben ihr auf der Bank lag ein kleines, schwarz eingebundenes Buch. »Neues Testament und Psalmen«, las Miriam, als sie es aufschlug. Sie versuchte, sich zu erinnern, wann sie das letzte Mal eine Bibel in der Hand gehabt und tatsächlich darin gelesen hatte. Es musste Jahre her sein. Sie blätterte willkürlich ein paar Seiten um und blickte auf die klein gedruckten Verse hinunter:

»Du aber darfst sagen: Beim Herrn bin ich geborgen! Ja, bei Gott dem Höchsten hast du Heimat gefunden. Darum wird dir nichts Böses zustoßen, kein Unglück wird dein Haus erreichen.«

»Denn Gott hat seine Engel ausgesandt, damit sie dich schützen, wohin du auch gehst«, setzte die Stimme des Pfarrers hinter ihr den Psalmtext leise fort.

Wieder fuhr Miriam zusammen und begriff erst jetzt, dass sie die Verse vor sich hin gesprochen hatte.

»Es tut mir leid, dass ich noch nicht bei Ihnen in der Messe war«, sagte sie und klappte das Buch zu. »Ich ... ich bin keine regelmäßige Kirchgängerin, fürchte ich.«

»Meinen Sie, dafür ziehe ich Ihnen jetzt ein paar Sympathiepunkte ab?«, fragte Stein.

Er setzte sich in die Bank hinter ihr und lehnte sich entspannt zurück.

»Wenn ich meine Großmutter besucht habe, war ich öfter mit ihr in dieser Kapelle.« Miriam schaute auf ihre Hände hinunter. »Sie fühlte sich hier zuhause.«

»Ich weiß.« Martin Stein lächelte. »Was für eine bemerkenswerte Frau. Ich habe sie erst in ihren letzten Lebensmonaten richtig kennen gelernt, aber ein Gespräch mit ihr war ein besonderes Geschenk. Wenn ich sie besucht habe, war meistens vor allem *ich* hinterher gestärkt und ermutigt.«

»Sie wollte wissen, wofür ich mich interessiere, was ich mir für meine Zukunft wünsche. Solange ich an ihrem Tisch saß, kam ich mir wichtig vor.« Wieder Markward.

Miriam stellte zu ihrem Schrecken fest, dass ihr die Augen brannten, und wandte hastig den Kopf ab.

»Es muss wunderbar sein, bedingungslos glauben und vertrauen zu können«, murmelte sie. »Darauf, dass da jemand ist, der zuhört, meine ich.«

»Darauf hoffen und vertrauen Menschen überall, nicht nur Ihre Großmutter«, sagte Stein. »Wir alle brauchen jemanden, der uns auffängt, wenn wir vor lauter Furcht den Boden unter den Füßen verlieren. Und die Welt ist voller Stimmen, die nach Gott rufen.« Er lächelte leicht. »Oh Herr, wir tragen dir diese Bitte vor«, zitierte er, »mach stark, die leiden müssen, damit keine Not sie besiegt. Beschütze die Schwachen, damit sie in Frieden leben, den Glaubenden gib Stärke. Du bist der Herr des Universums, erhöre unsere Bitte. Wenn der Weg voll Dunkelheit ist, schenk uns dein Licht.«

Miriam lauschte dem Klang der Worte nach. »Das ist sehr schön. Noch ein Psalm?«

Seine Lippen zuckten. »Diesmal nicht, um die Wahrheit zu sagen; es stammt nicht einmal aus der Bibel. Das ist ein Gebet an den Gott Krishna, aus einem indischen Film, der es 2002 beinahe zu einem Oscar gebracht hätte.«

Sie starrte ihn an. »Sie machen Witze!«

»Nein, durchaus nicht.« Er stand auf. »Wissen Sie, meine Kirche hat kein Monopol auf die Suche nach Gott. Sie behauptet bloß, sie hätte ihn als Einzige gefunden und wirklich verstanden.«

»Mit diesen Ansichten müssen Sie bei Ihren geistlichen Vorgesetzten ja ganz außerordentlich beliebt sein«, versetzte Miriam trocken.

»Sagen wir, ich hänge meine persönlichen Vorstellungen nicht gerade an die große Glocke«, erwiderte er. »Was ich Ihnen damit sagen wollte, ist eigentlich nur, dass auf der gesamten Erde Menschen beten, und dass es tatsächlich jemanden gibt, der zuhört – an allen Orten und zu jeder Zeit.« Er wandte sich Richtung Tür. »Ich muss jetzt nach Schapbach zurück – Gemeinderatssitzung.« Er zog eine Grimasse. »Nicht gerade mein Lieblingstermin heute. Soll ich Sie vorher mitsamt Ihrem Hund nach Hause fahren?«

»Nein, danke.« Miriam stand ebenfalls auf. »Ich denke, der Fußmarsch wird mir guttun.«

Sie verließen die Kirche und traten ins Sonnenlicht hinaus. Jacob, der geduldig neben dem Eingang gelegen hatte, veranstaltete ein großes Theater und verzierte ihre Jeans mit Schmutzstreifen, als er an ihr hochsprang.

Miriam schob ihn lachend beiseite und hielt dem jungen Priester die Hand hin. »Danke, dass Sie sich Zeit für mich genommen haben«, sagte sie. »Wann ist der Gottesdienst? Vielleicht möchte ich ja doch einmal dabei sein.«

»Jeden zweiten Sonntag um halb zehn«, erwiderte er. »Und ich komme jeden Mittwoch und jeden Freitag für die Abendvesper her, um sechs. Die ist nur ganz kurz: etwas Liturgie, ein paar Gebete, ein, zwei Lieder.« Er grinste. »Gut für Einsteiger.«

»Auf Wiedersehen. Übrigens – ich bin Miriam.« Sie nahm Jacobs Leine.

Der Priester zögerte, aber nur ganz kurz. »Und ich bin Martin. Gott befohlen, Miriam.«

Er stieg in den etwas betagten VW-Kombi, der allein auf dem Parkplatz stand, und sie sah zu, wie er Richtung Schapbach davonrollte. Dann machte sie sich auf den Weg zur Brücke; sie schätzte, dass sie eine knappe Stunde bis zum Hof brauchen würde.

Sie überquerte den Fluss und bog in den Waldweg ein, tief in Gedanken. Verschiedene Gesichter glitten vor ihrem inneren Auge vorbei: Susanne mit all ihrer Unsicherheit, ihrem Enthusiasmus und ihrem unwiderstehlichen Mädchencharme. Andreas Frankenthal, die Armbruster-Brüder, die ihr still und ohne viel Aufhebens nach dem Tod von Oma Anna geholfen hatten. Britta und Jesper. Und zuletzt der Mann, dessen Gesicht sie heute gezeichnet hatte … der Mann, der vor einem kurzen, intensiven Augenblick der Nähe zu ihr so heftig zurückgeschreckt war, dass er Hals über Kopf aus ihrem Haus flüchtete.

Er hat Angst, dachte sie. *Das ist eine gewaltige Angst, die ich da gesehen habe … aber wovor? Hat er etwa Angst vor mir?*

Sie hatte die Straße erreicht, ließ Jacob von der Leine und sah zu, wie er die Böschung erkletterte. Er entfernte sich nie weit; sie konnte ihm mit den Augen folgen, während er in den vermoderten Blättern des vergangenen Jahres herumschnüffelte und zwischen Baumwurzeln stöberte.

»Wir alle brauchen jemanden, der uns auffängt, wenn wir vor lauter Furcht den Boden unter den Füßen verlieren. Und die Welt ist voller Stimmen, die nach Gott rufen.«

Sie merkte, dass eine tiefe Gelassenheit sie überkam. Was immer es war, das Randolf Markward von ihr forttrieb, sie würde es zu seiner Zeit herausfinden und erst dann wissen, ob es sich ändern ließ. Und bis dahin war ihr Leben genügend ausgefüllt mit Dingen, die es wertvoll und lebenswert machten.

»Beschütze die Schwachen, damit sie in Frieden leben, den Glaubenden gib Stärke«, sagte sie leise. »Und wenn der Weg voll Dunkelheit ist, schenk uns dein Licht.«

Sie ging die Straße entlang den Berg hinauf, wundersamerweise mit sich selbst in Frieden. Hoch über den Bäumen, ganz am Rande des Horizonts, stand vor dem Hintergrund des sanftblauen Vorfrühlingshimmels kaum sichtbar der Vollmond – wie eine blasse, runde Münze.

Frühlingsmond – Ein Haus voller Licht

Anfang April

Der März war verstrichen und der April hatte begonnen, ohne dass sich irgendetwas Außergewöhnliches ereignete; Miriam genoss das Mitarbeiteressen im Bärenpark in vollen Zügen, wehrte alle weiteren Flirtversuche von Andreas Frankenthal mit sanfter Entschiedenheit ab und lud Susanne an ihrem nächsten freien Nachmittag zu einem Kinobesuch in Freudenstadt ein.

»Du musst dich ein bisschen rarmachen«, sagte sie zu ihr, als die beiden hinterher in einer kleinen Weinstube am Marktplatz den Abend ausklingen ließen. »Sonst hält er dich für selbstverständlich.«

Sie legte letzte Hand an die Vorbereitungen für den Zeichenkurs an der Volkshochschule und fand endlich Ruhe und Zeit genug, um das Bild der Medusa zu kolorieren. Als es fertig und getrocknet war, scannte sie es für ihren Verleger und für ihr persönliches Computerarchiv, schickte es per E-Mail nach Hamburg und entschloss sich nach kurzem Zögern, das Original zu rahmen und aufzuhängen ... insgesamt ihr siebter Beitrag für das Buch über griechische Sagengestalten bisher, und bei weitem der beste.

Sie war versucht, Randolf Markward davon zu erzählen. Aber was sollte sie ihm sagen? »Ich möchte Ihnen das Bild der Medusa zeigen. Würden Sie herkommen und es sich anschauen? Ohne Sie wäre es mir vielleicht nie gelungen.« Aber was, wenn er sich weigerte? Die Möglichkeit war durchaus real, und die Vorstellung, dass er ihr zum zweiten Mal ausweichen könnte, war mehr als entmutigend – gelinde ausgedrückt.

Nein. Sie durfte ihn nicht anrufen.

Also wandte sie sich von der Visitenkarte ab, die immer noch an der Pinnwand hing, und legte das Telefon, das sie bereits in der Hand hielt, wieder weg.

Das Wochenende vor ihrer ersten Volkshochschulstunde war sonnig und kühl. Sie hängte in ihrem frisch renovierten Schlafzimmer neue Gardinen auf und arbeitete am »Urteil des Paris« weiter. Zwischendurch machte sie mit Jacob lange Spaziergänge im Wald und verspürte ein leises Bedauern, als sie am Sonntag zu lange schlief, um die Messe in der Margarethenkapelle besuchen zu können.

Dann war der Montag da. Am Spätnachmittag packte Miriam sorgfältig ihre Materialien zusammen und fuhr nach Freudenstadt. Als sie um 19 Uhr den Kursraum betrat und in fünfzehn erwartungsvolle Gesichter blickte, musste sie tief Luft holen, und für einen Moment war ihr himmelangst. *Lass das,* schalt sie sich, *die sind bestimmt kein bisschen weniger aufgeregt als du.*

Sie nahm sich zusammen und brachte ein ermutigendes Lächeln zustande.

»Guten Abend«, sagte sie. »Ich bin Miriam Trautwein, und ich freue mich sehr, Sie alle kennen zu lernen. Wichtige Frage ganz zu Anfang: Wer von Ihnen hat schon Portraits gezeichnet oder Aktbilder gemalt?«

Etwa zehn Hände gingen in die Höhe. *Gut,* dachte Miriam erleichtert.

»Die Sache ist die«, fuhr sie fort, »phantastische Geschöpfe haben eine Anatomie ebenso wie Menschen, und die Grundregeln sind dieselben. Deshalb fangen wir damit an, dass Sie sich an etwas versuchen dürfen, das möglichst ›normal‹ und menschlich ist.«

Sie trat hinter das Pult, holte den großformatigen Druck, den sie am Abend zuvor noch gerahmt hatte, und stellte ihn auf die Staffelei neben sich. Er zeigte die schlafende Prinzessin, die sie für Britta und Jesper an die Wand des Kinderzimmers auf dem Bauernhof in Schleswig gemalt hatte.

»Sollen wir das abzeichnen?«, fragte eine junge Frau in der ersten Reihe, die eine schwarz gerandete Intellektuellenbrille und eine farbenfrohe Strickjacke trug.

»Nein.« Miriam schüttelte den Kopf. »Es geht nicht ums Kopieren. Malen Sie Ihre eigene Prinzessin ... und wenn dabei stattdessen eine Elfenkönigin, eine Fee oder eine Kriegerin herauskommt, soll's mir auch recht sein. Lassen Sie sich inspirieren und überraschen Sie mich. Am Ende dieser ersten Stunde werden wir dann wissen, wie viele Grundlagen schon da sind.«

Erst um halb zehn kam Miriam wieder daheim an, erleichtert und reichlich erschöpft. Susanne, die extra nach der Arbeit von Wolfach zum Hof hinaufgefahren war, um Jacob zu füttern und mit ihm Gassi zu gehen, öffnete ihr die Tür, wartete geduldig ab, bis der Hund seinen Freudentanz beendet hatte, und umarmte sie dann zur Begrüßung.

»Wie war's?«

»Spannend«, sagte Miriam mit einem zufriedenen Seufzer. »Schrecklich aufregend. Interessant. Und ich stelle mich offenbar nicht halb so blöd an, wie ich zuerst gefürchtet hatte.«

»Du bist ganz bestimmt eine gute Lehrerin«, meinte Susanne. »Magst du was essen? Ich hab dir Rehbraten, grüne Bohnen und Spätzle mitgebracht – die waren noch vom Sonntagsessen übrig. Und eine Flasche Rotwein – vielleicht willst du ja feiern.«

»Nur, wenn du mitfeierst«, versetzte Miriam. »Du bist absolut perfekt, weißt du das? Wenn ich ein Mann wäre, würde ich dir auf der Stelle einen Heiratsantrag machen.«

»Und wenn du Andreas Frankenthal wärst, würde ich ihn auf der Stelle annehmen«, gab Susanne zurück, aber sie lachte dabei.

Miriam freute sich darüber; es zeigte, dass Susanne zwar immer noch schwer verliebt war, aber inzwischen wesentlich entspannter damit umging.

In der Küche servierte ihr Susanne den aufgewärmten Rehbraten und entkorkte die Flasche. Das Essen war eine fröhliche Angelegenheit und schmeckte phantastisch, der Wein – ein kräftiger Samtrot aus der Lauffener Gegend – war fast noch besser. Miriam hielt sich normalerweise mit Alkohol zurück, aber Susanne musste noch fahren, trank nur ein halbes Glas und schenkte ihr großzügig nach, während Miriam ihr die Kursteilnehmer beschrieb und die ersten Zeichenergebnisse zeigte. Als die beiden sich gegen elf voneinander verabschiedeten, fühlte Miriam sich leicht benebelt.

Susanne war schon in den Mantel geschlüpft und auf dem Weg zur Tür, als sie plötzlich stehen blieb und sich zu ihr umdrehte.

»Fast hätte ich es vergessen!« sagte sie. »Vorhin war jemand für dich da.«

»Wer?«, fragte Miriam und nahm Susannes Schal vom Garderobenhaken.

»Randolf Markward«, sagte Susanne, »der Kunstschreiner. Ich hatte keine Ahnung, dass du den kennst.«

Der Schal fiel Miriam aus der Hand; sie bückte sich hastig und hob ihn wieder auf. Sie dankte ihrem Glück, dem Schicksal und Gott gleichermaßen, dass das Licht in der Diele nicht besonders hell war und Susanne ihr Gesicht nicht sehr deutlich sehen konnte; schlagartig fühlte sie sich wieder vollkommen nüchtern.

»Er hat die alte Aussteuertruhe von Oma Anna für mich restauriert«, sagte sie, verblüfft darüber, wie gelassen ihre eigene Stimme klang.

»Oh! Das muss dich aber ordentlich was gekostet haben«, meinte Susanne beeindruckt. »Er ist alles andere als billig; mein Vater schimpft immer über seine Rechnungen.«

»Dein Vater ist ein entsetzlicher Geizhals«, entgegnete Miriam unverblümt, »und die Arbeit, die dieser Markward leistet, ist jeden Euro wert. Außerdem hat er gar kein ...«

Sie brach ab. *Außerdem hat er gar kein Geld dafür verlangt.* Das durfte sie Susanne unmöglich erzählen – damit würde sie sich mehr Fragen einhandeln, als sie beantworten wollte oder konnte.

»Was ... was wollte er denn?«, fragte sie stattdessen.

»Hat er leider nicht gesagt«, antwortete Susanne, nahm ihr den Schal aus der Hand und wickelte ihn sich um den Hals. »War wohl nicht so wichtig. Aber warte mal ... er hat noch gemeint, er ist die nächste Zeit auf irgendeiner Handwerksmesse in Norddeutschland und fährt morgen ganz früh los. Vielleicht schaut er ja noch mal vorbei, wenn er wieder da ist.«

»Vielleicht.« Miriam gab Susanne einen Kuss auf die Wange. »Fahr vorsichtig und komm gut nach Hause.«

Susanne legte den Kopf schräg und betrachtete Miriam mit zusammengekniffenen Augen.

»Geht's dir gut? Du siehst irgendwie ... *komisch* aus.«

»Sagt die Frau, die mich soeben gründlich mit Samtrot abgefüllt hat«, konterte Miriam und lächelte schwach. »Keine Sorge, ich geh gleich schlafen. Für die richtige Bettschwere hast du ja gesorgt.«

»Gute Nacht!« Susanne trat hinaus ins Freie und Miriam schloss die Tür hinter ihr.

Miriam blieb eine ganze Weile still im Flur stehen, dann kehrte sie in die Küche zurück. Die Flasche war fast leer; sie goss den kleinen Rest in ihr Glas, nahm einen kräftigen Schluck und griff nach dem Telefon. Sie wählte die Nummer von der Visitenkarte und lauschte auf das Klingeln am anderen Ende der Leitung. Zweimal, dreimal, viermal ... dann schaltete sich das Band des Anrufbeantworters ein und sie hörte die mittlerweile vertraute Stimme.

»Hier ist die Kunstschreinerei Markward. Im Moment bin ich nicht zu Hause und voraussichtlich bis einschließlich 19. April nicht zu erreichen. Bitte hinterlassen Sie eine Nachricht, ich rufe Sie zurück.«

Miriam öffnete den Mund. Aber wie schon einmal wollten die Worte nicht kommen. »Es tut mir leid, dass ich Sie verpasst habe. Ich hätte gern mit Ihnen geredet ... eigentlich warte ich ganz dringend darauf, mit Ihnen zu reden. Ich wünschte so sehr, ich wäre heute da gewesen.« Es hatte keinen Zweck. Sie stellte das Telefon auf die Aufladestation zurück, trank den letzten Rest Wein, löschte das Licht und verließ die Küche. Im Wohnzimmer lag Jacob in seinem Korb und wedelte schläfrig mit dem Schwanz, als sie sachte seinen Kopf kraulte. Langsam ging sie über die knarrenden Holzstufen nach oben, zog sich um und legte sich ins Bett. Als sie die Augen schloss, hörte sie, wie die ersten Regentropfen auf das Dach fielen, das Randolf Markward vor siebzehn Tagen repariert hatte.

Siebzehn Tage ...

Am Donnerstag darauf begann der zweite Zeichenkurs in Freudenstadt, und diesmal war Miriam nur noch halb so nervös. Susanne kümmerte sich wieder um Jacob, aber war schon weg, als Miriam anschließend nach Hause kam. Miriam saß bis fast um Mitternacht über den ersten Entwürfen ihrer neuen Kursteilnehmer, dann fiel sie todmüde ins Bett. Am Wochenende würde sie schon wieder die nächste Stunde für den ersten Kurs vorbereiten müssen, und das »Urteil des Paris« war immer noch nicht fertig. Egal wie viel Mühe sie sich gab, die Göttin Athene, die in der Sage über die Wahl des Prinzen von Troja so erbost war, sah auch nach dem vierten Zeichenentwurf immer noch aus wie eine gekränkte Gouvernante mit Helm.

Gegen halb sechs am Freitag Nachmittag raufte sich Miriam frustriert die Haare, warf den Bleistift hin und setzte sich ins Auto. Sie brauchte dringend eine Pause, und nachdem sie es am Sonntag schon nicht in die Messe geschafft hatte, würde sich Pfarrer Stein vielleicht freuen, sie wenigstens in der Abendvesper zu sehen.

Sie war ziemlich pünktlich, und erstaunlicherweise waren die Bankreihen gut gefüllt. Außerdem befanden sich nicht nur ältere Menschen in der Kapelle, sondern auch einige Mittdreißiger, ein paar Teenies – und Susanne. Als sie Miriam hereinkommen sah, drehte sie sich herum und winkte begeistert, aber sie erwartete zum Glück nicht, dass Miriam sich neben sie setzte. Also schlüpfte Miriam stillschweigend ganz hinten in die letzte Bank.

Miriam hatte kaum Ahnung davon, was eigentlich bei einer Vesper vor sich ging, aber was sie hörte, gefiel ihr. Eine junge Frau spielte zu Beginn auf der Orgel – irgendeinen schlichten Choral – dann stand Stein in einem weißen Priestergewand mit violetter Stola vor dem Altar und sprach ein Fürbittgebet, in das er die Kranken des Ortes einschloss. Seine Worte waren einfach und klar, und sie begriff, dass ihm jeder Einzelne, für den er Fürsprache einlegte, wirklich am Herzen lag. Er las einen Psalm im Wechsel mit seiner kleinen Gemeinde, sprach ein Vaterunser und den Segen, bevor noch einmal gesungen wurde. Das Ganze dauerte weniger als eine halbe Stunde.

Miriam blieb noch einen Augenblick auf ihrem Platz und nickte Susanne zu, die an ihr vorbeiging. Als sie gerade aufstehen und die Kapelle verlassen wollte, öffnete sich die Tür zur Sakristei und Martin Stein kam heraus. Er hatte das Chorhemd und die Stola abgelegt und trug dieselbe priesterliche Alltagskleidung wie beim ersten Mal, als sie ihm begegnet war.

»Hallo!«, sagte er. »Schön, dass Sie gekommen sind.« Er setzte sich in die Bank vor ihr und fing an, sich zwanglos die Ärmelmanschetten zuzuknöpfen. »Hat es Ihnen gefallen?«

»Ja«, sagte sie offen. »Mich beeindruckt, wie Sie für die Menschen beten. Man merkt, dass sie Ihnen wirklich etwas bedeuten.«

»Es wäre schlimm, wenn es anders wäre«, entgegnete er. »Ein Priester, der seine Gemeinde nicht liebt, hat seinen Beruf verfehlt.« Er war mit den Manschetten fertig und richtete sich mit geübten Händen den kleinen weißen Kragen. »Genau wie eine Kirche, die den Menschen Angst macht, anstatt sie zu trösten und ihnen zu helfen.« Er sah Miriam an. »Die Vesper wird normalerweise als Teil des Tagesablaufs in Klöstern abgehalten, im ›normalen‹ Pfarrbetrieb nur zu hohen Festen und dann eigentlich immer an Sonntagen. Aber viele Leute hier im Wolftal arbeiten in der Hauptsaison sonntags im Tourismus und kommen kaum zum Luftholen, geschweige denn in den Gottesdienst. Deswegen halte ich die Vesper mittwochs und freitags ab, und ich habe den Ablauf gekürzt. Das nimmt den Menschen nicht zu viel Zeit weg, gibt ihnen aber vielleicht die Gelegenheit, etwas zur Ruhe zu kommen.«

»Scheint zu wirken«, sagte Miriam. Sie stand auf. »Ich sollte wieder nach Hause. Da wartet ein Entwurf auf meinem Zeichentisch, der partout nicht so will wie ich.«

Martin Stein grinste. »Tut mir echt leid. Aber Kreativität lässt sich genauso wenig herbeizwingen wie Gottes Segen – habe ich mir jedenfalls sagen lassen.«

»Man kann ihr auf die Sprünge helfen«, entgegnete sie und dachte an das Bild von der Medusa – und an Markward.

»... Markward für Sie gearbeitet«, sagte Martin Stein.

Miriam kam abrupt in die Gegenwart zurück und schaffte es mit knapper Not, ihn nicht mit offenem Mund anzustarren.

»Wie bitte?«

»Ich sagte, Randolf Markward hat für Sie gearbeitet«, wiederholte er geduldig. »Erzählt man sich jedenfalls.«

»Erzählt man sich wo genau?« Miriam zog die Augenbrauen zusammen. »Nein, lassen Sie mich raten: Das war bestimmt in Ursula Armbrusters Frauenkreis. Richten Sie den Damen aus, dass es keine große Sache war: Er hat bloß die alte Aussteuertruhe von Oma Anna für mich restauriert.«

»Bloß?« Der Pfarrer zog die Augenbrauen hoch. »Ich habe die Truhe oft gesehen, wenn ich Anna vor ihrem Tod besucht habe – das muss eine wahnsinnig aufwändige Restaurierung gewesen sein. Und Bernd Hessler hat vor zwei Monaten für eine ganz ähnliche Truhe, die weit weniger mitgenommen war, über tausend Euro abdrücken müssen ... ungern, aber gezahlt hat er.«

Die grüne Truhe aus Markwards Werkstatt, dachte Miriam, *die mit den Glockenblumen. Aber wie hat sich das mit Oma Annas Truhe herumgesprochen?* Susanne war die Einzige, der sie davon erzählt hatte ... sie musste in aller Unschuld geplaudert haben.

»Wenn Sie es genau wissen wollen«, sagte sie ruhig, »ich habe überhaupt nichts dafür gezahlt. Kann ich mich darauf verlassen, dass das nicht im Frauenkreis die Runde macht, oder muss ich Ihnen erst mit dem Beichtgeheimnis den Mund stopfen?«

Martin Stein blinzelte, dann atmete er tief ein.

»Ich tratsche nicht«, gab er ebenso ruhig zurück. »Ich sorge höchstens dafür, dass die Bosheiten nicht überhandnehmen, wenigstens in meiner Gegenwart, und von Zeit zu Zeit lege ich Widerspruch ein. Haben Sie Angst, die gottesfürchtigen Damen könnten Ihnen ein Verhältnis andichten?«

»So ein Blödsinn!«, schnappte Miriam. Allmählich wurde sie wütend. »Als ob mich das kümmern würde! Aber Ihre gottesfürchtigen Damen – und sämtliche anderen Klatschbasen des Wolftals – könnten meinen, er hätte es als Wiedergutmachung getan. Und dann wärmt irgendwer unter

Garantie die alten Brandstiftergeschichten um den Trautweinhof wieder auf. Das möchte ich ... das möchte ich ihm nicht zumuten.«

»Ach, so ist das.« Martin betrachtete sie nachdenklich und rieb sich das Kinn. »Woher wissen Sie von der angeblichen Brandstiftung?«

»Von ihm selbst«, sagte Miriam. »Er hat es mir erzählt. – Hören Sie, Martin ... Ich kenne diesen Mann eigentlich kaum. Aber er ist ein sehr guter Handwerker. Wahrscheinlich sogar ein Künstler ... Das, was er mit Oma Annas Truhe angestellt hat, war jedenfalls Kunst. Ich glaube ihm. Und ich glaube außerdem, er ist ein guter Mensch, nur scheu, ohne Freunde und ziemlich einsam. Und niemand sollte so unverschämt sein, sich das Maul über ihn zu zerreißen.«

»Überaus wahr.« Der Pfarrer lächelte. »Aber in einer Sache irren Sie sich. Randolf Markward ist keineswegs ohne Freunde. Er hat doch Sie.«

Miriam spürte, wie die zornige Anspannung aus ihrem Körper wich, und erwiderte das Lächeln. »Da könnten Sie recht haben. Und jetzt muss ich wirklich los.«

»Ich auch«, sagte Martin Stein und reichte ihr die Hand. »Auf Wiedersehen, Miriam, hoffentlich bald. Und Gott befohlen.«

Die Woche ging zu Ende, die neue begann. Die beiden Volkshochschulkurse waren weit arbeitsintensiver, als Miriam ursprünglich gedacht hatte, aber der Aufwand lohnte sich durchaus. Viele der Teilnehmer würden trotz ihrer kundigen Anleitung nie über das Zeichnen als Hobby hinauskommen, aber zwei oder drei waren dabei, bei denen sie eine erstaunliche Begabung und Originalität entdeckt hatte. Und nett waren sie alle – Anfang Mai würde sie nach der Hälfte der Kursstunden mit den beiden Gruppen in Freudenstadt essen gehen, und sie freute sich wirklich darauf.

Der 18. April war ein Montag. Als sie nach dem Kurs nach Hause fuhr, war der Himmel fast sternenklar und der Mond stand am Himmel wie eine kreisrunde, silberne Lampe. Sie betrat das Haus, ließ ihre Entwürfe auf dem Zeichentisch links liegen und lehnte die Mappe mit den Zeichnungen aus den Kursen an die Wand. Susanne war kurz vorbeigekommen, hatte Jacob gefüttert und aus dem Haus gelassen; ihr Vater erwartete eine große Reisegruppe, und sie hatte ihm versprechen müssen, als Bedienung im Hotel auszuhelfen.

Die Arbeit konnte bis morgen warten. Miriam ließ heißes Wasser in die Wanne laufen, goss einen kräftigen Schuss Orangenblütenessenz dazu und suchte sich etwas möglichst Anspruchsloses als Lektüre. Als sie eine Stunde später abgetrocknet und im Hausanzug aus dem Bad kam, stellte sie fest, dass sie weder weiterlesen noch den Fernseher einschalten wollte. Stattdessen ging sie durch das Schlafzimmer hinaus auf den Balkon.

Wolken waren herangezogen und bis auf ein paar fedrige Reste wieder vom Himmel verschwunden, aber es musste kurz geregnet haben, denn als Miriam das Geländer berührte, war es tropfnass. Jetzt aber strahlte der Mond wieder so hell, dass sie schwach ihren eigenen Schatten auf dem Kiesweg erkennen konnte, als sie sich über das Geländer beugte. Vor ihr lag der Wald, tiefschwarz und nächtlich still.

Sie war nicht allein.

Miriam hatte keine Ahnung, woher diese plötzliche, glasklare Gewissheit kam. Sie wusste, dass sich außer ihr niemand im Haus befand, und sie hatte, bevor sie das Bad nahm, gewissenhaft alle Fenster geschlossen und alle Türen verriegelt. Wer immer es auch war, er musste draußen im Freien sein, irgendwo voraus, vielleicht im Schatten der Bäume.

Und er war ganz nahe.

»Hallo …? Ist da jemand?«

Keine Antwort, nicht einmal das leiseste Knacken im Unterholz. Ganz im Gegenteil – Miriam wohnte jetzt lange genug auf dem Hof, um an die üblichen Nachtgeräusche gewöhnt zu sein. Auffliegende Krähen, der einsame Ruf eines Käuzchens, unsichtbare Pfoten, unter denen halb vermodertes Laub raschelte und dünne Äste brachen … aber nichts davon hörte sie jetzt. Es war, als hielte der Wald den Atem an.

Sie schüttelte unwillig den Kopf über sich selbst, drehte sich um und ging wieder hinein. Jetzt fing sie also schon an, Gespenster zu sehen!

Frühlingsmond – Im Herzen der Nacht

19. April

Am nächsten Morgen warf sie alle guten Vorsätze in Bezug auf ihre Arbeit über Bord, packte eine Tasche mit Schwimmzeug zusammen und fuhr kurz entschlossen ins Panoramabad nach Freudenstadt. Sie blieb bis zum späten Nachmittag, ging in die Sauna und gönnte sich sogar eine ausgiebige Massage. Als sie nach Hause kam, war Jacob an der Reihe, für seine Geduld entschädigt zu werden. Miriam schlüpfte in eine alte Jeans, einen Norwegerpullover und robuste Stiefel und nahm ihn mit auf eine ausgiebige Wanderung. Diesmal ging sie nicht ins Tal hinunter, sondern stieg hinter dem Haus den Hang hinauf. Oben führten mehrere Wanderwege tief in den Wald und die angrenzenden Steilhügel hinein, und sie ließ sich Zeit.

Erst eineinhalb Stunden später trat sie aus dem Schatten der Bäume wieder hinaus auf die Wiese. Es dämmerte bereits. Unter sich sah sie ihr Haus liegen; die Stube, die Küche und auch die Zimmer im ersten Stock waren hell erleuchtet. Natürlich war es mehr als nur ein bisschen exzentrisch, die Lampen zwei Stunden eingeschaltet zu lassen, während sie mit Jacob durch den Wald streifte, aber sie liebte den Anblick, der sich ihr dadurch bot, wenn sie zurückkam – ein Ort, der »daheim« sagte, der Helligkeit und Wärme ausstrahlte und sie mit offenen Armen willkommen hieß.

Sie fand den schmalen, ausgetretenen Pfad, der sich über den steilen Hügel im Zickzack bis auf den Wäscheplatz direkt hinter dem Gebäude zog und machte sich vorsichtig an den Abstieg. Jacob lief ihr voraus; sie konnte sehen, wie er die Serpentinen hinuntersauste, zweifellos voller Vorfreude auf seinen vollen Napf und den gemütlichen Schlafplatz auf seiner Decke. Plötzlich blieb er stehen und hob witternd die Nase. Dann drehte er sich abrupt um, rannte wieder in ihre Richtung und prallte so heftig gegen ihre Schienbeine, dass sie für einen Moment ins Schwanken geriet.

Sie beugte sich über ihn und legte ihm beruhigend die Hand auf die Flanke. »Was ist denn, Großer?«

Er zitterte leicht, und als sie ihn streichelte, winselte er nervös. Das letzte Mal hatte er sich so aufgeführt, als ...

Du lieber Himmel!

Sie richtete sich hastig wieder auf, spähte über das Haus hinweg und sah ihren Geländewagen davorstehen, aus dieser Entfernung klein wie ein Spielzeugauto. Und daneben parkte der Lieferwagen von Randolf Markward.

»Jacob, Platz.« Ihre eigene Stimme klang ihr plötzlich fremd in den Ohren. Der Hund gehorchte und blickte fragend zu ihr auf. »Ich hol dich gleich ab, versprochen.«

Miriam ging mit schnellen Schritten weiter den Pfad hinunter, verfiel in Laufschritt und wäre liebend gern gerannt, aber das war einfach zu gefährlich. Sie war nicht scharf darauf, bei diesem schlechten Licht lang hinzuschlagen oder wie ein hilfloses Bündel den Hang hinunterzurollen.

Sie hatte etwa ein Drittel der Strecke unfallfrei geschafft, als sie sah, wie sich eine Gestalt aus dem Schatten des Hauses löste und auf den Lieferwagen zuging. Natürlich – wenn auf das Klingeln niemand reagierte, musste er trotz der Festbeleuchtung glauben, dass sie nicht daheim war.

Sie blieb stehen. Auch wenn sie wie ein Weltmeister querfeldein stürmte, sie würde ihn nie und nimmer rechtzeitig erreichen. Stattdessen holte sie tief Luft und rief.

»Herr Markward! Warten Sie!«

Er war schon fast beim Auto. Ach, zum Teufel damit!

»Randolf!«

Sie schüttelte den Kopf. Wie waren seine Eltern eigentlich auf die Idee verfallen, ihn mit diesem Namen zu strafen?

»Ralf! Ralf! Halt!«

Er hatte nie die Absicht gehabt, unten in Finkenweiler die Abzweigung zu nehmen, die in Richtung Trautweinhof führte. Genauso wenig, wie er damit gerechnet hatte, in den letzten Monaten jede Nacht von ihrem Gesicht zu träumen und in jedem wachen Augenblick ihre Stimme zu hören, die leise mit ihm sprach, obwohl sie gar nicht da war. Er hatte alles versucht, sich von ihr fernzuhalten, und war wieder und wieder gescheitert.

Doch jetzt hatte er zum zweiten Mal innerhalb weniger Wochen den Punkt erreicht, vor dem er sich heimlich gefürchtet hatte, seit sie sich das letzte Mal begegnet waren ... den Punkt, an dem das schiere Verlangen, bei ihr zu sein, alle Vorsicht und auch noch seinen letzten, mühsam aufrecht erhaltenen Widerstand zunichtemachte.

Er fuhr auf den Hof, stellte den Motor ab und stieg aus. Die Luft umgab ihn kühl und ein wenig feucht, schwer vom Duft nach Tannennadeln, Holz und Erde. Er atmete tief ein und lauschte. Außer den vertrauten Geräuschen des Waldes war nichts zu hören – auch nicht ihr Hund, und der hätte eigentlich auf seinen Besuch reagieren müssen. Dummer, kluger Kerl. Aber niemand trat ans Fenster, um Ausschau zu halten, und auch sonst rührte sich nichts.

Er ließ sich Zeit mit dem Weg zur Tür; ihm fiel auf, dass überall das Licht brannte. Der Lampenschein malte goldene Rechtecke auf den Vorplatz und schimmerte warm hinter dem geschnitzten Balkongitter. Durch eines der Fenster konnte er den Zeichentisch sehen, auf dem er an dem Tag, als er die Truhe abholte, ihren Entwurf für diese monströse Sagengestalt gefunden hatte. Heute war die Arbeitsfläche völlig leer.

Er streckte die Hand aus und drückte auf den Klingelknopf; der melodische Klang der Glocke war deutlich zu hören, aber es kam keine Reaktion. Keine Schritte, kein aufgeregtes Gebell – wie hieß ihr Hund noch? Jacob?

Er machte einen Schritt um die Hausecke und trat vor das Küchenfenster. Auf dem Tisch stand eine braune Tonschale mit Äpfeln, an der Kühlschranktür hing, mit einem Magneten befestigt, eine Skizze, die er durch die Spiegelung seines eigenen Gesichtes in der Fensterscheibe nicht deutlich erkennen konnte.

Er klopfte versuchsweise gegen das Glas. »Frau Trautwein?« Immer noch keine Bewegung in dem stillen, lichterfüllten Haus, keine Stimme, nichts. »Miriam?«

Was immer sie dazu bewogen hatte, ihr leeres Heim vom Keller bis zum Dachboden zu illuminieren, sie war ganz offensichtlich nicht da. Er horchte in sich hinein, hoffte instinktiv auf ein Gefühl der Erleichterung, aber es wollte sich nicht einstellen. Möglicherweise war es das Schicksal, das seinen gefährlichen Träumen und seiner unstillbaren Sehnsucht nach dieser Frau heute schon das zweite Mal einen Riegel vorschob, aber trotz aller Vernunft konnte er sich nicht darüber freuen.

Er wandte sich vom Haus ab und ging langsam wieder in Richtung Auto. Seine Schritte waren schwer und zögerlich, und er schalt sich selbst zornig einen Narren.

»... warten Sie!«

Er erstarrte mitten in der Bewegung und drehte sich um. Aber die Stimme kam nicht aus dem Haus, sondern von viel weiter weg, obwohl er jetzt, am Vorabend der letzten Dreinacht, jedes Wort deutlich verstehen konnte. Er hob den Blick, und dann entdeckte er sie – oben auf dem Steilhang. Der gemusterte Pullover, den sie trug, und das helle, offene Haar waren lichte Flecken im sinkenden Abenddämmer.

»Ralf! Ralf! *Halt*!«

Randolf Markward tat, wie ihm geheißen und wartete auf die Frau, die im Dauerlauf den Hügel hinab auf ihn zugerannt kam.

Miriam erreichte endlich den Wäscheplatz, bog um die Hausecke und blieb außer Atem vor ihm stehen.

»Na, Gott sei Dank!«, stieß sie hervor. »Ich wollte Sie wirklich nicht zum zweiten Mal verpassen. Würden Sie mir einen großen Gefallen tun?«

Die dunklen Augenbrauen wanderten schräg nach oben. »Kommt drauf an.«

»Würden Sie in Ihr Auto steigen?«

In ihrem Eifer legte sie ihm eine Hand auf den Arm. Sie spürte, wie er erstarrte, und zog die Finger hastig zurück. Konnte sie bei diesem Mann nicht wenigstens einmal etwas richtig machen?

»Ich meine doch nicht, dass Sie wegfahren sollen – ich bin so froh, dass Sie da sind. Aber ich würde Jacob gern ins Haus schaffen und versorgen, bevor ich Sie hereinbitte. Der Dummkopf hat Sie wohl schon von da oben gewittert, und ... na ja, Sie wissen schon.«

»Ich erinnere mich.« Sein Mund verzog sich zu dem halben Lächeln, das sie kannte. »Also gut. Aber Sie müssen mir sagen, wann die Luft rein ist.«

»Das tu ich«, sagte Miriam.

Sie drehte sich um und stieg den Hang wieder hinauf, so rasch sie konnte. Auf halber Höhe saß Jacob neben dem Zickzackpfad und blickte ausgesprochen verwirrt drein. Sie pfiff, registrierte erleichtert, dass er gehorsam hinter ihr herlief und tastete in der Jackentasche nach dem Schlüsselbund. Schließlich war sie zum zweiten Mal wieder unten am Haus, schloss die Hintertür auf und wartete, bis der Hund ihr nach drinnen gefolgt war.

In der Küche richtete sie die Näpfe mit Wasser und Futter her und sah ihm zu, wie er beides in Windeseile leerte. Dann holte sie aus dem Wohnzimmer seine Hundedecke, legte sie sich über den Arm und ging die Treppe hinauf in den ersten Stock. In der vorderen Gästekammer breitete sie die Decke vor dem Bett aus und rief Jacob.

Sie hörte das Tapsen seiner Pfoten auf der Treppe, dann kam er ins Zimmer und schnüffelte unsicher an der Decke. Wahrscheinlich fragte er sich, warum er nicht an seinem vertrauten Platz in der Stube schlafen durfte. Miriam zog einen kleinen Hundekuchen aus der Hosentasche und streichelte ihm den Kopf und die Ohren, als er ihn ihr manierlich aus der Hand fraß.

»Tut mir leid«, sagte sie, »ich weiß, es gehört sich gar nicht, mit Bestechung zu arbeiten. Aber weißt du, da unten ist jemand, von dem ich unbedingt möchte, dass er mit mir redet, und ich fürchte, ihr beide kommt nicht so gut miteinander aus. Also bleibst du heute Nacht hier, und morgen gibt es dafür einen extra langen Rundgang, okay?«

Jacob machte es sich auf der Decke bequem, ließ den Kopf sinken und schloss schicksalsergeben die Augen. Sie waren heute schon weit gelaufen und er musste ziemlich geschafft sein – zum Glück.

Miriam ging hinaus und schloss die Tür hinter sich. Sie rannte die Holzstufen hinunter, bremste in der Diele ab und sah im Spiegel neben der Garderobe ihr eigenes Gesicht – glühend vor Erregung, die Haare durch die feuchte Abendluft noch ungebärdiger als sonst.

Na großartig. Sie sah aus wie ein nervöser Teenie vor dem ersten Date.

Sie holte tief Luft und zählte sehr langsam bis zehn. Dann öffnete sie die Tür.

Ralf Markward hatte fast eine Viertelstunde im Wagen gesessen, ehe er endlich das Fenster herunterkurbelte. Inzwischen musste sie den Hund ja wohl hineingebracht haben.

Es war jetzt fast vollständig dunkel. Er schaute zum Haus hinüber und sah plötzlich, wie Miriam Trautwein in die Stube kam, sich herunterbeugte und etwas vom Boden aufhob. Gleich darauf war sie wieder verschwunden, und selbst durch die massiven, alten Wände konnte er dank seiner geschärften Sinne das Knarren der Treppe hören.

Was für eine Art Empfang er erwartet hatte, wusste er selbst nicht so genau – aber ganz gewiss nicht den, der ihm gerade eben zuteilgeworden war. Das Einzige, was ihn davon abhielt, sich komplett lächerlich vorzukommen, war ein Satz aus ihrer atemlosen Begrüßung, den er noch immer körperlich spürte wie einen sanften, aber nachdrücklichen Schlag gegen den Brustkorb ... ebenso deutlich wie die Hand, die für einen flüchtigen Moment auf seinem Arm gelegen hatte: »Ich bin so froh, dass Sie da sind.«

Dieser Satz war es, der ihn davon abhielt, Ärger oder Zorn zu empfinden. Er war der hauchdünne Faden, der ihn an diesen Ort band und daran hinderte, den Wagen zu wenden und den Berg hinunterzufahren – ein weiteres Mal fort von dieser Frau, die ihn immer wieder irritierte und überraschte.

Also wartete er, lauschte auf ihre leisen Schritte, die jetzt die alte Stiege wieder herunterkamen und irgendwo in der Diele innehielten. Er stieg aus dem Auto, schloss es ab und ging langsam zum Haus hinüber. Und dann öffnete sich die

Tür und Miriam Trautwein stand vor ihm, ihre schlanke Gestalt ein schwarzer Scherenschnitt gegen das Licht.

»Da sind Sie ja.« Er konnte hören, dass sie lächelte. »Ich hatte Angst, Sie wären vielleicht weggefahren.«

»Ich war in Versuchung«, sagte er langsam. »Wenn man zur Begrüßung erst einmal zurück in sein Auto gescheucht wird, dann kommt man schon ins Grübeln.«

»Die Luft ist rein«, sagte Miriam. »Jacob ist weggesperrt und versteht vermutlich die Welt nicht mehr, aber er wird mir bestimmt vergeben. Wollen Sie nicht hereinkommen?«

Plötzlich dachte er an die Geschichten, die er als Kind verschlungen hatte ... sie erzählten von den Kreaturen der Nacht, an die Dunkelheit gebunden und unfähig, die Schwelle eines Hauses zu übertreten, wenn der Besitzer sie nicht ausdrücklich dazu aufforderte.

Noch immer konnte er ihr Gesicht nicht deutlich erkennen. Sie war mindestens ebenso nervös wie er – er konnte ihre innere Unruhe wittern wie den metallisch-scharfen Hauch einer elektrischen Überspannung, ein bläuliches Zucken und Flackern dicht unter der Oberfläche. Aber noch tiefer darunter spürte er eine Gewissheit und Ruhe, die stärker war als alles andere; ihre Stimme war ebenso warm und einladend wie das Haus hinter ihr.

Randolf Markward machte die letzten paar Schritte, trat über die Schwelle und schloss die Tür hinter sich.

»Möchten Sie vielleicht mit mir essen?«

Miriam sah ihren unerwarteten Gast an. Er stand reglos und scheinbar gelassen in der Diele, aber seine Anspannung war so greifbar, dass sie unwillkürlich leise sprach – als könnte ein jähes Geräusch oder eine plötzliche Bewegung ihn in die Flucht treiben wie ein wildes Tier.

»Ich wollte mir nach dem Spaziergang mit Jacob einen Salat machen, und Baguette dazu. Falls Ihnen das recht ist …«

»Klingt gut.«

Endlich rührte er sich. Er folgte ihr in die Küche, lehnte sich an den Türrahmen und sah zu, wie sie eine Flasche Mineralwasser nahm und sich ein Glas eingoss.

»Möchten Sie auch?«

»Danke, gern.«

Miriam holte ein zweites Glas, füllte es und wandte sich ihm wieder zu.

»Wissen Sie, es tut mir wirklich leid wegen eben«, meinte sie. »Erst schreie ich herum und renne Hals über Kopf den Hügel hinunter, damit ich Sie nur ja noch rechtzeitig einhole. Und dann lasse ich Sie in Ihrem Auto warten, nur wegen meinem dusseligen Hund, der sich aus irgendeinem unbegreiflichen Grund schrecklich vor Ihnen fürchtet. Sie müssen gedacht haben, ich sei vollkommen verrückt.«

Er nahm ihr das Glas ab, trank einen Schluck und stellte es auf den Tisch.

»Ich muss zugeben, es war zuerst ein bisschen merkwürdig«, sagte er. »Sie haben den armen Kerl doch nicht meinetwegen in den Keller gesperrt, oder?«

»Nein, natürlich nicht.«

Miriam legte ihr Schneidebrett auf die Arbeitsfläche. Dann leerte sie einen Beutel Rucola in ein Sieb in der Spüle und holte eine Schale Tomaten aus dem Kühlschrank. Sie nahm ein Messer und fing an, die Tomaten zu vierteln.

»Er schläft oben in einer der Gästekammern; ich habe ihn eineinhalb Stunden lang durch den Wald gescheucht.«

Markward antwortete nicht, sondern setzte sich stillschweigend an den Tisch.

Miriam schnitt die Tomaten fertig, nahm ein Glas mit grünen Oliven aus dem Schrank und suchte die Zutaten für das Dressing zusammen. Die ganze Zeit war ihr bewusst, dass er sie beobachtete, und eigentlich hätte sie das nervös machen müssen. Aber seltsamerweise war alle Unruhe von ihr abgefallen. Das Einzige, was sie in diesem Moment empfand, war eine tiefe Zufriedenheit. Er war gekommen, um sie zu sehen, und sie würden zusammen essen.

Sie verrührte mit dem Schneebesen Weißweinessig, Olivenöl und einen Esslöffel Senf in einer Glasschüssel und würzte mit Salz und Pfeffer. Dann holte sie ein langes Baguette aus dem Brotkasten.

»Eigentlich müsste ich es mit Knoblauch in Olivenöl anbraten, dann kommt es in den Salat«, erklärte sie. »Aber wenn Sie sehr hungrig sind, können wir es auch einfach so essen.«

»So hungrig bin ich nicht«, sagte er, »ich kann ohne weiteres noch ein bisschen warten.«

Also schnitt sie das Brot in dünne Scheiben. Aus dem Augenwinkel sah sie, dass er neben sie trat. Wie selbstverständlich holte er ein kleines Brett von dem Haken, an dem es an der Wand über dem Herd hing, nahm die beiden Knoblauchzehen von dem Teller, auf dem sie sie bereitgelegt hatte, und hielt ihr wortlos die offene Hand hin. Sie lächelte in sich hinein, holte ein kleines Messer aus der Schublade und gab es ihm. Dann stellte sie zwei Pfannen auf und goss etwas Olivenöl hinein.

Während sie darauf wartete, dass es heiß wurde, hatte sie ihrerseits genügend Muße, ihn zu beobachten. Es war deutlich zu sehen, dass er gewohnt war, häufig für sich selbst zu kochen. Er hackte die zwei Zehen schnell und geübt klein, verteilte die Stückchen gleichmäßig auf beide Pfannen und wusch sich die Hände, während sie die Brotscheiben in dem Knoblauchöl röstete.

Miriam legte das fertige Brot zum Abkühlen auf eine Platte und wandte sich zu ihm um. Er betrachtete die Skizze, die von einem kleinen Magneten an der Kühlschranktür festgehalten wurde – den Unterarm und die Hand einer Fee, mit einem prächtigen, edelsteinbesetzten Armband und einem auffälligen Ring geschmückt.

»Das ist nicht von Ihnen.« Es war eine Feststellung, keine Frage.

»Stimmt«, sagte sie, ein wenig verblüfft. »Ich gebe seit neuestem zwei Kurse an der Volkshochschule in Freudenstadt. Das hier ist eine Studie von einer meiner Teilnehmerinnen – noch nicht perfekt, aber sie versteht deutlich mehr von Anatomie als der Durchschnitt. – Nur aus Neugier: Woran haben Sie gemerkt, dass die nicht von mir stammt?«

»Falscher Stil«, antwortete er. »Es ist natürlich gut gemacht, aber trotzdem. So was wie das hier finden Sie fast überall. Die Art, wie Sie zeichnen, ist viel seltener. Realistischer. Einfach … anders.«

»Herzlichen Dank!«, sagte sie und spürte, wie ihr Gesicht vor Freude warm wurde. »Ein sehr großzügiges Urteil, vor allem, wenn man bedenkt, dass Sie bisher kaum etwas von meiner Arbeit gesehen haben. Ach übrigens – erinnern Sie sich noch an die Medusa?«

»Ja, natürlich.«

»Sie ist fertig. Ich habe das Original gerahmt, es hängt im Wohnzimmer. Möchten Sie es gern sehen?«

Er war schon auf dem Weg in die Stube. Miriam folgte ihm, blieb an der Tür zurück und schaltete einen kleinen Strahler ein, den sie erst vor zwei Tagen selbst angebracht hatte. Er flammte auf und übergoss die Wand, an der die Medusa hing, mit hellem Licht. Sie hörte, dass er tief Luft holte, dann stand er vollkommen still, in die Betrachtung des Bildes vertieft.

In der linken Hälfte waren die Beine des Helden Perseus zu sehen, Haut und Sandalen voller Staub. Die Schwertklinge ragte ins Bild, grausilberner Schimmer, mit Blut gezeichnet, das von der Schwertspitze auf einen mit Steinen und kleinen Felsbrocken übersäten Boden tropfte. Auf der anderen Seite hielt Perseus noch immer den Spiegel, der ihm das Leben gerettet hatte, die reflektierende Seite auf den Betrachter gerichtet. Sonnenlicht fiel auf den Rahmen und verlieh ihm eine leuchtende Aureole. Der Vordergrund des Bildes wurde vom Leichnam der erschlagenen Bestie beherrscht. Die gewaltigen, schuppenbedeckten Glieder waren verkrümmt, aus dem Halsstumpf war Blut gespritzt und leuchtete schockierend rot auf dem sandigen Boden. Der Kopf lag ein kleines Stück vom leblosen Rumpf entfernt; die Schlangen, die auf dem Haupt der Gorgone zu ihren Lebzeiten zornig gezischt hatten, hingen nutzlos herab, die schlanken Leiber matt und schlaff. Der Kopf war so gefallen, dass das Gesicht sich im Tod zum Spiegel gedreht hatte. Und der Spiegel zeigte nicht die spitzen Hauer, nicht die grotesk herausgestreckte Zunge, nicht die furchtbare, endlich zur Strecke gebrachte Bosheit. Er zeigte die Züge einer schönen jungen Frau, den Mund halb geöffnet, die Lider geschlossen. Ein Blutstropfen zog eine rote Spur über die glatte Wange, aber ihr Frieden wurde nicht dadurch gestört ... sie war befreit, zur Ruhe gekommen und nach einem grausam verfluchten Dasein endlich erlöst.

Noch immer sagte Markward kein Wort. Miriam passte sich seinem Schweigen an und wartete geduldig. Nach langen Minuten senkte er den Kopf und wandte sich langsam von dem Bild ab.

Sein Gesicht hatte alle Farbe verloren. Einmal mehr weggewischt waren die harten Linien, die ihn so verschlossen und abweisend machten, vertrieben durch eine Mischung aus plötzlichem Schrecken und Staunen.

Ihre Augen begegneten sich, und für einen Sekundenbruchteil entdeckte Miriam in den seinen einen Schmerz, der so tief war, dass ihr der Atem stockte. Sie wollte ihn berühren, ihn in die Arme nehmen und festhalten. Der Drang war so stark, dass sie unwillkürlich einen halben Schritt auf ihn zu machte.

Nur einen Moment später hatte er sich wieder gefasst, aber sie begriff instinktiv, dass irgendetwas auf diesem Bild sämtliche Barrieren durchbrochen hatte, die ihn schützten. Und dass ein einziges falsches Wort von ihr dafür sorgen würde, dass er zum zweiten Mal die Flucht ergriff ... diesmal vielleicht endgültig.

»Ich decke für uns den Tisch«, sagte sie leise und ruhig. »Kommen Sie einfach, wenn Sie so weit sind, ja?«

Sie drehte sich um und ging hinaus. Halb und halb rechnete sie damit, erst seine Schritte in der Diele zu hören und dann das Zuschlagen der Haustür, so wie schon einmal. Aber hinter ihr rührte sich nichts.

Die Küche war warm und von üppigen, mediterranen Düften erfüllt. Miriam holte Teller und Besteck aus dem Schrank und Papierservietten aus einer Schublade. Dann hob sie die Baguettescheiben vorsichtig unter den Salat und stellte die Schüssel auf den Tisch. Ganz plötzlich fühlte sie sich elend. Sie setzte sich auf die Eckbank am Fenster, stützte die Ellbogen auf, legte den Kopf auf die gefalteten Hände und schloss die Augen. *Bitte, lass ihn nicht gehen.*

Sie hielt die Augen noch immer geschlossen, als er endlich hereinkam. Stuhlbeine scharrten über die Holzdielen. Dann räusperte er sich, und als er sprach, klang seine Stimme völlig gelassen.

»Wollen wir essen?«

Miriam spürte, wie die Furcht den harten Klammergriff um ihr Herz löste und schwand. Sie sah ihn an und lächelte.

»Gern. Ich bin ganz schön hungrig.«

Sie aßen beide mit gutem Appetit, und Miriam brachte es fertig, ein lockeres Gespräch in Gang zu halten, obwohl Markward nicht viel dazu beitrug. Von Zeit zu Zeit hatte sie das Gefühl, dass seine Gedanken abschweiften. Dann sah er sie an, die Falte zwischen den Brauen eine tiefdunkle Kerbe ... als sei sie ein fremdartiges Rätsel, das er nicht lösen konnte. Sie hätte gern gefragt, was ihn beschäftigte, verzichtete aber instinktiv darauf. Stattdessen erzählte sie von den Volkshochschulkursen und von ihren Studenten.

»Ich habe bis jetzt über sechzig Entwürfe«, sagte sie, »darunter etwa fünfzehn, die wirklich etwas taugen. Ich überlege, ob ich bei Kursende im Juni vielleicht eine kleine Ausstellung organisiere.«

»Sind die Bilder so gut wie das am Kühlschrank?«

Er nahm das letzte Stück Brot aus der Schüssel, tunkte es in die Salatsauce und steckte es sich in den Mund.

»Die fünfzehn besten sicherlich«, entgegnete sie. »Ich habe sie in einer Mappe drüben im Wohnzimmer – ich kann sie holen. Oder noch besser: Sie gehen selbst hinüber und ich räume inzwischen den Tisch ab. Ich kann uns einen Kaffee kochen, wenn Sie mögen.«

»Keinen Kaffee, danke.«

Er stand auf und ging in Richtung Tür, während sie die Teller aufeinanderstapelte und zur Spüle hinübertrug.

Als sie die Schüssel holte, merkte sie, dass er auf der Schwelle stehen geblieben war und über die Schulter zu ihr zurückschaute. Sein Gesicht war ruhig und undurchdringlich, und doch war da etwas, das sie wiedererkannte, das sie schon einmal gesehen hatte ... in seinen Augen und in der kaum wahrnehmbaren Anspannung um den Mund. *Er fürchtet sich,* dachte sie, *aber wovor? Und wenn er sich tatsächlich vor* mir *fürchtet, was an mir macht ihm um Himmels willen solche Angst?*

Sie wollte etwas sagen – vielleicht nur seinen Namen –, aber da hatte er den Blick schon wieder abgewandt und sich in Bewegung gesetzt. Er verschwand im Flur, und einen Moment später hörte sie seine Schritte in der Stube.

»Wo ist denn diese Mappe?«

Miriam ließ heißes Wasser in die Spüle laufen.

»Sie lehnt links am Zeichentisch«, sagte sie, »ziemlich groß, aus verstärktem schwarzen Karton und mit einem Gummiband zusammengehalten.«

Es blieb eine Weile still, dann erklang ein gedämpfter, ärgerlicher Ausruf.

»Entschuldigung«, sagte Markward, »ich fürchte, das Gummiband ist gerissen.«

»Wundert mich gar nicht«, erwiderte Miriam unbeschwert. »Das wäre sowieso bald passiert, so mürbe, wie das Ding war. Nicht Ihr Fehler.«

Wieder eine Zeitlang Schweigen. Miriam wusch das Geschirr ab und stellte sich vor, wie er die Zeichnungen ihrer Kursteilnehmer durchblätterte. Er hatte ein sicheres Gespür für Qualität und einen guten Blick für Stil ... kein Wunder, bei seiner Arbeit brauchte er beides. Sie war neugierig, was er wohl zu den einzelnen Bildern sagen würde.

»Brauchen Sie Hilfe?«

Sie blickte auf und sah ihn in der Tür stehen, die Mappe unter dem Arm. Das Gummiband war nur noch an einer Seite befestigt und baumelte bis auf den Boden.

»Fast fertig.« Sie trocknete die beiden Teller ab. »Passen Sie auf, dass Sie nicht stolpern.«

»Wäre ich gerade beinahe«, versetzte er. »Wenn Sie mir eine Schere geben, dann ist das Problem gelöst.«

Sie stellte fest, dass der Haken für die Küchenschere leer war – schon wieder einmal.

»Hier ist keine«, sagte sie. »Wahrscheinlich habe ich sie wieder im Wohnzimmer liegen lassen. Wenn Sie sie nicht auf dem Zeichentisch finden, dann schauen Sie in die Schublade darunter. Ich bin gleich bei Ihnen.«

Er verschwand zum zweiten Mal. Kurz darauf hörte Miriam das Quietschen der Schublade, deren Scharnier zu ölen sie sich seit Wochen vorgenommen hatte. Sie wollte gerade das Handtuch aufhängen, als sie plötzlich begriff, was für einen monströsen Fehler sie gemacht hatte. Zwar lag die Schere wahrscheinlich tatsächlich in der Schublade ... aber leider auch die Kohlezeichnung, die an dem Morgen nach ihrer letzten Begegnung entstanden war. Er konnte sie ganz einfach nicht übersehen.

Sie spürte ihren Herzschlag im Mund und wurde für einen Augenblick von dem feigen Impuls überwältigt, durch den Flur zu schleichen und klammheimlich das Haus zu verlassen. *Na wunderbar ... dann bist es diesmal* du, *die flüchtet und nicht er,* sagte eine sarkastische Stimme in ihrem Hinterkopf. *Was ist das hier – ein Versteckspiel?*

Nein. Kein Versteckspiel mehr.

Miriam drapierte das Handtuch sorgsam über den Griff des Backofens und verließ die Küche. Als sie das Wohnzimmer betrat, stand er mit dem Rücken zu ihr über den Zeichentisch gebeugt. Aber obwohl ihre bestrumpften Füße kein Geräusch machten, registrierte er sofort, dass sie da war. Sie merkte es daran, wie seine Schultern sich hoben und seine gesamte Haltung sich änderte … und zum ersten Mal wurde ihr bewusst, wie eigenartig es war, dass sie es fertigbrachte, seine Körpersprache so einfach zu entschlüsseln. Wieso war sie derart vertraut mit einem Mann, den sie eigentlich kaum kannte?

»Ralf …«, sagte sie leise.

»Wann haben Sie das gezeichnet?«

Er sprach ebenso leise wie sie, und er drehte sich nicht um.

»An dem Morgen, nachdem Sie das letzte Mal hier waren.« Sie blickte zu Boden. »Ich wollte eigentlich die Medusa kolorieren. Ich hatte mir sogar alle Farben herausgelegt. Und dann kam mir irgendwie … Ihr Gesicht in die Quere.«

»Wieso?«

Ja, tu mir den Gefallen und sieh mich weiter nicht an. Vielleicht habe ich dann den Mut, es laut auszusprechen.

»Wegen dem, was passiert ist, nachdem wir die Truhe aufgestellt hatten – aber das wissen Sie. Deswegen sind Sie doch so rasch gegangen. Deswegen haben Sie nicht angerufen und sind nicht wiedergekommen, ganze siebzehn Tage lang … und als Sie sich endlich überwunden hatten, war ich nicht da. Danach waren es weitere fünfzehn Tage, bis Ihr Wagen endlich wieder vor meinem Haus stand. Was glauben Sie wohl, weswegen ich vorhin so ein Theater veranstaltet habe?«

Miriam merkte, dass ihre Stimme bebte und atmete tief ein.

»Ich konnte den Gedanken nicht ertragen, Sie heute wieder zu verpassen. Ich hatte Angst, dass Sie nicht noch einmal den Mut dazu aufbringen, herzukommen ... oder dass hinterher mir der Mut fehlt, es noch einmal zu versuchen.«

Jetzt drehte er sich um. Sie konnte das Bild auf dem Zeichentisch liegen sehen, aber nur ein paar Sekundenbruchteile lang. Dann kam er auf sie zu, und alles, was sie jetzt noch wahrnahm, war sein Gesicht.

»Sagen Sie mir, dass das unmöglich ist«, flüsterte sie. »Sagen Sie mir, dass ich einen Fehler gemacht habe, und dass es so etwas nicht gibt.«

Er stand dicht vor ihr.

»Sie haben wirklich einen Fehler gemacht«, sagte er. »Auf dem Bild, wissen Sie. Meine Nase ... sie ist ein bisschen breiter. Aber ich vermute, das liegt daran, dass Sie sie aus dem Gedächtnis gezeichnet haben.«

Miriam spürte, wie ihr Herzschlag stolperte und dann wieder zu seinem Rhythmus zurückfand. Sie hob eine Hand, zog mit den Fingerspitzen den Nasenrücken nach und folgte dann ganz zart der Kontur seiner Lippen. Er hatte recht.

»Tut mir leid.«

Es tat so gut, ihn endlich anfassen zu dürfen.

»Ich kann das korrigieren, wenn Sie möchten.«

Er schüttelte ganz leicht den Kopf. »Nein, bitte. Ich ...«

Sie hob auch die andere Hand und legte sie auf seine Wange. Wie im Traum ertastete sie die Textur seiner Haut, die Rundung der Ohrmuschel, die harten Konturen von Kiefer und Kinn. Er senkte die Lider und ließ die Berührung zu, als hätte er seit langer Zeit darauf gewartet; sein tiefer, stockender Atem strich über ihre Finger, die noch immer auf seinen Lippen lagen.

Bis zu diesem Moment war er vollkommen passiv geblieben. Jetzt spürte sie, wie er sie langsam an sich zog. Er strahlte eine herrliche Wärme aus, die auf sie überging und sie einhüllte, bis ihre Haut zu glühen schien.

»Miriam.«

Seine Stimme klang brüchig und unsicher, wie die eines Jungen, der zum ersten Mal ein Mädchen umarmt. Sie sah ihn an und begriff, dass ihr gelungen war, was schon das Bild der Medusa früher an diesem Abend fertiggebracht hatte: Sie hatte seine Abwehr durchdrungen, und er streckte die Waffen. Die Furcht war noch immer da, aber auch eine tiefe, fast verzweifelte Sehnsucht, die er nicht länger vor ihr verbarg.

Jetzt war er es, der ihr Gesicht in beide Hände nahm und jede Linie nachzeichnete, als wollte er sie auswendig lernen. Die ganze Zeit hielten seine Augen ihren Blick fest. Er schwieg, aber das machte ihr nichts aus. Seine Berührungen sprachen für ihn; sanfte Finger auf ihren Schläfen, auf Wangen und Hals, suchend wie die eines Blinden.

Als er sie küsste, geschah es genauso behutsam. Die erste Begegnung ihrer Lippen war kaum mehr als ein Hauch, aber trotzdem – oder gerade deswegen – spürte Miriam, dass sie anfing zu zittern.

Er trat einen halben Schritt zurück, ohne sie freizugeben.

»Hast du Angst?«

»Ja«, flüsterte sie. »Aber nur davor, dass du mich loslässt und gehst.«

Er streichelte mit dem Daumen ihr Kinn.

»Das sollte ich wahrscheinlich«, sagte er leise und beugte sich vor, bis er Stirn an Stirn mit ihr stand. »Es gibt mehr Gründe, mich von dir fernzuhalten, als ich aufzählen kann, Miriam.« Er seufzte, und der Griff um ihre Taille verstärkte sich. »Aber in diesem Augenblick fällt mir kein einziger mehr ein. Ich wünschte, ich müsste dich nie wieder loslassen ... und ich werde ganz sicher nicht gehen.«

»Versprochen?«

»Versprochen.«

Diesmal war es Miriam, die ihn küsste ... spielerisch zuerst, auf die Wangen, die Nase und auf die Augenlider. Sie konnte die Krähenfüße spüren, als er lächelte. Dann fand sie den Weg zu seinem Mund zurück und genoss die Wärme seines Atems, der sich mit ihrem mischte. *Der Duft der trockenen Erde nach dem ersten Regen,* dachte sie, wie schon einmal zuvor. Sie hätte ihn in finsterster Nacht und in einer riesigen Menschenmenge allein an diesem Duft erkannt.

Sie vergrub die Hände in seinem Haar und küsste ihn erneut. Seine Lippen unter den ihren waren unglaublich weich und schmeckten herb und würzig zugleich.

Er würde nicht gehen. Sie hatten die ganze Nacht.

Ihre Zungenspitze berührte seinen Mundwinkel, und für einen kurzen, atemlosen Moment erstarrte er. Dann kam er ihr mit explosiver Kraft entgegen. Ein überraschtes Aufkeuchen fing sich in ihrer Kehle, und sie hörte ihn leise und rau etwas flüstern, das sie nicht verstand. Lichter tanzten hinter ihren geschlossenen Augenlidern, während Ralf Markward den Kuss in einen jähen Flächenbrand verwandelte, der Funken auf ihrer Haut schlug und ihr Inneres schmelzen ließ.

Als seine Lippen sich von den ihren lösten, stellte sie fest, dass sie zum zweiten Mal an diesem Abend heftig zitterte. Sie starrte ihn an; sein Atem ging rasch und seine hellen Augen flammten.

Miriam lehnte die Stirn an seine Brust und spürte durch die Kleidung hindurch seinen Herzschlag wie einen wilden Trommelwirbel unter der Haut. Er hatte sie losgelassen ... es war, als ob er ihr noch einmal die Möglichkeit geben wollte, ihre Wahl zu überdenken. Sie lächelte in sein weiches Baumwollhemd hinein.

Als ob diese Wahl nicht längst getroffen worden war.

Das Zittern hatte aufgehört, und sie ergriff seine Hand.

»Komm.«

Ihre Finger umschlossen die seinen, warm und zuversichtlich, und er ließ es zu, dass sie ihn die Treppe hinaufführte, hinein in den dämmrig erleuchteten Flur im ersten Stock. Die Stufen knarrten leise unter ihren Füßen. Er war oft in diesem Haus gewesen, als Junge und auch später immer wieder einmal als Mann, und trotzdem fühlte er sich in diesem Augenblick wie ein Eindringling.

»Wo ist dein Hund?«, fragte er.

»Da drin.« Sie deutete auf eine der beiden verschlossenen Türen. »Wenn wir Glück haben, wacht er nicht auf.«

Am Ende des Flurs stand eine weitere Zimmertür halb offen. Er ging hinter ihr hinein, blieb stehen und sah sich um. Die Wände waren in einem hellen Aprikosenton gestrichen, geraffte Vorhänge von weichem, schimmerndem Weiß verbargen das Fenster und die Tür, durch die man hinaus auf den Balkon gelangte. An der rechten Seitenwand stand eine Eichenkommode, darauf ein Kästchen aus Rosenholz, das er wiedererkannte; Miriam konnte das nicht wissen, aber es war eine seiner ersten Schnitzarbeiten gewesen, ein Geburtstagsgeschenk für Anna Trautwein.

Links gab es ein großes Messingbett. Porzellanknöpfe mit aufgemalten Blumen schmückten Kopf- und Fußende, und ein gefütterter Quilt mit einem aufwändigen Schachbrettmuster in sanften Frühlingsfarben war darübergebreitet. Der hölzerne Dielenboden war naturbelassen und vor nicht allzu langer Zeit frisch abgeschliffen worden; der leichte, vertraute Duft nach Leinöl stieg ihm in die Nase. Es war ein ungemein weiblicher Raum, aber trotz des offenbar sehr bewusst gewählten Dekors blieb er wohltuend schlicht.

Er hörte, wie sie hinter ihm die Tür schloss und den Riegel vorschob.

»Nicht dass ich Einbrecher fürchte«, meinte sie lächelnd, »aber so fühle ich mich einfach wohler.«

Sie kam zu ihm herüber, hob sich leicht auf die Zehenspitzen und küsste ihn sachte und sehr zärtlich auf den Mund. Unter dem Pullover, den sie noch immer trug, spürte er die Wärme ihrer Haut. Er legte das Gesicht an ihren Hals und atmete tief ein.

Er witterte den letzten mediterranen Hauch des Essens, das sie miteinander geteilt hatten, und ein wenig tiefer den

Duft, den er wohl bis an sein Lebensende mit ihr verbinden würde ... die milde, würzige Süße von Orangenblüten. Darunter aber lag noch ein weiterer, der ganz und gar zu ihr gehörte, frisch wie junger Farn im Mai, wenn der Wald nach langem Winter endlich wieder zu üppig grünem Leben erwachte. Sie war genau das: ein überraschender, längst nicht mehr erhoffter Frühling und neues Leben nach einer Ewigkeit aus starrem Frost.

Miriam schob ihn sachte von sich, knöpfte sein Hemd auf und legte ihm die Hände auf die bloße Brust. Die Berührung traf seinen durch jahrelange Disziplin entwöhnten Körper wie ein Schock. Ihre gespreizten Finger glitten auseinander und streiften ihm das Hemd über die Schultern und die Arme hinunter.

Ralf Markward schloss die Augen. Dann spürte er, wie sie ein zweites Mal zurücktrat, und Stoff raschelte leise. Er konnte ihr Herz fast hören; es schlug schneller, und das herbsüße Aroma ihrer Erregung hüllte ihn ein wie eine Wolke.

»Schau mich an.«

Ihre Haut war hell und glatt wie Elfenbein, ihr Körper schlank, fest und zierlich wie der einer Tänzerin. Ihre Brüste waren ein Wunder.

»Mein Gott«, flüsterte er.

Der letzte Rest Unsicherheit schwand aus ihren Augen. Er drückte sie an sich und küsste sie, und für das, was er empfand, als er ihre nackte Haut an seiner fühlte, gab es einfach keine Worte. Hitze flammte in seinem Körper auf und ließ jedes Nervenende knistern wie brennendes Holz. Ihr Mund öffnete sich unter dem seinen; sie schmeckte himmlisch, und die Vielfalt der Düfte, die aus ihren Poren aufstieg, war berauschend wie eine Droge.

So wie von Ralf Markward war sie noch nie zuvor geküsst worden, dachte Miriam. Es hatte nichts mit Erfahrung oder Können zu tun. Es war die wahnwitzige Intensität, mit der er auf sie reagierte, das ungläubige Staunen, das sie in jeder seiner Berührungen spürte. Für einen flüchtigen Augenblick fragte sie sich, ob sie wohl seine erste Frau war. Aber dann hob er sie hoch, mitten im Kuss, und legte sie auf das Bett. Er ließ sie plötzlich los und brachte einen kleinen, aber fühlbaren Abstand zwischen sie. Sie richtete sich auf und schaute ihn an.

Er kniete neben ihr auf der Matratze. In der Stille des warmen Zimmers hörte sie seinen raschen Atem; seine Brauen zogen sich zusammen und seine Kiefermuskeln spannten sich an, als ob er mit aller Macht versuche, sich zu konzentrieren.

»Wir müssen ...« Er stockte, dann lachte er, kurz und abgerissen. »Ich meine, hast du ...«

Sie lachte, ebenso atemlos wie er.

»Ein Kondom? Nein, hab ich nicht. Aber ich muss wegen so einem dämlichen Hormonmangel schon ewig die Pille nehmen. Wenn du allerdings auf ein Kondom bestehen solltest, wird es schwierig. Aus Hannover habe ich keine mitgebracht, und ich hatte nicht damit gerechnet, dass ich hier in nächster Zeit welche brauche.«

»Ich habe seit über fünfzehn Jahren keines mehr gebraucht«, sagte er mit einem schrägen Lächeln.

Frage beantwortet, dachte sie, und dann senkte sich sein Mund auf ihre Brüste, und jeder klare Gedanke floh aus ihrem Sinn.

Seine Hände waren überall, erkundeten jeden Zentimeter ihrer Haut voll leidenschaftlicher Neugier und fassungsloser Hingabe. Und ebenso, wie er sie entdeckte, entdeckte sie ihn ... die muskulöse Festigkeit seiner Schultern, die herrliche Glätte seines Rückens, die empfindliche Innenseite der Knie. Sie fand heraus, wie seine Stimme klang, wenn er im Fieber der Erregung die Sprache verlor und vergaß ihre eigene, als sie ihn endlich über sich und in ihren Körper zog.

Er war nicht ihr erster Mann, aber in dem Moment, als Ralf Markward zum ersten Mal in sie eindrang, wurden alle anderen Erfahrungen, die Miriam zuvor gemacht hatte, nebelhaft und belanglos. Nichts anderes zählte mehr als seine Nähe und seine Berührung, die auf ihre Weise ebenso unverwechselbar war wie sein Duft. Sie hieß ihn willkommen und hob sich ihm entgegen, während sie zusammen in den Rhythmus hineinfanden, der so alt war wie die Welt.

Irgendwann fasste er sie plötzlich um die Taille und drehte sich auf den Rücken. Sie fand sich über ihm wieder, noch immer mit ihm verschmolzen. Seine Augen glitzerten hinter halb geschlossenen Lidern. Seine Hände glitten in einer hungrigen Liebkosung über ihren Bauch hinauf zu ihren Brüsten, und sie gab einen Laut von sich, der halb Stöhnen und halb Lachen war.

»Miriam.« Er sog die Luft scharf durch die zusammen gebissenen Zähne ein. *»Miriam.«*

Sie wiegte die Hüften, hob sich ein kleines Stück in die Höhe und wieder auf ihn hinunter, ausgefüllt von seiner Härte. Noch einmal. Und noch einmal. Und ein letztes Mal, bevor die Spannung endlich brach und die Welt in goldenem Feuer explodierte. Sie hörte den Schrei, der sich aus ihrer Kehle löste und in dem Schrei des Mannes ertrank, der sich unter ihr aufbäumte.

Er zog sie sanft auf seine Brust hinunter. Und dann war die Welt still, nur noch beherrscht von Ralfs Herzschlag an ihrer Wange, der sich langsam beruhigte, und von seinen Armen, die sie hielten.

Frühlingsmond – Dämmerzauber

Der Tag danach

Er kam kurz vor Einbruch der Morgendämmerung zu sich, und für ein paar Sekunden wusste er nicht, wo er sich befand. Es war nicht das erste Mal, dass ihm das passierte, aber es hatte Seltenheitswert; er hatte sich seit vielen Jahren angewöhnt, gewisse Risiken zu meiden.

Bis heute.

Er drehte sich auf die Seite und betrachtete die Frau neben sich. Miriam schlief friedlich; ihr Gesicht war ihm zugewandt und ihre Hand lag entspannt neben seinem Ellbogen. Er beugte sich darüber und berührte sie mit den Lippen. Dann schlüpfte er vorsichtig aus dem Bett und trat ans Fenster.

Anders als letzte Nacht trieben unablässig dicke Wolken über den Himmel. Aber er brauchte die unvollkommene Form der verfluchten silbernen Scheibe nicht zu sehen, um zu wissen, dass die letzte der Dreinächte vorüber war. Von nun an war er wieder »nur« ein Mensch ... bis der Mond sich erneut rundete.

Er blickte zum Bett. Von hier aus lag Miriam fast vollständig im Dunkeln; alles, was er sah, war eine nackte Schulter und rotgoldene Locken auf dem Kissen.

Was hatte er getan?

Miriam erwachte vom Klang des Regens, der draußen vor dem Fenster sanft und regelmäßig zur Erde rauschte. Sie lag eine ganze Weile mit geschlossenen Augen, spürte die Wärme der leichten Daunendecke über sich und das glatte Laken unter ihrem nackten Rücken.

Nackt? Wieso war sie …

Und plötzlich kam die Erinnerung an den Abend zu ihr zurück, und an die vergangene Nacht. Sie setzte sich auf und sah sich um. Die Matratze neben ihr trug noch den Abdruck eines anderen Körpers, und als sie die Beine aus dem Bett schwang, landete sie mit den Füßen in einem sanftbunten Stoffhaufen.

Natürlich … er hatte den Quilt mit einer Hand beiseitegezogen, bevor er sie hochhob und auf das Bett legte.

Ihre Kleidungsstücke waren noch immer auf den Holzdielen verstreut – die Jeans, der alte Norwegerpullover, ihre Unterwäsche. Von seinen Sachen war nichts zu sehen.

Sie lief rasch durch das Zimmer, nahm den Morgenmantel vom Haken neben der Tür und schlüpfte hinein. Als sie auf den Flur hinaustrat und lauschte, war nirgendwo ein Laut zu hören … aber dann stellte sie fest, dass es nach frischem Kaffee roch. Und gleich darauf hörte sie Hundegebell; überraschenderweise kam es nicht aus dem Gästezimmer, sondern von draußen.

Sie ging die Treppe hinunter und in die Küche.

Ralf Markward saß mit dem Rücken zu ihr am Tisch, vor sich einen dampfenden Keramikbecher und die Thermoskanne. Offenbar war er tief in Gedanken versunken, denn diesmal bemerkte er sie nicht. Miriam legte ihm leicht die Hände auf die Schultern.

»Guten Morgen«, sagte sie leise.

Für einen Moment rührte er sich nicht, dann spürte sie, wie er sich zögernd entspannte und zurücklehnte, in ihre Wärme hinein. Er war vollständig angezogen, sein Haar war ein wenig feucht und roch nach ihrem Shampoo. Miriam musste lächeln, beugte sich zu ihm hinunter, küsste ihn auf die Wange und spürte den ersten Hauch von Bartstoppeln unter ihren Lippen.

»Guten Morgen«, sagte er. »Ich habe Jacob rausgelassen. Als ich aufgestanden bin, hat er in dem Zimmer einen ganz schönen Radau veranstaltet.« Seine Hände legten sich über ihre und ihre Finger verschränkten sich miteinander. »Gefressen hat er auch schon.«

Sie warf einen Blick auf den fast vollständig geleerten Napf. »Er hat von *dir* Futter angenommen?«

»Erstaunlicherweise ja.«

Wieder kam Gebell von draußen; Pfoten kratzten am alten Eichenholz der Eingangstür. Miriam ging durch den Flur und ließ Jacob ins Haus. Der junge Labrador schloss seine Begrüßung damit ab, dass er sich ausführlich schüttelte und sie von Kopf bis Fuß mit Tropfen besprühte. Miriam versetzte ihm resigniert einen leichten Klaps auf den Rücken und kehrte in die Küche zurück. Der Morgenmantel fühlte sich klamm an, und selbst ihre Füße waren nass. Als Ralf sie so in der Tür stehen sah, gingen die dunklen Augenbrauen schräg nach oben.

»In den Regen gekommen?«

»Nein, wohl eher auf den Hund.« Miriam sah zu, wie Jacob zu seinem Napf strebte und kurzen Prozess mit dem Rest des Inhalts machte. Danach hob er den Kopf und lief zu Ralf hinüber. Er schnupperte interessiert an seinem aufgekrempelten Hemdsärmel, dann wedelte er mit dem Schwanz. Miriam schüttelte fassungslos den Kopf.

»Ich glaub das einfach nicht!«, sagte sie. »Wieso hat er denn jetzt plötzlich überhaupt keine Angst mehr?«

»Muss an meinem Charme liegen, oder an meiner Überredungskunst.« Ralf trank einen letzten Schluck Kaffee. »Hör mal … ich sollte allmählich los. Ich habe gestern einem Kunden in Rottweil versprochen, einen Schrank bei ihm abzuholen, und in etwas mehr als einer Stunde sind wir verabredet.«

»Dann solltest du wirklich fahren.«

Sie nahm den Becher vom Tisch, trug ihn zur Spüle und holte für sich selbst frisches Geschirr aus dem Schrank. In diesem Moment hatte sie das Gefühl, den sicheren Boden unter den Füßen zu verlieren. Sie hatten beide die vergangene Nacht noch mit keinem Wort erwähnt – was sollte sie ihm sagen?

»Miriam.«

Er stand hinter ihr, und seine Hände strichen über ihre Schultern und die Arme hinunter, bis sich ihre Finger zum zweiten Mal an diesem Morgen verschränkten. Sofort spürte Miriam, dass sie ruhiger wurde, und sie erinnerte sich an den Tag, als er gekommen war, um die Truhe abzuholen – das Tal voller Nebel und die ungeheure, völlig unerklärliche Erleichterung, die sie empfunden hatte, als sie ihn aus dem Auto steigen sah.

»Ich danke dir«, sagte er. »Für den Abend gestern. Für heute Nacht.«

Sie senkte den Kopf. *Bitte, lass mich jetzt keinen Fehler machen.*

»Ich danke dir auch«, erwiderte sie ruhig. »Dafür, dass du gekommen bist. Und dafür, dass du geblieben bist.«

Sie hielt seine Finger ein wenig fester und trat einen halben Schritt zurück. Nun war sie es, die sich an ihn lehnte. Sie spürte, wie sich sein Brustkorb dicht an ihrem Rücken hob und senkte; er machte nicht den Versuch, sich von ihr zu lösen.

»Es war wunderbar, dich hier zu haben«, sagte sie. »Ich möchte, dass du wiederkommst.«

Ralf schwieg.

Miriam hätte gern noch mehr gesagt, aber ein sicherer Instinkt befahl ihr, den Mund zu halten. Nicht sie war es, die sich entscheiden musste – sie hatte es schon getan. Jetzt war er an der Reihe.

Sein Atem strich warm über ihr Haar; plötzlich gab er ihre Hände frei und legte die Arme um sie.

»Ich begreife nicht, was das ist zwischen uns«, sagte er. »Aber so viel ist sicher; es hat mir wirklich Angst gemacht. Du hattest recht, weißt du … Deswegen bin ich so lange weggeblieben. Und genau deswegen habe ich es gestern Abend schlichtweg nicht mehr ausgehalten.«

»Ich weiß.« Freude durchflutete sie wie ein klarer Strom. »Aber ich hab mich gestern Abend auch geirrt. Wenn du nicht bald gekommen wärst, ich hätte mich in meinen Geländewagen gesetzt und deine Festung gestürmt, Mut hin oder her.«

»Der Besuch ist sowieso überfällig«, sagte er leichthin. »Ich hab dir immer noch nicht gezeigt, wie man mit einem Hohlbeitel umgeht.«

»Und ich kenne bis jetzt nur deine Werkstatt«, entgegnete sie. »Ich würde mir gern irgendwann dein schönes, altes Haus von innen ansehen, wenn ich darf.«

»Dein Haus ist mir lieber.« Plötzlich war da mehr als nur ein Hauch von Härte in seiner Stimme. »Der Markwardhof ist alles andere als ein glücklicher Ort.«

»Dann komm zu mir, wann immer du willst.« Sie lehnte den Kopf an seine Schulter und schloss die Augen. »Ich glaube, wir sind beide unter diesem Dach immer schon glücklich gewesen.«

»Das ist wahr.« Seine Lippen streiften ihre Schläfe. »Trotzdem muss ich gehen, oder der Kunde wird sauer. Irgendein Rechtsanwalt, und obendrein einer, der bereit ist, fast zweitausend Euro für einen aufgearbeiteten Schrank aus dem 17. Jahrhundert zu zahlen.«

»Zweitausend!« Miriam fuhr herum und starrte ihn an. »Was um Himmels willen machst du dann noch hier?«

Er fing an zu lachen.

Das ist das erste Mal, dachte sie, *das allererste Mal, dass ich dich wirklich lachen höre.*

Und dann nahm er sie in die Arme und küsste sie, und für ein paar atemlose Augenblicke versank alles in völliger Bedeutungslosigkeit, der Rechtsanwalt, der Schrank und der gesamte Rest der Welt. Sich von ihm zu lösen, erforderte eine echte Willensanstrengung.

»Geh jetzt«, flüsterte sie dicht an seinem Mund, »oder ich benehme mich komplett daneben und du setzt heute keinen Fuß mehr vor diese Tür.«

»Bist du heute Abend zu Hause?«

»Bin ich, ja. Der nächste Kurs ist erst morgen.«

»Dann komme ich zu dir. Ich ruf vorher an, okay?«

Ein paar Minuten später stand sie am Fenster in der Stube und sah, wie er über den Vorplatz zu seinem Lieferwagen ging. Bevor er einstieg, drehte er sich noch einmal um und hob die Hand; sie winkte ihm zu und lächelte. Als der Wagen verschwunden war, drehte sie sich um und ihr Blick fiel auf den Zeichentisch. Sein Portrait lag noch genau da, wo er es am Abend zuvor hingelegt hatte. Sie beugte sich darüber und zog mit der Fingerspitze die Linie der Brauen nach, die Nase und den Mund.

Dann gab sie sich einen Ruck. Sie hatte heute viel zu tun. Sie musste duschen und frühstücken, dann wollte sie nach Schapbach in den Park fahren, weil Andreas sich darüber beschwert hatte, dass sie sich zunehmend rar machte und sie ihm versprochen hatte, heute vorbeizukommen. Sie musste einkaufen und dann ein weiteres Mal ihr Glück mit dem »Urteil des Paris« versuchen, was auch immer dabei herauskam.

Heute Abend würde er wieder bei ihr sein.

Sie ging die Treppe hinauf und ins Bad, wo sie mit einem Seufzer der Erleichterung den klammen Morgenmantel auszog. Sie betrachtete sich im Spiegel. Ihr Haar war zerzaust, ihre Augen leuchteten.

»Miriam Trautwein«, sagte sie zu ihrem Spiegelbild, »mir scheint, du hast den Verstand verloren. Und so, wie du aussiehst, macht es dir nicht einmal etwas aus.«

Sie stieg in die Wanne, drehte die Dusche auf und ließ sich das heiße Wasser mit selbstvergessenem Vergnügen auf das Gesicht prasseln.

Heute Abend.

Eine Stunde später stand sie in Schapbach oben auf der Rampe, die zum Wolf- und Bärenpark führte. Sie hatte gerade an der Kasse für ihren Eintritt bezahlt, als sie sah, wie Andreas Frankenthal aus dem Verwaltungsgebäude kam. Er entdeckte sie, beschleunigte seinen Schritt und winkte, als fürchte er, sie könnte doch noch umdrehen und wieder gehen, bevor er sie erreicht hatte.

»Miriam!«

Als er neben ihr stand, legte er ihr einen Arm um die Schultern und küsste sie auf die Wange.

»Wie schön, dass du es endlich doch noch geschafft hast – wir haben dich schon sehr vermisst!«

Es klang vorwurfsvoll. Dabei hatten ihre seltener gewordenen Besuche weniger mit mangelndem Interesse zu tun, sondern vielmehr mit der Tatsache, dass Susanne trotz aller gegenteiligen Versicherungen jedes Mal, wenn Miriam sich doch einmal blicken ließ, mit ihrer Eifersucht zu kämpfen hatte und sich anschließend deswegen furchtbar schuldig fühlte.

»Ich lese regelmäßig alle Neuigkeiten auf der Website«, entgegnete Miriam. »Sehr beeindruckend, wie immer. Freust du dich, dass es so gut läuft?«

»Das kann man wohl sagen.« Andreas zog die Schultern hoch; er trug einen irischen Aran-Pullover und darüber eine uralte Pilotenjacke aus Leder. Trotz der Sonne, die blass am fast wolkenlosen Himmel stand, war es hier oben selbst zur Mittagszeit noch empfindlich frisch. »Wir veranstalten keine Schaufütterungen, die Tiere werden nicht vorgeführt, und wenn die Wölfe nicht wollen, bekommt sie niemand zu Gesicht. Trotzdem haben wir immer mehr Besucher.«

Sie gingen langsam zum Haus hinüber.

»Hast du Lust, einen Kaffee mit mir zu trinken? Stefanie hat eben welchen gekocht.«

Miriam schüttelte den Kopf. Plötzlich wurde ihr klar, dass heute nicht der richtige Tag war, um es mit seinem rustikalen Charme aufzunehmen ... vor allem deswegen, weil es unfair gewesen wäre, ihn auch nur ansatzweise zu ermutigen.

»Eher nicht«, sagte sie, »und vielleicht komme ich am besten wieder, wenn ihr die Wölfe das nächste Mal füttert. Ich fürchte, ich habe heute nicht die Zeit, darauf zu warten, ob sie sich heraustrauen.«

Andreas war sichtlich enttäuscht. »Dann war das aber eine kurze Stippvisite. Ich hab dich in letzter Zeit viel zu selten gesehen; ich hatte gehofft, dass du wenigstens eine kleine Runde mit mir drehst.«

»Die ist aufgeschoben, aber nicht aufgehoben«, erwiderte Miriam leichthin. Plötzlich fiel ihr etwas ein. »Sag mal ... was für Wölfe gilt, gilt doch auch für Hunde, oder?«

Andreas nickte. »Grundsätzlich ja. Die Instinkte sind dieselben, auch wenn manche davon sich durch Evolution und Zucht ein bisschen abgeschwächt haben.«

»Okay ... wenn ein Hund plötzlich zurückweicht, sich ganz klein und flach macht ... wenn er sich dann auf den Rücken fallen lässt und seine Kehle entblößt ... was genau bedeutet das?«

»Dass er sich einem Artgenossen gegenübersieht, der wesentlich stärker ist als er, und der in der Rudelrangordnung viel höher steht. Es ist eine Geste totaler Unterwerfung – er weiß, er kann nicht gewinnen und tut alles, um dem überlegenen Tier zu beweisen, dass er nicht einmal den Versuch machen wird, zu kämpfen.«

»Und wenn es gar kein Artgenosse ist … sondern ein Mensch?«

Andreas betrachtete sie, eine steile Falte zwischen den Augenbrauen.

»Einem Menschen gegenüber benehmen Hunde sich nur dann so, wenn sie mit ihm schon sehr schlechte Erfahrungen gemacht haben und sich akut bedroht fühlen. Allerdings kommt es dann auch schon mal vor, dass die Unterwürfigkeit in Aggression umschlägt und sie ihren Feind anfallen. Um welchen Hund geht es – um Jacob?«

»Ja, um Jacob. Aber der Mensch, bei dem er sich so aufgeführt hat, hat ihm nie irgendetwas getan. Tatsächlich sind die beiden sich in diesem Moment zum ersten Mal begegnet, und Jacob hatte überhaupt keinen Grund, sich bedroht zu fühlen.«

Andreas schüttelte den Kopf. »Das ist eigentlich unmöglich.«

»Kann sein«, meinte Miriam, »aber das ist noch nicht das Ende der Geschichte. Seither war der Mensch, um den es geht, noch zweimal bei mir. Beim ersten Mal hat Jacob ihn schon von weitem gewittert und sich gar nicht erst in seine Nähe getraut. Beim zweiten Mal hat er sich von ihm füttern lassen und ihn schwanzwedelnd beschnuppert.«

»Tut mir leid, aber das klingt, als hätten wir es hier mit zwei ganz verschiedenen Leuten zu tun«, entgegnete Andreas. »Normalerweise können sich Hunde nämlich ziemlich gut merken, vor wem sie Angst haben, und ihr Vertrauen zurückzugewinnen, ist dann ganz schön schwierig. Kenne ich diesen Menschen, von dem du da redest?«

»Glaub ich nicht«, sagte Miriam, die von einer Sekunde zur anderen auf der Hut war.

Andreas stammte nicht aus Finkenweiler, aber er hatte sich in den zwei Jahren, die er hier lebte, Verbündete gesucht und zahlreiche Freundschaften geschlossen. Eine leise Stimme in ihrem Hinterkopf riet ihr, dass es besser war, Ralf nicht zu erwähnen. Zu neu war das, was sie verband, zu groß das Potential für Klatsch – vor allem, wenn man bedachte, wie viel Geschwätz schon die Reparatur von Oma Annas Aussteuertruhe ausgelöst hatte.

Wieder einmal seufzte sie innerlich. Zu blöd, dass Andreas nicht endlich sein Herz an Susanne verlor … das würde manches so viel einfacher machen.

»… mal mit dir essen gehen.«

Sie wurde jäh aus ihren Gedanken gerissen und starrte ihn verwirrt an. »Entschuldigung, was hast du gesagt?«

Er musterte sie mit hochgezogenen Augenbrauen. »Ich habe gerade versucht, dich zum Essen einzuladen. Kann es sein, dass du heute ein ganz kleines bisschen abgelenkt bist?«

Wohl wahr. Abgelenkt durch die Tatsache, dass sie zum ersten Mal seit über acht Monaten wieder die Nacht mit einem Mann verbracht hatte. Dadurch, dass sie nicht vergessen konnte, wie sich seine Hände auf ihrer Haut anfühlten und wie einzigartig ihr Name klang, wenn seine Stimme ihn aussprach.

»Erwischt«, sagte sie heiter und dankte ihrem Schicksal einmal mehr dafür, dass sie so selten errötete. »Und ich finde es zwar wirklich süß, dass du mich zum Essen ausführen willst, aber da gibt es jemanden, der hätte diese Einladung viel mehr verdient als ich.«

»Und wer wäre das?«

Sie versetzte ihm einen Klaps auf die Schulter.

»Susanne natürlich, du Idiot. Seit Monaten opfert sie jeden freien Nachmittag, um hier im Park auszuhelfen, und das mit einem Vater, dem es gar nicht passt, dass sie deswegen mindestens einmal pro Woche als kostenlose Bedienung in seinem Restaurant ausfällt. Wenn du sie brauchst, steht sie eine halbe Stunde später mit ihrem Fiat da unten auf dem

Parkplatz, und sie hält eure Website aktuell, ohne jemals auch nur einen Cent dafür zu verlangen. Du möchtest jemandem ein Abendessen spendieren? Ruf Susanne an.«

Andreas Frankenthal öffnete den Mund und klappte ihn wieder zu; er blickte leicht verdattert drein. »Ich weiß nicht …«

»Aber *ich* weiß es, glaub mir.« Miriam lächelte ihn strahlend an. »Und jetzt muss ich los; in einer Stunde schließt der Laden in Finkenweiler, und mein Kühlschrank ist fast leer.«

Sie winkte ihm zu und ging rasch die Auffahrt hinunter; auf halbem Weg sah sie, wie der vertraute, rote Fiat von der Straße abbog und in eine Parklücke rollte. Susanne stieg aus, rannte ihr entgegen und umarmte sie.

»Ich wusste gar nicht, dass du heute kommst!«

»Ich bin auch schon wieder weg«, sagte Miriam. »Es war nur ein kurzer Abstecher.« Sie drehte den Kopf und sprach ihrer Freundin leise ins Ohr. »Andreas hat mich heute zum Essen eingeladen.«

»Was?« Susanne starrte sie bestürzt an, und das Lächeln wich ihr aus dem Gesicht.

»Keine Sorge.« Miriam sah ihr geradewegs in die Augen. »Ich habe ihm vorgeschlagen, er soll lieber *dich* fragen.«

»Ehrlich?« Jetzt wurde Susanne vor Aufregung kreidebleich.

»Ehrlich.« Miriam musste der Versuchung widerstehen, ihr beruhigend die Wange zu tätscheln. »Aber vielleicht atmest du erst ein paar Mal tief durch, bevor du zu ihm hinaufgehst. Er muss sich nämlich erst mit dem Gedanken anfreunden, und du siehst gerade aus, als würdest du dich ihm am liebsten auf der Stelle in die Arme werfen.«

»Alles klar.« Susanne biss sich auf die Lippen. »Ich reiß mich zusammen.«

Sie straffte die Schultern und marschierte in Richtung Parkeingang, aufrecht und so entschlossen wie ein Krieger auf dem Weg in die Schlacht.

Hoffentlich hast du diesmal Glück, meine Süße, dachte Miriam, während sie ihr nachblickte. *Ich drück dir jedenfalls die Daumen.*

Als sie am frühen Nachmittag nach Hause kam und ihren Computer einschaltete, wartete eine E-Mail ihres Verlegers auf sie.

Liebe Miriam,

Ihre Medusa hat hier für ziemlich Furore gesorgt – ich bin sicher, sie wird zu einem Glanzstück des Buches. Im Oktober wollen wir es auf der Frankfurter Buchmesse groß präsentieren, und wir hätten Sie gern dabei. Übrigens – was macht das »Urteil des Paris«? Ich bin sicher, damit werden Sie mich ebenso überraschen wie mit Ihrer eigenwilligen, kreativen Version der Gorgonensage. Glauben Sie, Sie können das Bild bis Anfang Juni fertigstellen?

Mit herzlichem Gruß
Ihr Georg Vollenweider

Miriam seufzte erbittert. Seit Wochen kämpfte sie nun mit diesem Bild der drei Göttinnen, und sie kam damit ebenso wenig voran wie anfangs mit der Medusa. Vielleicht lag es daran, dass sie Pallas Athene schlichtweg nicht ausstehen konnte ... aber die sah immer noch aus wie eine beleidigte, alte Jungfer, und Miriam hatte die gesamte Sage um den eitlen trojanischen Prinzen inzwischen ziemlich satt. *Ich bin sicher, damit werden Sie mich ebenso überraschen wie mit Ihrer eigenwilligen, kreativen Version der Gorgonensage.* Sie betrachtete mit gerunzelter Stirn das gerahmte Bild an der Wand. Eigentlich war das Gesicht des erlösten Mädchens im Spiegel ja überhaupt nicht ihrer eigenen Kreativität entsprungen ... sie hatte es einzig und allein Ralf zu verdanken.

Jacob wachte aus dem Nickerchen auf, das er sich auf seiner Hundedecke gegönnt hatte, und kam schwanzwedelnd zu ihr herübergelaufen. Sie kraulte ihm die weichen Ohren und lächelte in sich hinein. Ja, das war eine gute Idee. Sie würde Ralf den Entwurf zeigen und herausfinden, was er dazu zu sagen hatte.

Miriam verbrachte die nächsten Stunden damit, den Kurs für Donnerstag vorzubereiten. Sie hatte schon jetzt für Anfang Juli einen Raum in der Volkshochschule reserviert, um die Werke aller Teilnehmer dort auszustellen. Die Entwürfe der vielversprechendsten Kandidaten wollte sie ihrem Verleger präsentieren, sobald sie ihn auf der Buchmesse traf ... als Bonus sozusagen, und bislang wusste noch keiner von ihnen etwas davon.

Jetzt musste sie nur noch jemanden finden, der die Bilder für sie auf Leinwand zog, und sie brauchte preiswerte Rahmen. Das Branchenbuch zeigte ihr zwei Adressen in Freudenstadt, von denen sie sich Hilfe versprach, aber bei beiden meldete sich nur der Anrufbeantworter; wenig verwunderlich an einem Mittwochnachmittag, und obendrein hatten gerade die Osterferien angefangen. Sie bat beide um Rückmeldung, faxte ihnen eine Aufstellung der Dinge, die sie brauchte, und räumte dann den mit Blättern und Notizzetteln übersäten Schreibtisch auf.

Plötzlich klingelte das Telefon. Miriam sah auf ihre Armbanduhr und stellte verblüfft fest, dass es schon fast fünf war. Sie hatte überhaupt nicht gemerkt, wie schnell die Zeit verging.

»Trautwein.«

»Hallo Miriam.«

Ihr Herz schlug so etwas wie einen trägen Salto, und sie hielt den Hörer unbewusst ein wenig fester.

»Hallo Ralf.«

»Ich bin so weit fertig mit dem, was ich heute in der Werkstatt zu tun hatte. Möchtest du, dass ich komme?«

Noch ein Salto. Miriam spürte, wie sich ein Lächeln auf ihrem Gesicht ausbreitete.

»Unbedingt«, sagte sie. »So schnell du kannst.«

»Schön. Und kümmere dich nicht um das Abendessen – ich koche. Bis gleich.«

Bevor sie noch etwas erwidern oder sich bedanken konnte, hatte er schon aufgelegt. Sie starrte verblüfft den Hörer an, dann legte sie ihn auf die Station zurück. Viel Zeit hatte sie nicht mehr, bis er hier eintraf ... vielleicht sollte sie sich umziehen.

Sie lief nach oben ins Schlafzimmer und inspizierte den Kleiderschrank. Praktische Jeans, ein paar Hemdblusen und Röcke, jede Menge Shirts und Pullover ... elegant war definitiv etwas anderes. Sie schob ungeduldig ein paar Kleiderbügel beiseite und entdeckte plötzlich einen bodenlangen Kaftan, den ihr Vater ihr von einer seiner letzten Dienstreisen aus Marokko mitgebracht hatte. Der Stoff war von einem leuchtenden, fast violetten Königsblau, der quadratische Ausschnitt und der Saum waren mit Goldfäden bestickt. Nicht schlecht.

Sie ging ins Bad, zog sich aus und nahm die schnellste Dusche ihres Lebens. Danach flocht sie ihr feuchtes Haar zu einem dicken Zopf, der seitlich über ihre Schulter hinunterhing und schlüpfte in den Kaftan.

Sie betrachtete sich kritisch im Spiegel. Eigentlich verlangte diese orientalische Farbenpracht nach Make-up. Nach kurzem Zögern griff sie zu einer getönten Tagescreme, verwendete einen Hauch Puder und dunkle Wimperntusche. Das Ergebnis gefiel ihr. Sie sah nicht übertrieben geschminkt aus, nur ... frisch.

Und erwartungsvoll.

Sie verließ das Schlafzimmer, holte im Vorbeigehen noch ein paar schwarze Samt-Ballerinas aus dem Schuhschrank und zog sie an. Während sie die Treppe hinunterlief, klingelte es an der Haustür.

Lass das jetzt bloß nicht Susanne sein, dachte sie, *sonst muss ich mir wirklich etwas einfallen lassen.* Dann öffnete sie die Tür.

Zum Glück war es nicht Susanne. Es war Ralf, der vor ihr stand, in Jeans, T-Shirt und einer langen Wildlederjacke. Über seiner Schulter hing ein Rucksack, aus dem oben der Hals einer Weinflasche herausschaute. Als er sie sah, verschwanden die beweglichen Augenbrauen fast unter dem Haaransatz.

»Meine Güte! Bin ich irgendwo falsch abgebogen?«

Miriam musste lachen. »Na, herzlichen Dank! Weißt du, so sehe ich aus, wenn ich mir tatsächlich mal Mühe gebe. Gefällt es dir nicht? Ich kann jederzeit wieder meine ausgebeulte Jeans und mein Malerhemd herausholen.«

»Um Gottes willen, nicht doch!« Er kam herein und schloss die Tür hinter sich. »Ich war nur ... überrascht.«

Er stellte den Rucksack ab, streckte die Hand aus und ließ sie in einer langen, sachten Liebkosung von ihrer Wange über ihren Hals hinuntergleiten. Verspätet fiel ihr ein, dass sie unter dem Kaftan überhaupt nichts anhatte. *Nicht der richtige Moment, um prüde zu sein,* flüsterte die altbekannte Stimme in ihrem Hinterkopf. *Schließlich hast du das Ding nur deswegen angezogen, damit er es dir wieder auszieht.*

Sie zog seinen Kopf zu sich herunter und küsste ihn. Ralf gab bereitwillig nach; sie spürte, wie er die Arme um sie legte, und schmiegte sich an ihn, während ihr ein Schauder reinen Vergnügens über den Rücken rieselte. Ihr Mund öffnete sich und sie trank seinen Atem in sich hinein. Seine Hand strich ihren Rücken hinauf und legte sich um ihren Nacken. Dann glitten seine Finger unter den bestickten Baumwollstoff, und Miriam hörte ganz am Rande ihres Bewusstseins, wie er einen kleinen, verblüfften Laut von sich gab.

Plötzlich schob er sie von sich – nicht unsanft, aber doch entschieden. Er atmete schnell und flach, als sei er einen steilen Berg hinaufgelaufen.

»Hör mal …« Er sprach mit gedämpfter Stimme und mit einem Unterton, von dem ihr die Knie weich wurden. Seine Augen waren so dunkel, dass sie fast schwarz wirkten. »Ich habe alle Zutaten für das Abendessen in meinem Rucksack, den Wein inbegriffen. Und ich bin ein verdammt guter Koch. Aber wenn ich jetzt nicht sofort in die Küche gehe …«

»Was ist dann?«

Miriam sprach dicht an seinen Lippen. Sie konnte sich nicht erinnern, dass sie sich jemals so lebendig und zuversichtlich gefühlt hatte.

»Dann bekommst du noch eine ganze Weile nichts zu essen«, erwiderte Ralf. Er lehnte die Stirn gegen ihre, und seine Hände liebkosten mit rastloser Zärtlichkeit ihren Nacken. »Also – wie hungrig bist du?«

Gar nicht, dachte sie, *jedenfalls nicht auf etwas, das du kochen könntest.* Aber bevor sie es aussprechen konnte, entschied sich ihr Magen, sie rücksichtslos Lügen zu strafen und knurrte unüberhörbar.

»Das darf doch nicht wahr sein.« Sie brach in haltloses Kichern aus.

Ralf holte tief Luft, dann grinste er. »Wann hattest du das letzte Mal etwas auf dem Teller?«

»Frühstück.« Miriam kicherte immer noch.

Er küsste sie leicht und neckend auf die Nase, dann bückte er sich nach dem Rucksack.

»Alles klar. Ich mach mich an die Arbeit. Hältst du noch eine knappe Stunde durch?«

»Ich will's doch hoffen.«

»Ich auch.« Und damit verschwand er in der Küche.

Miriam sah ihm nach und seufzte mit einer Mischung aus Belustigung und Bedauern. Sie beschloss, das Beste aus der Sache zu machen; sie würde nach oben gehen und noch einmal in ihre übliche Uniform aus Jeans und Hemd schlüpfen. Bis das Essen fertig war, blieb genug Zeit, eine kleine Runde mit Jacob zu drehen. Der Kaftan musste warten, bis sie wieder da war.

Es dauerte eine knappe Stunde, bis Miriam von ihrem Spaziergang nach Hause kam. Die Diele war von köstlichen Düften erfüllt, und Jacobs Näpfe mit Futter und Wasser standen neben der Garderobe. Er stürzte sich sofort mit Begeisterung darauf; sie überließ ihn dankbar sich selbst, ging rasch nach oben und zog sich zum zweiten Mal an diesem Tag um.

Als sie die Küche betrat, war der Tisch gedeckt. Ralf hatte Steaks gebraten; das Fleisch war innen noch rosig und wunderbar gewürzt, dazu gab es Ofenkartoffeln aus der Folie mit einer Creme aus Sauerrahm und Kräutern. Miriam wusste nicht, was sie mehr genoss – das Essen oder die Tatsache, dass sie den Mann, der ihr da gegenübersaß und der ihr ursprünglich so schroff, verschlossen und unhöflich vorgekommen war, kaum noch wiedererkannte.

Miriam hatte keine Ahnung gehabt, wie gut er erzählen konnte; die Anekdoten über seine Kunden, mit denen er sie unterhielt, waren voller Selbstironie und beißendem Witz. Sie revanchierte sich mit einem Bericht über ihre Abschlussprüfung an der Kunsthochschule in Hannover, bei der sie um ein Haar durchgefallen wäre, weil einer ihrer Professoren das eingereichte Bild irrtümlich für eine Kopie gehalten hatte. Sie imitierte seine Standpauke mitsamt Dialekt – »So jeht det nich, Frollein, Sie ham sich da janz klar bei Alan Lee bedient … det is, als wollte eener den ›Herrn der Ringe‹ jleich nochma schreim!« – und genoss es, ihn aus vollem Herzen lachen zu sehen.

Sie ließ sich von ihm ein zweites Mal Wein nachschenken und spürte, wie ihr das üppige Aroma mit dem herben Nachgeschmack von Johannisbeeren auf angenehme Weise zu Kopf stieg.

Mittlerweile war es draußen dämmrig; Miriam stand auf und zog die Gardinen vor die kleinen Sprossenfenster. Als sie sich umdrehte, stapelte Ralf gerade die Teller aufeinander und trug sie zur Spüle. Sie blieb, wo sie war und sah ihm zu, wie er den Tisch abräumte. Wie schon am Abend zuvor bewegte er sich so selbstverständlich in ihrer Küche, als sei er hier zuhause. Und je länger sie ihm zuschaute, desto mehr wusste sie, dass es stimmte. Er gehörte hierher, in dieses Haus.

Ralf stellte die Weingläser und die Flasche wieder auf die saubere Tischplatte und sah sie an. Seine Mundwinkel kräuselten sich zu einem kleinen, schrägen Lächeln, und für einen flüchtigen Augenblick hatte sie das merkwürdige Gefühl, dass er ihre Gedanken erriet. Er setzte sich wieder, goss sich einen Schluck Wein ein und trank.

Sie ging langsam zu ihm hinüber. Als sie dicht vor ihm stehen blieb, stellte er das Glas hin und legte die Hände um ihre Taille.

»Tu mir einen Gefallen«, sagte er leise. »Mach deinen Zopf für mich auf.«

Sie nahm die kleine Lederspange ab und zog die feste Flechte mit den Fingern auseinander. Dann breitete sie das Haar über den Schultern aus.

»Besser?«

»Viel besser.«

Sie beugte sich zu ihm hinunter und küsste ihn. Seine Lippen waren weich und einladend, und sie konnte den Wein auf seiner Zunge schmecken, als er den Kuss erwiderte und vertiefte. Seine Hände glitten von ihrer Taille ihre Seiten hinab und liebkosten ihre Hüften unter dem dünnen Baumwollstoff. Miriam spürte, wie eine Hitze in ihr aufstieg, die mit dem Alkohol nichts zu tun hatte. Deshalb protestierte sie auch nicht, als er nach dem Saum des Kaftans fasste und ihn langsam nach oben schob. Er lehnte sich auf dem Stuhl zurück und holte sie noch dichter zu sich heran, bis sie zwischen seinen Beinen stand.

Sie unterbrach den Kuss und sah ihm in die Augen. Sein Atem wehte warm über ihr Gesicht.

»Möchtest du vielleicht … nach oben gehen?«

»Liebend gern«, erwiderte er, »aber erst ein bisschen später. *Das* hier …«

Die Stofffalten hatten inzwischen ihre Hüften erreicht und rutschten noch ein kleines Stück höher.

»… das hier möchte ich schon den ganzen Abend tun. Ich musste ständig daran denken, während ich für dich gekocht habe.«

Ihre Hände legten sich über seine, dann ließ er den Kaftan los. Miriam zog ihn langsam aus und ließ ihn auf den Boden fallen. Ihr war überdeutlich bewusst, dass sie jetzt splitternackt im hellen Licht der Lampe stand. *Gott sei Dank sind die Vorhänge zu,* dachte sie – und dann floh jeder klare Gedanke, als der Mund Ralfs sich um eine ihrer Brustwarzen schloss. Sie ließ den Kopf nach hinten sinken und merkte, wie sie ins Schwanken geriet. Sofort legte sich ein Arm fest um ihre Mitte und hielt sie aufrecht.

»Danke …«, flüsterte sie.

Ralf lachte dicht an ihrer Haut. »Gern geschehen.«

Seine Zungenspitze fand die andere Brustwarze, und gleichzeitig wanderte seine freie Hand über ihren Bauch nach unten. Er atmete tief und stockend ein und hielt inne, als warte er auf ihre Erlaubnis. Mitten in ihrer wachsenden Erregung begriff sie, dass er ihr genau wie am ersten Abend die Wahl ließ, und der Teil ihres Verstandes, der noch funktionierte, konnte nicht anders, als darüber zu staunen. Aber nun übernahm ihr Körper die Regie; sie schloss die Augen und lehnte sich in seine Berührung hinein, und das war alles an Ermutigung, was er brauchte.

Sie spürte seine Finger, sanft und forschend und zielsicher; sie strichen über weiches, krauses Haar und streiften glatte Haut … und dann fanden sie die Stelle, an der all ihre Empfindungen zu einem brennenden Mittelpunkt zusammenliefen und drückten zu.

Miriam rang nach Luft, dann gaben die Knie unter ihr nach. Wieder wurde sie gehalten, mit einem raschen Schwung halb herumgedreht und auf seinem Oberschenkel abgesetzt. Er stützte ihren Rücken, die linke Hand in ihrem offenen Haar vergraben. Die ganze Zeit über setzte er seine Liebkosungen fort, manchmal so sacht wie ein Hauch, dann wieder fest und voller Nachdruck. Miriam stöhnte, schlang die Arme um seinen Hals und spürte seine Lippen, die eine hitzige Spur von ihrer Kehle bis hinauf zu ihrem Mund zogen … und dann glitten erst ein, dann zwei Finger in sie hinein und bewegten sich rasch und kraftvoll, während sein Daumen um den kleinen Knoten aus entflammten Nerven kreiste und sich dagegen presste, wieder und wieder und wieder …

»Lass dich fallen.« Sie hörte seine Stimme dicht an ihrem Ohr, dunkel und heiser. »Lass dich fallen, Miriam, ich fang dich auf.«

Ich falle nicht, dachte sie, *ich fliege.* Und dann schrie sie, schrie seinen Namen und flog und wirbelte und stürzte ins Bodenlose … aber seine Hände waren auf ihrer Haut und sein Kuss zog sie in ihren Körper zurück und machte ihrem freien Fall ein Ende.

Ihr Kopf lehnte an seiner Schulter und sie spürte, wie er ihren bloßen Rücken streichelte, während sie darauf wartete, dass ihr Atem sich beruhigte. War das gerade eben wirklich passiert?

»Du hast tatsächlich an … an *das hier* gedacht, während du in der Küche gestanden hast?«, fragte sie endlich. Es war merkwürdigerweise das Erste, was ihr in den Sinn kam, als sie ihre Sprache wiederfand, und er lachte leise in ihr Haar hinein.

»Die meiste Zeit«, gab er zu. »Aber ich hab mich zusammengerissen, sonst hätte ich dir dieses Ding schon viel eher ausgezogen, und die Steaks wären verbrannt. Ich hoffe, ich hab dich nicht allzu sehr überrumpelt.«

»Doch ... ziemlich.«

Überrumpelt, überwältigt, ihr den Atem geraubt, alles auf einmal.

»Aber es hat mir gefallen.«

Der Stoff seines Hemdes strich über ihre Wange, als sie den Kopf drehte und ihn ansah, und sie runzelte die Stirn. »Wieso bin ich eigentlich nackt und du nicht?«

»Weil ich viel zu beschäftigt war, um mich auszuziehen. Aber so langsam wäre der richtige Moment, um das zu ändern ... genau genommen wird es höchste Zeit.«

Ralf ließ sie sanft von seinem Schoß gleiten, stand auf und strich ihr die zerzausten Locken aus dem Gesicht.

»Können wir vielleicht *jetzt* nach oben gehen?«

Miriam lachte, legte ihm die Hände auf die Brust und küsste ihn. »Aber sicher.«

Feenmond – Wolfsträume

Im Mai

Wenn Miriam Trautwein in späteren Jahren auf diesen Abschnitt ihres Lebens zurückblickte, sah sie die nächsten Wochen immer besonders deutlich vor sich ... eine Zeitspanne, so hell, strahlend und voller Zuversicht, dass sie jeden neuen Tag begrüßte wie ein unverhofftes Geschenk.

Es hatte ihr nie viel ausgemacht, allein zu sein; tatsächlich hatte sie ihre Ruhe immer genossen und sich das Recht vorbehalten, sich nötigenfalls zurückzuziehen ... auch wenn sie das zuweilen arrogant und eigenbrötlerisch aussehen ließ. Sie wusste, wie gefährlich Einsamkeit werden konnte. Deshalb hatte sie darauf geachtet, sich hier im Schwarzwald ein – wenn auch kleines – Netzwerk aus Menschen aufzubauen, die sie mochte und denen sie vertraute. Ein Mann war in ihrer Planung allerdings nie vorgesehen gewesen – schon gar nicht nach dem Desaster mit Karsten.

Und jetzt wachte sie jeden Morgen neben diesem Mann auf, der so völlig unerwartet in ihr Leben getreten war. Sie frühstückte mit ihm und stand am Fenster, wenn er in den alten Lieferwagen stieg, um in seine Werkstatt über dem Seebachtal zu fahren. Dort verbrachte er die meiste Zeit des Tages, während sie an ihrem Zeichentisch arbeitete, mit Jacob ihre Runden drehte oder ins Dorf hinunterfuhr, um dort einzukaufen. In den ersten zwei Wochen kam er erst spät zurück, weil die Restauration eines Intarsienschreibpultes aus dem 18. Jahrhundert ihm Kopfzerbrechen bereitete und ihn bis weit über die normale Zeit hinaus beschäftigte; kurz entschlossen zeigte ihm Miriam, wo der Ersatzschlüssel versteckt war.

Von da an registrierte sie mehrmals mitten in der Nacht, dass er zu ihr ins Bett schlüpfte und sie in die Arme nahm. Dann legte sie den Kopf an seine Brust, murmelte seinen Namen und nickte wieder ein, seinen langsamen, regelmäßigen Herzschlag an der Wange. Oder sie spürte im Unterbewusstsein seine Hände, die blind und zärtlich die Hügel und Täler ihres Körpers nachzeichneten, und erwachte herzklopfend in einer Dunkelheit, die erfüllt war von der Wärme seiner Haut und dem Klang seiner Stimme.

Sie verbrachten das Osterfest gemeinsam, wanderten um den Glaswaldsee und zum Burgbachwasserfall. Es mochte Zufall sein, dass sie dabei niemandem begegneten, aber in gewisser Weise war Miriam froh darüber; was sie gefunden hatte, war so neu und so kostbar, dass sie keine Lust hatte, es mit irgendjemandem zu teilen. Nach wie vor schrieb sie jede Woche eine lange E-Mail an Britta, aber sie erwähnte Ralf darin genauso wenig wie Susanne gegenüber.

Merkwürdigerweise war es Ralf, der das Thema ansprach. Die Osterferien gingen zu Ende und der nächste Kursabschnitt an der Volkshochschule stand an. Susanne hatte sich angewöhnt, Jacob zu füttern und spazieren zu führen, wenn Miriam nach Freudenstadt fuhr, und sie hatte ebenso wenig eine Ahnung von der neuesten Entwicklung der Dinge wie der Rest von Finkenweiler.

»Sag mir die Wahrheit«, meinte er, als sie am Freitag Abend mit einem Glas Wein in der Stube saßen. »Möchtest du nicht, dass die Leute unten im Dorf über uns Bescheid wissen?«

Sie betrachtete ihn stirnrunzelnd. »Wie kommst du darauf?«

»Vielleicht ist es ja mein Ruf, der dir Sorgen macht.«

Er nahm einen Schluck Wein. Sein Gesicht wirkte ruhig und gelassen, aber die Falte zwischen seinen Augenbrauen war eine scharfe, senkrechte Kerbe.

»Wieso das denn? Weil du allein da oben auf deinem Hof gelebt hast, dich vom Dorftrubel fernhältst wie ein Einsiedler und für deine Arbeit angemessene Preise nimmst?«

»Das auch … und wegen der alten Geschichten.«

Miriam seufzte. »Als Susanne mir gesagt hat, dass du vor ein paar Wochen hierhergekommen bist, während ich in Freudenstadt war, habe ich ihr von Oma Annas Aussteuertruhe erzählt. Es dauerte nur ein paar Tage, bis ganz Finkenweiler angefangen hat, die Tatsache durchzuhecheln, dass du ausgerechnet für die Erbin des Trautweinhofs gearbeitet hast.« Sie stellte ihr Glas hin, langte quer über den Tisch und nahm seine Hand. »Ich kenne die Menschen hier, seit ich ein Kind bin, aber das gibt ihnen nicht das Recht, sich in mein Leben einzumischen … und ich bin inzwischen eine erwachsene Frau, Ralf. Ich werde doch noch selbst entscheiden dürfen, mit wem ich ins Bett gehe!«

»Sehe ich genauso – so lange *ich* derjenige bin, mit dem du ins Bett gehst.« Er lächelte schief und küsste ihre Finger.

»Egoist!« Miriam lachte. »Aber jetzt ganz im Ernst – ich möchte nicht, dass der Tratsch und die ›alten Geschichten‹ dir das Leben schwermachen. Deshalb habe ich das Ganze nicht an die große Glocke gehängt … und ich schwöre, das ist der einzige Grund.«

Seine Augen blickten weich, und die Falte war verschwunden.

»Aber Susanne solltest du es trotzdem sagen«, meinte er. »Ich glaube, sie wäre ziemlich sauer, wenn sie es zufällig herausfindet.«

Es wurde Anfang Mai, bis Miriam Susanne endlich reinen Wein einschenkte. Ihre Freundin kam mit guten Nachrichten zum Trautwein-Hof; nicht nur hatte Andreas sie gerade zum zweiten Mal zum Essen eingeladen – und diesmal ganz ohne einen Schubs von dritter Seite –, er hatte ihr auch ein Kompliment für ihre Arbeit an der Webseite des Parks gemacht.

»Aber das Beste kommt noch!«, sagte Susanne, die über das ganze Gesicht strahlte und in Miriams Küche hin und her lief, weil sie vor Aufregung nicht stillsitzen konnte. »Gestern hatte ich meine Haare geflochten, und als ich gerade wieder nach Hause fahren wollte, da sagt er plötzlich meinen Namen, schaut mich ganz eigenartig an und meint: ›Die Zöpfe sind hübsch – aber am besten gefällt es mir, wenn du die Haare offen trägst.‹« Sie schaute Miriam an; ihre Unterlippe bebte ganz leicht. »Weißt du, wie sich das anfühlt, wenn jemand, den du schrecklich gern hast, dich endlich bemerkt?«

»Ja«, sagte Miriam sanft. »Und wie ich das weiß.«

Draußen war plötzlich ein Motorengeräusch zu hören. Sie ging zum Fenster und sah, wie der Lieferwagen zwischen ihrem Mercedes und Susannes Fiat zum Stehen kam. Ralf stieg aus und blickte fragend zu ihr herüber. Sie zuckte lächelnd die Achseln und beobachtete, wie er in Richtung Haustür steuerte. Also war das wohl der Augenblick der Wahrheit.

»Oh!« Susanne, die sich endlich an den Tisch gesetzt hatte, sprang sofort wieder auf. »Erwartest du Besuch?«

»Nein«, sagte Miriam. Jetzt wurde sie doch ein klein wenig nervös. »Besuch würde ich das nicht nennen.«

Die Haustür wurde aufgesperrt, und Jacob veranstaltete in der Diele sein übliches Begrüßungsritual.

»Mach nicht so einen Aufstand, Großer!«

Das war Ralfs Stimme; zu ihrer Erleichterung klang sie gelassen und gutgelaunt. Einen Moment später kam er in die Küche.

»Hallo, Miriam!«, sagte er.

Er ging zu ihr herüber, nahm sie in die Arme und küsste sie.

Miriam erstarrte, aber nur einen Wimpernschlag lang. Dann erwiderte sie den Kuss, fasste nach seiner Hand und kniff ihn kurz, aber nachdrücklich in den Daumen.

Hinter ihr ertönte ein dumpfer Laut; Miriam drehte sich um und stellte fest, dass Susanne mit einem Plumps wieder auf dem Stuhl gelandet war. Ihr Mund stand halb offen.

»Grüß Gott, Susanne!«, sagte Ralf. »Schön, dich zu sehen – geht's dir gut?«

Susanne schluckte hörbar. »Grüß Gott, H... Herr Markward. Ja, mir geht's ... mir geht's gut.«

Miriam erbarmte sich ihrer.

»Ralf, das war ein bisschen gemein«, sagte sie. »Tust du mir den Gefallen und lässt Jacob an die frische Luft? Dann hat Susanne die Gelegenheit, sich von ihrem Schrecken zu erholen. Und sie kann sich überlegen, ob sie mit uns essen möchte.«

»Mach ich gern.«

Ralf warf Susanne einen lächelnden, leicht boshaften Blick zu, ging hinaus und schloss die Tür hinter sich.

Es war eine ganze Weile still.

Miriam ging an den Kühlschrank, holte das Putenfleisch heraus, das sie heute Nachmittag mariniert hatte, und suchte die Zutaten für den Salat zusammen, den sie machen wollte. Paprika, Käse, eine Dose Mais.

»Miriam.«

Susanne stand neben ihr. Sie sah aus, als sei sie vollkommen durcheinander.

»Du ... und *Ralf Markward?*«

»Es sieht ganz so aus.« Miriam wusch die Paprika ab und nahm das Schneidebrett von der Wand. »Nach fast drei Wochen fange ich auch allmählich an, es zu glauben – und das wolltest du doch sicher als Nächstes fragen, nicht? Wie lange das schon geht?«

»Ja, wahrscheinlich.« Susanne räusperte sich. »Wie ... Ich verstehe nicht ... Wieso hast du ... Wieso habt ihr ...«

»Er hat mir mit der Truhe geholfen«, sagte Miriam, »aber das weißt du ja schon – und ganz Finkenweiler mittlerweile auch.«

Sie konnte sich den Seitenhieb nicht verkneifen, und Susanne fuhr leicht zusammen.

»Ich hab's bloß meinem Vater erzählt«, meinte sie etwas kleinlaut. »Tut mir echt leid, Miriam. Ich wusste doch nicht, dass die Geschichte in seinem Stammtisch die Runde macht.«

»Und im Frauenkreis«, ergänzte Miriam. »Gleich zwei ideale Gerüchteküchen auf einmal. Ralf hat meine Großmutter gut gekannt und sehr gern gehabt. Als das Hauptgebäude des Trautweinhofes vor neunundzwanzig Jahren abgebrannt ist, hat er die Truhe herausgeholt, weil sie ihm ein paar Tage zuvor den alten Brautkranz darin gezeigt hatte. Er wäre fast erstickt dabei, und zum Dank hat sich das ganze Wolftal das Maul über ihn zerrissen ... Dein Vater wahrscheinlich auch.«

Sie setzte sich an den Tisch und fing an, die Paprika in Würfel zu schneiden.

»Ich weiß nicht, was für einen Ruf seine Familie hier hat – dazu bin ich nicht lange genug da, und es interessiert mich auch nicht wirklich. Er mag ein Außenseiter sein und wie ein Einsiedler gelebt haben, aber in den letzten Monaten ist er mein Freund geworden. Und jetzt ist es einfach ... mehr.«

Susanne setzte sich neben sie.

»Das mit dem Hof deiner Oma ist passiert, da war ich noch gar nicht geboren«, sagte sie. »Und alles, was ich über die Markwards weiß, ist, dass es sie irgendwie immer schon gegeben hat, seit Hunderten von Jahren ... aber ständig im Hintergrund, ständig abseits von den anderen. Die Leute bekommen bloß immer so einen merkwürdigen Gesichtsausdruck, wenn es um diese Familie geht – als gäbe es da irgendwas, aber niemand will es sagen.« Sie warf Miriam einen scheuen Seitenblick zu. »Wieso ... wieso magst du ihn so sehr?«

Miriam legte das Messer hin und dachte nach.

»Er kann still sein, wenn ich schweigen möchte«, sagte sie endlich. »Und ich kann mit ihm reden, über viele Dinge. Er bringt mich zum Lachen. Er ... wenn er bei mir ist, dann fühle ich mich ... vollständig.«

»Wenn ich heute nicht zufällig vorbeigekommen wäre, hättest du es mir dann bald erzählt?«

»Ja, sicher.« Miriam stand auf. »Ich habe nicht gern Geheimnisse vor dir. Du bist meine Freundin.« Sie nahm das Brett mit den Paprikawürfeln und leerte es in die Salatschüssel. »Bleibst du zum Abendessen?«

»Kann ich nicht. Papa erwartet wieder mal eine riesige Reisegruppe aus Hamburg und braucht mich als Aushilfe.« Susannes Stimme klang, als tue es ihr wirklich leid. »Ein anderes Mal, ganz bestimmt.« Sie kam zu Miriam herüber und küsste sie auf die Wange. »Ich werde es keinem verraten«, sagte sie, »es sei denn, du möchtest, dass ich es tue. Irgendwann wird euch mal jemand zusammen sehen, und dann kommt es sowieso heraus. Aber bis dahin halte ich den Mund, versprochen.«

Sie ging hinaus. Miriam hörte, wie sie in der Diele etwas sagte, und wie Ralf antwortete. Dann fiel die Haustür zu.

Kurz darauf kam Ralf zum zweiten Mal an diesem Abend in die Küche, und sie trat geradewegs in seine Umarmung hinein. Er drückte sie fest an sich; sie vergrub das Gesicht in seinem T-Shirt und schloss die Augen.

»Alles in Ordnung?« Er sprach leise und behutsam.

Miriam nickte. »Weißt du, was sie mich gefragt hat? Sie wollte wissen, wieso ich dich so sehr mag.«

Sie spürte, wie sich sein Brustkorb hob, als er tief einatmete. »Was hast du gesagt?«

Sie öffnete die Augen und sah ihn an. »Ich habe gesagt, dass ich mich vollständig fühle, wenn du bei mir bist. Und das ist die Wahrheit.«

»Miriam.« Es war ein Seufzer und eine Liebkosung, beides zugleich. Er legte die Wange auf ihr Haar, und sie überließ sich seiner Kraft und seiner Wärme, unendlich dankbar dafür, dass es ihn gab.

In dieser Nacht träumte sie zum ersten Mal von den Wölfen.

Sie stand am Gehege des Parks; die Landschaft war still und silbern vom Licht eines Vollmondes, der am Himmel hing wie eine riesige Lampe. Direkt vor ihr sah sie die drei Wölfe. Sie waren keinen Meter von dem hohen Zaun entfernt, angespannt und vollkommen reglos. Es dauerte eine Weile, bis sie begriff, dass die Tiere sie überhaupt nicht wahrnahmen. Sie schauten an ihr vorbei, auf etwas, das sich hinter ihr befand.

Sie drehte sich um und blickte direkt auf den mit dem hohen, gewölbten Gitter eingezäunten Übergang zwischen dem Wolf- und dem Bärengehege. Dort stand noch ein Wolf.

Er war deutlich größer als die anderen. Sein Fell wirkte im unirdischen Licht dieser Nacht fast schwarz, aber seine Augen waren von einem heißen, intensiven Gelb. Und er sah sie an.

Merkwürdigerweise fürchtete sie sich nicht. Sie streckte die Hand nach dem großen Tier aus und machte einen Schritt in seine Richtung ... und dann drehte der Wolf ab, sprang mit langen Sätzen davon und verschwand.

Miriam wachte kurz auf, hörte Ralf neben sich ruhig atmen und schlief wieder ein.

Am nächsten Morgen konnte sie sich kaum noch an den Traum erinnern, und sie hätte ihn wohl ganz vergessen, wenn er nicht in den folgenden Nächten wiedergekommen wäre ... und es blieb nicht der einzige Wolfstraum.

Manchmal stand sie mitten im Wald und sah den Wolf an sich vorüberhetzen, und dann lief sie ihm nach und wurde

Zeuge, wie er Beute machte Die Jahreszeiten wechselten im Verlauf dieser Träume, manchmal war der Wald licht und freundlich. wie im Frühling, manchmal feucht und kühl und schwer von Herbstgeruch. Dann wieder fand sie sich im Tiefschnee wieder und folgt den Fußspuren der großen Pfoten auf eine Lichtung, wo der Wolf auf sie wartete und sie schweigend anschaute. Meistens war er allein, aber es kam auch vor, dass die drei Tiere aus dem Park ihn begleiteten, als wären sie sein Rudel.

Im unheimlichsten Traum von allen kam der Wolf zuerst gar nicht vor. Darin stieg sie die Treppe in einen tiefen Keller hinunter. Er war vollkommen leer, bis auf eine Pritsche an der Rückwand. An der Decke brannte eine starke Lampe, und seitlich waren dicke, schwere Metallringe in die Mauern eingelassen, an denen Ketten hingen. Neben einem dieser Ringe war etwas in die Wand geritzt – schiefe Buchstaben, die aussahen wie von Kinderhand geschrieben: *ich will nicht mehr so sein MAMA mach das es aufhört.* Sie hörte das Tapsen von Pfoten auf den Stufen hinter sich. Als sie sich umdrehte, sah sie den Wolf. Sie wunderte sich, dass er ihr ins Haus gefolgt war, und erstarrte in einer Mischung aus Angst und Faszination, während er immer näher kam. In dem kleinen Kellerraum wirkte er gewaltig. Als er dicht vor ihr stand, hob er plötzlich den Kopf und heulte. Sie stolperte in jähem Schrecken rückwärts, prallte gegen das Fußende der Pritsche und fiel, und dann wurde die Welt rings um sie herum dunkel.

Miriam fuhr schwer atmend hoch, den Herzschlag im Mund. Sie zog die Knie an die Brust und spürte, dass sie am ganzen Körper zitterte. Neben ihr regte sich Ralf, dann legte sich eine Hand auf ihre nackte Schulter, und als sie den Kopf drehte, sah sie den Schimmer seiner Augen in der Dunkelheit.

»Miriam? Alles in Ordnung?«

Sie antwortete nicht. Die Schrift an der Wand tanzte immer noch vor ihrem inneren Auge. Sie war kurz davor, in Tränen auszubrechen, und rang mühsam um Fassung.

Er setzte sich auf und nahm sie in die Arme. Sie klammerte sich an ihn. Was war das für ein Kind, das in einem Keller mit Ketten an den Mauern eingesperrt saß und Hilferufe nach seiner Mutter an die Wand schrieb – und wieso träumte sie davon? Erneut rann ihr ein eiskalter Schauder den Rücken hinunter und sie merkte, dass ihre Zähne wie im Schock aufeinanderschlugen.

Ralf, der sie immer noch festhielt, neigte sich leicht nach links und knipste die Nachttischlampe an. Warmes, gedämpftes Licht erhellte das stille Zimmer.

Er schob sie leicht von sich und seine Lippen wurden schmal, als gefalle ihm überhaupt nicht, was er in ihrem Gesicht sah.

»Was hat dich so durcheinandergebracht?«

Sie ließ die Stirn gegen seine Schulter sinken und sog den vertrauten Geruch seiner Haut ein; er wirkte wie ein Gegenmittel und ließ ihr Entsetzen ganz allmählich abklingen.

»Ein Alptraum ...«, murmelte sie. »Und er kam mir so *wirklich* vor, ich dachte ...«

»Was war es?« Er strich ihr das Haar zurück und zupfte die Locken sanft mit den Fingern auseinander. »Erzähl es mir.«

»Da war ein Keller. Und eine Schrift an der Wand, wie von einem Kind ...« Sie stellte fest, dass sie nicht weitersprechen konnte, schüttelte stattdessen hilflos den Kopf und fing endlich doch noch an zu weinen.

»Miriam, nicht ... ist ja schon gut.« Er wiegte sie sachte hin und her. »Schsch ...«

Es dauerte eine ganze Weile, bis ihre Tränen versiegten. Ralfs Hände, seine Stimme und seine tröstliche Gegenwart sorgten schließlich dafür, dass sie sich beruhigte. Die Bilder drehten sich allerdings weiter in ihrem Kopf.

Als Ralf neben ihr irgendwann wieder in den Schlaf hinüberglitt, sah sie ein, dass sie selbst wahrscheinlich nicht so viel Glück haben würde. Sie löste sich aus seinen Armen und setzte sich auf die Bettkante.

»Wo willst du hin?« Er schreckte hoch und streckte erneut die Hand nach der Nachttischlampe aus.

»Nein – mach das Licht nicht an. Ich geh und koch mir einen Tee.«

»Brauchst du mich?«

»Zum Teekochen?« Miriam seufzte. »Wohl kaum – außerdem reicht eine schlaflose Nachteule voll und ganz. Du willst doch morgen das fertige Schreibpult nach Mannheim zu deinem Kunden bringen. Dann solltest du auf der Fahrt besser fit sein.«

Sie strich mit einem Finger über seine Wange und küsste ihn. Dann stand sie auf, schlüpfte in den Morgenmantel und ging leise hinaus.

Unten goss sie sich eine Kanne Früchtetee auf und ließ sich mit einer Wolldecke in Oma Annas geliebtem Ohrensessel nieder. Sie trank zwei Tassen von dem aromatischen Gebräu, dankbar für die Wärme. Langsam fühlte sie sich wieder im Gleichgewicht ... den Keller mit der grellen Lampe, die Pritsche, die Ketten und vor allem die verstörende Schrift an der Wand konnte sie trotzdem nicht vergessen: *ich will nicht mehr so sein MAMA mach das es aufhört ...*

Sie fragte sich, ob die ganze Sache nur ihrem Unterbewusstsein entsprungen war, das in letzter Zeit ständig Wölfe durch ihre Träume geistern ließ ... oder ob es den Ort, den sie gesehen hatte, vielleicht wirklich gab, ebenso wie das Kind. Hoffentlich nicht.

Gegen Morgengrauen nickte sie in dem Sessel ein und schlief endlich so tief und fest, dass sie nicht mitbekam, wie Ralf das Haus verließ. Als sie aufwachte, war es fast neun. Sie schälte sich aus der Decke und ging hinüber in die Küche. Auf dem Tisch stand ein Gedeck für sie bereit, dahinter die Thermoskanne der Kaffeemaschine. Auf dem Teller lag ein Zettel.

Wenn es heute in Mannheim zu lange dauert, dann hänge ich noch einen Termin in der Gegend dran und übernachte dort. Morgen früh fahre ich dann direkt in die Werkstatt, aber nachmittags bin ich wieder bei dir.

Jacob ist noch im Gästezimmer.

R.

Natürlich. Jacob hatte es gestern wieder einmal unerklärlicherweise mit der Angst zu tun bekommen, als Ralf nach Hause kam, und seitdem hatte er sich geweigert, die kleine Schlafkammer zu verlassen. Miriam warf der Thermoskanne einen sehnsüchtigen Blick zu und ging hinauf, um ihren Hund aus seiner freiwilligen Gefangenschaft zu erlösen.

Jacob war offensichtlich sehr erleichtert, sie zu sehen. Er schoss an ihr vorbei den Flur hinunter und über die steilen Stufen ins Erdgeschoss, wo er ungeduldig vor der Haustür darauf wartete, dass sie ihn hinausließ. Sie sah ihm zu, wie er ins Freie stürmte, und warf einen Blick auf den Kalender an der Wand.

Es war der 17. Mai … und heute war Vollmond.

Vielleicht habe ich deshalb so fürchterlich schlecht geträumt, dachte Miriam. *Bloß gut, dass diese Nacht vorbei ist.*

Gegen Mittag kam der Postbote mit einem Paket. Miriam, die sich immer noch wie gerädert fühlte, öffnete die Schachtel, wühlte sich durch jede Menge Styroporchips und merkte, wie ihr Gesicht sich an diesem Tag das allererste Mal zu einem freudigen Lächeln verzog.

Vor ihr lag die in rotes Leinen gebundene Nobelausgabe von »Hic sunt Dracones«, dem Fantasybuch mit

Drachenillustrationen, zu dem sie vor fünf Jahren ein Dutzend Zeichnungen beigetragen hatte. Der Verlag feierte in wenigen Wochen sein 50-jähriges Bestehen, und ihr Verleger hatte beschlossen, sich zu diesem Jubiläum richtig Mühe zu geben.

Das Buch war wunderschön. Den Deckel schmückte ein in Gold geprägter Drache, und während sie es Seite für Seite durchblätterte, entdeckte sie ihre eigenen Entwürfe wieder wie alte Freunde. Sie hätte ihre Begeisterung gerne geteilt – am liebsten mit Ralf –, aber das würde bis zum nächsten Tag warten müssen. Vielleicht konnte sie heute Nachmittag zum Park hinausfahren und Susanne überraschen.

Sie packte das Buch wieder in den Karton, und ihr Blick fiel auf das »Urteil des Paris«, das in einer Klarsichthülle auf dem Zeichentisch lag. Das Bild war endlich vollständig.

Der junge trojanische Prinz war darauf zu sehen, ein hübscher Junge, der Aphrodite demütig den goldenen Apfel hinhielt. Die Göttin betrachtete ihn lächelnd; sie hatte nie daran gezweifelt, dass dieser Preis ihr zustand, und das war ihrem lieblichen Gesicht auch deutlich anzumerken. Hera stand daneben, ihre Haltung würdevoll, aber ein wenig resigniert, als hätte auch sie mit diesem Ausgang des Wettbewerbs durchaus gerechnet. Bei beiden Frauen hatte Miriam so gut wie nichts ändern müssen; nur die Gestalt der Pallas Athene war neu.

Anders als zuvor drehte sie dem Betrachter jetzt den Rücken zu und starrte über die Schulter den Prinzen an, der ihre Erwartungen so bitter enttäuscht hatte. Ihr Gesicht war hart, wie aus Marmor gemeißelt, aber in den Augen unter dem goldenen Helm flammte siedende Wut. Miriam hatte Kunstbände gewälzt und sich mehrere klassische Skulpturen als Inspiration gesucht, aber entscheidend dafür, dass der Knoten letztendlich platzte, war das, was Ralf gesagt hatte, als er den halbfertigen Entwurf ein paar Tage nach ihrer ersten gemeinsamen Nacht in der Hand gehalten hatte.

»Dieser Athene hat doch auch die Medusa ihre Verwandlung zu verdanken, oder?«, hatte er gefragt und einen Seitenblick auf das Bild geworfen, das an der Wand hing.

Als Miriam nickte, legte er den Entwurf wieder auf den Zeichentisch zurück.

»Sie ist absolut von sich überzeugt«, meinte er. »Nur das, was *sie* für richtig hält, ist auch richtig, und wer ihr in den Weg gerät, wird vernichtet. Troja geht eigentlich nur aus einem Grund in Flammen auf – weil ein dummer Junge im falschen Moment mit dem falschen Körperteil denkt, und weil er nicht begreift, wie gefährlich diese Frau ist, wenn sie hasst.«

»Das ist ein hartes Urteil über die Göttin der Weisheit«, sagte Miriam.

»Weisheit ohne Mitgefühl ist nicht weise, sondern erbarmungslos«, erwiderte Ralf, und ein Schatten huschte über sein Gesicht. »Wer sich weigert, unter die Oberfläche zu sehen, der wird zur Gefahr – und als Göttin noch viel mehr, würde ich sagen.«

Jetzt lag das Bild als gescannte Version in Hamburg, und Miriams Arbeit an dem Band über griechische Sagengestalten war abgeschlossen. Sie musste sich schon lange kaum noch Sorgen über ausbleibende Aufträge machen, aber jetzt hatte sie zum ersten Mal seit Monaten freie Zeit, mit der sie anfangen konnte, was sie wollte. Vielleicht würde sie sich endlich einmal wieder an der Landschaftsmalerei versuchen – Motive gab es in ihrer neuen Heimat wahrhaftig genug. Oder sie konnte Britta besuchen, die sich in ihren E-Mails zunehmend ungeduldig anhörte ... was wahrscheinlich daran lag, dass Miriams Antworten im Moment sehr knapp und wenig aussagekräftig ausfielen.

Miriam rief Susanne im Büro an und verabredete sich mit ihr im Wolf- und Bärenpark. Dann ging sie duschen und zog sich an; als sie im Schlafzimmer das Bett machen wollte, entdeckte sie, dass Ralf sein Handy auf dem Nachttisch liegen gelassen hatte. Zu dumm – jetzt konnte sie ihn bis morgen Mittag nicht mehr erreichen.

Miriam ging hinunter und warf ihrem Spiegelbild in der Diele einen leicht ironischen Blick zu. *Bin ich schon so bedürftig?,* dachte sie. *Ich werde es doch wohl noch einen Tag ohne ihn aushalten!*

Es war halb vier, als Miriam in Schapbach eintraf. Sie wurde mit großem Hallo begrüßt, und zwar nicht nur von Susanne, sondern auch von Andreas. Susanne trug ihr Haar offen – was nicht weiter überraschend war – und zum ersten Mal, seit Miriam ihn kannte, verzichtete Andreas auf jeden Versuch, mit ihr zu flirten. Sie tranken gemeinsam Kaffee und verbrachten eine sehr angenehme Stunde zu dritt. Der Prachtband wurde gebührend bewundert, und als Miriam wieder nach Hause fuhr und den beiden zum Abschied von der Rampe aus zuwinkte, sah sie, wie Andreas ganz selbstverständlich nach Susannes Hand griff.

Vielleicht war das der Grund, weshalb sie nach dem Abendessen allein in ihrer Küche einen spontanen Entschluss fasste. Sie holte eine einfache weiße Briefkarte aus der Schreibtischschublade und griff nach einem Stift. Nach kurzem Zögern schrieb sie: *Ich wollte dir nur zeigen, dass ich auch noch etwas anderes hinkriege als rachsüchtige Göttinnen. Danke, dass du letzte Nacht für mich da warst. Ich vermisse dich. M.*

Sie legte die Karte unter den Buchdeckel des Drachenbuches und steckte es in eine große Einkaufstüte. Dann fütterte sie Jacob und machte einen kurzen Spaziergang mit ihm. Sie wartete, bis er es sich auf seiner Hundedecke in der Stube bequem gemacht hatte, bevor sie ihn allein ließ, die Haustür hinter sich abschloss und in den Geländewagen stieg.

Mittlerweile ging es auf neun zu; die Sonne berührte den Horizont, und dort, wo ihre Strahlen den Himmel nicht mehr färbten, war er von einem blassen, kühlen Blau. Sie fuhr über den Fluss und in die Seebachstraße hinein, bis sie das Hinweisschild und die Abbiegung zum Markwardhof erreicht hatte. Zehn Minuten später rollte der Wagen auf die Lichtung.

Sie parkte, nahm das Buch vom Beifahrersitz und stieg aus.

Das Hofgebäude war vollkommen dunkel, Ralfs Lieferwagen nirgendwo zu sehen. Miriam ging zur Haustür, lehnte die Tüte gegen das massive, in Jahrhunderten verwitterte Holz und richtete sich wieder auf. Es war so still, dass sie den Wind hören konnte, der die Wipfel der Tannen bewegte. Als sie sich umdrehte und gerade zum Auto zurückkehren wollte, fiel ihr auf, dass sich dahinter irgendetwas bewegte. Die Sonne war vor wenigen Minuten ganz untergegangen und der Schatten des Hauses machte es ihr schwer, deutlich zu erkennen, was es war.

Ein Schemen richtete sich auf der Fahrerseite auf; es kam ihr so vor, als spähe er durch das Fenster in den Wagen. Dann duckte er sich wieder, und im nächsten Moment schoss etwas, das langgestreckt, dunkel und sehr groß war, fast ohne jedes Geräusch quer über die Lichtung und verschwand unter den Bäumen am Waldrand.

Miriam stand vollkommen reglos; sie spürte ihren Herzschlag in den Fingerspitzen, und ganz plötzlich wurde ihr kalt. Es kostete sie nicht wenig Mut, sich in Bewegung zu setzen und auf den Mercedes zuzugehen. Endlich hatte sie ihn erreicht, umrundete das Heck und stand vor der Fahrertür. Als sie sah, was sich auf der Scheibe befand, erstarrte das Blut in ihren Adern zu solidem Eis.

Zwei Abdrücke im Abstand von vielleicht vierzig Zentimetern, so deutlich, dass kein Irrtum möglich war: Pfotenballen und Zehen von einem großen Tier, das sich direkt neben der Tür aufgerichtet und am Glas abgestützt haben musste, bevor es wieder auf alle viere zurückfiel und davonrannte.

Sie öffnete die Tür und rutschte hastig auf den Fahrersitz. Dann schlug sie die Tür wieder zu und betätigte die Zentralverriegelung. Der Zündschlüssel steckte noch; sie drehte ihn und hörte mit unendlicher Erleichterung, dass der Wagen ansprang. Sekunden später hatte sie in großem Bogen gewendet und raste in riskantem Tempo den schmalen Zufahrtsweg hinunter.

Fahr langsamer, sagte die Stimme in ihrem Hinterkopf, die sich immer dann meldete, wenn Miriam sie am allerwenigsten gebrauchen konnte. *Bloß weil du dir irgendwelche Schwachheiten einbildest, musst du dich nicht umbringen.*

Aber die Pfotenabdrücke waren immer noch da; sie konnte sie aus dem Augenwinkel sehen und hätte am liebsten das Gaspedal bis zum Anschlag durchgetreten. Erst als sie die Seebachstraße erreicht hatte, wagte sie es zu bremsen und würgte prompt den Motor ab.

Ihre Hände am Lenkrad waren schweißnass, und ihr Atem ging rasch und keuchend. Wieder warf sie einen vorsichtigen Blick auf die Seitenscheibe und biss die Zähne gegen eine erneute Panikattacke zusammen.

Vielleicht war es ein streunender Hund, sagte die Stimme; sie klang schwach und zweifelnd. *Vielleicht ist er von irgendeinem der Aussiedlerhöfe in der Gegend abgehauen.* Und dann, etwas energischer: *Was soll es denn sonst gewesen sein, verdammt noch mal?*

Miriam brachte den Motor wieder in Gang und fuhr in sehr gemäßigtem Tempo nach Hause. Zum ersten Mal seit Wochen schloss sie, als sie glücklich in der Diele stand, nicht nur die Türe ab, sondern schob auch den Riegel vor. Dann ging sie in die Stube, kniete sich neben Jacobs Hundedecke auf den Boden und streichelte ihn, bis wieder etwas Wärme in ihre Hände zurückgekehrt war.

Ins Bett zu gehen war so ziemlich das Letzte, was sie wollte. Sich hinzulegen würde bedeuten, dass sie einschlief, und einzuschlafen würde heißen, dass sie träumte. *Alles, nur keine Träume mehr … vor allem nicht von Wölfen.*

Am Ende verbrachte sie die zweite Nacht hintereinander in Oma Annas Ohrensessel, die Wolldecke über den Knien. Sie tat fast kein Auge zu, aber auch ohne Träume sah sie immer wieder dieselben Bilder an sich vorüberziehen … die dunkle Gestalt hinter dem Wagen, die sich aufrichtete und dann über die Lichtung davonschoss. Die Abdrücke auf der Scheibe. Den Keller aus ihrem Traum, die Kinderschrift an der Wand und den riesigen Wolf, der den Kopf hob und heulte. All das gehörte irgendwie zusammen, auch wenn sie das Muster noch nicht enträtseln konnte.

Und genau das war es, was ihr solche Angst machte.

Lichtmond – Der Fluch

15. Juni

An dem Junimorgen, den Miriam für den Rest ihres Lebens nicht mehr vergessen sollte, schien die Sonne strahlend hell. Als sie um Viertel vor zehn das Fenster im Schlafzimmer öffnete, roch die Luft frisch und süß und war erfüllt vom Gesang der Vögel.

Sie hatte den Hund heute früh rasch ins Freie gelassen und gefüttert. Danach duschte sie, schlüpfte in eine leichte Sommerjeans und ein Top und zog darüber eine dünne, offene Baumwollbluse. Als sie sich vor dem Spiegel über der Eichenkommode die Haare kämmte, fiel ihr Blick auf das Rosenholzkästchen mit Oma Annas Schmuck. Inzwischen lagen auch ihre eigenen Schätze darin – nur ein paar Ketten und Ringe, denn sie hatte sich nie sonderlich viel aus Schmuck gemacht. Die wenigen Stücke, die sie sich im Lauf der Jahre gekauft hatte, waren aus Roségold; es verlieh der hellen, sommersprossigen Haut, die sie von ihrem Vater geerbt hatte, Wärme und Farbe, anders als Silber, von dem sie fand, dass es sie noch blasser machte, als sie ohnehin schon war.

An diesem Morgen allerdings öffnete sie das Kästchen, betrachtete die Stücke darin und nahm ein paar davon heraus. Sie hielt die Kugelohrhänger ihrer Großmutter in der Hand und dachte zum ersten Mal daran, sie zu tragen. Schließlich gehörten sie ebenso zu ihrem Erbe wie das Haus, und vielleicht war es an der Zeit, sich endlich Ohrlöcher stechen zu lassen.

Sie berührte sachte das keltische Kreuz, das Matthias seiner Mutter vor fast fünfundzwanzig Jahren aus Irland mitgebracht hatte, und stellte fest, dass sich die feine Kette um den Samtbeutel gewickelt hatte, der ganz unten in dem Kästchen lag. Natürlich – diese seltsame, silberne Scheibe mit der Blitzgravur, einer Wolfsangel, wie Miriam wusste, und der lateinischen Inschrift. Seit ihrem Einzug im Februar hatte Miriam sie nicht mehr angesehen.

Sie nahm den Beutel, zog das Band auf und ließ die Scheibe mit der schweren, handgeschmiedeten Kette in ihre Handfläche gleiten. Das Metall strahlte hell, beinahe weiß – merkwürdig, dachte sie, dass es immer noch kaum angelaufen war. Wie beim ersten Mal drehte sie die Scheibe um und las die Schrift: »A. D. 1705 Deus Aia Nos«. Ihr fiel ein, dass Ralfs Familie schon seit Generationen in dieser Gegend lebte. Möglicherweise wusste er eine Antwort darauf, wo sie herkam und was Jahreszahl und Inschrift zu bedeuten hatten.

Sie hob die Kette hoch und legte sie sich um den Hals; die Scheibe lag auf dem Top und fühlte sich selbst durch den Stoff hindurch kühl an. Im gleichen Augenblick hörte sie Schritte draußen im Flur. Sie drehte sich um und sah, wie Ralf das Zimmer betrat.

»Ich hab Frühstück gemacht«, sagte er, »und ich muss heute Mittag weg. Können wir gleich essen?«

»Ja, natürlich.« Sie ging auf ihn zu und er kam ihr entgegen, bereit, sie in die Arme zu nehmen. Und dann fiel ein Strahl Sonnenlicht auf die silberne Scheibe und ließ sie aufflammen wie kaltes Feuer.

Ralfs Blick wurde von dem grellen Reflex nach unten gezogen, er sah, was sie um den Hals trug. Im selben Moment verlor sein Gesicht jegliche Mimik. Es war buchstäblich *leer*, und die Hand, die noch eben bereit gewesen war, die ihre zu ergreifen, hob sich in einer jähen Geste der Abwehr. Er blieb wie angewurzelt stehen. Miriam prallte, von ihrem eigenen Schwung getragen, gegen ihn ... und gleichzeitig wurde die Scheibe gegen seine Handfläche gepresst.

Es zischte. *Wie Fett in einer überhitzten Pfanne,* dachte Miriam benommen. Und dann stieß der Mann, der soeben für sie den Tisch gedeckt hatte und mit dem sie seit zwei Monaten das Bett teilte, einen qualvollen Schmerzensschrei aus. Er wich mit einem langen Satz zurück, prallte gegen die Eichenkommode und ging zu Boden. Dort hockte er auf den Holzdielen, eine Hand schützend gegen die Brust gedrückt, den Kopf gesenkt. Sein Atem war ein lautes, abgerissenes Keuchen.

»Ralf«, flüsterte Miriam, die sich noch nicht von der Stelle gerührt hatte. »Um Gottes willen, was ...«

»Nimm das ab!« Dieses tiefe, heisere Knurren konnte unmöglich seine Stimme sein. *»Nimm es ab – sofort!«*

»Ich soll ...«

Miriam blickte an sich herunter und begriff endlich, was er meinte. Die Silberscheibe lag jetzt vollständig im Licht der Sonne und blendete sie beinahe. Sie zerrte sich die Kette über den Kopf und schleuderte sie mitsamt dem Anhänger auf das ungemachte Bett, wo sie auf ihrem Kopfkissen liegen blieb. »Aber wieso ...«

Er schüttelte den Kopf, ohne den Blick zu heben.

Irgendetwas musste sie tun. Es musste irgendeine vernünftige Erklärung für das geben, was gerade passiert war. Sie ging langsam und auf unsicheren Beinen zu ihm hinüber und kniete sich vor ihn auf den Boden.

»Was ist mit deiner Hand?«

Wieder schüttelte er den Kopf.

»Ralf.« Sie hätte ihn am liebsten geohrfeigt, wagte es aber kaum, ihn anzufassen. »Ralf – sieh mich an. Jetzt. *Sofort.*«

Er rührte sich nicht. Alles, was sie hörte, war dieses schmerzerfüllte Keuchen. Endlich überwand sie sich, nahm sein Kinn zwischen Daumen und Zeigefinger und hob es an.

Sein Gesicht war aschfahl. Seine Lippen waren in einer schmerzhaften Grimasse von den Zähnen zurückgezogen, und sein Kiefer war so fest zusammengepresst, dass er sich unter ihrer Berührung anfühlte wie massiver Stein. Aber was sie am meisten schockierte – was sie um ein Haar entsetzt zurückfahren ließ – waren die Augen. Das vertraute durchscheinende Graugrün war einem strahlenden Gelb gewichen, das loderte wie die Glut in einer Schmiedeesse.

Das hier war nicht der Mann, den sie kannte. Der Mann, den sie *geglaubt* hatte zu kennen, korrigierte sie sich stumm. Das hier war ...

»Zeig mir deine Hand.«

Diesmal konnte es unmöglich ihre eigene Stimme sein, die sie da hörte. Sie klang wie zersprungenes Glas.

»Ich will deine Hand sehen!«

Nach endlosen Sekunden sackten seine Schultern leicht nach unten. Die gelben Augen blinzelten einmal, dann streckte er sehr langsam den Arm aus. Miriam schaute nach unten und stöhnte entsetzt auf.

Mitten in seinem Handteller befand sich eine kreisrunde, kohlschwarz verbrannte Wunde. Blut war ausgetreten und über sein Handgelenk hinuntergelaufen, aber nicht viel. Auf dem Grund der erschreckend tiefen Verletzung schimmerte etwas grässlich weiß – waren das *Knochen?*

Sie spürte, wie ihr bitterer Speichel in den Mund stieg und schluckte krampfhaft. »Das ... das muss versorgt werden. Du brauchst einen ... einen Arzt.«

»Nein.« Wieder dieses heisere Knurren. »Nein. Keinen Arzt.«

»Ralf. Ralf, verdammt noch mal ...«

Plötzlich fuhr seine unverletzte Hand hoch und legte sich wie ein Schraubstock um ihren Nacken. Sie wurde näher gezogen, ohne sich wehren zu können, und im nächsten Moment füllten die flammenden Augen ihr gesamtes Blickfeld aus. Das Feuer kreiste und wirbelte und zerrte an ihr wie ein unwiderstehlicher Sog, und dann wurde sekundenlang alles schwarz.

Bilder tauchten aus der Dunkelheit auf und verschwanden wieder, Bilder, die sie zu ihrem bodenlosen Schrecken erkannte ... aus all diesen merkwürdigen Träumen der letzten Wochen. Eine rasche Bewegung zwischen den Bäumen, das Aufblitzen scharfer Reißzähne und das warme Blut frisch geschlagener Beute ... eine schlanke Gestalt, die auf allen vieren und mit langen Sätzen den nächtlichen Waldboden entlanghetzte ... Schnee, Unterholz und ein tiefer Keller ... und über all diesen Bildern der Vollmond, eisig, silbern und erbarmungslos.

Ganz am Rande ihrer Wahrnehmung spürte sie noch immer Ralfs Hand; er hatte seinen eisernen Griff gelockert, ließ sie aber nicht los.

Jetzt war da ein weiteres Bild, diesmal nicht aus einem ihrer Träume. Sie erkannte in wachsender Verwirrung ihren Geländewagen, der vor einem alten Bauernhaus parkte – aber das war nicht ihr Haus, sondern der Markwardhof, und die Fenster waren dunkel. Sie sah sich selbst vor der Tür stehen, aber aus einer eigenartigen Perspektive ... so, wie ein Tier sie sehen mochte, das etwa so groß war wie Jacob, wahrscheinlich noch größer. Ihr Geist lief über von einer sengenden Mischung aus Angst, Zorn und Begierde, die sie nach Luft schnappen ließ.

Plötzlich verstand sie. Das war die letzte Vollmondnacht gewesen – als er ihr gesagt hatte, er sei unterwegs, um das Schreibpult auszuliefern. Der niedrige, lange Schatten, der lautlos über die Lichtung schoss und dann im Wald verschwand. Das kribbelnde Gefühl im Nacken, als sie wieder in das Auto stieg und eilig davonfuhr, und die schleichende Angst, die sie in jener Nacht auch dann nicht ganz losließ, als sie wieder in ihren eigenen vier Wänden war ...

»Oh Gott.«

Sie wusste nicht, wann genau er sie freigegeben hatte. Sie wusste nur, dass sie ein, zwei Meter von ihm entfernt auf den Dielen saß und ihn anstarrte, als hätte sie ihn noch nie zuvor gesehen.

»Was *bist* du?« Es war ein bebendes Flüstern; zu mehr war sie nicht fähig.

Er zog sich mit der gesunden Hand an der Kommode hoch, bis er aufrecht stand, und schaute auf sie hinunter. Sie registrierte, dass seine Augen wieder ihre normale Farbe hatten, aber das änderte nichts. Nichts würde von nun an normal sein. Nie wieder.

»Das weißt du. Du hast es gesehen.«

Auch das Knurren war fort, aber der Schmerz und die Selbstverachtung in seiner Stimme waren so greifbar, dass sie anfing zu zittern.

»Ich bin ein Monster.«

Sie zog die Knie an den Körper und presste das Gesicht dagegen, unfähig zu antworten, unfähig zu widersprechen. Ein leichter Luftzug bewegte ihr Haar, als er an ihr vorüberging und das Zimmer verließ. Sie hörte seine schwerfälligen Schritte auf der Treppe, und dann schloss sich die Haustür. Irgendwo draußen gab Jacob ein kurzes, alarmiertes Bellen von sich und verstummte wieder. Jacob. Er hatte es gewittert, von Anfang an.

Sie lauschte angespannt, hörte, wie der Motor des Lieferwagens ansprang und das leiser werdende Brummen, als er davonfuhr. Erst jetzt hob sie den Kopf und rappelte sich auf, müde und unbeholfen wie eine alte Frau. Sie ging zum Bett hinüber, nahm die silberne Scheibe vom Kissen und legte sich die Kette zum zweiten Mal an diesem alptraumhaften Morgen um den Hals. Sie gelangte irgendwie in den Flur, auf die Treppe, hinunter in die Stube. Sie trat vor das Fenster und starrte blind hinaus auf die Blumenbeete und die leere Stelle, wo vor wenigen Minuten noch sein Auto geparkt hatte. Dann wandte sie den Kopf, und ihr Blick fiel auf das gerahmte Bild an der Wand ... den siegreichen Helden mit dem blutigen Schwert, die niedergestreckte Bestie und das friedliche Spiegelbild des Mädchens, das sie einmal gewesen war, bevor der Fluch sie traf.

Sie tut mir leid. Es muss furchtbar sein, wenn man sich plötzlich als Monster wiederfindet.

Miriam ließ sich schwer auf den Stuhl fallen. Sie sank nach vorne, bis ihre Stirn die Arbeitsplatte des Zeichentisches berührte, und schloss die Augen.

Um zehn Uhr fuhr Ralf Markward langsam den gewundenen Weg nach Finkenweiler hinunter – langsam deswegen, weil er so aufgewühlt war, dass er alle Mühe hatte, sich zu konzentrieren, und auch, weil von seiner rechten Hand bei jeder Berührung mit dem Lenkrad Flammen aus weißglühendem Schmerz seinen Arm hinaufzüngelten.

Ein Bild hatte sich in sein Gedächtnis eingebrannt – Miriam, die ihm lächelnd und ahnungslos entgegenkam, den Fluchbrecher auf der Brust. Die silberne Scheibe schien ihn immer noch zu blenden ... und gleichzeitig stürzte ihn der Ausdruck in ihren Augen, als sie endlich begriff, was er ihr all diese glücklichen Wochen hindurch verschwiegen hatte, in tiefste Finsternis.

Obwohl er alles dafür getan hatte, sein Geheimnis zu wahren, hatte er sich schon seit einiger Zeit gefragt, wie viel sie instinktiv erfasste. Seine Träume waren schon immer lebhaft gewesen – vielleicht ein Versuch seiner Seele, mit der Last der uralten Verwünschung fertigzuwerden, die in seinem Blut kreiste. Aber seit er Nacht für Nacht neben ihr schlief, hatten sich auch Miriams Träume geändert.

»Früher konnte ich mich nie an irgendetwas erinnern«, hatte sie ihm erst vor wenigen Tagen erzählt, eine steile Falte der Verwirrung auf der Stirn, »und jetzt habe ich ein halbes Dutzend Träume im Kopf, die sich ständig wiederholen. Von Wölfen, die im Wald ihre Beute hetzen ... und einer ist dabei, den sehe ich immer wieder.«

Er wusste genau, wovon sie sprach, und die Tatsache, dass sie seiner Wirklichkeit so nahe kam, ließ in seinem Kopf sämtliche Alarmglocken schrillen. Er erinnerte sich an die Nacht Anfang Mai, als er aufgewacht war und sie aufrecht und zitternd vor Entsetzen im Bett neben ihm saß, von dem verfolgt, was sie ihm Schlaf gesehen hatte.

»Da war eine Schrift an der Wand, wie von einem Kind ...«

Er hatte einen nagenden Verdacht, wohin der Traum sie geführt hatte, und das machte sein Schuldbewusstsein nur noch bitterer. Es war ein Teil des Rätsels, das er zu lösen versuchte, seit er sie im letzten Dezember am Grab ihrer Familie hatte stehen sehen. Schon damals hatte er die Verbindung zwischen ihnen gespürt, noch bevor die Erinnerungen zurückkamen ... und noch ehe sein Herz, das er jahrelang mit eiserner Konsequenz gegen jedes Gefühl verschlossen hatte, angefangen hatte, ihm Streiche zu spielen.

Das Brennen in seiner versengten Hand wurde übermächtig. Er brachte es irgendwie fertig, den Wagen mit der Linken in eine der kleinen Ausweichbuchten zu steuern. Der Motor ging aus, und er saß über das Lenkrad gebeugt, die Zähne zusammengebissen.

Der Erste-Hilfe-Kasten – er musste die Hand irgendwie versorgen.

Es spielte keine Rolle, dass er keinen Verband mehr brauchen würde, sobald der Vollmond aufgegangen war. Vorher musste er erst einmal den Weg nach Hause schaffen.

Es dauerte zehn qualvolle Minuten, den Kasten zu finden, zu öffnen und das Verbandszeug herauszuholen. Er brauchte eine weitere Viertelstunde, den Verband halbwegs fachgerecht anzulegen, und danach war ihm vor Schmerz so speiübel, dass er sich aus der Autotür lehnte und auf die Straße übergab.

Minutenlang hing er schwindelig im Fahrersitz und rang darum, nicht das Bewusstsein zu verlieren. Wieder tanzte die grelle Reflektion der silbernen Scheibe hinter seinen geschlossenen Augenlidern, und mit ihr kam die Erinnerung daran, wie Miriams Gesicht ausgesehen hatte, als sie aus der Flut der

Bilder wieder auftauchte, in die er sie hineingezwungen hatte. *Du weißt nicht, warum sie deine Träume mitbekommt und in deinem Gedächtnis herumwandert,* hatte eine grimmige Stimme in seinem Kopf geflüstert, *aber wenn es nun einmal so ist, dann lass sie* sehen, *verdammt noch mal. Besser als zu versuchen, Worte für etwas zu finden, das du ihr sowieso nicht erklären kannst.* Und er hatte sie gepackt und zu sich herangezogen und war Zeuge geworden, wie sie von dem Sog seiner Erinnerungen erfasst, herumgewirbelt und wieder ausgespien wurde. *Das wird sie dir niemals vergeben.* Dieselbe Stimme, aber diesmal ohne die grimmige Entschlossenheit. Verzweiflung spülte über ihn hinweg wie eine bittere Woge. Er hatte gewusst, wie hoch das Risiko war, und war es trotzdem eingegangen. Und es hatte gerade einmal zwei Monate gedauert, bevor er diese Frau wieder verlor.

Er brachte es fertig, den Zündschlüssel zu drehen und den Lieferwagen wieder zurück auf die Straße zu lenken. Die Bäume glitten langsam an ihm vorbei, grün und golden im Sonnenlicht des Vormittags, aber in seiner Welt war der Sommer endgültig vorüber. Sieben Kilometer ... den Berg hinunter, über die Brücke, in das Seebachtal hinein und den Berg wieder hinauf ... sieben Kilometer, bis er sich verkriechen konnte wie ein Tier.

Aber das bist du doch. Die Stimme klang hoffnungslos. *Das bist du doch.*

Er hätte alles darum gegeben, einfach die Augen schließen und in ein tiefes Vergessen hineinfallen zu können. Aber er spürte die zweite Dreinacht wie einen langsamen Pulsschlag in seinen Adern. Die Uhr im Armaturenbrett zeigte 10.02 Uhr. In etwas mehr als zwölf Stunden würde der Vollmond aufgehen.

Etwas mehr als zwei Stunden zuvor war er aufgestanden und hatte Miriam im Bett zurückgelassen, den Kopf im Kissen vergraben. Er hatte vorgehabt, liegen gebliebene Arbeit und verschleppte Buchhaltung vorzuschützen, die ihn davon abhielten, die nächste Nacht bei ihr zu verbringen; der Schrecken darüber, dass sie im Mai bei Vollmond zu ihm gefahren war, steckte ihm immer noch in den Knochen.

Jetzt würde er nicht mehr lügen müssen – wozu auch? Die Chance, dass er den Trautweinhof jemals wieder betreten würde, war verschwindend gering.

Ein Schatten schoss vor ihm quer über die Straße. Sein Kopf zuckte hoch, und er trat instinktiv auf die Bremse. Der alte Lieferwagen geriet ins Schlingern, kippte leicht zur Seite und rollte auf den linken Straßenrand zu. Ralf sah, wie die Böschung näher kam, versuchte verzweifelt gegenzusteuern und packte, ohne nachzudenken, mit beiden Händen das Lenkrad.

Der Schmerz war entsetzlich. Die Konturen seiner Welt verschwammen und wurden grau. Er spürte, wie die Nase des Wagens nach vorne kippte, als die Vorderreifen unaufhaltsam über die Böschung rutschten, dann wurde er nach vorne geschleudert, und der Sicherheitsgurt presste ihm die Luft aus den Lungen. Der Wagen schlug eine zerstörerische Schneise den Steilhang hinunter; Äste und junge Baumstämme prallten gegen den Kühlergrill und die Türen, und dann splitterte mit einem lauten Knall die Windschutzscheibe.

Er riss die Arme vor das Gesicht und öffnete den Mund, aber kein Laut kam heraus. Ein metallisches Kreischen ertönte, und im nächsten Moment krachte der Wagen gegen ein massives Hindernis und blieb hängen.

Ralf Markward verlor das Bewusstsein.

Miriam wusste später nie, wie lange sie an dem Zeichentisch gesessen hatte. Irgendwann tauchte sie wieder aus ihrer Betäubung auf und hörte Jacob bellen, der offenbar keine Lust hatte, noch länger im Gästezimmer zu bleiben. Sie stemmte sich hoch, ging in den ersten

Stock hinauf und ließ ihn hinaus. Dann stand sie im Flur und starrte auf die Aussteuertruhe hinunter. Sie legte die Hand auf die geschnitzte Rosenranke.

Der Schimmer seiner Augen in der Dunkelheit, wenn sie nachts aufwachte und feststellte, dass er reglos neben ihr lag und sie unverwandt ansah. Die Wärme seines Körpers und sein Atem auf ihrer Haut. Das Gefühl, ihren Hafen gefunden zu haben, wenn er sie in den Armen hielt, und endlich *angekommen* zu sein.

Sie hob den Kopf und starrte in den runden, kleinen Spiegel.

Der Schrei, als die Silberscheibe seine Hand berührte. Die zusammengekrümmte Gestalt auf dem Fußboden. Diese furchtbaren Augen!

»Was bist du ...?«

Miriam fuhr vom Klang ihrer eigenen Stimme zusammen und ließ die Truhe los, als hätte sie sich verbrannt. So, wie er sich verbrannt hatte an dieser silbernen Scheibe. Der Gedanke an die kreisrunde, knochentiefe Verletzung in seiner Handfläche sorgte dafür, dass sich ihr der Magen zusammenkrampfte.

Sie ging langsam wieder hinunter und in die Küche. Dort war der Tisch immer noch für zwei gedeckt. Oma Annas alte Teekanne wurde auf dem versilberten Stövchen warm gehalten, das Miriam ihr einmal von ihrem Taschengeld zu Weihnachten geschenkt hatte. Ralf hatte auch Kaffee gekocht und all die Dinge aufgestellt, die sie besonders mochte: Honig, selbst gemachte Erdbeermarmelade mit Vanille von Susanne, Butter, ein wenig Schinken und Käse.

Dann war er hinaufgekommen, um ihr Bescheid zu sagen, und nur Minuten später waren die Fundamente ihrer Welt in sich zusammengestürzt.

Miriam nahm sich mechanisch Kaffee und Zucker. Sie trank einen Schluck und schmeckte so gut wie nichts. Trotzdem stürzte sie den Inhalt der Tasse hinunter, zog eine Grimasse und stellte Geschirr und Lebensmittel wieder weg. Als von dem vorbereiteten Frühstück nichts mehr zu sehen und die Küche makellos aufgeräumt war, ging sie in die Stube hinüber.

Wo war er jetzt wohl?

Sie trat an den Schreibtisch und klappte den Laptop auf. Die silberne Scheibe, die an der Kette von ihrem Hals baumelte, schlug mit leisem Klirren auf die Tastatur. Sie nahm sie in die Hand und spürte, wie sich das Metall an ihrer Haut erwärmte. Während der Computer hochfuhr, rieb sie mit dem Daumen sachte und unablässig über das Blitzrelief.

Das Internet-Fenster öffnete sich, und die Suchmaschine erschien auf dem Bildschirm. Miriam zögerte, ihr Blick fiel auf den Kalender, der neben dem Schreibtisch an der Wand hing. Dann tippte sie rasch: »vollmond silber monster«.

Sie wusste, dass das eigentlich nicht mehr nötig war. Sie hatte ihr halbes Leben damit verbracht, Fabelgestalten und Ungeheuer zu zeichnen. Sie hatte sich quer durch Dutzende von Sagenbüchern recherchiert, um die Bestien zu begreifen, denen sie mit Stift, Pinsel und Farbe Leben einhauchte, und dies war eine der ältesten und volkstümlichsten Legenden überhaupt. Sie kannte das Ergebnis bereits, noch ehe es ganz oben auf der Trefferliste angezeigt wurde.

Werwolf.

Es war das dritte oder vierte Mal, dass Ralf Markward seit dem Unfall wieder zu sich kam. Bisher hatten die klaren Momente nie lange genug angehalten, um die Situation wirklich zu begreifen, in der sich befand, aber sie reichten aus, um die Schmerzen in seinem zerschlagenen Körper zu spüren. Er versuchte, sich zu bewegen, aber das war nahezu unmöglich. Irgendetwas stimmte mit dem Innenraum des Lieferwagens nicht. Er war zu *klein* … das Lenkrad drückte gegen seine

Brust und seine Beine waren offenbar eingeklemmt. Er fuhr sich mit der Hand über das Gesicht – immerhin, der linke Arm war frei, und funktionstüchtig offenbar auch.

Als er die Augen öffnete, starrte er durch ein unregelmäßiges Loch in der Windschutzscheibe geradewegs auf den mächtigen Stamm einer alten Tanne, die offenbar die rasende Abwärtsfahrt des Wagens aufgehalten hatte. Der Aufprall hatte den Kühlergrill verformt und alles, was sich normalerweise unter der Motorhaube befand, mit großer Gewalt teilweise in den Innenraum verschoben.

Er hob den Kopf und schaute in den Rückspiegel, der unglaublicherweise noch völlig gerade hing. Etwa zwanzig Meter oberhalb von dort, wo der Wagen gegen den Baum gekracht war, musste die Straße sein. Vom Rand der Böschung bis hinunter zu der Stelle, wo er saß, zog sich eine breite Spur aus niedergewalzten Schösslingen, zerquetschtem Unterholz und abgerissenen Ästen.

Wenn ihn hier jemand entdeckte ...

Bis jetzt hatte er Glück gehabt, dass sich auf die Straße, die zum Trautweinhof hinaufführte, heute scheinbar kein anderes Fahrzeug verirrt hatte als das, mit dem er verunglückt war – vor mehr als drei Stunden, jedenfalls sagte das die Digitaluhr im Armaturenbrett, die trotz des Totalschadens unbeirrt weiter die Zeit anzeigte und ihm mitteilte, dass es jetzt Viertel nach eins war. Die Straße wurde eigentlich nur von Miriam, von Besuchern des Trautweinhofs und von Mitarbeitern des Forstamtes genutzt. Andernfalls mochte er sich jetzt wahrscheinlich schon mit Blaulicht auf dem Weg in die nächste Klinik befinden ... und das durfte unter keinen Umständen passieren!

Er musste aus diesem Wagen heraus. In der verformten Fahrerkabine herrschte eine drangvolle Enge, aber außer in seiner versengten Hand hatte er keine starken Schmerzen; das machte ihm Hoffnung, dass nichts Entscheidendes verletzt oder gebrochen war. Und so sehr er die Tatsache auch verfluchte, dass die zweite und gefährlichste der Dreinächte unmittelbar bevorstand, einen Vorteil gab es: Heute wurde er möglicherweise auch ohne Bolzenschneider und Feuerwehr mit der Situation fertig.

Er legte die heile Hand gegen das Lenkrad und drückte zu. Kunststoff knirschte, als die Lenkradsäule sich nach hinten verschob, und irgendwo unter der eingedrückten Motorhaube brach etwas mit lautem Krachen. Die Schließe des Sicherheitsgurtes war verbogen und gab die Metallzunge nicht frei; Ralf biss die Zähne zusammen und riss mit einem einzigen, heftigen Ruck das Gurtband aus der Halterung. Na also.

Das Armaturenbrett war durch den Aufprall nach unten gepresst worden und hielt seine Beine gefangen. Ralf schob vorsichtig die Hände in die schmale Lücke zwischen der Konsole und seinen Oberschenkeln, die Linke um den Verband herum zur Faust geballt, den Handrücken nach oben. Er holte tief Atem und nahm zum dritten Mal all seine Kraft zusammen. Metall kreischte, als die verformte Trümmermasse sich langsam von seinem Körper hob; gleichzeitig vervielfachte sich der Schmerz in der Brandwunde zu rasender Qual, und Feuchtigkeit rieselte durch die Bandage und seinen Arm hinunter.

Er schrie, und sein Kopf schlug heftig nach hinten gegen die Lehne. Die Welt drehte sich in einem wilden Wirbel und verschwamm. *Nein,* fuhr ihn eine strenge Stimme in seinem Hinterkopf an, *mach jetzt nicht schlapp. Du sitzt immer noch in dem verdammten Auto.*

Er schob sich mühsam nach rechts. Die Beifahrertür war verzogen und ließ sich nicht öffnen; das hatte er mehr oder weniger erwartet. Er drehte sich um, bis er mit dem Rücken zur Scheibe saß, und presste die Füße seitlich gegen den Fahrersitz. Ein tiefer Atemzug, ein zweiter ... dann stieß er sich ab. Sein Körper prallte mit voller Wucht gegen die Verkleidung. Glas splitterte, als das Seitenfenster zerbrach, und im selben Moment wurde die Tür aus der Verankerung gerissen. Ralf Markward stürzte aus dem Wagen, prallte auf den Waldboden und rollte den Steilhang hinunter.

Wie bei dem Wagen hielt auch bei ihm ein Baum seinen Sturz auf. Er schlug mit dem Rücken dagegen, krümmte sich reflexartig zusammen und presste das Gesicht in Laub und Erde. In diesem Moment gab es keine einzige Stelle an seinem Körper, die nicht schmerzte ... aber die Brandwunde stach heraus wie das glühende Blau im Inneren einer Kerzenflamme. Und da war noch etwas, irgendwo seitlich an seinem Bein ... er tastete mit der heilen Hand danach und zog sie nass zurück.

Sich aufzurichten erforderte seine ganze Willenskraft, aber endlich saß er, den Kopf gesenkt, jeder Atemzug eine würgende Mühsal. Er musste den Kopf schütteln, um deutlich sehen zu können, aber dann fand er das Loch im linken Hosenbein seiner Jeans. Der Stoff war dunkel verfärbt, und er riss ihn ganz auseinander, um die Wunde in Augenschein zu nehmen.

Etwas Spitzes, Scharfes hatte sich in das Fleisch der Wade gegraben und sie auf etwa zehn Zentimetern Länge bis fast auf den Knochen aufgeschlitzt ... ein Stück abgebrochenes Metall vielleicht, oder eine Scherbe vom Seitenfenster. Was auch immer es gewesen war, es blutete stark ... nicht im Rhythmus seines Pulsschlages – zum Glück war die Schlagader nicht betroffen –, aber doch heftig genug, dass er etwas unternehmen musste, und zwar rasch.

Es gelang ihm irgendwie, mit der Linken die Gürtelschnalle aufzunesteln und den Gürtel aus den Schlaufen zu ziehen. Das Taschenmesser, das er immer in der Hosentasche trug, herauszuholen, war nicht ganz so schwierig, es aufzuklappen dauerte allerdings mehrere Minuten, während derer es ihm immer wieder aus den Fingern rutschte und zur Erde fiel. Endlich brachte er es fertig und bohrte ein paar Extralöcher in das Leder. Er legte die Schlaufe ein Stück über der hässlichen Wunde an, knapp unterhalb des Knies, zog den Gürtel langsam fest und schob den Dorn in eines der improvisierten Löcher. Die Blutung ließ zögerlich nach und hörte endlich ganz auf, aber ihm war schwindelig und übel, und er ließ sich vorsichtig wieder zu Boden sinken.

Was sollte er jetzt tun?

Die Gefahr, dass man ihn entdeckte, hatte nicht nachgelassen; jemand, der zufällig vorbeifuhr, musste nur einen Blick über die Böschung werfen, um das Autowrack zu sehen und sich auf die Suche nach dem Fahrer zu machen. Und auch dann, wenn derjenige das nicht selbst tat, würde er höchstwahrscheinlich die Feuerwehr alarmieren, die ihn bergen und in eine Klinik fahren würde. Und wenn heute Abend um Viertel nach zehn der Mond sich vollständig rundete, dann würde ein Geheimnis, das seine Familie über sechshundert Jahre mit allen Mitteln gehütet hatte, schließlich gelüftet werden ... und das wäre sein Ende.

Er brauchte Hilfe.

Es gab nur einen Menschen, an den er sich wenden konnte ... die einzige lebende Person, die außer ihm um den Fluch wusste.

Er schob die Hand in die rechte Hosentasche und zog das Handy heraus. Da war die Telefonliste; fast ausschließlich Kunden, aber da stand auch ihr Name: Miriam – gleich zweimal, mit der Festnetz- und der Handynummer. Die Frau, die erst heute Morgen herausgefunden hatte, was er war. Die Frau, deren bleiches, schockiertes Gesicht sich in sein Gedächtnis eingebrannt hatte.

Er konnte sie nicht anrufen.

Plötzlich überkam ihn die dunkle Versuchung, den Dingen ihren Lauf zu lassen. Jahrelang hatte er alles dafür getan, die Menschen rings um sich her auf Abstand zu halten. Er hatte sich immer verzweifelt gewünscht, dass der Fluch ein Ende nahm, und dass er der Letzte war, der Monat für Monat gezwungen war, der Macht des Mondes zu gehorchen. Wenn er einfach hier liegen blieb – gesetzt den Fall, er wurde nicht zu früh gefunden –, wenn er die feste Schlaufe über der tiefen Wunde in seiner Wade lockerte und den Gürtel wegwarf ...

Es wäre so einfach. So entsetzlich, so verführerisch einfach.

Er schloss die Augen und spürte, wie sein Bewusstsein sich mit Nebel füllte und verdunkelte. Diesmal war er fast dankbar dafür.

Nein, Susanne, heute lieber nicht.«

Miriam stand auf dem Balkon, das Handy am Ohr. Trotz der milden Frühsommertemperatur trug sie eine Strickjacke; seit dem schrecklichen Moment am Morgen, als Ralf Hals über Kopf das Haus verlassen hatte, war ihr ständig kalt.

»Wie schade.« Susanne klang enttäuscht. »Ich dachte, du hast vielleicht Lust auf einen Abend im Biergarten. Nur wir Mädels – wäre doch schön, oder?«

Die Botschaft war zu deutlich, als dass Miriam sie hätte ignorieren können. Während der letzten Wochen hatte sie penibel darauf geachtet, dass Susanne nicht zu kurz kam, und mit der Zeit hatte die sogar ihre leichte Scheu vor Ralf verloren. Es blieb aber eine Tatsache, dass sich die Balance einer Freundschaft änderte, wenn die Liebe dazwischenkam. Dass sich die Waagschale inzwischen schon wieder zur anderen Seite geneigt hatte, konnte Susanne natürlich nicht wissen, und Miriam würde es ihr auch nicht sagen ... jedenfalls nicht gleich.

»Ich fühl mich nicht ganz wohl«, meinte sie stattdessen sanft. »Vielleicht eine Sommergrippe oder so was Ähnliches. Am besten lege ich mich früh hin und schlafe die ganze Sache einfach weg.«

»Oh!« Jetzt war Susannes Stimme voller Mitgefühl. »Soll ich vielleicht vorbeikommen und dir einen Tee kochen? Ich könnte dir auch was zu essen machen ...«

»Ja klar, und am Ende läuft uns beiden die Nase«, konterte Miriam. »Bleib bloß daheim. Morgen geht's mir bestimmt besser, und dann unternehmen wir nachmittags irgendwas zusammen. Du hast doch frei?«

»Ja, hab ich. Und du bist wirklich sicher ...«

»Ich bin wirklich sicher«, sagte Miriam fest. »Bis morgen, Susanne.«

Sie legte das Handy auf den kleinen Tisch, lehnte sich gegen die Balkonbrüstung und starrte blicklos über den sommerlichen Wald hinweg. Das kurze Gespräch ging ihr wieder und wieder durch den Kopf wie in einer eigenartigen Endlosschleife; jedes Wort schien nachzuhallen, als werfe es ein Echo. Und plötzlich begriff sie auch, wieso. Sie hatte Susanne angelogen ... genau wie Ralf sie, Miriam, angelogen hatte, als er diese Lieferfahrt mit dem Schreibpult vorschützte, um bei Vollmond außer Reichweite zu sein.

Was hätte er dir auch sagen sollen?, dachte sie. *Du hast die Wahrheit heute nicht ertragen; wie hättest du sie vor vier Wochen aushalten sollen?*

Und es war die Wahrheit. Es mochte irrwitzig sein, vollkommen unwirklich, es mochte sämtliche Naturgesetze und alle Regeln der Vernunft außer Kraft setzen, aber sie hatte seine Augen gesehen und die Wunde in seiner Hand, und sie hatte seine Stimme gehört, als er gesagt hatte: »Ich bin ein Monster.«

Mochte Gott ihr beistehen, aber es war die *Wahrheit.*

Ralf Markward öffnete die Augen und starrte in den Himmel. Das Licht war tiefgolden und schwand rasch; die Sonne musste tief stehen und Wolken sammelten sich hinter den Bäumen, aber er hatte inzwischen jegliches Zeitgefühl verloren. Er war immer wieder zu sich gekommen und erneut im Dunkel versunken, zu erschöpft und zu sehr von Schmerzen geplagt, um sich zu retten. Die Angst, entdeckt zu werden, flackerte noch immer am Rand seiner Wahrnehmung, aber in diesem eigenartig friedlichen Moment folgte er nur seinen geschärften Sinnen und atmete seine Umgebung ein, zum ersten Mal seit Stunden wirklich *wach*.

Er roch den Waldboden, die dicke Schicht halb verrotteter Tannennadeln, selbst die Losung von Wildtieren, die in seiner Nähe vorbeigezogen waren. Er roch die Säfte, die in den Stämmen der Bäume aufstiegen, den kräftigen, leicht säuerlichen Dunst von Wurzeln, die sich tief in der Erde verzweigten. Da war noch etwas anderes, warm und salzig, mit einem Hauch von Metall.

Ralf kroch mühsam ein Stück rückwärts. Es gelang ihm, sich aufzusetzen und sitzen zu bleiben, den Rücken gegen eine junge Tanne gelehnt. Die Wunde in seiner Wade hatte wieder angefangen, ganz leicht zu bluten. Er ließ den Kopf nach hinten sinken, gegen die Rinde. Die Gerüche des sinkenden Abends stiegen ihm in die Nase, die erste Ahnung von Tau auf Holz und Moos, die erste sanfte Ankündigung der Nacht. Plötzlich und vollkommen ungerufen glitten Bilder in rascher, weicher Abfolge vor seinem inneren Auge vorbei:

Miriam, die an ihrem Zeichentisch saß, eine steile Falte der Konzentration zwischen den Augen. Miriam, die eine Mappe durchblätterte und sich Notizen machte. Miriam, in deren Gesicht ein Lächeln aufstrahlte, wenn sie ihn abends vor der Tür stehen sah.

So schön. So liebenswert. So unendlich lebendig.

In diesem Moment wusste er, dass er nicht sterben wollte. Er tastete neben sich nach dem Handy, das er irgendwann an diesem Nachmittag fallen gelassen hatte. Er wischte ein paar trockene Tannennadeln von dem Display. Schon acht Uhr ... der Tag war fast vorüber. Es war nicht mehr voll aufgeladen, und er sah gerade einmal zwei Striche bei der Empfangsanzeige, aber das musste reichen.

Er konnte nur hoffen, dass es reichte.

Miriam schreckte hoch. Der Himmel hatte sich zugezogen; nur der Rand der zunehmend dichter werdenden Wolkendecke war noch mit leuchtend gelben Streifen gesäumt. Die Luft war kühl und angenehm. Nach fast drei Stunden Schlaf auf dem Balkon fühlte sie sich ein wenig benebelt und immer noch sehr müde.

Unten in der Stube klingelte das Telefon. Miriam beschloss, es zu ignorieren. Ihr fiel ein, dass sie heute überhaupt noch nichts gegessen hatte. Bei dem Gedanken, sich etwas zu kochen, sank ihr das Herz ... allein die Vorstellung, in die Küche hinunterzugehen, Töpfe aus dem Schrank zu holen und Zutaten zusammenzusuchen, überforderte sie bereits.

Das Klingeln hörte auf.

Erleichtert lehnte sie sich in den Liegestuhl zurück. Vielleicht würde sie sich einfach etwas zu trinken und eine Decke holen und hier draußen bleiben. Solange sie nicht ins Haus zurückkehrte, konnte sie so tun, als bleibe die Zeit stehen. Solange sie ihren Alltag nicht wieder aufnahm, konnte sie sich einbilden, die Katastrophe am Morgen sei niemals passiert. Solange ...

Jetzt klingelte das Handy, direkt neben ihr auf dem Tisch.

Nicht doch. Aber vielleicht war es ja wieder Susanne – und die konnte am allerwenigsten für die Misere, in der sich Miriam befand.

Sie drückte den Knopf und hielt sich das Handy ans Ohr. »Trautwein. – Hallo?«

Schweigen. Sie war drauf und dran, das Gespräch zu beenden, bevor es überhaupt angefangen hatte. Aber dann hörte sie etwas, das sich wie ein tiefes, erleichtertes Seufzen anhörte, und: »Miriam.«

Er klang heiser und erschöpft.

Miriam biss die Zähne zusammen und schloss die Augen. »Was willst du?«

Seine Stimme wurde leiser, und er murmelte etwas, das sie nicht verstand.

»Ralf? – Ralf, sag mir, was du zu sagen hast, oder ich lege auf, sofort.«

»... Empfang ist schlecht ... zwei Balken.«

Plötzlich sprach er wieder lauter, und die nächsten Worte waren klar und deutlich zu hören.

»Miriam, ich hatte einen Unfall. Mein Wagen ist ein Schrotthaufen, und ich bin verletzt. Ich musste mein Bein abbinden, und ich kann mich kaum rühren.«

Sie hatte das Gefühl, als hätte jemand sie kopfüber und ohne jede Vorwarnung in einen Bottich voller Eiswasser getaucht.

»*Was* ...?« Sie riss sich mit aller Gewalt zusammen. »Wo ... wo bist du?«

»Ganz in deiner Nähe.« Er wurde wieder leiser. »Gerade mal zwei Kilometer die Straße hinunter.«

Miriam versuchte, einen klaren Gedanken zu fassen, was ihr zunehmend schwerfiel.

»Was willst du von mir? Soll ich dir einen Krankenwagen rufen?«

»Nein!« Selbst durch den miserablen Empfang hindurch war sein Entsetzen unüberhörbar. »Keinen Krankenwagen. Keine Feuerwehr. Heute ist Vollmond ... hast du eine Vorstellung, was passiert, wenn ich mich in einer Klinik verwandle? Vor aller Augen?«

Oh Gott. Daran hatte sie nicht gedacht.

Zugleich trafen seine Worte sie wie ein Schlag. All die Dinge, die sie heute gesehen, all die Seiten, die sie an diesem

Tag im Internet durchsucht hatte ... nicht einmal die silberne Scheibe, die ihn verletzt hatte, machten es so wirklich wie *das.*

»Miriam? Bist du noch da?«

»Ja.« Sie schluckte krampfhaft. »Ja, ich bin noch da.«

»Ich weiß, ich verlange sehr viel von dir. Aber bitte ... hilf mir. *Hilf mir, Miriam.*«

Lichtmond – die Rettung

15. Juni abends

Sie fuhr langsam die Straße entlang, die sich vom Trautweinhof den Berg hinunterwand. In ihrem Kopf herrschte eine betäubte Leere. Sogar die rechthaberische Stimme, die sie sonst immer belehrte oder kritisierte, blieb stumm – vielleicht weil sie nicht fassen konnte, was Miriam da tat. Sie konnte es ja selbst nicht fassen.

Neben ihr auf dem Beifahrersitz des Geländewagens lagen zwei zusammengefaltete Decken, der frisch aufgefüllte Verbandskasten und eine Tüte mit einer Flasche Mineralwasser.

»Bitte ... hilf mir. Hilf mir, Miriam.« Sie zuckte zusammen.

Wie groß musste seine Verzweiflung gewesen sein, dass er sich ausgerechnet an sie wandte? Sie wusste nur, wie lange es gedauert hatte, bis er den Mut aufbrachte, sie anzurufen ... etwas mehr als zehn Stunden. Seit zehn Stunden lag er verletzt im Wald, irgendwo hier ganz in der Nähe.

Miriam nahm den Fuß vom Gas, und ihre Augen suchten den Straßenrand ab. »Auf der linken Seite«, hatte er noch gesagt, bevor sie das Gespräch beendete und mit fliegenden Händen alles zusammensuchte, was sie vielleicht brauchen würde.

Etwa zwei Kilometer vom Hof entfernt, auf halber Strecke nach Finkenweiler ...

Sie hatte den Kilometerzähler auf null gestellt, und mittlerweile schlich sie im Schritttempo durch die Kurven. Bevor sie das Haus verlassen hatte, hatte sie den Computer noch einmal hochgefahren und nach dem Zeitpunkt gesucht, an dem der Vollmond aufging ... dreizehn Minuten nach zehn. Bis zur

Dämmerung war es noch eine Weile hin ... trotzdem hatte sie keine zwei Stunden mehr, bis es so weit war.

»2.0« stand auf dem Tacho, »20.30« sagte die Uhr auf dem Armaturenbrett. Miriam hielt den Wagen an und stieg aus. Es war mild, windstill und warm, und obwohl der Asphalt unter ihren Füßen trocken war, roch es nach Regen. Sie überquerte die Straße, trat an die Böschung.

Nichts.

Aber ein Stück weiter vorne schimmerte etwas rot zwischen den Bäumen, und dann drang ein Sonnenstrahl durch die dichte Wolkendecke über ihrem Kopf und wurde gleißend hell zurückgeworfen. Das Glas eines Autofensters.

Nur Sekunden später stand sie an der Schneise, die Ralfs Wagen in den Wald geschlagen hatte, als er von der Straße abkam. Sie konnte ihn sehen ... er hing mit der Nase an einem besonders dicken und stabil gewachsenen Baumstamm. Und sie sah noch etwas, das sie erschreckte und verwirrte: Auf der Beifahrerseite klaffte ein Loch. Die Tür lag wenige Meter vom Auto entfernt mit zersplitterter Scheibe auf dem trockenen Waldboden. Das konnte unmöglich bei dem Unfall passiert sein ... aber wie war es dann passiert?

Später. Nicht jetzt.

Sie holte die Decken, den Verbandskasten und die Tüte mit der Flasche und kletterte vorsichtig den Steilhang hinunter. Der Grund war locker, und sie kam immer wieder ins Rutschen, aber endlich hatte sie den Lieferwagen erreicht. Die Kühlerhaube war eingedrückt, das Wageninnere hatte zwar seine ursprüngliche Form beibehalten, aber als sie durch das Seitenfenster hineinschaute, sah sie, dass sich Armaturenbrett und Lenkrad extrem in Richtung Fahrersitz verschoben hatten. Und die Beifahrertür ...

Miriam ging hinten um den Wagen herum und sah, dass die Tür mit großer Gewalt aus den Angeln gerissen worden war. Stellenweise war das Metall der Türeinfassung aufgeplatzt und verformt wie nach einer heftigen Explosion. Sie berührte vorsichtig eine der scharfen Kanten in Kniehöhe; die Bruchstelle hatte eine dunklere Farbe als der Rest, und als sie die Finger zurückzog, entdeckte sie erschrocken Schmierflecken daran, die verdächtig nach eingetrocknetem Blut aussahen.

Er hat gesagt, er ist verletzt ... und er musste sich sein Bein abbinden.

»Ralf?«

Er war nirgendwo zu sehen. Mit einem abgebundenen Bein konnte er aber wohl kaum den Hang hinaufklettern ...

Sie ließ das Autowrack hinter sich und stieg weiter hinunter, über Baumwurzeln und ausladende, dünne Äste hinweg. Die Sohlen ihrer Wanderschuhe versanken tief in dem Jahre alten Teppich aus trockenen Nadeln und verfaultem Laub. Weder Spuren von einem Sturz noch weitere Blutflecken waren irgendwo zu sehen. Wo konnte er nur sein?

»Ralf ...?«

Sie dachte kurz nach, dann legte sie ihre Last ab, zog das Handy aus der Jackentasche und wählte seine Nummer. Ein Moment der Stille, dann ertönte ein Stück weit unter ihr leise ein Klingelton. Sie ging ihm nach, kletterte noch ein paar Meter tiefer ... und plötzlich sah sie braune Lederstiefel und Beine in Jeans, die hinter einem dicken alten Baum hervorragten. Sie umrundete den Stamm, und da lag er, ausgestreckt zu ihren Füßen, den Kopf zur Seite gewandt, die Augen geschlossen.

Das Handy war inzwischen verstummt. Sie hockte sich neben ihn, berührte ihn an der Schulter und schüttelte ihn leicht.

»Ralf? Ralf, hörst du mich?«

Keine Reaktion.

Wenn er bewusstlos war, wie sollte sie ihn dann diesen verdammten Steilhang hinaufschaffen?

Ein stärkeres Schütteln, aber das Ergebnis blieb dasselbe. Sein Körper war vollkommen schlaff, und als sie den Ärmel seiner Jacke entlangstrich und seine Hand berührte, war die

Haut alarmierend kalt. Miriam spürte, wie Panik in ihr hochstieg, und sie biss sich auf die Unterlippe, bis Blut kam.

Sie schob die Jacke auseinander und legte eine Hand unter seinen Rippenbogen. Gleichzeitig tastete sie an seinem Hals nach dem Puls. Da ... Sie konnte ihn spüren, leicht und schwach, aber regelmäßig, genau wie das fast unmerkliche Heben und Senken seiner Brust. Sie war noch nicht zu spät gekommen.

Miriam fühlte das Gewicht der Silberscheibe zwischen ihren Brüsten; sie hatte sie seit dem Morgen nicht mehr abgenommen. Aber wenn sie ihn jetzt versehentlich damit berührte ... nein, er sah sowieso schon mitgenommen genug aus. Sie streifte sich die Kette über den Kopf und stopfte sie mitsamt dem Anhänger in die Tasche ihrer Jeans.

»Und wenn der Weg voll Dunkelheit ist, schenk uns dein Licht!«, flüsterte sie und dachte an Martin Stein.

Dann holte sie aus und versetzte Ralf eine kräftige Ohrfeige.

Er stöhnte, und sie sah, wie seine Lider zitterten. Seine Lippen bewegten sich, dann öffnete er die Augen ... nur einen Spalt, aber immerhin.

»Miriam ...?« Seine Stimme war heiser, aber die unendliche Erleichterung darin war nicht zu überhören. »Miriam ... Gott sei Dank.«

Sie suchte seinen Körper nach Verletzungen ab. Die verbrannte Hand trug einen Verband, aber das Gewebe hatte bei dem Unfall einiges an Schmutz abbekommen und war obendrein durchgeblutet. Das Hemd war zerrissen, die Haut darunter auf Brust und Bauch aufgeschürft, aber das waren oberflächliche Blessuren. Als sie den Gürtel entdeckte, der knapp unterhalb des rechten Knies fest um das Bein gezurrt war, begriff sie, dass hier die eigentliche Gefahr lauerte.

Ihr Blick wanderte zu seinem bleichen, erschöpften Gesicht zurück.

»Wie lange ist das Bein schon abgebunden?«

Er schwieg, und sie konnte sehen, dass er im Stillen nachrechnete. »Sieben Stunden ... ungefähr.«

Um Himmels willen.

Die Panik kehrte zurück und überflutete sie wie eine Übelkeit erregende Welle.

»Wenn das Bein schon so lange nicht mehr durchblutet wird, dann ist es halb abgestorben!« Ihre Stimme war leise und bebte vor Entsetzen. »Und der Verband über dieser ... dieser *Verbrennung* ist komplett durchgeweicht – du brauchst einen Arzt!«

»Nein.« Er streckte die unverletzte Hand aus, und seine Finger schlossen sich um die ihren. »Keinen Arzt. Ich muss zurück auf den Markwardhof, ehe der Vollmond aufgeht. Wenn ich mich verwandle, heilt alles von allein.«

»Ich wünschte, ich könnte dir glauben.«

»Aber das tust du doch, Miriam.« Jetzt waren seine Augen weit offen, und in dem durchsichtigen Graugrün blitzte ein heißer, goldener Funke. »Wenn du mir nicht glauben würdest, hättest du die Feuerwehr gerufen und wärst nicht mutterseelenallein mit dem Erste-Hilfe-Koffer hier hinuntergeklettert.«

Punkt für ihn.

»Also schön.« Sie schluckte nervös und hasste sich selbst dafür, dass sie es nicht fertigbrachte, ihm ihre Hand zu entziehen. »Hier unten bin ich jetzt. Aber wie kriege ich dich den Hang hinauf und in meinen Wagen? Ich kann dich unmöglich tragen. Das schaff ich einfach nicht.«

»Ist auch nicht nötig.« Er lächelte schwach. »Ich hatte Zeit genug, mir was zu überlegen. Im Kofferraum von meinem Wagen liegen fünf Spanngurte – die nehme ich normalerweise, um Möbel auf der Ladefläche festzumachen. Bring sie bitte hier herunter. Die Klappe müsste sich noch öffnen lassen – der größte Schaden am Auto ist vorne, nicht hinten.«

Miriam erhob sich aus der Hocke und schaute auf ihn hinab.

»Das halbe Innenleben von deinem Wagen hat sich in den Fußraum verschoben. Wie bist du da herausgekommen – und wieso ist die Tür abgerissen?«

»Es ist Vollmond«, sagte er sanft. »An diesem Tag und in der ganzen Nacht, die danach kommt, bin ich am stärksten.«

Sie wollte antworten, aber die Worte blieben ihr in der Kehle stecken.

Stark genug, um eine Tonne Schrott von sich wegzuschieben und eine Autotür aus ihrem Rahmen zu brechen, als sei sie ein Stück morsches Holz?

Sie wandte sich hastig ab, ehe er die jähe Furcht in ihren Augen entdecken konnte, aber es war schon zu spät.

»Miriam?«

»Ja?« Sie sah ihn nicht an.

»Ich würde eher sterben, als dir etwas anzutun.« Seine Stimme war sehr ruhig und voller Trauer. »Ich möchte, dass du das weißt.«

»Schon gut.«

Sie kletterte den Hang hinauf, entschlossen, die Situation, in der sie sich befand, so wenig wie möglich an sich heranzulassen. Immer eins nach dem anderen, und nur dann nachdenken, wenn es sich durchaus nicht vermeiden ließ.

Binnen weniger Minuten hatte sie das Autowrack erreicht, trat an die Rückklappe und drückte den Knopf. Die Klappe schwang tatsächlich auf. Auf der Ladefläche lagen in einer Kunststoffkiste, die bei dem Unfall wundersamerweise stehen geblieben war, sauber zusammengerollt fünf Spanngurte. Jeder trug an seinem Ende etwas, das wie eine mit Zähnen bewehrte, überdimensionale Gürtelschnalle aussah. Der Einfachheit halber nahm sie die Kiste mit und stieg vorsichtig den Hang wieder hinab. Als sie ihre Last neben Ralf abstellte, warf sie einen raschen Blick auf ihre Armbanduhr. Zehn vor neun.

»Wir haben noch über eine Stunde Zeit«, sagte er. »Hab keine Angst.«

»Ich hab keine …« Sie brach ab und biss die Zähne zusammen.

Es hatte keinen Zweck, ihn anzulügen.

»Hol einen der Gurte heraus und roll ihn auseinander.«

Miriam tat wie ihr geheißen. Der Gurt war erstaunlich lang und türmte sich schließlich wie ein Knäuel ineinander verflochtener Schlangen zu ihren Füßen.

»Nimm das Ende mit dem Metall.«

Jetzt hielt sie in der Hand, was wie eine überdimensionale Gürtelschnalle aussah, und hatte gleich darauf auch das andere Ende gefunden.

»Was mach ich damit?«

»Das Ding da ist eine Ratsche. Hast du so was schon mal benutzt?«

»Nein.«

»Ist nicht schlimm. Ich zeig dir, wie's funktioniert. Kannst du mir mal helfen, mich gerade hinzusetzen?«

Er stützte sich auf den Ellbogen. Miriam beugte sich hastig vor, schob ihren Arm unter seinen Rücken, und gemeinsam brachten sie es fertig, dass er endlich aufrecht an dem Baumstamm lehnte, hinter dem sie ihn gefunden hatte. Sie zog den Arm zurück und sah ihm ins Gesicht; er war sehr bleich und atmete stoßweise und mühsam.

»Ralf …«

»Nein. Schon gut.« Er schloss die Augen und versuchte sichtlich, sich zu konzentrieren. »Pass auf … in der Mitte der Ratsche ist ein schmaler Schlitz. Da steckst du das andere Ende durch.«

Miriam befolgte seine Anweisung.

»Okay … jetzt bewegst du die Ratsche ein paarmal auf und ab, damit der Gurt sich um die Führung wickelt, nur, um sicherzugehen … und am Schluss klappst du sie zu. Versuch's mal.«

Die Ratsche ließ sich leicht bedienen und schloss sich mit einem zufriedenstellenden Knacken.

»Und nun?«

»Du musst die Spanngurte ineinanderhängen, wie die Glieder einer Kette. Oh ... und bevor wir weitermachen: Dein Geländewagen hat doch hinten eine Halterung, an dem man unser Gurtseil befestigen kann?«

»Ja, hat er. Vielleicht solltest du mir erklären, was du vorhast.«

»Ganz einfach – du hängst die Kette an dein Auto, ich halte mich am anderen Ende fest und dann ziehst du mich bis nach oben auf die Straße.«

»*Was?*« Sie starrte ihn mit offenem Mund an. »Spinnst du? Du bist sowieso schon in einem schlechten Zustand, und erzähl mir bloß nicht, dass das nicht stimmt! Du warst stark genug, um eine Autotür aus dem Rahmen zu reißen, aber jetzt kommst du nicht einmal mehr ohne meine Hilfe den Hang hoch. Das heißt, du fühlst dich erbärmlich. Und wenn wir das hier durchziehen, dann bringe ich dich vielleicht vollends um. Ach, *verdammt noch mal* ...«

Sie drehte den Kopf weg und spürte, wie ihr die Tränen in die Augen stiegen.

»Kannst du ... kannst du nicht einfach hier liegen bleiben, bis der Mond aufgeht?«

»Wenn das ginge, hätte ich dich nicht angerufen.« Ralf seufzte. »Die ... die Verwandlung ist nicht so ganz einfach. Sie ist mit ... mit *Lärm* verbunden. Vor allem dann, wenn ich verletzt bin.«

»Was soll das heißen: ›mit Lärm verbunden‹?« Miriam wischte sich zornig über das Gesicht.

»Dass ich schreie«, sagte er müde. »Und in den ersten Minuten als Wolf habe ich mich möglicherweise nicht ganz ... unter Kontrolle. Ich bin hier ein bisschen zu nahe an bewohntem Gebiet für meinen Seelenfrieden. Zu Hause bin ich sicherer ... und andere sind es auch.«

»Vor dir?«

Sie hätte sich am liebsten auf die Zunge gebissen.

»Ja.«

Es klang gelassen und völlig nüchtern, und Miriam krampfte sich das Herz zusammen.

Sie senkte den Kopf und schloss die Augen. »Und obwohl du so gefährlich bist, hast du mich angerufen?«

»Ich habe mich den ganzen Tag über – wenn ich bei Bewusstsein war – nur vor einer Sache gefürchtet: dass irgendein ahnungsloser Autofahrer oder Forstmitarbeiter erst meinen Wagen findet und dann mich.«

Wieder tastete seine Hand nach ihrer. Sein Daumen strich liebkosend über ihre Handfläche und sie hielt still, hin- und hergerissen zwischen dem heftigen Drang zu flüchten und dem verzweifelten Wunsch, die Wange an seine Brust zu legen und zu vergessen, was er war ... genau wie die Aufgabe, die er ihr auferlegt hatte.

»Seit siebenhundert Jahren ist meine Familie mit diesem Fluch geschlagen«, fuhr er fort, »und jede Generation hat das Geheimnis gehütet, so gut es ging. Heute bin ich der Einzige, der es kennt ... oder ich war es, bis heute Morgen. Ich wünschte, du hättest es nie erfahren müssen.«

»Zu spät.« Miriam nahm den nächsten Spanngurt aus der Kiste und wickelte ihn ab. »Ich glaube, wir kümmern uns erst einmal um das hier ... alles andere kann warten.«

»Du hast recht.« Er drückte ihre Hand noch einmal fest, dann ließ er sie los. »Die Straße ist zu schmal, und du kannst auf der anderen Seite nicht den Hang hinauffahren. Also musst du das Gurtseil um einen Baum herumführen, bevor du es festmachst. Hast du vielleicht eine Fußmatte aus Gummi in deinem Wagen?«

»Ich glaube schon.«

»Such dir einen stabilen Baum direkt am Straßenrand und leg die Matte ganz unten um den Stamm. Wenn du Seile im Kofferraum hast, dann binde sie damit fest. Als Nächstes fährst du den Wagen ein Stück weiter die Straße hinauf, legst die letzte Schlinge um den Baum und machst sie erst dann mit der Ratsche zu, wenn du sie durch den Abschleppring gezogen hast. So weit klar?«

Miriam nickte stumm. Sie fragte sich, wie lange er über seine Rettung nachgedacht haben mochte, während er hilflos hier im Wald lag.

Es dauerte keine zehn Minuten, die Spanngurte hintereinanderzuhängen. Den letzten ließ sie aufgerollt und nahm ihn in der Jackentasche mit, während sie die lange Gurtkette den Hang hinaufzog. Sie holte die Fußmatte und das Abschleppseil aus ihrem Wagen, wickelte die Matte eng um eine Tanne am Straßenrand und band sie oben und unten mit dem Abschleppseil fest. Dann formte sie die letzte Gurtschlinge und verband sie mit der Kette. Sie legte sie um den Baum und versetzte den Wagen ein Stück weiter den Berg hinauf. Zuletzt zog sie die Schlinge durch die Öse am Heck des Autos und klappte die Ratsche zu.

Sie kletterte ein letztes Mal den Hang hinunter. Als sie bei Ralf ankam, hatte er sich bereits auf den Bauch gedreht und hielt das Ende ihrer improvisierten Zugvorrichtung in der gesunden Hand. Sie schaute auf ihn hinunter, immer noch unschlüssig. Ihr Magen war ein einziger harter Knoten.

»Bist du sicher, dass du das schaffst?«, fragte sie.

Sie war sich nicht einmal sicher, ob sie es selbst schaffen würde.

Sein Mund verzog sich zu dem schrägen Lächeln, das ihr schon so vertraut war. »Was ist schon dabei?«, fragte er. »Ich muss mich doch bloß festklammern, während du die ganze Arbeit machst.«

»Jawohl, und während ich dich über jede verdammte Baumwurzel in diesem Wald schleife!«, murmelte sie gereizt in sich hinein.

»Das habe ich gehört.« Er grinste schwach. »Keine Sorge – ich weiß, du wirst sehr vorsichtig und langsam fahren.«

Wieder blitzte es golden in seinen Augen; nein, es war keine Einbildung, das Gelb wurde intensiver.

Sie warf einen weiteren verstohlenen Blick auf die Uhr. Es war jetzt Viertel nach neun. Mittlerweile war die Sonne hinter der Wolkendecke untergegangen; hinter den Bäumen im Westen blieb nicht viel mehr übrig als ein korallenroter Streifen, zart wie ein flüchtiger Pinselstrich.

»Miriam?«

»Ja?«

Sie hatte ihre Erste-Hilfe-Tasche, die Decken und die Tüte mit den Flaschen aufgehoben und alles in die Kunststoffkiste gepackt ... es war mit Sicherheit besser, so wenig Spuren wie möglich zurückzulassen.

»Ich danke dir. Ich bin sicher, das hier geht gut aus ... aber in jedem Fall danke ich dir.«

»Sei still ... *bitte.*«

Sie wandte sich ab und stieg zum Straßenrand hinauf. Viel zu schnell war die Kiste in ihrem Kofferraum verstaut. Jetzt blieb ihr nur noch, in das Auto zu steigen und loszufahren.

Sie setzte sich hinter das Steuer und drehte den Zündschlüssel. Der Motor sprang an und brummte leise und gewohnt zuverlässig vor sich hin. Sie holte tief Luft, ließ vorsichtig die Kupplung kommen und trat ebenso vorsichtig auf das Gaspedal.

Der Geländewagen rollte langsam die Straße hinauf. Es gab einen kurzen, starken Ruck. Sie sah alarmiert in den Rückspiegel – die Schlingen waren jetzt straff gespannt. Ein Blick auf die Matte zeigte ihr, dass nichts verrutscht war ... und das Gurtseil bewegte sich stetig, während der Abstand zwischen ihr und dem Baum wuchs. Miriam tat ihr Möglichstes, den Gedanken zu verdrängen, wie es sich für Ralf anfühlen musste, wenn die Gurtschlinge an seinem Arm zerrte.

Vielleicht klappte es ja tatsächlich.

Fünf Meter. Sieben. Zehn.

Noch immer behielt sie die Matte genau im Auge, und plötzlich wurde ihr klar, dass etwas nicht stimmte; der Zug auf die Gurte war extrem und ließ sie vibrieren wie eine riesige Gitarrensaite, aber die Schlinge, die um den Baum führte, rührte sich nicht mehr. Sie hing fest.

Miriam sprang aus dem Wagen und rannte zurück. Noch ehe sie den Stamm erreicht hatte, sah sie, wie die Schlinge abrutschte und zu Boden fiel. Sie spähte die Schneise hinunter; das Licht ließ rapide nach, und es dauerte einen Moment, bis sie Ralf etwa zehn Meter unterhalb der Böschung auf dem Steilhang liegen sah.

»Was ist passiert?«

»Nichts weiter ... hier hat sich bloß was verheddert.«

Seine Stimme klang schwach und verzerrt. Er musste fürchterliche Schmerzen haben.

»Komm nicht runter. Fahr weiter – es geht schon.«

Miriam legte die Schlinge wieder um die Matte, kehrte zum Auto zurück und setzte sich auf den Fahrersitz. Sie tippte das Gaspedal vorsichtig mit der Fußspitze an und ließ den Wagen erneut sehr langsam anrollen, die Augen unverwandt auf den Rückspiegel gerichtet. Ein Ruck, die Gurte spannten sich erneut ... und glitten sauber und ohne Widerstand am Stamm entlang.

Gott sei Dank.

Fünfzehn Meter. Zwanzig. Fünfundzwanzig.

Miriam bremste und stieg aus. In Sekundenschnelle hatte sie den Baum erreicht, wo die Gurtschlinge inzwischen zum zweiten Mal auf den Boden gerutscht war. Direkt dahinter lag Ralf halb auf der Straße, den linken Arm ausgestreckt, die Hand immer noch um das Ende des Gurtseils gekrampft. Sein Gesicht war von ihr abgewandt. Sie hockte sich neben ihn, packte ihn an den Schultern und drehte ihn herum.

War er vorhin schon blass gewesen, so hatte seine Haut jetzt überhaupt keine Farbe mehr ... jedenfalls, soweit sie das unter dem Schmutz erkennen konnte, der Wangen und Stirn bedeckte.

Sie zog ihre Bluse aus, faltete sie zusammen und schob sie unter seinen Kopf. Dann stand sie auf, hastete zum Auto zurück und holte die Tüte mit der Flasche. Sie suchte in ihrer Hosentasche, fand ein angebrochenes Päckchen Papiertaschentücher und goss auf eines davon Mineralwasser. Dann bettete sie Ralfs Kopf auf ihre Knie und wischte mit dem durchweichten Tuch behutsam sein Gesicht ab.

»Ralf? Ralf – komm zu dir. Wir haben es geschafft.«

Eine ganze Weile geschah nichts, dann blinzelte er, öffnete endlich die Augen und sah sie an. Das klare Graugrün war inzwischen vollkommen verschwunden; seine Pupillen leuchteten im schwindenden Licht der Abenddämmerung tiefgolden.

»Miriam.« Unglaublicherweise lächelte er. Dann hob er die Hand und berührte ihre Wange. »Wie ... wie spät ...?«

»Halb zehn.« Sie straffte den Rücken. »Hör zu ... ich muss dich hier einen Moment allein lassen. Ich hol den Wagen her, und dann müssen wir dich irgendwie auf den Beifahrersitz kriegen. Glaubst du, dass du aufstehen kannst?«

»Keine Ahnung.« Seine Augen fielen wieder zu. »... es versuchen.«

Sie hob seinen Kopf von ihren Knien und bettete ihn wieder auf die Bluse. Dann stand sie auf, ging rasch zum Wagen hinüber und stieg ein. Die Straße war hier gerade eben breit genug, um zu wenden; danach ließ sie das Auto langsam den Berg hinabrollen und bremste so, dass es mit der Beifahrertür direkt neben Ralf zum Stehen kam. Sie schob den Sitz so weit zurück wie möglich, kippte die Lehne bis zum Anschlag nach hinten und öffnete die Tür. Dann stieg sie aus und beugte sich wieder über die langgestreckte Gestalt auf dem Boden.

»Ralf?«

Keine Antwort.

»Ralf? Hörst du mich?«

Ein kaum wahrnehmbares Nicken. Sie hockte sich hinter ihn, hob seine Schultern an und schob die Hände unter seinen Achseln hindurch. Dann zog sie mit aller Kraft. Er versuchte, ihr zu helfen, aber es war trotzdem eine Quälerei, bis er endlich halbwegs gerade saß, den Rücken von ihrem Oberkörper gestützt, den Kopf an ihrer Schulter. Inzwischen atmeten sie beide stoßweise vor Anstrengung.

»Du musst aufstehen«, sagte sie dicht an seinem Ohr. »Ich kann dich nicht ins Auto hieven, du bist einfach zu schwer. Wenn du bei Vollmond wirklich so stark bist, wie du sagst, dann brauchen wir jetzt etwas von dieser Stärke, und zwar sofort. Denn sonst kommen wir hier nicht weg. Hast du das verstanden?«

Wieder nickte er. Sie kam auf die Beine, die Hände immer noch unter seinen Achseln, und es gelang ihr, ihn gegen den Rahmen der offenen Beifahrertür zu lehnen, bevor sie beiseitetrat. Er stemmte sich hoch und schloss auf beiden Seiten die Hände um die Kante des Wagenbodens. Ein paar endlose Sekunden lang hielt er vollkommen still, den Kopf gesenkt. Dann stieß er sich jäh mit dem gesunden Bein nach oben ab und ließ sich nach hinten fallen, in das Wageninnere hinein; sie hörte ihn kurz und scharf aufschreien.

Sie schloss die Autotür hinter ihm, hetzte um das Auto herum, kletterte auf der Fahrerseite hinein.

»Ralf? Bist du in Ordnung?«

Er sog zischend den Atem durch die zusammengebissenen Zähne ein. Die versengte Hand hing über die Sitzkante; der Verband war zerfetzt. Blut rieselte über die Finger und bildete einen wachsenden Fleck auf dem Boden.

Natürlich – er hatte sich ja mit beiden Händen abstützen müssen.

Miriam schloss die Augen. Ihr wurde übel, und sie musste sich zusammenreißen, um mit dem jähen Brechreiz fertig zu werden.

Nach einigem Schieben und Ziehen lag Ralf endlich ausgestreckt auf dem fast flachen Beifahrersitz. Sie verzichtete darauf, ihn anzuschnallen, und stieg ein letztes Mal aus, um das improvisierte Sicherungsseil einzusammeln, die Matte abzuwickeln und den Berg aus Gurten in den Kofferraum zu stopfen. Als sie sich wieder hinter das Steuer setzte, war es Viertel vor zehn.

Um drei Minuten vor zehn hatte sie die Lichtung beim Markwardhof erreicht. Sie dankte noch immer ihrem Geschick, dass um diese Uhrzeit kein Verkehrspolizist unterwegs gewesen war; dem hätte sie nicht nur erklären müssen, warum sie durch Finkenweiler gerast war, als sei der Teufel hinter ihr her, sondern auch, warum ein schwer verletzter, halb bewusstloser Mann neben ihr lag.

Sie ließ den Motor laufen und berührte Ralf an der Schulter.

»Wir sind da«, sagte sie. »Was jetzt?«

»Nicht ins Haus«, sagte er.

Seine Stimme klang heiser und unendlich müde; in diesem Moment war das Mitgefühl, das sie für seine entsetzliche Lage empfand, größer als ihre Angst.

»Wohin dann?«

»In die Werkstatt. Hilf mir hinein, lass die Tür offen stehen, und dann fährst du sofort wieder heim.«

»Kommt nicht in Frage!«, sagte sie fest. »Ich bleibe hier. Gib mir deinen Hausschlüssel, dann warte ich drinnen.«

Er seufzte. »Worauf?«

»Auf den Vollmond«, sagte sie. »Und darauf, dass die Nacht vorübergeht. Bist du morgen wieder ein ... ein Mensch?«

»Es dauert nur immer so lange, bis die Sonne aufgeht. Miriam ... ich will nicht, dass du bleibst. Es ist zu riskant.«

»Du hast gesagt, du würdest lieber sterben, als mir etwas anzutun.« Sie erwiderte unbeugsam den Blick der feurig goldenen Augen. »Und ich nehme dich beim Wort.«

Er antwortete nicht; stattdessen fasste er mit der gesunden Hand in seine Hosentasche und hielt ihr wortlos seinen Schlüsselbund hin. Sie steuerte den Wagen direkt vor den Eingang des Nebengebäudes. Es gelang ihr, ihm aus dem Auto zu helfen, die Tür aufzusperren und ihn die wenigen Meter nach drinnen in die Werkstatt zu bugsieren. Sie ließ ihn zu Boden gleiten und breitete die Decke, die sie als Bündel unter dem Arm mitgenommen hatte, über ihm aus. Als sie sich zum Gehen wandte, hielt seine Stimme sie auf.

»Einen Moment noch.«

»Was ist?«

»Verriegle die Tür von innen. Und geh nicht ins Freie. Versprichst du mir das?«

»Ja.«

»Hast du … den Fluchbrecher bei dir? Die silberne Kette mit dem Anhänger?«

Sie nickte schweigend.

»Leg sie um. Und nimm sie unter gar keinen Umständen ab.«

»Mach ich.«

Miriam drehte sich um, ging hinaus und ließ die Tür weit offen stehen. Mit wenigen Schritten hatte sie den gelben Kreis, den die Lampen in der Werkstatt auf die Erde warfen, hinter sich gelassen und überquerte im Dunkel des Frühsommerabends die Lichtung. Das Haupthaus ragte schwarz und still vor ihr auf.

Als sie vor dem Eingang stehen blieb und an dem unvertrauten Bund nach dem richtigen Schlüssel suchte, trieben über ihrem Kopf die Wolken auseinander und sie sah den Mond … rund und leuchtend, wie die geheimnisvolle Silberscheibe in ihrer Hosentasche.

Endlich – das war der eine, der passte. Sie drehte ihn im Schloss, dann schwang die Eingangstür auf. Die Diele dahinter war noch dunkler als der sternenlose Nachthimmel. Sie zögerte auf der Schwelle und blickte über ihre Schulter zur Werkstatt zurück.

In diesem Moment hörte sie ein Geräusch, das eindeutig von dort kam … ein lautes Klirren und Splittern, als sei irgendetwas zerbrochen, und dann einen Laut, der sich anhörte wie eine gespenstische Mischung aus Knurren und Stöhnen. Miriam spürte, wie sich die Haare in ihrem Nacken und auf ihren Unterarmen aufstellten. Es klang noch nicht ganz nach einem Tier ... aber nach einem Menschen klang es auch nicht mehr.

Mit einem langen Satz war sie in der Diele. Sie schlug die Tür hinter sich zu, drehte den Schlüssel zweimal um und legte den altertümlichen, massiven Riegel vor. Ihr Herzschlag hämmerte wild bis in die Fingerspitzen hinein. Sie zog die Kette aus der Tasche und hängte sie sich um den Hals. Dann lehnte sie sich neben der Tür an die Wand, tastete nach der silbernen Scheibe und umklammerte sie so fest, dass sich das Metall schmerzhaft in ihre Handfläche grub.

Er schrie.

Die Schmerzen waren entsetzlich ... und die Verletzungen, die er bei dem Unfall davongetragen hatte, fügten der vertrauten Qual der zweiten Dreinacht noch eine neue Dimension hinzu. Seine Glieder krümmten und streckten sich, sein Rücken bog sich durch, bis die überbeanspruchten Wirbel knackten, während er einmal mehr durch das grausame Feuer des Verwandlung ging und von einer Gestalt in die andere wechselte. Er verlor jegliches Zeitgefühl und die Gabe, klar zu denken.

Endlich lag sein Körper still. Die pelzigen Flanken hoben und senkten sich in schweren Atemzügen, während der Fluch das einzig Gute wirkte, das er vermochte, und seine Wunden heilen ließ. Frisches Gewebe ersetzte verbranntes Fleisch und zerstörte Haut, und das Bein kräftigte sich langsam, während das zuvor durch den Gürtel gestaute Blut wieder ungehindert durch die Adern kreiste.

Der Wolf wusste nicht, dass es bereits kurz nach Mitternacht war, als er sich endlich aufrappelte und den Weg ins Freie fand. Der linke Hinterlauf war steif und schmerzte noch immer, während er die Pfoten auf kühle, feuchte Erde setzte und die Düfte der Nacht mit geschärften Sinnen in sich aufnahm.

Die Lichtung, die Werkstatt hinter ihm und der schlafende Hof ... Dies waren die Gerüche seiner Kindheit, vertraut und lindernd. Aber nun spürte er da noch mehr. Er witterte *sie*, eine unruhige, angsterfüllte Gegenwart hinter den Mauern des Hauses. Ihr Duft war selbst hinter der Barriere aus jahrhundertealtem Holz und Stein stark, berauschend und atemberaubend süß. Der Wolf schnürte über die betaute Wiese, blieb stehen und hob den mächtigen Kopf, erfüllt von Hunger und verzweifelter Sehnsucht.

Sie. Die Frau. Seine Gefährtin.

Sie musste geschützt werden, um jeden Preis. Ihr durfte nichts Böses zustoßen. Nicht, solange er lebte.

Er wandte sich ab, lief zum Waldrand und verschwand unter den Bäumen.

Kräutermond – Ende der Lügen

Am nächsten Morgen

Miriam öffnete die Augen und war umgeben von bläulichem Dämmerlicht.

Sie schaute sich um, noch halb im Schlaf, und erlebte einen Moment vollständiger Unwirklichkeit. Die Wände des Zimmers, in dem sie sich befand, waren weiß getüncht und schmucklos, die Bodendielen nackt und naturbelassen; der Vorhangstoff sah aus wie festes Leinen. Der einzige dekorative Gegenstand im Raum war eine prachtvoll geschnitzte und bemalte Truhe. Daneben stand ein Kleiderschrank aus hellem Holz. Das Bett, in dem sie lag, war aus demselben Holz gemacht, schmal und so schlicht, dass es genauso gut in einer Mönchszelle hätte stehen können.

Sie hatte nicht die mindeste Ahnung, wo sie sich befand.

Miriam setzte sich auf und spürte, wie die Matratze unter ihr nachgab. Eine Wolldecke rutschte von ihren Knien, und als sie den Kopf wandte, entdeckte sie ihre Hose, die halb von der Lehne eines Stuhles hinunterhing. Sie war voller Flecken ... Erde, Tannennadeln, die auch auf den Boden gerieselt waren, dazu rostbraune Schmierstreifen, die aussahen wie getrocknetes Blut. Sie schaute an sich herunter und stellte fest, dass sie ein weißes Top trug. Es war nicht viel sauberer als die Hose.

Ein Kopf, auf ihre Knie gebettet, ein bleiches Gesicht. Eine Hand, die tastend ihre Wange berührte ...

Die Erinnerung überfiel sie so plötzlich, dass sie unwillkürlich nach Luft schnappte.

Ralf.

Er hatte sie angerufen, weil es sonst niemanden gab, den er um Hilfe bitten konnte. Und sie war ihm zu Hilfe geeilt, weil sie es nicht fertigbrachte, ihn im Stich zu lassen ... trotz der Szene am gestrigen Morgen, trotz ihres Entsetzens, trotz des übernatürlichen Schreckens, der durch Ralfs Geständnis in ihre geordnete Welt eingebrochen war und sie auf den Kopf gestellt hatte.

Sie hatte ihn zum Markwardhof gebracht, in Sicherheit. Und dann war sie in sein Haus gegangen, um die Nacht abzuwarten ... oder besser, sie war hinein*geflüchtet*, als sie hörte, wie auf der anderen Seite der Lichtung die Verwandlung einsetzte. Jedenfalls nahm sie an, dass es die Verwandlung gewesen war, deren Zeugin sie geworden war.

Sie hatte nichts gesehen, aber er hatte recht gehabt ... was immer dort in der Werkstatt mit ihm geschah, es war tatsächlich mit Lärm verbunden. Sie hatte auf dem Boden in der dunklen Diele gesessen, hinter der verriegelten Tür, die Kette um den Hals, die Silberscheibe in der Hand und Tränen in den Augen, während sie ihn schreien hörte ... unmenschliche Schreie einer menschlichen Stimme, die irgendwann in das qualvolle Geheul eines Tieres übergingen, bevor sie endlich verstummten.

Sie hatte nichts gesehen.

Sie erinnerte sich nur allzu deutlich an die morbide, fast übermächtige Versuchung, die sie dazu bringen wollte, an eines der Fenster zu treten, die Vorhänge beiseitezuziehen und auf die Lichtung hinauszublicken.

Wartete der Wolf vor dem Haus auf sie, so wie in ihren Träumen?

Am Ende aber hatte die Angst den Sieg über ihre Neugier davongetragen. Es musste gegen Mitternacht gewesen sein, als draußen endlich Stille eintrat. Erst dann hatte sie gewagt, sich aus ihrer unbequemen Lage aufzurappeln und die Diele zu verlassen.

Sie wusste noch immer nicht wirklich, wie es in dem Haus aussah. Heute Nacht war ihr nicht danach zumute gewesen, sich umzuschauen. Sie war mit schweren Beinen und brennenden Augen die Treppe hinaufgestiegen und hatte die erste Tür geöffnet, die sie im Obergeschoss fand. Sie hatte das Bett gesehen, auf dem nur ein Kopfkissen und eine zusammengefaltete Wolldecke lagen. Kurzerhand war sie aus der verdreckten Hose geschlüpft, hatte sich auf der Matratze zusammengerollt und die Decke über sich gezogen. Nur wenige Minuten später war sie eingeschlafen, die Silberscheibe gegen die Brust gepresst.

Miriam stand auf, ging zum Fenster hinüber und zog die Vorhänge zur Seite. Draußen schien die Sonne von einem klaren, blauen Himmel; die Lichtung lag noch im Schatten. Das Blechdach der Werkstatt glänzte allerdings schon hell im Morgenlicht, und die Tür stand sperrangelweit offen. Es musste noch früh sein; sie sah auf ihre Armbanduhr.

Halb sieben.

Wo war er?

Sie verließ das Zimmer, trat hinaus auf den dämmerigen Flur. Als sie die nächste Tür öffnete, stellte sie fest, dass sich dort ein Badezimmer befand. Es gab eine Badewanne, eine Duschkabine und ein Waschbecken. Eine weitere Tür in der linken Badezimmerwand führte zu einem winzigen Raum mit einer Toilette.

Sie ging wieder in das kleine Schlafzimmer und warf einen Blick in den Kleiderschrank. Jeans, Pullover, Shirts, dazu vielleicht ein Dutzend Hemden, sauber auf Bügeln aufgereiht ... und ganz unten, in einem kleinen Fach, entdeckte sie eine zusammengefaltete Jogginghose. Sie nahm sie heraus, schüttelte sie auseinander und stellte fest, dass es Jahre her sein musste, seit sie Ralf gepasst hatte. Er war vermutlich noch ein halbes Kind gewesen, als er sie zum letzten Mal trug, so klein und schmal war sie geschnitten.

Dort, wo die Hose gelegen hatte, befand sich noch etwas, das bisher darunter verborgen gewesen war – ein schmaler Ordner aus Pappe. Sie holte ihn aus dem Schrank, betrachtete das einzige darin abgeheftete Blatt und runzelte die Stirn.

2009, 15. Mai: Quimper (Frankreich/Bretagne). Eine Schafherde wird gerissen, die Bissspuren sind laut Polizei zu groß für normale, streunende Hunde. Die Tiere sind nicht gefressen worden, nur zerfleischt.

2009, 13. August: Windermere (England/Lake District) Verkäuferin (23) verschwunden, mit Verletzungen tot aufgefunden, die von einem Raubtier stammen (könnten).

2010, 9. Februar: Durham (Nordengland): Studentin (20) verschwindet auf dem Heimweg von einer Vorlesung; die Leiche wird erst nach einem halben Jahr stark verwest aufgefunden. Das Opfer wurde offenbar von einem großen Raubtier verstümmelt und getötet.

2010, 7. März: Stranraer (Schottland): Schafherde gerissen, nur teilweise gefressen. Tochter (16) des Besitzers der Herde tot aufgefunden (viele Bisswunden).

Die Liste war noch länger, die aufgezählten Todesfälle bildeten eine grausame Kette von Frankreich über England und Schottland nach Irland, und von dort aus wieder nach Frankreich, wo sie im Herbst 2012 mit dem Tod einer Buchhändlerin nahe Le Havre endete, die ebenfalls offenbar an den Bissen großer Raubtierfänge gestorben war.

Miriam spürte, wie es ihr eiskalt den Rücken hinunterlief.

Wieso listete Ralf diese Verbrechen auf? Vermutete er, dass ein anderer Werwolf rastlos durch Europa streifte und sein Unwesen trieb, wenn ihn der Fluch des Mondes überkam? Suchte er etwa nach Artgenossen?

Oder war er am Ende selbst dort gewesen? War er …

Miriam schüttelte heftig den Kopf. So gespenstisch, so übernatürlich das gewesen war, was sie gestern erlebt hatte, das konnte und mochte sie sich nicht vorstellen. Es musste eine andere Erklärung dafür geben. Sie würde ihn danach fragen… nur eine von den zahllosen Fragen, die er ihr beantworten musste.

Kurz entschlossen legte sie den Hefter wieder in den Schrank und zog ein graues T-Shirt aus einem der Regale über der Kleiderstange. Dann ging sie unter die Dusche.

Zehn Minuten später stand sie vor dem Spiegel und kämmte sich die nassen Haare mit einer Bürste, die sie auf der Ablage gefunden hatte. Die Jogginghose hatte einen Gummizug und passte in der Taille, nur die Beine waren zu lang; sie hatte sie aufkrempeln müssen. Das Shirt war viel zu groß und hing an ihr herunter wie ein unförmiger Sack. Aber wenigstens fühlte sie sich jetzt wieder sauber. Sie flocht das nasse Haar zu einem straffen Zopf, verließ das Bad und ging die Treppe hinunter. Jacob fiel ihr ein, der zweifellos im Trautweinhof darauf wartete, gefüttert und ins Freie gelassen zu werden. So leid es ihr tat, aber er würde sich noch etwas gedulden müssen.

Die massive Haustür war nach wie vor abgeschlossen. Miriam legte beide Hände auf den Riegel, spürte das Gewicht der Silberscheibe auf ihrer Brust und versuchte, sich daran zu erinnern, was Ralf gestern Abend zu ihr gesagt hatte: »Es dauert nur so lange, bis die Sonne aufgeht.«

Sie biss sich auf die Lippen, zog den Riegel aus der Verankerung und drehte den Schlüssel im Schloss. Die Tür schwang mit leisem Knarren auf, und Licht flutete in die Diele.

Sie trat blinzelnd ins Freie und spürte den Tau kühl und frisch unter ihren bloßen Füßen. Niemand war zu sehen. Sollte sie in die Werkstatt hinübergehen und sich vergewissern? War er noch dort? Die Sonne war vor etwa vierzig Minuten aufgegangen. Wenn er in den Wald geflüchtet war, dann hing alles davon ab, wie weit er sich in der letzten Nacht vom Markwardhof entfernt hatte.

Woher willst du wissen, dass er sich tatsächlich zurückverwandelt hat? Die Stimme in ihrem Hinterkopf hatte während der gesamten wahnwitzigen Rettungsaktion am gestrigen Abend geschwiegen, ebenso wie die ganze Nacht hindurch. Jetzt meldete sie sich plötzlich wieder zu Wort; sie klang gleichzeitig ängstlich und aufsässig. *Vielleicht ist er in Wirklichkeit immer noch eine Bestie mit Reißzähnen, die nur darauf wartet, dass du unvorsichtig wirst.*

Miriam schüttelte den Kopf und schluckte eine bissige Bemerkung hinunter; sie konnte jetzt unmöglich damit anfangen, wütende Streitgespräche mit sich selbst zu führen. In den letzten vierundzwanzig Stunden hatte sie verkraften müssen, dass der Mann, mit dem sie seit zwei Monaten zusammen war, alles andere war als ein normaler Mensch. Er hatte ihr offenbart, dass er von einem uralten Fluch verfolgt wurde, etwas, was sie ihr ganzes Leben lang ins Reich der Legenden verbannt hatte. Sie hatte eine Autotür gesehen, mit übermenschlicher Kraft aus ihren Angeln gerissen.

Er hatte mit dem Kopf auf ihren Knien gelegen, erschöpft und schwer verletzt.

Er hatte sie aus goldenen Wolfsaugen angesehen und gelächelt.

Merkwürdigerweise verlieh ihr diese letzte Erinnerung etwas Mut. Sie ließ den Blick ein letztes Mal über die Lichtung schweifen und ging dann ins Haus zurück.

Nach der heiteren Helligkeit des Sommermorgens war das Innere des Hauses sehr dunkel. Direkt vor sich entdeckte sie eine Tür, die sie gestern Abend nicht gesehen hatte; sie drückte die Klinke hinunter und stand in einer altmodisch eingerichteten Küche. Es gab eine sauber gescheuerte Steinspüle, einen Gasherd und einen unlackierten Holztisch mit zwei Stühlen, über dem eine Lampe mit einem Glasschirm hing. Der Boden war mit Schieferplatten belegt, die Wände ebenso schlicht weiß verputzt wie oben in der kleinen Schlafkammer. Sie öffnete die Kühlschranktür. Er war fast leer, bis auf eine einsame Milchtüte und ein Päckchen Butter. Nicht weiter seltsam – immerhin hatte Ralf seit zwei Monaten fast ausschließlich auf dem Trautweinhof gegessen, gemeinsam mit ihr.

Sie setzte sich an den Küchentisch und stützte das Kinn auf die gefalteten Hände. Sonnenstrahlen fielen durch die Sprossenfenster und malten Kringel auf das helle Holz. Vogelgesang durchbrach die Stille, fröhlich und sprudelnd wie eine Kaskade.

Wo war er?

Im nächsten Moment hörte sie draußen knirschende Schritte auf dem Kies. Sie kamen auf das Haus zu.

Miriam reagierte, ohne nachzudenken. Sie sprang auf, huschte zur Tür und schloss sie so leise wie möglich. Sie lehnte sich gegen den Türrahmen und hielt die Luft an. Das Herz schlug ihr bis zum Hals.

Jetzt waren die Schritte in der Diele und hielten inne … eine Sekunde, zwei, drei. Sie wartete; ihre Hand wanderte instinktiv zu der Kette und hielt inne. Die Silberscheibe lag unter dem übergroßen Shirt auf ihrer Haut, von ihrem Körper gewärmt.

Er kam nicht herein. Die Schritte bewegten sich die Treppe hinauf, und sie hörte ihn oben hin und her gehen. Dann rauschte Wasser.

Miriam stand noch immer hinter der Tür, vor Unentschlossenheit wie gelähmt. Gestern hatte sie ihn gerettet und ihm unter großer Anstrengung in die Werkstatt geholfen, weil er kaum imstande gewesen war, sich auf den Beinen zu halten. Jetzt ging es ihm ganz offensichtlich besser. Sie konnte einfach verschwinden, ohne ihm gegenübertreten zu müssen.

Aber sie hatte ihm gesagt, dass sie auf den Vollmond warten würde, und darauf, dass die Nacht vorüberging. Oben in seinem Schlafzimmer lag ihre verschmutzte Kleidung. Inzwischen hatte er sie bestimmt gesehen, ebenso wie das benutzte Handtuch im Badezimmer. Sie durfte nicht einfach weglaufen.

Also ging sie langsam wieder zum Tisch hinüber und setzte sich hin. Sie lauschte angespannt, hörte, wie das Wasser abgedreht wurde. Wieder Schritte über ihrem Kopf, die durch den Korridor gingen und dann langsam und ein ganz klein wenig unregelmäßig die Treppe hinunterkamen. Sie näherten sich der Küchentür, und Miriam richtete sich unwillkürlich auf und hob das Kinn.

Die Tür öffnete sich.

Sie hatte in seinem Bett geschlafen.

Ralf musste ihre Kleidung nicht sehen, um das zu wissen. Das ganze Zimmer war erfüllt von ihrem Duft. Genauso wenig war es nötig, einen Blick in die Küche zu werfen, um ihre Gegenwart zu spüren. Ihre plötzliche Panik schlug ihm durch Gemäuer und Holz entgegen wie ein stummer Schrei. Er ging hinauf, die Schmerzen und die Anstrengungen der letzten Dreinacht eine Last auf Leib und Seele, die ihn schwerfällig machte. Das linke Bein war immer noch ein wenig steif, und er stellte fest, dass er es beim Laufen nachzog – nicht sehr stark, aber spürbar.

Die Dusche befreite ihn wenigstens von Schweiß und Schmutz und sie nahm ihm etwas von seiner Erschöpfung. Während das heiße Wasser auf ihn herunterprasselte, beugte er sich vor und inspizierte die Stelle, wo der tiefe Schnitt gewesen war, der ihn am Abend zuvor fast umgebracht hätte. Das Fleisch war sauber verheilt, aber eine fadendünne, dunkle Vertiefung in der Haut mahnte ihn, sich nie wieder zu sehr auf seine übernatürlichen Heilkräfte zu verlassen. Auch in Wolfsgestalt konnte er sterben.

Er nahm das gleiche Handtuch, das sie auch benutzt hatte, und vergrub sein Gesicht in dem weichen Frottee.

Sie hätte das Weite suchen sollen, nachdem sie ihn gerettet hatte, aber sie hatte es nicht getan. Er wusste nicht, ob das ein Grund zur Hoffnung war – er hatte es sich so lange versagt, auf irgendetwas zu hoffen, dass er jetzt instinktiv davor zurückscheute.

Er holte eine saubere Jeans und ein T-Shirt aus dem Schrank und zog sich an. Dann ging er hinunter in die Diele und blieb vor der Küche stehen. Er legte die Hand auf die Klinke und zögerte, von jäher Furcht gepackt; was immer in den nächsten paar Minuten passierte, es war entscheidend – möglicherweise für den Rest seines Lebens.

Er drückte die Klinke hinunter.

Ralf stand auf der Schwelle und sah sie an. Er war sehr blass, und Miriam fragte sich unwillkürlich, ob ihr Gesicht wohl ebenso wenig Farbe hatte. Sie stand langsam von dem Stuhl auf. In den vergangenen Minuten hatte sie sich ein halbes Dutzend erster Worte zurechtgelegt. Als sie jetzt endlich sprach, sagte sie kein einziges davon.

»Zeig mir deine Hand.«

Er schien sich nicht darüber zu wundern; es wirkte fast so, als habe er nichts anderes erwartet. Er kam langsam auf sie zu und streckte die rechte Hand aus, die Handfläche nach oben. Sie starrte auf die Stelle, wo sich noch vor etwas mehr als vierundzwanzig Stunden die geheimnisvolle Silberscheibe so grausam und tief in das Fleisch gebrannt hatte.

Jetzt war die Haut glatt und unversehrt. Einzig die Tatsache, dass sie keine der vertrauten Schwielen aufwies – dass sie ausgesprochen rosig und vollkommen neu aussah – war ein Indiz dafür, dass sich dort überhaupt bis vor kurzem noch eine Verletzung befunden hatte. Und keine

Wunde heilte jemals so schnell ... nicht auf natürliche Weise jedenfalls.

Sie blickte auf und begegnete seinen Augen.

Er bückte sich und zog schweigend das linke Hosenbein hoch.

»Das willst du doch sicher auch sehen.« Seine Stimme war ein wenig heiser, aber ruhig.

Miriam ging in die Knie, betrachtete die entblößte Wade und legte endlich die Hand darauf. Das Bein fühlte sich sehr warm an, fast fiebrig; sie fragte sich, ob es wohl eine Nachwirkung der Verletzungen war, oder ob es etwa mit diesem ... diesem Fluch zusammenhing. Und hier war die Wunde nicht ganz so spurlos verschwunden. Sie zog die etwa zehn Zentimeter lange, zornrote Linie behutsam mit der Fingerspitze nach.

Es war keine Einbildung. Es war kein schlechter Traum, den man am Morgen erleichtert den Schatten der Nacht überließ. Es war Wirklichkeit.

Plötzlich wurde ihr schwindelig und flau. Sie verlor das Gleichgewicht, sank nach hinten und fand sich auf den Bodendielen wieder. Kalter Schweiß trat ihr auf die Stirn, und dann schwamm Ralfs besorgtes Gesicht langsam in ihr Blickfeld.

»Miriam? Alles in Ordnung?«

In Ordnung ... Er wollte wissen, ob mit ihr alles in Ordnung war.

»Oh, aber sicher«, hörte sie sich selbst sagen.

Ihre Stimme klang, als käme sie aus einem schlecht eingestellten Lautsprecher ... erst laut und deutlich, dann plötzlich so leise, als müsse sie eine dicke Schicht Watte durchdringen.

»Ein Schmuckstück, das ich von meiner Oma geerbt habe, hat dir gestern die Hand bis fast auf die Knochen versengt. Und ich hab ...« Sie rang nach Atem und kämpfte verzweifelt darum, sich zu konzentrieren. »... ich hab dich keine zwölf Stunden später halb bewusstlos an einem Seil aus Spanngurten durch den Wald geschleift. Ich hab bis fast um Mitternacht hinter der Tür dieses Hauses gehockt, halb verrückt vor Angst, und ich hab dich schreien hören, während irgendetwas mit dir passiert ist, das ich immer noch nicht wirklich begreife. Und jetzt ... und jetzt ...«

Mittlerweile bebte ihre Stimme so heftig, dass sie sich selbst kaum noch verstand. Sie presste die Hand vor den Mund und stellte mit betäubtem Staunen fest, dass ihr Gesicht tränennass war. Und dann nahm er sie bei den Schultern und zog sie mit sanfter Gewalt an sich, und sie fiel wie ein hilfloses Bündel gegen seine Brust.

Später wusste Miriam nie genau, wie lange dieser beschämende Zusammenbruch eigentlich gedauert hatte. Nur so viel war sicher: Seine Arme hielten sie, während er schweigend ihren Rücken und ihr Haar streichelte. Sie schluchzte laut und fassungslos, das Gesicht im weichen Stoff seines T-Shirts vergraben, außerstande, ihn loszulassen, geschweige denn ihn zurückzustoßen. Sein Körper und seine lebendige Wärme waren ein Trost, den sie viel zu nötig hatte, um darauf verzichten zu können.

Irgendwann war der Sturm endlich vorbei. Miriam wurde sich bewusst, dass sie auf dem Boden kniete, an Ralf geschmiegt, die Wange an seiner Schulter. Ralf kniete ebenfalls und umarmte sie immer noch; aber er hatte seinen festen Griff gelockert und blieb vollkommen reglos, obwohl diese Haltung für ihn ausgesprochen unbequem sein musste.

Wieder einmal überlässt er mir die Wahl, dachte sie.

Es war geradezu herzzerreißend typisch für diesen Mann, dass er imstande war, so weit über seine eigenen Bedürfnisse und Wünsche hinauszudenken und nur im Auge zu behalten, was *sie* wollte und brauchte. Sie rührte sich genauso wenig wie er; in dem Moment, in dem sie sich bewegte und sprach, war die Atempause vorüber und sie musste eine Entscheidung treffen.

Am Ende nahm er ihr auch diese Mühe ab.

»Miriam.« Er schob sie sehr sanft von sich und sah sie an. »Ich wünschte, ich hätte dir diesen Alptraum ersparen können. Ich wollte dir nie so viel Kummer machen.«

»Schon gut.« Sie wischte sich mit einem Zipfel des übergroßen T-Shirts die Tränen aus dem Gesicht. »Wenn das Ganze ein unausweichlicher Fluch ist, dann kannst du doch überhaupt nichts dafür.«

Mit einiger Mühe kam sie auf die Beine. Ihr war noch immer schwindelig. Sie fühlte sich verzagt und kraftlos; all das, was sie in den letzten vierundzwanzig Stunden erlebt hatte, forderte jetzt erbarmungslos seinen Tribut.

»Beantworte mir eine Frage«, sagte sie. »Gibt es einen Ausweg? Ist es ... heilbar?«

Er schüttelte leicht den Kopf. »Nein.«

»Hat es jemand aus deiner Familie jemals versucht? Irgendeiner muss doch ...«

»Ich habe nicht gesagt, dass es niemand *versucht* hat.« Ralf seufzte. »Die Mütter haben Jahrhunderte lang Heiligenbildchen in die Wiegen der Söhne gelegt, Rosenkränze um ihre Handgelenke gebunden und unzählige Gebete gesprochen. Von Zeit zu Zeit wurde ein Priester gerufen, dem man von dämonischen Manifestationen erzählte, und der dann sein Bestes tat, das Böse auszutreiben. Um 1880 herum hörte einer meiner Vorfahren von den Marienerscheinungen in Lourdes und von den vielen Heilungswundern danach. Er kratzte alles an Geld zusammen, was er auftreiben konnte, und seine Frau machte sich auf die beschwerliche Reise nach Frankreich. Sie brachte ein Fläschchen geweihtes Wasser mit nach Hause. Die beiden gaben ihrem Jungen davon zu trinken, aber das half leider auch nichts. Er hörte nicht auf, sich zu verwandeln.«

Miriam runzelte die Stirn. »Das klingt, als würde es nur die Jungen erwischen.«

»Stimmt.«

Ralf stand auf, ging zum Tisch hinüber, setzte sich und fuhr sich mit beiden Händen durch das Haar. Er sah mindestens so erschöpft aus wie sie.

»Nur die männlichen Abkömmlinge der Markwards werden einmal im Monat zu Wölfen. Den Frauen bleibt es erspart … den Ehefrauen, den Schwestern und Töchtern. Jedenfalls solange sie nicht gebissen werden, und das ist in all der langen Zeit fast nie vorgekommen. Vererbt wird der Fluch ausschließlich an die Söhne. Und es hat bisher in jeder Generation einen oder mehrere Söhne gegeben.«

»Und … und passiert es immer? Bei jedem Sohn?«

»Nein.« Sein Gesicht wurde hart. »Das ist ja gerade das Schlimme daran.«

»Wieso ist das schlimm?«

»Weil wir nie wissen, wann der Fluch das nächste Mal zuschlägt. Es ist immer wieder vorgekommen, dass er ein, zwei Generationen einfach übersprungen hat. Bevor mein Vater zur Welt kam, war sogar drei Generationen lang Ruhe. Er hat sich allen Ernstes Hoffnungen gemacht, es sei vielleicht endlich vorüber.«

»Und es war nicht vorüber.«

»Nein.« Ralf blickte auf seine Hände hinunter. »Er verwandelte sich das erste Mal, als er vierzehn war.«

»Und … und du?«

»Dreizehn. Ich war dreizehn.«

Seine Augen hatten sich verdunkelt, und für einen kurzen, schmerzhaften Moment hatte sie einen klaren Blick auf den verängstigten, entsetzten Jungen von damals.

… ich will nicht mehr so sein MAMA mach das es aufhört …

Es lag ihr auf der Zunge nachzufragen, ob es in diesem Haus einen Keller gab und ob sie ihn sehen konnte. Aber sie tat es nicht.

Wozu auch?, fragte die allgegenwärtige Stimme aus dem hintersten Winkel ihres Verstandes unglücklich. *Als ob du noch mehr Beweise nötig hättest.*

Sie hörte, wie er aufstand und langsam zu ihr herüberkam. Er blieb dicht vor ihr stehen, machte aber keinen Versuch, sie zu berühren.

»Ich kann dir unsere ganze Familiengeschichte erzählen, wenn du willst. Ich habe alles an Dokumenten und Aufzeichnungen gesammelt, was es gibt, und du kannst mich alles fragen.«

»Oben in deinem Kleiderschrank hab ich eine Liste gefunden«, sagte sie langsam. »Eine Liste von rästelhaften Todesfällen, in Frankreich, in England, Schottland und Irland. Ist die ... hast du die geschrieben?«

Er seufzte. »Ja, hab ich. Weil sich die Fälle so anhörten, als wäre möglicherweise ein Werwolf daran beteiligt. Ich bin sogar nach Großbritannien gefahren, nach Durham und Stranraer, und ich hab mich dort umgehört ... weil ich sichergehen wollte. Aber die Spur führte ins Leere. Und während diese Vorfälle sich zugetragen haben, war ich hier. Hier im Wolftal. Das kann ich dir beweisen, wenn es dir wichtig ist. Möchtest du sonst noch etwas wissen?«

»Die wichtigste Frage hast du mir schon beantwortet.« Sie schloss die Augen. »Es ist nicht heilbar. Es wird niemals ein Ende nehmen, solange du lebst. Und ich habe keine Ahnung, wie ich damit umgehen soll.«

Er antwortete nicht, aber nach einem langen Augenblick der Stille trat er einen Schritt zurück und brachte einen kleinen, aber deutlich fühlbaren Abstand zwischen sie.

Miriam biss die Zähne zusammen. »Ich komme mir so entsetzlich feige vor. Ich hab das Gefühl, ich würde dich im Stich lassen ... aber ich kann einfach nicht so tun, als wäre diese ganze monströse Sache ... normal.«

»Weil sie das nicht ist.« Er klang immer noch ruhig, aber sie spürte den Schmerz wie einen schwarzen, bitteren Strom dicht unter der gelassenen Oberfläche. »Ich verstehe dich sehr gut ... was glaubst du wohl, warum ich so lange Abstand gehalten habe? Und wieso ich zwei Monate lang alles getan habe, um zu verhindern, dass du herausfindest, was ich bin?« Er holte tief Atem. »Siebenhundert Jahre sind mehr als genug. Wusstest du, dass meine Familie ein Gebet hat, das alle Kinder auswendig lernen müssen, sobald sie Bescheid wissen? Es geht folgendermaßen: ›Gott, hilf uns, gegen das Licht des Fluchmondes zu bestehen, gegen das Übel in unseren Herzen und den Schrecken in unserem Blut.‹ Ich habe es auch gelernt, und ich habe es Jahr für Jahr gebetet, vor jedem Vollmond. Es hat nicht geholfen … nicht ein einziges Mal.«

Sie konnte sehen, dass er den Kiefer anspannte; die Muskeln verkrampften sich unter der Haut.

»Das war der Grund, wieso ich mich absichtlich zum Einsiedler gemacht habe. Keine Freundin. Keine Frau. Keine Bindung. Ich hatte mir geschworen, dass diese Sache mit mir ein Ende finden sollte. Und dann …«

»Und dann kam ich?«

»Ja. Dann kamst du.« Er rieb sich die Stirn. »Und was tun wir jetzt?«

»Wenn ich das bloß wüsste.« Es fiel ihr unendlich schwer, aber sie gab sich einen Ruck. »Ich fahre erst einmal nach Hause … der arme Jacob dreht wahrscheinlich inzwischen halb durch. Kannst du die Spanngurte und die Matte aus meinem Kofferraum holen, während ich oben mein Zeug zusammensuche? Das Auto ist nicht abgeschlossen.« Sie machte den Versuch ihn anzulächeln; es misslang kläglich. »Die Gurte sind unhandlich und wahnsinnig schwer … aber damit solltest du ja wohl keine Probleme haben.«

»Kaum.« Er ging langsam zur Tür, dann blieb er stehen und drehte sich zu ihr um. »Miriam … sehen wir uns wieder?«

Es fühlte sich an wie ein Schlag mitten auf den Solarplexus. Der Tonfall, sein Gesichtsausdruck … alles sagte ihr, dass er ganz klar mit einem Nein rechnete. Und dass irgendein Teil von ihm davon ausging, dass er nichts anderes verdiente. Die stille Schicksalsergebenheit, die ihn so selbstverständlich mit dem Schlimmsten rechnen ließ, machte sie sprachlos.

Monster. Bestie. *Werwolf.*

Ihre Augen brannten. Sie rief sich zornig zur Ordnung – sie hatte heute wahrhaftig genügend Tränen vergossen. Und so verwirrt und verängstigt sie auch war – sie schuldete ihm wenigstens ein wenig Zuversicht.

Und sich selbst auch.

»Gib mir ein paar Tage Luft«, sagte sie endlich. »Ich brauche einen klaren Kopf, und ich muss nachdenken. Vielleicht ... würdest du vielleicht am Samstag Abend zu mir kommen? So gegen acht?«

Sie sah die Überraschung in seinen Augen ... und die nackte Erleichterung.

»Ja, natürlich.« Sein Lächeln geriet weit überzeugender als ihres, auch wenn es ziemlich müde und ironisch ausfiel. »Ich hab dieses Wochenende noch nichts weiter vor.«

»Gut.«

Miriam wartete, bis er hinausgegangen war, dann machte sie sich rasch auf den Weg in den ersten Stock. Sie wickelte Hose, Top und Unterwäsche zu einem Bündel, schlüpfte in Socken und Schuhe und stieg die Treppe wieder hinunter. Als sie ins Freie trat, verließ er gerade die Werkstatt und kam ihr quer über die Lichtung entgegen.

»Du siehst in diesem Shirt und in der Hose unglaublich winzig aus«, sagte er, als er vor ihr stand, und seine Mundwinkel zuckten schwach. »Wo hast du die Sachen gefunden – in meinem Schrank?«

»Ja.« Sie strich sich eine Strähne hinter das Ohr, die sich aus dem Zopf gelöst hatte. »Ich hoffe, es macht dir nichts aus – ich kann sie dir ja am Samstag zurückgeben.«

»Kein Problem. Bis Samstag, Miriam.«

»Auf Wiedersehen, Ralf.«

Sie wandte sich ab und ging zum Wagen. Eine Minute später fuhr sie den Weg hinunter und in den Wald hinein. Die ganze Zeit über sah sie ihn im Rückspiegel reglos an derselben Stelle stehen, den Blick unverwandt auf das Auto gerichtet, das sich immer weiter von ihm entfernte.

Als Miriam den Trautweinhof erreichte, war es halb acht Uhr morgens. Auf der gewundenen Straße den Berg hinauf war sie keiner Menschenseele begegnet; sie hatte halb und halb erwartet, dass an der Unfallschneise ein Polizeiauto stehen würde, aber offensichtlich hatte noch niemand etwas bemerkt.

Sie parkte den Wagen auf dem Hof und hörte schon von draußen Jacobs unglückliches Gebell und das Kratzen seiner Pfoten an der Haustür. Sie schloss auf und entdeckte, dass der junge Hund offenbar in seiner Not alles antrainierte gute Benehmen vergessen und sich in der Diele erleichtert hatte. Kein Wunder – gestern hatte sie ihn nicht noch einmal hinausgelassen, weil die Dringlichkeit ihrer Rettungsaktion sie alles andere vergessen ließ. Er sah verlegen und höchst beschämt aus, als erwartete er, für seinen Ausrutscher getadelt zu werden, aber sie kraulte seine weichen Ohren und küsste ihn auf den Kopf.

»Nicht dein Fehler, mein Kleiner«, sagte sie, ging in die Küche und stellte ihm sein Futter hin. Dann holte sie Gummihandschuhe, eine Kehrschaufel und einen Wischlappen, füllte einen Eimer mit Seifenlauge und beseitigte die Bescherung.

Sie hätte sich anschließend liebend gern ein Kirschwasser eingegossen, um ihren Magen zu beruhigen, aber dann wurde ihr schlagartig bewusst, dass sie seit fast sechsunddreißig Stunden nichts mehr gegessen hatte. Sie kippte die schmutzige Brühe weg und kochte einen Kaffee. Sie hatte noch Holzofenbrot und ein Stück süßen Hefezopf, also aß sie Brot mit

Butter und etwas Salz und eine Scheibe Hefezopf mit Marmelade, bis der Kaffee durchgelaufen war. Trotz dieser Grundlage traf sie der erste Schluck des starken Gebräus wie ein glühender Stromstoß mitten ins Nervenzentrum.

Brot und Koffein halfen ihr immerhin, klar zu denken. Es war Donnerstag – und damit stand ihr heute eine Kursstunde in Freudenstadt bevor. Sie stöhnte in sich hinein und spielte mit dem Gedanken, die Leiterin der Volkshochschule anzurufen und sich zu drücken. Aber was würde sie dann stattdessen tun – auf dem Hof herumsitzen und grübeln? Keine gute Idee.

Miriam nippte zum zweiten Mal vorsichtig an der Tasse. *Susanne.* Sie würde Susanne bitten müssen, dass sie sich heute Abend um Jacob kümmerte. Entschlossen ging sie hinüber in die Stube und wählte die Nummer des Notariats.

»Notariat Eberle, Hessler am Apparat«, meldete sich Susanne, in dem höflichen, geschäftsmäßigen Ton, den sie für die Klientel ihres Chefs reserviert hielt.

»Ich bin's, Miriam. Hör mal, ich hab ein Problem – Ralf ist ab heute für drei Tage auf Kundentour und ich brauche einen Babysitter für Jacob. Könntest du vielleicht ...?«

»Miriam!« Sofort klang ihre Freundin vollkommen anders – fröhlich, voller Zuneigung und ein wenig besorgt. »Geht es dir besser? Ist die Erkältung weg?«

Welche Erkältung? Da fiel Miriam die Ausrede siedend heiß wieder ein, die sie vorgeschützt hatte, um sich am vergangenen Nachmittag nicht mit Susanne treffen zu müssen.

»Oh, die Nase läuft schon noch ein bisschen, und der Hals tut weh«, sagte sie rasch, »aber ich bin fit genug für den Kurs. Kannst du mir aus der Patsche helfen?«

»Klar, mach ich. Soll ich für hinterher eine Flasche Wein und was zu Essen mitbringen? Für uns beide?«

Um Himmels willen. Mit einer einzelnen Lüge kam sie noch relativ problemlos zurecht, aber den ganzen Abend unter Susannes Augen Theater spielen? Das würde nicht funktionieren, nie im Leben.

»Besser nicht«, erwiderte sie und verspürte einen schmerzhaften Stich der Scham. »Wenn ich wieder ganz auf der Höhe bin, dann holen wir alles nach. Versprochen.«

»Also gut – bis nachher.«

Miriam legte auf, drückte das Telefon gegen die Brust und schloss die Augen.

»Immer schee bei dr Wahrheit bleiba, Herzlc. Sonsch verläufsch dich in deine Lüga wie en em Irrgarte und findesch nemme naus.« Das war einer von Oma Annas Lieblingssprüchen gewesen, den sie jedes Mal anbrachte, wenn sie ihre Enkeltochter beim Schwindeln ertappte, und er klang ihr so deutlich in den Ohren, als stünde die alte Frau direkt neben ihr. Zum Glück hatte Miriam nicht oft geschwindelt – es nützte sowieso nicht viel. In ihrem Gesicht konnte man lesen wie in einem offenen Buch.

Sie trank den Kaffee aus und holte sich eine zweite Tasse.

Wenn – falls! – sie mit Ralf zusammenblieb, dann musste sie lernen, von nun an alle Menschen rings um sich herum ununterbrochen zu belügen. Sie würde die Normalität wie eine Maske tragen und die Wahrheit ebenso rigoros hüten müssen, wie seine fluchbeladene Familie es nun seit fast siebenhundert Jahren tat.

Wie Ralf es tat, schon sein ganzes Leben lang.

Ralf, der sich lieber einsam auf dem Markwardhof verkroch und den Klatsch der ahnungslosen Leute von Finkenweiler in Kauf nahm, um nicht ständig etwas vorspielen zu müssen, was es tatsächlich nicht gab. Der die Gerüchte um den Brand von Oma Annas Haus stoisch ertragen und jeden überflüssigen Kontakt zu seinen Mitmenschen gemieden hatte, um nicht noch mehr verletzt zu werden. Oder – noch schlimmer – in Versuchung zu geraten und über seine eigenen Sehnsüchte zu stolpern.

Keine Freundin. Keine Frau. Keine Bindung. Ich hatte mir geschworen, dass diese Sache mit mir ein Ende finden sollte. Und dann kamst du.

»Es tut mir furchtbar leid«, sagte sie in die stille Stube hinein.

Jacob, der auf seiner Hundedecke döste, hob leicht alarmiert den Kopf und ließ ihn dann wieder auf die Pfoten sinken.

»Oh Gott, es tut mir so leid.«

Vorhin auf dem Markwardhof war sie sich noch sicher gewesen, dass sie genügend Tränen vergossen hatte. *Da lag ich wohl daneben*, dachte sie elend, während der Tisch mit der Tasse darauf vor ihren Augen verschwamm und sie zum zweiten Mal an diesem Tag anfing zu weinen.

Kräutermond – Sommergewitter

16. Juni

Wahrscheinlich war die Kursstunde, die Miriam an diesem Abend in Freudenstadt hielt, eine der schlechtesten ihres Lebens, aber sie überstand sie ohne größere Unfälle. Hinterher fuhr sie nach Hause. Sie putzte sich mehrmals demonstrativ vor Susanne die Nase und verabschiedete sie mit genau der richtigen Mischung aus Dankbarkeit und Bedauern über ihre lästige, andauernde Erkältung. Als der rote Fiat endlich von der Lichtung verschwunden war, atmete sie erleichtert auf.

»Wie der Tod auf Urlaub kommst du mir vor«, hatte Susanne gesagt. »Trink einen Tee und leg dich bald hin, ja?«

Miriam öffnete den Kühlschrank und betrachtete nachdenklich die fast volle Flasche Weißwein, die in der Tür stand. Ein Glas davon, zwei, vielleicht drei ... das reichte sicher aus, um die Konturen ihrer Anspannung und Furcht sanft verschwimmen zu lassen. Aber am nächsten Tag würde sie für diese Illusion mit bohrenden Kopfschmerzen bezahlen müssen ... nein, Tee war definitiv die bessere Alternative.

Also machte sie sich einen Tee, setzte sich in die Stube vor den Fernseher und stellte wieder einmal fest, dass sie das Programm öde und langweilig fand. Sie suchte sich stattdessen eine CD mit leicht verdaulicher Klassik und die dickleibige Autobiographie eines italienischen Filmregisseurs, die schon in ihrem Bücherregal in Hannover darauf gewartet hatte, endlich gelesen zu werden. Irgendwann wachte sie im Ohrensessel auf, als das Buch von ihrem Schoß auf den Boden rutschte und die Stereoanlage leise das Air von Bach spielte. Sie vergewisserte sich, dass Jacob friedlich auf seiner Hundedecke schlummerte, schaltete die Musik ab und löschte das Licht.

Im Schlafzimmer stand die Balkontür einen Spalt offen; die Luft, die die dünnen Vorhänge flattern ließ, war kühl und roch nach Wald und Sommerblumen. Als sie ins Freie trat, sah sie, dass Wolken wie zarte Schleier am Mond vorübertrieben. Licht und Schatten wechselten sich auf den Baumkronen ab und ließen sie aussehen wie ein bewegtes Meer.

Miriam legte die Hand auf das Geländer und lauschte. Irgendwo rief eine Eule, dann knackte ganz in der Nähe ein Ast und brach. Die Brise, die vorübergehend abgeflaut war, erhob sich erneut, strich ihr über das Gesicht und spielte mit ihrem Haar.

Sie seufzte, senkte den Kopf und ging wieder hinein.

Am nächsten Morgen fuhr sie hinunter nach Finkenweiler, um ihren Kühlschrank aufzufüllen und sich mit frischem Hundefutter für Jacob einzudecken. An der Unfallstelle hielt sie an und ging quer über die Straße, um nachzusehen.

Die Schneise war natürlich noch da, und man konnte deutlich erkennen, wo die Kühlerhaube des Lieferwagens eine tiefe Kerbe im dicken Stamm des Baumes hinterlassen hatte, als sie dagegenprallte. Das Auto selbst aber war verschwunden.

Hatte die Feuerwehr es endlich gefunden und abgeschleppt? Oder hatte Ralf selbst es verschwinden lassen? Aber wie sollte er das angestellt haben?

Nach kurzem Zögern setzte sie ihren Weg fort, parkte in der Hauptstraße und ging in den Laden. Als sie ihren voll beladenen Korb an der Kasse des Ladens abstellte, fiel ihr

Blick auf einen Stapel »Schwarzwälder Boten« – und blieb an einem Foto hängen. Es zeigte das Wrack von Ralfs Wagen, das an einem Abschleppkran hing und soeben auf die Straße gezogen wurde. Hastig nahm sie sich eine Zeitung, drehte sie um und las die Schlagzeile: »Dreister Autodiebstahl und rätselhafter Unfall in Finkenweiler.«

Gerhard Armbruster, der ihre Einkäufe in zwei große Papiertüten verpackte, sah, was sie in der Hand hielt.

»Verrückte Sache ist das«, sagte er. »Offenbar hat irgendwer dem Kunstschreiner drüben oberhalb vom Seebachtal gestern früh den Lieferwagen geklaut, direkt vom Hof. Und dann ist der Dieb durch Finkenweiler gefahren und in die Straße abgebogen, die hinauf zu dir führt. Und auf einmal verliert er die Kontrolle über den Wagen, hagelt hinunter in den Wald und setzt das Ding mit voller Wucht gegen einen Baum.«

Er tippte mit dem Zeigefinger auf das Bild.

»Siehst du? Die Tür auf der Beifahrerseite hat es glatt abgerissen. Wie kriegt man so was hin? Und vor allem – wie ist er da bloß wieder rausgekommen?«

»Keine Ahnung«, erwiderte Miriam. Ihre Stimme hatte einen merkwürdig erstickten Klang, der Gerhard aber offensichtlich nicht auffiel.

»Markward sagt, er habe den halben Tag in der Werkstatt an der Hobelbank gestanden und gar nicht mitgekriegt, dass das Auto weg war. Als ihm der Diebstahl nachmittags endlich auffiel, hat er ihn natürlich gemeldet, und die Polizei untersucht den Schrotthaufen jetzt nach Spuren. Irgendwas werden sie sicher finden – Blut, Fingerabdrücke, Stofffasern vielleicht.«

Er betrachtete sie neugierig.

»Geht's dir gut? Bissle grau schaust du aus.«

»Nein, alles in Ordnung.« Miriam lächelte schwach. »Ich nehm die Zeitung mal mit – immerhin ist das ja ganz in meiner Nähe passiert.«

Gerhard Armbruster rollte die Ausgabe zusammen und klemmte sie geschickt zwischen einen Beutel Romana-Tomaten und ein Päckchen Kaffee. Sie zahlte und er bestand darauf, ihr die prallvollen Tüten bis zum Auto zu tragen. Miriam war ihm dankbar – falls sie wieder in dem Ablaufgitter hängen blieb, würde ihr Ralf diesmal kaum zu Hilfe kommen.

Bevor sie einstieg, legte ihr Gerhard leicht eine Hand auf den Arm.

»Pass auf dich auf und tu langsam«, meinte er. »Susanne war vorhin hier und meinte, du bist nicht ganz auf der Höhe. Wenn du was brauchst, ruf einfach an, ja?«

Miriam lächelte ihn an. Klatsch mochte lästig sein, aber in diesem Moment war sie zutiefst dankbar dafür, dass sich Neuigkeiten im Dorf so rasch herumsprachen. Die Leute kümmerten sich umeinander, und sie gehörte selbstverständlich dazu.

»Das mach ich, versprochen.« Sie setzte sich hinter das Steuer und drehte den Zündschlüssel. Er blieb auf dem Gehsteig stehen, bis er sicher wusste, dass sie gut auf dem Weg war, dann ging er wieder in seinen Laden ... und Miriam fuhr um einiges schneller zum Trautweinhof zurück, als sie es normalerweise getan hätte. Etwas, das Gerhard gesagt hatte, drehte sich unablässig in ihrem Kopf wie ein Mühlrad und versetzte sie in Panik. »Die Polizei untersucht den Schrotthaufen jetzt nach Spuren. Irgendwas werden sie sicher finden – Blut, Fingerabdrücke, Stofffasern vielleicht.«

Sie erinnerte sich daran, wie sie die Bruchstelle der abgerissenen Tür mit der Hand gestreift und anschließend Blut an ihren Fingern gefunden hatte. Und wenn die Spurensicherung Abdrücke im Wageninneren entdeckte, dann würden es kaum die von irgendwelchen fiktiven Dieben sein, die es überhaupt nicht gab. Nur seine ... und ihre eigenen, wahrscheinlich an der Bruchstelle und ganz sicher auf der Heckklappe und der Ladefläche.

Der Rhythmus des Tages war dahin, in Fetzen gerissen durch den Artikel und das, was er bei ihr ausgelöst hatte. Miriam versuchte erst gar nicht, sich an ihren Zeichentisch zu setzen und zu arbeiten.

Wusste Ralf von diesem Zeitungsartikel? Machte er sich ebensolche Sorgen wie sie?

Obwohl sie sich geschworen hatte, vor Samstag Abend keinen Kontakt mit ihm aufzunehmen, versuchte sie, ihn telefonisch zu erreichen, aber sein Handy war abgeschaltet. Als sie die Festnetznummer wählte, meldete sich nur der Anrufbeantworter; Miriam sprach eine kurze Nachricht auf das Band und legte wieder auf.

Sie trank noch einen Kaffee, wurde immer unruhiger und schnappte sich endlich Jacobs Leine. Der spitzte die Ohren und sauste begeistert in die Diele. Ein langer Spaziergang war genau das, was sie jetzt nötig hatte; im Moment konnte sie nichts unternehmen, und falls die Polizei Fragen an sie hatte, würden irgendwann Beamte vor ihrer Tür stehen. Dagegen konnte sie so wenig tun wie gegen die Angst, dass Ralfs Betrug aufflog und sein monströses Geheimnis möglicherweise gleich mit.

»Komm, mein Großer«, sagte sie und hakte die Leine in Jacobs Halsband. »Nichts wie raus hier.«

Eineinhalb Kilometer den Berg hinunter verließ sie die Straße und ging quer durch den Wald auf die Unfallstelle zu. Seit sie vorgestern hier gewesen war, hatte sich nichts verändert; dieselben niedergewalzten Schösslinge, herausgerissenen Wurzeln und Schleifspuren, dieselbe bleiche Wunde im Baumstamm. Miriam machte Jacobs Leine an einer Astgabel fest und kletterte zu der Stelle hinunter, wo Ralf gelegen hatte, als sie ihn fand. Hier waren nirgendwo Fußabdrücke zu sehen oder sonstige Anzeichen einer Spurensuche. Eine dicke Schicht von halb verrotteten Tannennadeln und Laub aus dem Vorjahr bedeckte den gesamten Boden.

Miriam schloss die Augen und versuchte, sich ins Gedächtnis zu rufen, wo sein Kopf gewesen war, wo sein Rücken und seine Beine. Dann bückte sie sich und fegte ein paar Blätter beiseite. Auf dieser Höhe etwa hatte sich der Gurt befunden, mit dem er die Wunde abgebunden hatte. Sie rieb mit den Fingern über die freigelegte Fläche, die unter der Laubschicht nass war. Als sie die Hand hochhob und umdrehte, sah sie bräunliche Schmierstreifen … Lehm und Blattreste, aber möglicherweise auch Blut, eingetrocknet und nachgedunkelt. Sie schnupperte an ihren Fingern … ein durchdringend säuerlicher Geruch nach feuchter Erde, mehr nicht. Sie fragte sich unwillkürlich, ob sich nicht nur Ralfs Kraft vervielfachte, wenn der Vollmond kam, sondern auch die Schärfe seiner Sinne. Falls ja, hätte sie jetzt gern etwas von dieser Schärfe besessen.

Ach wirklich?, meldete sich die kritische Stimme in ihrem Hinterkopf wieder einmal zu Wort. *Dummerweise ist die ohne diesen Fluch nicht zu haben. Also vergiss es lieber.*

Sie zog eine Grimasse und verteilte das Laub wieder gleichmäßig über der Stelle. Dann holte sie Jacob ab und wanderte weiter, weg von der Schneise und nach wie vor abseits der Straße.

Durch ihren gemächlichen Zickzack-Kurs dauerte es fast zwei Stunden, bis sie den Berg hinter sich gebracht hatte und aus dem Wald auf die Talwiesen hinaustrat. Sie schlenderte um die Begrenzung eines Gartens herum, der sich bis fast hinunter zum Fluss zog. Laute, zankende Kinderstimmen drangen durch ein offenes Fenster des Hauses, das in diesem Garten stand. Dann bellte ein Hund, und Jacob, der an einem Zaunpfahl schnupperte, hob den Kopf und gab lauthals Antwort. Eine Frau trat hinaus auf den Balkon, der sich im ersten Stock um das Haus zog. Miriam nickte ihr zu, nahm Jacob am Halsband und wanderte weiter in Richtung Fluss, während ihr die Sonne warm ins Gesicht schien.

Neben der Brücke, die nach Finkenweiler hineinführte, hielt Miriam an und setzte sich dicht am Ufer ins Gras. Jacob lief weiter bis zum Wasser und trank, bevor er zu ihr zurückkam und sie mit seiner nassen, kühlen Nase anstupste.

»Na, und was machen wir jetzt?«, murmelte Miriam.

Von Jacob war keine Antwort zu erwarten; er drehte sich zweimal um sich selbst, machte es sich neben ihr bequem und legte den Kopf auf die Pfoten. Aus der Ferne drang das gleichmäßige Brummen eines Rasenmähers an ihre Ohren; die Bewohner des Wolftals legten ebenso viel Wert darauf, sämtliche Wiesen glatt und kurz zu halten, wie darauf, die Beete in ihren Gärten und die üppigen Blumenkästen auf ihren Balkonen zu pflegen. Abgesehen davon, dass das wirklich sehr hübsch aussah, hatten die meisten Touristen ein bestimmtes Schwarzwaldbild vor Augen, und je mehr man dem entsprach, desto besser fürs Geschäft.

Miriam fand, dass ihre Gedanken sich anhörten wie ein Vortrag von Bernd Hessler, und sie lächelte in sich hinein. Sie empfand ein vages Staunen darüber, dass sie nach dem, was sie in den letzten zwei Tagen erlebt hatte, überhaupt imstande war, zu lächeln ... aber die Luft flimmerte über den Grashalmen rings um sie her, es duftete süß nach Klee und Schafgarbe und sie stellte fest, dass sie allmählich so entspannt und schläfrig wurde wie ihr Hund. Irgendwann lag sie ausgestreckt auf der Wiese und blinzelte in den blassblauen Himmel hinauf, und dann fielen ihr die Augen zu ...

Nebel füllt das Wolftal wie ein wirbelndes Meer, das sanft vor ihren Augen auf und nieder wogt. Sie steht allein auf ihrem Balkon. In dem Traum zögert sie nicht, über das Geländer zu steigen und den Fuß auf das dichte Weiß zu setzen, und es trägt sie sicher, während sie einen Schritt nach dem anderen wagt, fort von dem Haus, fort von der Lichtung und über die

Bäume hinweg, die sich irgendwo in der Tiefe befinden müssen. Erst, als sie das Tal fast überquert hat, spürt sie, wie ihr Körper den Halt verliert. Sie breitet die Arme aus, als seien es Flügel, aber dann spürt sie, wie sie fällt ... erst langsam, dann immer schneller. Und jetzt kommt die Angst. Sie raubt ihr den Atem und schnürt ihr die Kehle zu, so dass der Schrei, den sie ausstoßen möchte, ihr in der Kehle stecken bleibt.

Der Aufprall, auf den sie in blinder Furcht wartet, kommt nie. Kraftvolle Arme fangen sie auf und halten sie fest. Sie blickt auf und sieht sein Gesicht über sich, der Ausdruck ernst, die Augen durchdringend und golden.

»Wenn du mich willst, dann bin ich für dich da, immer«, sagt seine Stimme. Sie klingt warm und tief, und ein wenig traurig. »Wenn du den Mut dazu hast, dann gehöre ich dir. Und du gehörst mir.«

Miriam schreckte hoch, die Worte immer noch im Ohr und schwindelig von dem Sturz, der in Ralfs Armen geendet hatte. *Ich weiß, dass du mich liebst,* dachte sie. *Genauso, wie ich weiß, dass ich dich liebe. Und ich wünschte, ich hätte den Mut, den ich brauche, um dir zu gehören, ohne Wenn und Aber.*

Die Sonne hatte sich ein gutes Stück weiter auf den Horizont zubewegt, und irgendwo ganz in der Nähe läuteten Kirchenglocken. Sie rieb sich das Gesicht, stützte sich auf die Ellenbogen und sah sich um. Jacob wachte ebenfalls auf, gähnte und streckte alle Glieder.

Sie sah auf ihre Armbanduhr. Kurz vor sechs. Und es war Freitag – einer der beiden Abende in der Woche, an denen Martin Stein in der Margarethenkapelle eine Vesper für die Menschen von Finkenweiler abhielt.

Miriam überlegte, während sie gleichzeitig versuchte, die letzten Spinnweben aus ihrem Kopf zu vertreiben. Sie fühlte sich ausgeruht und erfrischt ... Wenn man bedachte, wie wenig Schlaf sie in den letzten Tagen gefunden hatte, dann kam ihr das mehr als erstaunlich vor. Sie konnte nach Hause zurückgehen oder den Weg über die Brücke und in die Kapelle einschlagen. Jacob würde es sicher nichts ausmachen, draußen eine halbe Stunde zu warten.

Ehe sie eine bewusste Entscheidung getroffen hatte, lag die Brücke bereits hinter ihr. An diesem frühen Abend waren nicht viele Leute unterwegs; zwar hatte die Hauptsaison noch nicht eingesetzt, aber auch jetzt waren Cafés und Restaurants schon gut gefüllt, und in den kleinen Familienbetrieben wurde jede Hand gebraucht. Miriam fragte sich, ob Susanne wohl wieder einmal nach Dienstschluss bei ihrem Vater kellnern musste oder ob es ihr gelungen war, zu Andreas in den Bärenpark zu entwischen.

Die Vesper war genauso schlecht besucht, wie sie es erwartet hatte. Nur etwa zehn bis zwölf Männer und Frauen verloren sich in den Bänken. Martin Stein, der um Punkt sechs vor den Altar trat, schien das nichts auszumachen. Wie beim letzten Mal sang Miriam den Eingangschoral nicht mit, sondern schloss die Augen und ließ die Orgelmusik über sich hinwegspülen.

Diesmal gab es keinen Psalm; stattdessen kündigte Martin eine Hochzeit an. Die Enkeltochter von Förster Waidele würde in der ersten Juliwoche ihren Verlobten heiraten. Die Namen des Brautpaares wurden in das Fürbittgebet eingeschlossen, das er in jeder Vesper sprach, dann schlug er eine Bibel auf und las mit seiner klaren Kanzelstimme einen Text.

»›So ist's ja besser zu zweien als allein; denn sie haben guten Lohn für ihre Mühe.

Fällt einer von ihnen, so hilft der andere ihm auf. Weh dem, der allein ist, wenn er fällt!

Dann ist kein anderer da, der ihm aufhilft.

Auch wenn zwei beieinander liegen, wärmen sie sich; wie kann ein Einzelner warm werden?

Einer mag überwältigt werden, aber zwei können widerstehen, und eine dreifache Schnur reißt nicht leicht entzwei.‹«

Miriam starrte auf ihre Hände hinunter und stellte fest, dass sie zitterten. Wie aus weiter Ferne bekam sie mit, dass Martin einen Segensgruß sprach und dass die Orgel wieder anfing zu spielen. Sie stand hastig auf, wandte sich zur Tür und stolperte fast über die Schwelle, als sie ins Freie trat. Jacob, der zu spüren schien, wie durcheinander sie war, verzichtete auf sein übliches Begrüßungstheater. Sie machte ihn von dem Haken neben der Tür los und entfernte sich mit langen Schritten, zurück über die Brücke und auf die Straße.

Sie hätte es eigentlich besser wissen müssen. Noch war sie keine fünfhundert Meter von der Kapelle entfernt, als sie das Auto hörte, das hinter ihr herkam. Der Fahrer machte keinerlei Anstalten, sie zu überholen, stattdessen hielt er sich die nächsten hundert Meter im Schritttempo auf gleicher Höhe mit ihr. Aus den Augenwinkeln erkannte sie den alten VW-Kombi des Pfarrers.

Sie seufzte tief und blieb stehen.

Martin Stein trat auf die Bremse und kurbelte das Seitenfenster hinunter.

»Hallo, Miriam! Ich hab Sie eben gerade noch gesehen, bevor Sie hinausgegangen sind. Soll ich Sie vielleicht nach Hause fahren?«

»Würde es mir was nützen, wenn ich nein sage?«

»Aufdrängen tue ich meinen Service niemandem«, sagte er, die Brauen hochgezogen, ein kleines Lächeln in den Augen.

»Nein, aber ich traue Ihnen zu, dass Sie bis zum Hof neben mir herschleichen«, gab sie zurück, als ihr Sinn für Humor die Oberhand gewann. »Und sei es auch nur aus Sturheit.«

Er grinste, lehnte sich quer über den Beifahrersitz und öffnete die Tür. »Darf ich das jetzt so verstehen, dass Sie mitkommen?«

»Mir bleibt wohl kaum was anderes übrig«, sagte sie, ging um den Wagen herum und klappte den Sitz zurück, damit Jacob auf die Hinterbank springen konnte.

Dann stieg sie ein und er fuhr los.

Die ersten paar Minuten verlief die Fahrt schweigend. Dann hatten sie die Serpentinenstraße erreicht, die in den Wald hinaufführte. Sie schaute aus dem Fenster, sah die sommergrünen Bäume vorbeigleiten und wartete.

»Geht es Ihnen gut, Miriam?«, fragte er endlich. »Susanne meinte gestern, Sie wären erkältet.«

»Halb so wild«, erwiderte sie. »Mal im Ernst; gibt es hier eigentlich eine Informationsbörse im Dorf, wo jeder die Krankheitssymptome seiner Nachbarn melden und durchdiskutieren darf?«

Sie merkte selbst, dass sie sich zänkisch und gereizt anhörte. *So ein Mist aber auch.*

»Sie macht sich halt ein bisschen Gedanken um Sie«, sagte er. »Und ich ebenfalls. Ich hab Sie eben in der Vesper erst bemerkt, als ich den Text nach dem Fürbittgebet gelesen habe. Sie sind weiß geworden wie die Wand ... als hätten Sie ein Gespenst gesehen. Oder als hätten Sie sich wegen irgendwas zu Tode erschrocken. An dem Bibelvers wird es ja wohl kaum gelegen haben.«

Wehe dem, der allein ist, wenn er fällt. Sie verfluchte die Tatsache, wie leicht dieser Mann in ihrem Gesicht lesen konnte. Seelsorgerisches Gespür war für sein Amt sicherlich eine gute Sache, aber sie konnte seinen Scharfblick im Moment überhaupt nicht gebrauchen.

»Was erwarten Sie jetzt von mir?«, fragte sie müde. »Dass ich Ihnen mein Herz ausschütte?«

»Das müssen Sie nicht«, antwortete er und steuerte den Wagen gefühlvoll in eine enge Haarnadelkurve. »Ich möchte nur, dass Sie wissen, dass man mit mir nicht nur im Beichtstuhl reden kann.«

Er langte in die Hemdtasche, zog eine Visitenkarte heraus und reichte sie ihr. Sie sah eine Festnetznummer, hinter der in

Klammern »Pfarramt St. Bartholomä Oberwolfach« stand, und die Nummer eines Handys.

Ich werde sie an meine Pinnwand hängen, gleich neben die von Ralf, dachte sie grimmig, *und dann werde ich mir alle Mühe geben, keinen von beiden anzurufen.*

Nur wenige Minuten später tauchte das Haus vor ihnen auf, und Martin parkte den alten Kombi neben ihrem Geländewagen.

»Danke fürs Heimbringen«, sagte Miriam, stieg aus und ließ Jacob ins Freie.

»Gern geschehen«, antwortete Martin heiter. »Und werfen Sie die Visitenkarte nicht gleich weg, okay?«

Sie schüttelte leicht den Kopf, dann ging sie zum Haus hinüber, den Hund an ihrer Seite. Während sie die Tür aufschloss, hörte sie, wie er den Kombi wendete und losfuhr; das Motorengeräusch wurde leiser und erstarb schließlich ganz.

Jacob lief in die Küche und durchsuchte seine Näpfe nach frischem Wasser und Futter. Miriam ging in die Stube und trat vor die Pinnwand, die hinter dem Bord mit dem Telefon an der Wand hing. Sie zog Martins Visitenkarte aus der Tasche, nahm eine frische Nadel und steckte die Karte fest. Noch immer hallten die Worte, die er gelesen hatte, in ihrem Geist wider ... und sie wirkten wie ein merkwürdig harmonisches Echo auf das, was Ralf in dem Traum auf der Wiese zu ihr gesagt hatte.

»Wenn du mich willst, dann bin ich für dich da, immer.«

Morgen Abend würde er zu ihr kommen. Und nach wie vor hatte sie nicht die geringste Ahnung, was sie ihm sagen sollte.

Am nächsten Morgen klarte es nicht richtig auf. Flirrender Dunst hing über den Bäumen, die Luft blieb windstill, und Miriam holte nach einem Blick auf das Thermometer ein dünnes, knielanges Hängerkleid mit Spaghettiträgern aus dem Schrank. Gegen zehn Uhr waren es schon fünfundzwanzig Grad, gegen Mittag kletterte die Quecksilbersäule auf zweiunddreißig, und Jacob verlor jegliche Lust auf einen Spaziergang. Er lag hinter dem Haus auf einem alten Liegestuhl und hechelte unglücklich.

Miriam trank reichlich Mineralwasser mit Eiswürfeln, machte sich einen Salat und betrachtete eine Landschaftsskizze, an der sie sich letzte Woche versucht hatte. Deprimiert stellte sie fest, dass Bilder von Hügeln, Tälern und Flüssen definitiv nicht ihr Genre waren. Sie schrieb die gewohnte E-Mail an Britta und brachte es – wieder einmal – fertig, ihren Alltag zu schildern, ohne dass Ralf auch nur ein einziges Mal darin auftauchte. Etwas mutlos fragte sie sich, wann sie endlich den Mut aufbringen würde, ihrer ältesten und besten Freundin von ihm zu erzählen.

Als sie online die Seite des »Schwarzwälder Boten« aufrief, war über den »Unfall« mit Ralfs Lieferwagen nichts Neues zu finden. Sie schaltete das Radio ein und hörte die Nachrichten. Auch dort war der Vorfall vom Mittwoch kein Thema, aber die Wettervorhersage ließ sie aufhorchen. Der Sprecher sagte, dass gegen Abend Sturm, Regen und Hagel über das Wolftal und die nähere Umgebung hinwegziehen würden und warnte davor, sich ab dem Spätnachmittag im Wald aufzuhalten.

Zuerst nahm sie das Ganze nicht allzu ernst. Aber als sie gegen halb fünf auf dem Balkon stand, sah sie die kompakte Wand, die sich von Westen her am Himmel in ihre Richtung schob. Blitze zuckten hinter Wolkentürmen aus tiefem Schwarz. Die Luft war stickig, dann kam eine kräftige Brise aus dem Tal herauf, und gleich darauf noch eine, wesentlich stärker. Der Rock ihres Kleides flatterte, und plötzlich wurde ihr kalt.

Sie ging rasch ins Haus zurück, und als sie die Treppe ins Erdgeschoss hinunterstieg, rannte ihr Jacob entgegen, dem es draußen offensichtlich zu unheimlich wurde. Sie trat auf den Wäscheplatz hinaus, rettete ein vergessenes Laken, das der Wind fast von der Leine riss, und machte, dass sie wieder hineinkam. Sie verzichtete weise darauf, das Haus durchzulüften, und überprüfte lieber, ob alle Fenster und Türen fest verschlossen waren. Dann setzte sie sich mit der Biographie, über der sie vorletzte Nacht eingeschlafen war, in den Ohrensessel und las weiter.

Gegen sechs stellte sie Jacob sein Futter hin und ließ ihn kurz ins Freie. Er erledigte sein Geschäft in Rekordzeit, und als sie ihm die Tür aufhielt, kam er so hastig wieder herein, dass er sie fast umgerannt hätte. Als er sich gerade über sein Abendessen hermachen wollte, brach draußen das Gewitter los. Blitze zuckten und Donner krachte; er hallte von den bewaldeten Hügeln und den Talwänden wider wie das Kanonengebrüll längst vergangener Schlachten. Jacob klemmte den Schwarz zwischen die Hinterbeine und verzog sich unter den Küchentisch.

»Na, du bist mir ja vielleicht ein Held!«, sagte Miriam.

Sie trat ans Fenster und stellte fest, dass der Frühsommernachmittag sein Gesicht binnen Minuten vollständig verändert hatte. Es war so dunkel, als sei es spätabends, und im Licht der Blitze konnte sie sehen, dass die Gewitterböen durch die Baumkronen fegten und die dicken Stämme am Rand der Lichtung schwanken ließen.

Sie hob den Kopf und lauschte. Sie kannte inzwischen jedes Geräusch an diesem Ort, wusste, wie die jahrhundertealten Holzbalken arbeiteten, und war mit jedem Knarren vertraut, das ertönte, wenn man die Treppe hinauf- oder hinunterging oder über die Dielenböden lief. Aber jetzt klang die Stimme des Hauses lauter, irgendwie *lebendiger* ... Sie hörte die Wände stöhnen und ächzen, als litten sie unter der Gewalt des Sturms, der sie umtobte.

Plötzlich fiel ihr die Nacht wieder ein, als Oma Anna ihr während eines heftigen Gewitters zum ersten Mal vorgelesen hatte. Zehn war sie da gewesen, und die Erinnerung war genauso deutlich wie an dem Abend, als sie hierhergezogen war und das alte Buch in dem Karton gefunden hatte, den die Armbruster-Brüder beim Ausräumen von Anna Trautweins Schlafzimmer zusammengepackt hatten.

Sie holte das Buch, setzte sich auf die Küchenbank und schlug es auf. Vielleicht öffnete es sich nur aus Zufall auf der richtigen Seite, aber allmählich kam ihr der Glaube an Zufälle abhanden.

Und die Ballade von Otto Ernst schlug einen seltsam tröstlichen Bogen zu der Nacht, als die alte Frau am Bett eines kleinen Mädchens saß und versuchte, es von dem Inferno draußen abzulenken.

Krachen und Heulen und berstende Nacht,
Dunkel und Flammen in rasender Jagd –
Ein Schrei durch die Brandung!

Und brennt der Himmel, so sieht man's gut:
ein Wrack auf der Sandbank! Noch wiegt es die Flut –
gleich holt sich's der Abgrund.

Jetzt las sie laut, eine Strophe nach der anderen, und Jacob kam aus seiner Deckung unter dem Tisch hervor und legte den Kopf auf ihr Knie.

»Dein Vater ging unter und Momme, mein Sohn;
drei Jahre verschollen ist Uwe schon,
mein Uwe, mein Uwe!

Nis tritt auf die Brücke. Die Mutter ihm nach!
Er weist nach dem Wrack und spricht gemach:
Und seine Mutter?«

Miriam lächelte in sich hinein. »Oma, was heißt ›verschollen?‹, hatte sie in der Nacht damals gefragt, und Anna Trautwein hatte ihr mit dem Daumen über die Wange gestreichelt. »Das bedeutet, dass man jemanden verloren hat und ihn nicht mehr wiederfindet«, hatte sie geantwortet. »Verlierst du mich auch irgendwann?«, wollte das kleine Mädchen daraufhin ängstlich wissen. »Nein«, versprach Oma Anna und lächelte. »Ich werde dich immer wiederfinden ... versprochen.«

Miriam seufzte und las weiter. Draußen nahm das Gewitter noch an Stärke zu. Die Fensterscheiben klirrten unter der Gewalt der Windstöße, und stellenweise schien ein Riese mit den Fäusten gegen die Hauswände zu hämmern.

»Mit feurigen Geißeln peitscht das Meer
wie menschenfressende Rosse daher;
sie schnauben und schäumen.

Wie hechelnde Hast sie zusammenzwingt!
Eins auf den Nacken des andern springt
mit stampfenden Hufen!

Drei Wetter zusammen! Nun brennt die Welt! –«

Ein Blitz zuckte, um ein Vielfaches heller als alle anderen zuvor. Unmittelbar darauf dröhnte der Donner. Irgendetwas splitterte draußen und brach; offenbar war ein Baum getroffen worden und umgestürzt. Miriam spürte deutlich, wie bei dem Aufprall der Boden unter ihren Füßen erbebte.

Nur eine Sekunde später erloschen sämtliche Lampen im Haus und sie saß in völliger Finsternis.

Sie zog die kleine Schublade unter dem Küchentisch auf und holte die Taschenlampe heraus, die darin lag; in ihrem tanzenden Licht hatte sie wenig Mühe, das Schrankfach zu finden, in dem eine ganze Familienpackung einfacher, weißer

Kerzen mitsamt Feuerzeug und Streichhölzern auf den Einsatz im Notfall wartete. Sie tropfte Wachs auf ein halbes Dutzend Untertassen, klebte Kerzen darauf und zündete sie an.

Sobald sie in der Küche einigermaßen gut sehen konnte, ging sie mit der Taschenlampe hinüber in die Stube. Ihre Armbanduhr zeigte jetzt kurz vor sieben. Der Sturm erschütterte nach wie vor das ganze Haus, und hatte ein eingebildeter Riese eben noch gegen die Hauswände geschlagen, so schleuderte er jetzt scheinbar ganze Hände voll Kieselsteine gegen die Mauern. Miriam zog die Vorhänge beiseite und sah Hagelkörner, die sich in den Rahmen der kleinen Sprossenfenster sammelten und dafür sorgten, dass das Glas mitten im Sommer vor Kälte beschlug.

Ralf. Er wollte gegen acht herkommen. Und so, wie sie ihn einschätzte, konnte sie sich nur zu gut vorstellen, dass er sich selbst dann auf den Weg machte, wenn draußen die Welt unterging.

Sie griff zum Telefon und stellte fest, dass die Leitung tot war. Und als sie es mit dem Handy versuchte, bekam sie keinen Empfang. *Na prima.*

Tee kochen fiel ohne Strom flach, genauso wie warmes Essen. Sie schnitt zwei Scheiben von dem Holzofenbrot ab, das sie gestern gekauft hatte, bestrich sie mit Butter und belegte sie mit Käse und Schinken. Dann saß sie in der nur von Kerzen erhellten Küche, Jacob zu ihren Füßen, und aß. Sie dachte daran, dass dieses Haus fast drei Jahrhunderte ohne Strom erlebt hatte. Sie betrachtete die Wände, über die das unruhige Licht der Kerzenflammen huschte und merkte erleichtert, dass der Sturm zwar nicht nachließ, dass der Hagel sich aber draußen allmählich in Regen verwandelte.

Gegen Viertel vor acht ging sie hinauf in den ersten Stock und warf einen prüfenden Blick auf den Dachboden. Hier war sie nur noch durch eine zerbrechliche Barriere aus Holz und Ziegeln von den Elementen getrennt; die heftigen Windböen klangen rings um sie her wie Akkorde auf einer gewaltigen

Orgel. Miriam blieb fasziniert stehen und lauschte, während sie die Taschenlampe hochhielt und in ihrem Lichtstrahl die Dachverkleidung nach feuchten Stellen absuchte. So, wie es aussah, war alles dicht. *Glück gehabt.*

Als sie wieder hinunterkam und durch die Diele ging, kam das Geräusch, das sie halb herbeigeseht und halb gefürchtet hatte: Es klopfte an der Tür.

Ihr Herzschlag stolperte kurz, dann atmete sie tief durch und öffnete, die Taschenlampe noch in der Hand.

Die Klinke wurde ihr fast aus der Hand gerissen, als der Sturm endlich den Weg in ihr Haus fand. Sie sah Ralf auf der Schwelle stehen. Seine Kleidung war völlig durchweicht, und Regenwasser lief ihm über das Gesicht.

Miriam streckte die Hand aus und bekam seinen Arm zu fassen. Er fühlte sich kalt an, und sie spürte, wie sich unter ihren Fingern eine Gänsehaut bildete.

»Komm mit.«

Sie ging ihm voraus, und er folgte ihr ohne ein Wort, als habe das Unwetter ihn taub und stumm gemacht. Sie versuchte sich vorzustellen, wie er durch das entsetzliche Chaos da draußen zu ihr gefahren war, und schauderte beim bloßen Gedanken daran.

In der Küche drehte sie sich zu ihm um und musterte ihn von oben bis unten. Das T-Shirt, das er trug, klebte an seiner Haut, und noch immer tropfte es aus seinen Haaren.

»Ich bin gleich wieder da«, sagte sie. »Zieh schon mal dieses nasse Ding aus und setz dich. Ich hol dir was zum Abtrocknen.«

Sie ging mit der Taschenlampe in der Hand nach oben und nahm ein großes Duschhandtuch aus der Kommode im Bad. Während sie wieder die Treppe hinunterstieg, spürte sie, dass sich die Atmosphäre rings um sie her verändert hatte. Es lag nicht nur daran, dass das Gewitter endlich nachließ und dass ihr Zuhause wundersamerweise keinen Schaden genommen hatte.

Als sie die Küche betrat, stand Ralf am Fenster und sah zu, wie das Wasser die Scheiben hinunterströmte. Beim Klang ihrer Schritte drehte er sich herum, und als sie sein Gesicht sah, wusste sie, was es war, das sich verändert hatte: Er war zurückgekommen.

»Hier, bitte.«

Er fing an, sich den Oberkörper und die Haare abzutrocknen. Als er damit fertig war, legte er das Tuch über die Stuhllehne.

»Irgendwie fühlt es sich gut an, wenn du mich so herumkommandierst.« Er schenkte ihr sein zögerndes Lächeln. »Du hast mir gefehlt.«

»Du mir auch.«

Es machte ihr Angst, wie *sehr* er ihr gefehlt hatte.

»Mach dir übrigens keine Gedanken wegen des Autos«, fuhr er fort. »Sie werden nichts finden. Gleich nachdem du nach Hause gefahren bist, war ich beim Wrack und habe alle Spuren beseitigt. Wahrscheinlich ist noch nie ein Schrotthaufen so gründlich geputzt worden wie dieser alte Lieferwagen.«

Sie nickte, antwortete aber nicht. Die Stille zwischen ihnen wuchs und füllte den ganzen Raum.

Er wandte sich wieder von ihr ab und stand vollkommen ruhig da, den Kopf gesenkt. Der Kerzenschein vergoldete seine Haut und zeichnete die Höhen und Tiefen seines nackten Rückens mit Licht und Schatten. Es wäre unendlich leicht gewesen, die kleine Distanz zwischen ihnen zu schließen und ihn zu berühren. Sie biss sich auf die Lippen und verschränkte unwillkürlich die Hände hinter dem Rücken.

»Ich weiß, ich hätte zu Hause bleiben sollen – oder wenigstens warten, bis der Sturm vorüber ist. Aber ich habe es nicht länger ausgehalten.«

Er sprach, ohne sich zu ihr umzudrehen. Seine Stimme klang warm, tief und ein wenig traurig, genau wie in ihrem Traum.

»Ich habe dich angelogen. Aber ich hatte entsetzliche Angst, dich zu verlieren. Ich dachte, wenn du die Wahrheit weißt, dann willst du mich nie wieder sehen. Als du dann doch Bescheid gewusst hast, passierte dieser dämliche Unfall, und du warst die Einzige, an die ich mich wenden konnte. Und anstatt mich zum Teufel zu schicken, bist du zu mir gekommen und hast mich gerettet. Du bist der großzügigste Mensch, den ich kenne.«

Seine Schultern hoben und senkten sich, als er seufzte.

»Ich habe kein Recht, irgendwas von dir zu verlangen. Wenn du mich heute herbestellt hast, um mir zu sagen, dass es endgültig vorbei ist, dann werde ich mich von dir verabschieden und gehen. Ich wollte dir niemals wehtun. Aber ich war so verdammt glücklich, dass ich mich einfach geweigert habe nachzudenken, und das war furchtbar egoistisch. Mit mir zusammen zu sein, ist eine Last, die sollte wirklich niemand schultern müssen … und du schon gar nicht.«

Jetzt drehte er sich doch zu ihr um. Er versuchte nicht, seinen Schmerz und seine Sehnsucht nach ihr zu verbergen; sein Gesicht war offen und verletzlich.

»Ich will nicht, dass du dich für den Rest deines Lebens vor dem fürchtest, was ich bin. Aber eines solltest du wissen, Miriam … ich liebe dich.«

Er hatte ihr seine Seele bloßgelegt. Sie sah ihn an und wusste, dass sie buchstäblich sein Schicksal in den Händen hielt – und dass er akzeptieren würde, was immer sie jetzt auch sagte. *Wenn du mich willst, dann bin ich für dich da, immer.* Auch jetzt, in diesem Moment brachte er den Mut und die Selbstbeherrschung auf, ihr die Entscheidung zu überlassen.

Miriam ging langsam auf ihn zu und legte ihm die Hände auf die Brust. Seine Haut erwärmte sich allmählich unter ihren Fingern und sie spürte seinen Herzschlag, der sich erst beschleunigte und dann zu seinem ruhigen Rhythmus zurückfand.

»Ich kann dir nicht versprechen, dass ich mich nicht fürchten werde«, sagte sie leise. »Aber ich will nicht, dass du gehst … Ich will, dass du bei mir bist. Immer.« Sie berührte die Stelle, wo sein Hals in die Schulter überging, sachte mit den Lippen. »Und ich liebe dich auch, Ralf Markward.«

Er holte tief Atem. Dann zog er sie an sich und lehnte die Stirn gegen ihre Schulter. Sie spürte den heftigen Schauder, der ihn von Kopf bis Fuß durchzitterte, und hielt ihn nur noch fester in den Armen, erfüllt von unerwartetem Frieden und einer Freude, die sie nur umso tiefer empfand, da sie wusste, wie zerbrechlich sie war.

Ich gehöre dir, dachte sie und schloss die Augen. *Und du gehörst mir.*

Kornmond – Atempause

25. Juli

»Ralf? Kommst du mal?«

Miriam lag auf einer Decke im Schatten des Hauses, einen großen Ordner aufgeschlagen vor sich. Er war mit Kopien vieler Schriftstücke gefüllt ... beim Blättern sah sie die verschnörkelte Schrift eines Pfarrers, der die Geburt einer gewissen »Margarethe Markward« im 18. Jahrhundert in ein Kirchenbuch eingetragen hatte, den gotischen Bleisatz alter Zeitungsartikel oder die mühsam gemalten Buchstaben einer Frau, die ihr tägliches Leben irgendwann Anfang des 20. Jahrhunderts in einem Heft festgehalten hatte.

Alles war sauber chronologisch sortiert; es musste Ralf viel Arbeit und Entschlossenheit gekostet haben, in einer Welt auf Spurensuche zu gehen, die vom Geheimnis seiner Familie keine Ahnung haben durfte. Im Augenblick studierte Miriam die mit pingelig verkrampfter Hand geschriebenen Aufzeichnungen eines Schulmeisters, der um 1880 eine Zeitlang Lehrer in der Dorfschule von Finkenweiler gewesen war.

»Ralf?«

Die Hintertür öffnete sich. Ralf trat ins Freie, zwei beschlagene Gläser mit Orangensaft in den Händen.

»›Gottfried ist ein äußerst aufsässiger, ungehobelter Bub‹«, las Miriam laut. »›Er verweigert den schuldigen Gehorsam und hat sich gestern gar mit dem kleinen Peter Waidele vor dem Schulhaus gerauft. Für diese fortgesetzte Unbotmäßigkeit und nicht enden wollenden Trotz sah ich mich gezwungen, ihn nach Schulschluss mit zwei Stunden verschärftem Schularrest zu maßregeln.‹ So ein aufgeblasener

Pedant. Und was soll das bitte heißen: ›verschärfter Schularrest‹?«

»Nachsitzen«, sagte Ralf.

Sie richtete sich auf, und er gab ihr eines der Gläser.

»Das alte Schulhaus in Finkenweiler befand sich früher da, wo heute Bernd Hesslers Hotel steht, und es hatte einen uralten Felsenkeller ... kalt, feucht und voller Ratten, das ganze Programm. Darin hat mein Ur-Urgroßvater wohl eine ganze Menge Zeit verbracht.«

Er setzte sich neben sie auf die Decke.

Miriam runzelte die Stirn und dachte nach. »War das derselbe, den sein Vater mit dem Lourdes-Wasser von dem Fluch kurieren wollte?«

»Stimmt.« Seine Mundwinkel kräuselten sich. »Du passt verdammt gut auf.«

»Ich geb mir Mühe.«

Miriam trank einen Schluck von dem kalten Saft. Der Tag fing bereits an, alle Versprechen des Sommers einzulösen; der Himmel war von einem tiefen, leuchtenden Blau, und die Lichtung, auf der das Haus stand, träumte friedlich in der warmen Sonne. Wieder einmal spürte sie überdeutlich, wie sehr sich ihre persönliche Welt gewandelt hatte, seit Ralf in der Nacht des Unwetters zurückgekommen war.

Sie dachte daran, wie sie gemeinsam ins Schlafzimmer hinaufgegangen waren. Sie hatte neben ihm gelegen, den Kopf auf seiner Brust, die Hände mit den seinen verschränkt. Sie lauschten gemeinsam auf den Regen, der auf das Dach prasselte und durch die Traufen strömte, und schliefen ein, während die Nacht rings um das Haus zur Ruhe kam.

Am nächsten Morgen hatte Ralf den Trautweinhof nur einmal kurz verlassen, um Kleidung zum Wechseln und den Ordner zu holen, der jetzt vor ihr lag; als er zurückkehrte, aßen sie gemeinsam. Dann fing er an zu reden, und sie hörte zu.

Jetzt, in der Rückschau, kam es ihr so vor, als habe er tagelang nichts anderes getan als zu reden. Es war, als sei ein Damm gebrochen ... Er breitete seine Familiengeschichte vor ihr aus wie einen Teppich mit einem Muster aus wenigen hellen und sehr vielen dunklen Fäden. Er begann mit Udilhild, der einzigen Tochter des Grafen Friedrich von Wolfach. Sie hatte in das Haus von Fürstenberg eingeheiratet, und mit ihr war im 13. Jahrhundert das alte Adelsgeschlecht erloschen, das Wolfach gegründet und die Burg gebaut hatte, deren Ruinen sie als Kind zum ersten Mal gesehen hatte.

»Udilhild hatte nicht nur einen Vater, sondern auch einen Onkel«, hatte Ralf erzählt. »Über Friedrich findet sich schon wenig, über seinen Bruder aber gar nichts ... schon gar nichts Schriftliches. Die Markwards konnten jahrhundertelang nicht schreiben, genauso wenig wie der Großteil der einfachen Bevölkerung. Aber sie trugen die Geschichte mündlich von Generation zu Generation weiter ... wie der Bruder des Grafen eines Tages bei Vollmond vor Sonnenaufgang auf die Wolfsjagd ging und eine Wolfsangel voller Fleisch in einen Baum hängte, um seine Beute anzulocken. Der Wolf kam, ein gewaltig großes Tier. Er verbiss sich in das Fleisch und spießte sich gleichzeitig an dem Haken der Wolfsangel auf. Udilhilds Onkel freute sich über den leichten Sieg und ging hin, um der Bestie den Garaus zu machen ... und als er mit seinem Dolch zustoßen wollte, schlug der Wolf ihm die Fangzähne in den Arm. Der Bruder des Grafen ließ sich verarzten, und als er am Nachmittag Diener zu dem Baum schickte, um den Wolfskadaver abzuholen, fanden sie statt dessen die aufgespießte Leiche eines Mannes.«

Miriam tat ihr Möglichstes, das Bild aus ihrem Kopf zu verdrängen.

»So hat er sich also mit dem Fluch angesteckt«, meinte sie. »Aber wie ist deine Familie da hineingeraten?«

»Dazu komme ich jetzt«, sagte Ralf. »Es heißt, dass Friedrichs Bruder ein jähzorniger, unbeherrschter Mensch gewesen sein soll. Als er beim nächsten Vollmond begriff, was mit ihm geschehen war, geriet er in Wut. Er raste gegen alle, die versuchten, ihn zu beruhigen, und Friedrich von Wolfach wusste sich keinen anderen Rat, als ihn einzusperren. Aber er konnte ihn kaum dauerhaft im Kerker sitzen lassen. Außerdem schwor der Mann, der jetzt selbst zum Werwolf geworden war, er werde niemandem etwas zuleide tun, wenn Friedrich ihn freiließ. Der Graf gab nach, und sein Bruder durchstreifte die Wälder rings um Wolfach. Bei einem dieser Streifzüge begegnete er Ursula Markward, der Tochter eines Köhlers, der seine Familie schlecht und recht mit seinen Meilern über die Runden brachte. Das muss gegen 1270 gewesen sein. Ursula war mit ihrem Bruder unterwegs nach Hause. Der Bruder des Grafen hatte noch Menschengestalt, aber es war der Abend, an dem sich der Vollmond ganz rundete – die zweite der Dreinächte. Die einzige Nacht, in der wir uns wirklich in Wölfe verwandeln.«

»Da war er am stärksten und seine Sinne am schärfsten«, warf Miriam ein, die voller Faszination seiner Geschichte gefolgt war. »Und wahrscheinlich kam er auf dumme Gedanken.«

»Er gehorchte seinem Instinkt«, sagte Ralf nüchtern.

Sein Gesicht war hart, und Miriam rief sich ins Gedächtnis, dass er zwar klingen mochte wie ein Märchenerzähler, dass dies alles für ihn aber die Wahrheit war ... eine finstere, ererbte Wahrheit, die sich über viele Generationen hinweg auf ihn übertragen hatte, die sein Leben bestimmte und unauslöschlich in seinem Blut kreiste.

»Ursula soll sehr hübsch gewesen sein, und das wurde ihr zum Verhängnis. Als ihr Bruder versuchte, sie zu verteidigen, brach der Werwolf ihm das Genick. Er fiel über Ursula her und missbrauchte sie. Anschließend ließ er sie neben der Leiche ihres Bruders liegen und floh.«

»Armes Mädchen«, sagte Miriam leise.

»Das ist wahr.« Die Falte zwischen Ralfs Augenbrauen sah aus wie eine tiefe, offene Wunde. »Sie schleppte sich nach Hause und erzählte ihren Eltern, was geschehen war. Nur wenige Wochen später stellte sie fest, dass sie schwanger war ... und sie hatte ihren Peiniger erkannt. Sie hatte ihren Vater ein paar Mal bei seinen Kohlelieferungen auf die Burg begleitet und den Mann dort gesehen. Sie wusste, dass er der Bruder des Grafen war. Also nahm Ursulas Vater allen Mut zusammen und machte sich auf den Weg, um bei Friedrich Anklage zu erheben.«

»Das finde ich ziemlich wagemutig«, meinte Miriam nachdenklich. »War Ursulas Vater eigentlich Leibeigener?«

»Ja, schon«, erwiderte Ralf. »Das heißt aber nicht, dass der Adelige, dem er Abgaben und Arbeit schuldete, mit ihm machen konnte, was er wollte. Und Graf Friedrich muss ein rechtschaffener und gerechter Herr gewesen sein. Er war entsetzt und beschämt über die scheußliche Geschichte und beschloss, Wiedergutmachung zu leisten; er befreite die Markwards, solange er auf der Burg herrschte, von sämtlichen Abgaben und allen anfallenden Diensten. Außerdem entließ er sie in seinem Testament aus der Leibeigenschaft und machte der Familie ein sehr großzügiges Geldgeschenk. Dafür musste sich Ursulas Vater natürlich verpflichten, Stillschweigen über die Sache zu bewahren, und das tat er auch. Damals wussten weder er noch der Graf, dass sie es nicht nur mit einem Mord und einem gewaltsam gezeugten Kind zu tun hatten. Sie konnten nicht ahnen, dass der Fluch, der Friedrichs Bruder befallen hatte, damit auf die Markwards überging.«

»Was geschah mit ihm?«, wollte Miriam wissen.

»Der Graf machte ihn endgültig zum Gefangenen. Höchstens ein oder zwei Jahre später starb er, und es ist nicht sicher, wie. Man sagt, der Graf hätte ihn bei jedem Vollmond mit Mohnsaft betäubt, um zu verhindern, dass die Dienerschaft das Geheul mitbekam … Möglicherweise gab er ihm eines Tages zu viel davon.«

Sie schaute ihn an. »Du hast gar keinen Namen erwähnt. Weiß man, wie der Bruder des Grafen hieß?«

»Udolf.« Die Antwort klang schroff. »Udolf Heinrich. Und es wäre für uns alle besser gewesen, wenn er rechtzeitig ins Gras gebissen hätte, *bevor* er dem Werwolf über den Weg lief.«

Das war natürlich nur der Anfang des jahrhundertealten Dramas gewesen, und im Lauf der folgenden Wochen erfuhr Miriam immer mehr. Das Geschlecht der Wolfacher starb mit Friedrich aus, aber das Familiensiegel mit der Wolfsangel blieb als Stadtwappen von Wolfach erhalten, und es hatte keineswegs nur mit der Urbarmachung und Besiedelung der Gegend zu tun, die sich die Adelsfamilie einmal zur Aufgabe gemacht hatte. Für die Markwards war es eine ständige, schmerzhafte Erinnerung daran, wo der Ursprung der Bürde lag, die Generation für Generation Väter, Söhne und Brüder zu tragen hatten.

Miriam hörte auch von dem Unglück, das dazu geführt hatte, dass die Silberscheibe geschmiedet wurde, die sie von ihrer Großmutter geerbt hatte – und dass es nicht nur eine Scheibe gab, sondern zwei.

Kurz vor der Wende zum 18. Jahrhundert hatte eine der Töchter des Markwardbauern das eherne Gesetz nicht beachtet, nach dem die Kinder während der Dreinächte unter gar keinen Umständen das Haus verlassen durften … vor allem dann, wenn ein männliches Familienmitglied verwandelt draußen herumstreifte. Es war Markt gewesen, und das Mädchen verspätete sich mit der Rückkehr, bezaubert von den Schmeicheleien eines jungen Händlers, der ihr ein billiges Armband schenkte und ein Loblied auf ihre Augen anstimmte. Und so kam es, dass sie ihrem Vater als Wolf begegnete. Er hatte gerade eben erst die Gestalt gewechselt und war auf der Jagd, ausgehungert und toll vom silbernen Licht des Vollmonds.

»Er erkannte sie nicht gleich, und er war außerstande, sich zu bremsen«, sagte Ralf leise, den Blick nach innen gewandt, das Gesicht leer und kalt. »Wenn er es getan hätte, wäre sie vielleicht am Leben geblieben.«

»Er hat sie *umgebracht?*« Miriam starrte ihn an und versuchte, das Entsetzen zu unterdrücken, das ihr wie ein Stich ins Herz fuhr. »Seine eigene Tochter?«

»Ja. Es erfordert jahrelange Übung, sich zu beherrschen und im Notfall den Rückzug anzutreten, ehe man jemanden in Gefahr bringt.« Ralf, der am Küchentisch gesessen hatte, während er ihr von diesem Drama erzählte, stand abrupt auf und trat ans Fenster. »Das haben wir alle lernen müssen, manche mit mehr, manche mit weniger Erfolg. Aber außer diesem Mädchen hat es wenigstens nie Tote gegeben.«

»Nie?« Sie erschrak über den scharfen Ton ihrer eigenen Stimme und sah, wie sich seine Rückenmuskeln krampfhaft anspannten.

Er schüttelte langsam den Kopf, wandte sich vom Fenster ab und ging rasch hinaus; die Tür schlug hinter ihm zu. Miriam war einen Moment lang wie gelähmt. Endlich erholte sie sich und rannte hinterher, durch die Diele und hinaus ins Freie.

Ralf stand neben Oma Annas Rosenbeet, den Kopf in den Nacken gelegt, die Augen geschlossen.

»Es tut mir leid.«

»Schon gut.« Er sprach mit kaum unterdrücktem Zorn. »Du hast meinen wunden Punkt erwischt, das ist alles. Wenn es etwas gibt, was ich unter allen Umständen vermeiden möchte, dann ist es, dir wehzutun, dir Angst zu machen oder dich in Gefahr zu bringen.«

»Dann musst du gehen«, sagte sie ruhig, »und du darfst nie wiederkommen. Menschen, die sich nahe sind, tun sich ständig auf die eine oder andere Weise weh. Daran wirst du kaum etwas ändern können.«

»Mag sein. Aber ich hasse den Gedanken, dass du dich vor mir fürchtest.« Er sah sie an, und der Schmerz und die

Bitterkeit in seinen Augen trafen sie wie ein Schlag. »Und das tust du. Oder wenigstens hast du es eben getan.«

»Stimmt.« Sie legte die Hand auf seinen Nacken und ließ die gespreizten Finger sanft durch das kurze Haar aufwärtsgleiten. »Allerdings habe ich dir nicht versprochen, niemals Angst zu haben. Hast du das vergessen?«

»Nein.« Er drehte sich zu ihr um, nahm sie in die Arme und drückte sie fest an sich. »Miriam ... ach, *verdammt noch mal.*«

»Ich weiß.« Sie lehnte die Stirn gegen seinen Hals und atmete den vertrauten Geruch seiner Haut ein, bis sie endlich nicht mehr den lächerlichen Drang verspürte, weinen zu müssen, und ihr Herzschlag sich beruhigte. »Was geschah, nachdem der Werwolf seine Tochter getötet hatte?«

»Kurz nach Sonnenaufgang am folgenden Tag brach auf dem Hof plötzlich ein Feuer aus«, sagte Ralf. »Der Köhler hatte seine Tochter nach Hause gebracht und hielt in ihrer Kammer ganz allein Totenwache; seine Frau war vor Jahren im Kindbett gestorben, und sein Sohn hatte das zwanzigste Lebensjahr schon hinter sich und war bisher von dem Fluch verschont geblieben. Es ist nicht klar, wie genau es geschah, aber die Familie betrachtete das Unglück in späteren Jahren immer als Strafe für den begangenen Frevel. Das Haus brannte bis auf die Grundmauern nieder.«

»Das ist furchtbar.« Hinter Miriams geschlossenen Lidern flackerten die längst verloschenen Flammen noch einmal heiß und rot auf. »Der Sohn überlebte, nehme ich an?«

»Ja. Und weil er sich nicht verwandeln musste, konnte er ein nahezu normales Leben führen. Die Köhlerei hatte nie viel abgeworfen, aber Gernot Markward – so hieß er – war ein geschickter Schnitzer, obendrein hatte er das Glück, dass die Tochter eines sehr vermögenden Bauern im Wolftal ihr Herz an ihn verlor. Die beiden heirateten, und mit der üppigen Mitgift baute er das Haus, das jetzt oben auf der Lichtung steht.

Außerdem nahm er zwei Münzen, die die Familie vom Schatz des Grafen Friedrich zurückbehalten hatte, und bat einen befreundeten Silberschmied, Anhänger daraus zu machen.«

»Hat der Schmied auch diesen Blitz in meine Scheibe geritzt? Und den Spruch auf die Rückseite?«

»Nein. Er hat die Münzen zu glatten Scheiben gehämmert und die Ketten für die Anhänger angefertigt, aber das Wolfsangel-Relief und die Inschrift stammen von Gernot Markward. Er war es auch, der die beiden Anhänger von einem Priester weihen ließ.« Ralf seufzte und schüttelte leicht den Kopf. »In jenen Zeiten glaubte man noch, dass das Gebet eines Geistlichen und ein paar Tropfen Weihwasser die Wirkung des Silbers verstärken und den Fluchbrecher sozusagen ... heiligen würden. Das ist nicht wahr. Genauso wenig wie die Behauptung, Werwölfe könnten keine Kirche betreten. Das Einzige, was ihnen – *uns* – wirklich schadet, ist das Silber. Wenigstens was das angeht, haben die alten Legenden recht.«

Er schwieg eine Weile, bevor er den Faden der Geschichte wieder aufnahm.

»Einer der Fluchbrecher wurde immer an einer bestimmten Stelle im Haus aufbewahrt, damit er im Notfall zur Hand war. Da ist er heute noch – ich kann ihn dir zeigen. Den anderen trug erst Gernots Frau und danach seine Tochter. Als die heiratete, nahm sie den Anhänger mit.«

Zum ersten Mal, seit er in den Garten hinausgegangen war, lächelte Ralf leicht. »Sie heiratete einen gewissen Gottlieb Ruof, irgendwann um 1720 herum.«

»Einen Ruof?« Miriams Kopf zuckte hoch. »Aber Oma Anna war eine geborene Ruof! Heißt das ...«

Er sah den Ausdruck in ihren Augen, und das Lächeln erstarb. »Nein. Nein, Miriam, das heißt es nicht. Gernots Tochter bekam mehrere Kinder, aber sie starben samt und sonders im Säuglingsalter. Das kam damals leider häufiger vor. Sie starb selbst ziemlich früh, an einem Lungenleiden, und sie vererbte die Kette mit dem Anhänger an ihre Schwägerin. Auf diese Weise ist er nach Jahrhunderten schließlich bei deiner Großmutter gelandet.«

Er ließ sie los und trat einen Schritt zurück. »Das weiß ich erst seit ein paar Wochen. Nach dem letzten Vollmond habe ich angefangen, meine Unterlagen zu durchforsten. Ich wollte herausfinden, wieso du den Fluchbrecher in deinem Schmuckkasten hattest. Noch einmal – nein, du bist *nicht* mit den Markwards verwandt.« Er seufzte. »Anna hat die Scheibe sorgsam aufbewahrt. Sie ist immerhin ein Familienerbstück. Der Kasten aus Rosenholz oben im Schlafzimmer, den hab ich ihr geschnitzt, als Geschenk zum Geburtstag. Da war das große Hofgebäude schon abgebrannt, und sie wohnte hier im Leibgedinghaus. Sie hat damals sofort ihre ganzen Sachen umgeräumt, vor meinen Augen, weil sie den Kasten so schön fand. Und als Letztes war da der Samtbeutel mit dem Fluchbrecher. Sie zog ihn heraus und zeigte ihn mir ... und sie muss den Schrecken genauso deutlich in meinem Gesicht gesehen haben, wie du ihn gesehen hast. Daraufhin steckte sie das verdammte Ding zurück in den Beutel und legte es ganz unten in den Kasten. Und weißt du, was sie dann tat?«

»Was denn?«

»Sie kam zu mir und legte mir die Hand auf die Wange, als wollte sie mich trösten. ›Mach dir koin Kopf, Bua‹, sagte sie, ganz leise und sanft. ›I han koi Angscht vorm Vollmond. Und vor dir han i au koine.‹«

Miriam starrte ihn an und atmete tief durch. »Sie hat es *gewusst?* Aber woher ...«

»Keine Ahnung.« Er zog die Schultern hoch. Sein Gesicht war blass und müde. »Ich weiß nicht, ob sie es gewusst hat. Vielleicht war es auch bloß eine Vermutung, wegen der Geschichte mit der Truhe, die ein Mann allein kaum aus dem brennenden Haus bekommen hätte, und ein halbwüchsiger Junge noch viel weniger. Und weil ich bei Vollmond immer von der Bildfläche verschwand. Wegen der Bruchstücke alter Familienlegenden über die silberne Scheibe in ihrem Schmuckkasten oder wegen vieler Kleinigkeiten, die man durchaus bemerken konnte, wenn man genau hinschaute. Aber sie war die Einzige, die das tat – zum Glück. Und das war das einzige Mal, dass sie je etwas gesagt hat.«

Plötzlich empfand Miriam ein tiefes Gefühl der Scham. Es war eine Sache, zu sehen, wie sehr es ihn erleichterte, das bizarre Geheimnis, das auf seiner Familie lastete, endlich mit einem anderen Menschen teilen zu dürfen. Eine ganz andere war es zu begreifen, dass es auch Momente gab, in denen ihn diese unbedingte Offenheit quälte, weil sie ihm die Ungeheuerlichkeit dessen, was er war, überdeutlich ins Bewusstsein rief.

Sie schloss die Distanz zwischen ihnen mit einem raschen Schritt und küsste ihn.

»Ich denke, es reicht für heute«, sagte sie. »Mir werden sicher noch Dutzende von Fragen einfallen, und es gibt bestimmt noch sehr viel, was ich wissen muss. Aber jetzt brauchen wir einen Themenwechsel, und einen Tapetenwechsel obendrein. Wir können ein Eis essen gehen, oder wir fahren nach Freudenstadt und gehen bummeln. Und um was auch immer sich unsere Unterhaltung in den nächsten paar Stunden dreht, wir reden ganz bestimmt nicht über silberne Anhänger oder Werwölfe.«

Seine Schultern entspannten sich, und der Blick in seinen Augen wurde weicher. »Klingt nach einem guten Plan. Vor allem dann, wenn du mir erlaubst, etwas für dich zu kaufen.«

»Kommt drauf an, was ich finde.« Sie grinste. »Aber zuerst drehen wir mit Jacob eine kleine Runde – wenigstens muss er sich noch ein paar Tage nicht im Gästezimmer verkriechen. Zu blöd, dass er während der Dreinächte immer vergisst, was für ein wunderbarer, liebenswerter Mann du bist.«

Er umschloss ihr Gesicht mit beiden Händen. »Er kann doch nichts dafür, dass er das Wolfsblut wittert. Mit Jacob komme ich schon klar – solange *du* es nur nicht vergisst.«

»Wie könnte ich!« Sie sprach dicht an seinem Mund. »Ich vertraue felsenfest auf deine sämtlichen guten Eigenschaften … und ich hoffe sehr, du tust das irgendwann auch.«

Dieses Gespräch lag jetzt mehr als drei Wochen zurück. Sie waren an jenem Nachmittag tatsächlich nach Freudenstadt gefahren, hatten in einer Eisdiele auf dem Marktplatz gesessen und waren Hand in Hand an den Schaufenstern der Läden vorbeispaziert. Miriam hatte nur schwach protestiert, als er sie plötzlich in ein Schmuckgeschäft zog. Sie ergriff die Gelegenheit beim Schopf und bat den Juwelier, ihr Ohrlöcher zu stechen. Derweil schlenderte Ralf durch den Laden und ließ sich eine Kette aus Roségold zeigen, die in einer Vitrine ausgestellt war. Sie bestand aus diamantierten Gliedern, die zu einer funkelnden Kordel verdreht waren und alle zwei, drei Zentimeter von einer runden Perle in einem hellen Aprikosenton unterbrochen wurden. Auf ihrer Haut erwachten die Perlen zu sanft leuchtendem Leben, und Ralf hatte die Kette schon bezahlt, bevor sie überhaupt wagte, nach dem Preisschild Ausschau zu halten.

Und jetzt lag Miriam auf der Decke hinter dem Trautweinhof und blinzelte in den Himmel. Sie konnte die Kette als leichtes Gewicht auf ihrem Schlüsselbein spüren.

Sein Schatten fiel über sie, und sie lächelte zu ihm auf.

»Du siehst wunderschön aus«, sagte er.

Er ließ sich neben sie fallen, streckte die Glieder und schloss die Augen. Miriam stützte sich auf den Ellenbogen und betrachtete ihn. Im Gegensatz zu ihr musste er sich nicht vor der Sonne in Acht nehmen; nach zwei warmen, fast wolkenlosen Wochen war er bereits tief und gleichmäßig gebräunt. Sie streckte die Hand aus und strich über die Stelle, wo sich bei Ärger, Zorn oder Konzentration eine tiefe Falte zwischen seinen Augenbrauen bildete. Jetzt war da nicht mehr als eine kleine Vertiefung zu sehen. Sie ließ die Finger abwärts wandern, über den Hals hinunter auf die Schultern und die Brust. *Du bist auch wunderschön,* dachte sie. *Und ich bin so glücklich, dass es mir Angst macht.*

Mehr als drei Monate hatte kein Außenstehender ihren Frieden gestört, niemand sich eingemischt oder getratscht. Susanne hielt dicht, wie sie versprochen hatte. Aber irgendwann würde dieser paradiesische Zustand enden müssen ... Miriam wusste es nur zu gut, und doch hätte sie den Moment, in dem das geschah, liebend gern noch hinausgezögert.

Ralf zog sie zu sich hinunter, und sie lauschte dem Klang seines langsamen, gleichmäßigen Herzschlages an ihrer Wange. Hier, in ihrer gemeinsamen, kleinen Welt waren sie sicher ... wenigstens noch eine Weile.

Zum ersten Mal in ihrem Leben wünschte sie sich, sie könnte die Zeit anhalten.

Kornmond – Wolfsgesang

12. August

Und dann rappelt der Wolf sich doch tatsächlich auf, obwohl er vom Transport noch halb zugedröhnt ist, und er schmeißt Harald fast von seinem Rücken. Der arme Kerl war so blass wie Sauermilch, und weiche Knie hatte er obendrein!«

Andreas lachte herzhaft, langte nach der Weinflasche und goss sich noch einmal nach. Sie saßen zu viert in dem rustikalen Blockhaus, das bei geöffnetem Park als kleines Imbisslokal für die Besucher diente; überall auf den Holztischen brannten Teelichte. Der Abend war mehr als problemlos verlaufen und Miriam schüttelte innerlich den Kopf darüber, dass sie vorher so nervös gewesen war.

Vor vier Tagen hatte Susanne sie angerufen und eingeladen. Und sie hatte darauf bestanden, dass Ralf mitkam. Als Miriam instinktiv ablehnen wollte, war sie hart geblieben.

»Du kannst nicht ewig da oben in deinem Haus Verstecken spielen!«, sagte sie. »Abgesehen davon verlangt niemand von dir, einen Aushang an die Kirchentür zu pflastern, in dem steht, dass du erstens nicht mehr solo und zweitens mit dem geheimnisvollen Schreiner vom Markwardhof verbandelt bist. Ihr sollt doch bloß zum Park kommen und mit uns essen!«

Natürlich hatte sie recht. Und ein Abend mit Susanne und Andreas konnte nichts schaden; seit dem Unwetter im Juli hatte sie die beiden kaum zu Gesicht bekommen. Der Termin, den Susanne vorschlug, war allerdings die erste Dreinacht des Vollmonds im August. Sie versprach Susanne, ihr Bescheid zu sagen, legte auf und machte sich auf die Suche nach Ralf.

Er war derselben Meinung wie Susanne. »Lass uns ruhig hingehen«, meinte er. »Irgendwann bekommen die Leute es ja doch mit, und es ist gar nicht schlecht, wenn wir mit den beiden anfangen.«

Er legte von hinten die Arme um ihre Taille und stützte das Kinn auf ihren Kopf. Anders als die wenigen Männer, mit denen sie vor ihm zusammen gewesen war, Karsten eingeschlossen, war er deutlich größer als sie, und das gefiel ihr. Sie spürte die Kraft, die von diesem hoch gewachsenen Körper mit den breiten Schultern ausging, wie eine ständige, verlässliche Quelle von Wärme und Schutz.

Miriam seufzte und schloss die Augen. Manchmal erschreckte sie die Erkenntnis, wie schnell sie abhängig geworden war von seiner Nähe, abhängig von der Liebe, die er ihr entgegenbrachte. *Bis vor ein paar Monaten kannte ich ihn überhaupt nicht,* dachte sie, *oder wenigstens konnte ich mich nicht erinnern. Und jetzt kann ich mir nicht mehr vorstellen, ohne ihn zu leben.*

»Denkst du, es ist eine gute Idee, dich in die Nähe der Wölfe zu wagen?«, fragte sie, die Augen noch immer geschlossen. »Du weißt doch, wie Jacob sich während der Dreinächte aufführt – bei den Wölfen muss das noch viel schlimmer sein.«

»Keine Sorge, ich halte mich von dem Gehege fern.« Sie konnte das Lächeln in seiner Stimme hören. »Wir werden mit Susanne und Andreas essen, ein bisschen mit dem Wein aufpassen, und dann fahren wir wieder nach Hause. Keine große Sache, mein Herz.«

Und es war doch eine große Sache. Jetzt, nachdem der Abend fast vorüber war, fühlte sich Miriam entspannt und erleichtert. Sie hatten sich gut vertragen, und es hatte ihr zunehmend Spaß gemacht zu beobachten, wie Andreas auf Ralf reagierte ... mit großem Interesse und einer bohrenden Neugier, die allmählich zu einem humorvollen Geplänkel führte. Er fragte ihn nach seiner Arbeit aus, wollte wissen, wie er und

Miriam sich kennen gelernt hatten, und sie merkte, wie sein Blick ständig zwischen ihnen hin und her ging.

Ralf blieb völlig gelassen und gab ebenso bereitwillig wie belustigt Auskunft, aber Susanne, die neben ihm saß, registrierte die anschwellende Flut von Fragen mit wachsender Verblüffung. Miriam hätte sogar schwören können, dass sie Andreas einmal unter dem Tisch gegen das Schienbein trat. Als kurz darauf im Büro nebenan das Telefon klingelte und er den Raum verließ, räusperte Susanne sich und lächelte verlegen.

»Tut mir leid«, sagte sie, »das sollte bestimmt kein Verhör werden, auch wenn es sich so anhört. Ich weiß gar nicht, was heute in ihn gefahren ist.«

»Ich schon«, murmelte Miriam in ihr Weinglas hinein.

Und als sie aufschaute, begegnete sie Ralfs Augen. Sie glitzerten spöttisch, und für einen Moment fragte sie sich ein wenig beklommen, ob die golden sprühenden Funken darin nur eine Spiegelung der Kerzenflammen waren oder ein erster Vorbote der kommenden Vollmondnacht.

»Da ist ein neuer Rüde im Rudel«, sagte er sanft, »und dein Andreas ist noch nicht ganz sicher, an welche Stelle in der Rangordnung er gehört.«

Susanne kicherte. »Was meinst du – wer von euch beiden ist wohl das Alphatier?«

Miriam verschränkte ihre Finger mit denen von Ralf und drückte sie sachte. »Alphatiere sind sie alle beide«, erklärte sie. »Das macht die Sache doch so spannend.«

Mittlerweile war es ziemlich spät, und eine halbe Stunde später blies Miriam zum Aufbruch. Draußen hatte der Himmel, der den ganzen Tag über klar und sonnig gewesen war, sich mit Wolken überzogen. Die Luft war warm und feucht von nahendem Regen. Sie schlenderten in Richtung Rampe – Ralf voraus, Hand in Hand mit Miriam, Andreas, der Susanne den Arm um die Schultern gelegt hatte, ein paar Schritte dahinter. Es war sehr still.

Miriam öffnete gerade den Mund, um sich zu verabschieden, als aus dem dunklen Parkgelände hinter dem Verwaltungsgebäude plötzlich ein merkwürdiger Laut zu hören war. Er begann kehlig und tief, dann wurde er durchdringend und schrill und brach ab, nur um Sekunden später erneut einzusetzen. Und dann war es nicht mehr nur eine Stimme ... es kam eine zweite dazu, dann eine dritte. Jetzt klang es wie ein durchdringender Chor, ein klagendes, auf- und absteigendes Jaulen von einer eigenartigen, entfesselten Schönheit.

Ralf ließ ihre Hand los. Er hob den Kopf und atmete tief ein ... es sah fast aus, als nehme er einen fremden und doch vertrauten Geruch in sich auf. Miriam spürte, wie sich die feinen Härchen in ihrem Nacken aufstellten, und sie drehte sich zu Andreas um.

Der lauschte angespannt, einen Ausdruck vollkommener Verblüffung auf dem Gesicht.

»Da soll mich doch ...« sagte er. »Das passiert erst das dritte Mal, seit sie hier sind!«

Im nächsten Moment ließ er Susanne stehen und rannte im Laufschritt auf das Parkgelände zurück. Sie starrte ihm verwirrt nach, hin- und hergerissen zwischen dem Drang, ihm zu folgen und dem Wunsch, ihre Gäste nicht einfach im Stich zu lassen.

»Was hat er denn bloß? Was im Himmels willen ist das?«

Ralf wandte den Kopf und sah sie an. Er lächelte.

»Das sind die Wölfe, Susanne«, sagte er. »Was du hörst, ist ihr Signalruf. *Wir sind hier ...*«

Miriam blickte ihn an und ihr Herzschlag stolperte und setzte sekundenlang aus. Das vertraute, durchscheinende Graugrün seiner Augen war dem hell strahlenden Goldton gewichen, den sie schon einmal gesehen hatte. Sie fand das Lächeln darin, aber auch noch etwas anderes ... die gewaltige Kraft und Wildheit, die im Chor der Stimmen, der aus dem Park zu ihnen herüberdrang, ein Echo fand. Die Wölfe *wussten*, dass er hier war. Sie witterten ihn ... vielleicht riefen sie ihn sogar.

Nur einen Wimpernschlag später sah er aus wie immer. Miriams Herz hatte seinen Dienst wieder aufgenommen und hämmerte ihr jetzt in den Ohren.

Die nächsten Minuten brachte sie mehr oder weniger im Blindflug hinter sich. Sie küsste Susanne auf die Wange und versprach ihr, sie gleich am nächsten Morgen anzurufen. Sie sah zu, wie Ralf ihre Freundin kurz in die Arme nahm und sich herzlich und offenbar vollkommen gelassen von ihr verabschiedete. Susanne winkte ihnen noch einmal kurz zu, dann ging sie mit langen Schritten am Haus vorbei und verschwand im Park.

Miriam blieb noch einen Moment neben Ralf stehen, dann machte sie sich wortlos auf den Weg die Rampe hinunter. Er folgte ihr und schwieg ebenfalls, auch, als sie ins Auto eingestiegen waren und losfuhren.

Sie hatten etwa einen Kilometer in Richtung Finkenweiler zurückgelegt, als die ersten Tropfen auf die Windschutzscheibe prasselten. Noch einen Kilometer weiter war Ralf es, der zuerst sprach.

»Wusstest du, dass die stärksten Sinne bei Wölfen das Gehör und die Nase sind?«, fragte er. »Sie können das Geheul eines Artgenossen über sechs Kilometer Entfernung wahrnehmen, und riechen können sie ihn zwei Kilometer weit … sogar noch weiter, wenn der Wind günstig steht.«

»Na, dann haben die Wölfe im Park es ja leicht gehabt«, versetzte Miriam sarkastisch. »Bei dir waren es schließlich bloß ein paar hundert Meter Luftlinie.«

Unglaublicherweise lachte er. »Kannst du dir den Aufruhr vorstellen, den es gegeben hätte, wenn ich mit Andreas zum Gehege gegangen wäre?«

»Ich *will* mir das gar nicht erst vorstellen«, erwiderte sie leise und heftig. »Ich bin froh, dass Susanne nicht gesehen hat, was gerade eben mit deinen Augen passiert ist.«

Ralf seufzte.

»Es tut mir leid«, sagte er. »Das ist eine der Nebenwirkungen des Fluchs, und sie tritt bei jedem Vollmond auf. Ich bin so gewöhnt daran, dass ich vergessen habe, dich vorzuwarnen.«

Sie fuhren schweigend weiter; die einzigen Geräusche waren das leise, gleichmäßige Brummen des Motors, das Trommeln des Regens auf dem Autodach und das rhythmische Hin und Her der Scheibenwischer. Dann huschte auf der rechten Seite das Ortsschild von Finkenweiler vorbei. Miriam bog ab, fuhr über die Brücke und den Berg hinauf.

Es war fast elf, als sie den Wagen vor dem Haus parkte. Miriam zog den Zündschlüssel, blieb aber noch sitzen. Draußen regnete es immer stärker. Plötzlich beugte Ralf sich zu ihr herüber.

»Während der Dreinächte verändert sich nicht nur meine körperliche Stärke«, murmelte er, »sondern auch meine Sinne. Ich weiß, welche Seife du heute früh benutzt hast ... und nicht nur deswegen, weil ich mich seit Wochen in deinem Badezimmer wasche. Ich weiß, dass du nie Parfum benutzt, und ich liebe den Duft deines Shampoos. Aber das Beste ist der Geruch deiner Haut.«

»Wieso?« Miriam legte den Kopf leicht zur Seite und spürte seinen Atem als kitzelnden Hauch auf ihrer Schulter. »Wie rieche ich denn?«

»Wie frisches Grün ... wie ein Frühling, mit dem man gar nicht mehr gerechnet hat. Süß und jung und lebendig. Erinnerst du dich noch an den Tag, als ich dir die Truhe zurückgebracht habe?«

»Natürlich.«

Wie hätte sie das je vergessen können.

»Ich habe dich berührt«, sagte er. »Ich habe die Hand auf deine Wange gelegt, und es war die erste Dreinacht, genau wie heute. Weißt du ... wenn deine Sinne so scharf sind, dann ist jeder Duft – vor allem einer, der so wunderbar ist wie deiner – so stark und berauschend wie ein paar Gläser Wein zu viel. Dann kann man betrunken werden von Gerüchen und komplett den Kopf verlieren. Ich habe dich berührt und dich *gewittert*, und nicht nur den Duft deiner Haut ... auch deine Neugier und deine Nervosität und deine Sehnsucht. Ich hätte dich am liebsten in die Arme genommen, ich wollte ...«

Miriam hörte, wie er schluckte. Dann wanderten seine Lippen hinunter zu ihrem Brustansatz, und seine Hand legte sich auf ihren Oberschenkel und glitt unter den dünnen Stoff des Kleides. Ihr Mund war schlagartig trocken; ihr Körper wurde schwer und träge und schien in den Autositz hineinzusinken. Es war nur ein sehr kurzer Kontakt gewesen, an diesem kalten Tag im März, aber er hatte ihr Universum auf den Kopf gestellt. *Hättest du mich in diesem Moment neben der Truhe so berührt, ich hätte es mit Freuden zugelassen,* dachte sie. *Das und noch viel mehr.*

Ralf atmete tief und stockend ein, und Miriam musste sich nicht erst fragen, ob er ihre jähe Erregung wittern konnte – sie *wusste* es. Im nächsten Augenblick küsste er sie, und es war kein sanfter Kuss ... er war wild, fast aggressiv, ein hitziger Angriff von Zunge und Zähnen, während die Hand auf ihrem Schenkel nach oben glitt und sich Besitz ergreifend über ihren Schamhügel legte. Reine Lust durchzuckte sie wie der glühende Stich einer Nadel – und mit ihr kam ein plötzlicher Schrecken, der fast an Panik grenzte. Miriam drehte den Kopf zur Seite und rang nach Luft.

»Nicht ...«, hörte sie eine atemlose Stimme flüstern, die sie nur mit Mühe als ihre eigene erkannte. »Nicht, Ralf ... *warte* ...«

Er zog sich sofort zurück, sie bekam den Türgriff zu fassen und drückte ihn hinunter. Sie schwang die Beine aus dem Wagen und stand im Freien ... und war im nächsten Moment nass bis auf die Haut. Das Wasser strömte mit der typischen

Heftigkeit eines Hochsommer-Unwetters vom Himmel, aber es war kühl und wohltuend und wusch die Überreste des Tages von ihr ab, gemeinsam mit der unbegreiflichen Furcht, die sie so plötzlich überfallen hatte. Sie breitete die Arme aus, legte den Kopf in den Nacken und ließ die Tropfen über ihr Gesicht rieseln.

Ralf stieg aus, kam um den Wagen herum und blieb vor ihr stehen. Er strich ihr das nasse, wirre Haar zurück.

»Du schmeckst nach Regen«, sagte er, seine Lippen dicht an ihrem Ohr. »Hab keine Angst vor mir, Miriam. Ich liebe dich ... und ich *will* dich. Hab keine Angst.«

Sie antwortete nicht. Stattdessen schlang sie die Arme um ihn und er presste sie an sich. Sie bog den Rücken durch, vergrub das Gesicht an seinem Hals und atmete ihn in tiefen Zügen ein, bestürmt von seinem Geruch, der Härte seines Körpers und der unverstellten Begierde, die ihr entgegenschlug. Sie protestierte nicht, als er kurz ein kleines Stück zurücktrat, nach dem Saum ihres Kleides fasste und ihr den nassen Stoff rasch über den Kopf zog ... sie hörte sich selbst lachen, knöpfte sein Hemd auf und leckte ihm die Tropfen von der bloßen Haut, während er ihre Schultern und ihren Rücken streichelte.

Es war verrückt, es war wie ein wildes, heidnisches Fest, und es war einfach wunderbar. Miriam verschloss die Ohren vor der Stimme der Vernunft und ließ sich treiben, kein bisschen weniger berauscht und hungrig als er. Sie prallte mit dem Rücken gegen den Wagen, als er sie mitten im Kuss zurückdrängte. Plötzlich legte er beide Hände unter ihre Oberschenkel und hob sie hoch. *Als wäre ich federleicht*, dachte sie, und dann war sein Mund auf ihren Brüsten und sie stöhnte und wurde weich und nachgiebig in dem festen Griff, der sie hielt.

Ihre Hände glitten seinen Rücken hinunter ... sie hatte keine Ahnung, wann genau er die Jeans losgeworden war, die er heute Abend getragen hatte, aber in diesem Moment hätte es ihr auch kaum gleichgültiger sein können. Sie ertastete die vertrauten, festen Rundungen seiner Hinterbacken und das kraftvolle Spiel der Muskeln unter seiner Haut. *Komm zu mir*, dachte sie, *komm doch* ... und gleich darauf war er mit einem einzigen, harten Stoß vollständig in ihr.

Sie hatten sich schon so oft geliebt, aber dies hier war etwas, wofür sie keinen Namen fand. Es war so alt wie die Geschichte von Adam und Eva, so alt wie der ursprüngliche Drang, der Mann und Frau zueinandertrieb. Miriam kostete jede Sekunde davon aus ... als wäre es das erste und unwiderruflich letzte Mal, dass er sich aus ihr zurückzog und sie immer wieder erneut ausfüllte, in einem Rhythmus, von dem die Erde zu schwanken schien und der ihren ganzen Körper vibrieren ließ.

Er bewegte sich schneller, dehnte sie bis haarscharf an die Grenze zum Schmerz. Sie hieß auch das willkommen, sie biss sich auf die Lippen, hörte ihn tief und kehlig stöhnen und klammerte sich an ihm fest, bis sie spürte, wie sich ihr Fleisch nach einer seligen, glühenden Ewigkeit krampfhaft um ihn zusammenzog. Unmittelbar danach folgte er ihr über die Schwelle. Seine Hitze breitete sich in ihr aus, seine Stimme stieß ihren Namen dicht an ihrer Kehle hervor wie eine Beschwörung, wieder und wieder ... und sie legte den Kopf zurück und schrie ihre Erlösung in den Nachthimmel, aus dem noch immer der Regen fiel.

Mitternacht ist vorüber, und vom Wolkenbruch sind nur noch die Tropfen geblieben, die sich von den Ästen der Bäume lösen und den Boden durchweichen. So wie dem Mann vor dem Haus nur Bilder geblieben sind, die vor seinem inneren Auge kreisen und Muster bilden wie in einem Kaleidoskop.

Er steht im Schutz des Krüppelwalmdachs und denkt an sie, gepeinigt von Hunger und nicht gestillter Lust; an ihren Körper, ihre schlanken Beine und Arme, ihre runden Brüste und ihre helle, von der Sonne kaum gebräunte Haut. Ihr Lachen, ihr Schrei, der Klang ihrer ungehemmten Sinnlichkeit brennt in seinem Gedächtnis wie eine offene Wunde.

Der Mond kreist in seinem Blut und zerrt an ihm ... brennender Durst und rasende Gier, seit einer Ewigkeit unbefriedigt. Er hat sich verweigert, was ihm zusteht, er hat gezögert, alle Vorsicht fahren zu lassen. Zu groß war das Risiko, entdeckt zu werden, entdeckt und enttarnt. Jetzt spürt er, wie das Band der Kontrolle mürbe wird und reißt. Er hat das Warten satt ... Es ist Zeit, sich zu nehmen, was ihm zusteht. Es ist allerhöchste Zeit.

Zeit, wieder auf die Jagd zu gehen.

Kornmond – Halt meine Hand

13. August

Der nächste Morgen dämmerte so klar und sonnig herauf wie der letzte; von dem Wolkenbruch der vergangenen Nacht war nicht mehr geblieben als glitzernde Tropfen auf der Wiese und ein paar Pfützen unter den Bäumen.

Gegen halb acht stand Miriam auf dem Balkon, einen Becher Kaffee in der Hand. Ralf hatte das Haus schon gegen sieben verlassen; sie waren übereingekommen, dass er sich während der Dreinächte möglichst vom Trautweinhof fernhielt – schon wegen Jacob, dem er die panische Angst ersparen wollte, die ihn jedes Mal überfiel, wenn der Fluch seine volle Stärke erreichte. Außerdem würde die Reaktion des jungen Labradors jedem auffallen, der in dieser Zeit vorbeikam, und nach dem Zwischenfall mit den Wölfen vom vergangenen Abend konnte etwas zusätzliche Vorsicht nicht schaden.

Der Tag versprach, warm zu werden; Miriam hatte sich für einen dunkelblauen Baumwollrock und eine dünne, weiße Bluse entschieden, die wie ein altmodisches Wäschemieder geschnitten war. Ralfs Jeans und sein Shirt flatterten hinter dem Haus auf der Leine, ebenso wie das Kleid von gestern Abend. Ralf musste sie eingesammelt und aufgehängt haben, ehe er ging.

Sie trank den Kaffee aus und ging hinein. Während sie das Bettzeug wechselte, zogen Bilder aus der vergangenen Nacht an ihrem inneren Auge vorbei. Regen, der auf ihre nackten Schultern und Arme prasselte ... Tropfen, die über Ralfs bloße Brust rieselten, als er sie hochhob und gegen das Auto drängte ... seine Arme, die sie hielten, sein Mund ...

Miriam stand da, das Kissen gegen die Brust gedrückt, die Augen halb geschlossen.

Sie waren irgendwann gegen halb zwölf endlich im Haus gelandet, klatschnass und überglücklich. Sie hatte so weiche Knie gehabt, dass Ralf sie kurzerhand hochhob und die Treppe hinauftrug. Oben hatte er sie ins Schlafzimmer gebracht und auf das Bett gelegt, und als er wieder hinausgehen wollte, um ein Handtuch zu holen, hatte sie ihn festgehalten und zu sich hinuntergezogen.

Das war das zweite Mal an diesem verrückten, rauschhaften Abend gewesen, dass sie sich liebten – diesmal langsam und bedächtig, mit Berührungen und Liebkosungen, die sich alle Zeit der Welt ließen. Mitternacht war vorbei, als Ralf sie mit Lippen und Händen zu einem Höhepunkt schmeichelte, der so sanft war und so überwältigend süß, dass ihr die Tränen in die Augen stiegen. Erst dann drang er in sie ein, und sie hielt seinen Blick fest und sah, wie das vertraute Graugrün sich noch einmal einen Wimpernschlag lang in strahlendes Gold verwandelte, als er kurz darauf von Kopf bis Fuß erschauerte und kam.

Miriam schüttelte den Kopf und ließ den zusammengefalteten Quilt auf die Matratze fallen. Ihr war ein wenig schwindelig. Sie nahm sich wohl besser zusammen, oder sie durfte gleich noch einmal duschen ... aber diesmal eiskalt.

Plötzlich wurde ihr bewusst, dass irgendwo unten im Haus das Telefon klingelte. Bevor sie reagieren konnte, verstummte der Apparat, dafür erwachte auf dem Nachttisch ihr Handy zum Leben. Sie griff danach und setzte sich auf das Bett.

»Trautwein.«

»Miriam – hallo. Ich bin's, Susanne.« Die vertraute helle Stimme klang aufgeregt und atemlos. »Du – ich muss dir unbedingt was erzählen!«

Miriam lehnte sich in die Kissen zurück. Wenn Susanne so anfing, dann konnte das Gespräch dauern.

»Andreas hat – ja, Papa. Ja, die Tische im großen Saal sind schon eingedeckt. Ob ich … ja, die Gläser auch. – Miriam?« Jetzt sprach sie sehr leise, den Mund hörbar dicht an der Muschel. »Ich fürchte, ich kann gerade doch nicht mit dir reden. Wir haben eine Hochzeitsfeier im Hotel, und ich bin natürlich gleich wieder eingespannt worden. Hast du … hast du vielleicht heute Abend Zeit? So gegen sechs?«

»Ja, hab ich. Soll ich dir was zu essen machen? Ralf ist über Nacht weg.« *Und durchstreift den Wald rings um Finkenweiler in Wolfsgestalt … aber das erzähle ich dir lieber nicht.*

»Au ja … irgendwas Leichtes vielleicht, es soll ziemlich heiß werden. Hier unten im Dorf ist es schon ganz schön warm. Heute Abend bin ich bestimmt total geschafft. Du bist ein Schatz – bis nachher!«

Miriam steckte das Handy in die Rocktasche und ging nach unten. Sie trank eine zweite Tasse Kaffee, machte sich ein kleines Frühstück und öffnete die Haustür, um Jacob wieder hereinzulassen. Er schoss an ihr vorbei in die Küche, würdigte seinen Napf keines Blickes und verschwand unter dem Tisch. Merkwürdig – Ralf war doch schon eine ganze Stunde weg.

Sie warf einen Blick durch das Fenster. Der Hof lag still und friedlich da, schon halb im morgendlichen Sonnenlicht. Die Rosen in Oma Annas Lieblingsbeet leuchteten in einem fröhlichen Durcheinander aus Gelb, Rot und Pink. Nirgendwo war eine Menschenseele zu sehen.

»Du spinnst«, sagte sie, in Richtung Tisch gewandt. »Stell dich bloß nicht so an, du dusseliger Hund.«

Jacob rührte sich nicht. Sie zuckte die Achseln, nahm Kaffeebecher und Teller mit ins Wohnzimmer und setzte sich an den Zeichentisch. Seit fast drei Wochen hatte sie ihre Arbeit sträflich vernachlässigt – Zeit, sich an irgendetwas zu versuchen, ehe sie anfing einzurosten.

Sie überlegte kurz, dann zog sie die Schublade auf und holte die Zeichnung von Ralf heraus, die sie damals im März gemacht hatte. Sie betrachtete das vertraute Gesicht, dann holte sie einen weichen Bleistift aus dem Becher und verlängerte die Zeichnung nach unten. Der Hals lief jetzt in breite, nackte Schultern aus, und sie schuf die Flächen und Vertiefungen auf dem Papier, denen sie erst letzte Nacht mit Händen und Mund nachgespürt hatte. Dann skizzierte sie einen schattenhaften Umriss, der seitlich von Ralfs rechter Schulter begann, über seinen Kopf hinweg ging und halb hinter ihm verschwand. Spitze Ohren, ein breiter Schädel, dunkel schraffiertes Fell ... sie hielt inne und starrte auf das Blatt hinunter, als sie begriff, was sie da tat.

Sei's drum. Sie presste grimmig die Lippen zusammen. Sollte ihr Stift doch die Wahrheit sagen, die sie niemals laut aussprechen durfte; das fertige Bild würde danach sowieso wieder im Dunkel der Schublade verschwinden.

Sie zeichnete die Schnauze, den Nacken und den Rücken. Der Wolfskopf war noch ohne Fell, der Blick weiß und leblos wie der einer steinernen Skulptur. Sie setzte die Pupille, sorgsam und scharf umrandet, dann holte sie die Schachtel mit den Buntstiften und gab den Augen ihre feurig gelbe Farbe. Zuletzt ließ sie auf dem eckigen, kraftvollen Schädel das Fell wachsen. Sie verwandte viel Mühe darauf, dass es natürlich aussah, dicht und ein wenig struppig. Dann legte sie den Stift langsam hin.

Kein Zweifel, das Bild war gelungen ... vielleicht fast zu sehr. Was sie beim Anschauen empfand, war eine irritierende Mischung aus Befriedigung und Furcht. Der Körper des großen Tieres bildete den Hintergrund für das Gesicht des Mannes, den sie liebte ... der Mann, der beides war, Mensch und Wolf. Der Mann, der sich heute Abend wieder unter Qualen in die Bestie verwandeln würde, deren Instinkte er seit fast dreißig Jahren mit eiserner Entschlossenheit in Schach hielt. Die Erinnerung an das Familiengebet, von dem er ihr erzählt hatte, schlich sich wie ein boshafter Eindringling in ihre Gedanken. *Gott, hilf uns, gegen das Licht des Fluchmondes zu bestehen, gegen das Übel in unseren Herzen und den Schrecken in unserem Blut ...*

Das Zimmer war sommerlich warm, aber plötzlich hatte sie eine Gänsehaut.

Susanne kam um Viertel nach sechs. Miriam hatte am frühen Nachmittag eingekauft und den Salat mit Tomaten, Oliven und Baguette gemacht, wie sie es am liebsten mochte. Sie hatte den Kühlschrank mit Wein, Mineralwasser und Saft vollgeladen und Gartenmöbel auf den Wäscheplatz hinter dem Haus getragen, der um diese Tageszeit wieder im Schatten lag. Dann hatte sie den Tisch gedeckt und einen zusätzlichen Liegestuhl aufgestellt.

Susanne trug noch immer das schwarze Kellnerinnen-Kleidchen, das für die Bedienungen im Hotel ihres Vaters Vorschrift war. Die neckische, spitzenbesetzte Schürze war zerknittert und hatte einen Rotweinfleck. Das Erste, was sie tat, nachdem sie aus dem Auto gestiegen war und das Haus betreten hatte, war, die Schuhe auszuziehen und in eine Ecke der Diele zu feuern.

»Ich dachte schon, die Dinger bringen mich um«, sagte sie seufzend und ging auf bloßen Füßen in die Küche. Sie ließ sich auf einen Stuhl fallen und wackelte dankbar mit den Zehen. Dann griff sie nach dem Glas mit kaltem Mineralwasser, das Miriam ihr kommentarlos reichte, und leerte es in einem Zug.

»Diese Hochzeit war der reinste Alptraum. Ein Bub ist die ganze Zeit herumgerannt wie die Feuerwehr, dann hat er angefangen, irgendeine Nichte der Braut an den Zöpfen zu ziehen, bis sie geheult hat. Die Eltern von dieser kleinen Nervensäge haben so lange getan, als würde sie das Ganze nichts angehen, bis er mir fast ein Tablett aus der Hand geschlagen hat und ich der Braut ein Glas Rotwein über den Rock von ihrem Achthundert-Euro-Kleid gekippt habe. Darauf hat erst sie mich angeschrien, und dann hat mein Vater in der Küche dasselbe getan. Am Ende hatte die Brautmutter noch einen Kreislaufzusammenbruch und musste nach dem Vier-Gänge-Menü ins Krankenhaus.« Sie schloss die Augen. »Das nächste Mal, wenn Papa jemanden zum Servieren braucht, mache ich nicht mehr mit.«

Miriam lächelte. »Das wurde aber auch Zeit. Dein Vater sollte allmählich begreifen, dass voll berufstätige Töchter als kostenlose Bedienungen nicht die erste Wahl sind. Möchtest du vielleicht unter die Dusche? Ich geb dir was zum Umziehen, dann essen wir draußen und du legst die Beine hoch.«

»Klingt himmlisch.« Susanne stemmte sich von dem Stuhl hoch, ging durch die Diele und machte sich auf den Weg nach oben. Miriam folgte ihr, machte einen kurzen Umweg in das Schlafzimmer und öffnete den Kleiderschrank. Die meisten ihrer Sommerkleider würden Susanne zu kurz sein; sie war fast einen Kopf größer als sie selbst. Dann leuchtete ihr das kräftige Blau des marokkanischen Kaftans entgegen, der frisch gewaschen und gebügelt ganz rechts an der Seitenwand hing. Der war in jedem Fall lang genug.

Sie nahm ihn über den Arm und ging zum Badezimmer. Als sie die Tür öffnete, hörte sie Wasser rauschen. Susanne hatte den Vorhang um die Wanne zugezogen und sang so laut wie falsch einen Song mit, der im Radio über dem Waschbecken lief: *»... cause I got too much life running through my veins to go to waste ...«*

Miriam hängte den Kaftan über ihren Bademantel an die Tür. Auf dem Weg die Treppe hinunter sang sie das Lied leise weiter. *»And I need to feel real love and a life ever after, I cannot give it up ...«*

Sie goss sich in der Küche ein Glas Weißwein ein, nahm es mit ins Freie und wartete darauf, dass Susanne mit dem Duschen fertig war.

Zwanzig Minuten später kam Susanne nach draußen, das nasse Haar nach hinten gebürstet und zu zwei straffen Zöpfen geflochten. Der Kaftan reichte ihr bis ein gutes Stück über die Knöchel, die Ärmel waren ein klein wenig kurz, aber sie sah trotzdem hübsch und erholt aus. Miriam fiel auf, dass die unregelmäßigen blonden Strähnchen endgültig verschwunden waren; stattdessen hatte Susanne ihrem unspektakulären Aschblond mit einer Tönung einen warmen Haselnussschimmer verpasst.

Susanne ließ sich in den Liegestuhl fallen und betrachtete den fertig gedeckten Tisch.

»Das hast du toll gemacht«, sagte sie. »Den ganzen Nachmittag durfte ich ungefähr siebzig Leuten dabei zusehen, wie sie sich mit Essen vollstopfen, und jetzt brauch ich wirklich was in den Magen.«

Sie nahm sich von dem Salat, schnupperte genießerisch und spießte ein Stück Tomate auf. Aber nach ein paar Bissen legte sie die Gabel schon wieder hin, trank einen Schluck Saft, stellte das Glas auf den Tisch und hätte es fast umgestoßen. Dann fing sie an, auf ihrem Teller herumzustochern.

Miriam beobachtete ihre Freundin, die Brauen hochgezogen. Schließlich beugte sie sich vor und nahm Susanne das Besteck weg.

»Weißt du, für jemanden, der Hunger hat, isst du bemerkenswert wenig«, sagte sie. »Erzählst du mir jetzt endlich, was du mir eigentlich schon heute Morgen erzählen wolltest?«

Susanne saß einen Moment ganz still, dann atmete sie tief durch und streckte beide Hände aus, die Handflächen nach unten. »Schau mal.«

Miriam tat, wie ihr geheißen. Und dann entdeckte sie den schmalen, goldenen Reif an Susannes linkem Mittelfinger. Er war besetzt mit einem herzförmigen Stein von intensivem Kleegrün.

»Wie hübsch«, sagte sie. »Der ist neu, oder? Er hat genau die gleiche Farbe wie deine Augen.«

»Stimmt«, sagte Susanne. »Das hat Andreas auch gesagt – gestern Abend, als er mir den Ring angesteckt hat.« Sie schaute Miriam an und lächelte. Ihr ganzes Gesicht leuchtete.

Miriam nahm die beringte Hand und hielt sie fest. »Heißt das …«

»Er hat mich gefragt, ob ich ihn heiraten will«, sagte Susanne.

Sie sprach leise, fast ein wenig scheu, als könnte das Wunder sich in Luft auflösen, wenn sie zu viel Lärm machte. »Und nächstes Wochenende fährt er mit mir nach Köln, zu seinen Eltern. Er will, dass ich sie kennen lerne.« Sie schluckte nervös. »Was ist, wenn sie mich nicht mögen?«

»Spinnst du?« Miriam lachte. »Du bist süß und freundlich, du bist bildschön und einer der liebsten Menschen, die ich kenne. Wenn sie dich nicht mögen, dann müssen sie verrückt sein.«

Susanne senkte den Blick und kaute auf ihrer Unterlippe herum. »Du bist die Erste, die es weiß. Ich hab's Papa noch nicht gesagt.«

Miriam nickte; das hatte sie halb und halb erwartet. Es war kein Geheimnis, dass Bernd Hessler es nicht sehr schätzte, dass seine Tochter so viel Zeit im Bärenpark verbrachte, schon gar nicht zusammen mit Andreas Frankenthal. Zwar hatten Besucher des Parks ihm schon so manche Zimmerbuchung eingetragen, aber das änderte nichts daran, dass für Hessler hauptsächlich Andreas an Susannes deutlich nachlassender Bereitschaft Schuld war, sich weiter als kostenlose Arbeitskraft ausnutzen zu lassen. Denn wenn sie sich schon ohne Gehalt engagierte, dann doch bitteschön für ihn und sein Hotel. Also machte er seiner Tochter gegenüber unablässig giftige Bemerkungen und stänkerte in seiner Stammtischrunde über

Andreas' Engagement als Tierschützer. Zum Glück war die Zahl der Leute aus dem Wolftal, die Andreas beistanden, weit größer als die seiner Gegner.

»Was soll er schon machen?« sagte sie. »Du bist erwachsen, und Andreas ist ein wunderbarer Mann. Außerdem ist es ja nicht so, dass du mit ihm durchbrennst. Der Park wird dafür sorgen, dass ihr beide in der Gegend bleibt, nicht wahr?«

»Das stimmt.« Plötzlich stand Susanne auf, kniete sich neben Miriams Stuhl und umarmte sie. »Ich danke dir«, sagte sie, die Stirn an Miriams Schulter. »Als Andreas dich kennen gelernt hat, kurz nachdem du hergezogen bist, da hatte er nur Augen für dich. Mich hat er gar nicht beachtet.«

Miriam öffnete den Mund, um zu widersprechen, aber Susanne schüttelte den Kopf.

»Du weißt genau, dass das stimmt – und ich war furchtbar eifersüchtig auf dich. Manchmal hab ich mich ganz schön danebenbenommen, oder?«

»Du warst verliebt«, konterte Miriam sanft.

»Wenn du nicht nachgeholfen hättest, wir wären heute noch nicht zusammen«, sagte Susanne. »Dafür wollte ich dir schon eine ganze Weile danke sagen. Ich bin so froh darüber, dass du auch jemanden hast.«

»Und dass es nicht Andreas ist.« Miriam grinste.

»Und dass es nicht Andreas ist.« Susanne ließ sie los, setzte sich wieder in den Liegestuhl und nahm ihren Teller vom Tisch. Dann machte sie sich mit sehr gesundem Appetit über den Salat her.

Es ging auf halb acht zu, dann auf halb neun. Sie saßen zusammen hinter dem Haus, plauderten und lachten, während das Licht intensiver und goldener wurde und die Sonne langsam Richtung Horizont sank. Der Abend nahm der Wärme des Tages die Spitze und die Luft roch mild und sommerlich süß.

Miriam hatte die Weinflasche aus der Küche geholt, und jetzt war sie fast leer. Susanne verdünnte ihren Wein größtenteils mit Sprudel, weil sie noch Auto fahren musste; Miriam hatte langsam und mit Genuss zwei Gläser davon getrunken und fühlte sich wunderbar entspannt. Erst als Susanne nach einigem Zögern aufstand und sich auf den Heimweg machen wollte, wurde ihr wieder bewusst, dass auf der anderen Seite des Tals für Ralf die Zeit näher rückte, sich zu verwandeln.

»Darf ich den für heute ausleihen?«, fragte Susanne und strich behutsam über die Goldstickereien am Ausschnitt des Kaftans. »Er ist absolut wunderschön – wo hast du ihn eigentlich her?«

»Hat mir mein Vater mal aus Marokko mitgebracht«, sagte Miriam leichthin. »Behalt ihn ruhig an ... du kannst ihn mir ja irgendwann in den nächsten Tagen zurückgeben. Fährst du gleich nach Hause?«

»Nein«, erwiderte Susanne, »ich mach noch einen kleinen Umweg zum Bärenpark. Vielleicht ist Andreas noch da – anrufen kann ich ihn nicht, er hat sein Handy heute Morgen liegen lassen.«

»Ach?« Miriam lächelte. »Wo denn genau?«

»Auf dem Nachttisch neben seinem Bett.« Susannes Mundwinkel kräuselten sich in mutwilligem Vergnügen. »Ein gemütliches Bett, übrigens. *Sehr* gemütlich.«

»Darauf wette ich.« Miriam umarmte sie und drückte sie an sich. Susannes Haar duftete nach ihrem Orangenshampoo, ihre Haut roch frisch und sauber wie die eines Kindes. »Komm gut heim. Und grüß Andreas von mir.«

»Mach ich.« Susanne trat zurück und fischte in ihrer Handtasche nach dem Autoschlüssel. »Hat Ralf dich eigentlich irgendwann mal in diesem Teil zu Gesicht gekriegt? Darin siehst du doch bestimmt großartig aus ... wie eine Prinzessin aus Tausendundeiner Nacht.«

»Genau wie du.« Ohne nachzudenken, streckte Miriam eine Hand aus und strich Susanne eine schimmernde Strähne, die aus einem der Zöpfe entkommen war, hinter das Ohr.

»Und ja, Ralf hat mich darin gesehen. Einmal.« Sie spürte, wie ihre Wangen warm wurden.

»Ich frag wohl besser nicht.« Susanne legte den Kopf schräg und warf ihr einen scharfen, belustigten Blick zu. Dann wurden ihre Augen weich. »Ade, Miriam. Ich hab dich lieb.«

»Ich dich auch.«

Miriam sah zu, wie Susanne zum Wagen ging, einstieg und den Motor anließ. Sie wendete und fuhr auf die Straße, die ins Tal führte. Eine Hand winkte fröhlich aus dem Autofenster, dann war sie verschwunden.

Die Wälder rings um Finkenweiler lagen dunkel und still unter einem sternenklaren Nachthimmel. Es war kurz nach Mitternacht. Um diese Uhrzeit war kaum noch jemand unterwegs; die Bewohner des Wolftales brauchten jede Stunde Erholung, die sie bekommen konnten, um mit der jährlich wiederkehrenden Arbeitsflut der Hauptsaison fertig zu werden.

Auf dem Trautweinhof lag Miriam allein in dem Messingbett; sie schlief tief und fest. Unten im Wohnzimmer schlief Jacob ebenfalls, allerdings nicht ganz so ruhig. Er winselte leise, und seine Pfoten zuckten, als würde er im Traum quer durch den Wald hetzen, einem unbekannten Tier auf der Spur.

In Schapbach saß der Priester Martin Stein in seinem Zimmer, das unter dem Dach des Pfarrhauses lag und trotz weit offener Fenster nicht abkühlen wollte. Er hatte sich die Kopfhörer seines MP3-Players in die Ohren gestöpselt, hielt das aufgeschlagene Brevier ungelesen auf den Knien und lauschte der Stimme der Sopranistin Mirella Freni, die mit dem Männerchor der Mailänder Scala eine Arie aus »Die

Macht des Schicksals« sang. Im Geiste übersetzte er den italienischen Text ins Deutsche. *Oh Himmelsjungfrau gnadenvoll, den Mantel um mich breite*, dachte er, gähnte und fragte sich leicht amüsiert, wieso er heute Abend ausgerechnet bei Giuseppe Verdi gelandet war.

Der Bach, der sich durch den Bärenpark schlängelte, war nach den letzten warmen Wochen ziemlich seicht. Vor dem Parkeingang führte eine einfache Brücke mit Metallgeländer darüber. Von der Mitte bis zum rechten Ende dieser Brücke zog sich eine blutige Schleifspur. Stellenweise glänzte sie noch feucht, fing aber bereits langsam an zu trocknen.

Und im Wolfsgehege stand das Rudel in einem Halbkreis und heulte zur Silberscheibe des Vollmondes hinauf.

Kornmond – Blutzoll

14. August

Stefanie Waidele stieg morgens um zehn vor acht aus ihrem Auto und ging die Rampe zum Wolf- und Bärenpark hinauf. In jeder Hand hielt sie eine der riesigen Thermoskannen, in die sie den Kaffee für die Tierpfleger und die freiwilligen Helfer abfüllte. Schmutz und Rückstände waren für die Tochter des pensionierten Försters persönliche Feinde, die rücksichtslos bekämpft werden mussten. Deshalb hatte sie die Kannen zuhause entkalkt, so wie jeden zweiten Tag.

Jetzt war sie auf der Höhe von Bärenmobil und Verwaltungsgebäude. Noch war alles ruhig; die Tierpfleger würden erst in einer halben Stunde kommen, Andreas Frankenthal auch. Das hier war eines der kleinen Dinge, die Stefanie normalerweise heimlich genoss – dass das Gelände für eine kurze Zeitspanne ganz und gar ihr gehörte, ohne die anderen Mitarbeiter und die Besucher, ohne den Trubel und das Durcheinander, die unvermeidlich waren, damit das Projekt weiterlief und sich bezahlt machte.

Allerdings war sie an diesem Morgen offensichtlich nicht allein. Sie drehte sich um und schaute dorthin, wo ihr robuster Geländewagen hinter dem vertrauten roten Fiat parkte. Vielleicht hatte Susanne ja schon Kaffee gemacht.

Sie drückte die Klinke der Eingangstür zum Haus hinunter und stellte überrascht fest, dass noch abgeschlossen war. Wie merkwürdig. Sie drehte sich um und sah über die weite Rodung mit den Gehegen und der Rampe hinweg bis zum Waldrand, der sich wie ein Kranz um den Park legte.

»Susanne?«

Ihre Stimme klang in der morgendlichen Stille sehr laut. Sie stellte die Thermoskannen auf den Treppenstufen ab und machte ein paar unentschlossene Schritte aus dem Schatten des Gebäudes. Vor ihr führte die einfache Betonbrücke mit ihrem grünen Metallgeländer über den Bach; den hatte es schon gegeben, als der Park noch nicht einmal eine Idee in Andreas Frankenthals Kopf gewesen war. Manchmal hatte ihr Vater sie auf seinen Dienstfahrten hierher mitgenommen, und während er mit den Arbeitern besprach, welche Bäume gefällt werden mussten und wohin sie dann gebracht werden sollten, kletterte die kleine Stefanie zum Ufer hinunter, hüpfte über die Steine im Bachbett und suchte nach Fröschen.

Sie ging auf die Brücke zu, ein halbes Lächeln auf dem Gesicht und in Gedanken noch ganz bei dem Kind, das sie damals gewesen war. Wenn sie sich jetzt an das Geländer stellte und hinunterschaute, was würde sie dann wohl sehen? Ein kleines Mädchen, das versunken mit den Händen das Wasser aufspritzen ließ und sich die alten Trainingshosen durchweichte, während es barfuß von Stein zu Stein sprang?

Und dann stand sie am Rand der Brücke, die bereits von der Sonne beschienen wurde, während der Bach noch im Schatten lag. Sie schaute auf den Beton und sah den zu rötlichem Braun eingetrockneten, großen Fleck in der Mitte des Überwegs, ebenso wie die unregelmäßige Schleifspur, die davon wegführte und am anderen Ende der Brücke in der trockenen Erde eine scharfe Biegung beschrieb, bevor sie sich im Gras verlor.

Sie runzelte die Stirn. Was …

Sie betrat die Brücke, hatte einen kurzen Augenblick später den großen Fleck erreicht und starrte darauf hinab, während die Gedanken in ihrem Kopf flatterten wie ein Schwarm aufgescheuchter Vögel. Irgendwo tief in ihrem Inneren wusste sie genau, was sie da vor Augen hatte. Jemand hatte sehr viel Blut verloren und war dann über den Beton gezerrt worden, eine widerspenstige Last, derer man sich entledigen musste.

Und jemand mit einer solch schweren Verletzung konnte unmöglich noch leben.

Stefanie Waidele spürte, wie ihr die Knie weich wurden, und sie griff Halt suchend nach dem Brückengeländer. Übelkeit ließ ihren Magen schlingern und schnürte ihr die Kehle zusammen. Sie beugte sich nach vorne. Die Querstrebe des Geländers drückte sich kühl gegen ihre Brust und sie starrte an hoch aufgeschossenem Gras, fedrigem Farn und sommergrünen Büschen vorbei in das Bachbett direkt unter ihren Füßen.

Und dann hörte sie jemand schreien und erkannte erst mit einiger Verspätung, dass sie selbst es war, die da schrie.

Andreas Frankenthal sang halblaut den Robbie-Williams-Song mit, der im Radio lief, während er um acht Uhr früh die letzten Kilometer bis zum Bärenpark hinter sich brachte. Susanne mochte Robbie Williams, und während sie selbst keinen geraden Ton zustande bekam, gefiel es ihr sehr, wenn Andreas sang. Er merkte, dass er lächelte. Uneingeschränkt bewundert zu werden hatte einiges für sich, so viel stand fest.

»Du wirst sie mögen«, hatte er seiner Mutter erst vor drei Tagen gesagt und dabei die kleine Samtschatulle zwischen den Fingern hin und her gedreht, in der sich der goldene Ring mit dem herzförmigen Turmalin befand. »Sie ist ein wunderbares Mädchen, und ich liebe sie sehr.«

Es war die Wahrheit, und noch vier Monate zuvor hätte er das nicht für möglich gehalten. Vor vier Monaten hatte er die wenige freie Zeit, die der Park ihm ließ, noch damit ausgefüllt, Miriam Trautwein nach allen Regeln der Kunst anzuflirten. Das hieß, wenn sie sich tatsächlich dort blicken ließ, und das tat sie nach den ersten paar Wochen immer seltener. Sie war es gewesen, die ihn mit sanfter Gewalt in Richtung Susanne gedrängt hatte. Sie hatte dafür gesorgt, dass er sie tatsächlich wahrzunehmen begann ... Susanne mit ihren kleegrünen, wachen Augen, dem jungen, fröhlichen Gesicht und dem eifrigen Wunsch, den Menschen rings um sich her zu gefallen.

Und jetzt konnte er sie aus seinem Leben nicht mehr wegdenken. Die Unbedingtheit, mit der sie sich auf ihn eingelassen hatte, machte ihn manchmal immer noch sprachlos. Und wenn man die äußere Schicht aus kindlichem Enthusiasmus und Redseligkeit einmal überwunden hatte, wartete dahinter eine kluge, zärtliche Frau, die seine Tricks mühelos durchschaute und ihm nötigenfalls auch den Kopf wusch.

»Was hast du dir eigentlich dabei gedacht?«, hatte sie vorgestern Abend zu ihm gesagt, als sie vom Wolfsgehege langsam zum Eingang des Parks zurückgegangen waren.

Er hatte nicht gleich geantwortet; das Rudel schwieg jetzt, aber er konnte den schrillen Chor seiner Stimmen im Geist noch hören, wie ein Echo, das das Blut rascher durch seine Adern kreisen ließ.

»Wobei doch gleich?«

»Du hast Ralf Markward *ausgequetscht!*«, hatte Susanne anklagend gesagt. »Du wolltest alles von ihm wissen – was er arbeitet, wie viel er dabei verdient, was er gelernt hat und wo – wieso eigentlich? Um zu wissen, ob Miriam sich den richtigen Mann ausgesucht hat?«

Sie hatte ihn von der Seite angeblickt, die Augen ganz leicht zusammengekniffen.

»Oder warum sie *ihn* wollte und nicht dich?«

Den Nagel auf den Kopf getroffen, hatte er mit mehr als nur einem Anflug von Ironie gedacht. An dem Mann, den Miriam zu ihrem gemeinsamen Abendessen mitgebracht hatte, irritierte ihn von Anfang an so ziemlich alles ... seine Größe, das Aussehen, die gelassene Ruhe, die von ihm ausstrahlte und hinter der sich eine Kraft verbarg, die den Raum ausfüllte, sobald er ihn betrat. Ralf Markward verunsicherte ihn, und er war ein Mensch, der sich kaum je von irgendetwas oder irgendjemandem verunsichern ließ.

Also hatte er instinktiv versucht, ihn auszuloten, nach Schwachstellen zu suchen, nach Angriffspunkten. Ralf Markward hatte gelassen jede Frage beantwortet, jede noch so heimliche Verbalattacke gutgelaunt und souverän pariert, und die ganze Zeit war Andreas den Verdacht nicht losgeworden, dass sein Gegenüber genau begriff, was er da tat und wieso. Er dachte an die hellen, durchdringenden Augen, aus denen keine Sekunde die leise Belustigung wich und in denen sich golden das Licht der Kerzen spiegelte, die Susanne überall angezündet hatte. *Wolfsaugen*, hatte Andreas leicht unbehaglich gedacht, *er hat Augen wie ein Wolf ... einer, der eindeutig an der Spitze der Rangordnung steht. Und der das auch ganz genau weiß, verdammt noch mal.*

Er war stehen geblieben und hatte Susanne in die Arme genommen. »Hör mal ... es ist wahr, dass Miriam mir sehr gefallen hat, als sie hierherkam. Und dass ich zu blöd war zu sehen, was ich direkt vor der Nase hatte. Aber das ist jetzt vorbei. Ich liebe *dich*, meine Süße ... und die Sache vorhin, das war so ein ganz typisches Männer-Ding. Ist einfach ein Konstruktionsfehler und nicht böse gemeint. Glaubst du mir das?«

Sie hatte ihn überrascht – wieder einmal –, indem sie ihn küsste und ihn anlächelte.

»Natürlich glaube ich dir das. Komm, lass uns aufräumen, und dann fahren wir nach Hause.«

Zuhause war seine Wohnung, wo sie ungestört allein sein konnten, ohne dass Bernd Hesslers missbilligender Blick sie verfolgte. An diesem Abend waren sie erst nach Mitternacht dort angekommen. Er hatte sie ins Schlafzimmer geführt, ihr dort zärtlich Kleidungsstück für Kleidungsstück ausgezogen und sie geliebt. Und danach hatte er den Ring aus der Nachttischschublade geholt und ihr an den Finger gesteckt.

Bei der Erinnerung daran vertiefte sich sein Lächeln und er fragte sich, ob Susanne wohl immer noch bei Miriam war. Sie hatte ihn gestern Nachmittag vom Hotel ihres Vaters aus angerufen und ihm gesagt, dass sie den Abend bei ihr verbringen wollte, dass es wahrscheinlich spät werden würde und dass sie sich überlegte, auf dem Trautweinhof zu übernachten.

Als er aus dem Park nach Hause kam, war seine Wohnung leer. Susannes Handy war abgeschaltet.

Er hatte den Park erreicht, stellte das Radio ab und den Motor aus. Das Erste, was er sah, als er ausstieg, war der vertraute, rote Fiat, der noch vor Stefanies Geländewagen am Straßenrand parkte. Also wartete sie hier schon auf ihn.

Das Zweite, was er sah, war Harald, einer der beiden Tierpfleger. Er hetzte in halsbrecherischem Tempo die Rampe hinunter auf ihn zu; ein- oder zweimal verlor er fast das Gleichgewicht. In einem Schauer kleiner Steinchen kam er vor ihm zum Stehen. Sein Gesicht war schweißüberströmt und leichenblass.

»Andreas ...«, keuchte er, »du musst mitkommen. Da ist was ganz Furchtbares passiert ... oben, am Bach ...«

»Was Furchtbares? Aber was denn?«

Andreas streckte die Hand aus, um Harald aufzuhalten, aber der hatte bereits abgedreht und rannte die Rampe wieder hinauf. Er folgte ihm so rasch er konnte, tief erschrocken über den Ausdruck entsetzlicher Panik, die er in den Augen des anderen Mannes gesehen hatte. Auf halber Strecke holte er Harald ein und zog an ihm vorbei. Er erreichte das Plateau und schaute sich hastig um. Alles sah ruhig aus und völlig normal ... doch dann entdeckte er Stefanie Waidele, die auf der Brücke stand, mit beiden Händen das Geländer umklammert hielt und hin und her schwankte, als habe sie Mühe, sich aufrecht zu halten. Mit wenigen Schritten war er auf der Brücke, stand neben ihr und legte ihr einen stützenden Arm um die Schultern.

»Steffi?«, fragte er leise. »Steffi, was ist los?«

Sie wandte ihm ihr Gesicht zu. Der gleiche Ausdruck, dieselbe Panik, die er schon bei Harald gesehen hatte, machte es für einen Moment vollkommen unkenntlich. Und sie weinte.

Er kannte sie seit fast zwei Jahren, und nicht einmal in der ganzen Zeit hatte er sie weinen sehen.

»Steffi?«

Sie schaute über das Brückengeländer, streckte die Hand aus und deutete in die Tiefe.

»Da unten«, sagte sie tonlos. »Da unten. *Da.*«

Er beugte sich über das Geländer. Zuerst sah er nur das vertraute Buschwerk und die aus dem Bachbett ragenden Steine. Die Sonne hatte ihren Weg unter die Brücke gefunden und ließ das flache Wasser aufglitzern. Und sie beschien eine menschliche Gestalt, die dicht am Ufer lag, die Arme ausgebreitet, das Gesicht nach unten. Langes Haar, dunkel vor Nässe. Ein Fuß in einer Sandale, der andere nackt. Die Gestalt trug ein Kleidungsstück, das aussah wie ein blaues Hemd. Es reichte bis zu den Knöcheln, war stellenweise zerrissen und entblößte bleiche Haut.

Andreas Frankenthal konnte sich später nie erinnern, ob er etwas gesagt hatte. Für ein paar Sekunden hörte er noch Stefanies unterdrücktes Schluchzen neben sich, im Hintergrund irgendwo die Stimme von Harald, der hastig in sein Handy sprach und den schrillen, erregten Gesang einer Amsel. Dann senkte sich eine tiefe, allumfassende Stille über ihn.

Er ließ Stefanie los, ging langsam auf die andere Seite der Brücke und registrierte zum ersten Mal die blutige Schleifspur auf dem Beton. Alles, was er tun musste, war, ihr zu folgen. Als sie den Bogen in das tiefe Gras beschrieb, stieg er den Abhang hinab. Äste und Farn strichen an seinen Hosenbeinen entlang, dann hatte er das Bachufer erreicht und kniete sich vorsichtig neben die leblose Gestalt.

Er holte tief und langsam Atem, packte zu und drehte sie auf den Rücken. Susanne sank in das taufeuchte Gras neben ihm, von seinem Arm gehalten, und gleichzeitig schlug etwas gegen seinen Oberschenkel. Er achtete zuerst nicht darauf. Er betrachtete den durchweichten Stoff des Hemdes, das sie trug und erkannte, was es war ... auch wenn er gar nicht gewusst hatte, dass sie so etwas besaß. Sein Blick wanderte nach oben und registrierte beinahe sachlich die Wunde am Hals. Sie war blutleer und tief, vom Wasser ausgewaschen ... und er begriff ohne jeden Zweifel, was es war, das sie getötet hatte. Er erkannte die Zeichen so klar und deutlich wie die Abbildungen in einem Lehrbuch ... die Abdrücke von Fangzähnen, die sich in Fleisch und Knorpel gegraben hatten bis hinunter zum Halswirbel.

Ihr Gesicht war leer und friedlich, die Augen weit offen; der wolkenlose Himmel spiegelte sich darin und nahm ihnen die Farbe. Er berührte zögernd die kalte Stirn, dann strich er sanft über die Lider und drückte sie zu.

Jetzt erst spürte er wieder das leichte Gewicht auf seinem Bein. Er senkte den Blick und sah, dass ihre Hand dagegengefallen war. Am Mittelfinger steckte noch immer der Goldring mit dem Turmalin – für den Ringfinger war er ein ganz klein wenig zu weit gewesen. »Du kannst ihn ja am Montag zum Ändern bringen«, hatte sie gesagt, »aber heute muss ich ihn unbedingt behalten. Ich will ihn doch Miriam zeigen.«

Andreas hob ihre Hand hoch und küsste sie, dann drückte er sie gegen seine Wange, hielt sie dort fest und schloss die Augen. Er rührte sich erst wieder, als eine Viertelstunde später die Polizei eintraf.

Miriam erwachte vom zornigen Schimpfen einer Elster vor ihrem Schlafzimmerfenster; als sie noch halb im Traum die Augen öffnete, spürte sie die Sonne warm auf ihrem Gesicht und hörte leise die Glocken der Margarethenkapelle, die unten in Finkenweiler zum Gottesdienst riefen. Schon kurz vor zehn ... das musste an dem Wein liegen, den sie gestern mit Susanne getrunken hatte.

Sie schlug die Decke zurück und schwang die Beine aus dem Bett. Bis Ralf heute herkam, konnte es erfahrungsgemäß dauern; nach der Verwandlung brauchte er immer eine Weile, um sich zu erholen und in seine menschliche Gestalt zurückzufinden. Während sie eine rasche Dusche nahm und danach in Jeans und eine weit geschnittene, lachsrote Baumwollbluse schlüpfte, ging ihr auf, wie selbstverständlich es schon für sie geworden war, das, was bei jedem Vollmond mit dem Mann geschah, den sie liebte, als unabänderliche Tatsache zu akzeptieren.

Sie ging hinunter, kraulte Jacob, der schwanzwedelnd auf sie zukam, hinter den Ohren und ließ ihn ins Freie. Dann richtete sie sein Futter her und setzte einen Kaffee auf. Der Sonntag lag vor ihr wie ein unbeschriftetes Blatt im Kalender, still und sonnig und noch gänzlich unverplant. Vielleicht würde sie heute Nachmittag zum Glaswaldsee wandern und schwimmen gehen. Falls Ralf sich bis dahin nicht gemeldet hatte, konnte sie ihm eine Nachricht hinterlassen. Es war nicht das erste Mal, dass sie sich dort trafen.

Sie stellte Teller und Tasse auf den Tisch, holte Butter, Marmelade und Käse aus dem Kühlschrank. Wie ruhig es war. Jahrelang hatte sie allein gefrühstückt und es hatte ihr überhaupt nichts ausgemacht – als Karsten auszog, hatte sie seine plötzliche Abwesenheit nicht einmal als Verlust empfunden, sondern als ausgesprochene Wohltat. Die vier Monate mit Ralf hatten auch das geändert ... er fehlte ihr selbst dann, wenn sie sich nur für kurze Zeit trennen mussten.

Sie aß, spülte das Geschirr ab und räumte auf. Ein Blick aus dem Fenster zeigte ihr, dass Jacob geschäftig am Waldrand herumstrich und nach Spuren schnupperte; er schien nicht besonders hungrig zu sein. Es wurde eindeutig mal wieder Zeit für eine ordentliche Wanderung. In den letzten Tagen war sie nicht dazu gekommen, und der Hund brauchte Bewegung.

Inzwischen war es kurz nach elf. Nach kurzem Zögern schaltete sie das Radio an, das auf einem Regal über dem Küchentisch stand und selten benutzt wurde. Erst nach Ralfs spektakulärem Unfall mit dem Lieferwagen hatte sie es auf einen Sender eingestellt, der stündlich Regionalmeldungen ausstrahlte. Die routiniert sachliche Stimme des Nachrichtensprechers machte der Stille ein Ende.

»... Fahrraddiebstähle konnten durch den Einsatz der Polizeikräfte inzwischen geklärt werden. Schapbach/Bad Rippoldsau: In den frühen Morgenstunden des heutigen Sonntags wurde auf dem Gelände des Wolf- und Bärenparks Schapbach die Leiche einer jungen Frau entdeckt. Sie konnte inzwischen bereits als Mitarbeiterin des Parks identifiziert werden. Die genaue Todesursache steht noch nicht fest. Ein ausführlicher Bericht folgt im Mittagsmagazin ab 12 Uhr. Das Wetter ...«

Miriam stand mitten in der Küche, den sauberen Teller noch in der Hand. Die Antenne des Radios fing einen Sonnenstrahl ein und funkelte sekundenlang so grell, dass sie blinzeln musste. Staubkörnchen tanzten in der Luft, und eine milde Brise drang durch die offene Haustür und die Diele bis zu ihr und wehte eine lockige Haarsträhne gegen ihre Wange. Von sehr weit weg hörte sie Jacob bellen.

Die Leiche einer jungen Frau. Eine Mitarbeiterin des Parks.

Miriam stellte den Teller langsam und vorsichtig auf den Tisch. Ihr Handy. Wo war ihr Handy? Sie musste es gestern auf den Nachttisch gelegt haben, bevor sie ins Bett ging. Sie hastete durch die Diele, die Treppe hinauf und ins Schlafzimmer, der Herzschlag ein wildes Hämmern in der Kehle.

Da. Da war es. Sie hob es auf und drückte die Kurzwahltaste für Susannes Nummer.

Es klingelte einmal. Zweimal. Dreimal. Dann ein leises Klicken und die vertraute Stimme, hell und fröhlich: »Hier ist die Mailbox von Susanne Hessler. Ich bin im Moment nicht erreichbar, aber wenn Sie nach dem Ton eine Nachricht hinterlassen, rufe ich Sie gern zurück.«

Miriam wollte etwas sagen ... »Susanne, wo bist du? Geht es dir gut? Melde dich bitte bei mir, so schnell es geht. Ich mache mir Sorgen.« Aber es kam kein Ton aus ihrem Mund. Sie setzte mehrmals an, aber die Worte schienen sich aufzulösen, noch ehe sie die Chance hatte, sie auszusprechen.

Sie drückte den Knopf, der das Gespräch beendete und ließ das Handy auf das Bett fallen. Plötzlich wurde ihr schwindelig und speiübel. Sie setzte sich auf die Matratze, beugte sich vor und legte den Kopf auf die Knie, bis sie nicht mehr das Gefühl hatte, sich jeden Moment übergeben zu müssen. Als sie sich vorsichtig wieder aufrichtete, kam aus dem Erdgeschoss ein kräftiges Klopfen. Gleich darauf waren Schritte zu hören, die sich zögernd und langsam ins Haus hineinbewegten, gefolgt von Jacobs aufgeregtem Gebell – natürlich, die Tür stand ja noch offen.

»Hallo? Miriam, bist du da?«

Sie stand auf, verließ das Schlafzimmer und ging auf unsicheren Beinen durch den Flur.

»Ich komme.« Ihre Stimme war leise und brüchig. »Einen Moment, bitte.«

Als sie die Treppe erreicht hatte, sah sie unten Philipp Waidele stehen. Sie kannte ihn, seit sie als kleines Mädchen zum ersten Mal ihre Großmutter besucht hatte. Er war um sechs Ecken verwandt mit dem alten Förster Waidele und seiner Tochter, Mitglied des Kirchenchors von Finkenweiler und fester Bestandteil von Bernd Hesslers Stammtisch. Außerdem war er Polizist und arbeitete normalerweise auf der Wache in Wolfach.

Miriam betrachtete das vertraute, rundliche Gesicht mit den Geheimratsecken und dem säuberlich gestutzten Schnäuzer mit wachsender Furcht, und dann registrierte sie den anderen Mann, der hinter ihm stand. Sie kannte ihn nicht; er war etwa Mitte vierzig, hoch gewachsen, mit breiten Schultern und der Statur eines ehemaligen Gewichthebers. Sein kurzes, dunkles Haar sah aus, als sei er sich mit den Händen ein paarmal frustriert hindurchgefahren; die schwerlidrigen

Augen waren müde und illusionslos, als hätten sie schon zu viele Dinge gesehen, die kein Mensch wirklich sehen wollte. *Kriminalbeamter*, dachte sie, und die Furcht wurde so heftig, dass sie kaum noch Luft bekam.

Sie stieg die Treppe hinunter und wandte sich in Richtung Stube, die beiden Besucher im Schlepptau. Vor ihrem Zeichentisch blieb sie stehen und drehte sich um.

»Wieso ...« Sie räusperte sich. »Wieso sind Sie hier?«

Der Fremde trat vor. »Ich bin Stefan Schwaiger, Mordkommission Freiburg«, sagte er. »Ich bedaure wirklich sehr, dass wir Sie so überfallen müssen, Frau Trautwein. Haben Sie schon etwas von dem ... Zwischenfall beim Bärenpark in Schapbach mitbekommen?«

»Ich habe vorhin Radio gehört«, erwiderte sie. »In den Nachrichten hieß es, man hätte eine Leiche gefunden. Eine junge Frau.«

Ihre Atemnot wurde immer schlimmer.

»Das stimmt«, warf Waidele ein. Er klang bedrückt. »Miriam, es tut mir furchtbar leid, aber es ist Susanne. Andreas Frankenthal hat sie identifiziert.«

»Vorsicht!«

Das war Schwaiger. Seine Stimme durchschnitt den Nebel, der von einer Sekunde zur anderen vor ihr aufstieg wie eine blickdichte Wand. Kräftige Hände hielten sie, als die Knie unter ihr nachgaben, und im nächsten Moment saß Miriam in ihrem Ohrensessel. Sie zitterte am ganzen Körper. Schwaiger sagte noch etwas, aber durch das weiße Rauschen in ihrem Geist konnte sie es kaum hören. Dann wurde etwas Kühles gegen ihre Lippen gedrückt.

»Trinken Sie einen Schluck. Keine Sorge, es ist bloß Wasser.«

Sie nippte an dem Glas, hustete und krümmte sich nach vorn.

Das konnte nicht stimmen. Es durfte einfach nicht wahr sein.

Sie schüttelte den Kopf und spürte die Tränen, die hinter ihren fest zusammengepressten Lidern brannten.

»Frau Trautwein?«

Sie hatte immer noch Mühe zu atmen, und noch viel mehr Mühe machte es zu antworten. Aber irgendwie brachte sie es fertig.

»Ich ... ich verstehe das nicht. Susanne war gestern bei mir. Sie hatte bei ihrem Vater ausgeholfen, in seinem Hotel. Da war eine Hochzeit ... und danach kam sie zu mir. Sie war müde, sie hat geduscht und ich habe ihr etwas zum Umziehen geliehen. Einen ... einen blauen Kaftan.«

»Mit Goldstickerei am Kragen?«

Miriam nickte stumm.

»Dann ist sie möglicherweise von Ihnen aus nicht noch einmal nach Hause gefahren, sondern gleich zum Bärenpark. Sie hat ihn noch getragen, als sie getötet wurde.«

Miriam öffnete die Augen und blickte den Mann an, der vor dem Sessel hockte und sie besorgt beobachtete. Sie fragte sich, wie häufig er die traurige Aufgabe, die Nachricht eines gewalttätigen und unzeitigen Todes zu überbringen, wohl schon auf sich genommen hatte. Sie sah den Ausdruck auf seinem Gesicht und dachte: *Viel zu oft.* Dann ging ihr auf, was er gerade gesagt hatte und sie zuckte zusammen.

»Es ... es war kein Unfall?«

»Bei einem Unfall wäre ich nicht hier.« Schwaiger seufzte. »Hören Sie, Frau Trautwein. Die Ermittlungen haben gerade erst angefangen. Aber offenbar wurde Susanne Hessler auf der Brücke vor dem Gelände des Parks angegriffen und so schwer verletzt, dass sie verblutete. Dann wurde ihr Körper von der Brücke heruntergeschleift und bis zum Ufer des Bachs gezogen, der unter der Brücke hindurchfließt. Wer oder was auch immer für ihren Tod verantwortlich ist, hat sie dort liegen lassen.«

»Frankenthal sagt, es muss ein Wolf gewesen sein«, sagte Philipp Waidele plötzlich. Er hatte die ganze Zeit geschwiegen, und jetzt klang er beinahe wütend. »Das haben wir nun davon, dass er diese Biester unbedingt hierher holen musste.«

Miriam merkte, wie ihr jäh das Blut aus dem Gesicht wich. »Was?«

Der Nebel kam zurück und die Übelkeit mit ihm; sie türmte sich auf und brach über ihr zusammen wie eine eiskalte Woge. Sie schlug eine Hand vor den Mund. *Oh nein. Oh, du lieber Gott, nein.*

Im nächsten Moment wurde die Welt rings um sie her dunkel, und zum ersten Mal in ihrem Leben fiel Miriam Trautwein in Ohnmacht.

Als sie wieder zu sich kam, lag sie auf dem Sofa, eine Decke über sich und die Beine auf einem Stapel Kissen hochgelagert. Sie drehte den Kopf zur Seite und stellte fest, dass der Mann, der mit Philipp Waidele gekommen war, auf einem Küchenstuhl neben ihr saß. Philipp war nirgendwo zu sehen.

»Da sind Sie ja wieder«, sagte er, hörbar erleichtert. »Sie haben uns einen ganz schönen Schrecken eingejagt. Ich denke, ich sollte vielleicht besser einen Arzt anrufen.«

»Nein. Keinen ... ich brauche keinen Arzt.«

Sie versuchte, sich aufzusetzen; Schwaiger hinderte sie mit einem resoluten Griff daran.

»Nicht doch. Es reicht, wenn Sie einmal umkippen.« Er zog einen Block und einen Stift aus der Tasche des leichten Sommer-Trenchcoats, den er trug. »Mein Kollege wartet übrigens draußen im Streifenwagen. Er ist möglicherweise mit der ganzen Situation ein bisschen überfordert. Kann ich ihm nicht wirklich verübeln. Solche Gewaltverbrechen – wenn es denn eins war – sind hier ziemlich selten. Glauben Sie, dass Sie mir ein paar Fragen beantworten können?«

»Ich ... ich denke schon.«

»Sehr schön.« In die tiefe, ein wenig heisere Stimme schlich sich ein Hauch Anerkennung, dann wurde er wieder sachlich. »Wie lange war Susanne Hessler gestern bei Ihnen?«

»Sie kam so gegen sechs. Als sie ging, muss es schon nach neun gewesen sein. Ich weiß es nicht sicher, ich habe nicht auf die Uhr gesehen. Aber die Sonne war noch nicht ganz untergegangen«, sagte Miriam. »Ich habe ihr etwas zu Essen gemacht, und wir haben hinter dem Haus gesessen. Wir haben auch Wein getrunken ... aber ich hatte mehr davon als sie. Sie musste noch fahren, und sie ist ... sie war ... mit Alkohol immer sehr vorsichtig.« Der Kummer quoll in ihrer Kehle hoch; sie schluckte mühsam. »Susanne war so unwahrscheinlich glücklich. Am Abend zuvor hatte Andreas sie gebeten, ihn zu heiraten. Sie kam extra, um mir den Ring zu zeigen.«

Jetzt liefen die Tränen, die sie bisher zurückgehalten hatte, über. Sie machte keinen Versuch, sie zurückzuhalten, genauso wenig wie er versuchte, sie zu trösten. Er saß still neben dem Sofa, den Kopf gesenkt, das Gesicht ein unbewegtes Spiegelbild ihrer Trauer. Als er merkte, dass sie sich wieder etwas beruhigte, zog er ein zusammengefaltetes Tuch aus der Manteltasche und hielt es ihr hin.

»Würden Sie sagen, dass Susanne hier Feinde hatte? Oder Andreas Frankenthal vielleicht?«

»Susanne bestimmt nicht.« Miriam putzte sich die Nase. »Und Andreas eigentlich genauso wenig. Als er den Park gegründet hat, war er klug genug, die Menschen aus dieser Gegend mit einzubeziehen und sich Verbündete zu suchen. Aber das hat natürlich nicht bei allen funktioniert.«

»Bei wem nicht, zum Beispiel?«

»Bei Susannes Vater.« Miriam wischte sich mit dem Tuch über die Augen. »Er hielt Andreas für einen Ökofreak mit verschrobenen Ansichten, und dass Susanne sich in ihn verliebt hat, war ihm ganz und gar nicht recht. Dadurch stand sie ihm nicht mehr ständig als kostenlose Hilfskraft zur Verfügung, und das hat ihn gewurmt. Und jetzt ... jetzt wird er ihn umso mehr hassen.«

Sie setzte sich auf, und diesmal hinderte er sie nicht daran.

»Was ist, wenn an ihrem Tod gar kein Mensch beteiligt war? Hat Philipp recht? Wurde Susanne von einem Tier gerissen? Von einem ... einem Wolf?«

»Tatsache ist, dass wir das noch nicht genau wissen«, sagte Schwaiger. »Aber Andreas Frankenthal war einer der Ersten, der die Leiche Ihrer Freundin gesehen hat; er hat sie aus dem Bach gezogen. Und er behauptet steif und fest, dass ein Wolf sie angefallen und getötet hat. Mit einem Kehlenbiss, sagt er. Und dass er die Kieferabdrücke deutlich sehen konnte.«

»Oh mein Gott.«

Sie vergrub das Gesicht in den Händen. *Ganz ruhig,* wisperte die Stimme in ihrem Hinterkopf; sie klang verängstigt und erschüttert. *Vielleicht hat Philipp ja recht, und einer von Andreas' Wölfen ist ausgebrochen.*

Aber mit seinen nächsten Worten nahm ihr Schwaiger diesen Strohhalm.

»Das Merkwürdige ist, dass es die Wölfe vom Rudel aus dem Park schlichtweg nicht gewesen sein *können*«, fuhr er fort. »Das Gehege war verschlossen, und wir haben bisher auch nicht den geringsten Hinweis darauf gefunden, dass eines der Tiere versucht haben könnte, daraus zu entkommen. Die beiden Tierpfleger haben versichert, dass keiner von ihnen den Wölfen Freigang verschafft hat – wieso auch? Also bleibt – wenn wir nicht doch noch etwas finden – nur ein grausamer Streich als Lösung übrig. Oder aber hier draußen läuft irgendwo ein riesiger, mordlüsterner Schäferhund frei herum.«

Seine Mundwinkel hoben sich zu einem schwachen, grimmigen Lächeln, das die Augen nicht erreichte.

»Keine der beiden Möglichkeiten ist wirklich ein Grund zur Freude, oder?«

»Wann … wann steht die Todesursache endgültig fest?«, fragte Miriam.

Ihr Magen bildete einen harten, schmerzhaften Knoten.

»Normalerweise würde es bis morgen früh überhaupt keine Autopsie geben«, erwiderte Schwaiger. »Auch Gerichtsmediziner haben Wochenende, und es ist Urlaubszeit, deswegen ist die Pathologie in Freiburg dünn besetzt. Aber die Gemeinde hat Wind von der Sache bekommen und Krach geschlagen – sie fürchten um Besucher und Übernachtungszahlen und wollen ein rasches Untersuchungsergebnis. Also gibt es heute sofort eine Autopsie, und außerdem wurde ein Experte aus der Wilhelma in Stuttgart angefordert, der sich mit Wölfen auskennt und die tödliche Verletzung begutachten und beurteilen soll. Frankenthal kann sich irren – immerhin hatte er einen Schock. Sobald wir endgültig Klarheit haben, wird eine Pressekonferenz anberaumt, aber sicherlich nicht vor morgen früh.« Er musterte sie aufmerksam. »Frau Trautwein … wenn Sie schon keinen Arzt wollen, soll ich dann vielleicht jemanden anrufen, der kommt und bei Ihnen bleibt?«

»Das ist sehr … freundlich von Ihnen.« Miriam starrte auf ihre ineinanderverkrampften Finger hinunter. »Aber es ist wirklich nicht nötig. Ich komme zurecht. Irgendwie.«

»Ich danke Ihnen für ihre Hilfe.«

Er blieb sitzen; es war, als falle es ihm schwer, sie allein zu lassen.

Plötzlich schoss ihr eine Idee durch den Kopf. »Vielleicht können Sie doch etwas für mich tun.«

»Und was?«

Sie sah ihn an. Bei näherem Hinsehen wirkte er etwas älter, als sie zuerst gedacht hatte; vereinzelte graue Fäden zogen sich durch den kurz geschnittenen dunklen Haarschopf, und sein Gesicht war das eines Menschen, den seine Erfahrungen Vorsicht gelehrt hatten, der sich aber weiterhin stur weigerte, die Hoffnung aufzugeben.

»Wenn das Ergebnis der Autopsie vorliegt – würden Sie mich sofort anrufen?«

»Sie wissen, dass ich das eigentlich nicht darf, oder?«

»Ich weiß. Und ich verspreche Ihnen, dass ich es niemandem verrate. Aber Susanne war meine Freundin, und ich will so schnell wie möglich Bescheid wissen. Das ist wichtig für mich. Es würde mir helfen, auch wenn Susanne dadurch nicht zurückkommt. *Bitte.*«

Wieder starrte sie auf ihre Finger hinunter und stellte fest, dass sie zitterten.

»Wieso ist das so wichtig, Frau Trautwein?« fragte er. »Haben Sie Angst, dass der Mörder jemand war, den Sie kennen? Haben Sie vielleicht sogar jemanden im Verdacht?«

Miriam konnte nicht antworten. Plötzlich legte sich eine Hand über ihre Hände und drückte sachte zu. Sie war groß und warm; am Zeigefinger steckte ein golden ziselierter Siegelring. Miriam zwang die frischen Tränen zurück, die ihr in die Augen stiegen. Die Geste mochte kalkuliert sein, um sie zum Reden zu bringen, aber in diesem Moment war es ihr egal. Sie war ihm unendlich dankbar dafür.

»Wenn es ein Mensch gewesen ist, den ich kenne, wäre das furchtbar genug«, antwortete sie leise. »Und wenn es ein Tier war, dann ist Andreas' Projekt in Gefahr. Er hat Jahre seines Lebens hineingesteckt, sein Herz hängt daran ... und jetzt wird er jeden Tag an der Stelle vorbeigehen müssen, wo die Frau gestorben ist, die er liebt. Wie er das aushalten soll, weiß der Himmel.«

Ihre Lippen zuckten. »Keine der beiden Möglichkeiten ist wirklich ein Grund zur Freude, oder?«

Schwaiger schüttelte leicht den Kopf, dann lächelte er. »Also schön. Ich sollte das wahrscheinlich nicht tun, aber ich mach's. Ich rufe Sie an. Und jetzt sollte ich gehen, sonst fragt sich mein Kollege da draußen irgendwann, wo ich abgeblieben bin.«

»Natürlich. Sie haben sicher noch Besseres zu tun, als mir die Hand zu halten.« Irgendwie gelang es ihr, ihn anzulächeln. »Aber ich bin froh, dass Sie es getan haben.«

»Ich auch.« Er erwiderte das Lächeln, und erneut waren seine Augen ein Spiegelbild ihrer Trauer. »Geben Sie auf sich acht, Frau Trautwein.«

Er ließ ihre Hand los, stand auf und ging langsam zur Tür hinaus; sie hörte seine Schritte in der Diele und dann öffnete sich die Haustür und wurde wieder geschlossen. Jacob kam ins Wohnzimmer gelaufen. Er hatte offenbar inzwischen gefressen, denn er leckte sich die Schnauze und ließ sich auf der Hundedecke nieder.

Miriam trat ans Fenster. Sie sah zu, wie Schwaiger in das Auto stieg. Philipp Waidele saß am Steuer; er wendete den Streifenwagen, der über die Lichtung rollte und dann den Weg hinunter verschwand.

Sie wandte sich ab und ging auf den Sessel zu, die tiefe Stimme noch immer im Ohr.

»Er behauptet steif und fest, dass ein Wolf sie angefallen und getötet hat. Mit einem Kehlenbiss, sagt er. Und dass er die Kieferabdrücke deutlich sehen konnte.«

Sie ließ sich in dem Sessel nieder, schloss die Augen und wartete auf Ralf.

Kornmond – Die gerissene Schnur

14. August

Es war fast sechs Uhr am frühen Abend, als er kam.

Seit der Kriminalbeamte gegangen war, hatte Miriam sich nicht aus dem Sessel gerührt. Die Haustür blieb offen, und sie sah zu, wie die Sonne quer durch das stille Zimmer wanderte und langsam tiefer sank. Jacob lief mehrmals hinaus ins Freie, kam wieder zurück und schnupperte unsicher an ihrem Knie, sichtlich verwirrt durch ihr Benehmen. Als er einmal begriffen hatte, dass sie keinerlei Anstalten zu einem Spaziergang machte und sich auch sonst nicht mit ihm beschäftigen würde, strolchte er am Waldrand herum und kam irgendwann am Spätnachmittag wieder in die Stube zurück. Er ließ sich neben ihr nieder, legte den Kopf auf die Pfoten und schlief ein.

Miriam starrte blicklos ins Leere, während Bilder und Gesprächsfetzen unablässig an ihrem Geist vorüberzogen.

»Ich hab heute Morgen den Kachelofen eingeheizt.«

»Weißt du, ich dachte, dass man sich erst in einem warmen Haus so vorkommt, als sei man daheim.«

Susanne, die sie damals im Dezember vom Bahnhof abgeholt und ihr vor dem winterlichen Trautweinhof den Schlüssel in die Hand gedrückt hatte. So jung, so begeisterungsfähig und so neugierig auf eine Welt, die um so vieles größer war als das Tal, in dem sie ihr ganzes Leben verbracht hatte.

»Du bist absolut perfekt, weißt du das? Wenn ich ein Mann wäre, würde ich dir auf der Stelle einen Heiratsantrag machen.«

»Und wenn du Andreas Frankenthal wärst, würde ich ihn auf der Stelle annehmen.«

Susanne, deren kindliche Schwärmerei für Andreas gereift war zu einer tiefen, tragfähigen Liebe, die ihre Eifersucht abgelegt hatte wie einen allzu schweren, hinderlichen Mantel und zu einer Frau geworden war, die genau wusste, was sie wollte, und unendlich dankbar war für das, was sie endlich bekam.

»Wenn du nicht nachgeholfen hättest, wir wären heute noch nicht zusammen. Dafür wollte ich dir schon eine ganze Weile danke sagen. Ich hab dich lieb.«

Die Zukunft hatte sich gerade erst vor ihr geöffnet wie eine Schatztruhe, die gefüllt war mit unendlichen Möglichkeiten. Und jetzt war diese Zukunft unwiderruflich zerstört, ihr Glück dahin, ihr Leben jäh vorüber.

Es dauerte eine Weile, bis Miriam aus ihren Erinnerungen auftauchte und begriff, dass neben ihr das Telefon klingelte.

Sie nahm es von der Aufladestation und drückte den Knopf.

»Ja?«

»Stefan Schwaiger hier.« Die tiefe, heisere Stimme klang müde. »Das Ergebnis der Autopsie ist da; der Experte aus der Wilhelma hat ganze Arbeit geleistet.«

»Was sagt er?«

»Er bestätigt, was Andreas Frankenthal vermutet hat, Frau Trautwein. Er hält die Kieferabdrücke und die Form der Wunde für die typische Folge des Kehlenbisses durch einen – warten Sie, ich habe mir das aufgeschrieben – einen *Canis lupus lupus*. Ein eurasischer Wolf, sagt er. Noch dazu ein ziemlich großer.«

Sie ballte die freie Hand zur Faust und spürte, wie die Fingernägel sich schmerzhaft in ihre Handflächen gruben.

»Ist er sich sicher?«

»Zu neunundneunzig Prozent. Was heißt, er kann sich praktisch kaum irren. Morgen Mittag findet die Pressekonferenz statt, im Rathaus in Wolfach. Die Behörden sind zwar gewarnt, aber bis dahin ist von dem, was ich gerade zu Ihnen gesagt habe, nichts offiziell, okay?« Eine kleine Pause. »Wenn

Sie mir einen Gefallen tun wollen, dann bleiben Sie während der nächsten Tage in Ihrem Haus.«

»Das mach ich, versprochen. Ich ... ich danke Ihnen.«

»Passen Sie auf sich auf.«

Er fuhr auf fast vollkommen leeren Straßen durch das Wolftal. Wäre er nach dieser heißen, nervenaufreibenden Dreinacht nicht immer noch so unendlich erschöpft gewesen, er hätte sich darüber gewundert, wie ausgestorben alles wirkte, als sein Wagen die Hauptstraße von Finkenweiler entlangrollte. Die beiden Straßencafés waren ebenso leer gefegt wie die mit Blumentöpfen und efeuüberwachsenen Rankbögen pittoresk herausgeputzte Terrasse von Bernd Hesslers Hotel. Erst als er an der Margarethenkapelle vorbeikam, sah er eine ganze Menschentraube, die durch die weit geöffneten Türen ins Kircheninnere strömte. Hatte er irgendeinen Feiertag vergessen? Aber die Gesichter, die nur flüchtig sein Blickfeld streiften, waren ernst und bedrückt. Wohl kaum ein Feiertag – die Leute sahen aus wie eine Trauergemeinde.

Er bog in Richtung Trautweinhof ab, steuerte den neuen Lieferwagen langsam durch die grüngoldenen Schatten der Bäume den Berg hinauf und drängte die kurze Irritation beiseite. Noch zehn Minuten, und er konnte in den Frieden ihres Hauses eintauchen und bei dem einzigen Menschen sein, vor dem er keine Geheimnisse haben musste.

Er konnte vergessen, dass er in der vergangenen Nacht rastlos hinter einem Geruch hergehetzt war, der ihm irgendwie vertraut gewesen war – und gleichzeitig auch wieder nicht. Er war unfähig, dieser Witterung einen Namen oder eine Erinnerung zuzuordnen, jedenfalls nicht ganz ... es kam ihm vor wie ein Juckreiz an einer Stelle, die er nicht erreichen konnte, ein Bild, das immer wieder kurz und flüchtig vor seinem inneren Auge aufblitzte und wieder verschwand. Als endlich der Morgen heraufgedämmert war und er in einem Waldstück in der Nähe des Markwardhofs die Gestalt gewechselt hatte, blieb dieser Geruch hartnäckig in seiner Nase, machte ihn dünnhäutig und reizbar. Er war ins Haus gegangen, hatte geduscht und war auf das Bett gefallen, dankbar für die Stille und die Tatsache, dass sein Körper wieder ihm gehörte. Dann hatte er bis zum späten Nachmittag geschlafen wie ein Toter.

Er erreichte die Lichtung, parkte den Lieferwagen neben Miriams Auto und stieg aus. Die Luft war unbewegt, warm und still, kein Vogel zu hören und kein Hundegebell. Er war gewöhnt daran, dass die Tiere während der Zeit der Dreinächte in seiner Gegenwart in Deckung gingen und verstummten, also machte es ihm kaum etwas aus. Auch dass die Haustür sperrangelweit offen stand, fand er nicht weiter merkwürdig.

Erst als er im Schatten der Diele stand, merkte er, dass etwas nicht stimmte. Seine überempfindlichen Sinne sorgten dafür, dass der überwältigende Dunst aus Trauer, Zorn und Verzweiflung, der in der Luft hing, ihn traf wie ein Schlag. Er atmete tief ein und hörte irgendwo in der Stube erst das Klingeln des Telefons und dann deutlich und klar Miriam, die mit jemandem sprach.

»Ja? ... Was sagt er? ... Ist er sich sicher? ... Ja, ich verstehe. – Das mach ich, versprochen. Ich ... ich danke Ihnen.«

Er stieß die Tür zum Wohnzimmer auf.

Sie saß in dem Ohrensessel, ihre lachsrote Bluse eine glühende Flamme im Licht der abendlichen Sonne, die durch die Sprossenfenster hereinfiel. Und sie starrte ihn an, als sei er ein Geist.

Das Nächste, was er registrierte, war die panische Furcht, die in Wellen von ihr ausging. Der Geruch von Miriams Haut war ihm inzwischen so vertraut wie sein eigener – sie roch lieblich und sanft, eine wohltuende Mischung aus Frische und

Süße. Er kannte inzwischen fast jede Veränderung in diesem besonderen Aroma. Wenn sie glücklich und entspannt war, dann überwog der »grüne« Anteil und ließ sie duften wie taunassen, kühlen Farn. Wenn sie sich ärgerte, kam eine winzige, durchdringende Schärfe dazu, beinahe wie schwarzer, frisch gemahlener Pfeffer. Und wenn sie ihn in den Armen hielt, während er sie liebte, öffneten sich alle Poren und ihr Begehren strömte ihm entgegen, ein rauschhaftes Parfum, das einer Mischung aus Vanille und Nelken ähnelte, gemeinsam mit dem Orangenblütenduft ihres Shampoos und der Seife, die sie immer benutzte.

Der Geruch ihrer Angst war ihm neu.

Das heißt, vielleicht nicht ganz ... Während der Tage, als er ihr die tragische, gewaltsame Geschichte seiner Familie erzählt hatte, hatte er ihn einige Male wahrgenommen. Wenn sie sich fürchtete, waren die anderen Düfte seltsam gedämpft, überlagert von einer starken, bitteren Note, die ihn an zertretenen Sauerampfer erinnerte. Aber nie zuvor war dieser Geruch so stark gewesen. Und als Ralf jetzt einen Schritt auf sie zutrat, stieg er ihm in die Nase wie eine erstickende Rauchwolke.

»Miriam?« Er sprach sehr leise. »Miriam, um Himmels willen ... *Was ist los?*«

Sie konnte nicht antworten. Nichts hatte sie auf den schieren Schrecken vorbereitet, der sie bei seinem Anblick ergriff; er packte sie an der Kehle wie eine eiserne Faust und verschloss ihr den Mund.

»Miriam?«

Ralf machte einen Schritt auf sie zu. Sie streckte in einer reflexhaften Geste der Abwehr beide Hände aus und er blieb stehen, das Gesicht starr und ungläubig.

Endlich fand sie ihre Stimme wieder. »Du weißt es nicht?«

Er musterte sie mit zusammengekniffenen Augen. »Nein. Ich meine, ich hab keine Ahnung. Was sollte ich wissen? Was ist passiert?«

»Susanne ist tot.« Ihr Tonfall war hart und flach. »Andreas hat ihre Leiche heute Morgen aus dem Bach unter der Brücke vor dem Bärenpark gezogen.«

»Susanne? *Mein Gott.*« Ralf tastete nach der Sofalehne, als suche er nach Halt, blieb aber stehen. »Wie ist das ... war es ein Unfall?«

Sie schüttelte stumm den Kopf.

»Das ... das macht überhaupt keinen Sinn.« Er war sehr bleich und sah aus, als sei er ehrlich erschüttert. »Wer sollte ihr etwas antun wollen?«

Miriam stellte fest, dass sie ihn genau beobachtete – dass sie nach deutlichen Anzeichen suchte dafür, dass er an Susannes Tod die Schuld trug ... dass er sich erinnerte ... dass er Schuld empfand. Gleichzeitig drängte sich der Tag in ihr Gedächtnis, an dem er ihr von dem Köhler erzählt hatte, der vor dreihundert Jahren seiner Tochter in Wolfsgestalt zum Verhängnis wurde: »Er erkannte sie nicht, und er war außerstande, sich zu bremsen. Wenn er es getan hätte, wäre sie vielleicht am Leben geblieben.«

»Der ihr das angetan hat, war kein Mensch«, hörte sie sich selbst sagen.

»Was war es dann?«

Er versuchte sichtlich, in ihrem Gesicht zu lesen. Und dann sah sie, wie das Begreifen in seinen Augen aufdämmerte ... gemeinsam mit fürchterlichem Entsetzen. Wenn er zuvor schon bleich gewesen war, so verlor er nun auch noch den letzten Rest Farbe.

»Andreas hat gesagt, dass es ein Wolf gewesen sein muss.«

»Nein. Miriam ... nein. *Nein!*«

Im nächsten Moment kniete er vor dem Sessel und nahm ihre Hände.

»Lass mich los.«

Er zog die Finger weg, als hätte er sich verbrannt. Seltsam leidenschaftslos registrierte sie die Welle des Schreckens, die nun ihn erfasste, als ihm klar wurde, dass sie seine Berührung weder duldete noch ertrug. Gleichzeitig erklang dicht neben ihr ein verängstigtes Jaulen – und dann schob sich Jacob mit eingezogenem Schwanz an Ralf vorbei und hetzte durch die Diele ins Freie, als wolle er so viel Abstand wie möglich zwischen sich und das Wesen bringen, das nur er allein über fünf Monate hinweg als das erkannt hatte, was es war.

Ralf starrte ihm nach, dann wandte er sich ihr wieder zu. Er versuchte nicht noch einmal, sie anzufassen, aber er blieb, wo er war und sah ihr in die Augen, die Hände auf den Oberschenkeln zu Fäusten geballt.

»Ich habe Susanne nichts getan«, sagte er leise und mit Nachdruck. »Ich habe sie letzte Nacht nicht einmal gesehen.«

»Woher willst du das wissen? Du hast mir selbst erzählt, dass einer deiner Vorfahren seine Tochter gerissen hat, weil er nicht wusste, auf wen er da losging.«

Sie sprach erbarmungslos weiter, auf distanzierte Weise überrascht darüber, wie ruhig und gelassen ihre eigene Stimme sich anhörte, während sie das, was sie über Susannes Tod wusste, zwischen sich und dem Mann vor ihr auftürmte wie ein unüberwindliches Bollwerk.

»Andreas hat sofort gesagt, dass es ein Wolf war. Die Polizei hat ihm nicht geglaubt ... Die dachten, er hat einen Schock und ist viel zu durcheinander, als dass man ihn ernst nehmen kann. Also haben sie einen Spezialisten aus der Wilhelma in Stuttgart geholt, und der hat seine Vermutung bestätigt. Das hat mir der Kriminalbeamte gesagt, der heute Morgen hier war, um mir beizubringen, dass Susanne ums Leben gekommen ist. Er hat eben extra angerufen, obwohl er das eigentlich gar nicht darf.« Sie schloss die Augen. »Die Wölfe aus dem

Park können es unmöglich gewesen sein, meint er – die waren erwiesenermaßen die ganze Nacht über sicher eingesperrt. Also muss es da noch einen weiteren Wolf geben ... einen, der vor Menschen keine Scheu hat, der auf der Suche nach Beute war und dem es nichts ausmacht zu töten.«

»Aber nicht ich.« Ralfs Stimme war nicht viel mehr als ein Flüstern. »Nicht ich, Miriam. *Ich war es nicht.*«

»Wie kann ich das glauben?«

Wütender Kummer quoll in ihrer Kehle hoch, gepaart mit dem völlig irrationalen Wunsch, ihm wehzutun. Ohne nachzudenken, holte sie aus und versetzte ihm einen Schlag vor die Brust.

Er fiel weit kräftiger aus, als sie gedacht hatte. Ralf zuckte zurück und fing sich gerade noch rechtzeitig ab, bevor er der Länge nach hinstürzen konnte. Ehe sie auch nur den Hauch einer Chance hatte, aus dem Sessel hochzukommen, stand er über ihr, die Hände rechts und links von ihrem Kopf auf der Rücklehne des Sessels, das Gesicht dicht vor dem ihren und tödlich starr. Seine Augen sprühten goldenes Feuer. Sie begriff schlagartig, was für ein gefährliches Risiko sie eingegangen war; angesichts seiner übermenschlichen Stärke während der Dreinächte würde er kaum Mühe haben, sie zu verletzen. Er war ohne weiteres imstande, ihr mit einer Hand das Genick zu brechen.

»Wenn ich die Bestie bin, für die du mich hältst, wieso greifst du mich dann an?«, fragte er. Sein Atem ging schwer, und hinter jedem Wort loderte der Zorn. »Vielleicht, weil du dir trotz allem nicht vorstellen kannst, dass ich dich töten würde? Vielleicht weil irgendetwas in dir trotz allem sicher weiß, dass ich lieber sterben würde als dir wehzutun?«

Sie konnte sehen, dass er die Zähne zusammenbiss.

»Ich verwandle mich jetzt seit mehr als fünfundzwanzig Jahren, und glaub mir, ich habe gelernt, den Fluch zu bändigen. Wir haben es fast alle gelernt. Wir haben versucht, unsere Kraft als Wächter einzusetzen, um den Wald und die

Leute des Wolftals vor Schaden zu bewahren. Wir sind keine Mörder!«

Miriam hätte gern den Blick abgewandt, aber sie brachte es einfach nicht fertig. Sie verfolgte gebannt, wie er den Wolf zurückzwang in den Käfig tief in seinem Inneren. Das Gold verblasste, das Feuer erlosch. Jetzt waren es wieder die Augen, die sie kannte.

Und sie standen voller Tränen.

»Ich habe seit dem Augenblick, als ich mit vierzehn bei Vollmond die Gestalt gewechselt habe, noch nie einem menschlichen Wesen Schaden zugefügt. *Nicht ein einziges Mal.* Ich weiß, dass Susanne deine Freundin war, und es tut mir entsetzlich leid, was ihr zugestoßen ist … aber willst du mir nicht wenigstens die Gnade des Zweifels lassen?«

Er trat zurück, den Kopf gesenkt. Sie zitterte am ganzen Leib und sie konnte den schrecklichen Schmerz spüren, der ihn ausfüllte – kein Wunder, es war der gleiche, den auch sie empfand. Die intensive Verbindung zwischen ihnen, die sie in den letzten Minuten mit aller Gewalt ignoriert hatte, war noch immer da, trotz Wut, Kummer und Misstrauen. Aber wie stark dieses Band auch war, es reichte nicht aus. Nicht, um ihre Angst zu lindern und nicht, um irgendetwas an der Entscheidung zu ändern, die sie während der letzten Stunden getroffen hatte.

»Ich kann nicht anders! *Ich kann nicht!*« Sie spürte, wie ihr selbst die Tränen in die Augen traten und über die Wangen liefen. »Ralf, Susanne war vor ihrem Tod bei mir. Sie hat mir einen Ring gezeigt, den Andreas ihr an den Finger gesteckt hat, nachdem wir im Park mit den beiden gegessen haben. Er hat sich mit ihr verlobt, er wollte sie heiraten. Ich habe noch nie einen Menschen gesehen, der so glücklich war.«

»Miriam, ich …«

»Nein, lass mich ausreden. Ich möchte dir glauben. Ein Teil von mir wünscht sich nichts mehr, als die Theorie der Polizei mit Stumpf und Stiel zu schlucken, dass es irgendein streunender Schäferhund war – egal was der Experte sagt. Egal was Andreas sagt. Aber es kommt nicht darauf an, was *ich* mir wünsche.« Sie schluchzte auf und wischte sich über das Gesicht, erbittert über die eigene Schwäche. »Letzte Nacht hat ein Wolf Susanne angefallen, als sie auf der Brücke vor dem Wolfspark stand. Er hat ihr die Kehle durchgebissen, er hat sie zum Bach hinuntergezerrt und halb im Wasser liegen lassen. Kein normaler Wolf würde so etwas tun. Und wenn du jetzt hierbleibst, wenn ich versuche, dir zu vertrauen ... dann wird ein Teil von mir sich immer fragen, ob nicht du es gewesen bist, der ihr aufgelauert und sie ermordet hat.«

»Ich war es nicht, Miriam.« Sie sah die nackte Verzweiflung in seinem Gesicht, hörte sie in seiner Stimme. »Ich kann verstehen, dass du Zweifel hast ... an deiner Stelle hätte ich die auch. Aber du musst mir glauben – ich habe sie nicht angerührt. *Ich war es nicht.*«

Ehe sie ihn daran hindern oder zurückweichen konnte, war er bei ihr und nahm sie in die Arme.

Miriam versuchte nicht, sich zu befreien. Sie stand vollkommen still, die Stirn an die Schulter des Mannes gelehnt, der zum Mittelpunkt ihrer Welt geworden war. Der Mann, dessen Stimme, dessen Berührung und Geruch ihr so vertraut geworden waren, als wären sie ein Teil von ihr. Der Mann, der sie ebenso sehr liebte wie sie ihn ... Selbst in diesem Moment wusste sie das mit absoluter Sicherheit. Aber manchmal reichte selbst die größte Liebe nicht aus.

Sie legte ihm die Hände auf die Brust und schob ihn sanft von sich. Ralf sah sie an, und das, was er in ihren Augen las, sorgte dafür, dass er sie losließ und einen Schritt Abstand zwischen sie brachte.

»Was willst du von mir? Was soll ich tun?«

Er klang wie jemand, der nach einer erbitterten Schlacht seine Niederlage eingestand.

»Geh bitte. Und komm nicht wieder zurück. Ich will dich nicht mehr sehen.«

Zum zweiten Mal schloss sie die Augen. Sie sperrte den Ausdruck auf seinem Gesicht aus, quälend dankbar dafür, dass sie auf diese Weise nicht mit ansehen musste, wie er ihr gehorchte und sie verließ.

Es blieb minutenlang vollkommen still, dann hörte sie, wie draußen der Motor des Lieferwagens ansprang. Sie lauschte angespannt, bis auch noch das letzte Geräusch des Wagens auf der Straße verklungen war, dann ging sie durch die Diele zur Haustür, die noch immer offen stand. Der Hund war nirgendwo zu sehen. Sie trat ins Freie.

»Jacob?« Ihre Stimme schwankte. »Jacob?«

Sie rief immer wieder seinen Namen, aber es kam keine Reaktion. Die Angst vor dem Werwolf in ihrem Haus hatte offenbar sogar seine Angst vor dem Wald überwunden, in den er sich ohne sie sonst nie hineinwagte.

»Jacob ...? Wo steckst du denn? Komm her!«

Miriam wischte sich mit der Hand über das Gesicht und stellte abwesend fest, dass ihr immer noch – oder schon wieder? – die Tränen herunterliefen. Und dann wurden ihr zum zweiten Mal an diesem Tag die Knie weich.

Sie ließ sich schwer auf die ausgetretene Steinschwelle sinken und saß eine Viertelstunde später immer noch dort, die Wange an den Türrahmen gelehnt, als Jacob endlich unter den Bäumen hervorkam und zu ihr lief. Er schnupperte an ihrem Knie, dann legte er den Kopf darauf und winselte leise.

Irgendwann stand sie auf, steifbeinig und hölzern wie eine alte Frau. Sie verriegelte die Tür, stieg langsam die Treppe hinauf und betrat das Schlafzimmer. Ihr Handy lag immer noch auf dem ungemachten Bett. Sie nahm es und drückte auf die Kurzwahltaste mit Susannes Nummer, genau wie an diesem Morgen, als sie noch wider alle bösen Ahnungen gehofft hatte, ihre Freundin würde antworten.

»Hier ist die Mailbox von Susanne Hessler. Ich bin im Moment nicht erreichbar, aber wenn Sie nach dem Ton eine Nachricht hinterlassen, rufe ich Sie gern zurück.«

Sie ließ sich auf die Matratze fallen, zog die Decke über sich und rollte sich so klein wie möglich zusammen. Es war, als halte sie nicht nur das Handy gegen die Brust gepresst, sondern mit ihm auch die bodenlose Trauer und den Verlust. Und jetzt drang beides durch ihre Haut und sickerte eisig kalt in ihr Herz.

Die Sonne ging unter, der Himmel verdunkelte sich langsam und der Tag, an dem Susanne Hesslers Leben ein gewaltsames Ende gefunden hatte, schlich sich stumm davon. Martin Stein saß in seinem Zimmer in der Pfarrei am Schreibtisch, über die offene Bibel gebeugt. Er dachte an die bestürzten Gesichter der Trauergemeinde, die er bei dem spontanen Fürbittgebet an diesem Abend vor sich gesehen hatte, und er dachte an Susanne. »›Wenn auch tausende fallen zu deiner Seite und zehntausende zu deiner Rechten, so wird es dich nicht treffen …‹«, murmelte er vor sich hin. »›Denn er hat seinen Engeln befohlen, dass sie dich behüten auf deinen Wegen …‹«

Er betrachtete das schlichte Holzkreuz, das vor ihm an der Wand hing. »Wie soll ich sie trösten, Herr?«, murmelte er. »Was soll ich ihnen sagen? Und wo waren deine Engel letzte Nacht?«

Das Restaurant des Hotels war verwaist, der »Abend mit Trachten und Musik« kurzfristig abgesagt worden. Bernd Hessler war allein in seinem Haus. Die Freunde, die ihm in den letzten Stunden beigestanden hatten, waren endlich gegangen.

Er saß auf dem Bett im Zimmer seiner Tochter. Auf dem Bett, in dem sie während der letzten Wochen immer seltener geschlafen hatte. Es war ihm keineswegs entgangen, wo sie neuerdings ihre Nächte verbrachte, und mit wem. Ihre rührenden Versuche, ihn zu hintergehen, hätten ihn amüsiert, wenn er über ihre Romanze mit diesem lästigen Naturburschen nicht so erbost gewesen wäre.

Jetzt strich er mit der flachen Hand sachte über den bestickten Überwurf, den sie sich von ihrem ersten Gehalt bei Notar Eberle gekauft hatte – vor vier Jahren war das gewesen. Sein Blick fiel auf den Nachttisch, und er sah den Prospekt für den Wolf- und Bärenpark, der darauf lag. Wäre sie nicht ausgerechnet letzte Nacht dorthin gegangen, um diesen Frankenthal zu suchen ... Er nahm den Prospekt und zerriss ihn langsam und methodisch in winzig kleine Fetzen.

Auf seiner Lichtung lag der Trautweinhof unter einem wolkenlosen, tintenblauen Himmel. Kein Zweig knackte; die letzte leise Sommerbrise war abgeflaut und der Wald schwieg.

Hinter dem Stamm einer uralten Buche stand reglos eine hochgewachsene Gestalt. Augen, die im Licht des abnehmenden Mondes golden glühten, blickten unverwandt zum Haus hinüber.

Kornmond – Abschied

24. August

Andreas Frankenthal stand am Schlafzimmerfenster seiner Wohnung und starrte nach draußen. Die Hanglage am Rand von Schapbach bescherte ihm einen spektakulären Ausblick über das halbe Wolftal, aber er hatte überhaupt keinen Sinn dafür.

Wahrscheinlich musste er der Polizei dankbar sein. Die ermittelnden Beamten und auch der Staatsanwalt hatten in der Pressekonferenz am vergangenen Montag keinen Zweifel daran gelassen, dass es keiner seiner Wölfe aus dem Park gewesen war, der Susanne so zugerichtet hatte. Die alten Knaben des Wolftals, die Waideles, die Armbrusters, die Schrempps und Herrmanns waren tags darauf wie ein Mann in seiner Wohnung aufgetaucht, hatten auf rührend großväterliche Weise dafür gesorgt, dass er etwas aß, und ihm so brummig wie kurz angebunden versichert, dass er nach wie vor ihr Vertrauen genoss. Sie waren die stillen Autoritäten in der Gegend, und damit war die Zukunft des Parks gesichert … auch wenn seine eigene in Scherben lag.

Morgen um elf würden sie sie begraben.

Er würde an der Beerdigung teilnehmen, gekleidet in seinen einzigen dunklen Anzug – er war dunkelblau, einen schwarzen besaß er nicht. Er würde zu Fuß nach St. Cyriak hinübergehen und mit ansehen, wie die Frau, die er liebte, in einem Sarg unter der Erde verschwand. Nicht als Witwer, nicht als der Mann, der offiziell jedes Recht hatte, sie zu betrauern. Zwei Jahre hatte er Susanne gekannt, etwas mehr als zwei Monate war er mit ihr zusammen gewesen. »Früh gefreit, schnell gereut«, hatte seine Tante Bettina immer gesagt.

Aber es hatte sowieso schon viel zu lange gedauert, bis er endlich auf Susanne aufmerksam geworden war … und dann war er sich seiner Liebe so sicher gewesen, dass er keinen Grund gesehen hatte, zu warten. Sie hatten sich heimlich verlobt, am Abend vor ihrem gewaltsamen Tod, und ihr gemeinsames Leben hatte gerade erst angefangen. Ihre Sachen, ihre Kleidung, die Dinge, an denen sie hing, befanden sich noch samt und sonders im Haus ihres Vaters. Bernd Hessler würde tun, was zum Verlust eines geliebten Menschen dazugehörte – den Kleiderschrank ausräumen, die Regale mit Susannes Büchern leeren. Wenn er das fertigbrachte. Vielleicht würde er ihr Mädchenzimmer auch so lassen, wie es war – eine ständige Erinnerung an seine tote Tochter.

Alles, was Andreas blieb, war der Ring.

Die kleine Samtschachtel lag auf dem Nachttisch hinter ihm. Er nahm sie und drehte sie rastlos zwischen den Fingern. Gestern Abend hatte er es endlich geschafft, seine Eltern anzurufen und ihnen von der Katastrophe zu erzählen, die über ihn hereingebrochen war.

»Möchtest du, dass wir kommen?«, hatte seine Mutter gefragt, die Stimme weich und liebevoll. »Wir können morgen Mittag bei dir sein.«

Er hatte gespürt, wie sich der eisige Panzer lockerte, der ihn seit dem Moment einschloss, in dem er Susannes Leiche unter der Brücke umgedreht hatte. Zum ersten Mal war er dicht davor, seinem Kummer freien Lauf zu lassen.

»Nein, Mama«, hatte er gesagt, »ich komme zu euch. Nach der Beerdigung, versprochen. Aber ich danke dir, dass du gefragt hast. Ich liebe dich.«

Es folgte eine kurze, fühlbare Pause am anderen Ende der Leitung, dann sagte seine Mutter leise: »Ich liebe dich auch, mein Sohn.«

Er hatte aufgelegt und war an seinem Schreibtisch sitzen geblieben, erfüllt von Dankbarkeit und erschöpftem Staunen. Er hatte zu seinen Eltern nie eine sehr innige Beziehung gehabt – als Kind zweier engagierter Friedensaktivisten war er sich jahrelang wie ein Möbelstück vorgekommen, das beiseitegerückt wurde, wenn es ihren Terminen im Weg stand. Während er bei seiner Tante blieb, waren sie von Demonstration zu Demonstration gezogen, hatten Petitionen geschrieben und sich begeistert politisch engagiert. Das hatte ihn beizeiten gelehrt, selbstständig zu sein und sich nicht zu sehr auf die beiden zu verlassen, obwohl er sie ehrlich lieb hatte. Dass ein paar wenige Worte seiner Mutter ihn so berühren würden, damit hatte er nicht gerechnet, und jetzt hütete er die plötzliche Nähe zu ihr wie ein unverhofftes Geschenk. Er würde nach Hause fahren und allen Trost mitnehmen, den die beiden bereit und fähig waren, ihm zu geben. Er hatte ihn weiß Gott nötig.

Es klingelte an der Tür, und er wurde jäh aus seinen Gedanken gerissen. Für wenige Sekunden spielte er mit der Versuchung, sich taub zu stellen und einfach nicht zu reagieren. Aber dann ging er doch, und als er die Tür öffnete, stand zu seiner Überraschung Martin Stein vor ihm.

»Was wollen Sie?«

Es klang unhöflich und schroff, aber er konnte es nicht ändern. Und dem Priester schien es nichts auszumachen.

»Darf ich hereinkommen?«

Andreas trat zurück und gab wortlos den Weg in die Wohnung frei; Martin Stein folgte ihm ins Wohnzimmer.

»Was wollen Sie?«, wiederholte Andreas. »Wenn Sie vorhaben, mir etwas aus der Bibel vorzulesen, dann können Sie gleich wieder gehen. Ich glaube kaum, dass da irgendwas drinsteht, das mir im Augenblick helfen könnte.«

Martin Stein betrachtete ihn aufmerksam. »Den Eindruck habe ich allerdings auch«, sagte er. »Entspannen Sie sich. Das ist nicht der Grund, weshalb ich gekommen bin. Ich denke, ich brauche Ihre Hilfe.«

»Wobei könnte ausgerechnet ich Ihnen helfen? Sind Ihnen die frommen Floskeln für die Beerdigungspredigt ausgegangen?«

Er wusste, dass er sich auf unverzeihliche Weise danebenbenahm. Zum ersten Mal seit dem Mord an Susanne hatte er die Gelegenheit zurückzuschlagen, und es war gewiss nicht fair, dass ausgerechnet der Priester bei seinem plötzlichen Zorn auf das Schicksal in die Schusslinie geriet.

»Ich mache mir keine Sorgen um die Predigt«, erwiderte Stein gelassen. »Ich mache mir Sorgen um Miriam Trautwein. Haben Sie in den letzten Tagen irgendetwas von ihr gehört oder sie gesehen?«

»Von Miriam? Nein.« Andreas ging an dem Priester vorbei und ließ sich auf seinen Schreibtischstuhl fallen. »Das letzte Mal habe ich sie am 12. August gesehen, vor fünf Tagen. Sie hat mit ... mit uns gegessen ... mit Susanne und mir. Ralf war auch dabei.«

»Ralf?« Der Priester runzelte die Stirn. »Ralf Markward?«

»Ja, der. Die beiden sind zusammen ... aber noch nicht sehr lange, und offenbar haben sie ein ziemliches Geheimnis daraus gemacht.«

»Oh. Dann sollten wir vielleicht ihn fragen. Vielleicht weiß er, wo sie ist. Oder sie ist bei ihm.«

»Wieso? Ist sie verschwunden?«

»Keine Ahnung.« Der Priester seufzte. »Sie reagiert nicht auf meine Anrufe. Ich war zweimal oben auf dem Hof, und ihr Geländewagen ist da, aber sie öffnet mir nicht die Tür. Allmählich habe ich ein sehr ungutes Gefühl.«

»Ihr ungutes Gefühl in allen Ehren, aber was geht das mich an?«, fragte Andreas. »Ich bin nicht Miriams Kindermädchen.«

»Das habe ich auch weder behauptet noch angenommen«, entgegnete der Priester sanft. »Aber mir liegt daran, dass sie an der Beerdigung ihrer besten Freundin teilnimmt. Und vielleicht möchten Sie mir helfen, dafür zu sorgen, dass sie es auch tut.« Er zögerte. »Ich denke, Susanne wäre sehr enttäuscht, wenn sie nicht käme.«

Andreas zuckte zusammen. »Susanne ist tot«, sagte er. »Ihr Körper liegt in einer Holzkiste, die morgen unter der Erde landet. Ich glaube, es ist ihr herzlich egal, wer letztendlich Blumen auf ihren Sarg wirft.«

Unglaublicherweise verzog sich das Gesicht von Martin Stein zu einem schwachen Grinsen.

»Ich würde an Ihrer Stelle nicht versuchen, eine theologische Diskussion mit mir anzufangen«, sagte er. »Erstens würde ich nicht mitmachen, weil ich als Seelsorger das bei Ihrer Verfassung unmöglich verantworten kann. Und außerdem wären Sie mir hoffnungslos unterlegen. Ich habe an einem Jesuitenkolleg studiert – die Jungs sind wie die Schachspieler, die widerlegen Ihre Argumente schon, noch bevor sie Ihnen überhaupt eingefallen sind.«

»Ich habe keine Argumente«, sagte Andreas müde. »Genau genommen habe ich überhaupt nichts mehr.«

»Das stimmt nicht ganz«, erwiderte Stein. »Im Moment haben Sie eine Wahl: entweder weiter hier herumzusitzen und darauf zu warten, dass die Zeit bis zu Susannes Beerdigung verstreicht, oder mit mir zu kommen und nicht nur mir behilflich zu sein, sondern auch Miriam Trautwein.«

Andreas hätte Martin Stein liebend gern hinausgeworfen, aber er stellte fest, dass ihm schlichtweg die Energie dazu fehlte.

»Also gut.« Er seufzte. »Sie haben gewonnen. Gehen wir?«

Sie fuhren in dem alten Kombi des Pfarrers die gewundene Straße durch das Wolftal entlang. Andreas zog sein Handy aus der Tasche und wählte die Nummer von Ralf Markward, die Stein ihm gab, aber es meldete sich nur der Anrufbeantworter.

Die Sonne schien von einem wolkenlosen Himmel – perfektes Ausflugswetter, und überall waren Wanderer und Reisebusse unterwegs. Auch in Finkenweiler, wo die Tische in dem kleinen Straßencafé und auf der Restaurantterrasse von Bernd Hesslers *Tannenhof* voll besetzt waren. Das Dorf mochte eins seiner Kinder durch ein rätselhaftes Verbrechen verloren haben, aber es war Hauptsaison, und der August war traditionell der Monat, in dem das meiste Geld hereinkam.

Andreas starrte aus dem Fenster. Ob Bernd Hessler wohl morgen sein Restaurant schloss, wenn er nach Schapbach fuhr, um seine Tochter zu beerdigen? *Wahrscheinlich hat er eine Vertretung angeheuert, damit er den Umsatz nicht verliert.* Er hätte sich gern für diesen Gedanken geschämt, aber seine Erschöpfung war dafür einfach zu groß. Er war unendlich dankbar, dass der Priester schwieg.

Der Wagen bog ab und rollte den Berg hinauf. Licht und Schatten glitten im Wechsel über die staubige Windschutzscheibe, ein oder zweimal knirschte das Getriebe protestierend, als Martin Stein den nächsten Gang einlegte. Und dann waren sie oben und der Wagen rollte auf die Lichtung vor dem Trautweinhof.

»Hören Sie«, sagte Stein und stellte den Motor ab. »Wenn es Ihnen nichts ausmacht, dann steige ich als Erster aus und überprüfe die Lage. Vielleicht haben wir uns ja ganz umsonst Sorgen gemacht.«

Und was tue ich dann hier? Andreas sprach es nicht laut aus, aber das ironische Glimmen in Steins Augen zeigte, dass die Botschaft angekommen war. Er kurbelte das Fenster hinunter. Es war sehr still und die Schritte des Priesters auf dem gekiesten Weg sehr laut. Als Martin Stein auf den Klingelknopf drückte, fing im Haus plötzlich ein Hund an zu bellen. Und dann öffnete sich die Tür.

Miriam stand barfuß auf der Schwelle, in einem dunkelblauen Hausanzug, die Haare offen und zerzaust, als hätte sie geschlafen. Sie war sehr blass und starrte Martin Stein so verwirrt an, als habe sie ihn noch nie gesehen.

»Miriam.« Der Pfarrers sprach freundlich und behutsam. »Schön, dich zu sehen. Geht es dir gut?«

Es dauerte eine ganze Weile, bis sie antwortete. Stein versuchte nicht, sie zu drängen; er wartete geduldig, und Andreas, der sich noch nicht bemerkbar gemacht hatte, wartete mit ihm. Endlich sprach Miriam.

»Nein.« Ihre Stimme war so leise, dass Andreas sich anstrengen musste, um sie zu verstehen. »Nein, Martin, es geht mir nicht gut. Meine beste Freundin ist tot. Und sie wird morgen beerdigt, und ich kann mir nicht vorstellen, nach Schapbach zu fahren und dabei zuzusehen.«

Es waren nur wenige Worte, aber sie klangen wie ein schmerzhaft genaues Echo dessen, was Andreas durch den Kopf ging, und sie trafen ihn wie ein heftiger Schlag gegen das Brustbein. Er sah, wie Stein den Kopf drehte und zu ihm herüberblickte. Dann schwang die Beifahrertür auf und noch bevor Andreas es richtig merkte, war er ausgestiegen und ging auf das Haus zu.

»Hallo.«

Miriam sah ihn an, und wenn sie zuvor blass gewesen war, dann wurde ihr Gesicht jetzt schlagartig kalkweiß.

»Mir geht es auch nicht gut«, sagte er ruhig. »Und ich möchte genauso wenig wie du auf diese verfluchte Beerdigung gehen. Gestern habe ich ein halbes Dutzend Mal Susannes Handy angerufen und ständig gehofft, dass nicht die Mailbox rangeht, sondern sie.«

»Ich hab auch angerufen«, flüsterte sie. »Viermal.«

»Ich vermisse sie«, sagte Andreas. »Sie fehlt mir so sehr, dass mir das Herz wehtut. Und morgen werden sie sie begraben, und das halbe Dorf wird mich anglotzen, weil es ein Wolf gewesen ist, der sie getötet hat, und vor dem Grab wird ihr Vater stehen, der mich hasst. Ich hab ganz ehrlich keine Ahnung, wie ich es dorthin schaffen soll, ohne spätestens am Eingang des Friedhofs umzudrehen und Fersengeld zu geben.«

Er fasste nach ihrer Hand, und Miriam zog sie nicht weg. Immerhin etwas.

»Komm morgen mit, ich bitte dich«, fuhr er fort. »Dieser Priester«, er deutete mit dem Kinn zu Martin Stein hinüber, »hat mir gesagt, Susanne wäre sehr enttäuscht, wenn du nicht dabei bist. Ich habe keine Ahnung, ob er recht hat. Aber eins weiß ich sicher – ohne dich schaffe *ich* es ganz bestimmt nicht. Lass uns gemeinsam Lebewohl sagen.«

»Ich tu's«, sagte sie nach langem Zögern. »Schon gut, Andreas, ich tu's.«

»Danke. Danke, Miriam.« Die Erleichterung, die er empfand, war so tief, dass ihm buchstäblich die Knie weich wurden.

»Schön«, warf der Priester sanft ein. »Dann wäre das ja geklärt. Was haltet ihr davon, wenn wir jetzt ins Haus gehen?«

Es wurde sehr spät, bis Martin Stein Andreas wieder nach Hause fuhr. Sie saßen zusammen am Küchentisch, bis der Priester mit großer Selbstverständlichkeit die Hundeleine holte und mit Jacob eine großzügige Runde drehte. Als er zurückkam, übernahm er das Regiment in der Küche, durchforstete den Kühlschrank und improvisierte aus Kartoffeln, Eiern und ein paar Hähnchenfilets eine ordentliche Mahlzeit. Er brachte Andreas und Miriam mit sanfter Gewalt dazu, erst davon zu probieren und dann richtig zu essen. Er holte eine Flasche Rotwein aus dem Keller, und obwohl niemand an diesem Abend übermäßig viel trank, lösten sich ihre Zungen, und sie konnten offen miteinander reden.

Sie sprachen über Susanne, und Miriam erzählte Geschichten aus der Zeit, als sie noch ein Kind gewesen war. Ein- oder zweimal brachte sie Andreas damit tatsächlich zum Lachen. Martin Stein redete nicht viel. Er machte sich gelassen mit Töpfen, Geschirr und Besteck zu schaffen, goss Wein nach und hörte hauptsächlich zu. Nach einer Weile bemerkte Andreas ihn kaum noch, und im Nachhinein staunte er über die Gabe dieses Mannes, sich quasi unsichtbar zu machen.

Gegen elf begleitete Miriam die beiden Männer hinaus zum Auto. Sie streckte Martin Stein die Hand entgegen.

»Danke, dass Sie Andreas hergebracht haben«, sagte sie leise. »Woher wissen Sie eigentlich immer, was genau Sie tun müssen, um jemandem zu helfen?«

»Ich hab doch gar nichts getan«, sagte er. »Ich war bloß das Taxi. Okay – und der Koch.«

»Das ist schamlos untertrieben«, erwiderte Miriam. »Dafür kenne ich Sie inzwischen schon ein bisschen zu gut.«

Stein lächelte und stieg in den Kombi, ohne weiter mit ihr zu argumentieren. Andreas blieb noch einen Moment stehen und sah sie an. Sie war nicht mehr so blass; der Abend hatte ihr sichtlich gutgetan, ebenso sehr wie ihm. Aber plötzlich ging ihm auf, dass etwas fehlte – oder besser gesagt, jemand.

»Miriam«, fragte er, »wo ist eigentlich Ralf?«

Ihm war sofort klar, dass er einen Fehler begangen hatte. Der bittere Schmerz in ihren Augen, der während der vergangenen Stunden wenigstens teilweise geschwunden war, kehrte mit aller Macht zurück, und ihm wurde schlagartig klar, dass sie noch um etwas anderes trauerte als um ihre ermordete Freundin.

»Ich habe ihn seit dem Tag von Susannes Tod nicht mehr gesehen«, sagte sie.

Jetzt war in ihren Augen überhaupt nichts mehr zu erkennen – es kam ihm so vor, als habe sich hinter dem klaren Grau einen dichter Vorhang geschlossen. Andreas legte ihr unwillkürlich eine Hand auf die Schulter und spürte, wie sie unter seiner Berührung zusammenfuhr.

»Soll das heißen, er ist einfach verschwunden und lässt dich hängen – ausgerechnet jetzt?«

Das kam schärfer heraus als beabsichtigt, und er hätte sich gern dafür entschuldigt. Aber sie gab ihm keine Gelegenheit dazu. Sie trat zurück und seine Hand sank herunter.

»Er ist nicht verschwunden. Ich habe ihn fortgeschickt.« Ihre Stimme war sehr ruhig. »Und ich möchte nicht mit dir darüber reden. Hast du das verstanden?«

»Alles klar.« Er räusperte sich. »Es ... es bleibt dabei, dass ich dich morgen um halb elf abhole, oder?«

»Ja, natürlich.« Sie nickte. »Ich habe es doch versprochen. Gute Nacht, Andreas. Versuch ein bisschen zu schlafen. Du wirst morgen einiges an Kraft nötig haben, fürchte ich.«

»Das fürchte ich auch. Gute Nacht, Miriam.«

Während der Wagen langsam durch die Dunkelheit den Berg hinunterrollte, blickte er über die Lehne des Beifahrersitzes nach hinten. Er sah sie im Schein der Rücklichter reglos an derselben Stelle stehen, bis die Straße eine Kurve beschrieb und sie hinter den Bäumen verschwand.

Der nächste Morgen dämmerte so klar und sonnig herauf wie der letzte. Während Andreas zum zweiten Mal innerhalb von vierundzwanzig Stunden die Straße zum Trautweinhof hinauffuhr, stellte er einmal mehr fest, wie wenig Filme und Romane mit der Realität zu tun hatten. Keine grauen Wolken am Himmel, kein strömender Regen als möglichst plakatives Sinnbild für Trauer und Verlust. Bei dieser Beerdigung würde es keine trübsinnige Ansammlung nasser Regenschirme geben – das Wetter hätte kaum besser sein können.

Miriam wartete vor dem Austragshaus auf ihn. Sie trug einen leichten, weiten Rock aus schwarzer Baumwolle und darüber eine Bluse mit Trompetenärmeln, die in der Taille von einem Gürtel gehalten wurde. Um ihren Hals lag eine dünne Kette mit einem keltischen Kreuz aus Gold; weiter trug sie keinen Schmuck. Ihr Haar war offen, ihr Gesicht ungeschminkt und sehr müde. Offenbar hatte sie so schlecht geschlafen wie er selbst.

Sie brauchten nicht einmal eine Viertelstunde; es dauerte weit länger, einen Parkplatz zu finden. Wie es aussah, war ganz Finkenweiler zur Beerdigung erschienen und halb Schapbach ebenfalls. Endlich stellte Andreas das Auto einfach vor seiner Wohnung ab, und sie gingen den kurzen Weg bis St. Cyriak zu Fuß. Sie waren nicht allein; Dutzende von Menschen in Trauerkleidung strebten die steile Auffahrt zu der Stelle hinauf, wo die beiden Zwiebeltürme der Kirche in den strahlend blauen Himmel ragten.

Auf dem Weg zum Eingang warf Andreas einen flüchtigen Seitenblick auf den Friedhof. Er hatte es eigentlich nicht tun wollen, aber jetzt sah er über die Reihe der Grabsteine hinweg das eine Grab, das noch leer war. Er schaute rasch wieder weg, spürte, wie Miriam seine Hand ergriff und drückte sie dankbar.

Dann nahm der Innenraum sie auf. Andreas war noch nie hier gewesen. *Neobarock*, dachte er beim Anblick der stuckgefassten Bildmedaillons an den Seitenwänden. Der üppige Hauptaltar und die auf halber Höhe schwebende Kanzel sahen allerdings so aus, als stammten sie tatsächlich aus dem Barock. Die Bankreihen waren gut gefüllt; Andreas und Miriam fanden gerade noch einen Platz ganz am Rand, in der Nähe des Seitenaltars, der das Gemälde eines sehr melancholischen Josef im Profil zeigte. *Auch nicht original,* hörte er die geisterhafte Stimme seiner Tante im Hinterkopf. Bei ihr hatte er einen Großteil seiner Kindheit verbracht, und sie hatte ihn in ein Museum nach dem anderen geschleppt und es tatsächlich geschafft, ein gewisses Kunstinteresse in ihm zu wecken. *Typischer Nazarener-Kitsch aus dem 19. Jahrhundert – aber wenigstens ordentlich gemalt.*

Er richtete den Blick nach vorne … und sah den Sarg.

Helles Holz, mit Sommerblumen überhäuft. Kränze und Gestecke waren ringsherum auf Ständern aufgereiht, Kerzen brannten und auf dem Hochaltar leuchtete rot das ewige Licht. Es war ein schönes Bild, aber bei weitem nicht schön genug, um ihn vergessen zu lassen, dass unter all der Blütenpracht die Frau lag, die er liebte. Und dass sie tot war.

Einen irrwitzigen Moment lang war er drauf und dran, aufzuspringen und die Kirche in letzter Sekunde zu verlassen, aber dann geschahen zwei Dinge. Miriam nahm erneut seine Hand, und Martin Stein trat vor den Sarg und begann mit dem Aussegnungsgottesdienst.

Die Liturgie rauschte mehr oder weniger an ihm vorüber. Er war nicht katholisch und hatte erst ein- oder zweimal in seinem Leben überhaupt eine Messe besucht, also konnte er mit den vorgegebenen Texten nicht sonderlich viel anfangen. Er merkte nur, dass zwischendurch ein Rosenkranz gebetet wurde, weil die Trauergäste in seiner Bankreihe leise etwas im Chor sagten und dabei die Perlen durch ihre Finger gleiten ließen. Miriam betete nicht. Sie saß still und sehr aufrecht da, die Augen geschlossen.

»Wir sind hier, um Susanne Hessler Lebewohl zu sagen.« Die Stimme des Priesters war laut und klar genug, um auch in der vollen Kirche ohne Mikrofon zu tragen. »Sie wurde uns in der Blüte ihrer Jahre fortgenommen, und wir begreifen nicht, warum – ich ebenso wenig wie ihr. Ich weiß, sie hätte gern noch länger gelebt. Sie hat jeden Moment mit einem Lächeln umarmt, sie war einer der fröhlichsten und vertrauensvollsten Menschen, die ich je gekannt habe. Deswegen tut mir ihr Verlust genauso weh wie euch.«

Andreas wurde jäh aus der lindernden Benommenheit gerissen, in den der sanfte Rhythmus der Liturgie und das zurückhaltende Orgelspiel ihn versetzt hatten. Er war wieder in der Realität, und der Mann da vorne, in seinem spitzenbesetzten, bestickten Priestergewand mit der Stola, sprach von

Susanne wie jemand, der sie gekannt und verstanden hatte. Er wusste nicht, ob er wütend oder ihm dafür dankbar sein sollte – die friedliche Trance hatte die Trauer noch für eine kurze Zeitspanne in Schach gehalten. Jetzt fühlte er sich so, als hätte jemand bei ihm den schützenden Verband von einer Wunde gerissen.

»Wir glauben, dass Gott, der sie geschaffen und geliebt hat, Susanne in seinen Armen hält. Wir glauben, dass aller Schmerz und alles Leid, das wir jetzt empfinden, weit hinter ihr liegen. Und wir glauben, dass wir sie wiedersehen werden – nicht so schnell, wie wir es uns wünschen würden, aber der Tag wird kommen. Ganz sicher.«

Martin Stein hob die Hände in einer segnenden Geste.

»Der Herr gebe ihr die ewige Ruhe, und das ewige Licht leuchte ihr ...«

Susannes Sarg hatte es nicht weit bis zu ihrer letzten Ruhestätte. Auf einem Wagen mit weichen Gummirädern rollte er den Mittelgang hinunter, gefolgt von Martin und Bernd Hessler, der direkt hinter ihm ging. Andreas erinnerte sich, dass Susanne nur selten von ihrer Mutter gesprochen hatte; Sarah Hessler war zwei Jahre nach der Geburt ihrer Tochter bei einem Autounfall ums Leben gekommen, und es war Bernd Hessler gewesen, der fortan notgedrungen die Rolle beider Elternteile übernommen hatte. Die Leute standen auf und schlossen sich dem langsamen Zug an; Andreas und Miriam blieben, wo sie waren, bis sich die Bankreihen fast vollständig geleert hatten. Sie waren unter dem letzten Dutzend Menschen, das die Kirche verließ.

Draußen lag der Vorplatz von St. Cyriak im Mittagslicht. Der Sarg fuhr auf den Kirchhof hinaus, vorbei an dem

Kriegsdenkmal mit der Statue des trauernden Vaters, die mit gesenktem Kopf und gezogenem Hut über die Toten wachte. Es war kaum Platz für alle, die an dem Begräbnis teilnehmen wollten; die Leute verteilten sich auf den gekiesten Wegen und den kurz geschorenen Rasenflächen, während der Priester den Sarg mit Weihwasser besprengte und im Wechsel mit der Trauergemeinde für Susanne betete. Der Sarg verschwand in der Tiefe, und Martin zeichnete ein Kreuz in die warme Sommerluft. Eine auffrischende Brise ließ sein Gewand flattern.

Andreas erlebte all das wie einen Traum. Noch immer war es nicht real; das änderte sich auch nicht, während er sich neben Miriam in die lange Schlange derer einreihte, die sich zum letzten Abschied auf das Grab zubewegten. Und dann hatte er freie Sicht auf den Sarg. Er war schon halb mit Erde und mit Blumen bedeckt. Ohne nachzudenken griff er nach der kleinen Schaufel und fügte eine weitere Portion Erde hinzu. *Ich liebe dich,* dachte er, *und ich bin dir böse, dass du mich allein gelassen hast. Ich hoffe, du kannst mir das verzeihen. Du fehlst mir so sehr.*

»Was tut *der* denn hier?«

Die Stimme schnitt durch die Stille wie ein Messer; rings um Andreas schnappten ein paar Leute hörbar nach Luft. Sein Kopf zuckte hoch, und er blickte direkt in das Gesicht von Susannes Vater.

Bernd Hesslers Augen waren verquollen wie nach zahlreichen durchwachten Nächten, seine Haut kreidebleich. Von dem stets gutgelaunten, bauernschlauen Hotelier, der sich so gern als *pater familias* des Wolftals darstellte, war nicht mehr viel geblieben; Trauer und Verlust hatten die joviale Fassade abgeschält wie eine überflüssige Haut, und der Mann, dem Andreas sich jetzt gegenübersah, strahlte eine verzweifelte, durch keinerlei Konventionen gebändigte Wut aus.

»Sie haben hier nichts zu suchen – Sie und Ihre verdammten Wölfe!«, bellte er. »Ohne Sie wäre meine Susanne noch am Leben!«

Andreas öffnete den Mund und schloss ihn wieder. Er war wie betäubt und spürte die Blicke der Trauergäste trotzdem wie Nadelstiche im Rücken.

Martin Stein machte einen raschen Schritt auf Hessler zu und legte ihm eine Hand auf den Arm. Hessler schüttelte sie ab.

»Mit ihm hat der ganze Ärger doch angefangen!« Er sprach immer lauter. »Wenn dieser Dreckskerl nicht gekommen wäre und meine Tochter in seinen verfluchten Park gelockt hätte ...«

Andreas merkte, wie Miriam sich neben ihm straffte. *Um Gottes willen, sag jetzt bloß nichts,* dachte er, gelähmt von dem Gedanken, was passieren würde, wenn sie sich mit Susannes Vater anlegte, solange er derartig außer sich war. Die Vorstellung, dass sie und Hessler sich über das offene Grab hinweg anschrien, war so grotesk wie entsetzlich.

»Bernd.«

Das war der alte Förster Waidele; er hatte unmittelbar hinter Miriam und Andreas gewartet und drängte sich jetzt an ihnen vorbei. Er war inzwischen über achtzig, ziemlich gebrechlich und ging gebeugt, aber bei seinem Anblick verstummte Bernd Hessler und schien sich zu besinnen, wo er war.

»Lass gut sein, Bua«, sagte Waidele leise, aber bestimmt. »So darfsch du dich wirklich net uffführe.«

Er wandte sich zu Andreas um und streckte ihm seine knorrige Altmännerhand entgegen; sein Griff war überraschend warm und fest. Dann sah er Miriam an, und die schien auch ohne Worte zu begreifen, was er von ihr wollte.

»Komm, Andreas. Wir gehen jetzt.«

Er folgte ihr widerspruchslos durch die stumme Gasse aus Menschen, die sich vor ihnen auftat, und Minuten später hatten sie den Kirchhof hinter sich gelassen. Sie gingen nebeneinander die Straße entlang und er sah die vertrauten Häuser langsam an sich vorüberziehen. Der Rhythmus ihrer Schritte wirkte fast einschläfernd; er hätte ewig so weiterlaufen können, aber plötzlich blieb Miriam stehen.

»Andreas«, sagte sie, »fährst du mich nach Hause oder möchtest du, dass ich dir noch ein bisschen Gesellschaft leiste?«

»Ich habe keine Ahnung, was ich möchte«, sagte er. »Im Moment kann ich nicht klar denken.«

»Dann komme ich wohl besser mit.«

Er folgte ihr zum Haus und zur Wohnung hinauf, dann nahm sie ihm den Schlüssel aus der Hand und öffnete die Tür. Er setzte sich im Wohnzimmer an seinen Schreibtisch.

»Willst du etwas trinken? Ein Glas Wasser vielleicht?«

Andreas nickte stumm und sah zu, wie sie in der kleinen Küche verschwand. Susanne hatte dort noch für ihn Frühstück gemacht, an dem Morgen, bevor sie starb. Er stützte die Ellbogen auf den Schreibtisch und verbarg das Gesicht in den Händen.

Nach einer Weile fiel ihm auf, dass Miriam nicht wiederkam. Er stemmte sich schwerfällig von dem Stuhl hoch und ging ihr nach.

Das Erste, was er in der Küche sah, war das Wasser, das aus dem Hahn ins Becken strömte. Ein sauberes Glas stand auf der Spüle, aber es war leer – als hätte Miriam ganz plötzlich vergessen, was sie damit wollte. Sie stand vor dem Herd, den Kopf gesenkt, und wandte ihm den Rücken zu.

»Miriam?«

Sie drehte sich nicht um.

»Miriam, was ist denn?«

»Ich hab keine Ahnung, wie ich weitermachen soll«, sagte sie, immer noch, ohne ihn anzusehen. »Ich hab durchgehalten, so gut es ging, aber jetzt kann ich nicht mehr. Es tut so weh, Andreas, so furchtbar weh.«

»Ich weiß.«

Ihm ging auf, dass sie wahrscheinlich nicht nur über Susanne sprach, aber gleichzeitig war ihm klar, dass es keine

Rolle spielte. In diesem Moment wollte er nicht einmal wissen, was zwischen ihr und Ralf Markward vorgefallen war und zu dieser plötzlichen Trennung geführt hatte. Es war egal ... Was auch immer es gewesen sein mochte, ihr Schmerz war ein Spiegelbild seines eigenen.

Er fasste sie an den Schultern, drehte sie herum und zog sie an sich. Sie wehrte sich nicht, und gleich darauf legte sie die Arme um ihn und presste die Stirn gegen seine Brust. Ihr Körper zitterte; er begriff, dass sie angefangen hatte zu weinen, und wiegte sie sachte hin und her ... und dann kamen ihm zum ersten Mal seit Susannes Tod endlich selbst die Tränen.

Miriam betrat ihr Haus, als schon das goldene Licht eines Augustabends durch die Fenster fiel. Sie ließ Jacob zum zweiten Mal an diesem Tag ins Freie und fütterte ihn; anschließend saß sie fast eine halbe Stunde im Ohrensessel und kraulte seinen Kopf, der auf ihrem Knie lag.

Ihr Blick fiel auf das Bild der Medusa, das an der Wand hing. Perseus mit dem blutigen Schwert und die stille Schönheit der Frau, die eine eifersüchtige Göttin zum Monster gemacht hatte. Ein Monster, das unschuldig war an seinem Fluch, das aber trotzdem den Tod brachte.

Sie tätschelte Jacob ein letztes Mal, stand auf und ging zum Telefon. Die Nummer, die sie wählte, war eingespeichert und schon nach dem ersten Klingeln wurde abgehoben.

»Pedersen.«

»Britta?« Sie zögerte.

»Miriam!« Brittas Stimme war voller Freude. »Wie geht es dir! Was machst du gerade?«

Miriam atmete tief durch. »Britta, es geht mir nicht gut. Ich brauche dringend eine … eine Auszeit. Kann ich zu euch kommen? Sofort?«

Ein paar Sekunden war es völlig still. Miriam hielt unwillkürlich den Atem an. Vielleicht kam jetzt: »Wie schön, dass du dich noch an mich erinnerst. Du hast meine letzten beiden E-Mails nicht beantwortet und seit drei Wochen nicht mehr angerufen.« Dummerweise war das die Wahrheit.

Hilf mir, Britta, dachte sie. *Ich weiß nicht mehr, was ich tun soll.*

»Klar kannst du das«, antwortete Britta herzlich. »Überhaupt kein Problem. Nimmst du das Auto oder den Zug?«

Miriam erreichte den Ohrensessel und ließ sich hineinsinken; vor Erleichterung wurden ihr die Knie weich.

»Den Zug. Und ich bringe meinen Hund mit.«

»Den berühmten Jacob? Das ist toll – die Kinder werden begeistert sein. Sie können kaum erwarten, ihn endlich mal zu sehen.« Sie klang jetzt sanfter und voller Anteilnahme. »Und ich freue mich darauf, dich zu sehen. Du fehlst mir sehr.«

»Du mir auch, Britta«, flüsterte Miriam. »Du mir auch.«

Erntemond – Herz aus Eis

Anfang September

Ihre Flucht aus Finkenweiler vorzubereiten erwies sich als überraschend unkompliziert. Miriam bestellte online ein Zugticket; die Fahrt führte in etwas mehr als sieben Stunden über Stuttgart und Hamburg bis nach Schleswig, wo Britta sie abholen würde. Für etwaige Briefe stellte sie keinen Nachsendeantrag, sondern mietete ein Postfach in Wolfach. Sie verschenkte den verderblichen Inhalt ihres Kühlschranks an die Mitarbeiter des Parks in Schapbach und verbrachte, als sie die Sachen dort ablieferte, eine aufreibende halbe Stunde damit, die völlig niedergedrückte Stefanie Waidele zu trösten.

Sie drehte eine Runde mit Putzlappen, Eimer und Besen durch das Haus und brachte ihre wenigen Topfpflanzen zu der alten Frau Armbruster. Bei Gerhard Armbruster gab sie den zweiten Hausschlüssel ab. Er würde von Zeit zu Zeit nach dem Rechten sehen, die Fenster zum Lüften aufreißen und heizen; in wenigen Wochen ging im Wolftal der Sommer zu Ende und der Herbst kehrte ein, und es würde nur allzu bald kalt genug sein dafür.

»Bist du denn sicher, dass du so lange wegbleibst, Mädle?«, fragte er, als sie sich an der Tür des Ladens in Finkenweiler verabschiedeten.

Sein vertrautes, freundliches Bauerngesicht war bekümmert. Sie wusste, dass er eigentlich wissen wollte, ob sie überhaupt jemals wiederkam, und dass er sich nicht traute, das laut auszusprechen.

»Ich kann's dir nicht sagen, Gerd«, erwiderte sie. »Alles, was ich sicher weiß, ist, dass ich eine Luftveränderung brauche. Und die dauert möglicherweise eine Weile.«

»Wir werden dich vermissen«, sagte er und verstaute ihren Schlüsselbund umständlich in seiner Hosentasche. »Du hast dich zwar meistens mit deinen Stiften und deinem Zeichentisch da oben in deinem Häusle versteckt, aber es war immer schön, zu wissen, dass du da bist. Du gehörst doch zu uns.«

»Danke.« Miriam küsste ihn auf die Wange. »Es tut sehr gut, das zu hören.«

Sie fuhr zum Hof zurück und packte ihre Koffer – mehr Herbst- und Winterkleidung als die Sommersachen, die sie in den letzten Wochen getragen hatte. Sie betrachtete die Pullover, die warmen Jacken und Tücher und begriff einmal mehr, dass sie tatsächlich dauerhaft die Flucht ergriff. Vor der Erinnerung an Susannes übersprudelndes Glück und daran, dass es geendet hatte, bevor es wirklich begann. An die hasserfüllte Stimme von Bernd Hessler am Grab seiner Tochter. Und an den Mann, den sie wider alle Vernunft nicht aufhören konnte zu lieben, obwohl alle Beweise ihr sagten, dass er den Fluch, den er seit mehr als fünfundzwanzig Jahren mit aller Gewalt bekämpfte, nicht mehr unter Kontrolle hatte.

Abends war sie fertig. Sie brachte das Gepäck hinunter in die Diele und machte sich aus den wenigen Resten, die im Kühlschrank übrig geblieben waren, ein improvisiertes Abendessen. Jacob hatte noch eine Runde über die Lichtung gedreht und schlummerte jetzt auf seiner geliebten Hundedecke – die musste sie morgen früh auch noch irgendwo verstauen. Frühstücken würde sie in Hausach am Bahnhof. Martin hatte sich angeboten, sie zum Zug zu bringen, und er würde sich auch darum kümmern, dass ihr Postfach regelmäßig geleert wurde.

Es konnte nicht schaden, früh schlafen zu gehen. In den letzten Nächten hatte sie immer wieder vergebens darauf gewartet, dass ihr die Augen zufielen, während die Stunden leer und still an ihr vorüberzogen. Sie wollte sich dafür anklagen, dass sie Ralf zu sehr vertraut hatte, aber sie brachte es nicht wirklich fertig. Die panische Angst, die sie empfunden hatte, als er am Tag nach Susannes Tod zu ihr kam, war ebenso in den Hintergrund gerückt wie ihr Zorn. Sie fühlte sich ebenso schal an wie die Anklagen, die sie ihm entgegengeschleudert hatte.

Als an diesem letzten Morgen auf dem Trautweinhof draußen die Dämmerung anbrach, lag Miriam mit weit geöffneten Augen in ihrem Bett und wusste, dass sie vor allem deshalb so radikal ihre Zelte abbrach, weil sie ihrer eigenen Willenskraft nicht traute. Sie litt darunter, dass sie ihre beste Freundin im Tal an den Tod verloren hatte – aber die Tatsache, dass sie Ralf so gründlich aus ihrem Leben entfernt hatte, quälte sie mindestens ebenso sehr.

Er fehlte ihr entsetzlich.

Der Zug ging um halb zehn. Um halb acht trat Miriam ins Freie und schloss die Tür hinter sich ab. Sie lud die Koffer und ihre große Umhängetasche in den Wagen und drehte sich noch einmal um. Sie schaute die Holzwände über dem steinernen Fundament an, den Balkon mit seinen Blumenkästen. Im Frühjahr hatte sie Fuchsien hineingepflanzt, die sich zu leuchtend roter, üppiger Fülle entwickelt hatten. »Im Herbst müssen sie ins Haus«, hatte ihre Großmutter vor ein paar Jahren erklärt, als Miriam bei ihr zu Besuch gewesen war. »Ein ordentlicher Schwarzwaldwinter ist zu viel für die empfindlichen Dinger.«

Sie würde kaum rechtzeitig wieder hier sein, um die Blumen vor dem ersten Frost in Sicherheit zu bringen.

»Tut mir leid, Oma Anna«, sagte sie laut. »Ich hoffe, du bist nicht allzu enttäuscht von mir.«

Sie wandte sich ab, öffnete für Jacob die Heckklappe und sah zu, wie er in den Wagen sprang und sich nach zimperlichem Hin und Her endlich auf der Hundedecke niederließ, die sie für ihn ausgebreitet hatte. Sie schlug die Klappe wieder zu, setzte sich hinter das Steuer und drehte den Zündschlüssel im Schloss. Das Auto sprang an, sie gab Gas, und in weniger als einer Minute war das Haus, das in den letzten sieben Monaten mehr zu ihrem Heim geworden war als irgendein anderes zuvor, nicht mehr zu sehen.

Martin wartete in Hausach am Bahnhof auf sie, halb verborgen hinter einer ausgelassenen Wandergruppe mit Rucksäcken. Als sie sich bis zu ihm durchgekämpft hatte, setzten sie sich in das kleine Café und er holte an der Theke Cappuccino und belegte Brötchen für sie beide, während Jacob sich unter ihrem Stuhl zusammenrollte. Sie aßen schweigend, dann zog Miriam den Postfachschlüssel aus ihrer Handtasche und schob ihn über den Tisch.

»Hier«, sagte sie, »und danke für Ihre Hilfe. Danke für alles. Ich weiß nicht, was ich in den letzten Tagen ohne Sie getan hätte.«

»Schon gut.« Er lächelte. »Das gehört alles …«

»… zum Service, ich weiß. Wenn Sie sich um Ihre Gemeindeschäfchen immer so hingebungsvoll kümmern wie um mich und Andreas, dann können die sich freuen.«

»Sagen wir mal, Gott sorgt sich vor allem um diejenigen, die Heilung und Trost nötig haben. Und er ignoriert dabei gern, ob jemand zu seinem ›Verein‹ gehört oder nicht. Ich hab mich einfach angepasst.«

Miriam grinste. »Sie sind so ziemlich der unangepassteste Priester, den ich kenne«, sagte sie. »Wobei ich zugeben muss, dass Sie so ziemlich der einzige sind, den ich kenne.«

Sie wurde wieder ernst, holte einen zusammengefalteten Zettel aus der Tasche und legte ihn neben den Schlüssel.

»Ich möchte Sie noch um einen Gefallen bitten. Das hier ist die Adresse, unter der ich zu erreichen bin. Aber ich möchte nicht, dass außer Ihnen irgendwer Bescheid weiß. Sollte also … jemand … kommen und danach fragen, machen Sie ihm bitte klar, dass Sie ihm keine Auskunft geben dürfen.«

Stein musterte sie aufmerksam. »Jemand wie Ralf Markward?«

Miriam fuhr zusammen. »Woher …«

»Andreas Frankenthal hat so etwas erwähnt. Er meinte, Sie beide seien zusammen.«

»Nun, da irrt er sich«, sagte sie müde. »Das Ganze war … es war ein Irrtum.«

»Und vor diesem Irrtum laufen Sie jetzt davon?«

»Ich laufe nicht …«

Sie starrte ihn an und erkannte die ruhige Geduld in seinen Augen … die Augen eines Menschen, der sich Zeit ließ und warten konnte, weil er wusste, dass die Wahrheit doch eines Tages ans Licht kam. Sie hob beide Hände. »Also gut, dann laufe ich eben davon. Ich muss … ich kann … die Sache ist … kompliziert.«

»Das dachte ich mir schon.« Martin Stein seufzte. »Und ich hoffe sehr, dass Sie irgendwann doch zurückkommen … und sei es auch nur, um mir zu erzählen, was es war, das die Sache so kompliziert gemacht hat.« Er blickte auf seine Armbanduhr. »Und jetzt sollten wir los; in einer Viertelstunde fährt Ihr Zug. – Miriam?«

»Ja?« Sie stand auf.

»Weiß Ralf Markward, dass Sie fortgehen?«

»Nein.« Sie sah auf ihre Hände hinunter. »Er hat keine Ahnung. Ich habe seit dem Tag nach Susannes Tod nicht mehr mit ihm gesprochen.«

»Aha.«

Mehr sagte er nicht. Er nahm kommentarlos einen ihrer beiden Koffer und ging neben ihr und Jacob her, bis sie den Bahnsteig erreicht hatten, auf dem ihr Zug nach Stuttgart schon eingefahren war. Fünf Minuten später hatte sie ihren reservierten Platz im Abteil gefunden, ihr Gepäck war sicher verstaut und sie schaute hinaus auf das Gesicht des Priesters.

»Leben Sie wohl, Martin.«

»Nicht ›Leben Sie wohl‹«, sagte er. »Auf Wiedersehen. Ich rechne fest damit, dass Sie wieder nach Hause kommen, und wahrscheinlich eher, als Sie denken.«

»Dann wissen Sie mehr als ich.«

Miriam brachte es fertig, ihn anzulächeln, und wunderte sich nicht, als er die Hand ausstreckte und über ihrem Kopf das Kreuzeszeichen schlug.

Der Zug fuhr mit einem Ruck an, und der Bahnsteig schien sich in immer schnellerem Tempo rückwärts zu bewegen – genauso wie die Gestalt von Martin Stein, die kleiner wurde und binnen weniger Augenblicke verschwand.

Noch ein weiterer Abschied. Noch ein weiterer Verlust.

Es war kurz nach fünf, als Miriam in Schleswig aus dem Zug stieg. Sie hatte ein paar Stunden geschlafen und irgendwo zwischen Stuttgart und Hamburg im Bordrestaurant etwas gegessen, aber trotzdem war sie erledigt und fühlte sich, als sie mit Koffern und Tasche auf dem Bahnsteig stand, mindestens so entwurzelt und unsicher wie der sichtlich eingeschüchterte Jacob. Zum Glück dauerte dieser Zustand nur so lange, bis sie die kleine, dunkelhaarige Frau sah, die auf sie zustürmte.

Jacob bellte einmal tapfer, dann zog er sich hinter Miriams Beine zurück und im nächsten Moment wurde sie in eine feste Umarmung gezogen. Britta roch immer noch nach Holzfeuer und Terpentin, genau wie beim letzten Mal, und plötzlich schien sich die Zeit in einem schwindelerregenden Wirbel rückwärts zu drehen. Miriam drückte ihre Freundin an sich und schloss die Augen.

Es war Britta, die schließlich zurücktrat und sie aus zusammengekniffenen Augen musterte.

»Du siehst mehr tot aus als lebendig«, sagte sie unverblümt. »Aber das kriegen wir wieder hin – gut, dass du hergekommen bist. Und das da ist Jacob, ja?«

Jacob entschied, dass die fremde Frau wohl doch keine Gefahr darstellte, wagte sich aus der Deckung und schnupperte an der Hand, die ihm entgegengehalten wurde. Dann begann er, mit dem Schwanz zu wedeln.

»Na, siehst du! Können wir?«

Britta packte den Griff von Miriams Trolley und marschierte in Richtung Eingangshalle. Miriam blieb nichts anderes übrig, als den zweiten Koffer zu nehmen und ihr zu folgen, aber in diesem Moment war sie mehr als zufrieden damit, die Zügel aus der Hand zu geben. Es war irgendwie … befreiend.

»Daheim freuen sich alle wie verrückt darauf, dich zu sehen. Jesper hat Grillfleisch gebunkert und jede Menge ›Faxe‹. Du kannst dich ja erst mal ein bisschen hinlegen, wenn du magst … aber wenn du wieder auf den Beinen bist, steht dir ein echtes Wikingergelage bevor. Glaubst du, dass du das packst?«

»Ich … ich hab keine Ahnung.«

Britta warf ihr einen scharfen Seitenblick zu. »Na, was soll's … wir haben eine Kühltruhe und das Bier hält sich ein Weilchen. Jetzt bring ich dich erst mal nach Hause.«

Fünf Minuten später waren sie draußen vor dem Bahnhof und verstauten das Gepäck hinter den Vordersitzen von Brittas Kombi. Ihre Freundin hatte sogar daran gedacht, ein Hundenetz anzubringen. Jacob, der schnell Vertrauen gefasst hatte, sprang sofort in den Kofferraum, und nach weiteren zehn Minuten hatten sie die Stadt verlassen. Miriam schaute aus dem Fenster und betrachtete die spätsommergrünen Weiden und großen Höfe, die an ihr vorbeizogen wie auf einem Panoramabild. So viel flache Weite war sie gar nicht mehr gewohnt.

Jetzt bringe ich dich erstmal nach Hause. Dummerweise hatte sie keine Ahnung mehr, wo sie eigentlich zu Hause war.

Eine halbe Stunde später bog der Wagen in die Hofeinfahrt ab, und Miriam sah das vertraute, langgestreckte Klinkergebäude mit den weißen Fensterrahmen, die sauber gemähte Rasenfläche davor und Jespers Atelier, das von uralten, dicht belaubten Eichen beschattet wurde. Vor der zweigeteilten, leuchtend grünen Eingangstür, die Miriam vor mehr als acht Jahren mit Jesper zusammen abgeschliffen und lackiert hatte, standen Brittas Kinder, aufgereiht wie die Orgelpfeifen.

Als ihre Mutter bremste, löste sich die sorgfältig arrangierte Ordnung sofort in Wohlgefallen auf, und der Pedersen-Nachwuchs umringte das Auto. Miriam sah in drei lächelnde, aufgeregte Gesichter und spürte, wie sich ihre Kehle zuschnürte. Dann öffnete sie die Tür und wurde von sechs Händen förmlich vom Sitz gezogen.

»Hallo, Tante Miriam!« – »Wie geht's dir?« – »Wir haben dich so vermisst!« – »Hast du uns was mitgebracht?« – »Wo ist denn dein Hund?«

»Hinten im Wagen«, brachte sie heraus, als sie das fröhliche Rudel angemessen begrüßt und behutsam wieder abgeschüttelt hatte. »Aber stürzt euch nicht so auf ihn wie auf mich – dann kriegt er Angst. So viel Trubel ist er nicht gewohnt.«

Britta öffnete den Kofferraum und Jacob kam zum Vorschein. Die Kinder hielten sich an Miriams Bitte und blieben still stehen, bis er zu Miriam lief und den Kopf gegen ihre Hüfte drückte. Dann wagten sie es, ihn zu streicheln, und Jacob genoss die plötzliche Zuwendung sichtlich. Miriam ließ Hund und Kinder erleichtert gewähren und blickte zum Atelier hinüber, wo sich genau in diesem Moment die Tür öffnete. Jesper trat ins Freie, und sie wartete, während die vertraute, hünenhafte Gestalt über den Rasen zu ihr herüberkam.

»Hej, Miriam.«

Zum zweiten Mal an diesem Tag wurde sie umarmt. Ihr Kopf lag unterhalb seiner Schulter und sie stellte überrascht fest, dass er kaum größer war als Ralf.

Es war jetzt vierzehn Tage her, dass Ralf sie zuletzt in den Armen gehalten hatte ... am Abend nach Susannes Tod, als er verzweifelt geschworen hatte, dass er nicht für ihr entsetzliches Ende verantwortlich war.

Sie wich zurück und tat ihr Bestes, Jesper anzulächeln. Besonders erfolgreich konnte sie damit nicht gewesen sein, denn auf sein breites Wikingergesicht trat ein Ausdruck von Verwirrung und Besorgnis.

»Meine Güte, Mädchen, warst du krank?«

Sie schüttelte den Kopf.

»Nein«, sagte sie, »nur sehr traurig. Aber dazu erzähle ich euch mehr, wenn die Kinder nicht mehr dabei sind.«

Wenn auch nicht alles. Lieber Gott, weniger als die Hälfte wahrscheinlich.

»Wie du meinst.«

Er hob ihr Gepäck mit Leichtigkeit aus dem Auto und ging ihr voraus in das Hofgebäude hinein. Sie trat in den Schatten der Diele und roch das vertraute Aroma von altem Holz und Torffeuer. Dann folgte sie ihm die knarrende Treppe hinauf und den langen Gang hinunter bis zu dem Raum, in dem sie bisher immer geschlafen hatte, wenn sie bei den Pedersens war. Jesper ging hinein und stellte die beiden Koffer ab.

Das Zimmer sah noch genauso aus wie an dem Tag im Januar, als sie fortgegangen war. Die Wände waren weiß gekalkt, das Bett aus dunklem Holz frisch bezogen, mit einem Himmel aus naturfarbenem, mit blauen Streublumen bedrucktem Leinen, der von gedrechselten Holzstreben gehalten wurde. Auf dem Schreibtisch am Fenster stand eine starke Lampe – für den Fall, dass Miriam auch abends noch Lust bekam zu zeichnen – und gleich daneben ein Krug mit einem üppigen Strauß Wiesenblumen.

An der Wand neben dem Fenster hing ein Bild in Brittas typischem Stil. Miriam kannte es noch nicht. Es zeigte eine grazile Frauengestalt, die am Anfang eines Weges stand. Man sah sie nur von hinten, aber ihre ganze Körperhaltung drückte Zögern und Unsicherheit aus. Ein paar Meter vor ihr verzweigte sich der Weg in ein Labyrinth aus vielen anderen Wegen, zwischen denen Bäume wuchsen, die lange Schatten warfen. An einigen Stellen führten Brücken über Flüsse, einer der Wege verschwand in einem Feld aus leuchtend blauen Tulpen, und hinter einem angedeuteten Torbogen schimmerten die Wellen eines weiten Ozeans.

»Ist das neu?«, fragte sie.

Jesper folgte ihrem Blick.

»Nein«, antwortete er, »nicht so ganz. Sie hat es gemalt, da warst du gerade erst ein paar Wochen im Schwarzwald. Seitdem hängt es hier. Weißt du, Britta hat sich irgendwie nie so richtig damit abgefunden, dass du weggegangen bist.«

Miriam betrachtete das Bild immer noch und spürte, wie es den Zauber entfaltete, den alle Werke von Britta tief in sich trugen. »Dachte sie, ich hätte mich verlaufen?«

Jesper zuckte die Achseln. »Kann sein. Und – hast du?«

»Hab ich was?«

»Dich verlaufen.«

Jesper schaute sie an; Miriam erinnerte sich daran, wie lange und wie gut sie ihn schon kannte und wie schwer sie sich immer schon damit getan hatte, ihm etwas vorzumachen.

»Ich weiß es nicht. Aber der Umzug in den Schwarzwald war kein Irrweg, auch wenn Britta das gern glauben möchte.«

»Was ist dann schiefgegangen?«

»Eine Freundin ist ums Leben gekommen«, sagte Miriam leise. Sie setzte sich auf den Schreibtischstuhl. »Sie war ein wunderbares Mädchen, freundlich und warmherzig. Sie verliebte sich in einen Mann, der sie am Anfang gar nicht wahrnahm, und war sehr traurig darüber. Dann hat er sie doch endlich bemerkt, sie kamen zusammen und er hat sich sogar mit ihr verlobt. Einen Tag danach war sie tot.«

»Oh.« Jesper trat neben sie und schaute aus dem Fenster. »Wie ist es passiert? Hatte sie einen Unfall oder so was?«

»Sie ...« Miriam schluckte. »Sie wurde von einem Wolf angefallen. Er hat ihr die Kehle durchgebissen.«

»Ach du lieber Gott! Dann ist es kein Wunder, dass du herumläufst wie ein Geist.« Jesper legte ihr eine Hand auf die Schulter. »Hör mal ... vergiss den Grillabend, wenn du möchtest. Komm erst einmal richtig bei uns an und ruh dich aus. Für ein Willkommensfest ist später auch noch Zeit.«

»Gib mir einfach eine halbe Stunde. Ich zieh mich um, und dann komm ich runter.« Sie warf ihm ein schwaches Lächeln zu. »Du kannst ruhig schon mal das Feuer anwerfen und das Bier kalt stellen.«

»Bist du sicher?«

»Ja natürlich. Ich bin so froh, bei euch zu sein. Ich bringe es bestimmt fertig, ein kleines bisschen zu feiern ... solange du nicht von mir erwartest, dass ich auf dem Tisch einen skandinavischen Kriegstanz aufführe.«

Jesper grinste. »Musst du nicht – dafür bin ich zuständig.«

Er ging hinaus, schloss die Tür hinter sich, und sie hörte die Holzstufen der Treppe protestierend knarren, als er ins Erdgeschoss hinunterging. Sie blieb auf dem Schreibtischstuhl sitzen, dankbar dafür, endlich angekommen zu sein. Von draußen hörte sie die Stimmen der Kinder, die durcheinanderriefen und ausgelassen mit Jacob spielten. Anne war das Ebenbild von Britta – klein, zierlich, mit einem Kopf voll rabenschwarzer Locken und schon jetzt bildhübsch. Ihre jüngeren Brüder – Malte und Magnus – waren strohblond, blauäugig und robust und würden irgendwann mindestens so groß sein wie ihr Vater. Es tat unendlich gut, sie alle wiederzusehen.

Eine Viertelstunde später war der Inhalt der beiden Koffer in Kleiderschrank und Kommode verstaut und ihr Laptop stand auf dem Schreibtisch. Dankbar entdeckte sie einen kleinen Zettel mit dem Verbindungscode für die kabellose Internetverbindung des Hofs auf der ledernen Schreibunterlage. Jesper und Britta mochten Künstler mit einem Hang zum Phantastischen sein, aber geschäftstüchtig waren sie auch, und ihre Webseite hatte schon so manchen potentiellen Käufer hinaus ins norddeutsche Nirgendwo gelockt.

Sie öffnete ihren E-Mail-Account und entdeckte eine kurze Nachricht von Martin Stein: *Sind Sie gut angekommen? Einfach kurz melden, okay? Gruß, Martin.* Miriam tippte: *Alles in Ordnung. Und danke noch einmal für Ihre Hilfe.* Sie loggte sich aus und schaltete den Computer wieder ab.

»Miriam? Kommst du runter?« Brittas klare Stimme war auch durch das geschlossene Fenster deutlich zu vernehmen.

»Gib mir noch zehn Minuten!«

Miriam zog rasch das zerknitterte Sommerkleid aus, das sie auf der Fahrt getragen hatte, ging duschen und schlüpfte anschließend in Jeans und ein schwarzes T-Shirt, das sie vor ein paar Jahren einmal mit einem ihrer Lieblingsentwürfe aus dem Drachenbuch hatte bedrucken lassen. Sie flocht sich die Haare zu Zöpfen und trug einen Hauch Make-up auf, damit sie wenigstens nicht mehr so blass aussah. Sie musterte ihr Gesicht im Spiegel ... Puder, Rouge und Wimperntusche sorgten für etwas mehr Frische und Farbe, aber die tiefe Müdigkeit und Verzweiflung in ihren Augen war immer noch da.

Showtime, dachte sie, atmete tief durch und ging hinaus.

Erntemond – Der Wind dreht sich

Ende September

Der August verstrich, der September begann, und Tag für Tag konnte Miriam verfolgen, wie der Sommer zur Neige ging. Hier oben fegte der Wind, der von der See kam, ungehindert über die Ebene und er nahm die warmen Temperaturen überraschend schnell und gründlich mit sich.

Am Ende der ersten Woche erhielt sie einen Anruf von ihrem Verleger, dem sie per E-Mail mitgeteilt hatte, wo sie jetzt zu finden war – und dass er über den genauen Ort Stillschweigen zu bewahren hatte, was er hoch und heilig versprach.

»Wenn ich euch zu viel werde, sagt es mir«, bat sie anschließend Britta, als die beiden in der Küche saßen, wo sie gerade Kartoffeln für eine herzhafte Suppe schälten. »Herr Vollenweider hat mich in sein Haus nach Hamburg eingeladen. In drei Wochen wird dort das Verlagsjubiläum groß gefeiert, und danach möchte er, dass ich mit ihm auf die Frankfurter Buchmesse komme. Er wollte mich total verplanen – wenn ich nicht energisch Widerspruch eingelegt hätte, dann würde ich von jetzt an bis in den Oktober hinein entweder Buchpräsentationen machen oder pausenlos zwischen Opernaufführungen und Vernissagen hin- und herpendeln.«

»Der hat sie doch nicht alle«, sagte Britta respektlos. »Du kriegst endlich ein bisschen Farbe im Gesicht, da kann er dich doch nicht dermaßen vor den Karren spannen.«

»Er will Geld verdienen«, meinte Miriam, nahm sich eine Lauchstange und fing an, sie mit einem scharfen Messer in feine Ringe zu schneiden. »Und außer der Prachtausgabe von ›Hic sunt Dracones‹ kommt ja auch noch der Fantasyband über die griechischen Sagenhelden heraus.«

»Wie heißt der eigentlich?«

»›Der Tod der Medusa‹«, sagte Miriam.

Ihr Bild hatte dem Buch seinen Titel gegeben, und in diesem Moment stand es ihr so intensiv vor Augen, dass sie zusammenfuhr und sich um ein Haar mit der Klinge in den linken Daumen gehackt hätte. Britta warf ihr einen beunruhigten Blick zu und nahm ihr das Messer aus der Hand.

»Bring mir eins von der Buchmesse mit«, sagte sie. »Und schneiden lasse ich dich jetzt lieber nichts mehr. Du darfst nachher die Suppe umrühren.«

Die zweite Woche verstrich, dann die dritte. Miriam spielte mit den Kindern, machte mit der ganzen Familie Ausflüge ans Meer und half, das Haus zu dekorieren, als das jährliche »Kunst- und Hoffest« vor der Tür stand. Dazu wurde eine Band aus der Nähe eingeladen, unter den Bäumen neben dem Hauptgebäude stand ein riesiger Grill, es wurde Wein und Bier ausgeschenkt und in Jespers Atelier waren sowohl Brittas Bilder als auch seine Plastiken ausgestellt. Interessenten kamen aus Flensburg, Hamburg und Kiel, und der Trubel, der für zwölf Stunden das Leben der Pedersens durcheinanderwirbelte, lohnte sich jedes Mal.

Am Abend nach dem Fest saß Miriam an ihrem Schreibtisch, erschöpft und gleichzeitig hellwach. Von draußen war Gelächter zu hören und ein Motor wurde angelassen; die Leute vom Catering-Service hatten das letzte Geschirr und die letzte Ladung Gläser eingeladen und fuhren wieder ab. Sie sah mit einem halben Lächeln auf dem Gesicht zu, wie Jesper seiner Frau einen Arm um die Schultern legte und mit ihr ins Haus ging.

Miriam hatte sich angewöhnt, wenigstens zwei Tage in der Woche den Abend allein in ihrem Zimmer zu verbringen, um der Familie etwas Privatsphäre zu gönnen. Außerdem machte sie immer wieder allein Touren in die Umgebung. Da sich Britta vehement weigerte, sie wieder ziehen zu lassen, hielt sie das für den besten Kompromiss. Als ihre Eltern gestorben waren, hatte sie fast zwei Monate hier auf dem Hof gelebt, und als sie das Zimmer für Brittas erste Tochter in einen gemalten Märchenwald verwandelte, fast einen. Aber immer hatte es die Wohnung in Hannover gegeben, in die sie zurückkehren konnte; diesmal war alles anders. Und so sehr sie das Zusammensein mit ihren Freunden genoss, ein Teil von ihr war nach wie vor gezwungen, Theater zu spielen.

Sie hatte von den Leuten in Finkenweiler erzählt, von Andreas und von Susanne. Britta und Jesper kannten fast jede Anekdote und Kindheitsgeschichte, die ihr zu Susanne eingefallen war, und ihr ehrliches Interesse und Mitgefühl hatte viel dazu beigetragen, Miriams Trauer die erste, furchtbare Schärfe zu nehmen.

Aber es gab ein Thema, das Miriam mied. Sie sprach nie über Ralf, nicht ein einziges Mal. Es wäre leicht gewesen, ihn wenigstens am Rande zu erwähnen, als kleine Liebelei, die schiefgegangen war ... aber das brachte sie nicht fertig. Sie hatte Angst, dass sie in dem Moment, in dem ihr sein Name über die Lippen kam, die Büchse der Pandora öffnete. Dadurch, dass sie schwieg, schützte sie sich selbst vor zu vielen Fragen, und letztendlich schützte sie auch ihn.

Jeden Abend, wenn sie sich in das rustikale Himmelbett legte, stand ihr sein Gesicht vor Augen ... egal wie intensiv sie sich den Tag über beschäftigt und abgelenkt hatte. Sie sah ihn, wie er an jenem nebligen Morgen im Februar aus dem Lieferwagen stieg, um sich Oma Annas beschädigte Truhe anzusehen. Sie sah sein Lächeln, als er begriff, wie sehr die Mühe, die er sich mit der Truhe gemacht hatte, sie bewegte, und wenn sie die Augen schloss, erlebte sie noch einmal den verzauberten Moment, als er das erste Mal die Hand auf ihre Wange legte.

Die Sehnsucht nach ihm war ein brennender Schmerz, der nicht nachlassen wollte. In ihren Träumen lag er neben ihr, und jeder neue Tag begann unvermeidlich mit der Erinnerung an seine Stimme in der Nacht, als sie sich das erste Mal geliebt hatten: »Es gibt mehr Gründe, mich von dir fernzuhalten, als ich aufzählen kann, Miriam.« Der Abend, als sie ihn verletzt im Wald gefunden hatte: »Ich würde eher sterben, als dir etwas anzutun.« Und immer, immer wieder das, was er zuletzt zu ihr gesagt hatte: »Ich habe sie nicht angerührt. Ich war es nicht, Miriam.«

Sie starrte blicklos auf das Glas der Fensterscheibe, und ihr Spiegelbild starrte zurück.

Bis zum heutigen Tag wollte sie nichts lieber tun als ihm zu glauben. Und bis zum heutigen Tag wagte sie es nicht.

Es war der 27. September, als Ralf Markward das erste Mal zu Miriams Haus zurückkehrte.

Seit dem Tod von Susanne Hessler hatte er seinen Hof nur ein einziges Mal verlassen. Danach tat er es nur noch, wenn er dringend Lebensmittel brauchte. Um diese Jahreszeit waren die meisten seiner Kunden eher damit beschäftigt, ihren Urlaub zu genießen als sich Gedanken über die Restaurierung alter Möbelstücke zu machen, und im Moment war er sehr dankbar dafür.

Jetzt stand er im Halbdunkel eines kühlen Septemberabends auf der Lichtung und sah zu dem vertrauten Gebäude hinüber. Es war sehr still. Sonst wehten aus irgendeinem Fenster kleine Klangfetzen der klassischen Musik ins Freie, die Miriam so gern hörte, oder er konnte Jacob bellen hören ... das war seit April oft genug vorgekommen, wenn er aus der Werkstatt oder von einem Möbeltransport zu ihr nach Hause kam.

Nach Hause ...

Seit ihrer ersten, gemeinsamen Nacht hatte er diesen Ort hier als sein Zuhause empfunden, nicht das einsame, düstere Haus seines Vaters über dem Seebachtal. Das war nichts anderes als ein Kerker ... jetzt noch mehr als früher.

Er lehnte sich an den Lieferwagen, den er sich nach dem Vollmond im Juni neu gekauft hatte. Urplötzlich kam ihm Graf Heinrich in den Sinn, der sich als Erster vor so vielen Jahrhunderten mit dem ganzen Unheil konfrontiert gesehen hatte, und irgendetwas in ihm wollte über die tragische Ironie der ganzen Situation lachen. Aber er tat es nicht. Das Gelächter blieb in seiner Kehle stecken und schmeckte gallenbitter, und Sehnsucht und Hunger hielten ihn so fest gepackt, dass er sich minutenlang buchstäblich nicht rühren konnte.

Endlich schaffte er es, sich hinter das Steuer zu setzen, und fuhr wieder zurück. In dieser Nacht fand er noch weniger Ruhe als sonst; er saß im Wohnzimmer an dem kleinen Buchenholzsekretär, den er mit Anfang zwanzig selbst gebaut hatte, legte sich Papier zurecht und griff nach dem Kugelschreiber. Die Schreibtischlampe war ein Kreis hellen Lichts, das auf den Briefbogen und seine Hände herabschien. Außerhalb davon herrschte die Nacht und schien ihn zu umzingeln; sie war dunkel, totenstill und abweisend.

Meine liebste Miriam, schrieb er, *ich weiß nicht, wo du bist, und deswegen habe ich auch keine Ahnung, wann und wo dich dieser Brief erreicht. Aber es gibt ein paar Dinge, die ich dir noch nicht erzählt habe ... weil ich es nicht konnte, weil ich es nicht gewagt habe, trotz des Versprechens, dir die ganze Wahrheit zu sagen ...*

Martin Stein trat aus dem weihrauchduftenden Dämmer der Margarethenkapelle ins Freie und schloss sorgfältig die Tür ab. Die Bänke waren deutlich voller besetzt gewesen; die Hauptsaison war an diesem letzten Tag im September lange zu Ende, bis zu den Herbstferien war es noch eine ganze Weile hin, und die Leute aus dem Wolftal hatten mehr Zeit.

Er ging über die Straße auf seinen Wagen zu, der am Randstein parkte, und dachte – wie so oft – an Susanne. Vielleicht lag es auch an ihrem gewaltsamen Tod, dass er in letzter Zeit wesentlich mehr Besucher in seinen Gottesdiensten feststellen konnte.

»Herr Pfarrer?«

Er drehte sich um und sah sich einem Mann gegenüber, der ihn mindestens um Haupteslänge überragte. Im Gegenlicht der tief stehenden Sonne konnte er sein Gesicht kaum erkennen. Er blinzelte.

»Ja, bitte?«

»Haben Sie einen Moment Zeit für mich? Ich müsste Sie um einen Gefallen bitten.«

Martin machte einen Schritt zur Seite und stand nun direkt neben dem Baum, hinter dem sein Kombi parkte. Dahinter entdeckte er noch ein weiteres Auto, das vor der Vesper noch nicht da gewesen war – ein geräumiger Lieferwagen. Er wandte sich wieder dem Mann zu. Groß, breitschultrig, die Augen von einem hellen, klaren Graugrün, die Haare dunkel und kurz. Er war sehr blass, und tief eingegrabene Linien der Erschöpfung zogen sich über die Stirn und von der Nase zu den Mundwinkeln.

»Ich war beim Pfarrhaus und habe Sie dort gesucht«, sagte der Mann. »Die Haushälterin von Pfarrer Aichinger hat mir gesagt, Sie seien hier.«

»Und Sie sind?«

»Entschuldigung. Ich bin Ralf Markward. Vielleicht hat Miriam irgendwann einmal von mir gesprochen.«

Das also war der Mann, vor dem Miriam nach Susannes Tod Hals über Kopf die Flucht ergriffen hatte.

»Nein, sie nicht«, meinte Martin, »aber Andreas Frankenthal hat mir erzählt, Sie und Miriam seien ein Paar.«

Markward zögerte. »Das ... das *waren* wir. Es gab eine Auseinandersetzung ... ein Missverständnis, wenn Sie so wollen.«

»Aha. Und wieso kommen Sie jetzt zu mir?«

»Ich kann Miriam nirgendwo erreichen«, sagte Markward. Seine Stimme klang unendlich müde. »Ich habe die Leute in Finkenweiler gefragt, die sie am besten kennen, aber keiner konnte oder wollte mir sagen, wie ich Kontakt mit ihr aufnehmen kann. Also bin ich zum Bärenpark gefahren und habe Andreas Frankenthal um Hilfe gebeten. Und er hat mich zu Ihnen geschickt. Wissen Sie, wo Miriam ist?«

Martin betrachtete sein Gegenüber sehr aufmerksam. Markward war auf eine ruhige, beinahe unauffällige Art attraktiv. Die Art, die man zuerst gar nicht bemerkte, wenn er einen Raum betrat, und die dann dafür sorgte, dass man ihm unwillkürlich mit den Blicken folgte. Und der Priester, der sehr bewusst den Sehnsüchten und Begehrlichkeiten entsagt hatte, die das Leben der meisten Menschen bestimmten, bewahrte sich immer noch einen untrüglichen Instinkt dafür, wie sie funktionierten und was sie auslöste.

Dieser Mann sah aus, als liege ihm eine gewaltige Last auf den Schultern und als sei er nicht mehr viel länger imstande, sie allein zu tragen ... und trotzdem besaß er eine innere Stärke, die von ihm ausstrahlte wie Wärme von einem lodernden Feuer. *Oder wie von einem alten, tief verwurzelten Baum*, dachte Martin, ohne zu ahnen, dass Miriam einmal genau denselben Vergleich benutzt hatte. Wenn Markward in einer besseren Verfassung war, musste diese Ausstrahlung gewaltig sein – kein Wunder, dass Miriam ihm erst ihre Freundschaft und dann ihre Liebe geschenkt hatte.

»Ja, das weiß ich«, sagte er. »Aber ich kann Ihnen trotzdem nicht weiterhelfen. Miriam hat es mir verboten.«

Zorn und Verzweiflung zuckten in den hellen Augen auf wie eine plötzliche, golden züngelnde Flamme und wurden fast sofort wieder unterdrückt. Markwards Schultern entspannten sich und sanken herab, dann seufzte er.

»Kein Wunder«, sagte er leise. »Ich habe ihr schlimmen Kummer gemacht. Allerdings nicht absichtlich, und ich würde eher selbst Hand an mich legen, als ihr zu schaden. Glauben Sie mir das?«

Martin musterte ihn immer noch durchdringend. Er ließ sich Zeit mit der Antwort.

»Erstaunlicherweise ja«, erwiderte er endlich. »Aber Miriams Adresse werde ich Ihnen nicht geben.«

»Das hatte ich auch nicht erwartet«, sagte Markward, und ein halbes Lächeln kräuselte seine Mundwinkel. »Helfen können Sie mir trotzdem.«

Er ging zu dem Lieferwagen hinüber, öffnete die Tür und nahm etwas vom Beifahrersitz. Es war ein in braunes Papier eingeschlagenes und sauber zugeklebtes Päckchen.

»Würden Sie ihr das bitte schicken? Es sind wichtige Informationen darin, die ich ihr dringend zukommen lassen muss ... Informationen, die sie noch nicht hatte, als wir uns das letzte Mal gesehen haben.«

»Sehr geheimnisvoll.« Stein nahm ihm das Päckchen aus der Hand. »Beantworten Sie mir eine Frage: Hat Miriam sich von Ihnen getrennt, weil Sie sie getäuscht haben?«

Es war eine lange Weile still. Dem Priester, der versuchte, in Markwards Gesicht zu lesen, kam es so vor, als stünde er direkt vor einer soliden Mauer ... aber keine, die in jäher Abwehr aufgerichtet worden war. Es hatte sie immer schon gegeben.

»Nein«, sagte Markward schließlich. »Sie hat sich von mir wegen etwas getrennt, wovon sie bereits wusste. Aber ... getäuscht habe ich sie trotzdem.«

Martin hielt das Päckchen hoch. »Und mit dem, was hier drin ist, hat die Täuschung ein Ende?«

»Ja«, sagte Markward. »Damit hat sie ein Ende, und zwar unwiderruflich. Wie in der Bibel: ›Ihr werdet die Wahrheit erkennen, und sie wird euch frei machen.‹«

»Johannesevangelium, Kapitel acht, Vers zweiunddreißig«, sagte Martin Stein automatisch. »Also gut. Ich schicke ihr das Päckchen. Aber was immer Miriam danach auch tut, Sie sollten es besser akzeptieren.«

»Das werde ich.« Markward lächelte.

Es war ein eigenartig schönes Lächeln, in dem sich Hoffnung und Fatalismus mischten – der Priester war sich nicht sicher, welches von beidem überwog.

»Das habe ich bisher immer getan. Deswegen bin ich ja auch gegangen, als sie mich nicht mehr bei sich haben wollte.«

»Ich muss los«, sagte Martin. »Morgen geht das Päckchen auf die Post, versprochen. Wollen Sie mir auch etwas versprechen?«

»Was?«

»Legen Sie nicht Hand an sich. Ganz abgesehen von der Sache mit der Todsünde wäre es eine schreckliche Verschwendung.«

»Keine Sorge«, erwiderte Markward. Er sah immer noch erschöpft und niedergedrückt aus, aber einige der Linien in seinem Gesicht hatten sich geglättet und waren verschwunden. »Ich danke Ihnen.«

Er stieg in den Lieferwagen und fuhr davon. Martin sah ihm nach, und plötzlich fiel ihm auf, dass Markward ihm nicht erklärt hatte, der Inhalt des Päckchens sei vertraulich und er dürfe keinen Blick darauf werfen.

Er hat gewusst, dass er mir trauen kann, dachte er. *Und ich vertraue ihm – weiß der Himmel, warum.*

Blutmond – Die ganze Wahrheit

Anfang Oktober

Der Teufel soll mich holen, wenn ich noch einmal an einem von Vollenweiders Sektempfängen teilnehme. Mein Kopf fühlt sich an, als wäre er doppelt so groß wie sonst.«

Miriam starrte trübsinnig in eine riesige Tasse mit dampfendem Kaffee. Ihr Kopf fühlte sich nicht nur doppelt so groß an wie sonst, er schmerzte auch wie ein riesiger, pochender Zahn. Britta stellte einen Stapel Teller mit einem Knall auf den Tisch, und Miriam fuhr zusammen.

Britta grinste breit. »Das hast du nun davon. Willst du ein Aspirin?«

»Ich will eine ganze Schachtel. Und einen Eisbeutel.« Sie spülte die zwei weißen Tabletten, die Britta ihr reichte, mit einem Glas Mineralwasser herunter. Gestern Morgen hatte sie sich Jespers Wagen geliehen, war nach Schleswig gefahren und hatte von dort den Zug nach Hamburg genommen, um das Verlagsjubiläum mitzufeiern. Es hatte Reden gegeben, eine noble Buchpräsentation in der Gründerzeitvilla an der Binnenalster, wo der Verlag seit fünfzig Jahren residierte, ein exquisites Essen und den besagten Sektempfang für Verlagskollegen und Buchhändler. Der Empfang fand abends statt, und Miriam musste gemeinsam mit den Künstlern, die zu dem neuen Buch beigetragen hatten, mit so vielen Leuten auf ihre Zeichnungen anstoßen, dass sie irgendwann den Überblick verlor. Vielleicht lag es auch daran, dass sie ständig nach der Inspiration für das Bild der Medusa gefragt wurde … und die Frage nicht wirklich beantworten konnte. Nicht ohne über Ralf zu reden. Nicht ohne an ihn zu denken.

Also hörte sie irgendwann auf zu zählen, wie viele Gläser Sekt sie von den Tabletts nahm, mit denen die Kellner unablässig die Runde machten. Sie spürte, wie ihre Wirklichkeit auf höchst angenehme Weise die scharfen Kanten verlor. Zum Glück nahmen weder ihr Gleichgewichtssinn noch ihr Sprachvermögen Schaden, und sie brachte auch die anschließende Taxifahrt zum Bahnhof und die Zugfahrt nach Schleswig mit Anstand hinter sich. Problematisch wurde es erst, als sie ausstieg und ihr schlagartig klar wurde, dass sie unmöglich selbst fahren konnte.

Für die Taxifahrt hinaus zum Pedersen-Hof hatte sie nicht mehr genug Geld dabei, und sie wusste nicht, wo sich der nächste Bankautomat befand. Also rief sie Britta an, gestand ihr die missliche Lage, in die sie sich selbst gebracht hatte, und wartete im verwaisten Bahnhofsgebäude, bis Britta dreißig Minuten später mit fliegendem Wollcape zu ihrer Rettung herbeieilte.

»Ich sollte aufhören, euch zur Last zu fallen«, sagte sie jetzt und nahm einen Schluck Kaffee. »Ich bin schon mehr als einen Monat hier, und gestern durftest du mich aufsammeln wie irgend so eine gestrandete Schnapsdrossel. Gott, ist mir das peinlich.«

»Dir muss nichts peinlich sein, und zur Last fällst du uns auch nicht«, sagte Britta energisch. »Wann begreifst du eigentlich, dass du zur Familie gehörst? Wir wollen dich bei uns haben. Du bist hier zuhause, Miriam.«

»Entschuldige, ich wollte dich nicht kränken. Ich hab einfach einen fürchterlichen Kater.«

»Weiß ich doch.« Britta lächelte. »Wir müssen übrigens heute Nachmittag zu einem Volleyballturnier in Maltes Schule. Anne und Magnus kommen auch mit. Gehe ich recht in der Annahme, dass du lieber hierbleiben willst?«

»Darauf kannst du wetten. Wenn die Tabletten wirken, lege ich mich noch mal hin.«

Als Miriam aus diesem heilsamen Nickerchen erwachte, war das Haus still und die Pedersens ausgeflogen. Die altmodische Wanduhr zeigte kurz nach zwei. Sie stand auf und ging die Treppe hinunter. In der Küche lag Jacob auf seiner Hundedecke und schlief. Auf dem Tisch standen eine Thermoskanne, eine saubere Tasse und eine Zuckerdose. Daneben lag ein Päckchen in braunem Papier, darauf ein Zettel mit Brittas energischer Handschrift.

Ist für dich gekommen, gestern Nachmittag – ich hab heute früh ganz vergessen, es dir zu geben. Milch für deinen Kaffee ist im Kühlschrank, in der Tüte auf der Anrichte sind frische Brötchen. Wir kommen so gegen sieben nach Hause. B.

Miriam setzte sich auf einen der Küchenstühle, nahm das Päckchen und wog es in der Hand. Die Adresse stand in sauberen Druckbuchstaben auf dem Aufkleber, die Handschrift war ihr unbekannt. Der Absender war aufgestempelt worden: *Pfarramt St. Bartholomä, Oberwolfach.*

Sie holte hastig ein Messer aus der Besteckschublade, schlitzte das Papier seitlich behutsam auf und stieß auf eine dicke Schicht Zeitungspapier. Als sie auch die entfernt hatte, lagen mehrere Gegenstände vor ihr: ein altes, abgegriffenes Buch mit einem Ledereinband, daneben ein großer Umschlag und ein weiterer, der wesentlich kleiner war. Auf dem stand ihr Name, und diese Handschrift kannte sie. Es war die von Ralf.

Das Erste, was sie empfand, war ein instinktives Gefühl des Verratenseins. Wie konnte Martin ihr das antun? Sie starrte auf die Umschläge und das Buch hinunter und musste den jähen Impuls unterdrücken, alles zusammen mit einer brüsken Bewegung vom Tisch zu fegen. Endlich, nach einer langen Weile der Unentschlossenheit, griff sie nach dem Buch; den Brief ließ sie instinktiv liegen. Sie schlug es auf und stieß auf einen Namen, den sie nicht kannte und der in spinnenfeiner Schönschrift auf das Deckblatt gemalt war: Clemens Schmiedlinger.

Miriam runzelte die Stirn; sie hatte keine Ahnung, wer das war. Offenbar handelte es sich um ein Tagebuch, das über

Jahre hinweg relativ unregelmäßig geführt worden war. Die Eintragungen begannen im Winter 1969.

12. Dezember 1969

Ich bin in meiner neuen Gemeinde angekommen. Das Pfarrhaus ist alt, aber sehr gepflegt, die Haushälterin hat zwar Haare auf den Zähnen, ist aber, wenn man sie näher kennen lernt, ganz freundlich. Möge Gott meinen Dienst in Oberwolfach segnen!

Miriam lächelte unwillkürlich. Ein Pfarrer. Sie blätterte flüchtig hin und her, überflog die Beschreibung von Firmungen und Fronleichnamsprozessionen und blieb an einem Eintrag vom Januar 1970 hängen. Es war der 21. Januar – Ralfs Geburtstag.

21. Januar, nachts

Als Priester sollte ich gegen die Angst vor dem Übernatürlichen gefeit sein, aber was ich heute Abend gesehen habe, hat mich erschüttert bis ins Mark. Als ich nach der Nottaufe das Haus verließ, sah ich einen Mann vor mir, der sehr rasch über den Hof rannte, in einen alten Holzschuppen hinein. Es könnte der Vater gewesen sein, aber ich bin mir immer noch nicht sicher. Ich stieg in meinen alten Käfer, der bei Kälte immer solchen Ärger macht, und versuchte, den Motor anzulassen. Als er endlich meinen Bemühungen Folge leistete, sah ich, wie die Tür des Schuppens aufflog. Heraus kam ein riesiges Tier, das ich erst richtig erkennen konnte, als es direkt in den Lichtkegel der Scheinwerfer lief und stehen blieb.

Ich weiß, das klingt verrückt ... aber es war ein Wolf. Ein gewaltiges Tier, das mich über die Scheinwerfer hinweg direkt anstarrte. Es hatte offenbar überhaupt keine Angst vor mir, und aus den gelben Augen leuchtete eine Intelligenz, die mich mehr in Panik versetzte, als es mir je zuvor in meinem Leben passiert ist. Das war kein normaler Wolf, und er hat sich auch nicht so verhalten. Ich schäme mich, das zuzugeben, aber am liebsten würde ich mich für die nächsten Wochen im Pfarrhaus verkriechen und niemandem die Tür öffnen …

Miriam schluckte. Der Mann hatte einen der Markwards in Wolfsgestalt gesehen? Bei einer Nottaufe? Das hieß, dass Ralf zuhause auf die Welt gekommen war, und wahrscheinlich zu früh. Sie blätterte rasch weiter, fand aber auf den ersten Blick nicht noch mehr über die Markwards oder den Wolf. Die letzten Seiten waren unbeschrieben, der letzte Eintrag nur sehr kurz und hastig hingekritzelt.

6. Juni 1986

Ich muss zum Bischof gehen und um Versetzung bitten, sofort. Je schneller ich diesen verfluchten Ort, verlasse, desto besser. Der Junge hat mich gewarnt, und jetzt ist sein Vater tot, ermordet vom eigenen Sohn. Gott schenke ihm die ewige Ruhe und den Frieden, den er zeitlebens entbehrt hat, und er möge mir meine Feigheit vergeben. Ich kann Ralf nicht helfen. Ich muss weg von hier.

Miriam spürte, wie sich Eiseskälte in ihre Adern ergoss. Ein Vater, ermordet von seinem eigenen Sohn? War Ralf dieser Sohn? Der Eintrag ließ es ganz so aussehen – aber wieso ließ er ihr dieses Tagebuch zukommen, wenn es ihn so schwer belastete? Wollte er jetzt doch noch ein Geständnis ablegen? Sie klappte das Buch hastig zu und legte es weg, dann griff sie nach dem größeren Umschlag, riss ihn auf und drehte ihn um.

Drei alte, vergilbte Zeitungsartikel flatterten ihr entgegen. Sie nahm einen davon und faltete ihn auseinander. *Gemeindeschwester spurlos verschwunden!*, verkündete die Schlagzeile. Offenbar war vor fast dreißig Jahren, am 4. Juni 1986, die Gemeindeschwester Brigitte Waidele von einer ihrer Runden durch das Wolftal nicht mehr nach Hause gekommen. Man fand ihren Wagen leer auf dem Parkplatz, von wo aus ein Wanderweg zum Glaswaldsee führte; Miriam kannte die Stelle gut genug. Dem Artikel nach wurde seit vierundzwanzig Stunden fieberhaft nach ihr gesucht, bislang aber ohne Ergebnis.

Sie runzelte die Stirn und schlug das Tagebuch noch einmal auf. Der letzte Eintrag des Priesters stammte vom 6. Juni 1986 – zwei Tage nachdem die Gemeindeschwester sich in Luft aufgelöst hatte. Aber was war mit dem toten Vater?

Miriam faltete den zweiten Artikel auseinander. Er war vom 10. März 1987. Diesmal lautete die Schlagzeile: *Überreste von Gemeindeschwester Brigitte Waidele entdeckt.* Nach dem, was dort zu lesen stand, hatte die Schneeschmelze nach dem Winter einen der vielen Bäche im Wolftal anschwellen lassen, und der hatte in seinem Bett die skelettierten Überreste einer Frauenleiche freigespült. Fingerabdrücke oder ein Abgleich der Blutgruppe waren mangels Material nicht mehr möglich; sie konnte nur deswegen identifiziert werden, weil am Ringfingerknochen der rechten Hand überraschenderweise noch immer der Ehering steckte.

Der dritte Artikel stammte vom 5. Juni 1986 – was sie nicht mehr sonderlich überraschte – und in ihm fand sie endlich die Antwort auf ihre Frage. *Bauer von wildem Tier gerissen!,* war die Überschrift, und sie hätte das vergilbte Blatt fast fallen lassen. Dann zwang sie sich mit wild klopfendem Herzen, den Text sorgfältig zu lesen.

Gestern Nachmittag fiel Martin Markward, Besitzer des über dreihundert Jahre alten Markwardhofs über dem Seebachtal, offenbar einem Tierangriff zum Opfer. Sein Leichnam wurde gegen Abend vor dem einsam gelegenen Hofgebäude aufgefunden, nachdem sein Sohn Randolf (16) der Polizei gemeldet hatte, sein Vater sei von einem großen Hund oder Wolf angefallen worden. Die Leiche wies tiefe Bisswunden an Armen und Beinen und Abwehrverletzungen an den Händen auf; gestorben ist Martin

Markward offenbar an einem Kehlenbiss. Der zweite Sohn von Markward (Reinhart, ebenfalls 16) wurde seit dem vergangenen Abend nicht mehr gesehen. Möglicherweise hat er den Tod seines Vaters beobachtet und ist im Schock geflüchtet.

Das Blatt flatterte auf den Tisch und Miriam schlug die Hand vor den Mund. Sie konnte kaum atmen. Die stille Küche drehte sich in einem rasenden Wirbel um sie, während der Boden unter ihren Füßen wegbrach.

Der *zweite* Sohn.

Endlich hatte sie sich wieder so weit unter Kontrolle, dass sie nach dem Brief greifen konnte, auf dessen Umschlag ihr Name stand. Sie riss ihn mit zitternden Fingern auf und fand zwei Bögen darin, auf beiden Seiten beschrieben. Dazwischen steckte etwas, das herausfiel, über die Tischkante rutschte und auf dem Boden landete. Sie bückte sich danach und hob es auf.

Es war ein Hochglanz-Farbfoto, auf dem vier Menschen abgebildet waren, augenscheinlich eine Familie ... Vater, Mutter und zwei Jungen von etwa elf Jahren, die sich glichen wie ein Ei dem anderen. Miriam starrte die beiden lächelnden Kinder an, bis ihr die Augen brannten, dann wandte sie sich den Eltern zu. Die Mutter war als einzige Person auf dem Foto blond; sie trug die Haare offen und schulterlang. Ihre Züge waren sanft, die graugrünen Augen ernst und ein wenig traurig. Der Vater war dem Sohn, den sie kannte, wie aus dem Gesicht geschnitten; er musste damals so alt gewesen sein wie Ralf jetzt.

Zwei Söhne. Zwillinge.

Sie nahm das erste Blatt des Briefes in die Hand.

Meine liebste Miriam,

ich weiß nicht, wo du bist, und deswegen habe ich auch keine Ahnung, wann und wo dich dieser Brief erreicht. Aber es gibt ein paar Dinge, die ich dir noch nicht erzählt habe ... weil ich es nicht konnte, weil ich es nicht gewagt habe, trotz des Versprechens, dir die ganze Wahrheit zu sagen.

Falls du die anderen Unterlagen schon durchgesehen hast – und ich bin sicher, das hast du –, wird das, was ich dir jetzt schreibe, keine große Überraschung mehr sein. Ich habe einen Zwillingsbruder. Er heißt Reinhart und hat den Markwardhof mit sechzehn Jahren verlassen. Da waren wir aber schon keine Familie mehr. Meine Mutter starb, als wir beide fünfzehn waren; sie hatte Krebs, und ich vermute, dass die Tatsache, dass sowohl Reinhart als auch ich den Fluch geerbt hatten, dazu beitrug, dass ihr letztendlich die Kraft fehlte, gegen die Krankheit zu kämpfen. Heute denke ich, dass ihr früher Tod ein Segen war. So hat sie wenigstens nicht mehr miterleben müssen, wie einer ihrer beiden Söhne alles in Fetzen riss, was ihr lieb und teuer war.

Ich hätte ihn daran hindern müssen, aber ich konnte es nicht. Ich war nicht halb so skrupellos wie er. Anstatt sich gegen den Wolfsfluch zu wehren und ihn unter Kontrolle zu halten, benutzte er ihn wie ein gefährliches Spielzeug. Wenn er sich verwandelte, wurde er tatsächlich zur Bestie. Ich konnte ihn nicht einmal davon zurückhalten, auch noch den letzten Schritt zu tun und Menschen zu töten.

Sie las langsam, damit ihr kein einziges Wort entging, eine Seite nach der anderen, bis sie am Schluss des Briefes angelangt war.

Ich habe zwar keine Ahnung, wo du steckst, aber ich bin unendlich froh darüber, dass du in Sicherheit bist. Ich hoffe und bete, dass deine Zuflucht so weit von hier entfernt ist wie möglich. Reinhart ist sicher verwahrt – jedenfalls solange ich wachsam bleibe, und das habe ich vor. Wenn du mir einen einzigen Gefallen tun willst, dann komm nicht zurück. Komm nicht zurück, Miriam, ich bitte dich.

Ralf

Sie steckte die beiden Blätter sorgfältig in den Umschlag zurück und vergrub das Gesicht in den Händen.

Was sie in diesem Moment empfand, war weder Zorn noch Enttäuschung ... nur ein dumpfer, betäubender Kummer und ein so heftiges Mitgefühl, dass sich ihr das Herz zusammenkrampfte. Sie konnte sich noch allzu lebhaft an den Schock erinnern, den die Chronik des Fluchs, der seine Familie schon so lange belastete, in ihr ausgelöst hatte. Sie rief sich ihr Entsetzen ins Gedächtnis, als sie von dem Köhler erfuhr, der für den Tod seiner eigenen Tochter verantwortlich gewesen war. Wahrscheinlich hatte Ralf gefürchtet, dass sie trotz aller Versprechungen zu viel Wahrheit einfach nicht ertragen konnte, ganz abgesehen von dem Trauma, das die Taten seines Bruders bei ihm selbst hinterlassen hatten und von denen er in diesem Brief das erste Mal zu ihr sprach.

Die Gemeindeschwester, die das Pech gehabt hatte, Reinhart zu begegnen, als er nackt und blutbesudelt am Ende einer Dreinacht auf dem Heimweg gewesen war. Und Reinharts eigener Vater, der den vergeblichen Versuch machte, ihn an weiteren Gräueltaten zu hindern. Der Priester, der über das Geheimnis der Wolfsfamilie gestolpert war und nach Markwards Tod die Flucht ergriff, aus Angst, auch noch ermordet zu werden.

Ralf hatte sie schonen wollen, und sich selbst auch ... und als er die ganze Wahrheit dringend nötig brauchte, um sich zu verteidigen und ihr zu beweisen, dass es tatsächlich noch einen anderen Werwolf gab, da war es zu spät gewesen, um ihn wie das sprichwörtliche Kaninchen aus dem Hut zu zaubern. Sie hätte ihm wahrscheinlich kein Wort geglaubt.

Kein Wunder, dass du es nie geschafft hast, mir von ihm zu erzählen, dachte Miriam schaudernd. *Überhaupt kein Wunder. Und egal was du auch sagst, ich werde den Teufel tun und dich mit diesem Alptraum allein lassen.*

Neben ihr regte sich Jacob, erhob sich auf die Beine und gähnte ausgiebig. Dann kam er zu ihr und schob seine Nase in ihre Hand. Sie hockte sich neben ihn.

»Weißt du, was wir machen, mein Großer?«, flüsterte sie. »Wir fahren nach Hause.«

Sie vergrub das Kinn in seinem weichen Fell.

»Und jetzt müssen wir das nur noch irgendwie Britta beibringen.«

»Was soll das bitte heißen, du fährst nach Hause!?«

Britta starrte sie an. Sie war bleich vor Erregung und Ärger.

»Das soll heißen, ich gehe zurück in den Schwarzwald«, sagte Miriam so gelassen wie möglich.

Sie wusste genau, wieso sie sich vor diesem Moment gefürchtet hatte.

»Ich weiß, ihr möchtet mich hier haben, und ich werde euch ewig dankbar sein, dass ihr mir diese Möglichkeit geschenkt habt, wieder zur Ruhe zu kommen – aber ich muss dringend nach Finkenweiler. Ein ... ein guter Freund braucht meine Hilfe.«

»Kannst du das nicht von hier aus klären?«, fragte Britta. »Es ... es hat mir nie gefallen, dass du dich da unten in diesem Museum mitten im Wald verkriechst. Du warst so weit weg von uns!«

»Ich weiß.«

Miriam legte Britta die Hand auf den Arm. Ihre Freundin zitterte von Anspannung; die Muskeln unter der glatten Haut waren hart wie Stein.

»Aber dieser Freund braucht mich so, wie ich euch in den letzten Wochen gebraucht habe. Vielleicht noch ein bisschen mehr«, fügte sie leise hinzu.

»Kennen wir ihn?«, warf Jesper ein.

»Nein.« Miriam schüttelte den Kopf. »Was aber nicht heißen soll, das wir das nicht irgendwann nachholen können.«

»Hat das Ganze irgendwas mit dem Päckchen zu tun, das gestern für dich gekommen ist?«

»Hat es, ja«, erwiderte Miriam. »Deswegen weiß ich ja auch, dass mein Freund in einer ernsten Klemme steckt, und aus der kann möglicherweise nur ich ihm heraushelfen.«

»Sehr geheimnisvoll«, murmelte Britta grollend. »Wie wär's, wenn du uns etwas mehr erzählst, ehe wir zulassen, dass du uns einfach so mir nichts, dir nichts wieder verlässt?«

»Kann ich nicht. Es ist nicht mein Geheimnis, sondern seins. Aber ich verspreche dir, ich sage dir mehr, sobald ich irgend kann.« Sie küsste Britta auf die Wange. »Tut mir leid, ich muss packen. Mein Zug geht morgen um neun von Schleswig. Darf ich mir noch einmal deinen Wagen leihen, Jesper?«

»Da fällt mir was Besseres ein«, sagte der Bildhauer und grinste. »Ich fahr dich hin.«

Sie brachen um acht Uhr morgens nach Schleswig auf. Der Fahrt war ein tränenreicher Abschied vorausgegangen. Die Kinder waren sehr traurig, dass Miriam wieder fortging, aber dass sie sich zu allem Überfluss von Jacob trennen mussten, brach ihnen fast das Herz. Britta tat Miriam bei der ganzen Angelegenheit am meisten leid; sie hatte fest damit gerechnet, dass das Kapitel Schwarzwald jetzt beendet war und dass Miriam sie ein zweites Mal verließ, machte sie nicht nur unglücklich, sondern wütend.

»Sei mir nicht böse«, flüsterte Miriam ihr ins Ohr, als sie sie ein letztes Mal umarmte. »Du wirst immer meine beste Freundin und meine liebste Schwester sein, und ich komm ja wieder. Ich versprech's dir.«

»Ja, aber wann?«

Brittas Stirn presste sich gegen ihre Schulter, Miriam konnte die Tränen in ihrer Stimme hören.

»Sobald ich kann.« Miriam ließ sie los. »Sobald ich kann.«

Sie glitt auf den Beifahrersitz und schlug die Tür zu. Während der Wagen vom Hof rollte, rannten die Kinder winkend hinterher und Jacob bellte, bis er sie nicht mehr sehen konnte. Britta stand die ganze Zeit reglos neben dem Hauseingang, das Gesicht verkrampft und finster, das Wollcape eng um ihre zierliche Gestalt geschlungen.

Jesper sagte neben ihr während der ganzen Fahrt kein Wort, aber es war ein anderes Schweigen als das von Britta. Er drängte sie nicht, obwohl sie spürte, dass er neugierig war. Erst als er ihre Koffer auf den richtigen Bahnsteig trug, ergriff er wieder das Wort.

»Liebst du diesen Mann?«, fragte er.

Miriam fuhr herum und starrte ihn verblüfft an. »Woher weißt du ...?«

»Ich bin nicht ganz so blind wie meine Frau«, sagte er sanft. »Die ist bloß gerade viel zu sauer auf dich, um klar zu sehen. Ich hab sehr wohl gemerkt, dass da noch was anderes an dir nagt als die Trauer über den Tod von Susanne. Du bist mir die ganze Zeit so vorgekommen, als hättest du dein Herz da unten verloren und würdest es bei uns nicht wiederfinden. Und jetzt ...« Er streckte die Hand aus und strich ihr eine lose Strähne hinter das Ohr. »... jetzt gibt es für dich wieder Hoffnung. Fürchten tust du dich zwar auch, und ich hoffe sehr, dass dieser Mann dich nicht mitten in die Schwierigkeiten hineinzerrt, in denen er steckt. Aber die ganzen vier Wochen, die du bei uns warst, hast du nie so gut und so lebendig ausgesehen wie in diesem Moment.«

»Er will nicht, dass ich komme«, erwiderte Miriam.

Es tat gut, wenigstens einen Teil der Wahrheit laut aussprechen zu dürfen.

»Aber ich muss zu ihm, egal was er davon hält.«

»Das habe ich mir fast gedacht.« Jesper lachte, schaute aber gleichzeitig besorgt drein. »Davon erzähle ich Britta wohl besser nichts. Pass auf dich auf und sei um Himmels willen vorsichtig.«

»Versprochen.«

Miriam stieg in den Zug, verstaute ihr Gepäck und wartete, bis Jacob es sich unter dem Sitz bequem gemacht hatte. Sie blickte aus dem Fenster, winkte Jesper zu und sah ihn kleiner werden und verschwinden, als der Zug sich in Bewegung setzte.

Eigentlich genauso wie vor ein paar Wochen, dachte sie, *nur, dass ich jetzt wieder zurückfahre. Martin hatte recht, schon wieder einmal. Das ging schneller, als ich dachte.*

Kurz hinter Hannover versuchte sie das erste Mal, Ralf zu erreichen. Sein Handy war abgeschaltet, der Anrufbeantworter vom Festnetz überraschenderweise auch. Sie ließ es ein Dutzend mal klingeln, aber niemand hob ab. Sie versuchte es wieder kurz vor Mainz, hinter Mannheim und in dem Moment, als der Zug bereits in den Stuttgarter Hauptbahnhof einfuhr, aber jedes Mal das gleiche Ergebnis. Wenigstens ging Martin ans Telefon; da war sie bereits in den Zug umgestiegen, der sie in den Schwarzwald brachte.

»Miriam!« Seine Stimme klang ehrlich erfreut. »Was ist denn das für ein Lärm im Hintergrund – wo sind Sie?«

»Auf dem Weg nach Hause«, sagte Miriam, »und schon fast da. In einer halben Stunde ist der Zug in Hausach. Aber bevor Sie mir jetzt sagen, dass Sie das schon immer gewusst haben, hören Sie mir bitte ganz genau zu.« Sie sah sich um; das Abteil war leer, der Gang auch. »Kommen Sie bitte *nicht* zum Bahnhof. Je weniger Leute mitkriegen, dass ich wieder in Finkenweiler bin, desto besser. Ich bitte Sie um einen Gefallen, und es ist kein ganz kleiner. Würden Sie für mich etwas herausfinden?«

»Was denn?«

»Ich möchte wissen, wie genau die Leute sich an Reinhart Markward erinnern und was sie noch über ihn wissen. Er verschwand am 5. Juni 1986 spurlos und ist seitdem nie wieder aufgetaucht.«

Eine lange Pause, dann: »*Reinhart* Markward? Nicht Ralf?«

»Jawohl.« Miriam seufzte. »Reinhart ist Ralf Markwards Zwillingsbruder. Wahrscheinlich wussten Sie genauso wenig wie ich, dass es ihn gibt. Ich hatte jedenfalls nicht den Hauch einer Ahnung – bis ich gestern das Päckchen bekam. Hat Ralf es Ihnen gegeben?«

»Das hat er«, antwortete Martin. »Letzten Freitag, nach der Vesper. Er hat vor der Kirche extra auf mich gewartet. – Also das hat er damit gemeint.«

»Womit?«

»Er sagte, Sie hätten sich von ihm wegen etwas getrennt, das Sie schon wussten. Aber getäuscht hätte er Sie trotzdem.«

»Das kann man wohl sagen«, gab Miriam brüsk zurück. »Dieser Idiot.«

»Was haben Sie jetzt vor?«, fragte Martin.

Er klang genauso besorgt wie Jesper.

»Ich kaufe genügend Vorräte ein, um ein paar Wochen damit auszukommen, und dann ziehe ich zuhause die Zugbrücke hoch. Noch mal, Martin, sagen Sie bitte niemandem, dass ich wieder da bin. Kommen Sie nicht zu meinem Haus. Und fahren Sie um Gottes willen nicht hinauf zum Markwardhof. Versprechen Sie mir das?«

»Das sind viele Versprechen auf einmal«, sagte der Priester nachdenklich. »Aber meinetwegen – unter einer Bedingung. Irgendwann, wenn die ganze Sache sich geklärt hat, kommen Sie zu mir – vielleicht sogar gemeinsam mit Ihrem Ralf – und sagen mir, was das alles sollte. Und dann will ich die ganze Wahrheit hören, jede Einzelheit. Wenn Sie sich darauf einlassen, dann werde ich tun, worum Sie mich bitten.«

Miriam schloss die Augen. »Also schön«, sagte sie endlich. »Ich werde es Ihnen erzählen. Jede Einzelheit. Versprochen.«

»Gut.« Sie konnte hören, dass Martin lächelte. »Soll ich Sie anrufen, wenn ich die Informationen habe, die Sie brauchen?«

»Machen Sie das«, sagte sie. »Und, Martin – vielen Dank.«

Miriam schlich sich zurück zum Trautweinhof wie der sprichwörtliche Dieb in der Nacht. Als sie den Wagen abstellte, war es schon dunkel. Sie trug Gepäck und Lebensmittel nach drinnen und war zum ersten Mal wirklich dankbar für die große Tiefkühltruhe, die im Keller stand. Derweil stöberte Jacob am Waldrand herum, erleichterte sich hinter einer dicken alten Tanne und machte sich anschließend in der Küche beglückt über seinen Fressnapf her.

Sie riss die Fenster auf und ließ für ein paar Minuten die kalte Luft, die nach Nadelhölzern, Harz und herbstlicher Vergänglichkeit duftete, durch jedes Zimmer wehen. Dann beheizte sie den Kachelofen, machte sich ein Abendessen und setzte sich in die Stube.

Das Haus hieß sie willkommen, als sei sie nie fort gewesen. Miriam war es, die noch ein Weile brauchen würde, um wieder hier anzukommen, genauso, wie Britta eine Weile brauchen würde, ihr zu vergeben und sie wieder loszulassen. Sie dachte voller Liebe an ihre Freundin; eines Tages mochte die Gelegenheit kommen, bei der sie ihr von Ralf erzählen würde. Und sie hatte Martin versprochen, ihm die Wahrheit zu sagen. Sie wusste, dass das kein leeres Versprechen bleiben durfte – mit weniger als der ganzen Wahrheit gab dieser Mann sich nicht zufrieden.

Sie ging durch die Diele zur Haustür, um Jacob noch einmal vor dem Schlafengehen ins Freie zu lassen, und kam an dem Vollmondkalender vorbei, der dort hing. Der nächste Vollmond war in sechs Tagen. Bei dem Termin rastete etwas in ihrem Hinterkopf ein, und ihr wurde klar, dass sie in diesem Jahr unmöglich mit Georg Vollenweider zur Buchmesse fahren konnte. Die fing Mitte Oktober an, aber ehe sie nicht mit Ralf gesprochen und das Zerwürfnis zwischen ihnen beseitigt hatte, konnte sie nirgendwo hin. Und dann war da ja auch noch Reinhart, der laut Ralfs Brief »sicher verwahrt« war – aber wo? Und für wie lange?

Sie schickte Vollenweider eine bedauernde E-Mail, in der sie ihm erklärte, sie sei durch eine dringende persönliche Angelegenheit verhindert. Dann ließ sie Jacob wieder herein, löschte überall im Erdgeschoss das Licht und ging hinauf ins Schlafzimmer.

Bevor sie sich ins Bett legte, wählte sie von ihrem Handy aus ein letztes Mal Ralfs Festnetznummer. Noch immer war der Anrufbeantworter nicht eingeschaltet und niemand hob ab. Sie legte das Handy auf den Nachttisch und ließ den Kopf auf das Kissen sinken.

Wo war er?

Das Display von Ralf Markwards Telefon leuchtete auf. Das passierte in letzter Zeit immer wieder: Namen von Kunden erschienen, die aus dem Urlaub zurück waren und jetzt die Dienste des Kunstschreiners in Anspruch nehmen wollten. Nur dass der merkwürdigerweise seit Wochen nicht erreichbar war und sich auch nicht zurückmeldete.

Miriam stand auf dem Display, schon das fünfte Mal an diesem Tag.

Und jetzt streckte sich eine Hand aus, zögerte einen Moment über der fraglichen Taste und schaltete dann den Anrufbeantworter wieder ein.

Blutmond – Die Falle

Anfang Oktober

Miriam tat genau das, was sie dem Priester am Telefon angekündigt hatte. Sie verließ das Haus nur zu kurzen Spaziergängen mit Jacob, ging nicht hinunter in den Ort und meldete sich bei niemandem zurück. Sie versuchte zu zeichnen, aber jeder Versuch, kreativ zu sein, wurde von ihrer wachsenden Unruhe erstickt. Sie begriff nicht, warum sie Ralf nicht erreichen konnte. Zwar lief inzwischen der Anrufbeantworter wieder, aber er reagierte auf keine ihrer Nachrichten. Mehrmals war sie drauf und dran, alle guten Vorsätze zu vergessen und zum Markwardhof hinaufzufahren. Dann schlug am achten Oktober das Wetter jäh um und nahm ihr die Entscheidung ab.

Drei Tage regnete es ununterbrochen, die Temperaturen sanken bis fast auf den Gefrierpunkt, und in der Nacht vom zehnten auf den elften Oktober stürmte es so heftig, dass im ganzen Tal Bäume umstürzten und die Telefonverbindung zeitweise unterbrochen wurde. Der erste Anruf, der sie danach wieder erreichte, kam abends gegen zehn von Martin Stein.

»Sie haben Glück, dass ich zu dieser Jahreszeit so viele Krankenbesuche machen muss«, sagte er. »Die alten Herrschaften freuen sich sehr, wenn jemand Zeit für sie hat, und sie tratschen mit Begeisterung. Reinhart Markward ist allerdings als Thema nicht besonders beliebt.«

»Wollen die Leute nicht über ihn reden?«

»Oh doch, sie wollen schon – aber immer erst, nachdem sie sich vorsichtig umgeschaut haben, als könnte er plötzlich hinter der Tür oder dem Kachelofen hervorspringen. Die alte Ottilie Armbruster – sie ist jetzt über neunzig – hat mir sogar die Feigenhand gezeigt. Allerdings hat sie sich hinterher gleich entschuldigt.«

»Die Feigenhand? Was ist das denn?«

»Sie ballen die rechte Hand zur Faust und stecken den Daumen zwischen Zeige- und Mittelfinger durch. Heute ist es eine ziemlich vulgäre Geste, aber als Ottilie noch ein junges Mädchen war, galt es überall als das Zeichen gegen den bösen Blick.«

»So schlimm?«, fragte Miriam, die sich nach der Lektüre von Ralfs Brief nicht wirklich wunderte.

»So schlimm und noch viel schlimmer. Reinhart Markward gilt hier im Tal als das Sinnbild eines verdorbenen Sohnes. Er hat sich schon als Kind dauernd geprügelt; später entwickelte er eine erstaunliche körperliche Stärke und wurde zu einer richtigen Gefahr. Scheinbar konnte nur Ralf ihn dann noch bändigen, und er tat sein Bestes. Aber er konnte ihn natürlich nicht vierundzwanzig Stunden im Auge behalten. Außerdem hatte Reinhart die Angewohnheit, die wirklich hässlichen Streiche seinem Zwillingsbruder in die Schuhe zu schieben. Man kann den Leuten keinen Vorwurf machen, dass sie irgendwann nicht mehr wussten, wer der Gute und wer der Böse war – vom Aussehen her konnte man die beiden unmöglich unterscheiden.« Er hielt kurz inne. »Einige halten es für möglich, dass der alte Markward nicht von einem wilden Tier angefallen wurde, sondern von einem seiner Söhne ermordet wurde – hauptsächlich wird auf Reinhart getippt.«

Wie recht die Leute haben, dachte Miriam grimmig.

»Als Reinhart verschwand und danach jahrelang nichts mehr passierte, haben sich die Menschen hier allmählich beruhigt. Heutzutage könnte sich Ralf Markward wahrscheinlich durchaus als respektiertes Mitglied der Gemeinschaft fühlen, wenn er sich denn von seinem Hof heruntertrauen würde –

aber ich nehme an, seine Jugend hat ein paar schmerzhafte Spuren hinterlassen.«

Und ob sie das hatte.

»Ich danke Ihnen, Martin«, sagte Miriam. »Passen Sie auf, dass Ihnen beim Weg über den Kirchhof kein Grabkreuz auf den Kopf fällt. Es stürmt immer noch ganz schön da draußen.«

»Sie geben besser auch auf sich acht, Miriam«, gab Martin zurück. »Nicht dass Sie unter einen Baum geraten.«

»Ich werde mich bemühen«, meinte Miriam, lächelte und beendete das Gespräch mit einem Knopfdruck.

Sie setzte sich auf das Sofa und machte – was höchst selten vorkam – den Fernseher an. Es lief irgendeine Krankenhausserie, die sie nicht kannte, und sie schaltete auf einen Kanal um, wo oft Dokumentationen und Reportagen gezeigt wurden. Mitten in einem Bericht über archäologische Ausgrabungen in Peru nickte sie ein.

Sie erwachte von einem merkwürdigen Geräusch und brauchte eine Weile, bis sie wach genug war, um es zu identifizieren. Es kam von Jacob. Er stand am Fenster, die Rute zwischen die Beine geklemmt, den Kopf hoch erhoben und heulte.

»Jacob? Was ist denn los?«

Sie stand auf, ging zu ihm hinüber und legte ihm beruhigend die Hand auf den Kopf. Ein Blick auf die Uhr zeigte ihr, dass es kurz vor zwei war. Zeit, ins Bett zu gehen.

Plötzlich rannte Jacob an ihr vorbei in die Diele und zur Haustür. Er fing an, mit den Pfoten daran zu kratzen, als wolle er, dass sie ihn hinausließ. Sie fand sein Verhalten entschieden merkwürdig. Wieder heulte er, dann kratzte er erneut an dem alten Holz. Was war es, das er dort draußen witterte?

Sie überwand sich, öffnete die Tür einen Spalt ... und ehe sie ihn daran hindern konnte, war Jacob auf die Lichtung hinausgelaufen. Miriam bekam eine kräftige Windbö ins Gesicht, die ihr fast die Klinke aus der Hand riss. Der junge

Hund gab ein schrilles Angstgejaule von sich, schoss schnurstracks auf den Waldrand zu und verschwand.

»Was zum …«

Miriam schlüpfte in ein paar gefütterte Stiefel und nahm hastig ihre wattierte Herbstjacke von der Garderobe. Sie steckte den Schlüsselbund in die Tasche und stellte fest, dass sich auch der Schlüssel für das Auto darin befand. Nur gut, dass sie heute Abend nirgendwo mehr hinfahren musste.

»Jacob?«

Der junge Labrador tauchte nicht wieder auf. Von irgendwoher hinter dem Waldsaum meinte sie, ihn kurz und scharf bellen zu hören, aber das konnte auch Einbildung sein. Sie wagte sich behutsam hinter die vorderste Baumlinie, Martins Warnung noch frisch im Gedächtnis. Die Stämme ächzten und seufzten unter der Gewalt der Windstöße, das Rauschen der Äste klang wie eine nahe Brandung.

»Jacob? Nun komm schon her, du dummer Kerl!«

Plötzlich stieß sie mit dem Fuß gegen etwas Weiches, Nachgiebiges. Sie blieb daran hängen, taumelte nach vorn und konnte sich gerade noch an einer jungen Buche festhalten, die so dünn und elastisch war, dass sie sich unter ihrem Gewicht durchbog. Miriam verlor den Halt und landete unsanft auf der Seite, ein Stück weit entfernt von dem Hindernis, das sie zu Fall gebracht hatte.

Es war Jacob. Er lag ebenfalls auf der Seite, genau wie sie, und sein Kopf war in einem unmöglichen Winkel verdreht. Die braunen Augen waren leer und starr.

Sie stützte sich unbeholfen auf Hände und Knie, kroch auf ihn zu und streckte eine Hand aus, um ihn zu berühren. Die Haut unter dem dichten, weichen Fell auf dem Rücken war warm, und nirgendwo war Blut geflossen. Jemand hatte ihm das Genick gebrochen; es konnte kaum mehr als zwei, drei Minuten her sein.

Und in diesem Moment wurde ihr schlagartig bewusst, dass sie in der Falle saß.

»Oh Gott ...«, murmelte sie.

Der schlaffe, pelzige Leichnam verschwamm hinter einem dichten Tränenschleier.

»Hätte ich dich doch bloß in Norddeutschland gelassen! Es tut mir so leid, so schrecklich leid ...«

Sie schüttelte den Kopf und biss sich auf die Lippen, um sich besser konzentrieren zu können. Sie glaubte keine Sekunde daran, dass Ralf für den Tod des Hundes verantwortlich war. Er hatte Jacob gemocht und ihn dafür bemitleidet, dass er sich während der Dreinächte immer so schrecklich vor ihm fürchtete. Also blieb nur Reinhart übrig. Der Zwilling, bei dessen Erwähnung eine alte Frau wie in früheren Jahrhunderten das Zeichen gegen den bösen Blick gemacht hatte.

Dafür musste er allerdings frei sein – und das hieß, er musste seinen Bruder überwältigt haben. Dann war er hierhergekommen und hatte Jacob den Hals umgedreht, gerade eben erst. Er konnte buchstäblich überall sein, und er war unendlich viel schneller und stärker als sie. Ihre Hand zuckte instinktiv nach oben zu ihrer Kehle, und sie begriff mit einem Gefühl gefährlich nah an unkontrollierter Panik, dass sie tatsächlich ohne jeden Schutz war.

Der Fluchbrecher war im Haus, unerreichbar für sie, versteckt unter dem Kopfkissen in ihrem Bett. Wenn sie hier neben der Leiche sitzen blieb, würde er sie erwischen. Wenn sie kopflos durch den Wald davonrannte, konnte er sie mit müheloser Leichtigkeit einholen und ihr ebenso das Genick brechen wie Jacob. Wenn sie versuchte, die Lichtung zu überqueren, hatte sie überhaupt keine Deckung mehr und war ebenfalls leichte Beute.

Es gibt zwei Anhänger. Der Gedanke schnitt durch ihren brodelnden Schrecken wie eine kühle Messerklinge. Zum Haus konnte sie nicht. Aber der Geländewagen stand keine fünf Meter von ihr entfernt, und sie hatte den Autoschlüssel in der Tasche. Wenn sie es schaffte, einzusteigen und loszufahren, bevor er ihre Absicht richtig begriff ... Wenn sie den Markwardhof erreichte und den zweiten Anhänger an sich bringen konnte … und wenn sie hoffentlich auch Ralf fand …

Sie erinnerte sich daran, wie Ralf sich nach dem Unfall im Mai mit übermenschlicher Kraft aus dem Wrack seines Lieferwagens befreit hatte. Selbst schwer verletzt war ein Werwolf während der Dreinächte noch nahezu unbesiegbar.

Du hast keine Chance, dachte Miriam, *also nutze sie.*

Um ihren ermordeten Hund trauern konnte sie später; jetzt musste sie überleben. Das Adrenalin rauschte durch ihre Adern und ließ ihren ganzen Körper vibrieren wie eine zum Zerreißen gespannte Bogensehne.

Sie zog den Autoschlüssel aus der Jackentasche und rückte ihn so zwischen ihren Fingern zurecht, dass sie ihn nicht auffällig zücken musste, um damit die Zentralverriegelung zu öffnen. Bevor sie sich aufrichtete, schluckte sie die Tränen hinunter und streichelte noch einmal zärtlich Jacobs Kopf. *Leb wohl, mein Großer. Ich hoffe, du kannst mir vergeben, dass ich nicht besser auf dich aufgepasst habe.*

Sie kam vornübergebeugt und taumelnd unter den Bäumen hervor, eine Hand vor den Augen … ganz so wie jemand, der vor lauter Elend von seiner Umgebung keinerlei Notiz nahm. Sollte er sie ruhig für dumm halten, für arglos und schwach. Das vollkommene Opfer. Sie war sicher, dass er sich irgendwo ganz in der Nähe daran weidete, sie so zu sehen.

Sie kam dem Wagen näher und immer näher, bis sie schließlich fast daneben stand. Sie hielt den Bruchteil einer Sekunde ganz still, dann schoss ihr rechter Arm vor, und das Geräusch der Zentralverriegelung beim Öffnen ging im Dröhnen ihres Herzschlages unter. Im nächsten Moment saß sie auf dem Fahrersitz und der Schlüssel steckte im Zündschloss; die Tür schlug zu, sie gab Gas und hätte um ein Haar den Motor wieder abgewürgt.

Aber dann spielte die zuverlässige Maschine doch mit. Das Auto machte einen gewaltigen Satz nach vorne und sauste die asphaltierte, regennasse Straße entlang den Berg hinunter. Dabei warf Miriam immer wieder hastige Blicke in den Rückspiegel – doch es war nichts zu sehen. Nichts und niemand.

Trotzdem war er da gewesen. Sie wusste es.

Sie erreichte den Markwardhof in einer halsbrecherischen Rekordzeit. Dass sie heil angekommen war, ohne sich zu überschlagen, kam ihr immer noch wie ein Wunder vor, aber es war das Risiko wert gewesen. Sie brauchte den Vorsprung, denn sie musste den zweiten Anhänger schon um den Hals tragen, bevor er sie einholen konnte, und sie musste unbedingt herausfinden, wo Ralf war.

An ihrem Bund hing immer noch der Schlüssel für Ralfs Elternhaus, den sie bei sich trug, seit sie ihn damals nach dem Unfall hierhergebracht hatte, damit er sich ungestört verwandeln und heilen konnte. Sie sprang aus dem Wagen, rannte über den Hof und stand keine Minute später in der Diele.

Das Haus war so still, als sei es vollkommen leer – Miriam konnte bloß hoffen, dass das stimmte.

Im vergangenen Juli hatte Ralf ihr gezeigt, wo er die Schatulle mit dem Fluchbrecher aufbewahrte. Sie huschte die Treppe hinauf zu seinem Zimmer. Kurz nach halb drei. Der Mond würde erst in etwas mehr als eineinhalb Stunden aufgehen – zum Glück. Trotzdem hätte sie etwas mehr Licht gut gebrauchen können, als sie in der geschnitzten Truhe gegenüber vom Bett nach der kleinen Schatulle tastete.

Endlich schloss sich ihre Hand darum, und sie hätte fast einen lauten Jubelschrei von sich gegeben. Sie verließ das Zimmer, schloss leise die Tür hinter sich und wagte es endlich, das Flurlicht anzuknipsen. Dann klappte sie die Schatulle auf – und starrte fassungslos auf das Samtbett, auf dem sonst immer die Silberscheibe an ihrer langen Kette ruhte. Sie war verschwunden.

Hatte Ralf den Anhänger herausgenommen, um ihn zu schützen? Oder hatte Reinhart ihn entfernt, um die einzige Waffe zu zerstören, die ihm wirklich gefährlich werden konnte? Sie versuchte abzuschätzen, wie viel Zeit ihr noch blieb, bis der gefährliche Zwilling ihre Spur aufgenommen hatte und sie hier fand.

Ralf. Wo war Ralf?

Miriam rannte die Treppe hinunter, instinktiv auf der Suche nach dem Keller, an den sie sich aus ihren Träumen erinnerte. Es gab allerdings in diesem Haus nicht nur einen davon, sondern gleich mehrere. Im Untergeschoss des alten Gebäudes, das man buchstäblich aus dem Felsen herausgehauen hatte, führten insgesamt vier Türen von einem staubigen Korridor ab, der von drei schlichten Lampen in Drahtkörben erhellt wurde. Die Türen waren allesamt verriegelt, aber nur eine fiel ihr auf – die aus dickem Metall mit den beiden massiven Riegeln, ganz am Ende des Korridors. Die Scharniere auf der linken Seite sahen aus, als hätte sie jemand nach einem Unfall wieder gewaltsam zurechtgebogen und neu verschraubt. Außerdem hatte die Tür Beulen, die sich nach außen wölbten – als hätte jemand von der Innenseite mit gewaltiger Kraft dagegengehämmert.

Sie packte erst einen der beiden Riegel mit beiden Händen und schob ihn beiseite, dann den anderen. Der Schlüssel steckte und ließ sich ohne Mühe drehen, die Tür schwang leicht nach außen auf. Dahinter führte eine Treppe hinab in ein schwarzes, modrig riechendes Nichts.

Der kalte Luftzug, der ihr aus der dunklen Tiefe entgegenwehte, brachte außer Modergeruch aber auch noch etwas anderes mit sich ... einen intensiven Hauch nach Tier, wild und scharf, und für ein paar Sekunden fürchtete sie sich zu sehr, um den Mund aufzumachen. Noch eine gute Stunde, bis der Blutmond am Himmel aufstieg. Sie musste sich beeilen.

Endlich überwand sie sich und rief. »Ralf …? Ralf, bist du da unten?«

Lähmende Stille, und dann plötzlich: »Miriam?«

»Ralf!« Vor Erleichterung wurde ihr so schwindelig, dass sie um ein Haar die schattenhaften Stufen hinuntergestürzt wäre. »Geht es dir gut? Hat er dich hier eingesperrt? Hat er dich verletzt?«

»Woher weißt du …« Er unterbrach sich selbst mitten im Satz. »Was tust du hier, um Himmels willen – bist du *verrückt?* Hab ich dir nicht geschrieben, du sollst nicht herkommen?«

»Doch, hast du«, gab sie zurück. »Das habe ich auch verstanden. Aber es war mir egal – ich wollte unbedingt zu dir. Ich bin schon seit dem sechsten Oktober zurück aus Norddeutschland und habe seitdem ununterbrochen versucht, dich zu erreichen.«

»Ich weiß. Ich habe alle deine Nachrichten auf dem Anrufbeantworter gehört, aber ich habe einfach nicht gewagt, dich zurückzurufen. Heute Morgen war ich einen kurzen Moment lang unvorsichtig und Reinhart hat mich überwältigt, als ich ihm das Essen in den Keller gebracht habe. Du solltest schnellstens verschwinden, solange er dort draußen irgendwo frei herumläuft.« Seine Stimme klang heiser und müde. »Ich habe ihn Ende August erwischt, als er um dein Haus herumschlich, und ihn seitdem hier gefangen gehalten. Ich hätte ihn wahrscheinlich erledigen sollen, aber ich hab's nicht fertig gebracht. Er ist eine Bestie, aber mein Bruder ist er auch.« Jetzt hörte es sich so an, als stünde er dichter an der Treppe, die nach oben führte. »Ich hab dich so vermisst. Aber ich war auch froh, dass du aus der Schusslinie warst. Wenn du meinen Brief und die Zeitungsartikel gelesen hast, dann weißt du, wozu Reinhart fähig ist. Wenn er dich hier gesehen hätte …«

Die Stimme entfernte sich wieder. Er wagte nicht, sich ihr weiter zu nähern, während der Mond die Herrschaft in seinem Blut übernahm.

»Er war beim Trautweinhof«, sagte Miriam leise und bitter. »Glaub mir, er hat mich gesehen, zwar nicht hier, aber dort ganz bestimmt. Er hat Jacob umgebracht, und er hat mir den Rückweg zum Haus abgeschnitten. Ich konnte nicht mehr hinein, um den Fluchbrecher zu holen, deswegen bin ich hierhergeflüchtet, in der Hoffnung, dass ich den zweiten finde. Aber er ist weg.«

»Reinhart hat ihn vernichtet. Und wenn du deinen nicht trägst, dann bist du hier auch nicht sicher – nicht einmal vor mir. Du musst mich einsperren, ehe du gehst.«

»Den Teufel werde ich tun!«, sagte sie energisch. »Du kannst kaum etwas gegen ihn unternehmen, solange du hilflos in deinem Keller hockst.«

»Miriam ...«

»Keine Sorge, ich fahre gleich nach Hause und lege alle Riegel vor, die ich finde. Aber die Tür hier lasse ich offen.«

»Also schön. Aber fahr jetzt sofort los, bitte. Du dürftest überhaupt nicht hier sein.«

»Ich bin schon weg.« Sie blickte hinunter in die undurchdringliche Schwärze jenseits der Stufen. »Ich liebe dich.«

»Ich liebe dich auch.« Es war eine merkwürdige Mischung aus einem Knurren und einem Seufzer, und ein Schauder rieselte ihr wie Eiswasser das Rückgrat hinunter. »Du ahnst nicht, wie sehr.«

Miriam machte einen Schritt zurück und wollte sich gerade umdrehen, als sich eine Hand wie ein Schraubstock um ihren Nacken schloss. Sie öffnete den Mund, um zu schreien, und eine zweite Hand presste sich auf ihre Lippen.

»Wie rührend.«

Die Stimme flüsterte in grausamem Vergnügen dicht an ihrem Ohr, und sie klang der von Ralf so ähnlich, dass Miriam vor Entsetzen die Knie weich wurden.

»Seit Wochen kann ich es nicht erwarten, dich kennen zu lernen, und hier bist du ... wie ein besonders saftiges Stück Fleisch in der Wolfsangel.«

Ein langer, schwieliger Daumen strich über ihr Kinn und in der trägen, bösen Karikatur einer Liebkosung die Kehle entlang. Miriams Herzschlag raste, sie war wie gelähmt, während Reinhart Markward sie mit trügerischer Sanftheit vorwärtsschob, die Kellertür hinter ihnen zudrückte, den Schlüssel umdrehte und die Riegel wieder vorschob. Dann hob er die Stimme.

»Du hättest sie mir vorstellen sollen, Bruderherz!«, sagte er laut. »So eine Hübsche ... Du hast wirklich gar keine Manieren!«

Aus dem Keller erhob sich ein tiefes, zorniges Geheul, und nur einen Wimpernschlag später erbebte die schwere Metalltür, als sich Ralf mit voller Wucht von innen dagegenwarf.

»Ach du Schreck, jetzt ist er aber wirklich wütend.«

Der Mann hinter Miriam gluckste amüsiert in sich hinein, schlang einen Arm wie einen Schraubstock um ihre Taille und presste sie gegen seinen Körper. Ihr wurde übel, als sie merkte, dass er an ihren Hinterbacken steif wurde.

»Keine Sorge, Schätzchen, die Tür wird noch eine Weile halten. Zumindest so lange, bis ich dich ausgezogen und durchgevögelt habe.«

Ein weiterer Schlag gegen die Tür.

»Lass sie gehen!« Ein tiefes, unmenschliches Knurren, das mit Ralfs Stimme überhaupt keine Ähnlichkeit mehr hatte. »Wenn du ihr was antust, bringe ich dich um!«

»Weiß ich doch, Großer.« Er hätte genauso gut über das Wetter reden können. »Dummerweise bist du da drinnen, und wir sind draußen. Hast du wirklich gedacht, ich lasse dich bis an dein Lebensende ungestört mit deiner Kleinen ›Die Schöne und das Biest‹ spielen?«

Miriam spürte, wie die Wut in ihr hochschoss. Sie wollte kratzen und um sich schlagen, aber der Klammergriff um ihre Taille hielt beide Arme mit eiserner Gewalt an ihren Seiten fest. Sie bäumte sich auf, kickte mit beiden Fersen nach hinten und erwischte ihn am Schienenbein.

»Also hör mal! Wirst du dich wohl benehmen?«

Er nahm die Hand von ihrem Mund, legte sie um ihren Hals und drückte sachte und unerbittlich so lange zu, bis sie keine Luft mehr bekam und vor ihren weit aufgerissenen Augen Sterne tanzten.

»Geschmack hast du ja, Ralf, das muss ich dir lassen. Deine hübsche Stute hier hat viel mehr Temperament als die kleine Braunhaarige, die ich im August erwischt hab. Die hat sich nicht mal anständig gewehrt.«

Miriams Blut gefror zu Eis. Susanne. Er sprach von Susanne.

»Weißt du, was ich wirklich komisch fand?«

Er sprach immer noch in diesem lässigen Plauderton und lockerte gleichzeitig seinen Würgegriff. Miriam rang gierig nach Atem und hustete.

»Ich wette, dein Schätzchen hier hat die ganze Zeit geglaubt, dass *du* diese Sauerei angerichtet hast. Also verjagt sie dich prompt vom Trautweinhof wie einen räudigen Köter, und du verkriechst dich zuhause hinter dem Herd. Du hättest ihr stattdessen zeigen sollen, wer die stärksten Zähne im Rudel hat … aber das hast du ja noch nie fertiggebracht, oder?«

Wieder drängte er sich von hinten gegen sie, und diesmal fing er an, sich an ihr zu reiben; sein Atem ging rascher und sie spürte, wie ihr der kalte Schweiß ausbrach.

Lieber Gott, hilf mir!

»Du wolltest nie auffallen, Brüderchen, immer bloß Ärger vermeiden«, sagte Reinhart.

Jetzt schnurrte er beinahe. Seine Hand wanderte von ihrem Hals nach unten zu ihren Brüsten. »Also frisst du Kreide und machst in Anna Trautweins Haus bei ihrer knusprigen Enkelin einen auf Kavalier. Ich erinnere mich ganz gut an die alte Schachtel, weißt du? Dich mochte sie, aber mich konnte sie nicht ausstehen. Im Gegensatz zu dir hab ich es nicht ein einziges Mal in ihr lächerliches, kleines Heimatmuseum hineingeschafft.«

Ein Punkt für Oma Annas Menschenkenntnis.

Überraschenderweise sickerte bei diesem Gedanken ein wenig Kraft in ihre gelähmten Glieder zurück.

Hier konnte sie sich nicht gegen ihn wehren. Wenn es ihr aber gelang, ihn in den Trautweinhof zu locken, in ihr Schlafzimmer ... dorthin, wo unter dem Kopfkissen in ihrem Bett der Fluchbrecher lag ...

»Meine Großmutter wird schon gewusst haben, warum sie dich nie über ihre Schwelle lassen wollte.«

Miriams Stimme war kaum mehr als ein angestrengtes Krächzen, aber sie legte so viel Gift hinein, wie sie nur konnte.

»Manche Menschen können die Tollwut riechen, und sie hatte eine verdammt gute Nase.«

Etwas traf sie mit betäubender Gewalt an der Schläfe, und sie wurde zu Boden geschleudert. Das Gehirn schien in ihrem Schädel träge von einer Seite zur anderen zu schlingern, und die Stelle, wohin er sie mit der Faust geschlagen hatte, schmerzte so grausam, dass sie laut aufschrie. Aus weiter Entfernung hörte sie Ralf in unmenschlichem Zorn heulen, und Staub wölkte auf, als die Metalltür zum dritten Mal protestierend unter seinem Gewicht knirschte. In der nächsten Sekunde kniete Reinhart über ihr und drückte ihr Gesicht gegen die Bodendielen.

»Ganz schön mutig für jemanden, dem ich jeden Knochen einzeln brechen könnte wie ein Streichholz«, zischte er ihr ins Ohr. »Und weißt du was? Hier wird's mir ein bisschen zu ungemütlich. Wir machen eine kleine Fahrt – nicht weit, sonst bleibt mir nicht genügend Zeit, um gründlich Spaß mit dir zu haben. Schließlich geht in einer Stunde der Mond auf, nicht wahr?«

Er stand auf, packte sie unter den Achseln und zog sie so mühelos hoch, als sei sie eine Stoffpuppe.

»Hör mal, Großer ...« Jetzt klang er wieder vollkommen gelassen. »Ich nehme deine Süße auf einen kurzen Ausflug mit. Ich sag dir nicht, wohin, aber das kriegst du schon raus, sobald du mit dieser Tür fertig geworden bist. Ich hab's ja auch geschafft. Die Scharniere halten zwar erstmal wieder ein Weilchen, aber irgendwann knackst du sie schon.« Er klopfte mit den Fingerknöcheln einen fröhlichen, kleinen Rhythmus gegen das Metall. »Ich bin sicher, du wirst uns finden; ich verlass mich da ganz auf deine Nase. Aber denk bloß nicht, du könntest noch rechtzeitig kommen, um den Helden zu spielen.«

Er zog Miriam zu sich heran, und zum ersten Mal sah sie sein Gesicht aus nächster Nähe. Es war auf gespenstische Weise Ralfs Spiegelbild, doch bei den Augen hörte die Ähnlichkeit schlagartig auf. In Form und Farbe mochten sie genau gleich sein, aber bei Reinhart lauerte hinter dem klaren Graugrün eine Bosheit, die durch nichts bezähmt oder wenigstens in Schach gehalten wurde. Hier herrschte der Fluch des Mondes ohne Einschränkung, willkommen geheißen und enthusiastisch gefeiert, und ihr wurde kalt vor Angst, als sie zum ersten Mal das ganze Ausmaß des Wahnsinns unter der dünnen Kruste begriff.

Er grinste sie an, die Zähne schimmernd und sehr weiß, und sie wich instinktiv zurück.

»Auf geht's, Schätzchen.« Er zog sie hinter sich her, aus dem Keller, die Treppe hinauf, durch die Diele und zur Haustür. Die ganze Zeit über kam aus dem Keller kein Laut mehr; Miriam konnte nur hoffen, dass Ralf klug genug war, seine Kräfte zu sammeln, damit er ausbrechen und ihnen folgen konnte.

Draußen war es stockdunkel. Der Himmel hatte sich mit Wolken überzogen, und die Luft roch nach Frost. Reinhart holte tief Luft und schien einen Moment angespannt in den Wind zu wittern. Dann blickte er zu ihrem Geländewagen hinüber, der immer noch mit brennenden Scheinwerfern in der Hofeinfahrt stand.

»Ach ja, das Taxi!«, sagte er. »Den Schlüssel, wenn ich bitten darf.« Er sah ihren Gesichtsausdruck und grinste.

»Hast du wirklich geglaubt, ich lasse dich fahren? Na klar, und dann setzt du bei der nächsten Gelegenheit heldenhaft die Karre gegen einen Baum. So blöd bin ich nun wirklich nicht.«

Sie zog den Schlüssel aus der Hosentasche, ließ zu, dass er ihn ihr abnahm, und ging vor ihm her über den Hof. Er öffnete den Kofferraum und pfiff zufrieden vor sich hin, als er die kleine Rolle Kunststoffseil sah, die sie zusammen mit einer kräftigen Schere immer für eventuelle Notfälle dabeihatte.

»Nur die Hände«, sagte er heiter, »damit du mir nicht plötzlich ins Steuer greifst. Weglaufen kannst du mir sowieso nicht. Und wenn wir da sind, mach ich dich wieder los, versprochen. Du sollst die Sache doch genießen.«

Miriam wagte es nicht, sich vorzustellen, wie »die Sache« ausging, wenn sie nicht rasch den Fluchbrecher in die Hände bekam, aber sie wusste auch, dass ihr jetzt nur Schläue und scheinbare Demut half. Es war nur zu deutlich, wie sehr Reinhart die Situation genoss. Und der Gedanke, was er seinem Bruder damit antat, dass er sie quälte, reizte ihn mit Sicherheit nur noch mehr.

Er machte einen festen Knoten in die Fessel um ihr Handgelenk, schob sie auf den Beifahrersitz, gurtete sie sorgfältig an und schloss die Tür. Dann ging er um den Wagen herum und setzte sich hinters Steuer.

»Wir wollen doch nicht, dass du dir den Kopf anhaust, wenn ich mal eine Vollbremsung hinlegen muss«, erklärte er. »Bis wir da sind, wo ich hinwill, solltest du schon noch in einem Stück sein.«

Danach wohl nicht mehr, dachte Miriam und biss sich auf die Unterlippe, um ihre jäh aufschießende Panik im Zaum zu halten.

Laut sagte sie: »Und wo willst du hin?«

»Na, zum Trautweinhof natürlich«, sagte er. »Diesmal kann mich die Alte nicht mehr daran hindern, das Haus zu betreten. Und dann zeigst du mir dein Bett. Willst du wissen, wie sehr ich mich darauf freue, dein Bett zu sehen?«

Urplötzlich packte er ihre gefesselten Hände und zog sie hinunter in seinen Schritt. Nur der Gurt verhinderte, dass Miriam zur Seite kippte. Er drückte ihre Finger gegen die Schwellung unter dem ausgebleichten Stoff seiner Jeans und bewegte sie auf und nieder. Sie schloss die Augen, um ihn nicht ansehen zu müssen, aber die Ohren konnte sie sich nicht zuhalten. Sie hörte, wie er den Atem zischend durch die Zähne einsog, und sein Fleisch zuckte hart und heiß unter ihrer Handfläche. Dann ließ er sie los.

Sie wich in die hinterste Wagenecke zurück, ihr war schwindelig vor Verzweiflung und Ekel.

»Nichts überstürzen«, sagte er. »Sonst hab ich mein Pulver schon verschossen, bevor wir da sind, und das wär doch zu schade.«

Der Wagen setzte sich in Bewegung und fuhr den Hügel hinunter. Miriam ließ den schmerzenden Kopf gegen die Rückenlehne sinken. Erst jetzt begriff sie, dass ihre List gewirkt hatte. Sie hätte gern Triumph empfunden oder wenigstens einen Hauch Dankbarkeit. Aber sie konnte es nicht.

Sie hatte Todesangst.

Blutmond – Die Verwandlung

Vor dem Vollmondaufgang

Es dauerte eine knappe Viertelstunde, um ins Tal hinunterzukommen. Dann waren sie in Finkenweiler, und Miriam sah die vertrauten Häuser an sich vorbeigleiten. Nirgendwo brannte Licht. Die Bewohner des Dorfes schliefen ahnungslos, sie wussten nichts vom Werwolf und seinem Opfer, genauso wie sie jahrhundertelang nichts geahnt hatten von dem Fluch, der über der Markward-Familie lag.

Sie ließen die Margarethenkapelle hinter sich und plötzlich fing in der nächtlichen Stille ein Hund an zu bellen, laut und wütend.

»Da sag noch mal einer, Hunde wären dümmer als Menschen«, sagte Reinhart, wandte sich ihr zu und zeigte wieder das weiß schimmernde Grinsen, das so entsetzlich leicht den Schleier der Menschlichkeit von seinem Gesicht zog. »Dabei kriegen die doch jedes Mal mit, wenn ich in der Nähe bin. Wusstest du, dass mein Bruder eine Liste geführt hat, mit Orten, wo ich gewesen bin?«

Quimper, dachte Miriam zitternd. Ihr Körper fühlte sich an, als sei er taub. *Windermere, Durham, Stranraer.*

»Der Dummkopf, der. Ich bin immer zu schnell gewesen für ihn. Und zu schlau obendrein. Als ich wieder nach Deutschland kam, hab ich die Füße stillgehalten, damit er mich nicht noch einmal entdecken kann, bevor ich nach Hause komme. Kannst du dir vorstellen, wie ausgehungert ich war, Schätzchen?«

Er schlug das Lenkrad nach links ein, und der Geländewagen rollte den Berg hinauf. Viel zu schnell ließen sie den Kiesbelag hinter sich und waren im Wald. Die robusten Reifen hatten mit dem weichen Schlamm, den der Regen hinterlassen hatte, wenig Mühe, aber als sie den Hof fast erreicht hatten, stießen sie auf ein unerwartetes Hindernis. Eine Tanne war quer über die Straße gestürzt und blockierte den Weg. Reinhart bremste mit einem Ruck und der Wagen stand.

»Wir sind sowieso gleich oben«, meinte er gelassen. »Ich bin dir wohl mal besser behilflich.«

Reinhart stieg aus, kam auf ihre Seite und öffnete die Tür. Er löste ihren Gurt, packte ihre gefesselten Handgelenke und zog sie aus dem Wagen. Dann löste er das Kunststoffseil.

»Immer schön vor mir hergehen«, sagte er. »Weglaufen nützt nichts. Mach dir keine Hoffnungen – ich würde dich überall finden. Dein Trick vorhin mit dem Auto war ja ganz nett, aber dieses Mal passe ich besser auf.«

Sie wusste, dass er recht hatte, dass ihr keine Wahl blieb. Gehorsam stapfte sie den aufgeweichten Pfad entlang, stieg über den entwurzelten Baum, bog um die Kurve und stand wenige Minuten später vor dem Haus. Als sie den Schlüssel aus ihrer Jackentasche zog, fiel ihr Blick auf die Leuchtziffern ihrer Armbanduhr. Fünf vor drei. Noch knapp vierzig Minuten, bis der Blutmond am Himmel stand.

Sie öffnete, trat ein, und Reinhart folgte ihr in die Diele. Drinnen sah er sich neugierig um. Sein Blick fiel auf den Vollmondkalender, der neben Oma Annas altem Garderobenspiegel hing, und er lachte leise.

»Wie rücksichtsvoll von dir.« Er zog mit der Fingerspitze die Zeilen nach, bis er das aktuelle Datum gefunden hatte, dann sah er auf seine Uhr. »Was denn, schon so spät? Wir haben länger gebraucht, als ich dachte.«

Er drehte sich zu ihr um, und sie sah, dass hinter der klaren Helligkeit seiner Augen plötzlich ein Feuer brannte, giftig gelb wie Schwefel. Er streckte die Hand aus und berührte ihre Wange.

»Zeig mir dein Schlafzimmer«, befahl er, die Stimme leise und weich.

Sie wollte es nicht. Sie wollte sich umdrehen und laufen, so schnell sie konnte, auch wenn sie ihm niemals würde entkommen können. Sie wollte schreien, bis ihr die Kehle wehtat. *Im Bett,* erinnerte sie sich. *Der Fluchbrecher. Unter dem Kopfkissen.*

Steifbeinig stieg sie vor ihm die Treppe hinauf in den ersten Stock. Wandte sich nach links, ging den Flur hinunter, öffnete die letzte Tür auf der rechten Seite und schaltete das Licht ein. Der Raum lag vor ihr im warmen Licht der Lampe mit dem alten, rosig getönten Glasschirm, altmodisch und einladend.

Reinhart kam hinter ihr her und schloss die Tür hinter sich.

»Ach du lieber Himmel.«

Er betrachtete die Eichenkommode, die pastellfarbenen Flickenteppiche und die bestickte Tagesdecke auf dem Messingbett.

»Ich bin in Rotkäppchens Puppenstube gelandet! Und weißt du was? Ich bin der *böse* Wolf.«

Er wiegte sich auf den Fußballen und starrte sie an. Das Feuer in seinen Augen loderte jetzt wie ein Flächenbrand.

»Zieh dich aus«, sagte er. »Zieh dich aus, und dann knie dich auf das Bett.«

Sie tat, was er verlangte, und wartete mit gesenktem Kopf, ohne ihn anzusehen. Er ließ sich Zeit, bevor er endlich zu ihr kam und die Hände auf ihre bloßen Hüften legte; Miriam wusste, wie sehr er ihre Demütigung genoss. Sie hielt vollkommen still, biss sich auf die Unterlippe und schmeckte Blut.

»So ist's recht, meine Hübsche«, hörte sie ihn hinter sich flüstern. »Schön brav sein, dann haben wir beide was davon.«

Plötzlich beugte er sich über sie, gab ein tiefes Knurren von sich und seine Zunge fuhr ihr Rückgrat entlang. »Du hast ja keine Ahnung, wie gut du schmeckst ...«

Das Geräusch einer Gürtelschnalle, die sich löste, ein hastig heruntergezogener Reißverschluss. Stoff raschelte. Miriam zitterte am ganzen Leib. Sie zwang sich, ihre volle Aufmerksamkeit auf die Finger ihrer rechten Hand zu richten, die sich Millimeter für Millimeter unter das Kopfkissen schob.

Halt still halt still halt still …

Die Matratze senkte sich, als Reinhart hinter ihr auf das Bett kletterte. Das Quietschen des Metallrahmens und sein keuchender Atem waren das einzige Geräusch in dem tödlich stillen Raum. Mit einer heftigen Bewegung presste er sich gegen sie. Miriam verlor das Gleichgewicht, sank nach vorne und spürte ihn drängend und ungeduldig zwischen ihren nackten Hinterbacken. Ein fast unwiderstehlicher Brechreiz überflutete sie; sie kämpfte mit aller Gewalt dagegen an, nahm ihre gesamte Willenskraft zusammen und zwang sich weiter zu passiver Fügsamkeit.

Im nächsten Moment durchzuckte sie ein jäher Triumph – ihre Fingerspitzen berührten die kühlen Glieder der schweren Kette.

Halt durch … nur noch ganz kurz …

Und dann lehnte er sich ein zweites Mal über sie und sein Körper hielt den ihren nieder, schwer und unnachgiebig wie ein Felsen. Sie erstarrte, unfähig zu atmen.

»Weißt du, was das Beste ist?« Er kniff in ihre Brustwarze und verdrehte sie zwischen den Fingern. Miriam hörte sich selbst wimmern, und wieder knurrte er leise. »Wenn ich dich umbringe, bevor ich mich verwandelt habe, und die Polizei findet deine Leiche, dann werden sie Ralf für den Täter halten – gleiche DNA und so weiter. Als Wolf wird er es wahrscheinlich irgendwann aus dem Keller schaffen, weißt du … ich hab's ja auch hingekriegt, damals. Bloß dass ich dann längst über alle Berge bin …«

Seine Hand schob sich zwischen ihre Schenkel. Sie schloss die Augen und registrierte mit vager Überraschung, dass ihr schon die ganze Zeit die Tränen über das Gesicht liefen. Er spreizte die Finger über ihrem Schamhügel, dann drückte er fest zu. Seine Fingernägel gruben sich tief in das empfindliche

Fleisch und sie stöhnte vor Schmerz – ein ganz und gar nutzloser Protest, denn sie wusste, dass ihre Qual ihn nur noch mehr erregte.

Sie mögen dasselbe Gesicht haben und unter demselben Fluch stehen, sagte die allgegenwärtige Stimme in ihrem Hinterkopf. Sie sprach mit geisterhafter Gelassenheit. *Aber Ralf hat sich immer im Zaum gehalten, weil er niemandem Leid zufügen wollte. Reinhart genießt es, grausam zu sein.*

Trotz ihres lähmenden Entsetzens zog ihre Hand unter dem Kissen weiter verstohlen an der Kette, als hätte sie einen eigenen Willen. Endlich spürte sie, wie sich ihre schweißnasse Handfläche um die dicke Silberscheibe schloss.

Mit einem Mal hob sich die Last seines Körpers von ihr und er ließ sie los. »Was zum Teufel …«

Miriam bekam endlich wieder Luft; Sauerstoff flutete in ihre Lunge und sie schluckte den Schrei hinunter, der sich in ihrer Kehle staute. Einen entsetzlichen Augenblick lang glaubte sie, er hätte den Anhänger unter dem Kissen entdeckt. Aber dann hörte sie hinter sich einen Laut, den sie jetzt und hier am wenigsten erwartet hätte.

Reinhart lachte.

»Das darf doch wohl nicht wahr sein!« Es klang ehrlich verblüfft und gleichzeitig amüsiert. »Der Schwachkopf hat dich geschwängert!«

Miriam riss die Augen auf. Wie konnte er …

Aber natürlich kann er das, konterte die sachliche Stimme von gerade eben, *du weißt doch inzwischen, wie die geschärften Sinne eines Werwolfs bei Vollmond funktionieren.* Die Gedanken wirbelten in ihrem Kopf, und der Brechreiz kehrte zurück. Es konnte noch nicht lange her sein. Vielleicht war es im August passiert, unmittelbar vor Susannes Tod … und sie hatte es nicht gemerkt. Ihr Verdacht gegen Ralf, die schmerzhafte Trennung und ihre verzweifelten Versuche, sich davon abzulenken, hatten sie blind gemacht gegen die ersten Anzeichen.

Miriam drehte sich rasch auf den Rücken, Anhänger und Kette in der geballten Faust. Sie starrte zu ihm hoch und betete fieberhaft, dass er nicht hinschaute und ihren verzweifelten Plan in letzter Sekunde zunichte machte. Wieder traf sie der geisterhafte Schock, das Ebenbild des Mannes zu sehen, den sie liebte ... und den perversen Geist dahinter, der mit Ralf nicht das Mindeste zu tun hatte.

Reinhart grinste; seine Augen glitzerten vor Bosheit und Lust. »Gut gemacht, meine Hübsche. So ist es viel besser. Jetzt kann ich dir ins Gesicht sehen, während ich dich ficke.«

Er packte sie am Kinn und hielt ihren Kopf fest. Sie blieb vollkommen reglos; seine Finger waren entsetzlich stark, und sie wusste, dass er ihr mühelos den Kiefer brechen konnte, wenn er nur einmal kurz zudrückte. Gleichzeitig drängte er ein Knie zwischen ihre Schenkel und half mit der freien Hand nach, bis sie die Beine spreizte. Plötzlich beugte er den Kopf und küsste sie – keine Zärtlichkeit, keine Behutsamkeit, nichts als zielgerichtete, grausame Inbesitznahme. Der heftige Druck seines Mundes zwang ihre Lippen auseinander und seine Zunge schob sich zwischen ihre Zähne.

Miriam kämpfte gegen den heftigen Impuls, zuzubeißen und ihm damit wenigstens einen Teil ihrer Schmerzen heimzuzahlen, und gleich darauf blitzte ein zweiter Gedanke in ihrem Kopf auf, weit stärker und von niederschmetternder Klarheit. Wenn sie jetzt aufgab und ihm seinen Willen ließ, dann hatte sie mit Ralf keine Zukunft mehr. Selbst wenn sie das hier wider Erwarten überstand, sie würde mit dem Mann, den sie liebte, nie wieder das Bett teilen können, ohne in seinem Gesicht, in seinem Körper das Abbild des finsteren Zwillings zu sehen, der sie gequält und missbraucht hatte.

Das durfte sie nicht zulassen.

Nie im Leben.

Sie öffnete die Hand, die den Fluchbrecher umklammert hielt, und presste die Silberscheibe mit aller Kraft gegen seine Wange.

Einen Wimpernschlag lang schien die Welt auf ihrer Achse zu erstarren. Miriam nahm alles rings um sie her mit überdeutlicher Schärfe wahr – das zerknitterte Laken unter ihrem Rücken, das schwere Gewicht des Mannes, der sie in die Matratze presste, seine Finger, die sich in ihre bloßen Schultern krallten, seine Zunge in ihrem Mund.

Dann setzte die Wirklichkeit mit einem Ruck wieder ein: Reinhart zuckte zurück und brüllte.

Es war eine Mischung aus Qual und rasender Wut, und der bloße Klang sorgte dafür, dass Miriam sich die Haare sträubten. Aber ihr Zorn war ebenso groß wie seiner. Als er sich panisch aufbäumte und von ihr herunterrollte, weg von dem Ding, das ihm die Haut versengte, da durchzuckte sie ein Strahl reiner, erbarmungsloser Freude.

Reinhart kippte seitlich vom Bett auf den Boden. Miriam richtete sich auf, schlang sich die Kette des mit dem Fluchbrecher in wilder Hast um das Handgelenk und beugte sich über die Bettkante.

Er lag auf den Holzdielen, die Beine an die Brust gezogen, die Hand auf die Wunde gepresst, die sie ihm beigebracht hatte. Dünner Rauch quoll zwischen seinen Fingern hindurch, er knurrte vor Schmerz, und dann öffneten sich seine Augen. Sie waren trübe, und aus den Tiefen war jeglicher Rest von Menschlichkeit verschwunden.

»Miststück …«, flüsterte er heiser. »Dreckige Fotze …«

Er kam jäh hoch und griff nach ihr, und trotz der Verletzung war er schnell, großer Gott, er war so entsetzlich schnell. Eine Hand krallte sich in das Haar, das ihr wirr um das Gesicht hing, und zerrte sie zu sich hinunter. Beinahe wäre sie auf ihn gefallen. Sie schrie und holte aus, den Fluchbrecher immer noch fest im Griff. Dieses Mal wurde ihr Schlag mit wesentlich mehr Schwung geführt und traf seine Nase.

Es gab ein hässliches Knacken. Reinhart ließ sie los; eine dünne, rotgoldene Haarsträhne blieb in seiner Faust zurück. Wieder brüllte er, und Miriam brauchte ihre ganze Willenskraft, um sich nicht die Ohren zuzuhalten. Er nahm die Hand von der Wange, um nach der neuen Verletzung zu tasten, und jetzt sah sie das tiefe, brandige Loch, das die Silberscheibe beim ersten Schlag hinterlassen hatte. Die Ränder qualmten immer noch, und Blut rieselte über die Haut und tropfte von seinem Kinn.

Durch den zweiten Schlag hatte sich der Nasenknorpel schwarz verfärbt und seine gerade Form verloren. Er erinnerte sie auf groteske Weise an geschmolzenes Wachs, und auch hier floss Blut, viel mehr Blut als aus der Wange. Die gesamte untere Hälfte seines Gesichts war eine Maske aus nassem Purpur, und als er den Mund öffnete, registrierte sie mit morbider Faszination, dass sich sogar seine Zähne rot verfärbt hatten.

»Ich bring dich um ...«, röchelte er.

Miriam zuckte zurück und kroch ungeschickt vom Bett hinunter. Ihr Körper reagierte vollkommen instinktiv; das Raubtier hinter ihr knurrte und keuchte und erfüllte die Luft des kleinen Schlafzimmers mit dem Dunst des Todes. Sie strebte blindlings auf die Tür zu, aber dann verfing sich ihr Fuß in den verstreuten Kleidungsstücken auf dem Boden und sie fand sich auf den Knien wieder.

Sie hörte ihre eigene Stimme, die unablässig heiser vor sich hin flüsterte, Gebete vielleicht, ein Flehen um Rettung, während sie in rasender Angst versuchte, den hinderlichen Stofffalten zu entkommen.

Endlich hatte sie sich befreit; sie machte sich nicht erst die Mühe aufzustehen und kroch weiter, bis sie die Tür fast erreicht hatte – und dann packte eine Hand ihren Knöchel.

Sie wollte sich nicht umdrehen, sie wollte nicht sehen, und trotzdem wandte sie den Kopf und blickte über die Schulter zurück: Er kauerte hinter ihr, einen Arm ausgestreckt, den Körper gespannt wie ein Wolf unmittelbar vor dem Reißen der Beute. Das Gesicht mit der gebrochenen, verkohlten Nase war eine hasserfüllte Fratze.

»Hab ich dich!«

Als er ihren Knöchel fahren ließ und sprang, rollte Miriam sich seitlich weg. Sie entkam nur um Haaresbreite, und auch nur kurz, denn einen Wimpernschlag später war er über ihr. Er stank nach Tier, nach Blut und verbranntem Fleisch und Asche, und sie hörte sich selbst erstickt aufkeuchen, als sich seine Hände wie ein Schraubstock um ihren Hals legten. Sie wusste, sie hatte nur Sekundenbruchteile, bis entweder ihr Kehlkopf eingedrückt wurde oder ihr Genick brach, und ebenso instinktiv, wie sie vor ihm davongekrochen war, vergrub sie blitzschnell die linke Hand in dem dichten Haar auf seinem Hinterkopf, umschloss mit der anderen zum dritten Mal den Fluchbrecher und stieß ihn mit aller Kraft in eines der mörderischen Wolfsaugen.

Später konnte sie nicht sagen, wie sie die nächsten Sekunden überstanden hatte; was von ihrem Verstand übrig war, schaltete sich ab wie ein überlasteter Transformator. Der qualvolle Schrei der Bestie dröhnte ihr in den Ohren. Die Schraubzwinge um ihren Hals war fort, stattdessen spürte sie einen schlecht gezielten Schlag auf ihrer nackten Schulter und Fingernägel, die in hilfloser, blinder Brutalität ihre Flanken aufrissen. Hätte er seine volle Kraft einsetzen können, ihr wäre kein einziger heiler Knochen geblieben, aber Miriam presste ihm immer noch die Scheibe gegen das Gesicht. Heiße, gallertartige Flüssigkeit tropfte ihr über die Finger, und sie wurde von jäher Übelkeit geschüttelt, als sie begriff, dass der Augapfel hinter der silbernen Scheibe auslief.

Auf einmal riss sich das Wesen, das einmal Reinhart Markward gewesen war, von ihr los, fiel auf den Rücken und wälzte sich auf dem Boden hin und her, die Hände vor dem Gesicht. Heulende, unmenschliche Laute drangen aus seinem Brustkorb, der sich langsam vom Hals abwärts zu den Lenden hin mit einem dichten Pelz aus dunklen Haaren zu überziehen begann.

Schwankend mühte sie sich auf die Beine und wich zurück, unfähig, den Blick von dem Wahnsinn der Verwandlung abzuwenden, die sich unmittelbar vor ihr vollzog. Sie sah fassungslos zu, wie sich der Körper auf den Dielen streckte und in eine andere Form hinüberschmolz, während immer mehr Haare durch die unmöglich gedehnte Haut brachen. Das verunstaltete Gesicht begann sich vorzuwölben und der blutige Kiefer zog sich obszön in die Länge.

Dann prallte ihr Rücken gegen den Türrahmen und sie kam wieder zur Besinnung. Miriam wirbelte herum, machte einen langen Satz über die Schwelle und schlug die Tür hinter sich zu. Sie drehte den Schlüssel im Schloss und schob den soliden Eichenholzriegel vor, den irgendein Bauer aus ihrer Ahnenreihe in weiser Voraussicht angebracht hatte, aber sie machte sich keinerlei Illusionen. Beides würde Reinhart nicht lange aufhalten, sobald er sich weit genug erholt hatte, um sich auf die Jagd nach ihr zu machen. Und das würde er.

Sie lehnte keuchend an der Tür, lauschte mit einem Ohr auf die Laute der Bestie im Schlafzimmer und blickte sich wild nach irgendetwas um, das als Barrikade taugte. Ihr Blick fiel auf die Lindenholztruhe, die Ralf mit so viel Liebe restauriert hatte; sie stand unmittelbar neben der Schlafzimmertür unter dem runden, messinggerahmten Spiegel. Sie stieg über die Truhe hinweg, packte sie an den Rändern und schob mit aller Kraft. Zuerst rührte sich nichts; das Holz des alten Möbelstücks war dick und schwer, und Miriam erinnerte sich daran, dass sie vor ein paar Monaten schon Mühe gehabt hatte, sie gemeinsam mit Ralf von der Stelle zu bewegen.

»Gott, hilf uns, gegen das Licht des Fluchmondes zu bestehen, gegen das Übel in unseren Herzen und den Schrecken in unserem Blut …«

Sie stellte fest, dass sie das uralte, verzweifelte Gebet der Markwards vor sich hin flüsterte, und wie zur Antwort begann die Truhe, mit einem protestierenden Knarren langsam über die Dielen zu rutschen. Sie stemmte sich weiter dagegen, und es gelang ihr, sie zu drehen und weiterzuschieben, bis sie endlich mit einem dumpfen Bums gegen die Schlafzimmertür stieß.

Miriams Arme zitterten vor Anstrengung. Sie hob den Kopf, blickte in den Spiegel, der in der Nische hing und fuhr zusammen. Das Gesicht, das sie sah, war kalkweiß bis an die Lippen. Eine lange Schramme zog sich über ihre Wange, ihr Mund war geschwollen, die Unterlippe aufgeplatzt. Schultern und Brüste waren mit frischen Blutergüssen übersät. Sie legte die Hand auf ihren flachen Bauch.

Jetzt kann ich dir ins Gesicht sehen, während ich dich ficke.

Unvermittelt fing sie wieder an zu weinen und verfluchte sich dafür. Sie musste sich zusammennehmen, das Haus verlassen, an einen Ort fliehen, wo Reinhart sie mit viel Glück nicht mehr wittern und finden konnte. Nur noch die Treppe hinunter, hinaus in den oktoberkahlen Garten, hinein in den Wald. Das Auto stand nur fünf Minuten vom Haus entfernt, und der Schlüssel steckte. Reinhart hatte nicht damit gerechnet, dass Miriam es noch brauchen würde, und nach der Verwandlung konnte er mit dem Wagen auch nichts mehr anfangen. Plötzlich hatte sie die Vision eines riesigen Wolfes vor Augen, der vergeblich versucht, mit der Pfote den Zündschlüssel zu drehen. Sie spürte, wie ein hysterisches Kichern in ihr aufstieg. Gleichzeitig stellte sie fest, dass sie entsetzlich fror.

Sie musste etwas zum Anziehen finden. In der kleineren Gästekammer stand ein Schrank, in dem sie alte Kleidungsstücke aufbewahrte, die ausgebessert werden mussten. Sie rannte den Flur entlang und lauschte dabei die ganze Zeit nach hinten; im Schlafzimmer war es trügerisch still.

In der Kammer wickelte sie die Kette mit dem Fluchbrecher von ihrem Handgelenk ab und legte sie sich um den Hals. Dann riss sie die Schranktür auf. Keine Slips, aber eine abgetragene Jeans, die sie sehr gemocht hatte und die hier seit Monaten darauf wartete, am Knie geflickt zu werden. Sie schlüpfte hastig hinein. Kein Pullover, dafür ein altes Flanellhemd, dem der Knopf am Kragen fehlte. Sie fuhr in die

Ärmel, dankbar für den weichen Stoff auf ihrer Haut. Als sie anfangen wollte, das Hemd zuzuknöpfen, kam ein krachender Schlag vom anderen Ende des Korridors, dann ein lautes Kratzen und schrilles, wütendes Jaulen.

Sie stürzte aus dem Zimmer und starrte auf die Tür, hinter der das Entsetzen lauerte. Ein zweiter Schlag, viel heftiger jetzt. Das Holz erbebte und ächzte in den Angeln, und die Truhe machte förmlich einen kleinen Satz, bevor sie wieder stillstand.

Noch ein paar Schläge von diesem Kaliber, und er war draußen.

Miriam hetzte die Treppe hinunter, immer zwei Stufen auf einmal, den Herzschlag im Mund. Das offene Hemd blähte sich hinter ihr wie ein Segel, aber sie achtete nicht darauf, genauso wenig, wie sie sich die Mühe machte, unten in der Diele nach ihren Stiefeln zu suchen. Sie nahm mit fliegenden Fingern den Hausschlüssel vom Brett, riss die Tür auf, knallte sie hinter sich zu und schloss sie ab. Dann stand sie im Garten, das Gras feucht und eiskalt unter ihren nackten Füßen.

Blutmond – Auf Leben und Tod

Vor dem Morgen

Die Wiese lag in silbernes Licht getaucht, die dichten Wolken hatten sich vollständig verzogen und der Himmel war sternenklar. Jenseits der kalten Helligkeit der Lichtung wartete der Wald, die Bäume eine schwarze, abweisende Masse. Trotz ihrer Furcht, dass das Monster jede Sekunde im Haus durch die Tür brechen konnte, glaubte Miriam zum ersten Mal, dass sie vielleicht eine Chance hatte, diesen Alptraum zu überleben. Nur das kurze Stück quer über die Wiese und den schlammigen Weg hinunter, dorthin, wo das Auto stand.

Einige flüchtige Sekunden lang fragte sie sich, ob es Ralf wohl gelungen war, sich aus dem Keller im Markwardhof zu befreien, aber sie schob den Gedanken rasch beiseite und hastete auf den Waldrand zu. Als sie den Weg erreicht hatte, ertönte hinter ihr aus dem Inneren des Hauses ein Geräusch, laut genug, dass es durch die massiven, alten Wände und über die Wiese hinweg zu hören war: ein Splittern, gefolgt von einem ohrenbetäubenden Knall. Miriam biss die Zähne zusammen, schluckte einen Schrei schierer Panik hinunter, rannte schneller und betete, dass die Haustür ihn wenigstens ein paar weitere kostbare Sekunden aufhielt. Wenn es ihr nur gelang, bis zum Auto zu kommen …

Jetzt hatte sie den Saum des Waldes erreicht und tauchte in den Schatten der Bäume ein. Ihre Füße versanken in aufgeweichtem Lehm und machten jeden Schritt zu einer mühsamen Quälerei; der Schlamm saugte an ihren Knöcheln, hielt sie fest und gab sie nur widerstrebend wieder frei. Miriam kämpfte sich vorwärts, die Sinne bis zum Zerreißen angespannt. Sie lauschte nach hinten, wartete auf das Knacken von Zweigen unter den Pfoten des Jägers, aber außer ihrem eigenen Keuchen war nichts zu hören. Ihre Fußsohlen waren taub vor Kälte, und als sie reflexartig nach dem Anhänger tastete, das zwischen ihren Brüsten an der Kette baumelte, fühlte sich ihre Haut nicht weniger eisig an als das Metall.

Der Weg beschrieb eine scharfe Kurve, und dann entdeckte sie plötzlich den Wagen, keine zehn Meter von ihr entfernt, die Tür auf der Fahrerseite noch offen. Nie war ihr eine Zuflucht so lockend und tröstlich vorgekommen. Sie stieg über den riesigen Baumstamm hinweg, der quer über dem Weg lag und stolperte darauf zu. Ihr schwindelte vor Erleichterung.

Im nächsten Moment verfing sich ihr rechter Fuß in einem unsichtbaren Hindernis, und durch ihre blinde Hast hatte sie zu viel Schwung, um den Sturz zu verhindern. Sie kippte nach vorn und sah mit betäubter Verblüffung den Waldboden auf sich zukommen.

Die Scharniere verbiegen sich und reißen, und der Wolf ist endlich frei. Der gewaltige Kopf senkt sich, die empfindliche Nase nimmt die Witterung des *anderen* auf, und gleichzeitig die Witterung von ihr ... von ihr, die mehr zählt als alles andere. Er folgt dem bitteren Gestank der Bosheit nach, der sich wie eine feurige Spur über den Boden des Bauernhauses zieht. Hier sind sie beide aufgewachsen, als Erben des Fluchs, aber der Wolf hat in diesem Moment keine Erinnerung mehr daran. Alles was zählt, ist die Fährte.

Die Haustür steht offen – zum Glück – und die Nacht bestürmt ihn mit einer Wolke vertrauter, erregender Düfte, aber er verschließt die Sinne dagegen. Die Spur führt hinaus auf den

Hof, bricht dann jäh ab und geht unter in einem betäubenden Dunst von Öl, Gummi und Treibstoff. Der Wächter streicht über den Hof, die Nase dicht am Boden, aber die Fährte ist verloren und er winselt voll Bestürzung und Angst. Wie soll er die beiden verfolgen, wie den *anderen* besiegen und seine Gefährtin retten, wenn er nicht weiß, wie er sie finden soll? Er lässt sich auf die Hinterbeine sinken, hebt den Kopf und heult den Mond an, die blasse Scheibe, die hinter rasch ziehenden Wolken auftaucht und wieder verschwindet.

Was die Verwandlung ihm an Menschsein gelassen hat, gleicht einem winziger Kern aus klarem Verstand, eingebettet in seine wilden Instinkte wie die Perle in das Fleisch einer Auster. Sich mit diesem Kern zu verbinden, sein Wissen zu nutzen, ist unendlich mühsam, denn allein der Versuch ist ein waghalsiges Aufbäumen gegen den übermächtigen Fluch, der ihn beherrscht. Und was dieses Aufbäumen zutage fördert, ist kein klar gegliederter Gedanke, keine detaillierte Erinnerung, nur ein Bild. Es ist das Bild des Austragshauses auf der Lichtung im Wald jenseits des Tales, wo sie lebt, wo er sie all diese Monate geliebt und über sie gewacht hat, bevor der *andere* zurückkam. Und jetzt hat der *andere* seine Geliebte geraubt, um sie in Besitz zu nehmen und zu töten.

Er rennt mit weit ausgreifenden Sätzen den Hügel hinunter, durch das dichte, frostkalte Unterholz und über die Lichtungen mit ihrem weichen Teppich aus modernden Nadeln. Er versagt sich jede Abweichung von seiner Aufgabe, ignoriert den lockenden Duft kleiner Tiere, die sich des Nachts aus den Höhlen im Boden wagen, um sich ihre Nahrung zu suchen. Einmal sitzt ein Kaninchen starr vor Furcht mitten auf seinem Weg. Er sieht kurz riesige, entsetzte Augen, die das Mondlicht widerspiegeln, und das flüchtig aufblitzende Weiß der Blume, als die Beute, die ihn heute nicht ablenken darf, endlich doch Haken schlagend zwischen den Bäumen verschwindet.

Jetzt ist er unten im Tal angelangt und er wittert die Ansammlung von Menschen, die sich hier in einem Dutzend

Häuser zusammendrängen. Die geballte Vielfalt der Gerüche trifft ihn wie ein Schlag: Schweiß, gekochtes Essen, ein quälender Schwall künstlicher Duftwässer, ein Hauch von Stoff und Leder und ganz kurz die erregende warme Würze eines Mannes und einer Frau, die sich paaren. All das wird jäh wieder ausgelöscht durch die überwältigende Ausdünstung von Bitumen und Benzin, die vom glatten Boden unter ihm aufsteigt, während er in der Finsternis der Nacht ungesehen neben der Kirche über die Straße huscht.

Er wird schneller, denn er weiß, dass er sich seinem Ziel nähert. Nun geht es über den Fluss, quer über Wiesen hinweg, auf denen der Abendtau schon zu Reif erstarrt ist, der unter seinen Pfoten knistert, und dann verschwindet er erneut unter den Schirm der Bäume und folgt dem Band aus unebenem Asphalt, das sich den Berg hinaufwindet. Er ist jetzt nahe, ganz nahe, Teer weicht aufstiebendem Kies und weichem Schlamm. Da steht das Auto, die Tür offen. Die Spur ist wieder da, stärker, frischer als vorhin auf dem Hof, und er winselt im Jagdfieber, als er den ungezügelten Hass des *anderen* wittert, und den Duft der Frau, die er liebt. Er ist verändert, fast verzerrt ... ihr warmes, unendlich vertrautes Aroma wird überlagert von kalter Angst.

Die Ohnmacht konnte nicht länger als ein paar Sekunden gedauert haben. Miriam hob mühsam den Kopf und öffnete die Augen. Ihr ganzer Körper zitterte vor Unterkühlung und fühlte sich völlig zerschlagen an, und der Knöchel, der für ihren Sturz verantwortlich war, tat so fürchterlich weh, dass sie sich spontan in die Bewusstlosigkeit zurückwünschte. Dann überflutete sie die Erinnerung wie eine brennende Woge. Sie musste hier weg!

Versuchsweise bewegte sie Arme und Beine, zog sich an dem Stamm hoch, neben dem sie lag, und stellte erleichtert fest, dass sie stehen konnte. Aber schon beim ersten vorsichtigen Schritt ging sie mit einem Schmerzensschrei wieder zu Boden. Verzweifelt starrte sie dorthin, wo noch immer der Wagen stand; die Sicherheit, die er ihr vorgegaukelt hatte, erwies sich nun als spöttische Illusion. Ob der Knöchel gebrochen war oder verstaucht, spielte keine Rolle – fahren konnte sie damit auf gar keinen Fall. Und sich im Auto zu verstecken machte keinen Sinn. Miriam wusste, dass Reinhart in seiner Gestalt als Wolf stark genug war, um das Dach des Wagens aufzureißen wie den Deckel einer Konservendose.

Miriam lauschte. Der Wald schien mit ihr gemeinsam den Atem anzuhalten. Und das Geräusch, vor dem sie sich am meisten fürchtete, würde nicht mehr lange auf sich warten lassen – das Trommeln großer Pfoten auf dem weichen Boden, das tiefe Knurren, das kurze Innehalten unmittelbar vor dem Sprung, gefolgt von ihrem sicheren Tod. Wenn Reinhart sich mit seinem vollen Raubtiergewicht auf sie stürzte und sie zu Boden warf, hatte er leichtes Spiel; er würde ihr jeden Knochen im Leib brechen, und dann nützte ihr der Fluchbrecher auch nichts mehr. Sie wischte sich mit zitternden Fingern über das tränennasse Gesicht und dachte an Ralf, der vielleicht immer noch im Keller unter dem Markwardhof gefangen saß.

Ich liebe dich so sehr. Ich bin unfassbar unglücklich gewesen deinetwegen und unfassbar glücklich. Ich hätte mit dir den Fluch ertragen und dich niemals verlassen.

Sie zog das zerknitterte, feuchte Flanellhemd fest um sich zusammen; bei ihrem Sturz waren wenigstens drei weitere Knöpfe abgerissen. Der Saum der alten Jeans war steif von nassem Schlamm, der Stoff inzwischen an beiden Knien zerfetzt. Aber in diesem Moment rückten zu ihrer Überraschung Kälte und Angst in weite Ferne, als gehörten sie nicht länger zu ihr. Miriam spürte, dass die panische Angst abebbte und verging. Sie hatte das Ende ihres Weges erreicht, das Ende aller Möglichkeiten, und der Kampf war vorbei. Mit müdem Staunen stellte sie fest, dass sie angesichts der unausweichlichen Niederlage eine tiefe Ruhe überkam.

Sie senkte den Kopf und wartete.

Da war es – etwas Gewaltiges, Wildes, das mit großer Schnelligkeit durch das niedrige Unterholz aus Farn und jungen Laubbäumen brach, geradewegs auf sie zu. Vor ihrem inneren Auge sah sie die Gestalt des Wolfes, der sich näherte – der lange, gestreckte Leib, das dichte Fell, der graue Kopf mit den riesigen Fängen. Ein paar Sekunden noch, dann war alles vorbei.

Sie schnappte nach Luft, als eine verblüffende Erkenntnis sie aufrüttelte und jäh aus ihrer schicksalsergebenen Trance riss: Der Wolf kam aus der falschen Richtung – nicht vom Trautweinhof her, sondern aus dem Tal. Und das konnte nur eines bedeuten.

Das war nicht Reinhart.

Ganz plötzlich kommt der Duft nicht mehr allein von der Fährte, sondern von irgendwo direkt vor ihm, und wieder ist er schockierend anders. Diesmal ist der starke, kupfrige Dunst von frischem Blut dazugekommen, und obendrein kann er den Geruch des *anderen* wahrnehmen wie einen gespiegelten Abdruck auf ihrer Haut. Der *andere* hat sie gequält, der Wächter weiß es mit niederschmetternder Gewissheit. Und er hat versagt, denn er hat es nicht verhindert.

Er stürmt auf sie zu, sieht sie auf dem Boden kauern, das Haar offen und wirr, den Körper halbnackt und übersät mit den Malen von Schlägen. Er kann die Scheibe erkennen, die hell auf ihrer Haut funkelt. Als er sich vor ihr zum Sprung duckt, wird sie bleich, und ihr Mund öffnet sich zu einem Schrei. Aber sie greift nicht nach der uralten Waffe. Stattdessen wirft sie sich flach hin, das Gesicht in Nadeln und Erde gepresst, und er fliegt mit einem langen Satz über ihren Rücken hinweg.

Jetzt ist es der Geruch des *anderen*, der ihn anzieht und antreibt zugleich; im Zickzack hetzt er den steilen Berg hinauf, fort von ihr. Von einem Moment zum anderen weichen die Bäume rechts und links von ihm zurück, und vor ihm liegt die Lichtung mit dem Haus. Er bleibt stehen, starrt und hebt witternd die Nase. Der *andere* ist ganz nahe, und mit einem Schock begreift der Wächter, dass er sich nicht im Freien befindet – der stechende Dunst nach Hass und Gier führt geradewegs hinter die verschlossene Tür. Hat sie ihn dort eingesperrt? Der Gedanke sticht wie eine scharfe Klinge in seinen Geist, und er knurrt unwillig. Er spürt die rasende Wut des *anderen* ganz nahe, und dann erzittert die Tür, das massive Holz stöhnt und birst in zwei Teile, die nach außen schwingen und schief in den alten Eisenangeln hängen bleiben.

Auch der *andere* hat sich befreit.

Er steht im Freien und schüttelt sich; seine Flanken heben und senken sich unter schweren Atemzügen, und seine Bewegungen sind seltsam steif. Der Wächter kann sehen, dass er verwundet ist, und zwar drastisch – die rechte Augenhöhle ist leer.

Sie hat es ihm nicht leicht gemacht.

Diesmal heißt er den Schmerz des klaren, menschlichen Gedankens willkommen wie ein kostbares Geschenk, und selbst die giftige Ausdünstung des Fluchbrechers, die von den frischen Narben seines Feindes ausgeht wie ein kalter Hauch, erfüllt ihn mit wildem Jubel. Sie hat sich mit aller Kraft zur Wehr gesetzt.

Dann hat ihn der *andere* entdeckt, und sie stehen sich gegenüber, endlich bereit zum Kampf: dunkle Zwillinge, zu Gegnern geworden durch halsstarrige Güte und rücksichtslose Bosheit ... und durch die Frau, die der eine mit seinem Leben schützen und der andere in Stücke reißen will.

Der Wächter und der Zerstörer.

Diesmal ist es der Wächter, der zuerst angreift.

Er hatte ihr nichts getan.

Miriam kauerte auf dem Boden, betäubt vor Schock, Erleichterung und Staunen. Er war über sie hinweggesprungen, als sei sie nicht mehr als ein unbelebtes Hindernis, und doch wusste sie es besser. Sie hatten sich angesehen, einen atemlosen Moment lang, und in dem leuchtenden Gelb der Wolfsaugen hatte sie keinen Wahnsinn gefunden, sondern Entschlossenheit und einen siedenden Zorn. Und der richtete sich nicht gegen Miriam, sondern gegen die Bestie, die den Frieden des Waldes störte, den zu schützen er als seine Aufgabe ansah. Wenn es noch eines Beweises bedurft hätte, dass Ralf Susanne nicht ermordet hatte, dann war es die Tatsache, dass Miriam in diesem Augenblick noch lebte.

Ihre Hände suchten tastend den nassen Waldboden ab und fanden einen dicken Ast, den der Sturm in der letzten Nacht abgerissen hatte. Sie stützte sich darauf und kam auf die Beine. Jetzt gelang ihr ein schwankender Schritt, ein zweiter, ein dritter ... aber ihre Beine trugen sie instinktiv nicht ins Tal, sondern zurück zum Hof. Sie musste zu ihm. Sie wusste, dass es schierer Wahnsinn war, was sie da tat, doch sie tat es trotzdem. Jedes Mal, wenn sie den rechten Fuß aufsetzte, schoss ein weißglühender Schmerz vom Knöchel bis zur Hüfte, aber sie hinkte starrsinnig weiter, über ihrem improvisierten Gehstock zusammengekrümmt.

Endlich hatte sie den Waldrand erreicht. Hinter einem Baum fiel sie auf die Knie, umklammerte den Stamm mit beiden Armen und ließ die Stirn gegen die raue Borke sinken. Der Herzschlag dröhnte ihr in den Ohren, ihr Atem war ein keuchendes Schluchzen, und ihr wurde klar, dass darin jedes andere Geräusch ertrank. Es gelang ihr, ein kleines Stück zur Seite zu rutschen, und jetzt hatte sie freie Sicht auf den Garten und das Haus.

Keine zehn Meter von ihr entfernt wälzten sich zwei riesige Gestalten auf dem Boden, die Körper ineinander verkeilt. Miriam stöhnte entsetzt auf, unfähig, den Blick abzuwenden. Die beiden Wölfe lösten sich voneinander, rappelten sich hoch, standen sich stumm und lauernd gegenüber. Dann griffen sie gleichzeitig wieder an, rollten über den aufspritzenden Kies, gewaltige Zähne schnappten zu und gruben sich in dickes, graues Fell. Einer war das Spiegelbild des anderen, beide grimmig vertieft in einen lautlosen, fürchterlichen Tanz, und sie bewegten sich so schnell, dass es Miriam unmöglich war zu erkennen, welcher von ihnen ihr grausamer Feind war und welcher ihr Beschützer.

Dem Wolf links von ihr gelang ein tiefer Biss in die Schulter des anderen; er schüttelte ihn wie einen widerspenstigen Welpen, und jetzt unterbrach ein schrilles, schmerzerfülltes Jaulen das gespenstische Schweigen. Sein Gegner revanchierte sich, indem er wütend nach seinem Hals schnappte, aber der andere wich nach hinten aus. Beim zweiten Ausfall hatte er weniger Glück. Die scharfen, weißen Zähne erwischten ein Ohr und rissen es halb ab. Miriam sah, wie Blut seitlich über den Kopf strömte, schwarz im Mondlicht, und dann erhaschte sie einen kurzen Blick auf eine leere Augenhöhle. *Reinhart.*

Wieder stürzte sich der Wächter auf ihn, und diesmal war der Aufprall so heftig, dass der einäugige Wolf hintenüberkippte und schwer zu Boden schlug, Bauch und Kehle entblößt. Sein Gegner zögerte; die goldenen Augen sprühten Feuer, doch irgendetwas hielt ihn davon ab, der Sache ein rasches Ende zu machen. Dieses kurze Zögern reichte aus, um das Blatt erneut zu wenden. Als der Einäugige begriff, dass der letzte Schlag nicht kam, warf er sich blitzschnell herum und erwischte zum zweiten Mal die Schulter, die bereits eine tiefe, gezackte Wunde aufwies. Der Wächter knurrte, er riss sich los, und dann krachte sein Feind noch einmal in ihn hinein – mit solcher Wucht, dass der Wächter ein kleines Stück durch die Luft geschleudert wurde und reglos auf der Seite liegen blieb.

Miriam hörte sich selbst schreien und schlug verspätet die Hand vor den Mund.

Der Einäugige fuhr herum und starrte in ihre Richtung. Die Lefzen zogen sich von den riesigen Raubtierfängen zurück. Es sah fast aus wie ein Lächeln.

Wie im Traum beobachtete sie, dass er sich in Bewegung setzte. Er war langsam und unbeholfen, angeschlagen durch den Kampf ... aber er wusste, dass seine Beute ihm nicht entkommen konnte. Miriam dachte nicht nach, dazu hatte sie gar keine Zeit mehr. Ihre Hand fasste nach dem Fluchbrecher auf ihrer Brust, dann zog sie sich hastig die schwere Kette über den Kopf und begann sie zu schwingen.

Der Wolf sah, was sie tat, aber er blieb nicht stehen. Er war vielleicht noch fünf Meter von ihr entfernt, dann vier. Er duckte sich, dann spannte sich der lange, graue Leib zum Sprung. Im selben Moment ließ Miriam die Kette los und die Metallscheibe segelte durch die Luft.

Sie hatte etwas zu hoch gezielt. Der Fluchbrecher erwischte ihn gerade noch an der Stirn und rutschte über seinen Kopf hinweg nach hinten. Dort, wo er Fell und Haut berührte, zog er eine tiefe Furche, aus der Rauch aufstieg. Der Wolf jaulte schrill auf, verlor einen Großteil von seinem Schwung und landete dicht vor ihr ungelenk auf allen vieren, während Miriam sich nach hinten fallen ließ und panisch rückwärts kroch. Der Geruch nach versengtem Fleisch und Pelz traf sie wie ein Schlag. Sie wandte das Gesicht ab, um ihren eigenen Tod nicht sehen zu müssen, biss die Zähne zusammen und wartete auf den unausweichlichen Schmerz, wenn er ihren Körper in Stücke riss.

Der Schmerz kam nicht. Stattdessen hörte sie einen schweren Aufprall, ein tiefes, zorniges Knurren, gleich darauf ein scharfes Reißen und Knacken.

Dann war es lange still.

Die Augen zu öffnen, den Kopf zu drehen und hinzuschauen erforderte mehr Mut als alles andere, was Miriam sich an diesem Abend abgefordert hatte.

Ein Körper lag reglos auf dem struppigen Gras am Rande der Lichtung. Blut sickerte aus einer schrecklichen Wunde in der Kehle und rieselte in einem dünnen, warmen Rinnsal über ihre bloßen Füße. Reflexartig zog sie die Beine an die Brust. Ihr war schwindelig und speiübel.

Neben dem Kadaver stand der Wächter. Seine Flanken hoben und senkten sich unter schweren, mühsamen Atemzügen, das Fell an seiner Schulter war nass und verklebt und von seiner Schnauze tropfte es schwärzlich rot.

Miriam wandte sich ab, stützte sich unbeholfen auf die Hände und übergab sich. Dann kroch sie mit letzter Kraft von der kleinen Pfütze weg und rollte sich auf dem Waldboden zusammen, das Gesicht in den Armen vergraben. Sie fühlte weder Dankbarkeit noch Erleichterung. In diesem Moment war in ihr nur noch eine überwältigende Leere. Sie wollte in der herbstlichen Erde versinken und sich darin auflösen, bis nichts mehr von ihr übrig blieb.

Wie aus weiter Entfernung spürte sie heißen Atem, der über ihre Beine strich. Der Wächter war jetzt neben ihr. Er berührte sie nicht. Als sie sich nach einer Ewigkeit endlich hochstemmte und umdrehte, sah sie, dass er mit gesenktem Kopf wartete, ohne sie anzusehen.

Dieser Anblick brachte sie schlagartig zur Besinnung. Sie streckte die Hand aus, legte sie auf den breiten, gewölbten Nacken und strich darüber, wieder und wieder.

»Ist schon gut …«, flüsterte sie und hörte, wie ihre Stimme brach. »Ist schon gut, ist ja alles gut …«

Sie griff fester zu, zog sich an seinem muskulösen Rücken hoch. Er fuhr zusammen und winselte, als sie die tiefe Wunde an seiner Schulter mit den Fingern streifte, aber er hielt still, blieb dicht an ihrer Seite und stützte sie, als sie sich hinkend und unter Schmerzen in Bewegung setzte. Vor Kälte und Schock zitterte sie am ganzen Leib, doch obwohl ihr die Zähne klapperten, redete sie unablässig auf das riesige Tier neben sich ein. Sie wusste nicht, wie viel er in Wolfsgestalt von dem verstand, was sie sagte, aber in diesem Moment spielte es keine Rolle.

Miriam dankte ihm wieder und wieder, dass er gekommen war, um sie zu retten, sie sagte ihm, dass sie ihn liebte und immer lieben würde. Irgendwann hörte sie sich selbst nur noch seinen Namen flüstern. Und als sie das Haus mit der geborstenen Tür endlich erreicht hatten, fand sie sich auf den Knien wieder, die Arme um den Hals des Wächters geschlungen und das Gesicht gegen den mächtigen Hals gedrückt.

Der Wächter wartete, bis sie sich halbwegs beruhigt hatte. Dann gab er einen fragenden Laut von sich, ein Grollen tief aus seiner Kehle, und Miriam löste sich widerstrebend von der Wärme und dem Trost, den er ihr schenkte. Sie stand auf und blickte an den zwei zertrümmerten Hälften der Tür vorbei in das Haus hinein. Ein breiter Strom aus Mondlicht ergoss sich in die Diele, und Miriam konnte überall Holzsplitter sehen, dazu eine völlig verbogene Türangel, die Zeugnis davon ablegte, mit welcher Wut Reinhart sich befreit hatte.

Es war ein Wunder, dass sie noch lebte.

Sie trat über die Schwelle, dann drehte sie sich um. Der Wolf stand noch an derselben Stelle, die goldenen Augen unverwandt auf sie gerichtet. Er jaulte leise und auffordernd, machte aber keinen Versuch, ihr ins Haus zu folgen. Stattdessen legte er sich hin, den Kopf auf den Vorderpfoten. Er würde sie nicht verlassen. Er würde über sie wachen.

Sie humpelte durch die Diele zur Treppe und stieg eine Stufe nach der anderen hinauf, schwerfällig und taumelnd vor Erschöpfung. Sie dankte Gott dafür, dass das Badezimmer sich am genau entgegengesetzten Ende des Flurs befand wie das Schlafzimmer; sie wollte nicht sehen, was bei Reinharts Ausbruch mit der Lindenholztruhe geschehen war. Im Bad schloss sie die Tür ab und registrierte voller Dankbarkeit, dass die Wärme des Kachelofens bis hier oben hinauf zu spüren war. Becken und Wanne waren glänzend sauber, frische Handtücher hingen an den Haken und sie erinnerte sich mit vager Verblüffung daran, dass sie heute Morgen erst geputzt hatte.

Vor ihrem inneren Auge polierte eine Frau, die genauso aussah wie sie, den Spiegel und wischte den Fußboden ... Aber es konnte unmöglich dieselbe Frau sein, die einem rasenden Werwolf eine Silberscheibe auf das Auge gepresst, die ihn im Haus eingesperrt und halbnackt vor ihm durch den Wald geflohen war.

Gott, hilf uns, gegen das Licht des Fluchmondes zu bestehen ...

Sie streifte die verdreckten Fetzen ab, die von Jeans und Hemd noch übrig waren. Dann stieg sie ungeschickt in die Badewanne. Sie sah, dass der verletzte Knöchel dick geschwollen war, sie sah Kratzer, Schmutz und Blutergüsse überall auf dem Körper, der sich in den glänzenden Fliesen spiegelte. Sie ließ die Dusche laufen, starrte nach unten und beobachtete stumpf vor Müdigkeit, wie braune und rote Rinnsale minutenlang in die Wanne liefen, seltsame Muster bildeten und im Abfluss verschwanden. Wieder und wieder seifte sie sich ein, und selbst als sie schon lange nicht mehr fror, drehte sie das Wasser immer noch heißer, bis das Badezimmer von einer Dampfwolke erfüllt war und ihre Haut brannte.

… gegen das Übel in unseren Herzen und den Schrecken in unserem Blut …

Miriam stand vor dem Spiegel, der jetzt so beschlagen war, dass sie nichts mehr erkennen konnte. Sie hob die Hand, um ihn abzuwischen, und ließ sie wieder sinken. Sie wollte sich selbst nicht sehen. Vage wurde ihr bewusst, wie knapp sie selbst einer Infektion mit dem Fluch entgangen war; Reinhart hatte gerade noch rechtzeitig von ihr abgelassen, ehe er sich verwandelte. Aber was sie eigentlich mit tiefem Entsetzen hätte erfüllen müssen, ließ sie in ihrer bodenlosen Müdigkeit beinahe kalt. Unbeholfen schlüpfte sie in den Bademantel aus Frottee, der an der Innenseite der Tür hing, wickelte den dicken Stoff straff um sich und knotete den Gürtel fest.

Wohin jetzt? In ihr Schlafzimmer mit dem zerwühlten Bett, auf dem Reinhart versucht hatte, sie zu vergewaltigen? Hinunter in die Diele? Dort wachte der Wolf hinter den Bruchstücken der Tür, und am anderen Ende der Lichtung lag im klaren, erbarmungslosen Licht des Blutmondes der Kadaver des Bruders, den er gejagt und gerissen hatte, um sie zu schützen.

Gott, hilf uns.

Am Ende kauerte sie sich auf dem Fußboden neben der Wanne zusammen, die Beine eng an den Leib gezogen. Sie stützte das Kinn auf die Knie und atmete in tiefen Zügen den Geruch ihrer sauberen, überhitzten Haut ein. Vielleicht konnte sie dieses Badezimmer nie wieder verlassen. Vielleicht wollte sie es nicht einmal.

Miriam fielen die Augen zu, und sie versank unaufhaltsam in einer tiefen, friedlichen Dunkelheit.

Sie kam sehr langsam zu sich und fand sich zusammengerollt auf den Badezimmerfliesen wieder. Das trübe Licht eines frühen Herbstmorgens fiel durch das kleine Milchglasfenster, und es war kalt.

Sie stemmte sich hoch und sog die Luft zischend durch die Zähne ein; es gab kaum eine Stelle an ihrem Körper, die nicht wehtat. Um aufstehen zu können, musste sie sich am Badewannenrand hochziehen. Sie hinkte zum Spiegel hinüber, zuckte vor dem Anblick ihres Gesichts zurück und berührte mit der Fingerspitze behutsam die geschwollene Unterlippe. Dann öffnete sie den Badezimmerschrank und holte das Fläschchen mit reinem Alkohol heraus, das darin stand. Sie tränkte einen Wattebausch mit der klaren Flüssigkeit, betupfte den langen Kratzer auf der Wange damit und hörte sich selbst aufstöhnen, als die misshandelte Haut anfing, heftig zu brennen. Dann putzte sie sich vorsichtig die Zähne und kämmte sich die Haare.

Sie humpelte zur Tür und schloss sie auf. Im ganzen Haus rührte sich nichts; sie ging langsam und steif den Flur hinunter und erreichte das Schlafzimmer.

Die Überreste der Tür hingen zerschmettert in verbogenen Angeln. Die Lindenholztruhe, die sie als Barrikade benutzt hatte, war bis fast ganz an die gegenüberliegende Wand des Flurs geschleudert worden, als der Werwolf ausbrach – der Deckel, den Ralf im Februar so liebevoll restauriert hatte, war gesplittert, und zum zweiten Mal zog sich ein langer, unregelmäßiger Riss durch die geschnitzte Rosenranke.

Miriam stieg über die Trümmer der Tür hinweg und betrat das Schlafzimmer. Der Raum bot ein einziges Bild der Zerstörung. Die Vorhänge am Fenster und an der Tür, die zum Balkon hinausführte, waren heruntergerissen, das Bettzeug hing in Fetzen. Bei jedem Schritt wirbelten Federn aus dem auf, was von Daunendecke und Kopfkissen übrig geblieben war. Sie betrachtete das Messingbett; das Fußteil war krumm und schief, die Porzellanknäufe abgebrochen. *Ich kann sowieso nicht mehr darin schlafen,* dachte sie, als die Erinnerung an die vergangene Nacht in ihren Geist zurückflutete, gemeinsam mit einem Schauder aus Ekel und Abscheu, der ihr eiskalt den Rücken hinabrieselte. *Nie wieder.*

Glücklicherweise hatte der Kleiderschrank nur ein paar Kratzer abbekommen. Zwischen den Sachen, die sie erst vor ein paar Tagen ausgepackt und wieder dort verstaut hatte, entdeckte Miriam den dunkelblauen Hausanzug. Sie zog den Bademantel aus und schlüpfte mühsam in Hose und Oberteil. Dabei stellte sie fest, dass ihre Knie zerschrammt und wund waren und der rechte Fußknöchel immer noch dick; die Haut hatte sich abenteuerlich blaugrün und schwarz verfärbt. Gebrochen war aber wohl nichts, sonst hätte sie nicht laufen können.

Sie verließ das Schlafzimmer, so schnell sie es mit dem schmerzenden Knöchel fertigbrachte und machte sich auf den Weg ins Erdgeschoss.

Graues Tageslicht erhellte die Diele und brachte schneidende Kälte mit sich. Wenigstens war hier unten außer der Tür nichts zu Bruch gegangen. Miriam trat auf die Schwelle und blickte hinaus über die Lichtung, und ihre Augen fanden nach einigem Zögern die Stelle, wo Reinhart gestorben war. Der Wolf war verschwunden, aber dort lag auch kein toter Mensch. Ralf musste die Leiche seines Bruders fortgeschafft haben – aber wohin? Und wo war er?

Sie zog sich wieder ins Haus zurück, hinkte in die Stube, froh, dass es hier eine Tür gab, die sie schließen konnte. Sie nahm eine Handvoll Scheite aus der Holzkiste neben dem Fenster, warf sie in den Ofen und drehte aus einer Seite des »Schwarzwälder Boten« einen kleinen Fidibus. Ein paar Minuten später flackerte ein fröhliches Feuer hinter den glänzenden grünen Kacheln und das Zimmer fing an, sich mit wohliger Wärme zu füllen.

Sie ließ sich schwerfällig auf dem Sofa nieder. Der Knöchel pochte schmerzhaft, der Kratzer auf ihrer Wange brannte immer noch. Sie erinnerte sich daran, wie sie vor wenigen

Stunden auf der Erde gelegen hatte und den Wunsch verspürt hatte, darin zu versinken und sich vollständig aufzulösen. Jetzt herrschte in ihr eine gewaltige Leere. Es war, als hätte das Drama der vergangenen Nacht alle Lasten und Kümmernisse der letzten Monate aus ihrem Geist gefegt und ihn verwaist zurückgelassen. Sie schloss die Augen.

Als sie sie wieder öffnete, wusste sie nicht, wie viel Zeit vergangen war. Das Licht hinter den Fenstern hatte an Kraft gewonnen; die Sonne war hinter den Wolken herausgekommen und malte blassgoldene Muster auf den Tisch. Sie blickte sich um, sah, dass die Uhr stehen geblieben war ... und dann hörte sie Schritte in der Diele. Sie richtete sich auf, gepackt von einem plötzlichen Schrecken, der das Blut rascher durch ihre Adern trieb, und bevor sie aufstehen konnte, öffnete sich die Tür.

Ralf stand im Türrahmen. Er sah erschöpft und mindestens so zerschlagen aus wie sie. Dunkle Schatten lagen unter seinen Augen, sein Gesicht hatte kaum Farbe. Er trug ausgebleichte Jeans, ein Hemd mit Stehkragen und darüber einen grob gestrickten Pullover. In der Hand hielt er etwas, das aussah wie ein Akkuschrauber.

»Miriam ...«, sagte er leise.

Sie wollte sich bewegen, auf ihn zugehen, etwas sagen, aber sie brachte kein Wort heraus. Er folgte ihrem Blick, hob das Werkzeug hoch und zuckte ganz leicht die Achseln.

»Ich hab dir eine neue Tür mitgebracht«, erklärte er. »Ich wollte sie gerade einsetzen, aber sie ist einen knappen Zentimeter zu lang. Ich fürchte, ich werde sie abschleifen müssen.«

Sie wollte seinen Namen sagen, aber noch immer konnte sie nicht sprechen. Er sah sie an, und die Stille breitete sich zwischen ihnen aus wie ein Ozean.

»Mein Gott«, flüsterte er plötzlich. »Was hat er bloß mit deinem Gesicht gemacht?«

»Seins hättest du mal sehen sollen.«

Ihre Stimme zitterte, und sie wusste nicht, ob das, was in ihrer Kehle hochstieg, Tränen waren oder Gelächter.

Und jetzt endlich konnte sie sich rühren. Sie sprang auf, umrundete den Tisch und hatte den Abstand zwischen ihnen fast überwunden, als der verstauchte Knöchel sie im Stich ließ und sie mit einem Schrei das Gleichgewicht verlor. Der Akkuschrauber landete polternd auf dem Boden und Ralf fing sie auf.

Miriam klammerte sich an ihn, fassungslos vor Freude und Erleichterung, als er sie mühelos hochhob und an sich drückte. Er setzte sich mit ihr auf das Sofa und sein Griff lockerte sich; sie nahm sein Gesicht in beide Hände und küsste ihn, auf die geschlossenen Augen, die Nase, die Wangen, den Mund.

»Vergib mir«, sagte sie. »Vergib mir, dass ich dir nicht geglaubt habe.«

»Es gibt nichts, was ich dir vergeben müsste.« Seine Lippen berührten ihren Hals, dort, wo er dicht unter der Haut ihren Puls spüren konnte. »Ich bin so froh, dass du nicht auf mich gehört hast ... dass du zurückgekommen bist. Ich liebe dich, Miriam. Ich liebe dich so sehr.«

Sie nahm seinen vertrauten, unvergesslichen Duft mit jedem tiefen Atemzug in sich auf; er war endlich wieder bei ihr, und sie war in Sicherheit.

Sie ließ den Kopf gegen seine Schulter sinken und weinte.

Schneemond – Zwei Herzschläge

Ende Oktober

Sie redeten nicht viel in den folgenden Tagen; als sei jedes Gespräch wie die unbedachte Berührung einer tiefen Wunde, die erst einmal in Ruhe gelassen werden musste, um zu verschorfen.

Ralf ersetzte die ruinierten Angeln am Hauseingang durch neue, schliff die Tür ab, die er mitgebracht hatte, und passte sie ein. Am ersten Nachmittag ging er allein hinauf in den ersten Stock und inspizierte das Schlafzimmer. Als er wieder zu Miriam zurückkam, verlor er kein einziges Wort darüber, was er dort gesehen hatte, aber sein Gesicht war hart wie Stein und seine Augen erfüllt von stillem, brennendem Zorn. Er trug die Holztrümmer zusammen, schichtete sie draußen auf der Lichtung zu einem Scheiterhaufen auf und setzte sie in Brand. Dann nahm er das Messinggestell auseinander, lud es in seinen Lieferwagen und entsorgte es ebenso wie die zerfetzten Gardinen und das ruinierte Bettzeug.

Irgendwann zwischendurch nahm er eine Schaufel und ging hinaus in den Wald, um Jacobs Leichnam zu holen und ihn zu begraben; er ließ nicht zu, dass Miriam ihm dabei half, und in gewisser Weise war sie froh darüber. Aber sie nutzte den nächsten milden Tag und pflanzte einen kleinen Rosenbusch über der Stelle, wo ihr vierbeiniger Freund seine letzte Ruhe gefunden hatte.

Und sie war es auch, die den Fluchbrecher an der Stelle fand, wo Reinhart gestorben war, die ihn wieder ins Haus zurückbrachte, säuberte und in die Rosenholzschatulle zurücklegte.

Sie schliefen getrennt voneinander in den beiden Gästekammern. Als er sich in der ersten Nacht zurückzog und sie in ihrem Bett allein ließ, protestierte sie nicht, obwohl sie es gern getan hätte. Sie verstand die unausgesprochene Angst, die ihn quälte, weil es in gewisser Weise ihre eigene war. Sie fürchtete sich unsagbar davor, was geschehen würde, wenn sie neben ihm aufwachte und nicht ihn sah, sondern sein dunkles Ebenbild.

»Ich möchte gern ein neues Bett für dich bauen«, sagte er etwa eine Woche später. »Für uns beide. Wenn du dir das vorstellen kannst.«

»Das kann ich«, erwiderte sie. »Ich finde die Idee wunderbar.«

Ralf lächelte sie an – das erste befreite Lächeln seit dem Morgen nach Reinharts Tod – und machte sich sofort an die Planung. Miriams Zeichentisch wurde okkupiert und bedeckte sich nach und nach mit Dutzenden von Entwürfen, die geheimnisvollerweise immer dann verschwanden, wenn sie in der Nähe war. Als er sich nach einer weiteren Woche sicher war, wie das fertige Bett aussehen sollte, fuhr er in seine Werkstatt.

Miriam wartete, bis der Wagen hinter den Bäumen verschwunden war, dann rief sie ihren Gynäkologen in Freudenstadt an und fragte nach dem nächstmöglichen Termin. Es stellte sich heraus, dass er noch am selben Nachmittag Zeit für sie hatte. Sie setzte sich ins Auto und fuhr in seine Praxis.

Er untersuchte sie gründlich und bat sie dann in sein Sprechzimmer.

»Ihre Vermutung war ganz richtig, Frau Trautwein«, sagte er. »Sie sind tatsächlich schwanger. In der neunten Woche etwa.«

Schwanger. Miriam schloss die Augen und atmete tief durch.

»Ich … ich begreife das nicht«, sagte sie. »Mein Arzt in Hannover hat mir ein Medikament verschrieben, um meinen Hormonhaushalt auszugleichen. Ich dachte …«

»… dass Sie damit gleichzeitig verhüten können?« Der Arzt lehnte sich zurück. »Das stimmt auch, normalerweise jedenfalls. Allerdings hat der Kollege in Hannover Ihnen ein Präparat verordnet, das in der Zusammensetzung einer östrogenfreien Minipille zwar ähnelt, aber noch schwächer dosiert ist. Deswegen eignet es sich zur Verhinderung einer Schwangerschaft nicht wirklich. Hat er Ihnen das nicht gesagt?«

Miriam dachte nach.

»Möglicherweise hat er das getan«, sagte sie endlich, »aber ich muss zugeben, dass ich es nicht mehr genau weiß. Das ist mehr als ein Jahr her, und damals war gerade eine sehr … unbefriedigende Beziehung zu Ende gegangen. Eine Schwangerschaft war so ziemlich das Letzte, woran ich gedacht habe.«

»Ich verstehe.« Der Arzt lehnte sich zurück und musterte sie nachdenklich über seine Goldrandbrille hinweg. »Darf ich fragen, ob Sie jetzt wieder in einer festen Beziehung leben?«

»Ja«, sagte sie leise.

»Und das Kind ist von diesem Mann?«

Sie nickte. »Aber er weiß noch nichts davon. Und ich bin nicht sicher …«

»… ob er es haben will?«

Sie nickte wieder.

»Nun, Frau Trautwein, in erster Linie ist entscheidend, was Sie wollen. Sie haben noch knappe drei Wochen, um einen Abbruch vornehmen zu lassen, bis Mitte November. Denken Sie in Ruhe darüber nach, und wenn Sie meine Hilfe brauchen, bin ich jederzeit für Sie da. Selbstverständlich auch in dem Fall, dass Sie das Kind austragen möchten. Dann ganz besonders gerne.« Er lächelte.

Sie gab ihm die Hand, bedankte sich und ging.

Auf der ganzen Heimfahrt ins Wolftal fiel dichter Regen aus tief hängenden Wolken, gemischt mit den ersten harten

Schneeflocken. Miriam musste sich sehr auf die Straße konzentrieren und verbot sich jeden Gedanken an das, was der Arzt zu ihr gesagt hatte. Erst als sie sicher wieder zu Hause war und in der warmen Küche stand, brach die Erkenntnis über sie herein … und mit ihr die Furcht.

Und … und passiert es immer? Bei jedem Sohn? – Nein. Das ist ja gerade das Schlimme daran. – Wieso ist das schlimm? – Weil wir nie wissen, wann der Fluch das nächste Mal zuschlägt.

Ralf hatte sich jahrelang jede ernsthaftere Beziehung zu einer Frau verboten und alles dafür getan, dass mit ihm der Fluch endlich ausstarb. Er hatte sich fest darauf verlassen, dass sie nicht schwanger werden konnte – genau wie sie. Sie hatte keine Ahnung, wie sie ihm beibringen sollte, dass all seine Bemühungen umsonst gewesen waren.

Sie haben noch knappe drei Wochen, um einen Abbruch vornehmen zu lassen.

Sie konnte die Schwangerschaft sofort beenden, wenn sie wollte … sie musste es ihm nicht einmal sagen. Die Bürde, die ihnen das Schicksal damit auflud, würde aus ihrem gemeinsamen Leben verschwinden, ohne dass er jemals etwas davon erfuhr. Die Versuchung, das Problem auf diese heimliche Weise zu lösen, war riesengroß.

Diesmal aber würde sie es sein, die ihn täuschte. Um ihn zu schützen selbstverständlich, sie alle beide. Und trotzdem. Sein letzter Versuch, ihr einen Teil der Wahrheit vorzuenthalten, weil er sie schützen wollte, hatte einen furchtbaren Keil zwischen sie getrieben und ihre Beziehung beinahe dauerhaft zerstört.

Miriam ging hinauf ins Schlafzimmer. Ihre Schritte hallten auf dem weiß gelaugten Dielenboden. Außer der Eichenkommode und dem Kleiderschrank standen keine Möbel mehr darin – dafür aber zwei Eimer mit Farbe. Ralf baute ihr nicht nur ein neues Bett, er veränderte und erneuerte den ganzen Raum, in dem es stehen würde … um ihren Erinnerungen den Stachel zu nehmen und ihnen beiden einen Neuanfang zu ermöglichen.

Aber wenn sie schwieg, dann begann dieses neue gemeinsame Leben mit einer Lüge. Und sie wusste einfach nicht, ob sie das riskieren wollte.

Zehn Tage brauchte Ralf, um in seiner Werkstatt neben dem Markwardhof das Bett zu schreinern. Dann, an einem kalten, klaren Tag Ende Oktober, brachte er die Einzelteile im Lieferwagen zu ihrem Haus. Er hatte die Wände des Schlafzimmers bereits gestrichen, neue Vorhänge ausgesucht und sie selbst aufgehängt. Seitdem hatte er Miriam nicht mehr hineingelassen; jetzt verbot er ihr ganz, in den ersten Stock hinaufzukommen. Also blieb sie im Erdgeschoss, richtete ihm zwischendurch eine Kleinigkeit zu essen, bügelte Wäsche und wartete, während über ihr unablässig Hammerschläge und das Summen des Akkuschraubers zu hören waren.

Nachmittags war er fertig und holte sie nach oben. Vor dem Schlafzimmer bat er sie, die Augen zu schließen, dann nahm er sie bei der Hand und führte sie hinein.

»Schau«, sagte er.

Das Bett war aus einem rötlich getönten Holz gemacht. Es war nicht lackiert, sondern geölt; als sie es berührte, fühlte es sich seltsam warm und seidig an. Kopf- und Fußteil hatten weiche, geschwungene Linien, und der obere Rand lief in eine breite, üppig geschnitzte Bordüre aus – Blätter und Blüten, die sich ineinander verschlangen und in alle Richtungen wuchsen. Der Bettrahmen stand auf runden Füßen, und selbst die waren noch mit winzig kleinen Blättern verziert.

»Gefällt es dir?«

»Gefallen?« Sie suchte nach Worten. »Es ist … es ist ein Wunder.«

Er lachte leise. »Das hast du schon gesagt, als du damals zum ersten Mal die restaurierte Truhe gesehen hast. Allmählich sollte dir etwas Neues einfallen.«

»Tut mir leid.« Sie küsste ihn. »Ich weiß einfach nicht, wie ich es anders ausdrücken soll. Danke. Danke für dieses Bett … für das ganze Schlafzimmer.«

Die Wände hatten ihre Aprikosenfarbe verloren, stattdessen hatte er ein sehr blasses Braun gewählt. Die Vorhänge waren aus einem Leinen, das nur ein ganz klein wenig dunkler war; sie wurden seitlich von runden, hölzernen Fibeln gehalten. Erst jetzt fiel ihr auf, dass er auch die Dielen neu abgeschliffen und geölt hatte; sie schimmerten in einem sanften, goldenen Beige. Der Raum hatte mit dem Zimmer, das sie selbst im März eingerichtet hatte, überhaupt nichts mehr gemein; auch das war schön gewesen und um einiges femininer. Dieses hier aber hatte eine zusätzliche Qualität; es strahlte Harmonie und einen gelassenen Frieden aus, der sich in ihr Herz stahl.

Sie setzte sich auf die Bettkante und schaute zu ihm auf. »Ich muss dir etwas beichten«, sagte sie. »Ich habe es bisher nicht fertiggebracht, aber wenn wir gemeinsam hier leben und schlafen wollen, dann wird es jetzt höchste Zeit.«

Er setzte sich neben sie; sie wandte sich ihm zu und legte ihm die Hände auf die Brust.

»Ralf … ich bin schwanger.«

Er schwieg.

Sie suchte in dem geliebten Gesicht nach Anzeichen von Schrecken, von Zorn oder Enttäuschung, aber sie fand nichts von alledem … nur eine tiefe Ruhe.

»Du bist gar nicht überrascht.«

»Nein«, sagte er langsam. »Aus dem einfachen Grund, weil ich es weiß. Ich habe es in dem Moment gewusst, als ich dich am Morgen nach Reinharts Tod in die Arme genommen habe.«

»Aber woher …«

»Ganz einfach.« Ralf seufzte. »Das war nach der zweiten Dreinacht, erinnerst du dich? Ich hatte mich erst vor ein paar Stunden zurückverwandelt. Ich konnte deinen Schmerz wittern, deine Angst und deine Sehnsucht nach mir. Und als ich dich hochgehoben habe, habe ich nicht nur einen Herzschlag in deinem Körper wahrgenommen, sondern zwei.«

Er hob die Hand, zeichnete mit den Fingerspitzen ihre Stirn und ihre Wange nach und strich mit dem Daumen über ihre Lippen. Die Berührung war unendlich zart, fast ehrfürchtig.

»Mein Vater hat mir davon erzählt … Er hat gesagt, der Fluch hätte sein ganzes Leben überschattet und ihn zur Verzweiflung getrieben. Aber es gab einen einzigen Moment, in dem er tatsächlich dankbar dafür war … als er in einer der Dreinächte meiner Mutter die Hand auf den Bauch legte und die Herzen seiner Kinder hören konnte.« Er schwieg einen Moment, den Kopf gesenkt. »Er sagte, das sei das wunderbarste Gefühl gewesen, das er je empfunden hat. Und er hatte recht.«

Miriam schluckte mühsam. »Ich dachte, du bist mir böse. Ich wusste nicht, dass die Hormonpräparate, die ich einnehmen muss, viel zu schwach dosiert sind, um eine Schwangerschaft zu verhindern. Ich wollte nicht, dass das passiert.«

»Das weiß ich doch.« Er zog sie an sich und sprach in ihr Haar hinein. »Außerdem kommt es hier nicht nur darauf an, was *ich* will. Du musst diese Entscheidung genauso treffen wie ich. Und wenn du zu der Erkenntnis kommst, dass du dieses … dieses Baby nicht zur Welt bringen möchtest, dann kann ich das verstehen. Und ich werde es akzeptieren.«

Sie saßen eine Weile ganz still, umgeben vom Holzduft des neuen Bettes und einem schwachen Geruch nach frischer Farbe.

»Als deine Mutter schwanger wurde ... Wusste sie da schon von dem Fluch?«

»Ja«, sagte er. »Mein Vater hat ihr alles erzählt, noch bevor sie geheiratet haben. Er wollte ihr die Möglichkeit lassen, sich gegen ihn zu entscheiden. Ihm war klar, dass es schwer werden würde für sie beide. Das ist es schon immer gewesen, für alle Frauen und Männer dieser Familie. Aber sie ließ sich nicht abschrecken. Sie hat auch nicht versucht, eine Schwangerschaft zu verhindern. Sie hätte den Fluch gern beendet – aber den Gedanken, niemals Kinder zu haben, fand sie furchtbar.« Er seufzte. »Und dann bekam sie gleich zwei Söhne auf einmal.«

»Wurde es schwer?«

»Wenn in unserer Familie ein Sohn auf die Welt kommt, leben die Eltern jahrelang mit der Furcht, was passiert, sobald die Pubertät einsetzt. Die meisten Jungen werden das erste Mal mit dreizehn oder vierzehn zu Wölfen ... aber das habe ich dir schon erzählt, glaube ich.«

»Ja, das hast du.«

»Dafür ist der Keller da. Um die Kinder während der Dreinächte dort einzusperren und zu überwachen, damit sie keinen Schaden anrichten, wenn sie sich verwandeln. Es ist ein Alptraum, für die Kinder und für die Eltern. Du kannst es dir nicht vorstellen.«

... ich will nicht mehr so sein MAMA mach das es aufhört ...

»Doch«, flüsterte sie. »Doch, ich glaube schon. Ich hab davon geträumt.«

»Ja, das weiß ich.« Es klang fast ungeduldig. »Aber ein Traum ist mit der Realität nicht zu vergleichen. Ich war einer dieser Jungen. Ich habe über Jahre hinweg jeden elenden, geschlagenen Monat drei Nächte im Keller verbracht. Genau wie Reinhart.«

Er ließ sie los und wandte das Gesicht ab. Seine Stimme war so leise, dass sie sich anstrengen musste, um ihn zu verstehen.

»Das ist der Grund, weshalb ich es zuerst nicht fertiggebracht habe, ihn zu töten. Ich habe den gleichen Hass empfunden, die gleiche, ohnmächtige Wut auf das Schicksal. Ich kannte seine Angst vor dem Tag, an dem der Fluch das erste Mal zuschlagen würde, um ihn zu brandmarken, weil ich mich genauso gefürchtet habe wie er. Ich war wahnsinnig wütend auf meine Eltern. Und ich begriff nicht, wie zum Teufel sie uns das antun konnten ... und sich selbst auch.«

Miriam legte unwillkürlich die Hand auf ihren Bauch.

»Warst du später auch noch wütend? Auf deine Eltern, meine ich.«

»Nein, ich nicht. Ich wurde älter und begriff, wie belastend das alles für sie sein musste. Aber Reinhart hat es wohl irgendwie nie richtig verstanden – und nach den ersten paar Dreinächten war es ihm egal. Er entdeckte, dass der Fluch ihm Macht verlieh. Er fing an, sich an den Jungen zu rächen, die ihn in der Schule immer gehänselt hatten, weil er einer von diesen merkwürdigen, eigenbrötlerischen Markwards war. Einen von ihnen hätte er fast erwürgt, wenn ich nicht dazwischengegangen wäre, und dem Vater eines anderen hat er höchstwahrscheinlich die Scheune über dem Kopf angezündet. Die Leute bekamen Angst vor ihm – und dadurch dummerweise auch vor mir, denn er wurde immer geschickter darin, sich falsche Alibis zu verschaffen und mich als Sündenbock vorzuschieben.«

Er sah sie an.

»Als Annas Hof abgebrannt ist, dachte ich zuerst, er wäre dafür verantwortlich. Aber so, wie es aussieht, war das wohl tatsächlich ein Unglücksfall. Und ironischerweise haben jahrelang trotzdem alle ausgerechnet mich für den Täter gehalten.«

Sie schwieg, die Hand noch immer auf den Bauch gelegt. Es mochte reine Einbildung sein, aber sie glaubte, das Kind wie einen glühenden, winzig kleinen Lebensfunken unter ihren Fingern zu spüren, umschlossen und geschützt von ihrem Fleisch.

»Was hast du mit Reinharts Leiche gemacht?«, fragte sie.

Es war das erste Mal seit dieser alptraumhaften Nacht, dass sie den Namen seines dunklen Zwillings laut aussprach.

Es dauerte eine ganze Weile, bis er antwortete.

»Mein Vater hat nebenbei eine kleine Köhlerei betrieben«, sagte er. »Von ihm habe ich gelernt, wie man einen Meiler baut, und ein Stück hinter dem Markwardhof ist eine kleine Lichtung mit einem Bach, wo ich ihm jahrelang dabei geholfen habe. Als ich mich an diesem ... an diesem Tag zurückverwandelt habe, habe ich den umgestürzten Baum beiseitegeräumt und Reinhart in den Lieferwagen geladen.«

Seine Hand legte sich über ihre, und ihre Finger verschränkten sich miteinander.

»Ich habe ihn auf die Lichtung geschafft und um ihn herum einen Meiler errichtet. Seither bin ich jeden Tag kurz dort gewesen und habe diesen Meiler belüftet und die Garung kontrolliert, so lange, bis ich sicher sein konnte, dass man nicht einmal das identifizieren kann, was von Reinharts Knochen geblieben ist. Viel kann es nicht sein. Gestern habe ich den Meiler ganz und gar abbrennen lassen. Reinhart ist weg, Miriam ... für immer.«

»Ja«, erwiderte sie leise. »Aber du bist hier. Der Fluch hat aus deinem Bruder ein Monster gemacht, aber aus dir nicht. Aus dir nicht! Ich liebe dich.«

Sie schlang ihm die Arme um den Hals und küsste ihn, wie sie es schon seit Wochen hatte tun wollen. Aber sie war ständig davor zurückgeschreckt, um die Erinnerungen nicht aufzuscheuchen, vor denen sie sich so sehr fürchtete. Jetzt, in diesem kostbaren Moment, war es ihr egal. Sie ließ sich nach hinten sinken und zog ihn mit sich, ihre Lippen noch immer auf seinen. Sie spürte seine Zungenspitze, die zögernd um Einlass bat, sie öffnete den Mund und hörte sich leise aufstöhnen.

Seine Hände waren überall. Miriam kam es vor, als sei ihr Körper wie ein ausgetrockneter Garten, auf den nach langer Trockenheit endlich wieder Regen fiel. Ralfs ureigener Geruch und seine Berührungen überfluteten sie wie reinigendes Wasser. Sie spülten den Ekel und den Hass weg, den alle Bäder seit jener Nacht mit Reinhart nie ganz hatten abwaschen können, sie brachten die Freude zurück, das Begehren und den schieren Hunger nach dem Mann, den sie liebte.

Endlich waren sie beide nackt. Sie sahen sich in die Augen, während er langsam in sie eindrang. Auch, als er begann, sich zu bewegen, und sie spürte, wie der letzte Rest Angst sich in ihrer wachsenden Lust auflöste, nahm er keine Sekunde den Blick von ihrem Gesicht.

Sie schliefen in dem neuen Bett ein, eng aneinandergeschmiegt, wachten wieder auf und liebten sich erneut. Jetzt war sie es, die seinen Körper von Kopf bis Fuß erforschte, als hätte sie ihn in den letzten Wochen vergessen und müsste ihn neu entdecken wie ein unvertraut gewordenes Land. Er überließ sich ihren wissbegierigen Fingern und ihrem Mund, sie hörte ihn abgerissene Liebesworte flüstern und ihren Namen in einem atemlosen Schrei, während sie ihm jede heilsame Zärtlichkeit, die sie in dieser Nacht von ihm empfangen hatte, hundertfach zurückgab.

Gerade als der Himmel über dem Haus sich grau zu verfärben begann, spürte sie ein letztes Mal, wie er in ihr erschauerte und kam. Sie drückte ihn an sich, das Gesicht an seiner Schulter vergraben, während ihr eigener Höhepunkt langsam abklang.

»Heirate mich«, flüsterte er.

Sie holte tief Atem wie ein Schwimmer, der die Wasseroberfläche durchbricht; das erste, schwache Dämmerlicht ließ seine Augen aufschimmern.

»Was war das, Liebster?«

»Heirate mich«, wiederholte er. »Werde meine Frau.«

Sie streckte die Hand aus und knipste die Nachttischlampe an. Sein Gesicht war müde und gelöst.

»Ist das dein Ernst?«

»In meinem ganzen Leben habe ich noch nie etwas so ernst gemeint«, sagte er. »Ich liebe dich. Ich möchte dich bei mir haben, für immer. Ich will, dass du meinen Namen trägst.«

»Und ich«, erwiderte sie leise, »möchte nichts lieber, als deine Frau zu werden. Und ich will dieses Kind.«

Er setzte sich auf und nahm ihre Hände. »Bist du sicher? Noch kannst du zurück. Ich würde dir keinen Vorwurf daraus machen. Es würde nichts daran ändern, dass ich dich zur Frau will.«

»Nein.« Sie schüttelte den Kopf. »Dieses Kind ist zu uns gekommen, ohne dass wir es geahnt haben. Jetzt ist es ein Teil von mir, ebenso wie von dir. Ich kann den Gedanken nicht ertragen, es wieder zu verlieren.«

Er beugte sich vor und lehnte seine Stirn gegen die ihre. »Was, wenn es ein Junge wird – und er sich verwandelt?«

»Dann werden wir damit leben müssen«, sagte sie mit ruhiger Entschiedenheit. »So, wie deine Eltern es getan haben, und deine Vorfahren. Dass du ein Werwolf bist, hat mich nicht daran gehindert, dich zu lieben. Es wird mich genauso wenig daran hindern, dieses Kind zu lieben.«

Ein goldener Funke leuchtete in seinen Augen auf. *Wolfsfeuer,* dachte sie, aber sie fürchtete sich nicht. Nach dem, was sie in jener entsetzlichen Nacht erlebt hatte, würde sie sich nie wieder vor ihm fürchten.

»Ich möchte, dass Martin Stein uns traut«, sagte sie. »Und noch etwas: Er hat mir sehr geholfen, die ganze Zeit, während wir getrennt waren, und auch, als ich wieder zurückkam. Dafür musste ich ihm ein Versprechen geben.«

»Was für eins?«

»Ihm die Wahrheit zu sagen«, antwortete sie ernst. »Die ganze Wahrheit. Er wäre immerhin nicht der erste Priester, der deine Geschichte kennt. Soweit ich weiß, hat Pfarrer Schmiedlinger die Markwards niemals bloßgestellt. Nach dem, was du mir gesagt hast, hat er dir sogar kurz vor seinem Tod noch sein Tagebuch geschickt, damit euer Geheimnis gewahrt bleibt. Martin wird uns genauso wenig verraten. Ich würde ihm mein Leben anvertrauen.«

Ralf schwieg sehr lange, und sie konnte ihm ansehen, dass er gründlich nachdachte.

»Also gut«, sagte er endlich, »aber wenn du das wirklich willst, dann müssen wir uns beeilen. Heute ist der sechste November; in vier Tagen ist Vollmond, und genau an diesem Abend müssen wir mit ihm reden.«

»Wieso das?«

Er erklärte es ihr.

Miriam rief Martin noch am Vormittag an, und sie verabredeten sich mit ihm für den kommenden Donnerstag. Die vier Tage bis dahin vergingen unendlich langsam, und mehr als einmal wurde Miriam so nervös, dass sie um ein Haar einen Rückzieher gemacht hätte. Sie staunte noch immer darüber, dass Ralf beinahe sofort einverstanden gewesen war.

»Ich habe einen sicheren Instinkt für Menschen«, sagte er. »Abgesehen davon gibt es für Priester gewisse bindende Regeln. Und an die wird er sich halten.«

Der zehnte November kam. Abends um sieben standen Miriam und Ralf vor dem Pfarrhaus in Oberwolfach; sie wurden von der Haushälterin freundlich hereingebeten und in das Studierzimmer geführt, wo Martin auf sie wartete.

Er erhob sich, kam hinter seinem Schreibtisch hervor, schüttelte Ralf die Hand und umarmte Miriam.

»Ich freue mich, dass Sie gekommen sind«, sagte er und wies auf zwei bequeme Sessel.

Dabei ließ er Ralf nicht aus den Augen; er beobachtete ihn mit spürbarer Faszination.

»Miriam hat es sehr spannend gemacht. Und ich bitte Sie, mir zu verzeihen, dass ich Sie so anstarre. Sie sind für mich immer ein Rätsel gewesen – Miriams Rätsel. Der geheimnisvolle Freund im Hintergrund, über den nicht nur sie selten sprach, sondern auch die ganzen Leute in der Gegend. So eine Art geheimnisvolles Phantom.« Er warf Ralf ein leicht ironisches Lächeln zu. »Wussten Sie, dass Miriam mich gebeten hat, so viel wie möglich über Ihren Zwillingsbruder herauszufinden, als sie Anfang Oktober hierher zurückkam? Bis zu dem Zeitpunkt hatte ich noch nicht einmal eine Ahnung, dass es diesen Zwillingsbruder gab ... und dass die Leute eine solche Angst vor ihm hatten. Es klingt, als sei er ein sehr gefährlicher Zeitgenosse.«

»Das stimmt«, sagte Ralf. »Aber bevor ich Ihnen von ihm erzähle und von einer Menge anderer Dinge, muss ich Sie darum bitten, dieses Gespräch als Beichte zu betrachten.«

Martin runzelte die Stirn. »Wie darf ich das verstehen?«

»Dass Sie mir – uns beiden – absolutes Stillschweigen garantieren müssen. Sonst ist die Unterhaltung nämlich beendet, bevor sie richtig angefangen hat.«

»Damit bringen Sie mich in eine ziemlich schwierige Lage«, sagte Martin ernst. »Sehe ich das richtig, dass wir hier unter Umständen über Dinge reden müssen, die im Normalfall juristische Konsequenzen hätten?«

»Im Normalfall ja«, erwiderte Ralf ebenso ernst. »Aber die Person, die in diesem Gespräch hauptsächlich belastet werden würde, lebt nicht mehr. Daher kann sie kaum noch für ihre Verbrechen belangt werden.«

»Aha.« Martins Gesichtsausdruck veränderte sich nicht.

»Sie wollten die Wahrheit wissen«, sagte Miriam leise. »Wir sind bereit, die Wahrheit zu sagen. Ich fürchte nur, dafür ist ein gewisser Vorschuss an Vertrauen notwendig ... und einiges mehr an Vorstellungskraft, als man sie bei den Menschen üblicherweise findet.«

»Ich weiß nicht, ob ich mich geschmeichelt fühlen oder mir besser Sorgen machen sollte.« Jetzt lächelte der Priester leicht. »Also gut. Ich bin bereit, Sie anzuhören, und verspreche Ihnen, dass kein Wort von dem, was Sie mir sagen werden, dieses Zimmer verlässt. Zufrieden?«

»Ja.«

Ralf sah ihn an. Im Licht der Stehlampe neben dem Sessel leuchteten seine Augen golden.

»Miriam hat mich aus zwei Gründen zu diesem Gespräch mitgebracht. Zum einen, weil ich sie liebe und sie mir versprochen hat, mich zu heiraten. Und zum anderen, weil sie Ihnen unmöglich ihre Geschichte erzählen kann, ohne dass auch meine zur Sprache kommt. Ihre und meine gehören so untrennbar zusammen wie wir beide.«

»Sie machen mich immer neugieriger.«

»Was wissen Sie über die Grafen von Wolfach?«

»Nicht sehr viel. Nur, dass sie im 13. Jahrhundert als selbstständige Adelslinie ausgestorben sind. Und dass ihr Wappenzeichen zum Stadtwappen von Wolfach geworden ist.«

Ralf beugte sich leicht vor. »Das mit der Wolfsangel in dem Wappen hat einen sehr realen Grund. Es fing alles mit Graf Heinrich an ... oder wohl eher mit seinem Bruder. Der ging eines Tages auf die Jagd ...«

Noch viele Jahre später staunte Miriam darüber, dass Martin diesen Abend seelisch und geistig relativ unbeschadet hinter sich brachte. Er lauschte aufmerksam, machte sich von Zeit zu Zeit Notizen – »damit ich mir die Einzelheiten besser merken kann« – und stellte hin und wieder eine Frage. Sie kannte viele der Details aus dem Ordner, in dem Ralf die Chronik seiner Familie gesammelt hatte, und er erzählte so gut und flüssig, dass sich das Ganze anhörte wie eine spannende Legende. Er hörte auf, nachdem er von der Liebesgeschichte seiner Eltern und der Geburt der Zwillinge im Januar 1970 berichtet hatte, und auch davon, dass Clemens Schmiedlinger an jenem Abend zum ersten Mal einen Werwolf zu Gesicht bekam.

Martin räusperte sich. »Klingt alles sehr spannend«, sagte er, »aber erwarten Sie jetzt ernsthaft von mir, dass ich Ihnen das glaube? Es tut mir leid, aber bei der Vorstellung, dass die Männer Ihrer Familie sich seit Jahrhunderten jeden Monat in mystische Bestien verwandeln, stoße ich an meine Grenzen.«

»Das dachte ich mir«, sagte Ralf gelassen, »weswegen wir jetzt darangehen werden, Ihnen die ganze Sache zu beweisen.«

Der Priester starrte ihn an. »Und wie, wenn ich fragen darf?«

»Miriam, wie spät ist es?«, fragte Ralf.

Sie schaute auf ihre Armbanduhr. »Kurz nach halb neun.«

»Gut.« Ralf stand auf. »Also los, Herr Pfarrer. Holen Sie sich einen Mantel und kommen Sie mit.«

»Und wohin?«

»Auf den Markwardhof«, erwiderte Miriam. »Bitte, Martin.«

»Ich werde das noch bereuen«, murmelte Martin finster. »Ich bin sicher, ich werde das noch sehr bereuen. – Frau Staiger? Ich bin mal kurz aus dem Haus.«

Sie brauchten etwas mehr als zwanzig Minuten, bis sie die Lichtung über dem Seebachtal erreicht hatten. Zu dritt stiegen sie aus dem Auto; Ralf führte den Priester zur Werkstatt, schloss auf und knipste das Licht an.

»Hier arbeite ich«, erklärte er. »Und hierhin hat mich Miriam im letzten Mai gebracht, nachdem ich einen Unfall gehabt hatte. Ich hatte ihr gesagt, dass bei der Verwandlung auch schwere Verletzungen spurlos abheilen, und zum Glück hat sie mir geglaubt. Miriam?«

Sie zögerte. »Bist du wirklich sicher, dass wir das tun müssen?«

»Absolut sicher.«

Sie zog die schwere, silberne Kette unter ihrer Bluse hervor, nahm sie ab und hielt sie dem Pfarrer hin. »Das ist der Fluchbrecher, den ein Schmied Anfang des 18. Jahrhunderts für Gernot Markward angefertigt hat. Es gab einmal zwei davon; den anderen hat Ralfs Zwillingsbruder leider kurz vor dem letzten Vollmond vernichtet.«

Martin nahm die runde Scheibe in die Hand und drehte sie hin und her. »Sie sieht nicht sehr gefährlich aus.«

»Nicht für Sie«, sagte Ralf grimmig. »Für mich schon.« Er krempelte einen Ärmel seines dunklen Pullovers hoch. »Und jetzt drücken Sie mir die Scheibe auf den Unterarm.«

»Ich weiß nicht, ob ...«

»Machen Sie schon. Sie wollen doch einen Beweis, dass das Ganze kein verrücktes Hirngespinst ist, oder? Und den sollen Sie haben. Los doch!«

Seine und Martins Augen begegneten sich, und was immer Martin in diesem Moment sah, es brachte ihn dazu zu gehorchen. Die Silberscheibe berührte Ralfs Haut. Es folgte ein hässliches Zischen und Miriam wandte instinktiv den Kopf ab.

»Großer Gott!«

Die Scheibe fiel Martin aus der Hand, rollte über den Boden und blieb dicht neben Ralf liegen, der mit schmerzverzerrtem Gesicht auf die Knie gesunken war.

»Was ... was war das?«

»Das war Silber, Herr Pfarrer«, stieß Ralf zwischen zusammengebissenen Zähnen hervor. »Verdammt gefährlich für Werwölfe, wie Sie gerade gesehen haben. Und jetzt schaff ihn hier raus, Miriam. Es ist fast so weit.«

Miriam hob den Fluchbrecher auf, nahm Martin am Arm und zog ihn hinter sich her. Keine Minute später saßen sie im Auto. Das Gesicht des Priesters war kreidebleich.

»Unglaublich«, flüsterte er. »Das ist ja unglaublich.«

»Ich weiß«, sagte Miriam. »Aber Sie wollten die Wahrheit wissen, Martin. Und das ist sie, ob es Ihnen nun gefällt oder nicht.«

Sie sah auf die Uhr. Zwölf Minuten nach neun. Der Abend war kalt, wolkig und fast windstill. Sie warteten gemeinsam, während die Zeiger der Uhr unendlich langsam vorrückten. Um sechzehn Minuten nach neun geschahen zwei Dinge gleichzeitig: Der Mond kam rund und gleißend hell hinter den Wolken hervor und aus der Werkstatt drang ein lang gezogener, qualvoller Schrei.

Martin fuhr heftig zusammen. »Was ...«

Miriam sah starr geradeaus. »Das ist Ralf.«

Sie überstand die nächsten Minuten nur mit Mühe und Not; ihr einziger Trost war, dass es für Martin noch weit schlimmer sein musste. Zweimal war sie gezwungen, ihn zurückzuhalten, weil er aus dem Auto steigen und in die Werkstatt zurückkehren wollte. Endlich kehrte Stille ein. Martin machte den dritten Versuch, die Tür zu öffnen.

»Bleiben Sie sitzen, verdammt noch mal!«

Miriam schaltete mit zitternder Hand die Scheinwerfer ein. Keinen Moment zu früh. Die Tür der Werkstatt flog auf und der Wolf schoss ins Freie. Mit wenigen Sätzen stand er mitten in dem strahlenden Lichtkegel und wandte den Kopf, so dass er sie direkt ansah. Miriam musterte Martin aus den Augenwinkeln. Sein Gesicht war womöglich noch bleicher als zuvor, und dann hörte sie, dass er leise etwas vor sich hin murmelte. »›Gegrüßet seist du, Maria, voll der Gnade, du bist gebenedeit unter den Frauen ...‹«

Im nächsten Moment war der Wolf verschwunden. Miriam schaltete die Scheinwerfer ab, und sie und Martin saßen in einer Dunkelheit, die sich seltsam tröstlich anfühlte. Das Gebet an die Mutter Gottes ging zu Ende und Miriam wartete darauf, dass der Priester etwas sagte.

Aber es war kein Wort zu hören.

Sie seufzte. »Kommen Sie. Ich fahre Sie nach Hause.«

Schneemond – Freund und Hüter

Im November

Er hat euren Vater umgebracht?«

Martin saß am folgenden Morgen hinter seinem Schreibtisch und umklammerte einen riesigen Becher mit starkem, schwarzen Kaffee. Er wirkte, als hätte er in der vergangenen Nacht kaum Schlaf gehabt; Miriam und Ralf sahen kaum besser aus. Miriam fiel auf, dass der Priester immer wieder ungläubig auf Ralfs Unterarm starrte, wo die silberne Scheibe in der Nacht die üble Brandwunde hinterlassen hatte. Die Haut war glatt und vollkommen unverletzt.

»Das ist richtig.« Ralf starrte in seine eigene Tasse. »Nachdem Reinhart die Gemeindeschwester ermordet hatte, versuchte mein Vater, ihn zu überwältigen. Aber Reinhart war einfach zu stark. Er fügte ihm furchtbare Verletzungen zu. Ich hatte schon so eine Ahnung, als er an diesem Morgen nicht in der Schule auftauchte. Ich machte, dass ich zurück zum Hof kam, und fand meinen Vater blutüberströmt vor dem Haus auf dem Weg liegen. Ich ... ich hielt ihn in den Armen, während er starb.«

Er verfiel in Schweigen.

Miriam lehnte sich zu ihm herüber und nahm seine Hand.

»Am Abend zuvor hatte er mich zu Schmiedlinger geschickt, um ihn zu warnen«, fuhr Ralf fort. »Wir fürchteten, dass Reinhart ihn als unliebsamen Zeugen beseitigen könnte. Er hatte inzwischen jegliche Kontrolle über sich verloren. Schmiedlinger floh Hals über Kopf aus dem Wolftal – nicht dass ich ihm das übel nehme. Er bat beim Bischof um seine Versetzung und erlitt kurz darauf einen

Herzanfall. Soweit ich weiß, hat er den Rest seines Lebens irgendwo in einem Kloster verbracht. Sie können das nachprüfen – ich kann Ihnen Schmiedlingers Tagebuch hierlassen, wenn Sie wollen.«

»Gern«, erwiderte Martin müde. »Es könnte allerdings eine Weile dauern, bis ich es lese – mein Bedarf an Gruselgeschichten ist erst einmal gedeckt. Und sagt ruhig ›du‹ zu mir, alle beide. Nach letzter Nacht ist das durchaus angebracht, würde ich sagen.« Er leerte seinen Becher und goss ihn aus der Thermoskanne noch einmal voll. »Was ist mit Susanne Hessler? War sie ein Zufallsopfer?«

»Eher ein Ersatz«, sagte Ralf. »Ich denke, dass Reinhart aus Neugier zurückkam – Heimweh wird es wohl kaum gewesen sein. Und dann stellte er fest, dass ich nicht mehr alleine lebte. Ich weiß, dass er Miriam eine Zeitlang beobachtet hat. Er hat es mir selbst gesagt. Und dann reifte in ihm der Plan, mir die Tatsache heimzuzahlen, dass ich immer der ›gute‹ Bruder gewesen war.«

Er warf Miriam einen kurzen Blick zu.

»Am Abend, bevor Susanne starb, war er beim Trautweinhof. Er wollte dir auflauern ... aber du kamst mit mir zusammen nach Hause. Und weil es die erste der Dreinächte war, wagte er nicht, mich anzugreifen.«

»Moment mal.« Miriam richtete sich auf und spürte zu ihrer Verlegenheit, dass sie rot anlief. »Soll das heißen, er hat uns gesehen, als wir ...«

»Ich fürchte, ja.« Ralfs Mundwinkel zuckten. »Und ich habe ihn nicht gewittert, wie ich zu meiner Schande gestehen muss. Ich war wohl etwas ... abgelenkt.« Er wurde wieder ernst. »In der nächsten Nacht hat er sich dann an Susanne schadlos gehalten. Ich wünschte, ich hätte es verhindern können.«

Martins Gesicht war bleich und kummervoll. »Das heißt, sie ist ahnungslos zwischen die Fronten eines Bruderzwists geraten ... und das hat sie das Leben gekostet ...« Er rieb sich das Gesicht. »Wo ist Reinhart jetzt?«

Ralf sah ihn unverwandt an. »Das wollen Sie ... das willst du nicht wissen. Aber er war kein Mensch, als er starb. Und er wurde auch nicht von einem Menschen getötet.«

»Ich verstehe. Lieber Himmel.« Martin schüttelte den Kopf. »Diese ganze Geschichte ist vollkommen wahnsinnig. Aber nach dem, was ich seit gestern Abend erlebt habe ...«

»Ich danke dir, dass du uns zugehört hast«, sagte Miriam sanft. »Und dafür, dass du uns glaubst.«

»Mir bleibt ja wohl kaum etwas anderes übrig.« Martin seufzte. »Und ihr wollt wirklich, dass ich euch traue?«

»Wenn du meinst, dass du das kannst ...«

»Ich werde wohl müssen. Irgendwer muss diese ganze Sache doch im Auge behalten, und wer wäre wohl besser dazu geeignet als ein Priester?« Er schob seinen Becher beiseite und hätte den Inhalt beinahe auf einen Notenstapel gekippt. »Ihr solltet jetzt gehen – ich bin fix und fertig und brauche dringend ein paar Stunden Schlaf. Ich kann euch auf dem Trautweinhof erreichen, nehme ich an?«

»Ja, ab heute Nachmittag«, entgegnete Miriam. »Wir gehen jetzt nach Schapbach aufs Standesamt, das Aufgebot bestellen. Wenn wir bis Ende Dezember heiraten wollen, müssen wir uns beeilen.«

»Irgendwann werde ich noch Fragen haben – eine ganze Menge Fragen. Bloß nicht heute ... Ihr habt mein Weltbild auf den Kopf gestellt, und davon muss ich mich erst mal erholen. Kommt gut nach Hause«, sagte Martin. »Gott segne euch. Mir scheint, ihr habt es nötig. Genau wie ich.«

Miriam stand auf, beugte sich über den Schreibtisch und küsste ihn auf die Wange. »Auf Wiedersehen, Martin. Ruh dich aus. Und noch einmal – danke.«

Ralf und sie verließen das Studierzimmer, winkten der Haushälterin zu, die gerade aus der Küche kam, und öffneten die Tür des Pfarrhauses. Hand in Hand traten sie in den bleichen Sonnenschein des Novembermorgens hinaus.

Ralf Markward und Miriam Trautwein heirateten im Dezember, am Tag vor Heiligabend. Es war eiskalt und sonnig, und überall lag Schnee ... beinahe wie bei Anna Trautweins Beerdigung, fast genau ein Jahr zuvor.

Die Bänke der Margarethenkapelle waren gut gefüllt – fast ganz Finkenweiler hatte sich versammelt, als wollten die Leute Miriam signalisieren, dass sie ihre Entscheidung guthießen. Britta und Jesper saßen ganz vorn, direkt hinter dem Brautpaar. Britta war Miriams Trauzeugin. Ralfs Trauzeuge war Andreas Frankenthal. Ralf hatte ihn drei Wochen zuvor im Bärenpark besucht und war stundenlang dort geblieben; worüber die beiden während dieser Zeit gesprochen hatten, verriet er Miriam nicht, und sie fragte auch nicht danach.

Miriam war jetzt im vierten Monat ihrer Schwangerschaft und ihr Bauch fing gerade erst an, sich zu wölben; sie hätte ohne weiteres ein ganz normales Brautkleid tragen können, entschied sich aber stattdessen für einen Entwurf, den Britta ihr geschickt hatte und der so aussah, als könnte er aus einem ihrer Bilder stammen. Es war ein Gewand aus kornblumenblauem Leinen, mit langen Trompetenärmeln und einem fast mittelalterlichen Faltenwurf. Der viereckige Ausschnitt und der Saum waren mit einer goldbestickten Borte eingefasst. Miriams Haar fiel ihr offen über die Schultern, und statt eines Schleiers trug sie einen Kranz aus Efeublättern, Perlen und blauen Seidenblüten.

Ralf hatte auf einen normalen Anzug verzichtet. Er passte sich Miriam an, indem er eine schwarze Hose aus Wildleder, weiche Stiefel und ein weites Hemd aus schwarzer Baumwolle wählte.

»Er würde einen großartigen Prinzen abgeben«, sagte Britta mit immer noch etwas widerstrebender Bewunderung, als sie ihr den Brautkranz ins Haar steckte. »Die Sorte, die irgendein finsteres Geheimnis hütet, das die Heldin erst herausfinden muss, bevor sie ihn erlösen kann. Kein Wunder, dass du es so eilig hattest, hierher zurückzukommen!«

Miriam hatte diese Bemerkung, die der Wahrheit so überraschend nahe kam, noch im Gedächtnis, während sie am Arm von Gerhard Armbruster die Kapelle betrat. Aber dann sah sie Ralf, der am Altar auf sie wartete, und dahinter Martins lächelndes Gesicht, und jeder klare Gedanke schwand aus ihrem Kopf.

Martins Predigt war wohltuend kurz, und er zitierte den Bibelvers von der dreifachen Schnur. Die ganze Zeit über hielt Ralf ihre Hand sicher umschlossen. Er ließ sie erst los, als sie nach vorne traten, um sich trauen zu lassen. Miriam sah weder Britta noch Andreas, und von Martin nahm sie auch nicht viel mehr wahr als seine Segensgeste und seine warme Stimme, als er die althergebrachte Frage stellte: »Willst du, Miriam, Ralf zu deinem dir angetrauten Ehemann nehmen ...« Und dann spürte sie, wie der Mann, den sie liebte, ihr den Ring an den Finger steckte.

Die Feier fand nicht in Bernd Hesslers Hotel statt – Susannes Vater war einer der wenigen, die nicht in der Kapelle erschienen waren –, sondern im »Ochsenwirtshof«, einem uralten Gasthaus an der Straße nach Wolfach. Es gab einen kleinen Sektempfang und ein gut bestücktes Buffet, und am Spätnachmittag war alles vorüber. Britta und Jesper hatten in dem Gasthaus zwei Zimmer für sich und ihre Kinder reserviert. Ralfs und Miriams Einladung, mit ihnen auf dem Trautweinhof Weihnachten zu feiern, hatten sie gern angenommen, und Anne, Malte und Magnus bettelten bereits darum, im Sommer wiederkommen zu dürfen.

Dann zog Miriam Andreas beiseite.

»Wie geht es dir?«, fragte sie.

»Besser«, sagte er, »aber noch nicht richtig gut. Ich habe nicht wirklich damit aufgehört, sie zu vermissen. Und vielleicht werde ich das auch nie.« Er lächelte sie an. »Habe ich dir schon gesagt, dass du heute unglaublich schön aussiehst?«

»Nein, hast du nicht. Aber besser spät als nie.« Sie sah ihm in die Augen. »Als er neulich bei dir war, hat Ralf dir da gesagt, dass ich schwanger bin?«

»Nein.«

»Dann weißt du es jetzt. Und wenn es ein Mädchen werden sollte, dann nennen wir sie Susanne.« Sie lehnte für einen winzigen Moment den Kopf an seine Brust. »Ich vermisse sie auch.«

Sie umarmten sich zum Abschied. Dann stieg Andreas in seinen Geländewagen und fuhr in Richtung Park davon, und Miriam machte sich auf die Suche nach ihrem Mann.

Eine halbe Stunde später schlossen sie die Tür des Trautweinhofs hinter sich. Das Haus war eine lichterfüllte, weihnachtlich geschmückte Schale, die sie aufnahm und willkommen hieß. Keiner von beiden zog sich um. Miriam war einmal mehr froh, dass sie heute dieses Kleid trug; es sah spektakulär aus, war aber durch den weichen Faltenwurf sehr bequem und engte sie auch dort nicht ein, wo ihre anderen Sachen allmählich anfingen zu kneifen. Die alte Frau Armbruster hatte ihr zur Hochzeit ein riesiges, himmelblaues Schultertuch geschenkt, selbst gehäkelt und mit einem komplizierten Blumenmuster. Es war obendrein dick und wunderbar weich und passte farblich gut zu ihrem Mittelaltergewand.

Sie konnte hören, wie Ralf im Obergeschoss durch den Flur und ins Schlafzimmer ging. Dann quietschte die Balkontür leise, als sie geöffnet wurde und er ins Freie trat. Sie folgte ihm, das Schultertuch zusammengefaltet über dem Arm.

Ralf stand am Balkongeländer, eine dunkle, hoch gewachsene Gestalt vor einem Himmel, der sich allmählich mit Wolken überzog. Der Mond nahm ab, aber wenn er in einer sternklaren Lücke auftauchte, war er hell genug, um die weiße Decke, die über Lichtung und Land lag, in glitzerndes Silber zu verwandeln.

Er merkte, dass sie zu ihm kam, drehte sich aber nicht um. Sie trat neben ihn und hörte den trockenen Schnee unter ihren Schuhen knirschen wie Sand. Seine Hand lag auf dem Geländer und sie legte ihre darüber.

»Hallo«, sagte er leise.

»Hallo.«

Er wandte sich ihr zu. »Ist dir nicht kalt?«

»Nein.« Sie lächelte und breitete das Schultertuch aus. »Schau mal: So eins habe ich mir immer schon gewünscht.«

Sie sah sein Gesicht und sein Lächeln, als er sie an sich zog; sie umarmte ihn und schlang dabei das Tuch um sie beide. Ihr Kopf lag an seiner Schulter und sie spürte, wie seine Hand zu ihrem Bauch hinunterglitt; seit ein, zwei Wochen wartete er nun schon ungeduldig darauf, die erste Bewegung des Kindes auch dann zu spüren, wenn die Dreinächte seine Sinne nicht weit über das normale Maß hinaus schärften.

Sie hätte gern vieles von dem mit ihm geteilt, was ihr an diesem Tag durch den Kopf gegangen war. Sie hätte ihm gern erzählt, was Britta gesagt hatte, und gehört, wie er darüber lachte. Sie wollte ihm sagen, dass sie ihn liebte und dass sie sich trotz aller Unwägbarkeiten auf die gemeinsamen Jahre freute, die vor ihnen lagen. Sie wollte ihm versichern, dass sie sich nicht davor fürchtete, sein Kind zur Welt zu bringen und es gemeinsam mit ihm aufzuziehen. Sie wollte ihm versprechen, was sie ihm schon zuvor versprochen hatte: dass sie bereit und willens war, den Fluch mit ihm gemeinsam zu ertragen.

Aber sie schwieg, genau wie er. Sie würden noch viel Zeit für all diese Dinge haben ... ein ganzes Leben. Und so standen sie dicht aneinandergeschmiegt auf dem Balkon, in das Wolltuch gehüllt wie in eine wärmende Decke und vom wechselnden Spiel der Wolken abwechselnd in Licht und Schatten getaucht. Sie gingen erst hinein, als der Mond irgendwann ganz verschwunden war und es sachte zu schneien begann.

Epilog

Das Kind von Ralf und Miriam Markward kam im folgenden Jahr am 1. Mai zur Welt, knapp zwei Wochen zu früh. Wider Erwarten ging die Geburt sehr rasch vor sich – so rasch, dass es für die Fahrt in das Krankenhaus nach Wolfach nicht mehr reichte.

Und so saß Ralf auf dem Bett, das er für seine Frau gebaut hatte, und hielt sie aufrecht, als das Baby mit der letzten Wehe aus ihrem Leib herausglitt und in den Händen der hastig herbeigeeilten Gemeindehebamme seinen ersten Schrei tat.

Es war ein Junge.